U0915048

北宋边塞诗研究

北宋边塞诗研究

丁沂璐 著

2021年度教育部人文社会科学研究青年基金项目
“边防经略视阈中的北宋边塞文学研究”（21YJC751005）阶段性成果

西北民族大学引进人才科研项目资助
“御边视阈下的北宋边塞诗研究”（xbmuyjrc2021021）阶段性成果

国家民委创新团队“中华文学遗产与中华民族共同体内涵建设”
（民委发【2020】76号）成果

西北民族大学中央高校基本科研业务费项目
“中华多民族交融视野下的文学遗产研究”（31920220008）阶段性成果

西北民族大学西北少数民族文学研究中心系列成果

西北民族大学中国语言文学学科资助成果

代 序

得知丁沂璐君《北宋边塞诗研究》即将出版的消息，非常欣慰。

恒常所谓十年磨一剑，具体到学问一途，书海漫游，要想有所创获，有所造就，艰难求索须伴之持之以恒。丁沂璐2014年秋再返兰大文学院求学，攻读博士学位，有鉴于她硕士毕业后在西北民族大学任教多年的经历，加之她对于当时甚为流行的地域文学的兴趣，我们师徒商定以“北宋边塞诗研究”作为她的博士论文选题。时光荏苒，在近十年的时光里，丁沂璐黄卷青灯，艰难求索，终于将自己的研究成果出版刊行，作为老师，心中诸多感慨，自不待言。

王国维在《人间词话》中总结了人生治学经验，提出“三境界”说，影响深远。其说曰：

> 古今之成大事业、大学问者，必经过三种之境界：“昨夜西风凋碧树，独上高楼，望尽天涯路”，此第一境也；“衣带渐宽终不悔，为伊消得人憔悴”，此第二境也；“众里寻他千百度，蓦然回首，那人正在灯火阑珊处”，此第三境也。

王国维的《人间词话》乃经典作家的经典之作，其中的文学、美学观念，既融合中西，又超越了词体与词学的局限。此处他用晏殊、柳永的恋情词，用辛弃疾“伤心人别有怀抱”的抒怀词来总结治学经验。作为词学大家，他很清楚地认识到这一论述字面虽源自相关词作，但其内涵实有别于晏、柳、辛词，故曰：“此等语皆非大词人不能道。然遽以此意解释诸词，恐为晏欧诸公所不许也。”

王国维睿智地利用三首词作的经典词句表述了“古今成大事业大学问”者必经的“三种之境界”，意在总结古今成大事业、大学问者的人生经验，以为后学借鉴之门径。

作为普通读书人的我们，似乎对于那些古今成就人生大事业大学问者只能遥望远瞻，但王国维的人生三境界说之所以成为经典，是因为有志于读书向学的后来者，多能从中汲取教益或多或少地从中看到自己学海觅舟、书山求索的身影。

即就丁沂璐求学历程而言，从其博士论文“北宋边塞诗研究”选定题目开始，业已体味了治学的第一境界。在了解深究学界对于北宋边塞诗研究的历史与现状时，丁沂璐发现，在2014年，大陆学界对于唐代边塞诗的研究热情历经三十年之后仍在持续，但对于宋代边塞诗则关注者寥寥。检索港台学界相关资料，她惊喜地发现，台湾著名学者黄麟书先生早在1989年即有《宋代边塞诗钞》问世，张高评先生也先后发表了《苏轼苏辙边塞诗之主题与风格》《南宋使金诗与边塞诗之转折》《北宋使辽诗之主题与风格》等大作，可谓道夫先路。大陆学者虽无直接研究北宋边塞诗的著作，但一些博士、硕士在其导师引导下所撰写的有关唐宋边塞诗的对比研究，期刊论文中有关唐代与北宋边塞诗的比较研究，以及专门的地域边塞诗、乐府边塞诗的研究也足资借鉴；他如战争史、民族史以及一些作家作品研究，亦有一些资料、章节可供参考。

在较为全面地了解选题研究现状之后，丁沂璐又对《全宋诗》和相关宋代作家专集细加爬梳，对北宋边塞诗作加以辑录。在一番文献检索、研究现状梳理之后，选题最终确定。用王国维先生的诗意表达就是，在“昨夜西风凋碧树”之后，独上高楼，但见“落木千山天远大”，最终明确定向。

治学贵在志存高远，选择定向仅仅是“第一境界”。

一旦治学方向确定之后，就要不懈努力，至死不渝；只有经过艰难探研，上下求索，才能豁然有悟，有所收获。丁沂璐五易寒暑，不舍昼夜，“衣带渐宽终不悔”，力争较为全面地占有资料，认真透彻地分析资料，从中研味提炼出有价值的观点理念，几经推敲修正，最终完成文稿。

论文外审专家给予论文充分肯定认可，认为：

“北宋边塞诗的研究涉及到文学、史学、军事、政治、外交、经济、地理等多个领域，论文作者于浩繁的文献资料中爬梳剔抉，注意文本、文献、理论相结合，论文体现了多学科的有机融合，凸显了问题意识，体现了作者较好的理论素养与专门的知识体系和学术研究能力。

“论文从地域文化与文史互参的研究角度切入，追溯北宋边塞诗产生的时代背景，论证北宋边塞诗的地域书写与恢复情结，阐发北宋边塞诗的忧患意识与医国情怀，论述北宋边塞诗与民族交流和认知，揭示了北宋边塞诗的理性精神。作者牢牢抓住北宋边塞诗的时代特征，从多个层面拓展了边塞诗研究的视阈，为该领域的进一步研究做出了努力。”

在这里要特别指出的是，丁沂璐是在职攻读博士学位，在攻读学位期间，既要完成学业，又要完成单位的本职工作；与之同时为人女，为人妻，为人母，上有老，下有小，既要尽忠，又要尽孝。其间慈父患病，至于不治，虽竭尽心力，最终只能徒唤奈何！当然，时至今日，回想当日种种，惟愿此百般人生况味，对于其认知传统文化，认知百味人生，从而对于今后的研究有促进作用。亦借此机会，希望有关部门，关注关心中青年一代学人的生活状况，使他们得以健康成长。

王国维乃学界一代巨擘，他清楚地知道没有人能随随便便成功，学业上选择定向和艰难求索只是成功的前提和基础，他在《文学小言》中说：“未有不阅第一第二阶级而能遽跻第三阶级者，文学亦然。此有文学上之天才者，所以又需莫大之修养也。”即使有天分之人，也要目标明确，也需努力进取，不断修养造就。丁沂璐在求学求知科研之路上，蓦然回首，前人未及识，当有来者知，她的求索付出，业已得到回报，初见成效。

特别欣慰的是，丁沂璐在不断地积累、思考、精研的过程中，持续地将自己的系列研究成果发表问世，计有《北宋边塞诗的概念界定、取材标准与研究回顾》《北宋边塞诗的资书用典》《北宋边塞诗的兵法借鉴与韬略探究》《从"诗人之诗"到"才人之诗"与"学人之诗"——北宋边塞诗的唐音延续与宋调新声》《北宋边塞诗的恢复情怀与突围经营》《诗史与纪事：北宋边塞诗的叙事特征与纪事品格——以宋辽宋夏边事为中心的考察》《北宋边塞诗理性风貌的动因考察——以文化诉求、身份转型、制度保障为中心》《苏过对宋金攻辽的诗意呈现及原因探究》等多篇论文，并在此基础上获批教育部社科青年项目"边防经略视阈中的北宋边塞文学研究"。

现在重新审视丁沂璐的博士论文，我在对她已取得的成绩感到欣慰之余，对其在北宋边塞文学方面的研究充满期待。我们期待丁沂璐在对宋代文学全面综合观照下，对于北宋边塞文学的研讨有新的突破。

阅看丁沂璐博士论文和已发表的相关成果，她对于北宋边塞诗研究提出了一系列很有兴味的话题，譬如"北宋边塞诗的资书用典""北宋边塞诗理性风貌的动因考察""北宋边塞诗的叙事特征与纪事品格"等等，相信在"边防经略视阈中的北宋边塞文学研究"课题中她一定会有更进一步的思考和收获。

兹就阅读文献所及谈一点看法供其参考。譬如讨论"北宋边塞诗理性风貌的动因考察"，固然，北宋时期，许多诗人是集官僚、文士、学者于一身的复合型人才，他们的边塞诗不仅承载着深厚的情感，亦表现出清晰的价值判断与理性精神。北宋边塞诗理性精神是北宋士人重拾道德、建设文化的内在诉求，北宋诗人的理性精神对北宋边塞诗理性精神具有重要的推动之力，科举制度、谏议制度是人之理性的制度保障等等皆为动因要素，但不容忽略的是，宋承唐后，有鉴于晚唐五代政坛衰弊之前车，多所变革。尤为不能忽视的是，宋代文学的理性精神与宋代开国之初即倡导"道理最大"之"祖宗圣政"密切相关。

在沈括《续笔谈十一篇》中，有这样一条记载：

太祖皇帝尝问赵普曰："天下何物最大？"普熟思未答间，再问如前，普对曰:“道理最大。”上屡称善。

根据沈括如上的叙述,“道理最大”说出现于太祖之时,而且受到太祖的充分肯定。这番问答,无疑有资格被时人认定为“祖宗”的“宝训”“圣政”。

《梦溪笔谈》及《续笔谈》成书于元祐后期,时距太祖君臣对答已有110年以上。该对话沈括自何处听来、得来,已经无从考证。

向太祖提出了“道理最大”说的赵普,还曾向太宗提出过另一“最大”说。在《续资治通鉴长编》卷二七中,有这样一段叙述,雍熙三年(986年)五六月间,时为武胜节度使兼侍中的赵普,听说北伐不利的消息,上手疏进谏,并且将自己的观点总结为如下的一句话:

有道之事易行,无为之功最大。

“无为之功最大”的说法,与宋初黄老思想的流行与影响有关;而将其与“有道之事”并称,则使人们联想到“道理最大”一说。无论是“道理”之说还是“有道”之说,都是针对当时的政治现实而言,强调遵循合理的原则,而非空谈天道、义理。

结合宋初的政治实践来看,有关“道理最大”的对话之意义,在于它反映出当时决策层施政措置中明显的理性趋向。这一说法被后人引述时,往往是用以赞颂宋太祖赵匡胤之卓越识见的;而细究其实,所谓“最大”一语,却恰恰是用以限制至高无上的帝王之统治行为的。适逢长期动乱之后,“道理”被再度凸显,成为辨识判断与施政措置的依据,这有着十分积极的现实意义。

在皇权最大的封建时代,提出“道理最大”,是宋代政治开明的典型表现,极大地鼓舞了文人士大夫关注现实、参政议政的激情。“道理最大”的理性的、理智的内涵,促使士大夫阶层探索寻究家国天下的治理、宇宙人生的奥秘，涵育了宋代一系列政治家、思想家、哲学家、文学家。即就文坛而言，唐宋古文八大家，北宋即有其六：欧阳修、王安石、曾巩、三苏。南宋人吴渊《鹤山集序》中说：

艺祖救百王之弊，以“道理最大”一语开国，以“用读书人”一念厚苍生。文治彬郁，垂三百年。

在“道理最大”的宋代，士大夫对于现实理想时有理性的认知与智性的阐发，宋人的政论、策论、史论有诸多精彩篇章。仅以苏轼相关篇章而言，即多有可借鉴承继之作。明代韩昌箕曾精选了苏轼策论百篇，并高度评价说：

东坡先生集中所著策论一百余篇，羽翼经史，阐析理道，近裨时务，远备边功，当时仁庙读之，未尝不叹为奇才。至其因时制宜，视病发药，在嘉祐则务变更，在熙宁则务安静，在元祐则主免役，一是之从而不徇人为爱憎。仁人之言，其利溥矣。（韩昌箕《苏文忠公策论选叙》）

韩昌箕之叙虽是对苏轼策论的整体评价，但他突出强调苏轼之论“羽翼经史，阐析理道，近裨时务，远备边功”，所谓“远备边功”即指其边防宏论之现实意义。再以苏轼元祐间所作《因擒鬼章论西羌夏人事宜札子》而言，苏轼在对北宋当时西羌夏人事宜全面把握的前提下，对于朝中“似以畏事为无事者”给予了严正的批评，认为“为国不可以生事，亦不可以畏事，畏事之弊，与生事均”。他恰切地比喻说：“譬如无病而服药，与有病而不服药，皆可以杀人，夫生事者，无病而服药也；畏事者，有病而不服药也。”

并在知己知彼的基础上，苏轼认为，安边息兵，“待敌之要”在于“但使吾兵练士饱，斥候精明，虏无大获，不过数年，必自折困，今虽小劳，后必坚定”。只有国富民强，欲战欲和，主动权才能掌握在自己手中，才能避免“复蹈前日之失”：“则是欲战欲和，权皆在虏，有求必获，不获必叛。虽偷一时之安，必起无穷之衅。”

苏轼所论，切中时弊，切实可行，既有解决眼前问题之现时性，又有关乎国家安危的长远战略眼光，所以茅坤《苏文忠公文钞》卷四认为：

> 此疏处分，与欧阳公之议西事，并关朝廷之大者，可谓经国手。

限于篇幅，我们不再多加引论，但有限的资料告诉我们，国富民强、国泰民安、富国强兵是北宋诸贤的共同愿望。苏轼“为国不可以生事，亦不可以畏事”的至理名言，是边防经略的底线，也可视作为人处事的原则。

至于论及宋人的恢复情结，在北宋则为收复幽燕，在南宋则为恢复中原，于是北南宋之对辽、金、西夏、蒙元，三百年间面对塞垣兵燹，边地烽火，“和、战、守”之论一直伴随宋王朝的兴盛及至衰亡。北宋苏轼诸贤富国强兵、和战在我、争取主动之论，至南宋初切合时势，王质、袁燮、李纲明确为“和、战、守”三位一体说。合和、战、守三者为一，即以战为主，以守为战，以和备战。久经战阵的李纲论述得极为清楚明白：“和、战、守其本一事，能守而后可战，能战而后可和。不务战守，而惟和是务，必致误国。”(《缴进十议札子》)“夫守战一道也，能固守而后能进战，是守者进之基也。”(《乞沿淮汉修筑城垒札子》)

当然，苏轼、李纲之论，均为当时急务而言，近千年过去，时移世换，今非昔比，但就“边防视域中的北宋边塞文学研究”而言，探讨研味宋代群贤智者之论，既有学术意义，亦有现实借鉴意义。当今世界风云变幻，波谲云诡，面对当今世界未有之大变局，前事不忘，后事之师。总结历史经验，弘扬优秀传统文化，知而能用，方为大智。作为师长，对于丁沂璐学术研讨之更上层楼，我满怀期待。

庆振轩

2022.3.16 于兰州大学

目录

绪 论

北宋边塞诗承载着北宋诗家的情感体验，在保留尚武、爱国、思乡等传统话题的同时，大胆创新，锐意拓取。它密切联系北宋的边塞形势，传递塞防认知，抒发忧患意识，书写民瘼苦难，叮嘱外交应对，倾吐收复情结，发抒岁币忧乐，并在求策、知兵、备储、防秋等方面折射出可贵的价值理性与突围精神。北宋边塞诗长于叙事，议论弘肆，说理透辟，它一方面继承诗史传统，在纪事、剪裁、美刺中彰显边情，传递边见，另一方面又言随意遣，“以文为诗”，务求说尽，最终呈现为以理驭情、知性反省、务实少虚的特点。

一、概念界定与取材标准

检阅古籍，最早将“边塞”列为诗歌门类的是太宗朝李昉等人编纂的《文苑英华》。该书“军旅”门下的“边塞”一类，收录唐代35人边塞诗54首，是对边塞诗这一题材最早、最明确的认同。[①] 稍后，真宗朝的姚铉在《唐文粹》中亦承认边塞乃唐代诗文的九大题材之一。[②] 元初，方回在《瀛奎律髓》中将诗歌题材细化为49类，“边塞”位居其一，取材打破了《唐文粹》只注目唐代诗文的拘囿，追溯至先秦文学，亦将释惠崇、宋祁、梅尧臣、王安石的诗歌编选入内，表现出宽广的学术胸怀。尽管“边塞”门类的合法性逐步确立，但是，文论家、诗评家对“边塞”这一概念的自觉使用却没

① 《文苑英华》中“行迈”门下的“奉使”类与“馆驿”类，“军旅”门下的“讲阅”类与“边将”类也保存了一些边塞诗作。

② 《唐文粹》将唐代诗文分为作乐、古乐、感慨、兴亡、幽怨、贞节、愁恨、艰危、边塞九类。

有及时跟进，而是多沿用“征戍”“从军”等旧说。① 直到杨慎的《升庵诗话》问世，才自觉以“边塞”论诗，诗评多达四处。②

将边塞诗作为一种独立的诗歌类型进行研究，始于20世纪20年代。1924年，徐嘉瑞在《中古文学概论》中提出了“边塞诗”的概念，并对唐诗进行了主观与客观的“实质分类”，认为边塞诗归于客观类。1984年，在甘肃兰州召开了中国唐代文学学会第二届年会。会议汇集学术论文百余篇，仅边塞诗研究的文章就达六十余篇，学会将其中的26篇文章编辑成书，定名为《唐代边塞诗研究论文选粹》。这些文章就边塞诗的内涵、评价、繁荣原因、域外影响、边塞诗与征戍诗的界定以及具体边塞诗人及其诗作等进行了深入研究。其中，胡大浚《边塞诗之涵义与唐代边塞诗的繁荣》与肖澄宇《关于唐代边塞诗评价的几个问题》二文尤为引人注目。胡文对边塞诗的概念进行了以下界定：边塞诗写边疆战争，却不局限于边塞战争，还关注到“以汉民族为主体的唐帝国与边疆少数民族或四邻国家间友好交往、商旅往来”此类“与边塞或战或和的形势息息相关”的方面③。肖文指出边塞诗应该书写“边塞战争或与边战有关的行军生活、送别酬答、将士矛盾、士卒思亲怀故、喜怒感慨、牢骚劝勉”，亦可表现“边塞风光、自然景物”以及“边地风土人情和民族交往”④。二人观点是对边塞诗就是反映边塞战争的诗歌此一狭隘认识的反省，意义十分重大。

---

① 叶梦得《石林诗话》：“魏晋间人诗，大抵专工一体，如侍宴、从军之类，故后来相与祖习者，亦但因其所长取之耳。”严羽《沧浪诗话·诗评》：“唐人好诗，多是征戍、迁谪、行旅、别离之作，往往能感动激发人意。”辛文房《唐才子传》评王建诗：“又于征戍迁谪、行旅离别、幽居宦况之作，俱能感动神思，道人所不能道也。”

② 杨慎《升庵诗话》以“边塞”论诗论，具体如下：论王之涣《凉州歌》，“此诗言恩泽不及于边塞，所谓君门远于万里也”；评价沈彬《入塞》诗，“言尽边塞之苦”；论《木兰辞》之“明驼使”，谓“唐制，驿置有明驼使，非边塞军机，不得擅发”；评价薛能《柳枝词》一诗，“意言粉饰太平于京都，而废弛防守于边塞也”。

③ 胡大浚：《边塞诗之涵义与唐代边塞诗的繁荣》，见西北师范学院学报编辑部、中文系编：《唐代边塞诗研究论文选粹》，甘肃教育出版社1988年，第38页。

④ 肖澄宇：《关于唐代边塞诗评价的几个问题》，见西北师范学院学报编辑部、中文系编：《唐代边塞诗研究论文选粹》，甘肃教育出版社1988年，第27页。

此后,关于边塞诗的概念,学界虽有争议却鲜能生新。直到阎福玲《边塞诗及其特质新论》一文出现,才有了一些积极的推进。作者认为“边塞诗是一种以历代的边塞防卫为前提和背景,集中表现边塞各类题材内容的诗歌”①,并从政治性、社会性、地域性、时代性以及文化性等五个方面概括其特质。阎氏之所以强调“历代”,志在打破边塞诗多着眼于唐朝的局限,但是,就其特性来看,文化性似乎无法将“边塞诗”与其他题材严格区分,彰显其特质。阎氏亦认识到这一点,故在氏著《汉唐边塞诗研究》中将文化性略去不表,遂令边塞诗的面目更加清晰。

本书在前人基础上,重新界定边塞诗的概念:边塞诗是一种以边塞防卫为前提和背景,囊括东西南北四边,描摹边塞风光,表现边塞生活,倾吐边地情怀,反映民族交流,彰显塞防险要,表达边事态度,包蕴各种边塞题材的诗歌。

在这一概念的指导下,关于北宋边塞诗的取材,本书遵循以下法则:第一,诗人的创作地点不受拘囿。作诗地点不必为边塞,诗歌主旨是衡量其是否入选的根本属性。无论诗人身处何处,只要心系边防、情系边事,其诗即边塞诗。与此对应的,那些虽作于边地却反映诗人唱酬、宴饮、咏怀等无关边事、防塞的诗歌亦不入选。第二,诗歌的边塞指向可以虚拟,不必真实。譬如,诗之边塞可以是真实的边塞城池,如雄州、庆州、邕州,也可以是宽泛的、逐渐虚化的塞垣意象,如关山、陇头、阴山,地域指向不必与北宋实际的边疆地理严格对接。换言之,在文学边塞与事实边塞中,本书以前者为取材标准,以后者为诗歌阐释的目标之一隅。第三,边塞视角不局限于北部与西北。结合北宋南御边民与交趾的塞防实际来看,西南亦为边防重镇。在实际选诗过程中,大量北部、西北边塞诗涌入笔者视野,同样也有不少南方边塞诗涌现,它们同样传达了明确的边塞防卫意识

① 阎福玲:《边塞诗及其特质新论》,《河北师范人学学报(社会科学版)》1999 年 1 期,第 100 页。

与清醒的安危判断，因故收入。基于上述尺度，笔者认真阅读了北宋诗人别集，凡有校点本，则一律采用，其余诗家，则以台湾商务印书馆影印《文渊阁四库全书》为文本依据，辅以《全宋诗》。通过数月的阅读整理，笔者一共统计出诗人 194 位，诗歌 1 308 首。

结合北宋诗歌的创作实际来看，欲知边塞诗的自家面目，还需与论兵诗、战争诗、使辽诗、送人使辽诗等题材类型稍加厘清，为研究扫清障碍。首先谈论兵诗。徐积有两首《赠胡大夫》，一曰："其谁知公，胸中之奇。弗施于兵，施于有政。"另一曰："好读奇书好运筹，横刀常赋玉关秋。……应须读尽平蛮策，二广封疆近吉州。"就二诗而言，均谈兵论奇，不同的是，第二首不仅谈兵，还透露出对广南一路防塞的担忧、对控扼西南边民的忧虑，兼有论边与论兵的双重属性，故可纳入边塞诗的研究视野。其次论战争诗。表现边地冲突的战争诗是边塞诗，场域不在边塞[①]者则仅为战争诗。北宋中期宋夏交战频繁，时人创作了大量的宋夏战争诗，如苏舜钦《庆州败》、刘敞《没蕃士》、梅尧臣《故原战》，这些诗大多围绕宋夏交战的场域、事件、人物命运、边防措置等展开论述，体现了对陕西缘边的关注，均为边塞诗。最后论使辽诗。结合前述边塞诗定义来看，许多使辽诗都反映了北地风俗、民族交往、国家安全等"与边塞或战或和的形势息息相关"的问题，王安石《澶州》"城中老人为予语，契丹此地经钞虏"可为一例。由此可见，使辽诗具有入选资格。但是，并不是所有的使辽诗都能入选边塞诗，譬如刘敞《过中京后寄和贡两弟》，脱离了卫边背景单纯写思乡念亲，又如苏颂《和题会仙石》亦与民族交往、塞防形势无关，均不收录。[②] 值得注意的是，台湾学者张高评先生早已在研究中承认宋代使辽诗为边塞诗，并高度认可其价值。[③] 与使辽相适应的，北宋还出现了大量的送人使

---

① 此边塞为文学边塞，非事实边塞。

② 不收录者不止此二首，碍于篇幅，不能全出。

③ 张高评：《南宋使金诗与边塞诗之转折》，见莫砺锋编：《第二届宋代文学国际研讨会论文集》，江苏教育出版社 2003 年，第 399—400 页。

辽诗，即送别将赴辽朝的使臣的诗歌。这些诗歌，多承载着出使艰辛、彰显民俗、华夷较量等诸多话题，亦符合入选条件。

二、研究综述

关于宋代边塞诗研究，王金伟博士最先对文本辑录与研究现状予以综述。[①] 笔者以为，在切入视角、成果补充、得失总结等方面，北宋边塞诗的研究述评还有生发空间。鉴于此，以下先略述台湾地区的相关研究，再对大陆的研究成果进行综述。

（一）台湾研究成果综述

台湾地区的研究，黄麟书先生起步最早，贡献最大。1989 年，黄先生编辑的《宋代边塞诗钞》问世，这是第一部宋代边塞诗总集，全书约 65 万字，凝聚了作者极大的心血。此外，黄先生在边塞历史地理研究与塞防思想研究方面亦成果卓著，先后出版了《边塞研究》《边塞研究续集》与《唐代诗人塞防思想》[②]，对唐、宋塞防诗与塞防思想均有深度阐释，意在弘扬民族精神，呼吁树立塞防观念。之后，林珍莹女士对南宋初年使金诗人的边塞诗进行了初步探究。[③]

进入 21 世纪，对北宋边塞诗研究用力最多的是台湾成功大学的张高评先生。他以《宋代文学研究丛刊》为阵地，先后发表了《苏轼苏辙边塞诗之主题与风格》及《南宋使金诗与边塞诗之转折》二文。后一篇文章所涉内容十分广博，在宋辽交聘的背景下论述了“北宋使辽诗与边塞诗之新变”。此外，张先生还发表了《北宋使辽诗之主题与风格》[④]一文，对宋代边塞诗的

---

① 王金伟：《宋代边塞诗词文献及其研究评述》，《兰州文理学院学报（社会科学版）》2015 年 3 期。

② 黄麟书：《边塞研究》，造阳文学社 1979 年。黄麟书：《边塞研究续集》，东明文化基金会 1986 年。黄麟书：《唐代诗人塞防思想》，造阳文学社 1980 年。

③ 林珍莹：《南宋初年使金诗人边塞诗初探》，见张高评主编：《宋代文学研究丛刊（第五期）》，丽文文化事业公司 1999 年，第 237—262 页。

④ 张高评：《北宋使辽诗之主题与风格》，见台北东吴大学中文系编：《宋元文学学术研讨会论文集》，东吴大学 2002 年，第 453—518 页。

内涵予以剖析，并总结了宋代边塞诗对唐代边塞诗的继承与开拓之功。

（二）大陆研究成果综述

大陆学界尚未出现全面研究北宋边塞诗的相关成果，只有南宋边塞诗的整体结论，即李晓丹的硕士论文《南宋边塞诗研究》[①]。北宋边塞诗的专题研究大致呈现如下视角，即唐宋边塞诗比较与影响、乐府边塞诗、地域边塞诗、使辽诗、宋夏战争诗与北宋军旅诗、个案研究的边塞诗考察，以下，试从上述六个角度综述北宋边塞诗的研究现状。

1. 唐宋边塞诗比较与影响研究

比较研究方面，硕士论文主要有刘森的《唐宋边塞诗对比研究》[②]与卢红军的《唐宋边塞诗词的比较研究》[③]。前者认为宋代边塞诗比唐代边塞诗的内容更丰富，理性色彩加强，并从文学的自身发展、主体政权在文学中的导向性揭示差异成因。后者从历史背景、战争题材与风格表现等方面对唐代边塞诗与宋代边塞诗词进行对比，考究异同，探求原委。期刊代表论文则有李迪《唐代与北宋边塞诗比较》、谭浩烨《唐宋边塞诗词羌笛悲凉意象成因》，以及赵飞、郭艳华的《唐宋边塞诗风格成因比较》。赵飞与郭艳华认为唐朝空前繁盛的政治、经济、文化土壤，北宋孱弱的军事实力、猖獗的外族入侵，以及唐宋文武认识的差异性与政策的倾向性，都是造成唐宋边塞诗风格迥异的原因。影响研究方面，陈健《试论中唐边塞诗在唐宋边塞诗风演变中的意义》认为中唐边塞诗最早将“理致”和“思辨性”等因素与边塞生活凝练融合，为北宋边塞诗的理性品格奠定了基础，乃唐宋边塞诗转变之关捩。

2. 乐府边塞诗研究

乐府边塞诗的代表作，有吴彤英的《宋代乐府题边塞诗研究》[④]与孟静

① 李晓丹：《南宋边塞诗研究》，西南交通大学硕士论文，2018 年。
② 刘森：《唐宋边塞诗对比研究》，西藏大学硕士论文，2018 年。
③ 卢红军：《唐宋边塞诗词的比较研究》，西北大学硕士论文，2010 年。
④ 吴彤英：《宋代乐府题边塞诗研究》，河北师范大学硕士论文，2009 年。

的《宋代古题乐府研究》[1]。吴文对宋代乐府题边塞诗在整体把握后，又进行了入乐状况、模式拟变、主题揭示以及乐府与非乐府比较等细致考察；孟文则对《少年行》与《昭君》类乐府题边塞诗之创作主题的复变关系加以研究。此外，韩文达《浅谈宋代征战主题乐府边塞诗创作》亦推进结论。上述研究虽然立足两宋，却只针对乐府题边塞诗，与获得北宋边塞诗的整体结论仍有距离。

3. 地域边塞诗研究

卢晓河《北地战争与边塞诗》、刘金凤《宋代咏宁夏诗歌研究》[2]与樊文军《北宋陕北地区边塞诗研究》[3]均凸显出鲜明的地域特征。不同的是，卢文聚焦北部，贯通两宋数朝，而樊文与刘文则分别聚焦陕北与宁夏，紧扣北宋。其中樊文将陕北的军事格局置于北宋的时事背景下进行观照，在揭示其忧患意识与爱国主题的同时，亦揭示其长于议论、以文为诗、以俗为雅的自家面貌。此外，樊文军另有《空间诗学：回归文学生命意义现场——以北宋陕北地区边塞诗为例》一文，结论大致相近。

4. 使辽诗研究

使辽诗研究可分为整体观照与个案研究两类，整体研究又有专论北宋与统观两宋之别。专论北宋的成果，首推王水照先生的《论北宋使辽诗的两个问题》，此文最早认识到北宋使辽诗的独特价值，认为它反映了宋使对于宋辽平等外交的抵触与无力改变的隐痛，与盛唐边塞诗相比，具有理性克制、运笔含蓄的特点。诸葛忆兵《论北宋使辽诗》一文则认为使北诗因此具有检讨边策、增强了解、消除隔阂的文化意义。杨静《北宋使辽诗研究》[4]是第一篇关于出使诗的硕士论文，肯定了北宋使辽诗记录风光、彰显民俗、书写士子隐痛与自尊的文学价值。此外，张国庆《从辽诗及北

---

① 孟静：《宋代古题乐府研究》，河北师范大学硕士论文，2010 年。
② 刘金凤：《宋代咏宁夏诗歌研究》，宁夏大学硕士论文，2016 年。
③ 樊文军：《北宋陕北地区边塞诗研究》，陕西师范大学硕士论文，2013 年。
④ 杨静：《北宋使辽诗研究》，南京师范大学硕士论文，2003 年。

宋使辽诗看辽代社会》对使辽诗记录契丹生活的真实与丰富，郑子运《宋人使辽诗的文献价值》对其交代奉使路线、落实跨国邮传、了解异域风俗、校订他书正误等价值，均予以肯定。统观两宋者，有蒋英的《论两宋使北诗》[①]与《两宋使北诗三论》、陈大远的《宋代出使文学研究》[②]。陈大远博士首次将宋代出使文学作为一个整体进行观照，对于使臣选派、出使行程录、出使诗、出使词等都进行了专门研究。

使辽诗的个案研究，主要聚焦苏颂、苏辙、彭汝砺与王安石，主要成果有陈大远《论苏颂使辽诗的"大国情怀"》、胡彦《试论苏颂"使辽诗"中的爱国情怀》、王文科《论苏辙的使辽诗》以及沈文凡、陈大远的《宋辽交聘背景下的彭汝砺使辽诗》。个案研究最精彩亦最艰辛的，则属王安石使辽与使辽诗考辨。自 20 世纪 80 年代至今，共有以下成果推进这项研究，分别是李德身《王安石"使北诗"考》、赵克《王安石"使辽"及"使辽诗"考辨》、张涤云《关于王安石使辽与使辽诗的考辨》、刘成国、卢云殊《王安石使辽考论——兼与张涤云先生商榷》。经过上述学者的考证，王安石的使北经历从"有"到"无"，其接伴与使辽之辨伪，以及相关的诗歌创作都愈发清晰，任一阶段的结论都弥足珍贵。

5. 宋夏战争诗、北宋军旅诗研究

北宋军旅诗研究只有袁君煊、肖华的《宋辽战争：宋初军旅诗的内核》，文章以太祖、太宗两朝的军事活动为经，就陶弼、田锡、王禹偁、路振、魏野、郭崇仁、释昭宇等人的论战、论兵诗进行了详细探讨，认为宋初军旅诗除了具备反应战事的"诗史"性质，并能跳出唐音窠臼，形成"以诗论兵，以诗论战"的自家面貌，对后来诗歌影响深远。

与军旅诗相比，宋夏战争诗的研究成果则相对丰富，不仅参与研究者多，研究视野亦相对广阔，论述角度亦呈现出细微的差异性。2002 年，张

---

① 蒋英：《论两宋使北诗》，新疆师范大学硕士论文，2006 年。

② 陈大远：《宋代出使文学研究》，吉林大学博士论文，2014 年。

廷杰的《宋夏战事诗研究》[①]问世，将北宋边塞诗研究向前推进了一大步。该书对宋夏战争诗产生的社会背景、题材范围及其诗史性质与地位均有深入研究。

关于宋夏战争诗的论述，主要围绕以下几个话题展开。一是题材研究，有张廷杰《宋夏战事诗题材论析》、梅国宏《宋代诗人笔下的宋夏战争题材诗歌论略》以及景鹏飞的《北宋宝元、庆历年间宋夏战事诗初探》。二是民族情感研究，如邢会《宋夏战事诗的称谓类型及情感内涵》、郭艳华《“诗史”观辨正及宋夏战事诗的“诗史”性质》。三是宋夏战争对北宋文学与士大夫品格的塑造与影响。郭艳华对此贡献良多，既有宋夏战争对文学格局、文人心态的宏观概览，[②]又有对范仲淹心态与文学的专门探研。[③]此外，赵瑞阳、赵静就此话题分别发表了《宋夏战争对北宋诗文革新之影响》与《宋夏战争与庆历士风的嬗递及其文学呈现》。观上可知，由最后一个角度切入，可以看到边塞、战争、文学与诗人心态在北宋时局下的延续，这对于北宋边塞诗研究功不可没。

6. 个案研究的边塞诗考察

个案研究中，直接以边塞诗为研究对象的成果较少，主要有张廷杰、张国昉《〈瓦亭联句〉考辨——兼论苏舜钦的边塞诗》、张廷杰《论梅尧臣的边塞诗》、诸葛忆兵《范仲淹的西北边塞诗作》，以及王守芝的《论司马光诗歌中的民族观》。柳开《塞上》一诗，因为有边塞诗的典型特征，备受学者青睐，孙利平、刘为民、韦永稳等均对此诗有相关研究。

---

① 张廷杰：《宋夏战事诗研究》，甘肃文化出版社 2002 年。

② 郭艳华：《论宋夏战争与北宋文学创作格局的形成》，《文艺评论》2014 年 6 期。郭艳华：《宋夏战争与北宋文人士大夫精神品格的形成及其文学呈现》，《宁夏师范学院学报》2011 年 5 期。郭艳华：《宋夏战争与北宋文人的“倦客”情怀及文学呈现》，《北方论丛》2014 年 5 期。

③ 郭艳华：《由范仲淹的诗词创作看其历经宋夏战争前后的心态转变》，《宁夏师范学院学报》2009 年 4 期。郭艳华：《论宋夏战争对范仲淹文学创作的影响》，《北方民族大学学报(哲学社会科学版)》2009 年 5 期。

个案研究中，很多边塞诗研究隐藏在诗人整体诗风研究的背后，有些甚至未在题材上界定为边塞诗，其研究却紧密围绕边事、边塞诗展开论述。第一，梅尧臣边塞诗研究。涂序南的博士论文《梅尧臣研究》[①]结合宋夏战和的背景，从送友使辽、歌颂将帅、斥责避事等方面分析了梅尧臣边塞诗，从而勾勒出梅尧臣的治军、治边思想。新世纪之后，一批硕士论文将梅尧臣边塞诗研究推向明朗化，如王静《梅尧臣诗歌研究》、张兴茂《梅尧臣送别诗研究》、王淮喜《梅尧臣诗风嬗变之研究》。张兴茂指出梅氏送人使辽诗反映了赴辽艰辛、辽邦款待、去国怀乡等特质，张立荣从诗体角度指出其送人使辽诗喜用七律。[②] 第二，刘敞、刘攽边塞诗研究。硕士论文方面，刘美荣《刘敞诗歌研究》指出刘敞《出塞曲三首》"格调高亢，气完语遒"，王凌云《刘攽及其诗歌研究》与李腊梅《刘攽文学研究》从民生、战乱、思乡、收复等角度认可刘攽边塞诗的有的放矢，批判有力。第三，宋祁边塞诗研究。马瑞《宋祁诗歌研究》从将士思乡、边备落后等方面揭示了宋祁边塞诗的书写特征，温洁《宋祁诗文系年及行实考述》认为宋祁《真定述事》有不胜重任、壮志未酬之意。第四，其他个案的边塞诗研究。王抚超揭示了欧阳修诗忧心边民、控诉剥削的特质。[③] 谷学颖专论邹浩"边塞之歌"，注意到邹浩将边塞与送别完美融合。[④]

综上所述，结合唐宋时政分析边塞诗的时代个性，围绕宋辽交聘阐释使辽诗的现实意义，聚焦北宋边战解读边塞诗的情感内涵，立足边塞城池探究边塞诗的地域特征，这些研究推动了北宋边塞诗的研究进程，为本书的撰写提供了重要的参考视角。同时，上述研究也存在显著的遗憾。一是取材的局限。上述研究并未统观北宋边塞诗，因此不能在全面占有资料之后理性评估、择点论述。二是理解的局限。所论未能立足北宋的治

---

① 涂序南：《梅尧臣研究》，南京师范大学博士论文，2013 年。
② 张立荣：《梅尧臣的七律诗风与北宋庆嘉诗坛》，《贵州社会科学》2015 年 11 期。
③ 王抚超：《欧阳修诗歌研究》，山东师范大学硕士论文，2007 年。
④ 谷学颖：《邹浩诗歌研究》，广西师范学院硕士论文，2012 年。

政个性与边防经略深入揭示诗歌的情感内蕴，在地域书写、爱国情怀、民族交流、战和认知等角度都留有遗憾。许菊芳的《试论宋代边塞诗的理性精神》能够从重文抑武的国策与内敛平实的心态切入，却碍于篇幅，未能深入。艺术特质的把握，对其“诗史”性质的解读，仅有郭艳华的《“诗史”观辨正及宋夏战事诗的“诗史”性质》一文较为翔实。至于议论弘肆、说理透辟等艺术特征，意象与典故的选用，以及在唐音宋调的视角下评价其继承与新变，学界均未能形成整体结论。三是学科借鉴的不足。上述研究未能在边塞诗与政治、军事、地理、外交等学科之间搭建桥梁，即便文学内部的回答，北宋边塞诗的魅力亦未在宋诗艺术的诗学批评中得到积极回应。这些不足，为北宋边塞诗研究提供了生发空间。

三、选题价值与路径方法

北宋边塞诗内涵丰富，边防预警的高度重视，屈己修好的动态转变，安边息民的深沉谋划，沿边堡寨的辛苦经营，戎马倥偬的回忆感喟，迥异多样的异域风俗，如此种种，尽现诗人笔端。研究北宋边塞诗，有助于人们从中把握北宋王朝的国计民生、边防政策、民族关系等时代脉搏，亦可知具体诗人的安边理想与救国理路。

（一）选题价值

首先，从作家作品上看，北宋边塞诗本身具有不容忽视的客观价值。本人通过阅读北宋诗人别集与《全宋诗》，别集囊括点校本、元钞本、明清刻本、四部丛刊本、丛书集成初编本与文渊阁四库全书本等，统计出诗人194位，诗歌1 308首。这样的体量，既有助于实现边塞诗在北宋一朝的系统认知，又丰富了宋诗题材研究的整体结论。

其次，北宋边塞诗常常表现出主题多元、情感多样的丰富性与层次性。一，北宋边塞诗既有疆理天下的雄心壮志，又有注目边地的备敌意识，吐纳天下的豪情与生存艰难的焦虑在切实的山河观照中高度融合。二，北宋边塞诗传递出真切的忧患意识与报国深情，将个人价值与社会价值有机链接。三，送人使辽诗为我们了解北宋诗家的使北观念与外交态度留下了较大的阐释空间，澶渊之盟不仅带来了出使文学的繁盛，也埋下了以岁币为题抒发忧乐之情的种子，而民族交往的阴晴不定又为宋人评估战和、崇尚勇武找到了出口。四，围绕边情提出问题、表明态度、总结经验是北宋边塞诗的理性特征，这种对救边出路的积极突围，在梅尧臣、刘敞、黄庭坚、韩琦、宋祁的边塞诗中体现得最充分，折射出可贵的价值理性与反思精神。对上述情感与认知等维度进行观照，既可窥见个体表达的深透，又能得出话题交汇的结论。

最后，北宋边塞诗形成了长于叙事、议论弘肆、说理透辟的艺术面貌。北宋边塞诗在纪实、叙事的层面继承并发扬了“诗史”精神，又在讲故事的层面别出心裁、引人入胜。北宋边塞诗好发议论，言理清晰，联手“以文为诗”积极践行务实与说尽，形成了观点鲜明、意境削弱的自家面貌。此外，将军事意象置于边事中形成“事境”，将历史掌故置于边论中寄托理想，均有务实之征。北宋边塞诗内部亦有“唐音”，随着“宋调”的推进，其情在事中、情在理中、情在论中的特点亦愈发鲜明。

（二）研究路径

研究北宋边塞诗，惟有清楚文学植根的土壤与催生文学的事件，才能恰切地“以意逆志”，理解诗之本旨。因此，本书聚焦北宋边塞诗，立足于时代、诗人与边事，致力于阐释北宋诗家对边防的话题关注与情感表达，揭示其传输路径与言说方式，最终得出完整而中肯的结论。具体思路如下。

1. 回到文学与时代的联结、边塞诗与边防的联结进行考察

赵宋承晚唐五代而来，晚唐以来的藩镇割据、五代时期的武将篡立以及宋太祖发动的陈桥兵变都暴露了武将拥兵的巨大隐患。鉴于此，北宋确立了重内轻外、重文轻武的“防弊之政”①。“防弊”即北宋祖宗之法的

---

① 邓广铭：《宋朝的家法和北宋的政治改革运动》，见朱东润等主编：《中华文史论丛》1986年第3辑，上海古籍出版社1986年，第86页。

“事为之防，曲为之制”，一是用制度保障国家机器的有序运行，二是凡事本着“预则立不预则废”的戒惧之心。北宋将“事为之防”发扬光大的同时，北宋边塞诗的焦点与品格也随之确立。在疆理天下、抵御外敌的使命下，北宋君臣积极借助地理知识的空间管控功效以实现“不窥牖而可知（天下险要）”。管控天下与收复焦虑的不可调和与“事为之防”交汇，在北宋内部形成了“忧边与救国”之切，在对抗辽夏时则形成了“竞逐与维稳”之心。此外，兵法、儒帅、军储、防秋的反思与献策，均可见宋人因时制宜的救边理路。此即将北宋边塞诗置于边防视角下进行研究的原因。

2. 以问题带动作家作品研究，不做发展史勾勒

北宋边塞诗的创作与时事密切相关，具有“肚子大、两头尖”的特点。前期宋辽交往所占比重相对较大，却很快为中期的宋夏战和所取代，至于北宋末年的宋金交战，其诗基本不涉边塞，直接呈现为战争诗，篇幅极少的联金灭辽边塞诗又不足以撑起后期的书写重任。因此，初期的抬头与后期的式微，无论是从内蕴还是审美的角度来看，均无法与中期的鼎盛相提并论，前中后三期比例严重失衡，此即本书略去勾勒发展史的原因。

以问题带动作家作品研究，是北宋诗人博学通贯的必然要求。以产量最高的刘敞与梅尧臣为例，刘敞精研春秋，深谙地理，推崇奇策，这种学术品格既催生出收复情结中的华夷之辨，又在出使契丹的地理较量中维护了皇家颜面，并在韬略探求中明确树立“不战屈人兵”的鲜明旗帜。这样多维透视，有助于层累地认识诗人诗作，连缀得出完整结论。再如梅尧臣，其边塞诗的突围经营贯穿求策、儒帅、军储、防秋四事，但是，将这些话题置于个案研究，并不利于窥见北宋边塞诗的全貌。因此，将上述四个话题分别阐述，既可知刘敞、黄庭坚的推崇庙算，欧阳修、韩琦的爱民重农，刘敞、欧阳修的防秋备边，又可以看到欧阳修、梅尧臣、刘敞对文儒知兵的肯定，宋祁对帅边的倦怠、对儒生的质疑，有助于得出整体结论。这样做，避免将诗人置于孤岛，亦可避免个案研究的同题重复。

3. 从创作主体“复合型人才”的身份确立入手，有助于生成真实结论

北宋诗人多是集官僚、文士、学者三位于一身的“复合型人才”[①]，从创作主体的身份转型入手，可以深入理解北宋边塞诗的理性精神。结合北宋边塞诗的创作实际来看，产量多于二十首的共计十八人，官至宰相者便有韩琦、王安石、司马光、苏颂、王珪等五人。除杨亿、梅尧臣外，其余十六人均以登科入仕，这与前代诗人作品虽好而品阶不高、甚至无官的情形已大有不同。这样的身份转型决定了其诗已渐染学人之诗、政治家之诗的鲜明色彩，即便张大豪情，亦有清晰理路。本书既宏观论述人的理性对诗风理性的推助之力，又从科举制度、谏议制度揭示人的理性的制度保障。复合型人才的身份背后，承载的是广博的学术涵养与自觉的理性精神，为边塞诗创作能够对症下药、有补于世提供可能，亦有助于揭示北宋边塞诗反思、献策、陈情的深层题旨。

4. 从“唐音”“宋调”的角度审视北宋边塞诗的继承与新变

从唐音与宋调的角度评价北宋边塞诗，可清醒地认识到其内部有“唐音”“宋调”两种形态。在纪事、议论、说理的鲜明特征之外，北宋边塞诗还掩藏着唐诗余味，乐府提供体式参照，唐诗为其演绎范本，而前期诗坛为其提供竞技场所。北宋边塞诗的宋调特征，则以庆历、元祐前后诗人创作为例，说明其议论纵横、务实少虚的新面貌。

（三）研究方法

1. 阐释与考证相结合、分析与归纳相结合

北宋边塞诗叙议丰富，情感深隽，对于大量彰显时事的边塞诗，本书

---

① 关于北宋诗人的“复合型”身份，王水照先生最早于《宋代文学通论》一书中提出：“（宋代诗人）大都是集官僚、文士、学者三位于一身的复合型人才，其知识结构一般比唐人淹博，格局宏大。”张兴武先生在《宋初百年文学复兴的历程》一书中沿用“复合型人才”的说法，以为庆历士人范仲淹、欧阳修、尹洙、苏舜钦为此中代表，揭示其“知古明道”“务实致用”的精神特质。日本学者内山精也在氏著《庙堂与江湖——宋代诗学的空间》中开门见山，径直标明“官一学一文”三位一体，指出宋人对官僚、学者、诗人三种身份价值认同的依序减弱，“三位一体”实际上还是继承了王水照“政治家、文章家、经学家三位一体”的说法。

不做描述式的浅层观照，而是回到本事土壤，参辑资料，注重作品内证，利用文史互证、诗文互证推进结论真实。例如，送人使辽诗与送别、寄赠将帅诗研究，笔者细致考索所涉对象、创作缘起与诗人情志；时事边塞诗研究，则聚焦北宋的对外作战与内部安边，小心求证涉战将帅、缘起经过与战争影响。即便是研究数量较多的宋夏战争诗，亦不满足于宝元、庆历诗歌的探研，而是向嘉祐界争、元丰伐夏、永乐城之战等相关边塞诗拓展，推进结论。

2. 学科交叉带来的结论真实

本书立足于北宋边塞诗，同时借鉴军事、政治、地理、历史、经济、文艺学等学科特点，以期得出真实结论。例如，从北宋疆理天下的雄心与地图绘制的发达，阐释宋人在《幽州图》《陕西图》等题画诗中表达的恢复情结与防塞关注；从地缘政治与宋辽交聘的视角，全面评估送人使辽诗的文学价值；从兵学与儒学的高度契合，揭示北宋边塞诗借鉴兵法、探求韬略的奥秘；从交通运输与政府购买的角度，揭示宋人的军储观念，进而阐释其重农思想；从唐宋取士的巨大变革、优容台谏的治政个性、诗人知识谱系的综合深化，探讨北宋边塞诗的理性精神与反思品格。另外，从文学主张、诗学批评等角度，揭示北宋边塞诗的艺术特质。这些学科的交流碰撞，有助于推进结论真实。

3. 用数据、图表、地图支撑观点

第一，数据与图表。本人一共统计出北宋诗人 194 位，北宋边塞诗 1 308 首。图表方面，第四章有“聚焦七次出使的送人使辽诗统计表”，第五章有“北宋诗人与边塞诗创作统计表”，将边塞诗产量大于 20 首的诗人汇总，分列其产量、登科、入仕与最显职务，直观地呈现出复合型人才的身份、经历对边塞诗创作的影响，第六章有“用典统计表”。另外，附录一是“北宋与辽夏相互用间统计表”。附录二为“北宋边塞诗所涉各路城池、重镇一览表”，详细列出北宋边塞诗涉及的各路城池，按照河北四路、陕西六路、南方诸路的顺序依次排列。第二，地图的运用。第二章中，《宋拒辽三道国防线图》可见北宋御辽的三道防线与城池布控,《西夏疆域图》可见朔方的屏藩之重与联通意义,军事地图的积极运用弥补了文字阐释的模糊与苍白。借助数据与图表,旨在实现数据统计、逻辑分析的有机融合,加入地图,则有图文并茂、论证有据之助,以便全面深刻地完成研究构想。

要之,本书结论仅是“北宋边塞诗研究”这一选题下读博五年的阶段性成果,旨在抛砖引玉,限于才力,多有不足,恳请各位专家批评指正。

第一章

方略与施治：北宋边塞诗的生成土壤与边防背景

北宋的边防经略包括处理邻邦关系、治理本朝边民两方面内容，两者相互牵制，相互影响。从相邻政权来看，北部的防御重点是辽朝，西北则为西夏、吐蕃，西南则为交趾、大理。另外，西南边民是北宋南治的重要对象。这种政治格局左右着北宋的边防布控，河北四路为北御战区，定州路与高阳关路的重要性高于真定府路与大名府路。西北边防因为宋夏战事频仍，布控更多，北宋中期，鄜延、泾原、环庆诸路为主战场，之后随着熙丰开边与河湟进筑，熙河路的军事地位日益凸显。北宋的南治，主要关注川峡四路、荆湖南北与广南西路的防塞戍守。御边策略是民族交往的伴生物，因此，北宋的边防经略常常与御夷交错缠绕，难以剥离。本章旨在从北御契丹，西北抵御夏与吐蕃，南御交趾、大理与西南边民的角度，揭示北宋不同防区的军事部署与策略演变。

北宋经略边防的宏观探究，学界主要有如下成果：马大正《中国边疆经略史》、陈佳华《宋朝的周边形势及治边政策》、陈守忠《北宋建国时的周边形势》、刘建丽《北宋御边政策的调整》、林荣贵《北宋与辽的边疆经略》、贺笃照《宋代边防战略探析》。这些成果均对北宋的边防形势与御边策略予以探研。其中，马大正对北宋的边疆管理机构，刘建丽对北宋御边的阶段性特征，林荣贵对周边政权宗藩关系的承变，贺笃照对消极的国防战略，均有深入分析。

第一节　北御契丹的部署与转向

北御契丹，太宗北伐、澶渊之盟、联金抗辽是研究热点。这些问题，陶晋生先生的《宋辽关系史研究》[①]与王晓波的《宋辽战争论考》[②]多有论及，并推进了宋辽界争、对辽议论、方田研究等结论。分而论之，关于太宗北伐，顾全芳《评宋初的对辽政策》在客观评价太宗的军事失败的同时，进一步指出攻辽败北恰恰折射出宋辽互相制衡、无法侵吞的事实。马萌专对太祖雄州和议至太宗徐河之战十五年间的御辽策略进行考察，总结出太宗御辽"积极进攻-积极防御-消极防御"的策略转变。[③] 关于澶渊之盟，学界成果较多，观点如下：一是合约屈辱，有害无益，大大挫伤了御辽积极性；[④]二是订盟弊大利小，妨害当时及后世外交与边防，漆侠先生首倡此说，高美玲、仝建平、陈峰、杨国宜、赵永春等学者观点相类；[⑤]三是高度认可澶渊之盟的维稳意义，如金石、芮汉忠、任崇岳，均就澶渊之盟后的休养生息、宋辽友好展开论述。关于联金灭辽，学界多从海上之盟入手，对结盟的缘起、经过与影响予以分析，认为它是加速北宋覆亡的失败之举。20世纪30年代，陈乐素先生最早撰文《宋徽宗谋复燕云之失败》[⑥]予以探研。今人赵永春的著作《金宋关系史》与《金宋关系史研究》[⑦]跳出联金灭辽的局限，站在民族平等的对话视角对历史演进进行了深刻分析，成绩卓然。

鉴于北御成果卓著，本节论述略于事件而重于转向，以期揭示北宋王朝北御布防政策之变化。北宋的北御策略，大致呈现出"战—和—战"的三期分野。前期御辽军略波折迭起，经历了太祖积极防守、以图长远，太

---

① 陶晋生：《宋辽关系史研究》，中华书局2008年。

② 王晓波：《宋辽战争论考》，四川大学出版社2011年。

③ 马萌：《北宋对辽军事策略的三次转变(974—989)》，渤海大学硕士论文，2014年。

④ 有害无益说的代表论文：任崇岳《关于"澶渊之盟"的几个问题》、刘孔伏《再论"澶渊之盟"的性质及有关的几个问题》。

⑤ 弊大利小说的代表论文：漆侠《辽国的战略进攻与"澶渊之盟"的订立——宋辽战争研究之三》、高美玲《关于"澶渊之盟"的几个问题》、仝建平《再谈宋辽"澶渊之盟"》、陈峰《北宋御辽战略的演变与"澶渊之盟"的产生及影响》、杨国宜《"澶渊之盟"平议》、赵永春《试论"澶渊之盟"对宋辽关系的影响》。

⑥ 陈乐素：《宋徽宗谋复燕云之失败》，《辅仁学志》1933年1期。后收录于《陈乐素史学文存》，广东人民出版社2012年。

⑦ 赵永春：《金宋关系史》，人民出版社2005年。赵永春：《金宋关系史研究》，吉林教育出版社1999年。

宗北伐无功、复归守势，真宗景德和议、友好共生三个阶段。中期仁宗精心维护和平，友好外交，神宗积极变法图强，加强军备，哲宗先保守而后强硬，其间策略虽多次转向，但总体相安无事百余年。后期辽国势衰，徽宗君臣引狼入室，联金攻辽，宋辽俱焚。最终，金坐拥其成，与南宋划江而治。

一、北宋御辽的军事对抗与战略转型

契丹建国之初，已经拥有中国北部与东北广大地区。后晋时再得幽云十六州，占据今北京、天津、河北与山西北部地区，长城防线上的重要关隘，山海关、雁门关、喜峰口、古北口等尽收囊中。对北宋而言，幽燕割让，天险丧失，北御益难，宋人故云："幽燕诸州，盖天造地设以分蕃汉之限，诚一夫当关，万夫莫前也。石晋轻以畀之，则关内之地，彼扼其吭，是犹饱虎狼之吻，而欲其不饱且噬，难矣。遂能控弦鸣镝，径入中原，斩馘华人，肆其穷黩。卷京洛而无敌，控四海以成墟。"[①]对于幽云的战略价值，宋人虽分析精到，却不及契丹积极经营，契丹在幽、云二州分设南京析津府与西京大同府，真正实现了幽云的屏塞御边。宋太宗与宋徽宗时期，宋辽战役均围绕此地争夺展开，不仅是恢复情结的驱迫，也是战略认知的选择。太宗两次北伐皆败，宋人将收复雄心暂且沉潜，在澶渊订盟后开启了弃硝烟而用竞逐的外交模式，维系百余年，为两国的生息发展提供了有力保障。

（一）澶渊之盟前的宋辽对抗

面对结束十国分裂与收复幽燕失地这两个问题，太祖采取了先南后北、先易后难的战略，基本实现了统一南方、重创北汉、震慑契丹的军事效果。此时北汉未克，遑论恢复，宋辽之间虽无大战，却常常借助对北汉的结好、打压展开竞逐。随着北宋平复南方，日益壮大，北汉内政不修，日益

① （宋）叶隆礼撰，贾敬颜、林荣贵点校：《契丹国志》卷3《太宗嗣圣皇帝下》，上海古籍出版社1985年，第41页。

衰落，辽朝战略渐由制宋转向亲宋。宋辽冲突的有效克制是两国君臣基于利益考量、实力评估的双向抉择，是大国军事理性的体现。与此同时，太祖已经着手收复幽云的准备。据《邵氏闻见录》记载，太祖曾以幽燕地图示赵普，“闻所取幽、燕之策”①，赵普以深谋当远虑沮其成行。后太祖置封桩库，囤积钱帛，做经济赎买与军资储备两手筹划。军事上，在宋辽边境委任悍将戍边，“李汉超镇关南，马仁瑀守瀛州，韩令坤镇常山，贺惟忠守易州，何继筠领棣州”②，积极防御辽朝进攻。开宝三年，田钦祚率兵三千击退六万入侵辽军，太祖欣喜而言：“契丹数侵边，我以二十匹绢购一契丹首，其精兵不过十万，止不过费我二百万匹绢，则契丹尽矣。”③

太宗继位，先于太平兴国四年(979)降服北汉，同年六月继而挥师北伐。尽管满城之战胜出，却终未实现收复重任。雍熙三年(986)正月，太宗发动第二次北伐战争，同样是先胜后败，尤其是君子馆之役，宋军关南主力几乎全军覆没。两次大举伐辽的失败均验证了幽燕难复、契丹难制的事实。对于北伐带来的战争疮痍与财政困弊，边民以为“(太宗)贪其土地，致北戎南牧”④，朝臣亦以为“竭苍生之众力，务青史之虚名”⑤，批判纷至沓来。

自宋真宗即位至澶渊之役，据《辽史》记载，辽朝共发动了三次较大的侵宋战争，分别是咸平二年(999)的瀛州战役、咸平四年(1001)的遂城之战与咸平六年的望都战役。王晓波认为，此三役宋军虽损伤众多，但宋真宗君臣顽强抵抗的态度对于澶渊之盟的顺利达成意义重大。⑥

(二) 澶渊之盟后的和平共生与戒备提防

景德元年(1004)十二月，宋辽订立澶渊之盟，北宋以“遗绢二十万匹、

---

① (宋)邵伯温撰，李剑雄、刘德权点校：《邵氏闻见录》卷6，中华书局1983年，第53页。

② (宋)范镇撰，汝沛点校：《东斋记事》卷1，中华书局1980年，第1页。

③ 《长编》卷11太祖开宝三年十一月甲寅，第252页。(宋)李焘撰，上海师范大学古籍整理研究所、华东师范大学古籍整理研究所点校：《续资治通鉴长编》，中华书局2004年。(以下简称《长编》。)

④ 《长编》卷30太宗端拱二年正月癸巳，第672页。

⑤ 《长编》卷30端拱二年正月癸巳，第674页。

⑥ 王晓波：《宋辽战争论考》，四川大学出版社2011年，第91—95页。

银一十万两”[①]的代价令契丹退兵。对这份来之不易的和平，宋廷倍感珍惜，故于订盟当月旋即修改缘边城池、军队的名称：

改威虏军曰广信，静戎曰安肃，破虏曰信安，平戎曰保定，宁边曰永定，定远曰永静，定羌曰保德，平虏城曰肃宁。[②]

举措之迅捷与名称之雅致，无不体现出北宋经营友好的诚意。盟约初期，契丹对此安定和平亦十分珍惜，不仅持续派遣高官贵族使宋，还将征伐别国的信息告知宋廷，以免恐慌。乾兴元年（1022）六月，得知宋真宗崩逝的消息，辽圣宗不仅遣使吊唁，设灵祷告，还将国内犯讳真宗的事物易名。尽管宋辽双方均辛苦经营，小心维护，却不得不承认和平背后危机依然深重。景德二年（1005）正月，北宋虽大力削减河北禁军与乡兵，却在守臣方面精心布置：

西上阁门使马知节知定州，孙全照知镇州，刑部侍郎赵昌言知大名府，给事中冯起知澶州，洺州团练使上官正知贝州，莫州团练使杨延朗知保州，滁州刺史张禹珪知石州，崇仪使张利涉知沧州，供备库使赵继昇知邢州，西上阁门副使李允则知雄州，供备库副使赵彬知霸州。[③]

任命“武干善镇静者”戍守河北，是北宋大量裁省河北驻军后的安全保障。至仁宗明道间，北宋大力兴修方田，开掘塘水，广植林塞，七处塘水有六处横亘河北东路，密布于宋辽边线，方田经营亦集中于“顺安安肃、保定州界，自边吴淀望赵旷川、长城口”[④]等冲要地带，均有效防止契丹骑兵奔突。

① 《长编》卷 58 景德元年十二月癸未，第 1290 页。
② 《长编》卷 58 景德元年十二月甲辰，第 1301 页。
③ 《长编》卷 59 真宗景德二年正月甲寅，第 1308 页。
④ 《长编》卷 112 明道二年三月壬午，第 2608 页。

（三）北宋末年的灭辽方案与实施效果

澶渊之盟，虽然开启了岁币维和的新气象，却也带来了摧折士气、消解边防的弊端。这种忍辱负重，在徽宗朝竟演变为联金攻辽的盲目清算。以下专对宋、金、辽对于此策的破立努力与历史影响加以分析，以期丰富对北宋边防战略与历史责任的认识。

首先，宋金战略目的与军事实力有差。北宋联金伐辽，旨在收复燕云失地，金朝却倚仗军事实力反复加码，先以“所请之地，今当与宋夹攻，得者有之”[①]予以搪塞，又提出“若更要西京，只请就便计度收取”的附加条件。至于平、滦、营三州，金人以为“不系燕京所管”，不在归还之列。若宋违约，则不得土地。[②] 由是观之，此盟对双方的军事义务有明确规定，北宋的岁币转赠仅仅是感戴金朝助其收复的犒赏，未能代偿其军事行动。因此，当攻辽败北后，北宋自然没有与金谈判的底气，只能任其宰割。相反，金朝始终目标明确，成果分配倚赖军功是利己设定，除残缺的幽燕故地外，其余辽地尽归其下，又得北宋钱帛，以战敛财，一举多得。宣和四年(1122)，北宋在白沟、范村之战以及二次北伐三役中战败。金人趁机邀利，在原有岁币的基础上，索求燕地赋税。北宋被迫答应每年加付价值一百万贯钱的货物，并支付绿矾二千栲栳，得到的是金人席卷一空的燕地空城。

其次，应客观评价辽朝拆散联盟的努力。面对金兵入侵，辽人或积极谈判，或全力备战，毫无任人鱼肉之态。军事方面，辽将萧干断宋粮道，传递伪情，令宋军闻风丧胆，不击自溃。外交方面，得知宋金联手，辽朝先后于重和元年(1118)的二、三、四、七、八、闰九、十二等数月遣使赴金斡旋调和，沮其联盟。尽管辽金和谈最终流产，但它曾一度影响到宋金联盟的实现，辽人力图扭转待宰局面的种种努力，着实令人赞叹。

---

① （元）脱脱等撰：《金史》卷2《太祖本纪》，中华书局1975年，第30页。

② （宋）徐梦莘撰：《三朝北盟会编》，上海古籍出版社1987年。谈判诸事见《三朝北盟会编》卷2、卷4。

最后，宋金灭辽的战略评估。陶晋生认为，容纳叛亡辽将是宋人一大失策，令金人攻宋出师有名。[①] 事实上，接纳张觉不过是伐宋借口，北宋极差的战斗力激起了金人的吞并野心才是深层原因。笔者以为，北宋虽不能，也不会救辽于水火，却完全可以不必急于暴露实力以致过早覆灭，至于在国势日衰的情势下，北宋是否能与金朝达成协议，又能绵延国祚至几时，则均为历史的推测。因此，王夫之谓："夹攻也，援辽也，静镇也，三者俱无以自全。盖宋至是而求免于女直也，难矣。"[②]虽悲观至极，却也客观指出北宋的有限选择。在三种不可逆转的覆灭选择中，船山首选镇静，即"拒契丹而勿援，拒女直而勿夹攻，则不导女直以窥中国之短长，守旧疆以静镇之，此一说也，近之矣"。船山所言，确为北宋保存实力、绵延气数的最佳选择。

要之，宋金联手灭辽，于金是理财保险，于宋是索命账单。金人的精明在于同时与辽宋两国进行谈判，权衡利弊，表现了择优录取的判断精神。而宋则不然，自始至终怀揣着克辽复地的单纯愿望，孤注一掷，即使交涉中受尽屈辱，亦不改初衷。宣和三年(1121)，北宋疲于应对方腊起义，灭辽愿望渐弱，然而，盟约中的伐辽义务却催促着北宋上阵，战败之后，对金朝兵力的依赖愈深，至此，两国走向已日渐明朗。宋金联盟，前者作茧自缚，后者借刀杀人，高下立判。

二、北宋御辽的信息对抗与势力争夺

较之武力角逐，宋人更推崇不战而屈人之兵，因此十分重视觇候军情以抢占先机。御辽的信息对抗是指北宋既积极养间刺事，同时又严防辽谍渗透。面对复杂的谍报反馈与频繁的辽谍入境，北宋或能甄别辨伪，或不慎入彀，从侧面折射出信息御边的难度。不仅如此，北宋还积极争夺他方

---

① 陶晋生：《宋辽关系史研究》，中华书局 2008 年，第 170 页。

② （清）王夫之著，舒士彦点校：《宋论》卷 8《徽宗三》，中华书局 1964 年，第 150 页。

势力，笼络高丽、女真，其关系的亲疏有差反映出北宋边略的阶段性变化。

(一) 间谍渗透与情报收集

北宋的北御之术，既有自我约束、减少摩擦的保守一面，又有外交和谈、迎敌备战的积极一面。无论何种战略，收集情报、掌控边情一直是北宋钻研不辍的安边要领。因此，建立高效的间谍队伍，获取真实情报，消灭渗入的敌国间谍，防止信息流失，则显得至关重要。

首先，北宋历代君主均十分重视养间与用间。早在建隆三年(962)，太祖就明确表达了养间的态度：

> 安边御众，须是得人。若分边寄者能禀朕意，则必优恤其家属，厚其爵禄，多与公钱及属州课利，使之回图，特免税算，听其召募骁勇，以为爪牙。苟财用丰盈，必能集事。朕虽减后宫之数，极于俭约，以备边费，亦无所惜也。①

另据江少虞《宋朝事实类苑》记载：

> 太祖时，以李汉超为关南巡检使，捍北虏，与兵三千而已。然其齐州赋税最多，乃以为齐州防御使，悉与一州之赋，俾之养士。②

由是观之，太祖时，边将皆财力雄厚，故能够“以养死士，以募谍者，夷人情状，山川道路，罔不备见而周知之。故十余年无西、北之忧也”③。

至真宗朝，间谍的派遣与管理工作更加细致，表现有二：一是机宜司的设立，二是边将用间与反间的老辣。咸平初，北宋于雄州设立机宜司，命谨慎安静的边吏负责整理情报，管理间谍等刺辽事务。澶渊之盟后，宋

① 《长编》卷3建隆三年十二月甲辰，第77页。
② (宋)江少虞编：《宋朝事实类苑》，上海古籍出版社1981年，第56页。
③ (宋)范镇撰，汝沛点校：《东斋记事》卷1，中华书局1980年，第1页。

辽通好，罢机宜司，知雄州机宜司赵延祚因此被任命为侍禁、雄州北阙城巡检，不再担任机宜司职务。[①] 景德三年(1006)，从雄州边帅之请，改机宜司为国信司。机宜司改称只是抹去了表面的戒备提防，至于北宋刺事的热情却从未消减。天禧年间，知雄州李允则的用间、锄间十分高妙。知雄州期间，李氏命雄州百姓张文质假扮僧人长期潜伏于辽刺探军情。据李焘《续资治通鉴长编》(以下简称《长编》)记载，李允则景德三年九月始知雄州，天禧三年(1019)六月迁知镇州，镇守雄州十四年。即便张文质于天禧三年才入辽刺事，至天圣五年(1027)恢复身份，也有八年之久；若张文质于景德三年即入辽刺事，至天圣五年恢复身份，则长达二十余年，足见允则用间之深密。天禧三年，云翼军士卒叛逃入辽，辽方匿留不报，李允则却能够准确说出士卒匿地。同年，北宋谍知辽帅(幽州统军)入境刺探，允则率众款待，致其内部生隙，终令契丹疑而诛之。[②] 至神宗朝，间谍活动有两大特点，一是财力雄厚，二是人数充足。养间资财，或源于官库支持，或来自边帅回易。王安石说："雄州有官库，专给用间。"[③]此外，还有专项拨款与回易特批，如赐河北缘边安抚副使沈披万缗收息以犒赏间谍，许鄜延路以本司回易库抚养士卒等本钱别置库便宜经营，以备抚养士卒及赏犒赏间谍之用。[④] 财力问题落实之后，人力保障亦为用间工作的关键因素。元丰二年(1079)，河北缘边安抚司言："缘边州军主管刺事人，乞选募，人给钱三千，以使臣、职员或百姓为之。"[⑤]。可见，神宗君臣对间谍招募的重视与仰赖。

其次，北宋建立了一套较为严格的防止辽谍渗透与边民收编的管控与奖惩制度。严防渗入经常借助奖励捕获者与禁止边民为辽所用得以维

---

① 见《宋会要辑稿》职官36之32、《长编》卷53咸平五年十月庚寅、《长编》卷59景德二年三月丙寅。

② 李允则用间诸事，见《长编》卷105天圣五年九月乙巳、《长编》卷93天禧三年六月丁酉。

③ 《长编》卷237熙宁五年八月戊戌，第5775页。

④ 熙丰用间诸事，见《长编》卷262熙宁八年四月甲申、《长编》卷293元丰元年十月乙卯。

⑤ 《长编》卷299元丰二年七月甲戌，第7267页。

系，这在仁宗、神宗两朝表现得最为充分。皇祐二年（1050），仁宗下诏河北转运司、沿边四榷场，命其重赏捕谍之人。同时，任用捕获辽谍的张用、张显、王昇为官，因其抓获了向辽提供边情的两地供输人冯均。[①] 戒备与警惕方面，庆历间禁止河北缘边地区停居辽人，至和间积极约束伪装为僧以探刺边事的辽谍，元丰时积极应对欲侦查北宋对夏策略的辽使赵庭睦，均为确证。[②] 至神宗、徽宗两朝，奖赏更加明确具体。熙宁八年（1075）出台“告获一人，赏钱千缗，仍与班行；即居停知情人能告首，原罪外亦与酬赏”[③]，崇宁元年（1102）下诏凡所捕辽夏细人勘鞫为实者，“支赏钱三千贯，白身更与补三班奉职，官员并与改转”[④]，同年枢密院明示河北、陕西、河东诸路边臣所捕为实，即“支赏钱一千贯文，白身更与三班借职，官员将校比类迁转”[⑤]。对于那些曾经协助藏匿或资助间谍的宋人，若能戴罪立功，协助捕获，亦可免罪推恩。至于已经入宋的辽谍，北宋则倚之获取更多的间谍信息，或赖以辨认被捕间谍真伪，或据其描述派诸路抓捕，以绝后患。关于间谍管理，除了严防敌方渗入，北宋亦严禁人口出境，违者严惩不贷。太平兴国八年（983），太宗下诏：“应有藩部将带人口入藩界者……仍令逐处粉壁晓示。”[⑥]天禧三年（1019），令蕃官缉捕私自贩卖人口与违禁品的宋民。同年六月下诏：“自今诸色人将人口入契丹界货鬻者，所卖人及勾诱人首领并处死，如未过北界彰败者，决杖刺配淮南州军牢城。”[⑦]《宋刑统》亦明确规定：“诸藩人所得汉妇女为妻妾，并不得将还藩内。”[⑧]管控边民，

---

① 皇祐谍事，见《长编》卷 168 皇祐二年四月庚申、《长编》卷 168 皇祐二年四月壬戌。

② 庆历、至和、元丰防谍诸事，见《长编》卷 160 庆历七年正月戊戌、《长编》卷 177 至和元年九月丁亥、《长编》卷 331 元丰五年十二月庚申。

③ 《长编》卷 260 熙宁八年二月庚辰，第 6343 页。

④ （清）徐松辑：《宋会要辑稿》兵 29 之 1，中华书局 1957 年，第 7293 页。

⑤ （清）徐松辑：《宋会要辑稿》兵 29 之 2，中华书局 1957 年，第 7293 页。

⑥ （清）徐松辑：《宋会要辑稿》兵 27 之 1，中华书局 1957 年，第 7247 页。

⑦ （清）徐松辑：《宋会要辑稿》兵 27 之 21，中华书局 1957 年，第 7257 页。

⑧ （宋）窦仪等撰，吴翊如点校：《宋刑统》卷 8《卫禁律·越州县镇戍城及官府廨垣门》，中华书局 1984 年，第 140 页。

即密切关注是否存在被辽收编、为其效力等情形，并命令边民互相监督，检举告发。治平三年(1066)，“诏令沿边居民三家至五家合为一保，不得含匿奸细及亡背之人……余保人不觉察，亦行严断”[①]。北宋边禁之严，以两属户为最。仁宗皇祐间禁止两属户与契丹结亲，嘉祐五年又下诏“河北两地供输人辄过黄河南者，以违制论”[②]。神宗元丰二年(1079)，河北沿边安抚使刘瑕提议“乞两输人已于近南居者，不得复于两输地来往”[③]。至徽宗朝管控更严，只允许两县供输人内部通婚。

最后，北宋用间既有探知敌情、见招拆招之长，又有信息讹谬、草木皆兵之弊。澶渊之役，北宋早于咸平五年侦知辽将入寇的消息，故能运筹帷幄。庆历二年(1042)，知保州王果购买契丹文书知其有联夏渝盟之意，因此提前备边，积极应对关南谈判。元丰五年(1082)，辽使赵庭睦欲侦查北宋对夏策略，北宋用间悉知刺事动向，当即决定“其当酬应之辞，三省、枢密院同议定，札与馆伴”[④]，先发制人，以免入彀。所以，知制诰王存直指北宋用间不若契丹，并声称“窃见辽人觇中朝事颇详，而边臣刺辽事殊疏，此边臣任闲不精也”[⑤]，所言并不客观。这是王氏在爱国情愫驱使下积极用间的呼吁，但不能就此彻底否定北宋的用间效果。如其所言，在畏辽心理的驱使下，宋臣经常对契丹必来坚信不疑。例如雍熙四年雄、霸州之谍报与明道元年之刺北谍报，在辽必南牧的惶惶之论中，幸赖知宁边军柳开与参知政事薛奎明辨边情，终能安定军心，息止流言。[⑥] 天圣年间，辽夏聚兵北边，欲与宋联姻，知府州折惟忠积极用间，觇候敌情，故能措置得宜，消弭于无形。[⑦] 辽谍规模庞大，手段高明，极难防御。景德元年潜宋辽谍“徒

① (清)徐松辑：《宋会要辑稿》兵28之1至2，第7270页。
② 《长编》卷192嘉祐五年七月庚寅，第4634页。
③ (清)徐松辑：《宋会要辑稿》兵28之21，中华书局1957年，第7280页。
④ 《长编》卷331元丰五年十二月庚申，第7985页。
⑤ 《长编》卷311元丰四年二月己巳，第7544页。
⑥ 见《长编》卷28雍熙四年十二月庚寅、《长编》卷111明道元年十二月癸亥。
⑦ 见《长编》卷113明道二年十一月癸亥。

侣甚众”[①],至和元年辽人又借出家以行间,庆历中甚至散播“若议南牧,则子女玉帛不胜其有”[②]的民谣吓宋,可见,契丹在窃取信息、散播流言等方面亦精心设计。与此同时,宋朝除间与布间同样不遗余力。熙宁十年(1077),为扭转“事无巨细,彼悉知之”[③]的被动局面,神宗甚至试图一举清除代州辽谍,并积极部署。然而,情报工作窃取与防窃的双重职责,时刻考验着宋廷的用间水准,故北宋欲使其有御边备敌之奇效,必须多方筹谋,深沉布画。赏赐授官与戒饬刑罚虽有助于收集情报,防止泄露,然较之太祖时的厚遇边将、用之不疑,却有天壤之别。随着北宋君主权力的收紧,边将治边的权力与弹性锐减,诸帅掣肘,配合不力,均为觇候的窒塞,御辽的梦魇。

(二)联夷抗辽的摸索探寻

御辽过程中,北宋对他方势力的争取主要体现于对高丽与女真的争夺,有着地缘政治的显著色彩。但是,这种争夺始终控制在严格的外交仪制中,即北宋始终视辽为平等外交国家,视女真与高丽为“藩属国”。北宋设定外交等级差别的原因,赫伯特·弗兰克认为实力与财富是重要因素,[④]吴晓萍则认为“地缘政治关系的远近”应为更充分的诱因。[⑤] 至于北宋对待女真的态度,则在宣和间有了迁乔出谷的改观,骤然比肩契丹。[⑥]前述联金灭辽的计划中,已对宋金地位有清晰论述,亦可印证宋金平等外交的事实,至于利益分割不均,则与战略目标与军事实力有关,与地位无关。

北宋对高丽与女真的争取始于太祖朝。女真与高丽均于建隆年间向

---

① 《长编》卷58真宗景德元年十二月庚辰,第1289页。
② 《长编》卷154仁宗庆历五年正月丙子,第3737—3738页。
③ 《长编》卷284熙宁十年九月乙亥,第6968页。
④ Morris Rossabi edited. *Ciina Among Equal—The Middle Kingdom And Its Neighbors, 10th'-14th the Centuries*. University of California Press, 1983.
⑤ 吴晓萍:《略论地缘政治与北宋外交》,《安徽大学学报》2004年3期,第13—14页。
⑥ (元)脱脱:《宋史》卷119《礼二二》,中华书局1985年,第2810页。

北宋进贡方物或马匹，北宋回赠、封赏亦厚。为了便于女真贡马，北宋于乾德元年(963)出台了惠民政策，“蠲登州沙门岛居民租赋，令专治舟渡女真所贡马”①。然而，这种友好关系因太宗北伐陡然剧变。第一次北伐失败后，太宗试图在纷繁的国际形势中寻找盟友，联夷制辽。太平兴国六年(981)，王延德出使高昌，向乌舍颁布诏书，接受安定国王乌玄明的助讨请求，都是联夷制辽的外交战略。对此，辽朝积极实施“反制行动”②，分别于太平兴国八年与雍熙二年(985)两次攻打女真，雍熙元年反间高昌，有效瓦解了北宋的掎角之势。雍熙北伐失败后，辽朝“反制”更加积极，甚至封锁女真“去海岸四百里立三栅，栅置兵三千，绝其朝贡(北宋)之路”③，终令女真弃宋归丽。淳化三年与五年，契丹两次伐丽，迫使高丽受制于宋辽两国。辽朝“反制”成功，除了自身努力，还源于北宋应战心理与外交经营的缩水。雍熙北伐后，宋廷弥漫着严重的畏辽情绪，朝廷讳言用兵收复，心理较量未战先怯。由攻转守的战略调整与专修内政的舆论导向，迫使北宋放弃武力收复，对待边衅也格外慎重，故对女真、高丽的遣使求援未施援手，仅以下诏安抚草草了事。观上，太宗朝的联夷制辽高调出台却颟顸终结，奥援尽失，终未能实现以夷制夷的战略目的。再看北宋与女真之交往，太祖积极开拓，从无到有，太宗粗暴终止，从有到无，高下立判。④ 宋真宗时，宋丽朝贡重新恢复，经济笼络却并未扭转女真“自天圣后，役属契丹，不复入贡”⑤的困境。

仁宗朝以来，北宋君臣皆十分关注女真的政治立场与外交向背。庆历间联合女真、高丽，元丰间尝试打通宋金海航，均收效甚微，倒是宋丽朝贡贸易于神宗朝再度活跃。个中原因，一是北宋欲联丽抗辽，二是高丽

① 《长编》卷4乾德元年八月丁未，第104页。

② 崔明德、郑炜：《宋太宗民族关系思想的演变及对宋初疆域形成的影响》，《中国边疆史地研究》2011年1期，第39页。

③ 《长编》卷32淳化二年十二月辛卯，第728页。

④ 程民生：《海上之盟前的宋朝与女真关系》，《社会科学战线》2012年3期。

⑤ (元)马端临：《文献通考》卷327《四裔考四》，，中华书局1986年，第2571页。

"慕华风而利岁赐"[①]。为了顺利推进联丽抗辽，神宗甚至于元丰二年"立高丽交易法"[②]，并改"估准贡物（回赐）"之旧例为"不估直回赐"，且以"浙绢万匹"为定数。这种厚遇丽使的做法，激起了以苏轼为代表的元祐大臣的反对，然其断绝宋丽外交的呼吁终未采纳。至徽宗朝，接待丽使的外交规格更是空前绝后，以至远迈西夏，比肩契丹，尽管如此，朝廷亦未实现绵延国祚的战略目标。

由是观之，北宋北御战略的失误在于急于清算土地沦丧与岁币割让下的仇辽情绪，对辽之衰颓与金之壮大坐视不理，过早地将暂时稳定的宋辽夏金四分天下的安全格局重组为宋夏金的动荡局面，其间，无论是联金还是联丽的积极奔走，无不体现了这一点。然而，这种努力除了得不偿失的经济代价，还有着唇亡齿寒的政治代价。事实上，除了战争角逐、军备竞争与盟友争夺，北宋御辽还有着非常激烈的割地较量，在没有硝烟的谈判桌前，宋辽的外交捭阖同样剑拔弩张，惊心动魄。

三、北宋御辽的疆土维护与政治捭阖

宋辽国人均有着深刻的疆域意识，北宋之于幽燕，契丹之于关南，莫不如是。太宗北伐亲征，未得失地，徽宗联金灭辽，徒据空城。关南争夺，最早始于澶渊之盟。辽朝发动澶渊之役的目的之一即趁机索夺关南，平复失地情绪。可是此役竟在宋军的顽强抵抗下发生逆转，演变为敌窘我强的外交谈判。对于契丹国书中的索地要求，北宋坚持拒不割地，并在接下来的谈判中保持着清醒的底线认知，《长编》记载如下：

曹利用与韩杞至契丹寨，契丹复以关南故地为言，利用辄沮之，且谓曰："北朝既兴师寻盟，若岁希南朝金帛之资以助军旅，则犹可议也。"其接

---

① （元）马端临：《文献通考》卷325《四裔考二》，中华书局1986年，第2561页。
② （元）脱脱：《宋史》卷15《神宗二》，中华书局1985年，第296页。

伴政事舍人高正始遽曰："今兹引众而来，本谋关南之地，若不遂所图，则本国之人负愧多矣。"利用答以"禀命专对，有死而已。若北朝不恤后悔，恣其邀求，地固不可得，兵亦未易息也"。其国主及母闻之，意稍怠，但欲岁取金帛。利用许遗绢二十万匹、银一十万两，议始定。①

由高正所言可知，对于未得关南的谈判结果，辽朝十分不满。经济收买是北宋斩截回绝索地要求后的权宜之计，为打破僵局、实现议和提供了保障。辽朝心愿未遂，为后来仁宗朝的关南索地埋下伏笔。

庆历二年(1042)三月，辽趁宋夏战事紧张，再次提出索取关南十县的要求。萧英、刘六符所致国书内容，兹录于下：

窃缘瓦桥关南是石晋所割，迄至柴氏，以代郭周，兴一旦之狂谋，掠十县之故壤，人神共怒，庙社不延。至于贵国祖先肇创基业，寻与敝境继为善邻。暨乎太宗绍登宝位，于有征之地，才定并汾，以无名之师，直抵燕蓟，羽召精锐，御而获退，遂至移镇国强兵、南北王府并内外诸军，弥年有戍境之劳，继日备渝盟之事，始终反覆，前后谙尝……已举残民之伐，曾无忌器之嫌，营筑长堤，填塞隘路，开决塘水，添置边军。既潜稔于猜嫌，虑难敦于信睦。傥或思久好，共遣疑怀，曷若以晋阳旧附之区，关南元割之县，俱归当国，用康黎人。如此，则益深兄弟之怀，长守子孙之计。②

对于关南诸地，辽朝默认石敬瑭割让燕云的合法性却否认周世宗重夺关南的合理性，乃无视历史、违背盟约的翻覆之举。辽朝索地无名，所论太宗北伐、兴修堤坝二事，皆理弱词穷。第一事太宗北伐，澶渊之盟时且不用作加筹砝码，却在时隔近六十年再次清算，毫无道理。第二事兴修堤

① 《长编》卷58景德元年十二月癸未，第1290页。
② 《长编》卷135庆历二年三月己巳，第3229—3230页。

坝，始于雍熙四年，一年间已有如下规模：“自保州西北沉远泺，东尽沧州泥枯海口，几八百里悉为潴潦，阔者有及六十里者，至今倚为藩篱。”[①]而澶渊之盟后，北宋并无太大的“开拔河道”之举。

尽管辽朝指责无名，其索地要求已造成仁宗旰衣、群臣惊慌的战略效应。知制诰富弼临危受命，出色地完成了接伴使的外交使命，表现有二：一是先发制人，逼迫辽使萧英掖拜中使；二是在坚守关南的前提下，主张增币，拒绝通婚，维护了宋廷颜面。而最为精彩的，是在这场关南守卫战中的外交角力：

> (富)弼等至没打河，刘六符馆之，谓弼曰：“北朝皇帝坚欲割地，如何？”弼曰：“北朝若欲割地，此必志在败盟，假此为名，南朝决不从，有横戈相待耳。”六符曰：“若南朝坚执，则事安得济？”弼曰：“北朝无故求割地，南朝不即发兵拒却，而遣使好辞更议嫁女、益岁币，犹不从，此岂南朝坚执乎？”[②]

由此可知，宋辽再次陷入争夺关南的胶着，都认为对方固执不肯让步。至拜见辽兴宗，富弼开门见山，询问索地原因。当国主再申前述籍兵置塘等缘由，富弼先礼后兵，并提醒兴宗和则国君获利，战则“利归臣下”。从“国主大悟，首肯者久之”[③]的记载来看，富弼所言的确起到了瓦解辽朝伐宋意志的战略效果。为了打消辽朝顾虑，富弼逐一进行释疑，“塞雁门”实为防西夏，“籍民兵”为正当补阙，“治城隍”为旧城修葺，“增塘水”则是迫于地势的被动增修，且始于澶渊之盟以前。面对富弼的巧言辩解，辽兴宗不得不再次亮出“欲得者祖宗故地”的底牌，富弼当即表示：“晋高祖以卢龙一道赂契丹，周世宗复伐取关南，皆异代事。宋兴已九十年，若各欲求异代

---

① （宋）沈括撰，金良年点校：《梦溪笔谈》卷13《权智》，中华书局2017年，第106页。
② 《长编》卷137庆历二年七月壬戌，第3283页。
③ 《长编》卷137庆历二年七月壬戌，第3284页。

故地，岂北朝之利乎？”[①]在契丹的追索下，富弼不得不将幽燕故地置于谈判桌上任其掂量轻重。这种威逼，源于答案的心知肚明。在第二天的围猎活动中，辽主再次传达得关南才能久和平的信号。对此，富弼亦明确回答：

> 南朝皇帝遣臣闻于陛下曰：“北朝欲得祖宗故地，南朝亦岂肯失祖宗故地耶？且北朝既以得地为荣，则南朝必以失地为辱矣。兄弟之国，岂可使一荣一辱哉？朕非忘燕蓟旧封，亦安可复理此事，正应彼此自喻尔。”[②]

富弼再次将双方对关南、幽蓟的收复愿望进行对比，透露出追索不已只能横戈相向的弦外音。

据《长编》记载，富弼见罢兴宗，曾与刘六符有一次开诚布公的对话。辽朝趁机核实以下诸事：一是北宋是否有趁伐夏而收复幽蓟的军事谋划；二是若辽朝坚决索地，北宋当作何打算。对此，富弼明示太宗伐辽为惩其助北汉之恶，当下宋辽交好，绝无意收复。但是若辽朝诉诸武力，北宋一定奋力迎战。为了控制事态升级，富弼积极说服六符得地不过为租赋，“今以金帛代之，亦足坐资国用”[③]，促其转向。得知北宋心意，六符亦袒露襟怀，发誓不负使命。次日郊猎后，二人就结婚与增币的利害，仔细斟酌，反复权衡。得知契丹有通婚意图，富弼以帝女尚幼、成婚遥远、婚不坚好为由沮其成行，为最后增币不通婚政策的确立立下了汗马功劳。

学界多聚焦于富弼与契丹君臣的词锋较量与利益争夺，往往忽略其誓书订立的国之大忠。事实上，至誓书订立的最后一刻，富弼的理智、谨慎与忠鲠大放异彩，尤令人敬仰。七月，富弼与张茂实奉命赴辽商定结婚

① 《长编》卷137庆历二年七月壬戌，第3284页。
② 《长编》卷137庆历二年七月壬戌，第3285—3286页。
③ 《长编》卷137庆历二年七月壬戌，第3285页。

与增币二事。除了“议婚则无金帛。若契丹能令夏国复纳款，则岁增金帛二十万，否则十万”[①]等限制条款外，富弼还增加了三条约束内容：

> 一，两界塘淀毋得开展；二，各不得无故添屯兵马；三，不得停留逃亡诸色人。

为了确保议和无虞，他先请求并录副本，并在使辽途中核实副本与誓书五函（国书二、誓书三）的出入，以免措辞不一，导致订盟被动。就在此时，副封“创增三事”的消失使其顿悟执政作祟，欲变其与北朝初议，故被迫只身犯险越制面圣，与吕夷简御前对质。吕夷简“此误尔，当改正”的轻描淡写，以及晏殊“夷简决不肯为此，真恐误尔”[②]的包庇纵容，彻底将他激怒，竟痛骂：“（晏）殊奸邪，党夷简以欺陛下。”对岳父晏殊的决绝，恰恰表明富弼捍卫国家公器的决心，此时大义凛然、维持国体、筹划周全的使臣形象赫然立于北宋外交史册。

至订盟议和，富弼首先解答辽馆伴使的质疑，明示增币、通婚、令夏归顺，皆关乎最终的金帛额度，故国书有二，誓书有三。面对辽主欲加“献”“纳”的无理要求，富弼据理力争，坚决反对，无奈朝廷终从晏殊之议，采用“纳”字。“献”“纳”之争，归根结底是名分之争。《长编》载宋廷终许“纳”字，《辽史》载“岁币称贡”[③]，各执一说。据陶晋生先生考证，应为“纳”字。尽管契丹频频夸口“献”之荣耀，但是，在册封高丽王的官方文书中却谨慎地使用了“纳”字，作为高丽宗主国的契丹之所以在此收敛，不敢妄示狂威，可谓“纳”字铁证。至此，关南之争终于以经济结算告一段落。辽朝获得了岁增二十万金帛的经济利益，弥补了索要关南未果的遗憾，北宋还击了辽朝的以夏制宋，获得了数十年的外部和平。同时，它也深刻影响了北

---

① 《长编》卷137庆历二年七月癸亥，第3286页。

② 《长编》卷137庆历二年七月癸亥，第3287页。

③ （元）脱脱：《辽史》卷86《刘六符传》，中华书局1974年，第1323页。

宋接遇辽使与选派使辽的外交尺度，如升契丹使座，愈发重视赴辽使者选派，均始于此。

宋辽的疆域意识不仅体现于失地争夺，还表现在界争划分、禁地争夺等方面。神宗时，富国强兵的治政愿望外化为改革军制，整顿兵力，加派驻兵，增修屯田。这种积极强硬的治边转向引起了辽朝的高度警惕，故辽于熙宁七年三月要求重新划分河东与河北的“蔚、应、朔三州”边界。起初，北宋不以为意，神宗甚至认为划界只要边吏操作，无须烦劳使臣，并且爽快答应了拆除雄州拓展的防御工事。为确保划界顺利进行，神宗特命刘忱为河东路商量地界，吕大忠为同商量地界，协同负责。四月，吕大忠提出命韩缜使辽面谈划地事宜，结果韩缜未得拜见辽主，仅与押燕蕃相李相熙进行了粗浅商议即返。九月，宋辽划地进入实质性谈判。谈判之前，神宗即已向刘忱交代底线：“天池庙、黄嵬山麓土断有明据，可以理譬喻之。其余地界如数议不谐，可以南北堡铺中间为两不耕地；又不可，则许以中间画界，其中间无空地，即以堡铺外为界。”①可是，辽朝对于这种让步并不买单，自九月至十二月，双方使者于大黄平会谈三四次，边界终未能定。原因在于，辽使坚持以蔚、应、朔三州分水岭土垄为界，至核实无垄，又改易以分水岭为界，无厌之求尽现无隐。其间，辽朝甚至武力相逼，聚兵代州，与宋军互射。即便如此，双方仍未能就划界一事打出明朗的结局。至十二月戊辰，情况急剧转恶，竟由面谈改为公牒交涉，终不了了之。

对于这一结局，辽朝极为不满。熙宁八年(1075)三月，辽朝再遣萧禧使宋，并且派驻重兵，武力威吓，试图暴力解决划界一事。关于此次领土纷争，资政殿报呈的《所争界至地名白劄子》记载如下：

一，蔚州地分，本朝元以秦王台、古长城为界，北人称以分水岭为界，所争地东西约七里以上。

① 《长编》卷256熙宁七年三月甲寅，第6253页。

一，朔州地分，往前已经定夺，以黄嵬大山北脚为界，今来北人称以黄嵬大山分水岭为界，所争地南北约三十里。

一，武州地分，本朝以烽火铺为界，北人称以瓦窑坞分水岭为界，所争地南北十里以上。

一，应州地分，本朝以长连城为界，北人称以水峪内分水岭为界，其分水岭即无山名，元不指定的实去处，后来因刘忱等累行问难，须要指定分水岭山名，后来梁颖等对答，称自雪山照望黄嵬大山、牛头山一带分水岭为界，所争地南北约十七八里。[①]

观上可知，辽朝从蔚、朔、武（为朔州属州）、应四州入手，企图向宋推移边界，对此北宋最终决定，将五片土地中的三片“作了有利于辽的调整，其中面积大的纵深十余里，小的纵深数里。另外两片，包括面积最大，纵深三十里的黄鬼山北麓地区和天池地区，截止沈括使辽，北宋并未放弃”[②]。关于天池的归属问题，《长编》记载：“宁化军天池显应庙在禁地中。”[③]即位于与蔚、应、朔三州接壤的宁化军境内。辽宋天池之争，自仁宗嘉祐争议初起，至熙宁划界达到高潮，历时三十余年，最终于熙宁十年在“西南边天池旧堑，立堡寨，正疆界”[④]。对此，陶玉坤认为，应将天池之争置于河东争地与宋辽博弈的视野中进行观照，见解独到，持论公允。[⑤] 笔者以为，欲求辽朝割地之实相，还要回归到其对于北宋锐意革新的心态反应与战略部署上，不可就事论事，以偏概全。

就态度论，熙宁间两次划界，辽使均态度傲慢，气势凌人。第一次萧肃欲抬高座次，第二次萧禧逗留开封长达二十九日，有违常例。相反，北

---

① 《长编》注引宋人劄子，《长编》卷 261 熙宁八年三月辛酉，第 6268—6369 页。

② 李之勤：《熙宁年间宋辽河东边界交涉研究——王安石弃地数百里说质疑》，《山西大学学报（哲学社会科学版）》1980 年 1 期，第 22 页。

③ 《长编》卷 174 皇祐五年正月壬戌，第 4194 页。

④ （元）脱脱：《辽史》卷 92《萧韩家传》，中华书局 1974 年，第 1370 页。

⑤ 陶玉坤：《辽宋天池之争》，《内蒙古大学学报》2005 年 1 期。

宋则处处迁就，姿态极低。先是派遣泛使积极商度，继而割让土地并挪移边铺，即使手握辽朝承认边界在长连城的确证，也仅仅命回谢使沈括、李评“将见用照证文字一一闻达北朝”[①]，令契丹适可而止，并未据理力争，拒绝切割。然而，纵观数次争地交涉，在关乎国体的事宜面前，北宋又表现出了深刻的尊卑意识与拒不让步的坚持，如拒绝与辽通婚，拒绝辽使抬高座次的请求，遣辽宋使官阶低于遣宋辽使，无不体现了这一点。北宋这种“卑职假以高官”[②]的虚与委蛇，令契丹十分不满，故神宗不得不于熙宁六年下令，“自今与差学士以上官”[③]，其“不欲争小故，务存大体”[④]的弭患之切尤彰。至于熙宁划地的负面影响，虽未有如苏辙等人所言危害巨大，罪不可赦，却与澶渊之盟、关南誓书，共同摧折了宋人士气，令其仇辽情绪暗涌偾张，催生了联金灭辽计策的出台。

第二节 御边西北的部署与转向

北宋御边西北的主要对象为夏与吐蕃，形成了政治上怀柔羁縻、经济上通商贸易、军事上以夷制夷等认识，姚兆余、张之佐、李范文等人大略持此观点，论证清晰。[⑤] 关于御夏，台湾学者阙镐曾的《宋夏关系之研究》[⑥]是研究宋夏关系的较早成果。大陆方面，李华瑞的《宋夏关系史》[⑦]是全面研究宋夏关系的权威著作，不仅梳理了北宋御夏策略的历史演变，还从战争、贸易及其与辽、吐蕃的关系进行了全面研究。除了全面考察北宋的西

---

① 《长编》卷 262 熙宁八年四月丙寅，第 6378 页。

② 王晓波：《宋辽战争论考》，四川大学出版社 2011 年，第 185 页。

③ 《长编》卷 244 熙宁六年四月己卯，第 5935 页。

④ 《长编》卷 263 熙宁八年闰四月丙申，第 6427 页。

⑤ 姚兆余：《论北宋对西北地区少数民族的政策》，《甘肃社会科学》1995 年 3 期；张之佐：《北宋王朝治理西北边疆政治思想考述》，西北师范大学硕士论文，2004 年；李范文：《从西夏的独立看宋朝的民族政策》，《宁夏社会科学》1991 年 1 期。

⑥ 阙镐曾：《宋夏关系之研究》，《台湾政治大学学报》1964 年 9 期。

⑦ 李华瑞：《宋夏关系史》，中国人民大学出版社 2010 年。

北边略，多数成果或聚焦问题，或择取对象，进行深度考察。下文从政治、法律、民族、军事与经济等方面分论已有的研究成果。一是政治、法律与民族关系视角下的御夏研究，代表学者有安国楼、姚兆余、刘兴全、张炼、陈武强、谢波、汪天顺。二是军事视角下的御夏研究，逯海燕截取仁宗时期对夏政策，进行了断代限面研究。[①] 肖全良则从情报信息的角度揭示了宋朝对边疆人口流动与信息传递的严格管控，开辟出新的研究方向。[②] 其他学者，或揭示帝王边略，如杜建录、张翼之、顾吉辰；或探究冲突原因与后果，如闫春新、张稳、吉家友、王立新、李晓；或解析名臣御夏军略，如郭琳、周莲弟、汪天顺与陈伟庆分别对韩琦、富弼、张方平、苏轼等人的御夏策略与边防思想予以探究。北宋名臣中，范仲淹的边防思想是研究热点，诸葛忆兵、李从昕、卢晓河、刘文戈均撰文揭示其御夏韬略。三是经济视角下的御夏研究。学界普遍认为宋夏贸易弥补了单一军事手段的不足，辅助北宋实现其部分战略意图，效果却不理想。马淑琴《西夏与北宋的青白盐贸易》认为宋人禁青盐以困夏与通青盐以怀夏等不同态度，有维稳制夏、保障河东解盐利益的兼顾考量。持否定论者，或以为禁止互市加剧了西夏南侵，如李华瑞、丁柏传、吉家友、施治平；或以为盐禁导致边地盐荒，边地青壮因贩盐判刑，从而使民间防卫力量削弱，如陈大为。四是御蕃研究。刘建丽的《宋代西北吐蕃研究》[③]认为宋廷笼络争取西北吐蕃是既是北宋战马供应、补充兵力的内在需求，也是其面临宋、辽、夏鼎峙局面的正确选择，神宗朝的西北开边具有“以攻为守兼制西夏”的积极意义。杜建录也认识到此一战略转变，并对仁、神两朝的治蕃军略探究详尽。[④] 在北宋经制吐蕃的战略研究中，以夷制夷与西北开边是焦点。关于以夷制夷，代表学者有胡建华、李华瑞、杜建录、姚兆余、杨蕤、韩小忙。关于西北开

---

① 逯海燕：《北宋仁宗时期对夏政策研究》，华中科技大学硕士论文，2010 年。
② 肖全良：《信息控制与边疆安全：以宋夏为例》，西北师范大学硕士论文，2011 年。
③ 刘建丽：《宋代西北吐蕃研究》，甘肃文化出版社 1998 年。
④ 杜建录：《宋夏对峙与沿边蕃部》，《固原师专学报》1990 年 3 期。

边，高路玄在《北宋熙河开边研究》[①]一文中有较完备的论述。另外，安国楼《北宋后期西北边区的开拓与经营》对开边经营中的"汉化"政策，郑炜《从弃守湟鄯到继述开拓——论宋徽宗西北边策》对北宋后期的开边废举，均论述清晰。

唐末五代以来，中原王朝逐渐失去对西北地区的控制，吐蕃、党项、回鹘、吐谷浑诸部盘踞于此，经营政权。其中，占据朔方的党项建立西夏王国，占据河陇、河湟的吐蕃形成了两个较大的地方割据政权，即凉州六谷部潘罗支政权与河湟宗哥族唃厮啰政权。吐蕃与党项，以六盘山与陇山为界，分居西南与北部两端。[②] 夏国地界"东自河西银、夏，西至灵、盐，南距鄜、延，北连丰、会"[③]，主要占据了夏、银、宥、绥、灵、凉诸州。至于吐蕃，则主要分布于秦、泾、原、凤、仪、渭、兰、熙、河、洮、岷、叠、宕、阶、鄯、廓等州以及德顺军与通远军诸地。[④] 宋夏边界，至元昊立国才真正明朗，形成了一道"东起麟府，西尽秦陇"、长约两千多里的边防线。为了戍守这一防线，北宋在今陕西、陇东境内分置鄜延、环庆、泾原、秦凤四路派驻重兵，控扼西北。党项内部诸姓林立，分布生态亦有不同，其人骁勇善战，智诈果敢，给西北边防带来了极大的压力。本节试从宋夏战和中梳理出御夏的战略转型，并从盟友争夺、信息对抗与经济钳制等角度解析北宋的御夏策略。

一、北宋御夏的军事对抗与战略转型

在李继捧、李继迁之前，西北边陲已饱受戎羌侵扰。五代以来，配隶西北的罪犯逃窜甚众，常常勾结戎羌寇边，迫使宋廷将罪犯流放地由西北改为广南。太宗、真宗时，李继迁频频寇边，直至咸平五年（1002）灵州陷

---

① 高路玄：《北宋熙河开边研究》，青海民族大学硕士论文，2013年。

② 杨蕤：《西夏地理研究》，人民出版社2008年，第38页。

③ 《长编》卷35淳化五年正月甲寅，第768页。

④ 刘建丽：《宋代西北吐蕃研究》，甘肃文化出版社1998年，第61—62页。

落，其“长驱南牧”的计划方告一段落。景德元年（1004），凉州吐蕃六谷部首领潘罗支诈降于夏，致继迁中矢而亡。然而，北宋并未借此积极制夏，反于次年订立宋夏和议。究其原因，乃真宗“姑务羁縻，以缓争战”[①]的考量使然。这种姑息政策，既有安定西北边陲之利，又有懈怠军备、纵夏壮大之弊。北宋坐视德明兼并河西，竟至“瓜、沙、甘、肃、于阗诸处，渐为控制”[②]，西北动荡急剧升温。

明道元年（1032），李元昊继承父位，意图自立。鉴于此，仁宗君臣扭转姑息边略，积极御夏。康定元年（1040）正月，元昊进攻延州，于三川口大败宋军，先后攻取北宋塞门、安远、栲栳诸寨，控制了横山以南至延州一带。三川口战败后，北宋采纳泾原安抚使韩琦的攻策，却因任福轻敌遇伏，再败于好水川，折损兵力达万余，制夏重新转入防御轨道。庆历二年（1042）闰九月，李元昊于定川寨再次大败宋军，近万宋军陷没。自此，北宋陕西三战三败，夏军声势日盛，宋军日趋低迷。囿于西北压力，宋廷再次起用范仲淹、韩琦经制西北，范公的强边守策为巩固西陲注入了坚实的理论因子，打破了北宋“进讨无能，守御维艰”的窘境。

治平四年（1067），英宗病逝，神宗即位，御夏策略逐渐由守转攻，虽然实现了拓边熙河的地理优势，也带来了盟友离心的负面效应。正如南宋李心传所言，“神宗始用师于西方，历哲宗、徽宗，遂渐夺其横山之地，又旁取熙河、湟、鄯以制之”[③]，指出神宗朝争夺横山、断其右臂、傍取熙河、阻隔夏蕃的战略转向。同年十月，神宗不顾权御史中丞司马光、知延州陆诜等人的反对，密令知青涧城种谔招纳横山蕃部、筑城绥州，埋下了宋夏交战的种子。熙宁三年夏攻庆州、熙宁四年宋占啰兀而后弃，都是进筑绥州招致的恶果。对宋而言，绥州更如烫手山芋，耗资巨大，戍守困难，未能实现

① 《长编》卷63景德三年五月庚申，第1403页。

② 《长编》卷68大中祥符元年四月己未，第1538页。

③ （宋）李心传撰，徐规点校：《建炎以来朝野杂记》乙集卷19，中华书局2000年，第846页。

大规模进驻横山的军事目标。元丰四年（1081），北宋五路伐夏，从北方、东北、西北三面进攻，亦未实现吞夏构想。北路因将帅忌刻、粮运不济、天气寒冷，惨败于灵州城下；东北路亦因浓雾大雪、劳师远征、粮匮补给等问题仅得通往横山的四寨；西北路折损相对较少，获得了筑城兰州、协助熙河以制夏的目标。五路伐夏的巨大代价并未阻止神宗君臣的拓取野心，次年八月，进筑永乐城，却为夏人围困拔城，损失“蕃汉官二百三十人、兵万二千三百余人”①。李华瑞认为灵州与永乐城二役战败并未使神宗放弃制夏的终极目的，而是“积极谋划兰州北上或东上攻讨西夏的事宜”②。笔者以为，以兰州为突破口的选择依据，很大程度上源自元丰六年、七年兰州保卫战的成功。永乐城战败后，西夏聚焦兰州，先后于元丰六年二月、三月、八月、十二月与次年正月发动了五次军事进攻，均因城池坚固、防御积极而失败。五役之后，西夏报复的势头消退，北宋图夏的念头升温。元丰八年，神宗崩逝，深层制夏之举遂寝。

元丰八年（1085），哲宗嗣位，祖母高氏主持朝政，推翻攻策，转而实施绥靖安抚的御夏方针。元祐绥夏之要，即归还北宋在元丰间所得除兰州、安远寨之外的安疆、米脂、浮图、葭芦四寨，结果却因四寨界线不明，兰州、安远不在归还之列，为西夏日后寻衅攻宋种下诱因。迫于西夏的进攻压力，高太后等于元祐六年（1091）转而采纳环庆经略使章楶的浅攻战术，可惜未及有显效，太后便薨逝。亲政后的哲宗立刻着手恢复强硬边策，整顿边防，修备武略，并倚赖章楶浅攻战术取得了绍圣、元符的开边成就。平夏城之胜，主帅章楶攻防得宜，命令诸将闭门塞窦，轻兵奇袭，及时应援，加之新筑城池的阻截功效，故能卫边退敌。

徽宗一朝，同样采取了先守后攻的战略。元符末与建中靖国初，北宋暂取守策，放弃鄯、湟二州。守策随着徽宗渐秉实权旋即更张，崇宁二年

① 《长编》卷330元丰五年十月戊申，第7945页。

② 李华瑞：《宋夏关系史》，中国人民大学出版社2010年，第149页。

至三年间北宋不仅武力收复了鄯、湟二州，还收复了河南三城，并以兰州为跳板继续向西拓进，意图控扼横山。自政和四年至宣和元年，宋夏交战频繁，互有胜负，其间以政和六年宋屠仁多泉城、夏屠靖夏城性质最为恶劣。宋将刘法不仁在先，夏军遂有军事报复。政和八年(1118)，太尉童贯执意拓取，破成德军，拔割牛城(后赐名“统安城”)。宣和元年(1119)，童贯欲直取朔方，宋夏激战于统安城。此役既是宋夏大规模正面交锋的终止战，也是“童贯兵柄西线战事的终结战”①。

宣和二年(1120)，宋金订立“海上之盟”，夏惧于唇亡之祸，故有联辽抵御宋金之请。据马扩《茆斋自叙》所记，大石林牙(耶律大石)告谕宋使：“河西家(谓夏国)累次上表欲兴兵夹攻南朝，本朝每将表章封与南朝，不肯见利忘义，听用间谍。贵朝才得女真一言，即便举兵。”②《东都事略》附录亦云：“宣和中，夏人知中国有事北边，遂与辽国书约，夹攻中国，天祚不听。”③由是观之，夏为降低宋金联手带来的覆亡风险积极奔走，虽联辽失败，亦值得肯定。北宋一方，则对夏之反制百般阻挠，竭力挑唆金夏交恶。宣和六年(1124)，夏向金称臣，两国联手制宋。之后，西夏于宣和六年、宣和七年、靖康元年积极发挥了金之右臂作用，先后进攻北宋朔武，丰、麟二州，以及“天德、云内、武州、河东八馆之地”④与“震武城”。由于金朝未能兑现对夏予地的结盟承诺，导致夏金联盟疏离，为南宋与夏的联盟埋下伏笔，宋金则在争取西夏方面继续较量。

要之，相较于宋辽战争，宋夏军事对抗历时长、消耗大，且未有止战之良策，很难以外交谈判代替暴力对抗，并长期有效。因此，北宋的御夏战略不得不历经数次转型，即前期的友好共生与收编开战，中期的被动防御

① 李华瑞：《宋夏关系史》，中国人民大学出版社 2010 年，第 153 页。

② (宋)徐梦莘：《三朝北盟会编》卷 8 引马扩《茆斋自叙》，上海古籍出版社 1987 年，第 55 页。

③ (宋)王称撰，孙言诚、崔国光点校：《东都事略》卷 128《附录六》，齐鲁书社 2000 年，第 1109 页。

④ (元)脱脱：《宋史》卷 486《夏国传下》，中华书局 1985 年，第 14021 页。

与相持对峙，后期的兼采攻守、攻略为主。至于转型原因，一方面来自双方君主的御边态度，另一方面受制于纷繁复杂的国际局势。然而，北宋的制夏道路远比御辽探索更为坎坷、艰辛与血腥，却是不争的事实。至于北宋与吐蕃的战和，则受制于北宋的攻守战略，吐蕃时为盟友，时为战敌，情况复杂，详见下文“盟友争夺”。

二、北宋御夏的盟友争夺与信息对抗

除却正面交战，盟友争夺与信息对抗也是北宋控扼西北的重要手段，运用得当，可以减轻西北的边防压力，实现事半功倍的效果。

（一）盟友争夺

北宋一朝，进入宋夏争夺范围的西北势力主要有凉州吐蕃、甘州回鹘、河湟吐蕃以及未被西夏收编的党项诸部。笼络西北诸蕃是北宋以夷制夷的关键一环，其实施取决于宋夏关系的战和态势。太祖时，宋夏矛盾未显，故对待西北诸蕃以绥靖为主、震慑为辅。太宗后期，宋夏矛盾虽然日益尖锐，却延续了“不越秦凤”[①]的准则。北宋真正认识到联夷制夏的重要性，是在咸平四年李继迁攻占清远军之后。是年十月、十一月间，兵部郎中张齐贤与秘阁校理吴淑明确提出“以夷制夷”的战略计划，积极招诱与夏结仇的蕃部，“啖之以官爵，诱之以货财”，令其助宋攻夏。[②] 鉴于清远陷落，灵州孤危，此策很快为宋廷采纳。但是，由于北宋未对凉州吐蕃攻夏予以实际的军事援助，甚至对除去李继迁的潘罗支亦未能有效庇护，终令凉州吐蕃因潘罗支之死而收缩战线，被迫西迁。相反，李德明积极利用吐蕃内部矛盾除去潘罗支，实现了为父报仇、恢复士气、重创敌人的计划。

随着宋夏景德和约的签订，以夷制夷受制于宋夏战和的特点日益凸显。这时，北宋渐由制夏变为和夏，不但严禁河西诸部生事，而且对遭受

---

① （清）顾祖禹：《读史方舆纪要》卷64陕西13，商务印书馆1937年，第2743页。

② 《长编》卷49咸平四年十月丁未、《长编》卷50咸平四年十一月辛巳。

李德明侵扰的吐蕃与回鹘，仅赐以茶药，未施援手。观上可知，北宋与凉州吐蕃、甘州回鹘，虽然高调结盟，却未能同仇敌忾、协力御夏。至于痛失奥援的责任，一方面在于北宋盟心不固、御夏不坚，另一方面亦与党项对二部不遗余力地摧折、打击密切相关。自真宗中期至仁宗前期，唃厮啰积极发展壮大，北宋授予唃厮啰保顺节度观察留后，赖以御夏。康定元年，双方正式订盟，促成结盟的原因是同年春的三川口大败。历经此役，宋夏两国同时注意到唃厮啰作为盟友的价值。据王辟之《渑水燕谈录》记载：

康定中，赵元昊既虏刘平，遂约吐蕃毋与中国通，阴相为援。朝廷患之，择能使绝域者，将以恩信谯让唃氏。尚书屯田员外郎刘涣上书请行，间道驰至青唐城，谯唃氏。皆顿首悔谢，请以死捍边。①

由此可知，刘涣出使是毛遂自荐，唃厮啰亦收到了元昊的制宋请求。事实上，唃厮啰虽然犒赏了千里赴使的刘涣，声称“尽力无负”，但在军事上却“终不能有大功”②。尽管宋蕃联盟的制夏效果并不显著，但北宋能够积极争取，有效阻止夏蕃联手，亦值得肯定。庆历和议时，北宋甚至以“不得进攻唃厮啰”为议和条件之一，其心系盟友、经营联盟的良苦用心，较之真宗时的受制于人已大不相同。可惜的是，此时唃厮啰内部严重分化，自顾不暇，宋蕃结盟未能走得深远。此后，神、哲、徽三朝均间歇性地致力于“傍取熙河、湟、鄯以制之”等拓取行为，给本来就动荡不安的洮水、河湟地区带来了更大的威胁。随着元符年间北宋对吐蕃的征服逼近，双方决裂，西夏力挺吐蕃，并于崇宁四年(1105)接纳了据地被占的青唐主溪赊罗撒。可见，夏蕃关系因宋蕃交恶渐渐迎来交好的春天。

除了吐蕃、回鹘，那些未被西夏收编的党项诸部，亦成为宋夏竞相争

① (宋)王辟之撰，吕友仁点校：《渑水燕谈录》卷2《名臣》，中华书局1981年，第16页。

② 《长编》卷128康定元年八月癸卯，第3035页。

夺的对象。北宋对党项诸部的拉拢，始于李继迁叛宋之后，掀起了三个高潮，分别是真宗朝灵州陷落、仁宗朝宋夏激战、神宗朝拓边西北等多事之秋，争取的方式则主要为厚赏财物，优予官职。北宋招揽蕃部，有壮大自身队伍、探知西夏动向的双重目的。景德三年（1006），附宋的兀泥族大首领名崖从父盛佶族道出了李德明外示盟好、内蓄战谋的盘算，令北宋留意西防，以备不测。元祐元年（1086），范纯粹亦指出“缘自来体察贼中事宜，多是归顺人口通说，颇得真实”①，都证明了招揽蕃部对觇夏、制夏的重要性。但是，当边防稳定时，北宋边将对待蕃部的态度又趋于粗暴，汉蕃裂痕加深，为西夏的反制创造了条件。因此，作为经制西夏的关键一环，招诱蕃部虽有推助之力，却因北宋维护不当，未能发挥最大效用。

（二）信息对抗

在宋夏、宋蕃战和的大背景下，北宋西北的信息对抗以御夏为主，防御吐蕃为辅，呈现出情报收集与传递、间谍招募与派遣等外向型特征，以及防止信息泄露、敌国间谍渗透等内向型特征。为了保障用间效率，北宋在经费保障、间谍招募、用间奖惩等方面都做了较充足的准备。

首先，枢密院总揽军政信息。作为“事涉机密”的军事重地，枢密院一直承担着汇集诸路奏报、发布军政指令的重任。仁宗时，枢密院谍知夏军攻破瞎毡族帐，命韩琦告谕唃厮啰务必相助。哲宗时，针对夏人大举来袭，枢密院提出不仅要加强泾原、熙河两路戒备，还要高度重视秦凤路的安危，遂命“远斥候，广探伺”②，又命冀州观察使刘昌祚与忠州防御使刘舜卿分别向德顺军与通远军加派兵力，驻扎于“秦凤边面”，形成“犄角之势”。元祐四年（1089），枢密院奏呈“谍言贼界亦有点集”，哲宗于是下诏：“伺察贼意，过作枝梧……明远斥堠，用意提防。”③除了总揽军政要情的枢密院，北宋在环庆、泾原、秦凤、河东和鄜延等西北五路均设都总管经略安

① 《长编》卷389元祐元年十月戊戌，第9470页。
② 《长编》卷412元祐三年七月癸亥，第10030页。
③ 《长编》卷429元祐四年六月甲辰，第10362页。

抚司，掌管机宜文字，负责情报政要。

其次，情报的采集与传递。御夏情报的采集与传递，则主要借助烽燧、斥堠（亦作斥候）、间谍等人力物力资源来实现，以便知己知彼，从容应对。宋人认为，“烽燧，军中之耳目，豫备之道，不可缺也”①。宋夏交战期间，烽火的设置与管理尤为严密。仁宗朝康定、庆历年间，陕西缘边，河东诸州均严密设置烽火，觇候敌情。神宗朝熙宁、元丰年间，熙河路亦广泛设立烽台，驻兵把守，接应边情。元祐七年（1092），西夏梁太后亲率十万大兵进攻环州。宋将折可适正是因为提前诱杀西夏守烽士卒，令烽火不传，才大破夏军于尾丁硙。北宋君主，对斥堠之重认识最深的是宋神宗。神宗针对斥堠的批答、诏令极多。例如，批复赵卨奏疏“边城斥堠如此疏略”②，反复强调“明远斥堠，多设奇计”③，又告谕吕公著“边陲诚无警，更须远斥候，广侦伺”④，明令陕西、河东“远设斥堠，勿令少失枝梧”⑤，诏示刘昌祚“远斥候，知贼所向”⑥。可见，斥堠严边贯穿神宗的治军生涯。

至于文书传递，则有“步递、马递、急脚递”三种。其中，急脚递速度最快，“日行四百里，唯军兴则用之”⑦，主要传递“事干外界或军机及非常盗贼文书”⑧。为了保障邮传效率，宋太祖于建隆二年即以军卒取代民众传递信息。景德元年，真宗以飞驿速传继迁新死趁机攻夏的消息。上述行为，正体现了宋皇对驿递的重视与仰赖。即便如此，宋人仍对驿传效率颇有微词，岷州团练使高遵裕即指出西夏在清远军一带“邀击粮道，驿递不

① （宋）曾公亮等撰，郑诚整理：《武经总要前集》，湖南科学技术出版社 2017 年，第 267 页。
② 《长编》卷 220 熙宁四年二月戊寅，第 5360 页。
③ 《长编》卷 314 元丰四年七月庚寅，第 7601 页。
④ 《长编》卷 335 元丰六年六月丙辰，第 8081 页。
⑤ 《长编》卷 337 元丰六年七月辛未，第 8133 页。
⑥ 《长编》卷 344 元丰七年三月庚申，第 8263 页。
⑦ （宋）沈括撰，金良年点校：《梦溪笔谈》卷 11《官政一》，中华书局 2017 年，第 90 页。
⑧ 《长编》卷 457 元祐六年四月丁酉，第 10939 页。

通"[①]，导致军粮短缺，信息阻隔，影响战斗。可见，信息传递欲求速求达，仍任重而道远。

再次，对敌用间是宋夏信息对抗的显著特征。笔者目力所及，北宋仁、神、哲三朝对夏用间最为频繁，效果亦最显著。仁宗一朝，边帅种世衡最长于用间，一是妙用"苦肉计"使番落将佯附夏而探军情，二是派遣僧人王嵩入夏刺事，得以成功离间元昊与重臣野利刚浪凌、遇乞兄弟的关系。尽管庆历时对夏用间十分积极，间谍保障亦较为完善，但是北宋仅赖以取得了局部胜利。在大型的正面对抗中，信息部署与接收仍有较大漏洞。好水川一战，北宋不仅为谍报所误，亦因信息阻塞而救援不及。先是环庆副部署任福因"谍传敌兵少"[②]而轻信入彀，战中钤辖朱观与部署王仲宝距离任福"败处才五里，然不相闻也"[③]，这一切均指向了信息环节的不足。定川寨之役败后，知泾州滕宗谅一面致力于恢复士气，一面积极"谍知贼远近形势，报旁郡使为备"[④]，受到范仲淹称赏。不论效果如何，仁宗朝陕西三战前后，宋对夏用间尤多却是不争的事实。神宗时期，熙宁四年进驻横山与元丰四年五路伐夏前后，对夏用间最密。其间，神宗多次在诏令与批答中表达派遣间谍、刺探西事的态度。这一时期的谍报消息，包括西夏军情与内政的双重反馈，尤以元丰间为最密。元丰八年(1085)十二月，间谍多次汇报夏军欲犯兰州，熙河路的信息布控与战略部署成为防边重点，这与永乐城战败后，西夏聚焦兰州的战略转向密切相关。此外，神宗朝对待谍报的谨慎与细致，亦居北宋之首。熙宁三年、元丰四年、元丰五年的七月与八月，神宗或诏令边臣参验谍情真伪，或命令在谍报基础上进一步求真求实，无不体现其制夏的积极与慎重。这种审查验证的精神为元祐君臣所继承，并多与间谍奖惩绑缚在一起，成为管控间谍的重要手段。元

① 《长编》卷 321 元丰四年十二月戊午，第 7739 页。
② （元）脱脱：《宋史》卷 325《任福传》，中华书局 1985 年，第 10507 页。
③ 《长编》卷 131 庆历元年二月己丑，第 3101 页。
④ 《长编》卷 138 庆历二年十一月辛巳，第 3322 页。

祐元年(1086),枢密院建议核实关于夏惠宗“身死立嗣事”[①]的探报,间谍遂有深入打探“立何人为嗣,母氏存亡,何人同管国事”[②]的任务。元符二年(1099),谍报夏军将至,折克行以为不实,果如其料。至徽宗崇宁年间,北宋虽于攻陷银州后,得到“夏人引其兵东矣”[③]的探报,但是整体效率已大不如前。

最后,防止信息泄露与敌谍渗透也是北宋御夏的关键一环。景祐二年(1035),韩亿上书仁宗戒备元昊频繁遣人,李琛据此认为之前应有夏对宋用间的事实。[④] 按此推测,时间或更早。景德元年(1004),真宗便命令河北、河东、陕西多地“备戎谍”[⑤]。夏对宋用间的最早记载,则是宝元元年元昊遣人假借“供佛五台山……窥河东道路”[⑥]。另外,庆历元年麟州久攻不克,元昊发出“谍谓我无庸战,不三日,汉人当渴死。今尚有余以圬堞,谍给我也”[⑦]的喟叹,从侧面验证其用间事实。针对此事,仁宗先于康定元年下诏“募京城内外捕索元昊刺事人”[⑧],继于庆历元年诏命“密捕谍人之在京城者”[⑨],枢密院亦有“缘边部署司,应山险处,并沟堑以绝奸细出入之路”[⑩]的边防建言,可见,北宋做好了抵抗夏谍的准备。为了提高用间意识,富弼与余靖分别于宝元二年与庆历四年议论夏谍动静悉知、布控缜密,其忧患意识都指向了北宋维护信息、防止渗透的安防水平。与此同时,庆历年间的用间呼吁亦为仁宗朝的言事风景。神宗朝,防御夏谍的意识与能力有显著提高。熙宁三年,宋将林广识破夏谍,绕远而行,巧妙避

---

① 《长编》卷389元祐元年十月丙申,第9468页。
② 《长编》卷389元祐元年十月丙申,第9468页。
③ (清)黄以周等辑注,顾吉晨点校:《续资治通鉴长编拾补》卷25,中华书局2004年,第837页。
④ 李琛:《宋朝间谍问题研究》,广西师范大学硕士论文,2008年,第31页。
⑤ 《长编》卷58景德元年十月癸未,第1274页。
⑥ 《长编》卷121宝元元年正月癸卯,第2849页。
⑦ 《长编》卷133庆历元年八月戊子,第3164页。
⑧ 《长编》卷126康定元年正月乙酉,第2971页。
⑨ 《长编》卷134庆历元年十月庚子,第3192页。
⑩ 《长编》卷127康定元年六月辛亥,第3021页。

开了敌人埋伏。熙宁十年，夏人借市马行间，被宋人识破。元丰元年，北宋斩首“匿于熟户吹宁家”[①]的夏谍嵬心。次年，宋军擒获夏谍，获悉酋帅姓名、人马辎重以及驻扎位置，获得局部胜利。值得肯定的是，这时北宋可以根据夏谍言论科学拟定战略。元丰四年，神宗基于夏谍“环庆阻横山”之说，认为夏军“必从泾原取胡卢河大川出塞，故悉河南之力以支泾原”[②]，果断出击，大败夏军。随着北宋信息控制能力的增强，西夏用间亦由单纯探秘转向掩盖意图，臻于纯熟。元丰七年，神宗在诏书中明确指出西夏利用间谍宣扬北宋“欲城胡芦河，（自己却）遂发河南北人马十分之九，集于练家流”[③]的事实，可谓欲盖弥彰。此外，这时宋夏双方的信息探取与维护，甚至有减免战事的积极作用。元丰四年，西夏谍知宋军大举来袭，弃浮图、吴堡、义合等城寨而去，宋军兵不血刃，占领三地。至于机密维护，则一直是北宋君臣探研不倦的课题。仁宗时，先于庆历元年禁止士人游边，又于皇祐元年下诏“凡边警盗发递角者斩”[④]。自真宗至徽宗朝，书禁一直是北宋保护信息的重要手段，并辅以严密的奖惩制度为其保驾护航。

御夏之外，北宋西北的信息布控，还有防御吐蕃的任务。真宗时，种世衡派间谍杀死了宗哥大首领甘遵，推行文法，收编蕃羌。知秦州曹玮不堕唃厮啰用间激将的陷阱，以逸待劳，全力御寇。熙宁七年（1074），吐蕃首领鬼章用间传木征将降，宋将景思立信以为真，为夏所败。元祐间，北宋频繁刺探吐蕃军情。元祐元年（1086），枢密院建议调查阿里骨嗣位后吐蕃的民情顺逆。元祐二年（1087），知岷州种谊与鄜延路经略使赵卨都有刺探吐蕃的军事行动，然种氏“不除鬼章，边患不能息”[⑤]的锄奸奏疏却

① 《长编》卷 288 元丰元年三月壬午，第 7050 页。
② 《长编》卷 317 元丰四年十月乙丑，第 7677 页。
③ 《长编》卷 344 元丰七年三月庚申，第 8263 页。
④ 《长编》卷 166 皇祐元年正月丁巳，第 3982 页。
⑤ 《长编》卷 402 元祐二年六月甲申，第 9778 页。

石沉大海，从侧面反映了元祐君臣不欲生事的态度。这时，北宋一面积极觇候吐蕃军事向背，一面仔细甄别吐蕃首领温溪沁、兀征齐延等人的归汉诚意，以便据实拟定御蕃军略。同时，种谊通过贿赂鬼章部下，探知其驻军地点与随军人马，告知勾当公事游师雄。游师雄进一步用间掌握夏蕃侵宋的战略步骤与行军计划，最终生擒鬼章，收复洮州，取得了西线胜利。

为了保障西北的刺事效率，宋廷制定了相应的奖惩措施。宝元元年(1038)，诏“能捕元昊所遣刺探事者，赏钱十万”①。元丰七年(1084)，诏示刘昌祚“除朝廷已特支给外，可以经抚库金帛或御前降去银器先赏众所亲见用命有功之人。其谍知贼马信验者，优予酬奖”②。熙宁四年(1071)，王元规上言父亲王嵩刺事之功，神宗再施追赠、授任等恩典，惜才之心可见一斑。尽管北宋以夷制夷的御边大略收效甚微，但是间谍层面的以夷制夷却较为成功，尤其表现在蕃部、蕃官刺事方面。咸平六年，蕃官屡次向宋传递消息，咩逋族首领、锦州团练使泥埋与潘罗支合力御夏，“又遣城逋远告事宜，不幸而死”③，于是蕃官苏尚娘亦因探知夏情退敌有功，受封临州刺史，赐锦袍、银带。熙宁八年(1075)，蕃部阿克节亦刺事属实，“诏补阿克节为本族副兵马使，仍赐绢二十匹”④。元祐元年(1086)，蕃部哩博晋巴因刺事有功，诏“哩博晋巴与都虞候，仍于近里族分住坐”⑤。元祐七年(1092)，基于“赏轻而情伪”的认识，枢密院奏请加大间谍经费的投入力度，“欲令陕西、河东经略司各以本司封桩或军资赏钱物给充探事支用”⑥，并出台了量事奖惩的措施。至徽宗朝，间谍奖惩已罕有真人表彰，而是作为一种激劝呼吁与制度保障而出现。惟有姜绶在宋金战役中犯险传输，表现英勇，成为北宋历史上第一位有传的间谍。

① 《长编》卷 122 宝元元年十二月丁丑，第 2888 页。
② 《长编》卷 345 元丰七年五月壬寅，第 8282 页。
③ 《长编》卷 54 咸平六年三月壬辰，第 1183 页。
④ 《长编》卷 271 熙宁八年十二月辛卯，第 6636 页。
⑤ 《长编》卷 368 元祐元年闰二月庚寅，第 8862 页。
⑥ 《长编》卷 470 元祐七年二月己未，第 11218 页。

观上，宋夏关系是西北民族关系的主线，决定着北宋与吐蕃的关系。宋夏战和决定着北宋的用间频次与任务部署，也影响着北宋与吐蕃的间谍派遣与信息侦查。宋夏信息争夺非但不逊于宋辽，反因战事频仍，更加激烈与频繁。宋夏百余年的战争交流，为彼此的用间、除间乃至反间提供了施展的平台，而如何提高间谍效率亦为当时各方势力探研不倦的课题。

三、御夏制蕃的经济钳制与内政调整

宋夏贸易弥补了单一军事手段的不足，辅助北宋部分实现其战略意图，效果并不理想。相比之下，宋蕃贸易既是经济交流的内在需要，也是增强实力、维持秩序的重要手段。御夏背景下的内政调整主要聚焦宰臣兼枢密使的破立，就中书与枢密院的通力合作进行考察。

（一）御夏背景下的贸易举措

在宋夏贸易的几种形式中，贡使贸易满足了西夏贵族的生活需求，榷场与和市贸易满足了“蕃汉客旅”的商贸需求。不同的是，前者由政府严密操控，后者较为自由。私贩贸易则以手续违法、商品违禁等形式存在，为北宋屡禁不止。以上贸易形式均不同程度地受到宋夏战和关系的影响。澶渊之盟后至元昊自立前，宋夏贡使贸易的氛围较为宽松。元昊称帝后，贡使贸易虽仍在进行，其规模却远逊于其父德明时。之后，元祐时的绥夏政策又为贡使贸易注入活力，掀起了新的贸易高潮。

至于榷场贸易，北宋的态度则严苛许多。咸平五年，宋廷虽未置榷场，却对“迁贼蕃部于赤沙、橐驼路各置会贸易”[①]的行为十分警惕。为了防止蕃部招诱熟户，真宗明令约束与惩罚兼施。景德四年(1007)，保安军榷场设立。宋廷虽于七月应允贸易请求，却于十月拒绝了再置麟州西榷场的要求。宝元至庆历间，宋夏交恶，北宋试图通过禁贸易、废榷场、停互市以制夏。宝元元年(1038)，禁绝陕西、河东缘边的宋夏互市贸易。次

---

① 《长编》卷51咸平五年正月甲子，第1112页。

年，废保安军榷场。三川口战败后，再于同年八月禁绝“陕西缘边主兵官与属羌交易”①。好水川战败后，知庆州范仲淹还认识到西夏境内折姜会、金汤、白豹寨等和市的利宋价值，即“镇戎兵马可以攻折姜，鄜延可以侵金汤、白豹。环庆路出兵牵制，唯此两处”②。与此同时，叶清臣察觉宋夏贸易中铜钱外流的危害，建议严防奸细出入边关，防止流失。官方贸易禁绝，夏人“饮无茶，衣帛贵”，加之兴战带来的经济困疲，宋夏和议应运而生。庆历四年，宋夏议和，北宋即于十二月“置保安军及镇戎军安平寨榷场”③。庆历七年(1047)，又将保安军榷场移至顺宁寨。再次设榷与移榷，均为满足议和后的夏人诉求，亦从侧面验证了宋夏榷场的开禁完全受制于宋夏战和。

和市，“非官市者，听与民交易”④。北宋境内的和市，多设于陕西麟州境内。北宋对和市的管控不若榷场严苛，却也以之为重要手段。在仁宗朝屈野河界争中，北宋欲以和市制夏，却适得其反。嘉祐间宋夏和议，屈野河划界为议题之一。知麟州张继勋认为禁地或可助长夏人贪婪，而继迁未叛的疆域又广袤难守，建议参照大中祥符二年的界线切割。这时，元昊屡次遣人求通宁星和市，继勋认为此乃挟夏就范、争取疆域之良机，遂以疆域如旧为开放和市的条件。西夏随即应允疆界复旧，宋廷亦因此默许了继勋禁贸治边的做法。后来，继勋罢任，后继知州又将边事复归于隐忍戒事的轨道。至和二年(1055)，宰相富弼认为右班殿直张安世乃河东土人，智勇双全，堪当边任，故命其专门负责屈野河西的宋夏事务。嘉祐元年(1056)，宋夏划定屈野河边界，再三强调不得逾矩，酌情驱逐入侵夏人。管勾军马司贾逵行边时，发现夏人侵耕严重，欲问罪州郡长官。宋夏交涉后，没藏太后立刻派人查明原委，欲令其兄讹庞收束，纠治走卒，然此

① 《长编》卷128康定元年八月庚子，第3034页。
② 《长编》卷134庆历元年十月乙巳，第3195页。
③ 《长编》卷153庆历四年十二月辛亥，第3727页。
④ (元)脱脱：《宋史》卷186《食货八》，中华书局1985年，第4563页。

事却因太后与所派之人相继离世而搁浅。鉴于此，河东经略使庞籍于嘉祐二年建议“停陕西缘边和市，使其国归罪讹庞，则年岁间可与定议”[①]，却招致西夏更加狂肆的侵耕。五月，宋夏因此交战，管勾麟府军马郭恩拒降自杀，内东头供奉官黄道元与府州宁府寨监押刘庆被执。十一月，宋廷清算筑寨、禁贸之失，庞籍隐去司马光的筑寨倡议，揽下所有罪责，遂罢节度使、知青州，屈野河界争方画上句号。至此，北宋禁绝和市在屈野河界争中的治效已清晰可见。尽管事与愿违，宋廷却仍存幻想，仰赖之深恰恰反映了宋人经济治边的能动限度，因此，只有将其扇火止沸的被动与可怜置于整个复杂的御夏军政生态中予以考察，方能得出最贴合当时情事的解答。

至于缘边私贩贸易，则有手续违法、商品违禁、未经许可等不同状况。手续违法者，即未有“公据”而“与西人交易者日夕公行”[②]。商品违禁者，如弓弩兵器、青白盐。至于未经许可者，多为违反一时的禁令法制，擅自贸易。嘉祐年间，西夏屡侵屈野河地，北宋“第禁陕西四路私与西人贸易，未几，乃悉绝之”[③]。私贩禁令中，以元丰与元祐时期最为显著，相关惩罚亦最明确。元丰六年(1083)，夏朝未能按时朝贡，北宋遂生“缘边不能禁止边人私与西界交易”[④]之虑，故三令五申强调法度严明，不得私纵。次年，神宗再次诏令陕西、河东经略司严加管束，因为私贩贸易还有买卖情报、泄露边机之疑。元祐元年(1086)，除了明示严禁与夏私贩，还有“违者治之”[⑤]，以及“若取与者一钱以上，皆配江、淮州军牢城，妻子诣配所；情重及至罪止者皆斩，妻子送江、淮州军编管；许人告捕赏有差。其透漏官司

① 《长编》卷 185 嘉祐二年二月甲戌，第 4471 页。

② (宋)司马光著，李文泽、霞绍晖校点：《司马光集》卷 50《论西夏劄子》，四川大学出版社 2010 年，第 1055 页。

③ (元)脱脱：《宋史》卷 186《食货八》，中华书局 1985 年，第 4564 页。

④ 《长编》卷 341 元丰六年十二月壬辰，第 8214 页。

⑤ 《长编》卷 364 元祐元年正月辛亥，第 8725 页。

及地分巡察人，知情者与同罪”[①]等处罚。与神、哲两朝的严苛相比，真宗虽然禁贸弓弩，却并不支持曹玮兴修壕堑以阻止夏人“赍违禁物窃市于边”[②]，而是命其罢役止隙，再次验证其隐忍惧祸的绥夏方针。

最能体现北宋经济层面之制夏意图的，莫过于禁绝宋夏间的青白盐贸易。宋太宗分别于淳化四年、至道元年两次采纳郑文宝建议，禁止青白盐贸易，以期困夏。结果，非但未实现“戎益困，继迁可不战而屈”[③]的战略目标，反致李继迁寇边更加严峻。尽管制夏不力，北宋却于咸平六年再次禁断青盐。之后，西夏先后于景德、大中祥符年间提出开禁请求，均未得到应允。庆历和议前，夏人重申其请，对此，北宋也仅仅做出增置两处榷场的让步，却坚持不通青盐。至和与元丰间，北宋均出台了严惩私贩青白盐禁的条例，或“法当死者，自今并配沙门岛”[④]，或“依皇祐敕断罪，仍不分首从边配”[⑤]，或治罪犯人的同时追究官员责任。元丰六年(1083)二月，安化县尉郝宗臣因制服盐贼，缴获二十斤青盐，竟由贪污停职“改次等合入官”[⑥]，其命运陡转侧面传递出北宋的禁盐决心。

观上可知，榷场贸易最能体现北宋在宋夏贸易中的主动性，私贩贸易的军事色彩则主要是通过禁物本身的性质来体现。缘边贸易中，宋夏两国的猜防与戒备从未歇止。熙宁十年(1077)，夏人借市马觇候，被宋人识破。宋将蔡延庆当即赦免其罪，“约马值授之使去”[⑦]，双方遂云开雾释。同时，延庆治下严明，麾下扰边，必定严惩，示夏以诚。可惜，这种求诸己的外交风尚并未渗透至双方阵营，长期贯彻，否则宋夏两国将在和平的主流中共同壮大，进入更高层面的博弈。

---

① 《长编》卷 365 元祐元年二月庚午，第 8769 页。
② 《长编》卷 71 大中祥符二年三月己卯，第 1599 页。
③ (元) 脱脱：《宋史》卷 277《郑文宝传》，中华书局 1985 年，第 9426 页。
④ 《长编》卷 180 至和二年七月丙子，第 4359 页。
⑤ 《长编》卷 300 元丰二年九月甲午，第 7305 页。
⑥ 《长编》卷 333 元丰六年二月庚申，第 8020 页。
⑦ (元) 脱脱：《宋史》卷 286《蔡延庆传》，中华书局 1985 年，第 9639 页。

宋蕃贸易，既是经济交流的内在需要，也是增强实力、维持秩序的重要手段。就形式而言，宋蕃贸易存在贡赐、榷场、民间私贩等多种形式。就内容而言，马匹、茶叶、牦牛、骆驼、乳香等物品是主要对象，其中马匹贸易是北宋经制西北的重心。吐蕃之所以取代西夏，成为北宋战马的重要补给对象，与宋夏交恶带来的贸易冷淡关系密切。太宗时，为了实现内徙党项又不致惊扰，颇留意于团结戎人，尤其致力于改善其经济生活。盐铁使王明鉴于灵州干旱少水、交通不便，建议将以钱市马改为以物易马，即以党项短缺的茶、布帛等物资交换马匹，既减轻了州郡的铸钱负担，又保障了党项的生活需求。在市马问题上，太宗还考虑到党项、吐蕃诸蕃的蓄马利益，下诏将马分为良驽不同的等级，允许民间进行驽马交易，极大地调动了戎人牧马的积极性，有效缓解了良马岁入阙额的问题。宋夏良好的马匹贸易局面因李继迁叛宋而改写，继迁叛宋之前，吐蕃与党项为北宋战马的主要供货源，叛宋以后，依附继迁者不再供马于宋，未附者的贡马行为又常常“为继迁邀击”①，这就促成了北宋对吐蕃马匹的依赖。

吐蕃向宋贡马、献马，始于太宗朝。咸平元年，北宋置估马司，区分马匹等次、规范易马货品，宋蕃马贸始步入正轨。是年，河东、陕西、川峡等地共获马五千余匹。真宗一朝，西凉、青唐与西北诸蕃都有规模不等的贡马行为。咸平、景德年间，丰州党项部、凉州吐蕃部均有贡马行为。咸平五年，六谷首领潘罗支遣使贡马五千匹，这种态度引导缘边蕃部做出疏夏亲宋的政治选择。随着凉州吐蕃在西夏侵逼下势衰，河湟吐蕃转而代替了凉州吐蕃，成为与宋贸易的主角。河湟唃厮啰，或径直遣使，或联合宗哥李立遵、邈川温逋奇等首领共同遣使，分别于大中祥符八年、大中祥符九年、天禧元年贡马，贸易规模，或价值“七百六十万”，或近六百匹，有效补充了北宋的战马补给。对于宋蕃马贸，北宋均“厚给其值”。仁宗时，吐蕃贡马的规模与频次虽不如前，却也可观。至熙河开边，双方交恶，吐蕃

① （元）脱脱：《宋史》卷279《周仁美传》，中华书局1985年，第9492页。

拒绝向宋贡马。元祐二年(1087),西夏阴结青唐阿里骨及其大将鬼章,联合攻宋,宋将游师雄生擒鬼章,击退吐蕃大军,迫使阿里骨于次年入贡。元祐六年(1091),阿里骨贡马一百七十九匹,成为宋蕃大宗马匹贡赐的尾声。

如果贡赐贸易体现的是吐蕃“不自觉地卷入商品流通之中”①的被动一面,那么榷场贸易与私贩贸易则体现了宋蕃贸易的积极一面。北宋积极介入宋蕃马贸始于太平兴国二年,丰州刺史王承美积极抵制辽朝打压,与宋市马。真宗时,北宋实施保守边略,买马依靠贡赐实现,几无榷场买卖。至仁宗朝,情况发生转变。天圣八年(1030),知并州张若谷建议恢复“以缯锦市蕃部马”②,认为马匹买卖有助于安定蕃落,保障马源。检阅史料,在宋夏激战的庆历初年,北宋买马记载并不多,甚至将陕西、河东路十七州军的市马范围缩小至秦州一地。宋夏议和后,北宋意识到阙马严重,方着手购买。庆历年间,通过“官助其价”与“入中”等形式资助买马。除了频频颁诏买马,仁宗甚至允许秦州缘边弓箭手买卖土地,资助马贸。为了方便贸易,北宋于至和元年开放了除秦州之外的环庆州、保安军、德顺军等多地榷场。由此可见,市马榷场的开闭与北宋的边防戒备、阙马问题关系密切。至神宗熙、丰年间,北宋长年对西北用兵,买马数额剧增,神宗于是奖励买马官减磨勘。自熙宁七年起,熙河路逐渐代替渭州、德顺军等榷场,承担了买马重任,原因在于熙河路买马量大质优,价格适中,贸易功能远迈渭州、德顺军以及麟府路。

要之,宋蕃马匹贡赐,政治秩序是表象,经济代偿才是实质。夏马难得、吐蕃马足、宋方马匮等客观事实,加之宋蕃联合以制夏的战略部署,这些共同催生了北宋中期宋蕃马匹贸易的兴盛。因此,北宋与吐蕃的贸易背景中不可避免地镌刻着联合蕃部、购买军需、获利助边等军事动因。就

---

① 刘建丽:《宋代西北吐蕃研究》,甘肃文化出版社1998年,第326页。
② 《长编》卷109天圣八年三月己卯,第2537页。

民间私贩而言，从太宗朝的不予禁止到神宗朝的管控严格，其中虽有帝王的个性色彩，但亦从侧面反映了北宋国家意志的日趋强大，这一意志对北宋的御边能力提出了更高的要求。

（二）御夏背景下的内政调整

伴随着御夏策略的变化，北宋在内政方面亦有较大调整，以庆历年间宰相共预边事的呼吁与措置为显例。陶晋生最先对宰相兼枢密使的破立与北宋朝臣对“宰相不知兵”的批判与补救进行了系统观照。① 但是，关于中书与枢密院共议边事的张弛，以及宋夏战和背景下的宋臣布局，仍有较大的研究空间。

首先，中书与枢密院共议军政要务始于真宗朝。咸平五年，真宗反对以河北强壮选隶军籍，但在中书、枢密院列状以闻后，还是召集近京诸州丁壮从军。同年六月，在委任王超为都部署一事上，真宗先命二府共议而后从之。咸平六年，河东转运副使郑文宝建议南迁广锐军，并欲强壮之家市马，真宗以为可行，诏二府共议，宰相李沆极言不可，并州归来的钱若水亦极力反对，此事遂寝。景德初年，真宗明示：“枢密院虽专军机，然大事须本中书。”此外，又告诫宰辅“枢密之地，尤须谨密，漏禁中语，古人深戒。若与同列及枢密彰不协之迹，则中外得以肆其间隙”②。景德四年（1007），二府合作的规定更加明确，原因在于是时中书省与枢密院互不通气，各下宣敕，导致秘书丞杨士元有通判凤翔府与监内香药库两份任命。鉴于此，真宗下诏“自今中书所行事关军机及内职者，报枢密院；枢密院所行事关民政及京朝官者，报中书”③。如此一来，不仅免除了一人二任的尴尬，还推动了二府治政向通观全局的方向发展。

其次，仁宗朝宋夏战争打响后，加强了二府的军政合作。三川口战败次年（康定元年），仁宗多次颁布中书预边的诏令，先是宰相参议，后是参

① 陶晋生：《宋辽关系史研究》，中华书局2008年，第58—63页。
② 《长编》卷57景德元年八月丁酉，第1257页。
③ 《长编》卷65景德四年五月丁丑，第1460页。

知政事同议，甚至要求中书别置厅堂参议边事。[①] 诏令既颁，收效显著。一方面是二府合奏边事激增，共议招募士卒、边地屯戍、守御城寨、交结吐蕃、禁军驻泊诸事。[②] 另一方面则是宰相兼枢密使的出现，自庆历二年至庆历五年，先后有章得象、吕夷简、晏殊、杜衍、贾昌朝、陈执中这六位宰相兼任枢密使。庆历二年(1042)七月，户部侍郎、平章事章得象兼枢密使。九月，宰臣吕夷简由判枢密院事改兼枢密使，至次年三月罢相乃止，但仍以司徒身份参与军国大事的讨论。庆历三年三月，刑部尚书晏殊依前官平章事，兼枢密使，至次年九月结束。庆历四年九月，杜衍依前官平章事兼枢密使，至次年正月罢。庆历五年正月，工部侍郎贾昌朝依前官平章事，兼枢密使；四月，参知政事陈执中依前官平章事，兼枢密使。

最后，宋夏休战，邦交正常，宰臣兼枢密使之政策乃罢。庆历五年(1045)，宋廷彻底废除宰臣兼枢密使，之后再未施行。此次罢兼，表面为宰臣贾昌朝、陈执中主动奏请，实为迎合宋廷削减宰臣权柄的管控诉求。毕竟，兼任本为宋夏激战时的权宜之计，与北宋“事为之防，曲为之制”的祖制相忤。此时宋夏休战，邦交正常，兼任土壤流失，故罢兼是宰臣揣测上意、防嫌自保的必然选择。之后，二府共议边事虽继续推行，却再无康定、庆历之际的盛大与热烈。与此同时，由于边事暂安，内部阻挠，改革意图亦因之减退，庆历新政的倡导者与拥护者均被边缘化。庆历五年正月，参知政事范仲淹、枢密副使富弼分别出知邠州、郓州，宰相兼枢密使杜衍出知兖州。三月，韩琦罢枢密副使，知扬州。五月，知制诰余靖知吉州。七月，贬知潞州尹洙为崇信节度副使。八月，欧阳修出知滁州。个别边帅，亦牵连入内。知渭州王素即因与以上诸人交好，先于庆历五年四月知华州，再于闰五月知江州，调离西北重镇，责守一降再降。至此，除了庆历四年十月蔡襄的出

① 见《长编》卷 126 康定元年二月丁酉、《长编》卷 126 康定元年三月庚辰、《长编》卷 126 康定元年三月癸未。

② 见《长编》卷 132 庆历元年七月己未、《长编》卷 135 庆历二年二月乙酉、《长编》卷 135 庆历二年二月己亥、《长编》卷 135 庆历二年三月乙卯、《长编》卷 135 庆历二年四月庚寅。

知福州是因弹劾陈执中不中而乞出，其余均为中央主动降黜。事实证明，即便蔡襄不乞外任，也难逃出知地方的厄运。因为与之共劾陈执中的孙甫，虽因出使暂时得脱，亦于庆历五年正月返京后不久出知邓州。

观上可知，宋夏开战后，韩琦、范仲淹或寄任边陲，或操柄二府，庆历诸人亦相继归朝，或居馆阁，或为谏官，为国谋忠，尽心竭力。宋夏罢兵言和后，北宋对外御边、对内除弊的意志削减，而锐意革新的庆历党人虽有救亡图存、节用裕民之良方，却必不见用于时，因此，他们或主动辞荣，或被动贬黜，无一幸免。

第三节 御边西南的部署与转向

方铁指出治边应包括处理本朝边陲与相邻邦国两部分，这一点，在北宋经制西南时尤为显著。[①] 关于治边西南，学界大多认为，此宋在政治上怀柔羁縻，军事上利用禁军与地方武装，控、防、攻并举，经济上通过互市贸易、厚赐朝贡与减免赋税等优惠政策，促其对中原经济形成向心力。关于羁縻制度及其功效，陈泛舟、吴永章、安国楼、侯封等学者肯定其治边效果，刘复生则认为过于严密的防范不利于羌族地区的经济发展。[②] 郭声波则以为宋之羁縻西南既有维护稳定、发展经济之利，又有丧失边防藩篱之弊。[③] 此外，吴永章、安国楼、裴一璞对地方武装，安国楼、刘复生对经济政策，程苹、陈武强、谢波对夷法向汉法过渡的特征，均有研究。本节由“羁縻”切入，从政治统治、军事部署、经济干预三个方面分论北宋的西南御边，揭示北宋不欲深治却间有开拓的南治举措。

鉴于五代以来的武将倒戈与西、北二边的边疆侵扰，北宋实施了“重内轻外”“重北轻南”等国防对策。正如元初郭松年所言：“宋兴，北有大

---

① 方铁：《方略与施治：历朝对西南边疆的经营》，社会科学文献出版社 2015 年。
② 刘复生：《岷江上游宋代的羌族羁縻州》，《中国边疆史地研究》1997 年 1 期。
③ 郭声波：《试论宋朝的羁縻州管理》，《中国历史地理论丛》2000 年 1 期。

敌,不暇远略。”不暇远略,是北宋处理西南边事的主流态度。它是华夷之辨、宗藩关系、西北动荡共同作用的结果,也是宋人崇文抑武、息事宁人等治国治边思想在西南的延伸。北宋治理四川、广西与海南,处理与交趾、大理等国关系,羁縻是其指导思想,即维系与西南蛮夷及周边政权的关系,因时、因地、顺俗而治,最终实现更深入、更有力的管控。

“羁縻”一词首见于《史记》,出自《难蜀父老》之“盖闻天子之于夷狄也,其义羁縻勿绝而已”[①]。汉武帝欲通西南蛮夷,蜀地父老有畏难情绪。司马相如撰《难蜀父老》驳斥蜀父老的保守与短浅,支持武帝深度治理西南的积极与果决。此为相如假想而出之巴蜀缙绅拒不开边的托词,亦为其论难文所树立的驳难靶标。抛开文章主旨不论,“羁縻勿绝”一语道出对边疆四夷谨慎保守、不欲深治的态度。“羁縻”一词多次出现于宋代史料,常常用于对南方边民的治理。例如,对抚水蛮“务在羁縻,不深治也”[②],对南丹州蛮酋内讧亦不介入,因为“蛮夷之俗,羁縻而已,不欲为之兴师报怨”[③]。观上可知,北宋以羁縻为御边治夷之锁钥。

北宋蛮夷分布较广,仅以西南溪峒诸蛮为例,就“杂厕荆、楚、巴、黔、巫中”[④],占据了我国湖南、湖北、重庆、四川、贵州等地。此外,另有盘踞在湖南的梅山蛮、诚徽州蛮,广西地区的抚水蛮、环州蛮、广源州蛮、南丹州蛮等。北宋经略南方,以辰州、沅州辐射湘西、鄂西、黔东、川东,以邕州、宜州管控广西、牵制交趾,以琼州控扼海南诸州,其经营据点、控扼一方的战略布局十分显著。

一、任用土官、尊重俗法的政治统治

相较西、北二边,不欲深治是北宋治理西南的主流倾向。不深治绝非

① (汉)司马迁:《史记》卷117《司马相如列传》,中华书局2005年,第2322页。
② (元)脱脱:《宋史》卷495《蛮夷三》,中华书局1985年,第14209页。
③ (元)脱脱:《宋史》卷494《蛮夷二》,中华书局1985年,第14200页。
④ (元)脱脱:《宋史》卷493《蛮夷一》,中华书局1985年,第14171页。

不治，而是顺应西南边情与民情，调试出弹性方略。北宋治理西南的弹性集中体现在吏治上任用土官，法治上因俗而治。

（一）任用土官　恩信拉拢

为实现“安内捍外”的政治目的，北宋推行“树其酋长，使自镇抚，始终蛮夷遇之”[①]的羁縻政策。具体说来，即通过授官豪酋，许其世袭，厚赐钱物与时服等方法承认其治，笼络其心。具体表现在以下几个方面：

一是树其酋长，官位世袭。树其酋长的典范是辰州人秦再雄。乾德元年(963)，太祖收复荆、湖地区，秦再雄因谙熟蛮情、悉知地理授任辰州刺史，并“许其自辟吏属，尽予一州租赋”[②]。官位世袭，既有真宗咸平年间任用田承宝（高州刺史田彦伊子）为九溪十峒抚谕都监，又有景德年间奖拔保、霸州刺史董绍重、董忠义，许其世袭，统治一方。任用蕃酋，分见于英宗朝以莫世忍为南丹州刺史，之后子承其位，神宗朝任命舒光勇为三班奉职、安州监当，哲宗朝选择土官管理当地事宜，这些都是任用蕃酋管控西南的明证。北宋治南惟务稳定，熟悉地理与民情是重要的选拔准绳，甚至重于智勇才干。大中祥符二年(1009)，峡路都监侯延赏生病，转运使举侍禁张明请求代任，真宗先是咨询曾供职夔、峡的丁谓，后参考公举，方才允准。丁谓推荐张明，正是看重其“熟其事”而非“徒有才”[③]的才干。

二是恩信拉拢，赏赐丰厚。除了授以官职，北宋还十分注重厚赐拉拢，官印、器币、钱财、锦袍、冠带、耕牛等均在赐予之列。[④] 太祖在位，不仅厚赐秦再雄，还赐南丹州刺史莫洪蟇印牌。太宗时，赐西南酋奖、晃、叙、懿、元、锦、费、福等州器币，还赐莫淮通（南丹州刺史莫洪皓子）彩百匹。真宗时，或赐物于抚水蛮酋蒙汉诚，或赐印于古州刺史向通展，或赐巾服、

① （元）脱脱：《宋史》卷493《蛮夷一》，中华书局1985年，第14171页。
② （宋）魏泰撰，李裕民点校：《东轩笔录》，中华书局1983年，第1页。
③ 《长编》卷72大中祥符二年八月丙戌，第1627页。
④ 锦袍见《长编》卷59景德二年正月甲寅，第1309页；冠带见《宋史》卷496《蛮夷四》，第14230页。

器币于田承宝(高州刺史田彦伊子),又岁赐保、霸州刺史董绍重、董忠义,又诏赐中彭州彭文绾锦袍,赏赐尤为频繁。仁宗朝,赐知顺安州侬宗旦耕牛与盐彩。神宗朝,赐南丹州刺史莫世忍官印,并授官于其子侄九人。以上诸事,均为北宋辛苦经营、结信蛮酋的确证。据《宋史》记载,“靖康前,辰州每岁蒙朝廷赐钱七万贯,绸、绢、布共八千一百匹,绵一万七千两”[①],赏赐额度巨大。至于厚赐的结果,则情况各异,或动荡消除,或止于缓和,或侵轶不绝。此外,北宋管控西南,还注意到羁縻州之间的地位差异性,表现为厚赐重要酋长,太祖曾诏溪州宜充五溪团练使,刻印以赐之。

(二)因俗而治　盟誓制衡

北宋治理西南,因俗而治为主,汉法渗透为辅。历时地考察,初期蕃法作用极大,中后期汉法向蕃部渗透,作用渐显。因俗而治,有着主客观两方面的因素:一是边情与民俗复杂,难绳以常法;二是北宋惧于处置失当,恐边民扰乱。北宋以俗法治南,以和断为手段,盟誓为保障。

一方面,北宋处理西南少数民族内部事务,解决他们与汉族纠纷时多用“和断”,这是因俗而治的显性表现。大中祥符二年(1009),礼宾院言“西州进奉回纥李顺与西南蕃入贡从人斗死,欲押赴开封府,依蕃部例和断,收偿命价”[②],朝廷允准。大中祥符五年(1012),巡检史发兵制止黎洞夷人内讧,真宗又以“许边吏和断,安可擅发兵甲”[③]明确表态。对此,仁宗甚至专门下诏,明示夷汉事务的法治差异:“戎州夷人犯罪,委知州和断之。若汉人,即正其法。”[④]此外,另有大量不名“和断”却从俗而治之事。太祖明示宰相治理海南要“因其俗”,太宗甚至尊重黔南溪峒击铜鼓以求鬼神去疾的习俗而解除铜禁。[⑤] 真宗告谕西南边将:“无得侵扰外夷,若自

① (元)脱脱:《宋史》卷494《蛮夷二》,中华书局1985年,第14192页。
② (清)徐松辑:《宋会要辑稿》职官25之7,中华书局1957年,第2917页。
③ 《长编》卷77大中祥符五年五月辛巳,第1765页。
④ 《长编》卷108天圣七年八月壬子,第2522页。
⑤ 太祖事见《长编》卷13开宝五年闰二月条,第281页;太宗事见《宋史》卷493《蛮夷一》,第14174页。

相杀伤，但用本土之法。”[①]哲宗时，宋廷拟定若归附生蛮“同类相犯，乞比附黔州见行蛮人条制，以五刑立定钱数，量减数目断罚入官”[②]，并详述五刑与相应钱数，以及以物折纳的途径。

至神宗朝，御边态度由消极转向强硬，表现在西南法治上，即夷法功效渐弱，汉法作用增强。元丰四年（1081），权判湖南路转运副使朱初平建议对待徽、诚州归明团峒应随着城寨建立而有区别，之前依照夷法，之后依照汉法。次年，知泸州张克明也提出：“泸州生夷如与华人相犯，并用敕律，同类相犯，即比附黔州蛮五等罚法。”[③]朱、张二人奏议获准，标志着神宗君臣欲将西南蛮夷的法治由蛮夷和断推向汉法严断。元丰八年（1085），神宗听从知邵州关杞建言，下诏命“邵州芙蓉、石驿、浮城等峒夷归明户及元省地百姓，如省地法应婚姻、出入、典卖田、招佃客，并听从便”[④]。此举标志着汉法代夷由民事诉讼向社会生活渗透，也表明了北宋治理归明蛮夷与省民一视同仁的态度。另外，元丰间荆湖北路钤辖彭孙讨伐泸州蛮贼，神宗命彭氏管理“强人”部下应“令据所犯随宜处断，勿令拘制送州县”[⑤]。这种酌情处置的批示，是神宗基于蛮夷难治、治军从便的灵活变通，也反映了汉法逐渐渗透西南边区而产生的磨合状态。至哲宗朝，汉法代夷愈发成熟，竟成法律条制。元祐五年（1090），枢密院呈报知泸州张克明奏请，曰：“泸州新投降、招附生界夷人，今后如与汉人相犯，并乞依汉法施行。”[⑥]此议畅行，标志着归附生蛮犯汉的法治已纳入汉法体系，因俗而治的使用范围已大大缩小，汉法代夷迈出了关键一步。

---

① 《长编》卷 72 大中祥符二年十一月戊午，第 1641 页。
② 《长编》卷 453 元祐五年十二月，第 10872 页。
③ 朱说见《长编》卷 313 元丰四年六月辛巳；张说见《长编》卷 331 元丰五年十二月丁巳，第 7984 页。
④ 《长编》卷 351 元丰八年二月丁卯，第 8407 页。
⑤ 《长编》卷 311 哲宗元丰四年正月乙卯，第 7543 页。
⑥ 《长编》卷 453 元祐五年十二月，第 10872 页。

另一方面，北宋治理西南，除了夷汉法治，还常常借助盟誓维护长治久安。统观北宋各期，结盟与恩赐的频次成正比，真宗朝以十余次盟誓再居首位，神宗与仁宗朝居次。真宗朝的十余次盟誓，有仪式记载者居多，或杀生立誓，或歃血为盟。大中祥符二年(1009)七月，阁门祗候侍其旭与泸州夷杀生立誓；十一月，琼、崖等州同巡检王钊令内讧的黎母山蛮“饮血为誓”。大中祥符四年(1011)，茂州蛮夷与宋刑牛犬盟誓。大中祥符九年(1016)，宋廷与抚水蛮蒙承贵等“歃猫血立誓”。天禧二年(1018)八月，叛蛮下溪州刺史彭儒猛投降，与宋廷歃血盟誓。[①] 叙述最为详尽的，莫过转运使寇瑊与淯井监周边蛮酋于大中祥符六年(1013)所订盟誓。此次盟誓，专为孤立叛乱的晏州蛮夷斗望而立，有如下特征：一，蛮酋众多，且势力较大；二，采用夷法，伴有誓词；三，过程详尽，三牲明确。至于无仪式记载者，如咸平五年、六年与溪峒蛮夷的盟誓，前者为满足其食盐诉求，后者出于安边考虑。盟誓功效，不可一概而论。受益之盟，如咸平五年的溪峒盟誓，对方积极兑现了“天子济我以盐，我愿输以兵食”[②]的承诺，保障了北宋一方军粮备足。更多的是寡益或无益之盟，咸平年间溪峒蛮夷的侵轶、泸州夷的反叛都说明盟誓安边的局限性。庆历四年(1044)，杜杞诱蛮盟誓，有效铲除了叛乱的有生力量，却因给盟杀降而遭到御史梅挚弹劾。神宗朝，泸夷酋乞弟亦与北宋给盟而叛，神宗却命令深兵进讨，怒斥：“崎岖山獠敢尔跳梁，赦而不诛，何以怀远！”[③]就此盟论，北宋失误有二：一是结盟意愿缓急不均，对方并无诚意；二是北宋败盟在先，盲目介入盟友纷争而致事态扩大。这也说明，盟誓团结与约束的两面性，时刻向北宋的治边水准提出挑战。而神宗安边平夷的坚决，侧面彰显了其雄治之心。

---

① 大中祥符与天禧立誓见《长编》卷72大中祥符二年七月甲寅、《长编》卷72大中祥符二年十一月戊午、《长编》卷75大中祥符四年正月丙子、《宋史》卷494《蛮夷三》、《长编》卷92天禧二年八月壬寅。

② 《长编》卷52咸平五年七月己亥，第1142页。

③ 《长编》卷303元丰三年四月乙巳，第7380页。

二、慎守戒备、兼采拓取的军事战略

北宋治理西南边疆的保守与突破，亦反映在军事领域。所谓保守，指延续一贯的消极防守战略，既消极抵抗蛮夷寇边，又戒惧介入蛮夷内讧。所谓突破，则指对消极边策的颠覆与改写，即走向积极御边、以战求和的治边轨道。这种边策的破与立，反映了北宋诸君对西南边事理解与措置的异同。

（一）招谕镇压　慎入内讧

对于西南少数民族的寇略行为，北宋多兼采招谕与镇压两种形式。太祖时，既用秦再雄招抚宣谕湖南边民，亦以知琼州周仁俊平叛崖州叛乱。太宗一朝，主张先安抚绥靖，后武力讨平。譬如授官寇边的抚水蛮、征讨泸州叛蛮、对梅山峒蛮先招抚后讨伐，均可为证。与抵御辽、夏的态度相类，真宗朝在西南继续实施消极防御，并将其发挥到极致，对抚水蛮劝诫教育、厚赐财物、“不欲剿绝”，对南丹州蛮“犒设抚劳”、俘获其心，对辰州边民宣谕教化、甚至自我反省，均为宽纵之例。这种求诸己的君王风度仅能安抚一时，未能长久。检阅史料可知，天禧年间，边臣征讨溪州尤多，大中祥符六年扑灭晏州蛮夷斗望等劫淯井监一战成效最佳。此役中，北宋恩威并施，处置得宜，表现有二。第一，知人善任，措置有方。此次御边数人，内殿崇班王怀信、转运使寇瑊以及江安县令宋贲皆材优干济。寇瑊反应迅疾，积粟缮兵，借助盟誓团结周边夷狄投入战斗，有效降低了叛蛮壮大的风险。王怀信骁勇善战，旗开得胜，乘势接连斩退敌兵。在宴江北山的关键一役中，王怀信“彀强弩环寨射贼”[①]，寇瑊“整众乘高策援”，形成“捉鳖之瓮”，最终制敌。第二，重用土兵，掌握敌情。孙正辞所率“白芳子弟”熟悉地形，故为向导，益州二百军士又为先锋，因此，积极发挥地方武装的战斗力是此役获胜的重要法宝。在宴江一役中，北宋侦知敌情故

① 《长编》卷 81 大中祥符六年十二月壬午，第 1855 页。

能防患于前，克敌制胜。胜利后，寇瑊与王怀信等建言加强边备，并施以利诱，即“置淯井监壕栅，并允许近界市马”[①]。观上可知，姑息宽纵虽能成一时风平，却不能根除边患。真正能够安边保民的，是积极改变边民的生存境遇，将治夷的思路由输血扶贫转向造血脱贫，寇瑊与王怀信的“市马”之计可作参考。

庆历年间，湖南之乱频掀高潮。庆历三年(1043)，桂阳监蛮猺寇乱，宋廷为应对此役，特于湖南设置安抚司。庆历五年，桂阳监余党唐和等人又两次寇边。直至庆历七年冬，唐和余党方全部投降。在平息蛮乱的过程中，知桂阳监宋守信认为“不许穷讨”[②]是乱势难制、久扑不灭的关键因素，除之才能克敌安边。这种战略反思对于该役获胜、经制西南都具有十分重要的借鉴意义。至和以后，溪峒蛮夷劫掠频繁，宋廷宣谕拉拢，减赠钳制，恩威并施。由上可知，仁宗朝的御边态度已渐趋积极，由偏倚招谕转向及时扑灭。至神宗朝，态度更趋强硬，熙丰年间，韩存宝讨伐罗苟夷、集结南方士卒与在京骁骑两营兵力镇压抚水土人均为例证。神宗朝的南治军事具有反应迅疾，但严惩御寇不力的显著特点，韩存宝便因经制泸州夷乞弟不力而遭斩杀。事实上，杀伐决断只是宣谕求和的有益补充，若只表现为省去安抚，贪功嗜杀，置寇乱原因而不顾，终不能实现高明、省力的治边效果。而真宗以来的蛮夷寇边，部分原因竟是边官尸位，或误判蛮汉纠纷，或侵剥百姓利益，还有边民冒险贩盐，为人利用，如此种种，若不彻查，防微杜渐，只是颟顸粗暴地一味剿灭，终无益于安定。

相较于边民寇略，北宋处理其内部纷争更是谨慎戒惧，常常严禁介入。淳化年间，朝廷对南丹州蛮酋洪沅的内讧求助不予应援，亦对富州向万通杀皮师胜父子七人禁绝不问。大中祥符年间，更是将置身事外演绎得淋漓尽致。五团蛮寇乱高州，邛部川蛮与保塞卖马蛮的仇杀，慈利蛮夷

① (元)脱脱：《宋史》卷496《蛮夷四》，中华书局1985年，第14226页。
② (元)脱脱：《宋史》卷493《蛮夷一》，中华书局1985年，第14184页。

因仇劫掠，黎洞夷人内讧，黔西南蕃族进贡遭劫，真宗一律不予过问。治平初，南丹州蛮莫世忍杀害蛮酋公帐，英宗非但置之不理，反而屡从其请。世忍感戴皇恩，助神宗朝奋力捍边，先于熙宁二年逮捕杀人猺贼，后于元丰六年向朝廷输送兵器，助力讨伐安化蛮夷。对宋廷而言，此事已是西南安边的最大收益。

北宋的谨慎，不仅表现于慎入内讧，还表现于对西南少数民族的拒不收编，即对由生蛮招纳为熟蛮、由熟蛮治比省民的敏感戒惧。太平兴国八年(983)，“溪、锦、叙、富等四州内属蛮，相率诣州，愿比内地民输租税”[①]，审度后因不便乃拒。至真宗朝，甚至省去实地考察，对外统一口径，一律回绝。故向通汉请定租赋，钱绛招诱溪峒豪酋，向通汉乞留京师，向光泽上表纳土，均未获得允准。至仁宗朝，这种拒纳回应竟成为侬智高叛乱的重要诱因。值得注意的是，即使是在锐意拓边的神宗朝，也不是有请必应。元丰八年(1085)，辰州江外生蛮覃仕稳等请求内附，便遭到拒绝。

当然，作为南治转向的重要标志，神宗朝的“郡县其地”有其深刻的必然性与可能性。首先，溪峒蛮夷强烈的内属愿望是其现实土壤。熙宁三年(1070)，湖北提点刑狱赵鼎言：“硖州峒酋刻剥无度，蛮众愿内属。”[②]“南北江群蛮归化朝廷”[③]的迫切愿望促使北宋思考此事。其次，张翘、刘策的收编筹划是其理论支撑。辰州布衣张翘建议借南江诸州厮杀“先招抚富、峡二州，俾纳土，则余州自归”[④]，而北江下溪州刺史彭师晏不能服众，人皆向化，亦可郡县。知辰州刘策参度后，以为可行，并请求修城置堡，招谕安抚，诸措并举。王安石将此举称作“两江生灵的至仁之政”，并在经度细节上提出了以蛮说蛮的方便法门。不久刘策逝世，章惇奉命经制此事。再次，谨慎部署显示了神宗君臣的理性精神。元丰四年(1081)，归明人杨晟

---

① 《长编》卷24太平兴国八年八月丁酉，第550页。
② 《长编》卷236熙宁五年闰七月庚戌，第5727页。
③ (元)脱脱：《宋史》卷471《章惇传》，中华书局1985年，第13710页。
④ 《长编》卷236熙宁五年闰七月庚戌，第5727页。

坚纳土反复，湖北、湖南摇摆不定。荆湖北路转运判官高镈与提点刑狱章楶建议对其作内徙或严惩处置，而神宗以"不晓边事"批答，可见他对前朝的宽和边策有所保留。熙宁年间，章惇大力拓边，招纳广泛，经制南北江，收编西南溪峒，开发梅山，招纳衡、永、诚、徽等州溪峒为省民，实现了编民拓土的经制雄心。

关于梅山经营，学界多聚焦于章惇建树。事实上，梅山开发始于张颉，至范子奇理论深化，至章惇方成气候。嘉祐末，益阳县令张颉已着手开拓梅山，遵循禁地约束，号召边民开垦。至神宗朝，范雍孙范子奇奏称"梅山蛮恃险为边患，宜拓取之"[1]，并以"臣属而郡县之"为指导思想，此即后来章惇开拓五溪、经制梅山的理论支持。后来，章惇攻占南江，张颉起初指斥其杀戮惨重，扰乱民生，后来却未能坚持初议，被章惇收买，为民请命遂寝。在积极吸纳生蛮后，神宗君臣便体会到纳易治难的滋味。所谓的兵威四夷，郡县其地，不仅消耗了大量的人力物力，亦破坏了南边的安稳。这些沉重的代价，被元祐君臣作为前车之鉴深加反省，于是废堡寨、弃郡县，南治再次趋于保守。徽宗朝，再次盲目开边西南，州寨废立无凭，徒增内郡负担，南渡后，多因不便统辖废止。

（二）慎结交趾　遏制大理

交趾与大理是北宋西南外交的主要对象，前者主要通过宗藩关系维持交往，后者则始终被视为徼外，关系疏远。交趾在北宋时期主要经历了丁、黎、李三朝，宋交大规模的军事冲突发生于后两朝，分别是太宗伐交与熙宁战争。从性质上看，太宗伐交是北宋对交趾的入侵行为，是意在吞并的变相表达。此次伐交，北宋劳师远征，虽破贼万余，也损失惨重，非但没有实现吞并意图，反而给后世君主留下交趾难制的阴影，愈发助长了姑息宽纵的情绪。至真宗朝，大将篡位的戏码再次于交趾上演，此时真宗对肇事者李公蕴已全无斗志，因此，当缘海安抚使邵晔呈上经略宜州以及邕州

① （元）脱脱：《宋史》卷288《范子奇传》，中华书局1985年，第9680页。

至交趾的水路地图时，真宗当即表示无意拓取，慎守疆域。[①] 仁宗延续前朝保守边略，却误判局势，而致变起肘腋，侬智高叛乱。

广源州，名义上为北宋邕管之羁縻州，实际上受交趾统治。皇祐元年（1049），侬智高寇略邕州，北宋仅作备战与刺探处置，交趾却在次年发兵进讨，采取了更积极主动的制裁方式。由此可见，广源安危关乎交趾远迈于宋。邕州指挥使亓赟本奉命侦候，却擅自发兵，被擒之后游说智高内附。于是，侬智高奏请岁贡，进献珍宝，"赍金函书"，三请内属，却均遭拒绝。智高既与交趾交恶，又附宋不成，故落草为寇，亡命山林。此次叛乱，始于皇祐四年四月，于次年二月扑灭，前后持续十月有余。

侬智高叛宋寇边是个人野心、交趾压迫、北宋拒纳交相作用的产物，三方均难辞其咎。侬氏暴虐百姓，罪恶昭彰，早期的捍边功勋已为过掩，兹不赘论。平叛此乱，北宋在边略与战略上均有较大失误。就边略论：一是北宋"昧于弭兵之利"[②]，延续保守边策，忽视了西南边备的建设，因此较难迅疾应对侵迫；二是未能利用宗藩关系与羁縻手段分别对交趾、智高加以钳制，而是刺探观望，导致侬氏与交趾矛盾升级，局面愈发难制，问题更加棘手。至于亓赟，只知侬氏附宋之利，却未察沮议之甚。真宗以来，西南边策多因循被动，极少积极介入蛮夷纷争，更不可能为侬智高而开罪交趾，故侬氏之请不行在意料之中。太宗伐交败绩，北宋遂放弃经略交趾，悉力经营和平。这种诚意助长了交趾的寇宋野心，故于仁、神两朝猖獗寇边。以战术论，北宋失误在于用人不当与军令不严：一，邕州指挥使亓赟擅改军令，以致陷敌，后为求脱身将烫手山芋踢向北宋朝廷；二，忠州刺史蒋偕与英州团练使张忠轻肆冒进，终死贼手；三，广西路钤辖陈曙军纪弛纵，邀功妄动。以上数人，均有轻敌冒进的重大失误。平叛侬智高，北宋由观望至剿乱，失陷战场，人财两耗。从迎战初期的措置无方至后来

① 《长编》卷 63 景德三年七月辛酉，第 1413 页。
② （元）脱脱：《宋史》卷 253《孙全照传》，中华书局 1985 年，第 8875 页。

的布略得宜,历时较长,颇费周折。此役之后,北宋也进行了战略反思与调整。边防建设方面,枢密副使王尧臣主张建立广西边防区,狄青建议加强地方武装;民族关系方面,至和年间招纳融州属蛮大丘峒首领杨光朝、杨克端等百余人,嘉祐七年(1062)又准侬宗旦父子内附,令知顺安州。由此可见,经历了惨痛的教训,仁宗君臣在建设防区、招纳生蛮等方面积极了许多。

至神宗朝,再次爆发熙宁战争。就性质而言,这是交趾对北宋发动的侵略战争;从结果上看,城市陷落之迅疾,兵民伤亡之惨重,居北宋南战之首。熙宁八年(1075)十一月,交趾纠合广源州乡兵入侵广西,谍报送达之后九日,交趾已陷钦州,三日后再陷廉州。十二月,交趾挥师邕州。邕州一战,知州苏缄集合兵力,积极部署,利用神臂弓与火箭戮敌、焚梯无数,可惜寡不敌众,苦战四十二日后全军阵亡。至此,钦、廉、邕三州全部陷落,兵民死伤十万有余。为了扭转败局,宋廷一方面排查奸细,修缮城池,另一方面君臣问对,筹谋反攻。王安石、郭逵出谋划策,张方平、富弼备述战略。熙宁九年十二月,郭逵率领宋军伐交,先是遣将降服广源,再于富良江大败交趾军队,终迫其投降。至此,历时一年多的熙宁战争方告一段落。这场战役,暴露了西南边防的巨大不足,影响了神宗朝的交趾策略,同时也改变了北宋联合占城、遏制交趾的战略布局。此役之后,北宋深思边备不严、用人不察等军政漏洞,并于元丰二年将顺州(广源州)送予交趾。在宋交边界划分逐渐清晰的同时,神宗朝的御交策略又向慎结交趾、不生边事回归。

纵观北宋一朝,除太宗伐交与熙宁战争外,宋交基本能和平共处,尤以太宗朝的陈尧叟治绩最为人称道。陈氏为交州国信使时,不但成功授以朝命,还拒绝了数千缗的惯例馈赠,减轻了交趾人民的负担,又引渡交趾亡命徒回国,收到了交趾国王黎桓助捕海贼的功勋回馈。

至于大理,宋挥玉斧,划大渡河为界,任其自治,则集中体现了北宋"不暇远略"的治边态度。这种不治大理的规划,一方面是北宋精力与野心局限，另一方面则是唐代南诏作乱，留下难制阴影。在南宋，这种将大理视为徼外的治术备受赞誉，朱震以之为“御戒之上策”[1]，唐秬称颂“边民不识兵戈垂二百年”[2]。

三、朝贡贸易、互市交流的经济制衡

北宋的西南贸易，从对象上来看，可分为羁縻州、非羁縻州以及邻邦贸易；从途径上来看，又有官方经营与民间走私两种形式。在此，专对以实现政治稳定、军事安全为目的的朝贡与互市进行研究。

（一）羁縻州的朝贡与互市

朝贡的立与破，是北宋治南的重要手段，意在通过经济干预实现政治稳定，其政治影响远大于经济影响。一般来说，西南蛮酋的贡品多是当地方物，如马、犀、珍稀牛羊等动物及其皮，丹砂、石英、水银、黄蜡、麝脐等药材，旗、鼓、铜印、银碗、罗襦、蛮刀、马鞍勒等手工艺品，甚至包括器甲、毒箭、兜鍪、银装剑槊等军械兵器。西南边民尤擅用药、用毒，兵器多负载剧毒，利于战斗，如抚水蛮药箭“中者大叫，信宿死，得邕州药解之即活”[3]。至于北宋回赠，则远厚于所得，一般有钱财、官职与土地。起初，朝贡人数并无定制，少则十余人，多则逾千人，至神宗朝才有定例。元丰年间，神宗命“五姓蕃”[4]五年一贡，限人七十，并回绝了张蕃增至三百人的请求。事实上，这一限定并未遍施西南，亦未得到长期贯彻。元祐二年（1087），石蕃欲提前朝贡以求封赐，朝廷虽以为破例，却也特令入贡。可见，即使在五姓蕃内部，此例亦执行不力。这也说明，面对西南复杂的民族关系，北宋欲推行法制化、制度化的建设何其艰难。神宗的朝贡定制，与“郡县其

---

① （宋）李心传撰，胡坤点校：《建炎以来系年要录》卷 105 引朱震《为大理国买马事陈方略奏》，中华书局 2013 年，第 1978 页。

② （宋）李心传撰，胡坤点校：《建炎以来系年要录》卷 171 引唐秬撰《陈边情疏》，中华书局 2013 年，第 3265 页。

③ （元）脱脱：《宋史》卷 495《蛮夷三》，中华书局 1985 年，第 14205 页。

④ “五姓蕃”是指龙蕃、方蕃、张蕃、石蕃与罗蕃。

地”、拓边西南一样，虽有深治法治之理想，却终埋没于边情与因循中，无章可循。尽管如此，神宗君臣试图解决封赠压力的自觉，亦可彰可表。

在制约朝贡贸易的众多因素中，蛮夷顺逆是关键。当蛮酋致力安边时，朝贡会得到宋廷数倍于贡的回赠；而当蛮酋意在不轨，绝其供奉则成为北宋惯用的手段。真宗、仁宗朝都曾利用禁绝朝贡控扼蛮夷，仅以北江蛮二十州为例。自咸平以来，一旦有罪即绝其朝贡。庆历年间，北江蛮劫掠频繁，宋廷又“裁损五七州贡奉岁赐”①。从蛮酋的角度来看，倘若朝贡受阻，无法获赠，也会引发寇边。大中祥符九年（1016），抚水蛮寇略宜州、融州，就是因为知宜州董元己纵下刻剥，绝其朝贡，后来平州刺史曹克明等恩威并施，许其朝贡，才恢复和平。可见，蛮酋的确在朝贡贸易中感受到北宋的安边诚意，才会对朝贡阻隔如此不满。

与朝贡相仿，互市也担负着安定边防、帮扶经济的双重目的，严防损害西南边民的利益是处事准则。熙丰年间的互市贸易最能体现南治的军事目的。熙宁间，施州蛮以金银低价博买官粮，政府亏损却不能禁止，直到熙宁六年才出台“实值估价”②的交易政策。元丰四年（1081），在知沅州谢麟的建议下，北宋设置博易务，试图将溪峒贸易纳入正常轨道。为了使蛮夷安居乐业，谢麟还建议招募游民开采矿藏，购买溪峒兵器。元丰五年（1082），权荆湖北路转运副使赵杨认为“上江、多星、铜鼓、牛镇等团并至城下贸易”③，可施以招纳笼络与筑寨防御。对此，朝廷批示可以招纳，却不得置寨，与元丰三年允许于徽州融岭镇置寨捍边的态度，已斩然有别。究其原因，元丰五年夏围永乐城，北宋为免两线作战，不得不放弃积极部署西南的战略。所以，无论是进讨安化州罗世念、还是接纳安化州蛮的利害陈述，知沅州谢麟所议诸事只许筹划，不许出兵。元丰七年（1084），边

---

① （元）脱脱：《宋史》卷493《蛮夷一》，中华书局1985年，第14179页。
② 《长编》卷247熙宁六年十月丁酉，第6032页。
③ 《长编》卷329元丰五年八月癸酉，第7924页。

情稍安，才允许广西“于融州王口寨置转买务，通汉、蕃交市”[①]。北宋一朝，罕有禁绝西南互市的记载。元丰五年（1082），广西奏请禁止安化蛮入省地买卖，以惩戒其乱，宋廷并无明确批复，只是责令酌情处置。政和年间，朝廷虽拒绝蜀之边夷的博易请求，却另立名目，赐予“茶盐等犒遗，蛮酋因以为例，岁辄邀求，名曰年计”[②]，这种换汤不换药的更张又成为南宋治夷的话题与教训。由此可见，互市安边的探索与建设，仍任重而道远。

此外，北宋常常用盐结蛮安边，收效甚佳。咸平间，陈尧叟出色地解决了广西麻苎织布低价难卖的问题，利用军队的布帛需求，“以钱盐折变收市之”[③]，令其实现保障军需、惠民乐业的双重功效。咸平五年，施州权知州事寇瑊首倡与施州蛮以盐易粟，和籴军粮，既除馈粮之弊，又足蛮夷之需，双方获利，边鄙无虞。[④] 除了作为博易货品，盐还常常作为捍边的奖赏被赐予蛮酋。大中祥符六年（1013），晏州蛮夷斗望等劫淯井监。在团结拉拢周边夷狄时，盐成为犒赏周边夷狄协同御敌的礼物。庆历四年（1044），朝廷出兵镇压环州蛮区希范叛乱，悬赏凡获区希范、区正辞、蒙赶者，悬赏中即包括盐千斤。上述诸事，均反映了北宋妙用食盐、安边结蛮、经济治边的深意。

（二）邻邦的朝贡与互市

交趾入宋朝贡的年份，见于记载的有开宝元年，太平兴国二年、五年、七年、八年，雍熙二年、三年，淳化元年、五年，至道三年、四年，景德元年、四年，大中祥符二年、三年、五年、七年，天禧三年，熙宁二年、六年，以及元丰元年。贡品以方物居多，另有犀、象、鹤等动物，以及象牙制品与金器宝物。宋交朝贡贸易同样具有“薄来厚往”的特点，既彰显了宋朝作为宗主国的责任感与优越感，也带来了财政紧张等负面效应。景德三年（1006）

---

① 《长编》卷347元丰七年七月丙寅，第8337页。

② （清）徐松辑：《宋会要辑稿》蕃夷5之103，中华书局1957年，第7818页。

③ （元）脱脱：《宋史》卷284《陈尧叟传》，中华书局1985年，第9585页。

④ 《长编》卷52咸平五年七月己亥，第1142页。

七月，在交趾黎桓诸子争立平息之后，黎龙廷自称静海节度使、开明王，北宋命其削去伪官后才能入贡，这种名正言顺而后事成的态度是北宋处理外交事务的准绳。这种约束是双向的，对待交趾朝贡，北宋亦态度谨慎。大中祥符二年(1009)，交趾进献一头犀牛，真宗先纳而后归之入海，既不失和，又不害物。次年，李公蕴篡权后朝贡，宋廷按照黎桓标准授予封赠。除了许其朝贡，北宋还会满足交趾“求甲胄、具装”等不逾矩的请求，并对怀宋的交人善意保全。

就经济安边而言，北宋对羁縻州旨在安内卫边，对交趾、大理等近邻则是攘外卫国，因此，后者的牵制倾向更为突出。以互市而言，大中祥符二年(1009)，交趾请于邕州开通互市，斟酌之后，北宋仍将地点限于之前开放的廉州与如洪寨等可控区域。大中祥符五年(1012)，李公蕴再次“乞发人船直趋邕州互市”，仍不获准，且被明确告知“承前止令互市于廉州及如洪镇，盖海隅有控扼之所”①。熙宁开战前，朝廷欲借互市缓和交趾的入侵情绪，却为刘彝的邀功生事、禁绝互市所误。尽管互市经营困难重重，无补于事，但是这种积极努力与理性权衡仍值得称道。此役之后，宋交贸易氛围渐趋宽松。元丰二年(1079)，朝廷听取广南西路经略使曾布的建议，于“钦、廉州宜各创驿安泊交人，就驿置博易场，委州监押、沿海巡检兼管勾”②。曾布这一开放贸易的思想深为燕瑛认同，燕瑛遂于政和八年(1118)建议“稍宽其禁，以昭仁不异远之意”③。朝廷因此授任燕瑛广西转运副使，命其与王蕃经制此事。重和元年(1118)，燕瑛再次申明切勿阻止宋交贸易的主张。大观初年，交趾遣使至宋购书，北宋亦破除旧例，允许其购买“除禁书、卜筮、阴阳、历算、术数、兵书、敕令、时务、边机、地理”④之外的任何书籍。由此看来，由宋初至宋末，宋交之间的捭阖焦点由军事侵

① 《长编》卷78大中祥符五年六月甲子，第1772页。
② 《长编》卷298元丰二年六月癸亥，第7260页。
③ (清)徐松辑：《宋会要辑稿》蕃夷4之41，中华书局1957年，第7734页。
④ (元)脱脱：《宋史》卷488《交趾传》，中华书局1985年，第14070页。

吞逐渐向经济文化交流过渡，也反映了北宋正视对手、接受对手的曲折过程。

至于大理，学界对其朝贡确立仍有争议。段玉明认为自黎州诸蛮受大理指派，“大理国所属建昌各部与宋的朝贡关系在宋初一直没有中断”[①]，并从乾德三年开始梳理大理的通好诉求。方铁则认为，大理与北宋真正建立朝贡关系是在太平兴国七年。[②] 据《宋史》记载，大理的朝贡记录始于熙宁九年，且“自后不常来，亦不领于鸿胪”[③]。政和六年(1116)，大理遣使入贡，次年二月抵京，北宋正式册封段和誉为“金紫光禄大夫、检校司空、云南节度使、上柱国、大理国王”[④]。然而，这种藩属关系并不稳定，当有人提议“于大渡河外置城邑以便互市”[⑤]时，立刻遭到了知黎州宇文常与知桂州周穜的反对，而倡议者黄璘亦因此获罪。[⑥] 自此，“大理不复通于中国，间一至黎州互市”[⑦]。

本章从北御契丹，西北防夏、经制吐蕃，南治边民、交趾与大理等多重视角切入，指出了北宋治边的艰巨性与复杂性。在北宋的边策拟定中，战争兴衰与对抗转型作为防辽御夏的纵向线索，牵涉到情报收集、间谍运用、盟友争夺等军事手段。尽管宋夏战争耗时费力，血腥残酷，北宋因此困疲不堪，但是，多数宋人仍认为“天下之患不在西戎，而在北敌”。在疆土维护与政治捭阖等外交事务中，宋辽始终互视为勍敌，戒备提防更是暴露无遗。虽然宋辽之间的经济往来有相持相制之意，但远不若宋夏贸易的开闭更具有政治色彩。这种政治底色，在禁绝西夏青白盐的贸易中最

① 段玉明：《大理国的周边关系》，《云南社会科学》1997 年 3 期，第 55—56 页。

② 方铁：《论宋朝以大理国为外藩的原因及其“守内虚外”治策》，《中央民族大学学报》2000 年 6 期。

③ (元) 脱脱：《宋史》卷 488《大理国传》，中华书局 1985 年，第 14072 页。

④ (元) 脱脱：《宋史》卷 488《大理国传》，中华书局 1985 年，第 14073 页。

⑤ (元) 脱脱：《宋史》卷 353《宇文昌龄传》附《宇文常》，中华书局 1985 年，第 11149 页。

⑥ (宋) 周煇撰，秦克点校：《清波杂志》卷 6《大理伪贡》，上海古籍出版社 2012 年，第 102 页。

⑦ (元) 脱脱：《宋史》卷 488《大理国传》，中华书局 1985 年，第 14073 页。

为鲜明，尽管收效不佳，却成为北宋御夏的执着坚守。不仅如此，即使是北宋上层对军政要务的干预方式亦受制于宋夏战和关系，宰相兼枢密使的破与立，是为一例。至于北宋与吐蕃之关系，制夏的共同诉求是双方交好、马贸兴盛的前提，却因北宋盲目开边、血染河湟而渐生波折。相较于防辽御夏的果决迅疾，北宋对西南边陲则持不暇远略之态，具体表现为顺俗治内、谨慎御外等特点。谨慎治南是北宋的主流边策，其内容为对内避免介入蛮内纠纷，温和处理蛮夷寇边，对外谨守疆域，维持势力格局。北宋羁縻西南边民，主要表现在任用土官、盟誓制衡、互市通商、朝贡笼络等方面，至于“郡县其地”、夷民变汉的收编举措仅是南御插曲，而非主旋律。与禁贸青白盐的事与愿违相比，北宋以盐结西南边民，常常收到足民安边的成效。至于交趾、大理，北宋则有慎交与遏止之别，通过宗藩制度维持宋交往来，却始终视大理为徼外，日益疏远。

第二章

管控与焦虑：北宋边塞诗的地域书写与恢复情结

从地理视角对北宋的边疆管控与御敌进行研究，不是简单地将传世的宋代地理志加以提炼、总结，也不仅仅是从中勾稽北宋巩固政权、疆理天下的雄心，而是聚焦北宋的地理观念与相关部署，既理解其管窥天下的积极性，又体谅其不可操控的焦虑感，对其钻研地理、采集路况、因地设险等举措保持清醒的认识。带着这种同情之理解，我们可以深刻体会到北宋边塞诗的地域关注，已由浩瀚虚无的关山大漠渐渐转向具体真实的关隘城池、州军要塞。即便偶有接连沧海、贯通西域的豪情，也多根植于控扼东西、防辽御夏的时事。当寓目山川、审视边陲，河北御辽、西北御夏、南方控蛮的地域书写与战略设定在北宋边塞诗中清晰可见。同样注目山河，北宋诗家多在送人赴边时表达负嵎依险的叮咛献策，又在亲历边关、独自凭栏、地图指画中寄托山河破碎的深哀剧痛。幽燕割让、河湟陷落、灵武失守的先天不足不仅妨害北宋“不窥牖而可知(天下险要)”①的部署，更是威胁其安全与生存，亦为北宋边塞诗铺垫了一层焦虑的底色。这种焦虑在幽燕不复中日趋深重，却在收复河湟中暂得纾解。无论悲喜，都承载着深沉的心灵叩问与疆域关怀，展现了北宋边塞诗的深情一面。

第一节　疆理天下　巩固边防——地理视域下的安内御外

北宋结束了五代的割据局面，实现了中原地区的基本统一。如何管

① 《长编》卷49咸平四年八月甲子，第1070页。

控万民，抵御外敌，绵延国祚，是北宋君臣不得不认真思考的命题。这一诉求，对北宋的信息提取与整合能力提出了较高的战略要求。因为空间管控功效发达，地理学成为一门天然具有话语权的学问，为中国历代统治者所重。这种重视，甚至打破了中西文化的壁垒，正如福柯所言：

在地理话语中还存在着一个无所不在的身影：目录和清单。这种形式的清单是度量、探索和审查的三重结合。地理学家——这可能是他的关键的战略性功能——把资料收集到清单中去，这些资料是未经整理的，除了权力以外，没有什么人会对它感兴趣。权力需要的不是科学，而是大量的信息，权力的战略使它对这些资料能够加以利用。①

当地理信息被赋予安内御外的使命，其政治属性与权力色彩便愈发显著。对内而言，地理观照主要包括山川道路、户籍登耗、赋税收入、地望等次的核实与审定。对外而言，地理管控又担负着觇候对手、审视山川、勘察边防等重任。至北宋中期，与辽、夏、吐蕃、交趾等政权毗邻而居的政治局面基本形成。环视四边，幽燕割让，河湟陷落，灵武失守，这样的边防形势更是让宋人深刻认识到仰赖地理、控扼边陲的重要性。下文结合北宋安内御外的地理意识与相关举措，具体分析其疆理天下的雄心与巩固边防的努力。

一、治内的地理观念与管控举措

由唐入宋，中国封建社会的经济结构、政治思想、价值观念都发生了巨大变化，唐宋士人的时代心境亦有较大不同。安史之乱后，唐王朝“虽号称一朝，实成为二国”②，藩镇割据愈演愈烈，终于将唐朝引向末路。进

① 严锋译：《权力的地理学》，《权力的眼睛——福柯访谈录》，上海人民出版社 1997 年，第 210 页。

② 陈寅恪：《隋唐制度渊源略论稿·唐代政治史述论稿》，三联书店 2004 年，第 203 页。

入五代十国，中原频繁易主，百姓不堪其苦，统一与安定成为亟待解决的社会问题。赵宋承后周疆域，收拾罢五代残局，便不得不着力钻研疆理天下的锦囊妙计。晚唐以来的藩镇割据，五代时期的武将篡立，甚至宋太祖发动的陈桥兵变，既暴露了武将拥兵的巨大隐患，又彰显出道德沉沦的滋扰之弊。因此，北宋确立了弱化武力、强调仁治的治国方针。为了实现高效的国家管控，北宋十分注重对王朝内部与周边政权地理信息的搜集与利用，这种从地理视角透视敌我、知己知彼的治国理路是对前代经验的借鉴提升。从《禹贡》"五服制"对大一统与理想政治地理制度的描绘，到《汉书·地理志》对地理信息与疆域沿革等书写规范的确立，无不折射出中央统治的管控意识。这种意识，在唐初编撰的《隋书·经籍志》中得到生动阐释：

昔者先王之化民也，以五方土地，风气所生，刚柔轻重，饮食衣服，各有其性，不可迁变。是故疆理天下，物其土宜，知其利害，达其志而通其欲，齐其政而修其教。①

作为疆理天下的知识，地理在国家机器的高效运转中彰显出惊人的管控辅助作用，《隋书·经籍志》高度肯定谙晓各地风俗对化民利政的积极意义。至宋，欧阳修更将这种化民功效提升到安定社稷的重要层面：

昔禹去水害，定民居，而别九州之名，记之《禹贡》。及周之兴，画为九畿，而宅其中，内建五等之封，外抚四荒之表，《职方》之述备矣。及其衰也，诸侯并争，并吞削夺。秦汉以来，郡国州县，废兴治乱，割裂分属，更易不常。至于日月所照，要荒附叛，山川风俗，五方不同，行师用兵，顺民施

① （唐）魏徵：《隋书》卷33《经籍志二》，中华书局1973年，第987页。

政，考于图谍，可以览焉。[①]

欧阳修认为地理志是对当时区划与统治的真切记载，《禹贡》的划分九州、安定百姓，《职方》的内立封建、外抚四极，莫不如是。至于秦汉以来之兴衰，无论是山川地理、风俗方物，抑或州郡治理、部落顺逆，这些关乎社稷安稳的重要信号，皆可见于图牒表册之记载。作为北宋最重要的官修目录著作，《崇文总目》已然明示疆理天下的鸿鹄伟志。这一认识，既得益于欧阳修两修史书、精研地理的学术积累，又基于作者对北宋防患未然治政个性的深入解读。正因如此，才能将疆理天下的理想阐释得如此清晰。

北宋利用地理信息实现安全管控，主要表现为掌控国内动向之内治与觇候周边诸国之外御两方面。揆诸史册，北宋君臣多次表达了"不窥牖而可知（天下险要）"的治国诉求。即位之初，太宗便致力于"山川之险易，户口之众寡"[②]的调查问询。太平兴国二年（977），有司上诸州所贡闰年图。闰年造图的确立，为北宋定期掌握地理与民意起到了提供制度保障的积极功效。从雍熙年间的两年半逢闰造图，到淳化四年的两闰一造，再到咸平四年每十年增进诸路总图，北宋频繁调整进贡地图的频率与规模，足见仰赖之深。咸平四年（1001），职方员外郎吴淑进言：

诸路所纳闰年图，当在职方收掌，近者并纳仪鸾司。伏以天下山川险要，皆王室之秘奥，国家之急务，故周礼职方氏掌天下图籍，又诏土训以夹王车。汉祖入关中，萧何独收秦图籍，由是周知险要。岂可忽而不顾哉！请令以今闰所纳图并上职方。……望令诸路转运使每十年各画本路图一，上职方。[③]

① （宋）欧阳修著，李逸安点校：《欧阳修全集》卷124《崇文总目叙释·地理类》，中华书局2001年，第1888—1889页。

② 《长编》卷18太平兴国二年闰七月丁巳，第410页。

③ 《长编》卷49咸平四年八月甲子，第1070页。

这一信息，折射出吴淑将闰年图管理由仪鸾司归于职方的用意，亦知“周知险要”乃其倡议之初衷。诸路每十年呈上本路总图正符合宋廷“九州轮广，如指掌而斯在”的管控目的。结合真宗诏书可知，这项提议的落实并不彻底。于是，才出台了“诸州所上闰年图，自今每两闰一造，每三次纳仪鸾司，即一次纳职方，换职方旧图，却付仪鸾司，其诸路转运司即十年一造”[①]的政策。此条诏令透露出两点信息：一是职方并未动摇仪鸾司主管地图的地位；二是十年一造各路总图反映了北宋不满足于诸州地图的局域参考，急需宏观总图指导内政。为了实现这一目的，北宋一方面积极推行闰年图制度，尚书省、枢密院、秘书省、内侍省、户部、礼部、兵部、工部多部门共同参与，虽然不一定实现效益最大化，却一定程度折射出北宋对地图工作的重视。[②] 另一方面，北宋积极推动地方志的修撰工作，并多次绘制全国总志，图经成就尤引人注目。

太平兴国二年上闰年图时，中原尚未统一，至雍熙年间，吴、晋归宋，北宋版图基本定型，淳化四年的《淳化天下图》正是北宋“以‘图籍’的方式宣示了‘新天下’的地理合法性”[③]。彰表合法性的姿态既已公开，探索如何有效利用地理信息进行深度管控则顺理成章。这种治政的积极性尤其表现在对天下地图的渴望与安排绘制上。然而，闰年图“两闰一造”亦有局限性。同样是地理资料的汇编，闰年图的好处在于定期汇报，有制度保障，内容覆盖“沿革、城壁、吏员、户口、贡赋、山川、地里”[④]诸多范畴，其不足亦非常突出，一是面面俱到不够深细，二是时间刻板不能应急。因此，闰年图并不能充分满足北宋疆理天下、关注地方的愿望。重修符合北宋实际的地方志与天下图，不仅能弥补闰年图的粗疏，还实现了知识与统治

① （清）徐松辑：《宋会要辑稿》职官 22 之 5，中华书局 1957 年，第 2862 页。
② 汪前进：《宋代地图制度初探》，见孙小淳、曾雄生主编：《宋代国家文化中的科学》，中国科学技术出版社 2007 年，第 66—70 页。
③ 潘晟：《宋代地理学的观念、体系与知识兴趣》，商务印书馆 2014 年，第 198 页。
④ 《长编》卷 409 元祐三年四月己卯，第 9963 页。

的高度凝合，具有宋代文化的典型特征。杨渭生先生较早关注宋人方志修撰对前代的继承与发扬，指出其人文与地理并举、意在巩固政权、搜罗资料丰富等时代特色。[①] 这些特点，在潘晟的图经研究中得到进一步深化，作者对北宋前期图经的继承与发展，对编纂人员、编写体例及其“由案牍而著述”[②]的特征均有深入阐释。以下，仅就北宋撰著方志与图经的管控诉求略作分析。

较之闰年图在太宗时期才形成定制，北宋修撰图经的诉求则在太祖时期即已露出端倪。开宝四年(971)，宋太祖命卢多逊重修天下图经，却因南方未定未能实现。天宝六年，卢多逊出使南唐，告知重修图经的用意，遂得江东图经，获悉“江南十九州之形势，屯戍远近，户口多寡”[③]。开宝八年(975)，宋准受诏修定《诸道图经》，成就了北宋的第一部全国总志。太宗朝的《太平寰宇记》则是继《元和郡县志》之后的又一部完整的全国总志，在继承《元和志》原有门类的同时，另开辟了风俗、姓氏、人物等门类。至真宗朝，北宋方志与图经的修撰达到鼎盛。据《玉海》卷 14 记载，全国总志与图经中，诸如《山川郡县形胜图》(至道三年)、《祥符州县图经》(景德四年)、《祥符九域图》(大中祥符六年)、《景德重修十道图》(景德四年)，肩负着掌控山川地理、调研户籍登耗、确保赋税收入、审定地望等次的政治意图。地方志中，又有咸平年间的《咸平陕西河北地图》《咸平河西陇右图》，大中祥符年间的《祥符西域图》《河西陇右图》《祥符山川城寨图》，尤其重视西北边地的山川地理。这些地图，涵盖了山川、道路、华夷、险固、区聚、壁垒等诸多信息，承载着“探月支日逐之弯庐，讨金城玉关之瓯脱”[④]的战略目的。值得注意的是，真宗还对“车驾所过”的实地勘绘与纂录饶有兴致，并先后于景德四年、大中祥符三年、大中祥符六年分命臣下修撰

---

① 杨渭生：《宋代文化新观察》，河北大学出版社 2008 年，第 249—258 页。
② 潘晟：《宋代图经与九域图志：从资料到系统知识》，《历史研究》2014 年 1 期，第 85 页。
③ 《长编》卷 14 开宝六年四月辛丑，第 299 页。
④ (宋) 王应麟：《玉海》卷 14 咸平河西陇右图条，清光绪九年浙江书局刻本。

车驾所过图经，前两次规模较大，《祥符州县图经》《景德地里记》《祥符土训录》皆为当时成果。这种疆理天下、图画诸路的思想，亦见于仁宗与神宗两朝的图志成就，仁宗朝的《皇祐方域图志》《皇祐方域续图》，神宗朝的《熙宁十八路图》《天下州县图》《元丰九域志》，莫不如是。上述图志不仅承载着当朝君臣的治政愿望，一定程度上亦彰显出学术的薪火相传。当然，传递中常常彰显出当局对前代成果的积极改造。例如，《元丰九域志》（即《熙宁九域志》）就是神宗君臣不满足于《祥符九域图》之记述而催生的产物。就内容来看，自大中祥符六年至熙宁八年的六十余年间，其"州县有废置、名号有改易、等第有升降"①；就形式来看，"旧书不绘地形，难以称图"，因此，负责人王存将《九域图》更名为《九域志》。《九域志》仔细审定了神宗朝的州县废置、镇戍城堡与山泽之利，弥补了原书疏于"道里广轮之数"②的漏洞，实现了"辨方经野""简洁有法"的完美结合。绍圣四年(1097)，黄裳补其缺漏，命名为《新定九域志》。重修之后，北宋甚至专设"九域图志所"，积极鼓励修撰人员的创作精神，亦令地志编修附着了一层权力色彩，折射出北宋疆理天下的良好愿望。

二、御外的地理观念与管控举措

不独治内，北宋御外同样需要仰赖地理信息的真实与丰富。就御外来看，觇候周边诸国的地理反馈主要为对彼境山川道路的全面掌握，这项工作对于掌握战略主动至关重要。北宋利用地理信息争夺战争主动权，首见于宋太祖对南方割据政权的武力吞并。北宋继承后周版图，却与周世宗仅欲得江北之地不同，宋太祖始终怀有统一天下的抱负，"一榻之外，皆他人家"③的割据事实，兼具激发雄心与催生部署之功效，南平、后蜀、南

---

① （宋）王应麟：《玉海》卷15熙宁九域志条，清光绪九年浙江书局刻本。
② （清）永瑢、纪昀主编：《四库全书总目提要》卷68《元丰九域志》，海南出版社1999年，第371页。
③ 《长编》卷9开宝元年七月丙午，第205页。

汉、南唐、吴越、北汉均纳入其收复视野。从攻伐实际来看，太祖基本上采取了先南后北、先易后难的策略。在统一进程中，太祖对山川道途、民心向背用功极多。讨伐荆南，太祖先遣酒坊副使卢怀忠考察“人情去就，山川向背”，获悉江陵“南通长沙，东距建康，西迫巴蜀，北奉朝廷”①的战略地位。谋划伐蜀，太祖一面命令召凤州团练使张晖入觐，密疏伐蜀之计与山川图，一面多次召见后蜀方士，询问蜀中地理与进攻路线，同时积极鼓励后蜀赵彦韬等“指陈山川形势、戍守处所、道里远近，画以为图”②。攻蜀之前，太祖向王全斌等亲授地图，指陈战略，占尽兵机，故能部署得宜。南方既平，对西北边陲，太祖虽未定攻伐之略，却也不改“指掌天下”的初衷。积极召见出游西域二十余年的沙门道圆，并奖励其“山川道路及风俗，一一能记”③，是为一例。

与太祖多窥十国不同，太宗一朝对契丹、交趾留意颇多，这与太宗收复幽燕、遏制交趾的战略部署密切相关。雍熙三年(986)春，二次北伐出师在即，刑部尚书宋琪利用本为燕人之利，向太宗备述平燕之策与入燕之路，奏疏备及契丹车马与山川形胜，为宋廷所重。太平兴国三年(978)，知广州李符献《海外诸域图》。淳化二年(991)，宋镐出使交趾归来，太宗命其“条列山川形势及桓事迹”④，以便应对交趾动静。进讨交趾，劳师远征，虽破贼万余，亦损失惨重，非但没有实现吞并意图，反而给后世君主留下交趾难制的阴影，愈发助长了姑息宽纵的情绪。至真宗朝，交趾再次上演大将篡位的戏码，这时对肇事者李公蕴，真宗已全无斗志。因此，当缘海安抚使邵晔呈上经略宜州以及邕州至交趾的水路地图时，真宗当即表示无意拓取，慎守疆域。⑤ 仁宗延续前朝保守边略，却误断局势，而致变起肘

① 《长编》卷4乾德元年正月庚申，第81—82页。
② 《长编》卷5乾德二年十一月，第134页。
③ 《长编》卷6乾德三年十二月癸亥，第161页。
④ 《长编》卷31淳化元年正月庚寅，第699页。
⑤ 《长编》卷63景德三年七月辛酉，第1413页。

腋，依智高叛乱。不得不说，太宗轻举伐交而致失败，对后世两朝的姑息误判负有不可推卸的责任。

尽管真宗君臣消极防守，却并未浇灭士人图画边疆与敌界的热情，郑文宝献《河西陇右图》，邵晔上《邕州至交趾水陆路图》与《控制宜州山川图》，曹玮与张崇贵上《泾原、环庆两路州军山川城寨图》，均为积极利用山川地理之确证。甚至，真宗的安境保民亦需仰赖地理讯息的发达。即位之初，真宗便命人赶赴西陲，绘制山川形胜。关于此举，真宗《宝训》中云“善用兵者，必先相地利”，李焘则以为“欲罢出兵，自固吾圉”[①]才是真宗的真正意图。纵观真宗朝的保守外交，李焘的结论无疑极具说服力。结合前述太宗拓取的失败，也就更能理解面对积极进图的邵晔，真宗的确力不从心，只好以“祖宗开疆广大，当谨守而已，不必劳费兵力，贪无用之土”自我安慰。外御诸事，惟张复于大中祥符八年奏请纂集之前“朝贡诸国，绘画其冠服，采录其风俗，为《大宋四裔述职图》”[②]一事得到落实，大约因为朝贡关系不是竞争关系，北宋还需借此维系君臣名分。当然，在对手欺人太甚时，真宗也会表现出罕有的果断。咸平五年(1002)，真宗借河北地图指画山川，并发誓若辽军今冬再行抄掠，一定迎头痛击。

北宋中期，宋夏关系晴雨无定。无论是仁宗朝的宋夏激战，还是神宗朝的攻策谋划，抑或哲宗朝的先守后攻，都对知己知彼提出了更高的战略诉求。康定年间，屯田员外郎刘涣根据出使青唐的亲身经历，绘成《西鄙地图》，与唃厮啰誓书并为出使的副产品。元丰年间五路伐夏，神宗指出所持《西界对境图》与诸处奏报夏界地理出入较大，故命谙熟夏界的使臣与蕃官率画工共同绘制《对境地图》，用彩绘标注山川堡寨、聚兵地名。这种仰赖地图的科学精神亦影响到元符时期的进攻战略，元符元年(1098)，李忠杰得《熙河、泾原对境地图》，哲宗命泾原、熙河两路仔细审定山川虚

① 《长编》卷 42 至道三年九月丙子，第 880 页。
② 《长编》卷 85 大中祥符八年九月庚申，第 1951 页。

实,商议出兵与策应的具体事宜。在保守安边的元祐时期,宋人也不敢忽视地理之重。元祐二年(1087),枢密院命范纯粹将俘获的夏界老幼妇女选留之后,其余用以交换被掳宋人,“年老知得夏国次第并山川、道路”正是范纯粹的选留标准。元祐七年(1092),章楶积极从捕获的西界蕃官首领口中探知“聚众之多少,山川之险易”等夏界虚实。

这一时期,北御的地理关注亦伴随着宋辽外交变化呈现出疏密之别。庆历五年(1045),欧阳修向仁宗汇报为契丹所控的女真欲叛。次年五月,仁宗即命“下登州访海外诸国道里远近,及究所以控御之策具奏”①。嘉祐二年(1057),归明人赵至忠结合曾经的契丹宦途奏呈《契丹地图》与《杂记》十卷,受到宋廷多次褒奖。熙宁年间,宋辽界争纷起,神宗对宋辽关系与疆界划分关注尤多。熙宁八年(1075),宋辽所争李福蛮地与瓦蘆坞割于北界,神宗并不放心,次年再命韩缜仔细查验,详绘地图,将瓦蘆坞一带的“堡铺、山川、人户、壮丁及水流所向”②逐条贴黄说明。熙宁十年(1077),又向使北归来的苏颂打听“契丹山川形势、人情向背”,得知宋辽相安乃长久态势才安心落意。

熙宁年间,觇候交趾地理的意识增强,举措增多。熙宁三年(1070),王珪从广西转运使杜杞所上交趾奏疏中梳理出世系先后与山川地理等相关信息,以补枢密院之阙。熙宁六年(1073),知桂州萧注从特磨至田冻一带的酋长口中探听“山川曲折”,因此掌握了交趾王李乾德的动静。

在觇候周边政权的同时,北宋还十分注重自身地理信息安全的维护。康定元年(1040),韩琦认识到元昊曾因纳款熟悉鄜延路之“出入道路,山川险易”③,于是建议在此重兵把守,以备不测。元丰四年(1081),种谔直入夏境招纳而致实力早露,神宗遂叮嘱沈括随机应变,若不能前进则应

① 《长编》卷158庆历六年五月丁未,第3829页。
② 《长编》卷276熙宁九年六月壬寅,第6749页。
③ 《长编》卷126康定元年三月癸未,第2995页。

“迤逦还据汉地，庶谙知山川道径曲折，晓夜易为斥堠控御”[①]。北宋的地理警惕在宋丽关系中最为显著，陈秀公、张方平、苏轼均认识到高丽使节图画江山的隐患。熙宁年间，高丽使节每到一处便索要地图，“山川道路，形势险易”[②]莫不毕集，知扬州陈秀公借口仿照使节所见两浙诸州地图备份而趁机烧毁，其敏锐果决远迈他人。元祐年间，苏轼认识到宋丽外交的隐患，先后上章《论高丽进奉状》《论高丽进奉第二状》与《论高丽买书利害劄子三首》，反复论证高丽窥测北宋地理的险恶居心，频频发表“图画山川，购买书籍”“描画山川形势，窥测虚实”“文书积于高丽，而流于北虏，使敌人周知山川险要边防利害”等地理隐忧。与此同时，张方平亦作《请防禁高丽三节人事》，直陈辽人混入高丽下三节人中出使北宋，多留意“城邑山川、程途地里、官员、户口”等信息，甚至“图画标题”带回本国。这些危险的国际信号，应引起高度重视。

面对这些危险，北宋亦积极调整自身的防御缺陷，从地理认知与部署上实现突破。同样关注边防地理，北宋前期在觇候对手上较费心神，北宋中后期则不仅重视知彼，亦重视内部审视，旨在对症下药，解除边患，这一点在仁宗与神宗两朝体现得最为充分。

首先，加强对地图绘制与利用的重视，提高作战能力。咸平五年(1002)，真宗借河北东路地图指画山川，指导军事。面对西北疆域，又“尝出陕右地图，自指山川堡塞，以示辅臣”[③]，指陈利害，加强防备。睹于宋夏激战，尹洙上《按地图议》，全面论述地图之重。文中指出自秦皇立国到汉唐兴盛，重视地图乃称雄要务。北宋之所以御夏不力，非将不精、兵不众，而是因为“不知山川险易”，“不按舆地”。因此，要充分重视屯田员外郎刘涣所上《西鄙地图》，并结合现存平夏图谍进一步搜集西界地图，“命近臣

① 《长编》卷315元丰四年八月壬申，第7629—7630页。
② (宋)沈括撰，金良年点校：《梦溪笔谈》卷13《权智》，中华书局2017年，第105页。
③ 《长编》卷123宝元二年六月丙子，第2911页。

参校同异，形于绘素，而颁之于边将，俾其见利则按图而出师”[①]，真正发挥地图指挥战斗的效用。尹洙不仅在理论上倡导此策，还亲赴瓦亭寨写画地图，积极指导宋夏交战的地理部署。庆历元年（1041），赵珣利用伴父西帅之机亲访“五路徼外山川邑居道里”[②]，终于绘成《聚米图经》五卷。同年，范仲淹认识到葫芦泉、明珠与灭藏蕃部、故绥州等三地为夏人所阻，且其本人未曾亲至考查，于是建议“下本处访问及画图，即见山川道路次第”[③]。治平二年（1065），参知政事欧阳修鼓励英宗积极经略边防，论述涉及地形优劣、士卒怯勇，其“按图指画，各陈所见”更是切中要义。值得注意的是，神宗的地图意识十分鲜明。熙宁九年（1076），神宗命韩缜详绘宋辽边界瓦蘆坞一带地图。元丰四年（1081），神宗批判泸南兴师探报不实造成的指挥失误，林箐密布乃在良田万顷之外，并非如探报所言艰难险阻，因此渴望时人能如汉代赵充国与马援绘制金城图与聚米图，裨益军务。次年，又命御夏诸路重新彩绘《五路都对境图》。绍圣开边，边帅十分重视地图对进筑的指导作用。绍圣四年（1097），北宋修筑平夏城、灵平寨，泾原路经略使章楶命知镇戎军种朴负责相关事宜，尤其注重核实后石门、褊江川一带的“山川形势，道路险易，有无水泉”。种朴不负寄望，彩绘地图，备注翔实，保障了进筑的顺利进行。

其次，呼吁加强自身的地理认知，反思不谙地理造成的军事困境。随着宋夏交战的深入，宋人愈发认识到对山川道路的熟悉程度是左右战争胜负的关键因素。宝元二年（1039），富弼强调：“故我道路之出入，山川之险夷，邦政之臧否，国用之虚实，莫不周知而熟察。”[④]康定元年（1040），知庆州任福主动请缨：“愿勒兵境上，按亭堡，谨斥候，因经度所过山川道路

① （宋）尹洙：《河南先生文集》卷23《按地图》，四部丛刊景春岑阁钞本。
② 《长编》卷132庆历元年五月戊午，第3123页。
③ 《长编》卷134庆历元年十一月乙亥，第3202页。
④ 《长编》卷124宝元二年九月丁巳，第2926页。

以为缓急攻守之备。”[①]庆历元年(1041)，攻策既定，范仲淹建议待春暖之后付诸行动，可以减少地阻川险、迎战苦寒的损失。相比之下，知鄜州张亢的认识则饱含清醒与无奈，指出“山川险阻而不能通”是由将不知兵所致，增加兵马亦是徒劳。庆历议和之后，北宋得以潜心反思战略，鱼周询重申“识山川形胜，用兵奇正”[②]的重要性，并针对河朔旷平的地理特点提出实施车阵的主张。范仲淹又主张占领横山要冲，若夏人“进兵攻讨，则据险修寨，以夺其地，就降其众”[③]。

最后，招募土兵，重用蕃部，避免入敌彀中。宝元二年(1039)，知延州范雍指出麟、府二州缺乏熟谙山川形势的宿将精卒，形势危殆。鉴于此，夏竦提议招募熟知山川道路的土兵，庞籍建议利用蕃部为向导，王尧臣主张选拔熟知山川地理者查验道路交通，仁宗亦命“识西贼情伪与山川要害”[④]的勇敢智谋之士赴阙问对。不仅如此，仁宗还积极环视边区的土兵现状，先是对河北、河东游冗混于弓手、破坏“知山川道路，服习耕战”[⑤]之功效的状况予以深究，继而命广南两路重视忠敢、澄海、雄略等地“勇悍习知山川形势”[⑥]的土人，令其负责人积极与魏瓘、余靖商讨搜补事宜。臣僚之中，范仲淹对土兵之重的认识最为深刻。庆历元年(1041)，范仲淹上《攻守二议》，批判了守边不用土兵造成的“军情以殆”与“民力将竭”，并进一步在《攻策》中建议以土兵戍守新修城寨，在《守策》中建议用土兵、弓手兴置屯田。次年正月，范仲淹上《再议攻守疏》，重申“习山川道路”是土兵守疆的便利条件。庆历四年(1044)五月，范仲淹与韩琦同上《陕西河北和守攻备四策》，明确指出：“久守之计，须用土兵，各谙山川，多习战斗，比之

---

① 《长编》卷127康定元年六月甲午，第3018页。
② 《长编》卷163庆历八年三月甲寅，第3933页。
③ (宋)范仲淹著，李勇先、王荣贵校点：《范仲淹全集》之《奏陕西河北划一利害事·陕西八事》，四川大学出版社2007年，第596页。
④ 《长编》卷126康定元年正月乙酉，第2971页。
⑤ 《长编》卷136庆历二年五月癸卯，第3246页。
⑥ 《长编》卷174皇祐五年三月壬寅，第4201页。

东兵，战守功倍。”[①]在总论重用土兵之利后，作者更进一步指出团集土兵改隶边寨、裁汰孱弱保捷土兵、分担土兵屯边压力等具体措施，以便真正实现增强兵力、节省军费的战略目标。同年六月，范仲淹与韩琦再上《奏陕西河北划一利害事》，备述陕西土兵移为边兵、冗弱保捷减放归农的重要性。治平二年(1065)，鉴于陕西都转运使陈述古任由夏人杀掠弓箭手与熟户蕃部，知谏院司马光不得不重申其“生长边陲，习山川道路，知西人情伪”[②]的军事作用，并进一步分析叛宋附夏的隐患与风险。至神宗朝，除了基于熟悉道路、节省开支等考量，重用土兵、民兵还增添了一些因地制宜的特色。张方平建议荆湖地区招募丁壮、搜补土军，马匹亦用南马，以便其“惯行险隘，安其水草”[③]。贾青认识到福建路之民间兵械与官用兵器规制有差，应保持其精巧之制，以适应“山川险阻，人材短小”[④]的人地实际。不仅如此，神宗还注重调和现行军制与土兵诉求之间的矛盾。元丰七年(1084)，吏部选拔德顺军巡检，左班殿直马诚为弓箭手“法碍差注”，神宗获悉，尊重其“以战功差授”的建议，正是看中其长于边地，“不失地利”，“谙习山川迂直向背”[⑤]。哲宗君臣亦对弓箭手的“谙熟山川”甚为仰赖，多次提出招置不足、允许别路投换的灵活政策。

上述三点，主要从御外的军事实践中管窥北宋地理认知的提升与部署的深化。不仅如此，北宋在用人与赏赐上亦用心尽力。用人方面，编修方志则“选有地理学者”，捍边御敌则选熟识山川道路者。虽然神宗明确选拔的“有地理学者”是王存，但从北宋编修方志、私绘地图的实际来看，真宗朝先后作《祥符西域图》《河西陇右图》的盛度，仁宗朝先后作《皇祐方

① (宋)范仲淹著，李勇先、王荣贵校点：《范仲淹全集》之《奏陕西河北和守攻备四策·二陕西守策》，四川大学出版社2007年，第589页。

② 《长编》卷204治平二年二月丙午，第4949页。

③ (宋)张方平撰，郑涵点校：《张方平集》卷26《论讨岭南利害九事》，中州古籍出版社1992年，第405页。

④ 《长编》卷312元丰四年四月甲申，第7572页。

⑤ 《长编》卷343元丰七年二月庚寅，第8248页。

域图志》《皇祐方域续图》、删修《皇祐地理新书》的掌禹锡，仁宗朝先后进奉《聚米图经》与《五阵图》的赵珣，均堪当此誉。从学者的角度来看，其自身的知识生产亦呈现出日益深化与多样的态势。至于选拔边将，熟识边境山川亦为重要指标。何承矩对边人“识羌戎之情伪，知山川之形势”①的仰赖，周沆对厢军澄海、忠敢“知其山川、习其技艺”②的信任，宋真宗对张从古“颇知岭外山川险厄”③的赞誉，无不基于这一考量，“苟徒有才，未熟其事，亦难责其效”④更是一语道出北宋御边的用人态度。

为了涵养编修地志、效力边陲的士气，北宋建立了相应的奖励机制。第一，赐钱帛。赐编修《祥符州县图经》的翰林学士李宗谔与相关作者器帛，赐编修《天下州县图》的沈括绢百匹，赐《地理新书》的作者王洙、删修者掌禹锡与刘羲叟器币。相较赐修书者钱帛的单调，北宋赏赐边帅的形式要丰富一些。景德四年(1007)，真宗诏命岭南熟知山川的受代官员“续给俸料，令与新官同掌其事，贼平乃罢”⑤。第二，授任或拔擢。授《康定聚米图经》的作者赵珣“陕西巡检使，授兵万人，赐御铠仗”⑥，出使青唐、进献《西州地图》的刘涣为秦陇招安蕃落使，熟悉夏境、长于骑射的延州僧光信赐名王嵩，授三班借职。升迁事例亦多，熟知山川地理的昭州团练使张耆擢为英州防御使，绘制《祥符西域图》的盛度先迁知制诰，后为翰林学士。不仅如此，当机构裁撤之时，统治者也会设身处地为边帅着想。景德年间，赵延祚所在机宜司因宋辽通好裁撤，鉴于其所陈契丹国情与山川地理真实可信，真宗遂改授巡检，赏赐白金，并且许其便道探亲，恩典可谓丰厚。第三，录用后人与减免罪行。元丰三年(1080)，录用顺州驻扎介定之侄介天祐为三班借职，原因在于介定随郭逵南征骁勇善战，镇守顺州，又

① 《长编》卷 47 咸平三年四月壬子，第 1010 页。
② 《长编》卷 158 庆历六年二月癸亥，第 3820 页。
③ 《长编》卷 66 景德四年七月壬申，第 1472 页。
④ 《长编》卷 72 大中祥符二年八月丙戌，第 1627 页。
⑤ 《长编》卷 66 景德四年八月庚戌，第 1482 页。
⑥ (宋) 王应麟：《玉海》卷 14 康定聚米图经条，清光绪九年浙江书局刻本。

精通地理、振抚有方。景德四年(1007),兵部员外郎邵晔因保举失误受到弹劾,真宗借口邵晔岭南新归,从轻发落。由此可知,邵氏于前一年献图虽不见用,却给君王留下了精熟地理、忠君爱国的印象,正因如此,才会被曲意保全。

从上述奖励机制即可窥知北宋仰赖地理信息的些许侧影,尤其是授任与拔擢一项,前三条全部生长于宋夏激战的庆历年间,可知,当外患崛起时,这种君臣互动的地理关注、信息搜集会更加密集,军事价值得到最大彰显,奖励跟进也十分及时,进一步说明地理管控意识的生成与强化始终与外部安全密不可分。这种仰赖地理的观念会不会在边塞诗中得到同样程度的展示,以何种面目呈现,则须结合边塞诗文本进一步寻找答案。

第二节　关寒塞险　重山限蛮——御边视域下的塞防认知

关于中原与周边诸国的地势险易,南宋洪迈曾这样总结:

> 古今言地险者,以谓函秦宅关、河之胜,齐负海、岱,赵、魏据大河,晋表里河山,蜀有剑门、瞿唐之阻,楚国方城以为城、汉水以为池,吴长江万里、兼五湖之固,皆足以立国。唯宋、卫之郊,四通五达,无一险可恃。[①]

洪迈此论抓住了军事地理的两个关键要素——山与川,巨峰形成天然屏障,利于防守却敌,河流既能阻隔敌军,又能保障交通灌溉,发挥传输补给的功用。函谷关立于崤山与黄河之间,扼住关中与中原的咽喉,秦国赖此立国。齐国以渤黄海域与泰山为天险。赵、魏两国依靠黄河据守。晋国三面环山,西临黄河。蜀国以剑门关、瞿塘峡防御敌军。楚国虽无天险,

① (宋)洪迈著,孔凡礼点校:《容斋随笔》卷1《地险》,中华书局2005年,第8页。

却自造方城，倚赖汉水。吴国则有长江天险，五湖环绕。这些山川之险，正是上述诸国赖以发展壮大、绵延生息的资本。相比之下，北宋定都于“宋、卫之郊”，四通八达，无险可守，并无得天独厚之地利。宋太祖已然认识到这一点，并于开宝九年倡议迁都，却因沮议未果，沮议的重要依据即“在德不在险”。而洪迈分析了各国地利之后，却没有顺着险要蔓延开来，而是结合曹操与朱温定都中原、冲出群雄的经历，归纳出得天下者“在德不在险”。那么，“在德不在险”究竟是何人在何种语境下首倡，北宋君臣如何理解，这些探讨有助于我们了解北宋君臣对四塞之固的全面认识。

“在德不在险”并非洪迈所创，最早见于《史记・孙子吴起列传》。魏武侯泛舟西河，环顾山川，不禁慨叹：“美哉乎山河之固，此魏国之宝也！”在旁的吴起先是以“在德不在险”厉声回应，进而分析三苗、夏桀、殷纣恃险而亡的沉痛教训，并劝诫武侯行仁施德以备不测。此说一出，遂为后世儒者提倡，仁君治政、贤臣进谏皆以此为准绳，洪迈初衷亦如是。关于德与险的辩证关系，北宋君臣讨论颇多，论及“在德不在险”者共五人，宋太宗最早引述此说。开宝九年(976)，宋太祖提出迁都洛阳，并申明迁都洛阳只是权宜之计，定都长安才是长久之计，才能实现“据山河之胜而去冗兵”①的战略目的。是时，晋王赵光义先是指出迁都不便，继而提出国家治理“在德不在险”。面对晋王、李符、李怀忠等人的重重阻挠，太祖只得屈服，却也预料到“不出百年，天下民力殚矣”的惨淡光景。至道三年(997)九月，真宗提及西川叛卒一事，大臣认为“蜀地无城池”乃失御原因，真宗以“在德不在险”敦促大臣勤政爱民，抚绥万方。另外三人，无论是对此语的理解，还是引述的背景，亦不相同。苏轼与胡宿同在考试中引述此说，结论却不相近。苏轼支持司马迁，坚信“形势虽强，要以仁义为本”，进而得出“人存则德存，德存则无诸侯而安、无障塞而固矣”②的结论。胡宿貌

① 《长编》卷17开宝九年四月癸卯，第369页。

② (宋)苏轼撰，孔凡礼点校：《苏诗文集》卷2《形势不如德论》，中华书局1986年，第48页。

似对《坎卦》彖辞之“王公设险以守其国”与《左传》之“恃险与马，无兴国焉”相抵不解，实则暗示应德险兼顾。相比之下，郑獬的“重险”之说要明朗许多，开篇的“或曰”看似纷繁丰富，实则为最后的结论张本。面对“险愈于德”的疑问，作者力避矫枉过正：

或者曰：“然则险愈于德与？”

曰：“非是之为也。德者行于己，险者外御之耳。中材之君，有地有险，易以守也。今有人蓄百金之箧，置之通衢，曰：‘吾有德以守之，安用室宇垣墙为？’众人且知其不可。百金之箧然耳，况为天下者邪？”①

郑獬并没有在“险与德”之间进行简单粗暴的轻重评判，而是区分其应用范围，明确指出“德者行于己，险者外御之耳”，并以百金之箧尚需屋垣庇护来论证地势险要对外御江山的重要意义。由此可知，苏轼与太宗、真宗持论相近，郑獬所言近于太祖，胡宿较为折中。顺着郑獬的说法延伸开来，北宋士人如何用险外御，如何在边塞诗中传递塞防认知，乃本节要务。

北宋疆理天下的愿望在其地理观念与治政设计中得到充分体现，表现为重视地理知识，仰赖山川反馈，建立奖励机制等多个方面。当宋人的目光投向屹立边陲的州军要塞，这种管控天下的表达渐渐被具体城池的地利解读所代替。在北宋边塞诗中，这种解读镌刻着经略边防的时代个性，呈现出北部与西北重御外、南部重治内的区域差异。这一认识，为本节深入揭示不同边区的军事价值、不同诗人的地利解读提供了可能，以下分论不同边区的地理书写。

一、河北扼虏要　定武承其咽——北部边区的战略地位

作为北御契丹的重要防线，河北路具有最重要的军事价值。庆历八

① （宋）郑獬：《郧溪集》卷17《险说》，《文渊阁四库全书》第1097册，第274页。

年（1048），宋仁宗将河北路分为四个军事防御区，即大名府路、高阳关路、真定府路与定州路，旨在巩固北部边防，提高御辽的应变能力。北宋诗家宋庠、宋祁、韩琦、范仲淹、欧阳修、梅尧臣、王安石、刘敞、刘攽、石介、苏轼、苏辙、沈遘、黄庭坚、孔武仲等都曾将视线投向河北，对河北州军及其关隘城池进行描画书写，或解析阻挡契丹、藩屏京师的战略地位，或寄托挫败契丹、收复旧疆的文学遐想。虚实之间，北宋边塞诗关注河北、重视契丹的地域性与针对性，尽现无隐。

首先，"三关"、关南、燕南之重不容忽视。三关即淤口关、益津关、瓦桥关，位于今河北霸县、霸州、雄县。关南即三关以南，约为今河北白洋淀以东大清河流域以南至河间一带。关于燕南辖境，《太平寰宇记》引述《汉书》之说，认为燕南应包括涿郡的易地、容城以及范阳，横跨宋辽两国，覆盖了辽之涿州、幽州与宋之容城等广大地区，约为今保定、保定以北至北京一带。军人出身的后周世宗柴荣十分清楚上述三地的军事价值，并于显德年间攻城略地，克复良多。显德六年（959）四月，周世宗柴荣先后得乾宁军、益津关、瓦桥关与莫州，五月再得瀛州，共得三州十七县。至于淤口关之情形，须结合《辽史》记载，周世宗攻辽"围瀛州，陷益津、瓦桥、淤口三关"，"已而，陷易、瀛、莫等州"[①]。由此可知，后周同时收复三关，彻底收复关南。后周以三关与契丹分界，并以瓦桥关为雄州，以益津关为霸州。进入北宋，关南依然是宋辽关系中的敏感地带，从太祖"命李汉超屯关南，马仁瑀守瀛州，韩令坤镇常山，贺惟忠守易州，何继筠领棣州"[②]的北御部署即可看出北宋对河北边区的高度重视。结合《中国历代战争史》之《宋拒辽三道国防线图》[③]，更能说明三关的军事价值。

如图所示，宋朝的第一道御辽防线横跨恒山、太行山，西起山西宁武

---

① （元）脱脱：《辽史》卷78《萧思温传》，中华书局1974年，第1267页。

② （元）脱脱：《宋史》卷273论赞，中华书局1985年，第9346页。

③ 此图见台湾三军大学编著：《中国历代战争史》第11册附图十一—三九二，军事译文出版社1983年。

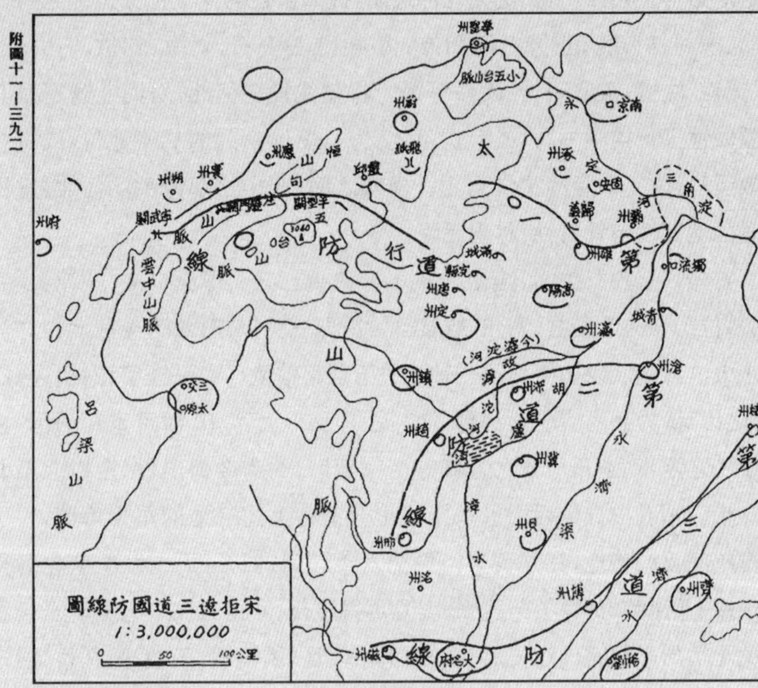

宋拒辽三道国防线图

关、雁门关、平型关，东至河北雄州、霸州；第二道防线穿越滹沱河，西起河北邢州，途经赵州、深州，东至沧州；第三道防线西起河北磁州，途经大名府、博州，东至棣州。三关之中，雄州（瓦桥关）、霸州（益津关）的重要性清晰可见，淤口关即后来的信安军，位于霸州东北。① 三关筑成了北宋御辽的第一道防线，徐积遂有“横如铁阵控三关”之语。所谓的横如铁阵，正是

① 太平兴国六年，宋太宗在淤口关置破虏军，景德二年改信安军。

雄州、霸州、信安军自西向东依次排开的阵势，这种严密的军事布局有助于抵抗正面奔冲的辽兵。

宋祁亦认识到雄州的喉舌地位，故曰："雄州乃剧藩，喉领塞南地。"至于苏颂的"三关相直断华戎，燕蓟山川一望中"，虽然认识到三关的阻隔之实，却没有顺着军事地利的角度进行思考，而是对阻隔带来的交流不便深感遗憾。究其原因，徐积寄赠控扼河北的边帅，故注目关险，颂扬勇武，而苏颂肩负着接伴北使的重任，故主张沟通华夷，呼吁和平。徐积对御辽防线的认识远不止此，所作《寄吕帅》乃五首组诗，论及河北军事极多，其四将统帅占据地利、制衡对手的战略思想传神地表达出来：

帅臣所统在燕南，事事如窥指掌间。仗钺精神堪破虏，扼吭形势正当关。十州部分连沧海，一道军声过黑山。文武非徒尹吉甫，前时方叔已平蛮。①

燕南辖境广袤，横跨宋辽，吕帅戍地当属御辽前哨。诗人对吕帅的御边部署寄予厚望，从策略、威权与地利的角度肯定其措置裕如。无论是接连沧海的幅员辽阔，还是震慑黑山的军声威壮，都显示出吕帅的御边有方。东隅的沧海，辽境的黑山，一方面充当了烘托治术的媒介，另一方面又折射出诗人的地理认知。在诗人看来，戍守燕南就能够"扼吭形势"，守住关卡。结合史实来看，自五代至北宋，契丹与中原政权从未停止对燕南的争夺。辽太祖劫掠后唐，宋太宗雍熙北伐，一律瞄准燕南。面对北伐宋军，辽圣宗诏命蒲领速奔燕南商量退敌事宜，得知耶律休哥与奚和朔奴击退宋军、守住幽州，故"手诏褒美"，甚为欣慰。甚至蒙古侵金之时，燕南的金汤地位亦得到彰显。嘉定年间，潼关与陕西多地均已失守，"惟燕南雄、霸诸州乃三关重地"久难攻克，金人正是倚赖信安军（淤口关）才得以坚守。

① （宋）徐积：《节孝先生文集》卷15《寄吕帅（五首）》其四，明嘉靖四十四年刻本。

关于燕南的安危之重，富弼在《河北守御十二策·御策》中阐述得最为清晰：

> 唐、汉以前，匈奴入寇，率由上郡、雁门、代州、定襄等路，盖当时中国据全燕之地，有险可守，匈奴不能由此路而来也。自石晋割燕、蓟入契丹，中国无险可守，故敌骑直出燕南，不复寻定襄等路。今朝廷若留意河朔，边鄙有备，敌不可得而入，须从别路以来。或虽可入寇，第取定襄等路为犄角之势，则河东不可不大为之防。[①]

这一段话将燕云十六州割让前后敌军进攻的路线变化，燕南的战略安危，甚至河东的安全系数均分析得十分透彻。作者认为朝廷的警备级别与防御范围有助于实现未雨绸缪的战略目标。因此，河北、河东的边防应对均须高度警惕。身为枢密副使，富弼不仅要剖析形势，还要给出对策，所献诸策"或创立城池，或造作险阻，卜何地可以设奇伏，何路可以出牵制"，无不立足于地利，因其深知地利是筑城、设险、用奇的保障。这种由河北及河东的战略思考亦见于苏辙边塞诗，诗人由河北的"关南知不远，谁试问蕃邻"回到山西的"形胜山围阔""川原不论顷"，过渡自然，毫无挂碍，正是统观两路边防所致。

其次，具体州城发挥了断臂扼喉的军事作用。同为河北战区，内部诸州的地理位置与历史角色差异较大，因此，书写焦点与相关延伸亦有不同。例如，论澶州而及寇准，论雄、瀛、高阳而及三关，论定州、瀛州喜用"咽""喉"等字眼，这种差异性，即使是在送人赴边的一致背景下，仍倔强而真实地存在。在定州边塞诗中，我们读到了余靖、文同对定州在河朔地理中的军事解读。送别即将通判定州的盖某，余靖叮嘱"燕南赵北边之要"，务必发挥定州的冲要价值，又提醒"封疆谨守卢奴塞"，一定要守卫北

① 《长编》卷150庆历四年六月戊午，第3654页。

塞江山。在《送周介之学士通判定州》其二中，文同的分析更加深入：

河北扼虏要，定武承其咽。分道宿劲兵，望之为中权。朝廷倚注地，择用须材贤。黠猃詟所闻，射猎不敢边。兹焉势愈重，岂谓甲马然。将军庙堂老，御史蓬瀛仙。合谋运潜略，胜气压古燕。惟当陪缓带，壶觞铃阁前。①

开篇径直切入河北地理，河北为国之北门，定州为北塞咽喉。从《宋拒辽三道国防线图》中可以看出，定州与瀛州、高阳关同位于第一防线与第二防线之间，是坚守雄霸边塞、抵御辽军奔冲的根基。在揭示了定州自身的战略之重与朝廷的倚赖之深后，文同表达了这样的认识：较之强兵劲旅，选贤用人更为关键，用人得宜，治边有方，契丹慑于威力，自然不敢进犯；因此，制敌韬略才是镇守北陲之锁钥，若得良策，即便飞觥走斝，亦不误事。因为有着清晰的治定目标，诗人故能将定武地理、人才选用、屯兵部署与妙用兵韬等要素有机系连，实现了诠释塞防与送别友人的双重目的。

作为第一防线与第二防线之间的重要城池，瀛州的战略地位亦为宋人推重：

北边控扼重瀛州，虎视鹰扬属壮猷。尽道敌人新断臂，安知汉将欲舂喉。为文法度堆青简，奉使勋劳半白头。六路全秦与全魏，不须野战觅封侯。②

此诗为徐积《寄吕帅（五首）》其一，笔者考证吕帅乃吕夷简四子吕公孺。

① （宋）文同著，胡问涛、罗琴校注：《文同全集编年校注》卷18《送周介之学士通判定州》其二，巴蜀书社1999年，第569页。
② （宋）徐积：《节孝先生文集》卷15《寄吕帅（五首）》其一，明嘉靖四十四年刻本。

据《宋史》记载，自元丰年间至元祐初年，吕公孺先后出知秦、相、陈、杭、郑、瀛数州。结合《长编》进行考察，知秦州是在元丰四年，知相州为元丰五年，由杭州徙知郓州是元丰八年，由知瀛州徙知秦州在元祐二年。[①] 吕公孺卒于元祐五年（1090）三月，年七十，徐积卒于崇宁二年（1103），年七十六，年龄相合。除却行实、年龄，《寄吕帅》其三之“儒帅著书”与“两淮人物”分别点名诗书继世的家风与淮南寿州的祖籍，透露吕帅家世。诗中“尽道敌人新断臂”一句更是直指西夏在元丰后期的军事被动，为歌颂吕帅在河北的大展宏图铺垫了前提，亦与吕帅知瀛州的时间吻合。在宋夏对峙中，河湟吐蕃作为西夏右臂发挥了制约北宋的军事作用。但是，随着熙河开边的西进，北宋版图日益扩张至洮河流域，元丰四年再得兰州，控扼东西交通，不仅给予西夏断其右臂的重创，甚至还威胁到西夏卓啰和南军司的安全。元丰后期的御夏胜利鼓舞着北宋诗家，徐积借以展望吕帅的元祐御辽，在“断臂”与“控北”的地利关注中传递制衡辽夏的边防思考。徐积以寄答瀛帅为文学阵地，完整地表达了扼襟控咽的战略思想，诗意地呈现出河北地理的军事价值，其“咽喉地紧扼豺狼”并非弘扬暴力，而是主张占据地利，未雨绸缪，做到这些，便可兵不血刃，却敌千里。

最后，失去幽燕的华夷之限与御边之艰是生存焦虑的集中表达。上述北部边塞诗多为寄送边帅之作，聚合了叮嘱、赞颂与献策等寄语。当诗人亲赴北塞，寓目残缺江山，昂扬斗志一扫而空，代之而起的是深沉的生存焦虑，这一点在韩琦的边塞诗中体现得尤为真切。韩琦一生两次出守河北，一次为庆历、皇祐年间，一次为治平、熙宁年间，[②]其间创作了大量关注河北防塞的诗歌。《题览胜亭》与《寄题广信军四望亭》流露出深切的山川遗恨，分录于下：

---

① 见《长编》卷 319 元丰四年十一月辛卯、《长编》卷 331 元丰五年十一月甲午、《长编》卷 356 元丰八年五月丙辰、《长编》卷 395 元祐二年二月辛亥。

② 见《韩忠献公年谱》《韩忠献公琦行状》《韩魏公家传》与《长编》等相关记载。

极目知何胜。东西矗万岑。天虽限夷夏，人自失喉襟。远木已秋色，乱云犹夕阴。清风谁会我？太息抚霜镡。①

西北云高拂女墙，危亭虚豁望中长。田间堤陌成新险，天外江川是旧疆。古道入秋漫黍稷，远坡乘晚下牛羊。凭栏多少无言恨，不在归鸿送夕阳。②

览胜亭，在今保定市安新县旅游路白洋淀景区内，原注“在北城上”，即定州城北之上。在《安阳集》中，《题览胜亭》之后是《题养真亭》。据《石林诗话》记载，北宋在庆历八年分河北为四路，“（韩）魏公自郓州徙镇，各大兴方略，事无不自亲，尝有《题养真亭》诗”，更坐实此诗作于庆历、皇祐年间的定州任上。四望亭，在广信军境内，属定州路。庆历八年（1048），北宋分河北为四路，韩琦为定州安抚使、知定州，直至皇祐五年出守河东，此五年间诗人一直驻守定州。山川地理本身就有唤醒疆域意识的功效，定州、广信军地处宋辽前线，毗邻幽燕失地，天险之失直击诗人心灵。诗人游历边亭，登高望远，痛失关隘、疆土易主的遗恨油然而生。这种遗恨在励精图治、勤政安民的政治秩序中被涵养、发扬，最终凝聚为恢复失地的深层情结，诗人们或览古思幽，或触物伤情，唱出了北宋边塞诗最沉郁深挚的音符。

二、地尽三秦国 身当万里城——西北边区的战略地位

唐末五代以来，中原王朝逐渐失去对西北地区的控制，吐蕃控扼河陇、河湟，西夏占据朔方，逐渐扩张，最终“东尽黄河，西界玉门，南接萧关，

① （宋）韩琦撰，李之亮、徐正英笺注：《安阳集编年笺注》卷6《题览胜亭》，巴蜀书社2000年，第219页。

② （宋）韩琦撰，李之亮、徐正英笺注：《安阳集编年笺注》卷6《寄题广信军四望亭》，巴蜀书社2000年，第246页。

北控大漠”，控地万里。在西北边塞诗中，我们读到了宋人的御边压力与管控诉求，环视山川以设险，指画地图以定策，设立城池以御敌，均表达出鲜明的地域特征与情感指向。

首先，关中四塞的地理形胜是西北边塞诗的书写重心。作为关中四关[①]，潼关、武关、大散关与萧关以其天然险要、易守难攻成为西北地理的焦点。潼关为关中的东入口，位居陕西、山西、河南三省要冲，是控扼东西交通的锁钥。在北宋边塞诗中，潼关以 10 首 12 次的出现频次位列四关之首。在《过潼关》中，强至这样描述其地势险阻与控扼功效：

> 巨方信天开，嵽嵲土山口。岂惟控内外，势不漏飞走。一夫或当关，可敌万夫守。山河此襟带，怙险圣所否。[②]

潼关天险天成，仿佛巨石劈开，崇山皆从此入。它三面环山，西屏华山，南傍秦岭，东临群峰，均为群山巨峰，北接渭、洛两河，故有控扼之便。地利天成，宋军只须依防设险，定能固守城池。结句语气陡转，搬出“在德不在险”的祖训，为下文反思玄宗晚年不勤政务、专宠贵妃而致安史之乱埋下伏笔。全诗从以塞设险的布置过渡到恃险而骄的教训，深刻体现了诗人在边陲纪行中的治边思想。

东汉之前，函谷关为“关中四关”之东关。东汉之后，潼关跃居其上，取代函谷关，为关中东门。即便如此，宋人还是对函谷关高度重视，吟咏不衰。古语道：“一泥丸而东封函谷。”这一古训对宋人影响甚深，苏舜钦之“丸泥封函关”，王安石之“一丸岂虑封函谷”，均立足于函谷关的军事价值思考西北边防的具体布置。除却潼关与函谷关，涉及其余三关的边塞吟咏，“萧关”有五首，“散关”两首，“武关”两首。然其防塞认知已然减

① 关中四关，最早指函谷关、大散关，武关以及萧关四地。东汉以后，潼关取代函谷关，跻身“四关”。

② （宋）强至：《祠部集》卷 2《过潼关》，清武英殿聚珍版丛书本。

弱，惟有宋祁《散关》对关塞防戍与国家治理的辩证关系思考得最为深入：

磴道何盘盘，百步人一憩。弭节高山颠，关存不置吏。昔缘暴客须，今为有道废。①

此诗避开津关险塞的书写范式，从登山石径的曲折回环入手，侧面烘托山势陡峭。昔日威震四方的大散关，如今早已不置隶卒，原因在于昔日君主不仁，故需被甲执兵，依防设险，如今政治清明，无须斩关夺隘，置吏守关。此诗略险塞而重德治，巧妙申明了“在德不在险”的主张。但是，这一美好的治边理想常常被现实的军事角逐摧毁，遂令宋人不得不冷静思考在现有的地理格局下究竟该如何应对，这在刘敞、刘攽的地图指画中诠释得最为充分。

其次，陕西地图发挥了指导西北军事、催生御夏情怀的效果。现存观陕西图所作边塞诗共六首，刘敞、刘攽各三首，各列一首于下：

忆昨传消息，羌来渭水旁。信知秦地险，未觉汉兵强。青海通西域，长城起朔方。分明见地里，怅望隔要荒。②

万里灵州地，他年汉朔方。山河从割弃，关辅急堤防。转益豺狼窟，堪嗟礼义乡。拔胡须壮士，看画意苍茫。③

诗中所言“朔方”，即北宋灵州。早在战国时期，匈奴就占据了朔方郡（又称河南地），秦将蒙恬虽曾击退匈奴，重夺朔方，“城河上为塞”，却不幸于秦末失守。唐开元年间置朔方节度使，不断扩大辖地，真正起到了关中

① （宋）宋祁：《景文集》卷7《散关》，清武英殿聚珍版丛书本。
② （宋）刘敞：《公是集》卷21《观陕西图二首》其二，丛书集成初编本。
③ （宋）刘攽：《彭城集》卷11《题陕西图三首》其二，清武英殿聚珍版丛书本。

西夏疆域图[①]

屏障的积极效果。结合西夏疆域图，有助于解读诗人的御夏压力与控边理想。咸平五年(1002)，李继迁攻陷灵州，改名西平府，次年迁都于此。自此，党项以灵州为据点，常常寇略西北，“羌来渭水旁”真实反映了西夏对环庆、泾原诸路的军事施压。灵州南接庆凉，北控河朔，本为关中捍藩，如今落入敌国，“转益豺狼窟”折射出关隘失守、汉兵不强的遗恨。面对关陕的形势剧变，面对将士的心灰意懒，诗人难掩悲愤。在陕西地图的警醒下，其连通西域、筑城朔方的壮志，或表现为对定边英雄的缅怀，或表现为对自我襟怀的览照，“聚米马将军”，“空悲定远侯”，“深希笔砚焚”，“凝情意据鞍”，这些诗句将其拳拳赤子心和盘托出。

---

① 此图在谭其骧主编《中国历史地图集》第六册《辽北宋时期全图》(地图出版社 1982 年)基础上标绘而成。原图见书第 3—4 页。

不仅观图有感，刘敞亦积极构想友人行边陕郊、借图献策的场景：

山河绕秦陇，关陕入胸臆。形胜悬眼前，顾盼生感激。指陈出图像，踊跃效功绩。朝廷厌兵久，勉上平戎策。[①]

张隐直欲赴陕游边，秦岭屏藩、八河绕城的山川形胜必将跃入眼帘，诗人希望张氏能够因势利导，慷慨建言，只有这样才能打破万马齐喑、唯务苟安的局面，最终实现人尽其才、地尽其利的治边理想。

最后，西北的战和关系、攻守形势、将帅任用丰富了各路防区的地理表达。为了维护西北稳定，北宋先后置永兴、鄜延、环庆、秦凤、泾原、熙河等六路，并各置经略安抚司，布控日趋细密。[②] 康定、庆历年间爆发的宋夏三战，泾原路两次遭到西夏猛攻，皆因其难守易攻又布控不严。作为定川寨之战的见证者，范仲淹这样回忆当时的战局与措置：

是秋怀敏败，虏势侵泾原。天地正愁惨，关辅将迸奔。腹心苟不守，皮肤安得存。予召蕃汉兵，趋邠当北门。诸将切切议，谓宜守塞垣。惟君力赞我，咸镐为本根。全师遂鼓进，连城息惊喧。果释天子忧，奖诏垂明恩。[③]

---

① (宋)刘敞：《公是集》卷13《送隐直侍行陕郊》，丛书集成初编本。

② 据《宋史》卷87《地理三》记载："陕西路。庆历元年，分陕西沿边为秦凤、泾原、环庆、鄜延四路。熙宁五年，以熙河洮岷州、通远军为一路，置马步军都总管、经略安抚使。又以熙、河等五州军为一路，通旧鄜延等五路，共三十四州军，后分永兴保安军、河中、陕府、商解同华耀虢鄜延丹坊环庆邠宁州为永兴军等路，转运使于永兴军、提点刑狱于河中府置司；凤翔府、秦阶陇凤成泾原渭熙河洮岷州、镇戎德顺通远军为秦凤等路，转运使于秦州、提点刑狱于凤翔府置司；仍以永兴、鄜延、环庆、秦凤、泾原、熙河分六路，各置经略、安抚司。"

③ (宋)范仲淹著，李勇先、王荣贵校点：《范仲淹全集》之《送河东提刑张太博》，四川大学出版社2007年，第60—61页。

定川寨之战，泾原副都部署葛怀敏等十六员将帅全部阵亡，关辅复震。李元昊长驱直入，直抵渭州，自泾州、邠州以东，皆闭垒自守，不敢迎战。惟环庆路经略使范仲淹连夜支援，邀击夏军，元昊才罢手班师。这时，范公又“移其兵耀于关辅，人心由是大定”[①]。范仲淹奥援及时，积极修复了延州之役带来的关中惶恐、定川寨之战招致的关辅复震，民心得以镇抚。诗人深刻认识到“关辅将迸奔”，应“趋邠当北门”。范公之所以能够站在关中的角度审视泾原路西屏元昊的战略意义，与其先后统帅鄜延、环庆的履历密不可分。戍边西北令其深刻体会到兵戎相见的代价之重，因此力斥攻略，坚持防守，并亲身实践了进筑堡寨、建设城池的战略效果。而所作大顺城，前身是马铺寨，正因此地“当后桥川口，深在贼腹中”[②]，筑城十分繁难。范仲淹趁敌不备，抢占地盘，秘密修城，最终将此城筑于柔远、白豹、金汤诸寨之间，锁住夏军南下的咽喉，故有“作城大顺川，扼胡来路津”之语。

定川寨战后，北宋逐渐认识到泾原之重，泾原安抚使王尧臣就表示：“鄜延、环庆路其地皆险固而易以守；惟泾原则不然，自汉、唐以来，为戎马之冲。……泾州虽为次边，然缘泾河大川，道路平易，当贼骑之冲，西北八九十里是大虫前后巉，其东北接原州彭阳县及本州长武寨，俱有径路与明珠、灭藏等族相通，此实近里控扼之会。”[③]而从定川寨之战来看，李元昊乘胜寇略泾原，知泾州滕宗谅不得不临时增派强壮守城，足见兵力匮乏。鉴于此，仁宗遂命韩琦与范仲淹共同经略泾原，开府泾州，韩兼秦凤，范兼环庆，算是对此路的最大倾斜。得知此事，刘敞即作《闻韩范移军泾原兼督关中四路》歌之：

① （宋）范仲淹著，李勇先、王荣贵校点：《范仲淹全集》之《范文正公仲淹墓志铭》，四川大学出版社2007年，第821页。

② 《长编》卷136庆历二年五月庚申，第3265页。

③ 《长编》卷139庆历三年正月丙子，第3338—3340页。

泾原非远略，韩范各名卿。地尽三秦国，身当万里城。指麾沙漠静，谈笑铁山轻。报国心如日，忧民病若酲。①

先是任福败于好水川，继而葛怀敏败于定川寨，北宋的泾原防御问题重重。好在宋廷及时调整战略转攻为守，又派驻贤帅韩范共御，不久便可扭转颓势。诗人认为韩范西御已久，熟知边事，定能穷尽地利，捍边屏敌，“谈笑”二字饱含未雨绸缪、兵不血刃的理想。后来，韩、范从泾原路抽身，跻身二府，韩琦亦认为“陕西四路，唯泾原一路所寄尤重，盖川平原阔，贼路最多”②，建议加强防戍。

同样书写环庆地理，较之范公的精准与务实，韩驹边塞诗则保留了较为醇厚的诗意：

长安北走彭原路，白苇黄茆列亭戍。山形渐险溪水流，行人可肯回车去。岂知中有古邠州，十里沙平水漫流。雁飞蔽野葡萄晓，马放连云苜蓿秋。③

许少卿欲出守邠州，韩驹作诗相送。邠州，共辖今陕西彬县、长武、旬邑、永寿等地。乾元二年(759)，唐肃宗首次将陕西邠州与甘肃庆州归并为一个军事防御单元，设邠宁节度使。北宋延续这一防区规划，将邠州纳入环庆路统一部署。彭原位于泾原路与环庆路的交界处，沿着长安向北进发，邠州恰位于长安与彭原的正中。诗人沿着北上路线为好友勾画了一幅山川跋涉图，山势渐险，亭障林立，边草丛生，牛马群集。这种情理兼具的地理体验，与韩驹长于书画、精于布局有关，难怪苏辙读其诗有“恍然重见储

① (宋)刘敞：《公是集》卷26《闻韩范移军泾原兼督关中四路》，丛书集成初编本。
② 《长编》卷149庆历四年五月壬戌，第3608页。
③ (宋)韩驹：《陵阳集》卷2《送许少卿出守邠州》，清宣统二年刻本。

光羲”[①]之感，刘克庄论其诗“有磨淬剪裁之功”[②]，均非虚美。

三、江水通三峡　州城控百蛮——南部边区的战略地位

结合南部边塞诗的地理观照进行考察，巴蜀与两广的边关要塞与州军城池是其书写重心，具有重内治而轻外御的情感倾向。北宋吸取唐朝藩镇割据的教训，废除统帅诸郡的节度使，严格贯彻州、县二级制的行政区划，以“路”为一级区划单位。至道三年(997)，真宗定全国为十五路，结束了之前陕西、两浙权责不明，西川分合无定的状况。咸平四年(1001)，再分川峡为益、梓、利、夔四路，将巴蜀地区的管控切分得更加细密，原因在于此四路“南至荆、峡，北控剑栈，西南接蛮夷”[③]，具有重要的战略价值。作为入蜀要道，剑门关受到宋人的高度重视，岑象求、姜遵、张方平等人都曾作诗咏颂其重，岑、姜二诗如下：

当道双峰辟，凌空万仞酋。
于秦置扃鐍，与蜀作襟喉。[④]

极目双峰剑倚天，重门因设据高山。
城隍尽枕溪岩畔，井邑全居水石间。[⑤]

双峰，指大剑山、小剑山，两山断裂处，形状如门，故称剑门关。凌空，言山

① (宋)苏辙著，陈宏天、高秀芳点校：《苏辙集》之《栾城后集》卷4《题韩驹秀才诗卷》，中华书局1990年，第938页。

② (宋)刘克庄撰，向以鲜、王荣贵校点：《后村先生大全集》卷95，四川大学出版社2008年，第2456页。

③ (元)脱脱：《宋史》卷89《地理五》，中华书局1985年，第2230页。

④ (宋)岑象求：《剑门关》，北京大学古文献研究所编：《全宋诗》卷909，北京大学出版社1991年，第10691页。(本书所用《全宋诗》均为此版本，下文一律省略作者与版本信息。)

⑤ (宋)姜遵：《剑门关》，《全宋诗》卷96，第1079—1080页。

势之高。剑门关两侧断崖峭壁，山如斧切，峰峦雄伟，直入云霄。自古由秦入蜀，多走金牛道，剑门关横亘此道，绝壁陡立，峥嵘崔嵬，极难正面攻克，故有秦肩、蜀喉的控扼之功。加之道路狭窄，至狭处仅容人过，车马难行，因此，李白诗云："剑门峥嵘而崔嵬，一夫当关，万夫莫开。"岑诗前半论剑门关群山环抱的自然地理，后半着重阐述此关御秦卫蜀、易守难攻的军事意义。至于吟咏缘起，应与岑象求于元祐元年十一月除利州路运判相关。① 据《蜀中广记》记载，剑阁虽重，但是在此置关始于唐，之后"又置大剑戍、小剑戍，五代董璋遣兵扼剑门关，又为七寨"②，姜遵诗的"双峰""重门"均指向剑门关卡的层层设防。③ 剑门山沟壑纵横，水系发达，站在高处俯瞰四周，城镇皆为溪涧环绕，山川险阻得天独厚。

关于剑门关的易守难攻，宋人张方平见解独到：

> 地维绝脉摧鳌足，天垒横霄壮井舆。谁轧祸萌通鸟道，古来风土感鱼凫。壶中日月邻方外，海内山河入帝图。过此益知方面重，万兵开府一寒儒。④

首联指出剑门关有维系地脉、摧折鳌足、冲破云霄的力量与气势，颔联由地理转入人事思考。诗人认为剑门关之所以关隘天成，绝处逢生，皆因受到蜀国古君鱼凫的道德感召。颈联指出川蜀虽毗邻世外，亦未逃出宋君指掌。尾联则回归自身，既有临戎寄重、守土有责的使命感，亦有文儒

① 见《长编》卷391哲宗元祐元年十一月壬申。

② （明）曹学佺：《蜀中广记》卷26，四库全书珍本初集。

③ 天禧四年二月，阶州、成州百姓饥馑，侍御史姜遵奉命安抚利州军政。八月，姜遵奏请于陕西、利、夔等路州军设置常平仓，量民蓄谷，以备赈灾、调饷之用。《剑门关》大约作于此时。见《长编》卷95真宗天禧四年二月癸巳、《长编》卷96真宗天禧四年八月乙酉。

④ （宋）张方平撰，郑涵点校：《张方平集》卷3《剑门关》，中州古籍出版社1992年，第43—44页。

开府、力不能胜的忧惧意。至和元年(1054)七月,张方平由滑州徙知益州,当时即以父老为由表达不欲出守之意,却在仁宗“可迎侍”的宽大条件下无奈出守。[①] 既知出守势在必行,到任之后,张氏便积极发挥儒生优长,审时度势,破除了侬智高谋寇黎、雅的谣言,平定了巴蜀草木皆兵、人心惶惶的局面。是时,侬氏必来之说甚嚣尘上,张方平以道路遥阻、人心不齐为依据,料定侬氏不可大举入寇,于是“归屯边兵,散遣弓手,罢筑城之役”[②],且将传讹之人枭首示众,终于稳定人心,震慑蛮夷。因此,张氏虽然不欲出守,但其益州边履却不辱其位,深契人心。嘉祐元年(1056)八月,张方平由益州召回中央,任三司使,结束了两年的镇蜀生涯。

与剑门关的天授地设不同,夔州制胜楼则体现了宋人巧筑城池、控御百蛮的苦心,李复诗云:

野蛩荒獠南北群,西接庸蜀东荆门。
高城独控江山险,胜算争先日月昏。[③]

夔州据荆楚上游,控巴蜀东门,蛮夷群居于此,乃安边治蛮之要塞。制胜楼乘高临下,俯瞰江川,自然便于审时度势,因敌制策。王延禧亦作《制胜楼》,先以“长江便作壕”誉其妙用天险,又以“百蛮归指掌”誉其巧御百蛮。在《登夔州城楼》中,李复的地理描绘更加细致:

夔州城高楼崔嵬,浮空绕槛云徘徊。百川东会大江出,群山中断三峡

① 此条本为李焘据范镇《东斋记事》补充,而今《东斋记事》此条不存,却在《辑佚》中注明此条辑自《长编》,足见《长编》在保存史料方面的价值。

② 《长编》卷178仁宗至和二年正月丁亥,第4306页。

③ (宋)李复:《潏水集》卷14《夔州制胜楼》,《文渊阁四库全书》第1121册,第133页。

开。关塞最与荆楚近，舟帆远自吴越来。雄心乘险争割据，功业俯仰归尘埃。①

夔州城楼拔地而起，直入云霄；夔州屹立瞿塘峡口，雄踞要津。百川交汇，长江奔涌，至四川盆地时奔冲而成长江三峡，瞿塘峡（又称夔峡）是三峡中的最西段，虽然最短，却最壮观。瞿塘峡毗邻荆楚，交通吴越，联通重庆与湖北，占尽地利与天险，战略意义十分重要。诗人站在夔州城楼远眺，缅怀据险称霸的英雄，感叹俱往功业的谢幕，令诗歌蒙上了深重的历史感与苍凉感。

川峡四路诸州，成都吟咏高居榜首。范祥认为"全蜀兵符重"，强至亦称"天下名藩益部雄"。送别新任成都钤辖高士敦，刘攽、钱勰、黄庭坚均表达出"控蜀通秦"的寄望之深：

四姓礼容均马邓，三刀形胜梦巴賨。
军中乐事随谈笑，徼外威声待指纵。②

熊罴训整屯千计，尊俎雍容镇百城。
阃外使华新报聘，山西家法旧论兵。③

玉铃金印临参井，控蜀通秦四十州。日下书来望鸿雁，江头花发醉貔貅。巴滇有马驹空老，林箐无人叶自秋。能为将军歌此曲，鸣机割锦与缠头。④

---

① （宋）李复：《潏水集》卷14《登夔州城楼》，《文渊阁四库全书》第1121册，第133页。
② （宋）刘攽：《彭城集》卷13《送高士敦成都钤辖》，清武英殿聚珍版丛书本。
③ （宋）钱勰：《送奉使钤辖高侯之任成都》，《全宋诗》卷747，第8698页。
④ （宋）黄庭坚著，（宋）任渊、史容、史季温注，黄宝华点校：《山谷诗集注》之《山谷外集诗注》卷16《送高士敦赴成都钤辖二首》其一，上海古籍出版社2003年，第1019页。

从地理角度来看，第一首立足西南，以“三刀”代指益州，[①]直陈其控扼四川、广西的战略地位，第三首则贯通川陕，正视其控蜀通秦的军事价值。就将帅身份而言，三诗各有侧重，刘诗以“四姓”指出高氏的外戚身份，钱诗以“报聘”烘托使辽经历，黄诗则用“玉钤”凸显新任的钤辖身份。无论从哪一视角切入，均可从谈笑却敌、声震巴蜀、折冲樽俎的临别寄语中窥见从容治边的终极理想。

除却巴蜀，两广的山川形胜亦为北宋诗家所重。其中，陶弼《拦蛮山》一诗既能揭示广西的战略价值，又凝聚着德险治边的思考：

西去万重山，兹峰独限蛮。天生贼多计，民赖汝为关。设险数州地，防危一日间。守边须以道，绝顶可跻攀。[②]

拦蛮山，《明一统志》《两宋名贤小集》均作“栏蛮山”。据《明一统志》记载，栏蛮山在广西永福县西南。从地图上来看，永福县处于桂林西南，毗邻柳州鹿寨县，洛清江流经两县。桂林地处广西东北隅，其西千峰万仞，重峦叠嶂，然西边诸峰相去甚远，惟拦蛮山不仅雄伟壮观，亦能控咽却敌，为百姓仰赖。可贵的是，诗人不独认可山川之重，又意识到恃险易亡，因此，“守边须以道”顺势而出，将其“在德不在险”的御边心得与追寻德治的不懈精神和盘托出。陶弼之所以熟悉广西防务，原因有三：一是协助杨畋抵御侬智高叛乱；二是先后出知广西多地，先是宾、容、钦三州，后来两守邕州；三是喜读兵书，善论兵法，遂擅长以军事家的眼光分析边务。

广西诸地中，邕、桂二州最当要冲。陶弼两守邕州，留下了大量的邕

---

① 据《华阳国志》卷十一记载：“濬（太守弘农王濬）尝梦得三口刀，云人以禾益之，手持不得，以问郡丞与掾吏，莫能知。毅（广汉李毅）对曰：‘吉祥也。三刀者‘州’字；而‘益’之禾，持不得，‘禾’旁‘失’者‘秩’字。明府秩当至益州。’濬笑曰：‘如卿言，当相以为秀才。’”

② （宋）陶弼：《拦蛮山》，《全宋诗》卷407，第5005页。

州边塞诗，所作《邕州》（四首同题诗）与《登邕州城》将边防关注与戍守心境完美融合。读其邕州诗，可以捕捉到晚年戍边的无奈，“少希铜马式，老厌玉门关”，“此间饶宠辱，还我水云乡”，“忧边日绕南云下，恋阙心随北斗回”，莫不如是。出入桂州，这种心情有了变化：

冷逐江梅使，先春下桂林。
湖平三楚出，岭尽百蛮深。①

“冷逐”二字虽然营造出凄凉之意，诗人却没有纵容客愁蔓延，而是在湖水渐平、地界日明的形胜观照中烘托出控扼西南的繁难。茂林深篁，边民混居，这样的现状已让诗人不敢自顾倾吐落寞，而要进入整顿边务的布局勾画，这种收拾愁绪的理性亦见于“君王仁恕将军老，五十溪州六万丁”二句中。陶弼深知御边不仅要德被八方，还须熊罴百万，客观评价兵力屯戍是西南边塞诗的重要特征。钱协的“熊罴训整屯千计，尊俎雍容镇百城”，程师孟的“百尺谯门戍万兵，黄昏初动画龙声”，徐积的“千兵州将已严装，犹入西庵曳绣裳”“铜符正选千兵守，金印犹虚万户侯”，诸若此类，不胜枚举。

广南东路诸地，广州最受人瞩目，其地理位置、战和作用最为诗家所重。“地穷山亦断，烟水是封圻”描绘其天涯海角、烟波浩渺的无垠之势，吴安持的“岭表骚然避贼锋，番禺当此每从容”彰表其屏蔽外藩、镇压叛乱的军事意义；张俞的“巨舶通蕃国，孤云远帝乡”在揭示广州偏远的同时，又指出其融通蕃夏的交流之功。上述诸诗大大扩充了北宋边塞诗的视角，丰富了地域书写的层次，与北部、西北书写共同构筑起北宋边塞诗的地理基石。但是，若要探究地理观照的最动情处，还要在恢复情结中寻找答案。

① （宋）陶弼：《桂州》，《全宋诗》卷 407，第 4996 页。

第三节　收复幽燕　重夺河湟——失地煎熬中的恢复情结

关于北宋的"恢复"情结，学界主要从收复幽燕的愿望及其对北宋战略的影响两方面进行研究。士人心态方面，陶晋生认为收复燕云是北宋君臣的一致愿望；[①]程兆奇从疆土沦丧、华夷之辨的角度揭示了宋人昂扬、高涨的民族意识；[②]杨小敏以"燕云"情结为中心，揭示了北宋对辽畏惧且屈辱的复杂心态。[③] 战略影响方面，学界多从宋初的宋辽战和与宋末的联金攻辽进行揭示。张其凡指出太宗两次北伐皆为收复燕云而起；[④]漆侠亦认为宋太祖的谈判、赎买，宋太宗的两次北伐，均为收复幽燕之筹划，只可惜太祖朝未及着手，太宗又草率兴兵，才令愿望落空。[⑤] 王晓波甚至直指夺取幽州是雍熙北伐的战略意图。[⑥] 也有不同观点，孙建民认为宋初三代君主并无收复幽燕之雄心，即便是宋太宗的两次北伐，亦本着报复辽援北汉之恨与维护宋辽均势的初衷。[⑦] 诚然，北宋未能实现收复梦想，却不能因此否定其战略动机的收复因子。关于联金攻辽，学界多认为燕云因素对此具有非常重要的催生作用。陈乐素最早对北宋欲借金以灭辽的盘算给予同情之理解，并指出北宋措置失当的巨大代价。[⑧] 北宋这一代价，吴

---

① 陶晋生：《宋辽关系史研究》，中华书局2008年，第86页。狄宁也认为燕云十六州是中原王朝难以愈合的伤口，收复乃王朝夙愿。狄宁《浅析燕云十六州的战略价值》，《重庆科技学院学报(社会科学版)》2008年11期。

② 程兆奇：《略论宋代的"恢复"情结》，《史林》2001年3期。

③ 杨小敏：《宋人对辽朝的畏惧心理和"燕云"情结》，《史学集刊》2008年5期。

④ 张其凡：《从高梁河之败到雍熙北征》，《华南师范大学学报》1983年3期。

⑤ 漆侠：《宋太宗第一次伐辽：高梁河之战——宋辽战争研究之一》，《河北大学学报》1991年3期；漆侠：《宋太宗雍熙北伐——宋辽战争研究之二》，《河北学刊》1992年2期。

⑥ 王晓波：《宋辽战争论考》，四川大学出版社2011年。

⑦ 孙建民：《燕云十六州与宋初宋辽的军事策略》，《河北学刊》1989年4期。

⑧ 陈乐素：《陈乐素史学文存》之《宋徽宗谋复燕云之失败》，广东人民出版社2012年。

景宏认为是万千金帛赎空城；[①]陶晋生亦认为以失败的军事与拙劣的外交换取了若干失地，不同的是，陶晋生并不否认联金取燕的战略选择。在承认收复情结的催生效果之余，刘文建还指出燕云百姓自身民族认同的淡化与中原汉人的排斥造成了临阵倒戈的被动局面。[②] 金婷霞纵向地梳理了北宋一朝对燕云十六州的争夺努力，并从地理因素、指导思想和辽朝的经营成效分析了北宋的收复无望。[③] 观上可知，学界对北宋恢复的研究多注目幽燕失地，鲜将眼光投向河湟，亦未以边塞诗为研究对象阐释其深层情结。如果说太宗北伐、联金攻辽是北宋实现收复梦想的直截突围，可知结果并不理想，相比之下，在和平中进行积极的防御修筑，反而能收到稳健安边的效果。无论是故地沦陷的郁怀，还是重夺失地的喜悦，这些都在北宋边塞诗中得到淋漓尽致的彰显。

一、幽燕情结：征伐收买与太祖颂歌

北宋立国之初，契丹已然屹立于北，幽燕十六州的割让令宋人深知天险丧失带来的北御艰难。疆域上不能尽复汉唐国土，外交上渐趋卑逊，宋代文学因故呈现出慷慨悲歌的精神面貌，这是迥异于汉、唐文学的一种特殊现象。[④] 对于元人将汉唐宋比作“后三代”的说法，钱锺书先生有不同观点：

> 不过，宋的国势远没有汉唐的强大。我们只要看陆游的一个诗题“五月十一日夜且半，梦从大驾亲征，尽复汉唐故地”。宋太祖知道“卧榻之侧，岂容他人鼾睡”，会把南唐吞并，而也只能在他那张卧榻上做陆游的这

---

① 吴景宏：《宋金攻辽之外交》，《宋史研究集》(第12辑)，台北国立编译馆1980年。

② 刘文建：《试论宋金之战中的“燕云因素”》，《东北史地》2006年4期。

③ 金婷霞：《宋辽争夺燕云十六州研究》，南昌大学硕士论文，2017年。

④ 中国社会科学院文学研究所编：《中国文学史》第二册《宋代文学》第一章《宋代文学的承先和启后》，此章为钱锺书先生撰写，人民文学出版社1979年，第541页。

场仲夏夜梦。到了南宋，那张卧榻更从八尺方床收缩而为行军帆布床。[①]

钱先生所谓的国势，主要是就两宋的国土日蹙来谈的。刘扬忠认为，这种“先天”的国土缺陷与后来的交战失败将宋人的忧患情绪逐层推进，“燕云未复”承载着强烈的遗恨，根植于北宋士子的集体记忆之中。[②] 在《感事》一诗中，我们读到了石介的收复深情：

石晋一失谋，六州沦胡域。天地破扃鐍，山川无阻阨。贻尔子孙患，固知非远策。桓桓周世宗，三十纂尧历。……帝欲因兵锋，乘胜务深击。直取幽州城，拓土开疆埸。重收虎北口，复关闭寇贼。是时战屡捷，六军气吞敌。平吴如破竹，成功在顷刻。惜哉志不就，暴疾生中夕。[③]

诗人概览历史上的中原形势，幅员辽阔，乘高居险，天子居中，号令天下。“石晋失谋”，仓促割地，将幽云十六州拱手相让于辽，北边门户于是大开，辽军奔冲南下，失算甚深。石氏欲谋割让，都押牙刘知远谏曰：“不必许以土田，恐异日大为中国之患，悔之无及。”[④]无奈石敬瑭坚持己见，至此，中原天险尽失，形势陡转急下。直到后周世宗即位，五代政权受制于辽的情况方有所扭转。经历了击退北汉，西败后蜀，三征南唐，后周终与南唐划江为界，共保太平。在呈破竹之势的战绩面前，世宗选择乘胜追击，率军北伐。显德六年(959)四月，世宗率众接连收复益津、瓦桥、淤口三关。五月，攻取瀛州，欲挺师幽州，诸将沮议乃止。六月，世宗因病崩逝，北伐方告一段落。对于周世宗的战略思想，王夫之指出：“盖周主之志，不在江南

---

① 钱锺书：《宋诗选注序》，中华书局 2002 年，第 1 页。

② 刘扬忠：《北宋的民族忧患意识及其文学呈现》，《长江学术》2006 年 4 期，第 53—54 页。

③ （宋）石介著，陈植锷点校：《徂徕石先生文集》卷 3《感事》，中华书局 1984 年，第 24 页。

④ （宋）司马光编著，（元）胡三省注疏：《资治通鉴》卷 280，中华书局 1956 年，第 9176 页。

而在契丹。……于是（平淮南）逾年而自将以伐契丹，其志乃大白于天下。"①笔者以为，世宗此时北伐，不仅在于军事优势，还在于人事便利。一则史料向为史家忽略，显德六年三月庚申，枢密使王朴病卒，十四天后，世宗旋即北伐。四年前，王朴献《平边策》，首倡先南后北、先易后难，即先攻吴国、南汉与后蜀，幽燕次之，最后攻伐北汉，并辅以不同阶段的战术指导。此策一出，世宗甚为叹赏，然此相契仅停留于宏观勾画上，在作战实际中，世宗并没有完全依策部署。由于在矛盾指向的终极认识上君臣持异，世宗于王朴病逝当月便着力北征，无奈又因病班师。诗人从攻无不克的战绩、势如破竹的气势，极力称颂周世宗的不世功勋，对其英年早逝、幽蓟未得深以为憾。北宋立国，虽然成功平江南、定两湖、克北汉，却未能在幽燕收复上斩获寸功，"区内一正朔，六州独割剔"正是北宋士子的隐痛书写。在这种形势下，一批志士积极投身于恢复大业：

区内一正朔，六州独割剔。愤愤柳崇仪，才宏包旦奭。生长在河朔，耳目熟金革。旗鼓朝治兵，酒肴夜结客。握臂说心诚，倒囊推金帛。客以豪杰士，遇侯颇感激。往来达厥诚，生死愿效力。万德纳我说，洞然绝嫌隙。事成已有萌，侯去何云亟。豪杰夜空回，帐中屡叹息。我览此二事，天意终难测。抚卷一感伤，两眼泪潸滴。②

柳崇仪，即崇仪使柳开，大名（今属河北）人，长于河朔，熟知军事，"旗鼓"以下十四句具体揭示了柳开笼络人才、意图收复的举措。结合柳开的以文换武，更能知其恢复热望。雍熙四年（987），柳开以殿中侍御史改授崇仪使，个中原因，《实录》与《宋史》柳开本传皆论武臣"不晓政事，人受其祸"，李焘则从柳开行状析出"诏举文臣中有武略知兵者"，并揭示"自以时

① （清）王夫之著，舒士彦点校：《读通鉴论》卷 30，中华书局 1975 年，第 918 页。
② （宋）石介著，陈植锷点校：《徂徕石先生文集》卷 3《感事》，中华书局 1984 年，第 24 页。

方治兵讲武，急于将帅”[①]的真相。结合柳开的换授时间来看，雍熙四年为二次北伐失败的第二年，是时辽朝因胜骄慢、屡扰边境，宋廷不堪其扰，文儒从戎应运而生。诗人从不同角度揭示了柳开御边的高明，无论是置酒待客、倾囊成事的决绝，还是推心置腹、延揽人才的智慧，都能在现实中找到依据。诗中的三个主要人物——柳崇仪、豪杰士与白万德，均有原型。真定汉人白万德在契丹为官，统辖蕃族七百余帐，当柳开探知博野豪杰乃万德故人，便积极笼络，设宴游说："汝能为我说万德，则幽州可立取，汝必为贵人也。"当豪杰承诺应允后，柳开进而借其口向万德剖白心迹，感召劝诱："中原失幽蓟六十余年，今朝廷大兴师众，必将取之。尔生中国，则朝廷为父母之邦，奈何弃礼义而事胡虏？尔能南归，则分茅列土，为公为侯，世世不绝，功在史册，非尔何人也？"[②]万德深契其说，决议附宋，相约举事之时，柳开还特意叮嘱："必也顺动，尔始终受敌文命，可先示我，我崇仪之命亦为尔质。"忠肝义胆，其情可佩。这时，柳开突然接到调离任命，收复之议遂寝，相关部署亦被迫终止。退一步讲，即便柳开不离边任，一个正七品的如京使，如何在未得授权的情况下指挥宋军冲锋陷阵、争夺幽燕，都值得商榷。从其"吾将使万德为内应，而密奏于上"的布置来看，他的调离很可能关乎喜谈恢复，毕竟此时北伐再败，御边渐转消极，其收复经营恰与朝廷战略相悖，无怪事功不举。石介此诗，聚焦周世宗、柳开的未竟事功，浓缩了五代、宋初燕云未复的遗憾与北宋士子壮志未酬的哽咽，至于其"天意终难测"的感喟，连同柳开"不集吾事，非天矣"的叩问，终究消失在北宋渐趋保守的御边轨道中。

关于恢复幽燕，宋初君臣均积极谋划，无论是建封桩库以经济收买，还是武力进讨，都彰显了宋人经略幽燕的激情与壮图。杨亿的《闻北师克

---

① 《长编》卷28雍熙四年五月乙丑，第637页。

② （宋）张景：《故如京使金紫光禄大夫捡校使司空知沧州军州事兵马钤辖兼御史大夫上柱国河东县开国伯食邑九百户柳公行状》，见（宋）柳开撰，李可风点校：《柳开集》附录《传记资料》，中华书局2015年，第218页。

捷，喜而成咏》就记录了战胜契丹的喜悦，“前军临瀚海，后骑缚阏氏”书写作战中的勇敢，“蓟北胡沙静，河南露版驰”称颂胜利后的和平，“辽阳诸父老，重睹汉官仪”则表达了对收复燕云、救赎黎民的预想。北伐失败，封死了武力争夺的可能，也从侧面验证了太祖设置封桩库的英明。设立之初，太祖即向大臣坦明心迹：

石晋苟利于己，割幽蓟以赂契丹，使一方之人独限外境，朕甚悯之。欲俟斯库所蓄满三五十万，即遣使与契丹约，苟能归我土地民庶，则当尽此金帛充其赎直。如曰不可，朕将散滞财，募勇士，俾图攻取耳。[①]

可见，太祖设立封桩库，有着经济收买与战略收复的双重盘算。太宗即位，视察左藏库，看到库中积储丰富，不禁感叹太祖的长彎远略、“焦心劳虑”。于是下令分左藏北库为内藏库，并将讲武殿后的封桩库并入内藏库，而将之前的封桩库改为景福内库。之后，内藏库便向着独立、成熟的方向发展。宋神宗曾作《题封椿库》表达了未能实现祖宗遗愿的懊恼：“每虔夕惕心，妄意遵遗业。顾予不武姿，何日成戎捷？”[②]此诗堪称治边箴言，寄托了神宗对太祖设封桩库以图恢复的推崇。怀想祖业，联系到自己躬行无功，神宗不免愧疚，焦虑难平。据《挥麈后录》记载，“神宗遵太祖遗意，聚积金帛成帑，自制四言诗一章云：‘五季失图，猃狁孔炽。艺祖造邦，意有惩艾。爰设内府，基以募士。曾孙保之，敢忘厥志。’每库以一字目之。”[③]尽管神宗未能成就收复幽燕的伟业，却在封桩库的管理方面颁布了许多有效措施，实现了成熟运转，保障了内帑对边费的补给。[④]

---

① 《长编》卷19太平兴国三年十月乙亥，第436页。
② （宋）宋神宗：《题封椿库》，《全宋诗》卷1043，第11958页。
③ （宋）王明清撰，王恒柱点校：《挥麈录》之《挥麈后录》卷1，山东人民出版社2018年，第71页。
④ 董春林：《财政与皇权的互动——北宋内藏库运作机制之演变》，《贵州文史丛刊》2010年2期，第40—43页。

太祖“内帑实边费”的理想虽好，太宗却舍弃收买方案，径直跃入征战模式，两次北伐败北而归，让宋人看清了收复之难。因此，北宋中期的边塞诗几乎不再畅想一蹴而就的武力收复，而是正视宋辽的势均力敌。刘敞的《题幽州图》恰恰折射出宋人心理调适的艰难：

代北屯兵盛，渔阳突骑精。弃捐看异域，感激问苍生。尚识榆关路，仍存汉郡名。可怜成反拒，未见请横行。先帝曾亲伐，斯人昔徯征。大功危一跌，遗恨似平城。往者干戈役，因之玉帛盟。权宜缓中国，苟且就升平。名号于今错，恩威自此轻。奈何卑圣主，岂不负宗祊。事有违经合，功难与俗评。复仇宜百世，刷耻望诸卿。封畛唐虞旧，氛祲渤碣清。遗黎出涂炭，故老见簪缨。寒谷青阳及，幽都日月明。此怀如万一，高揖谢纵横。[①]

代北、渔阳代指被石晋割让的幽燕地区，此地兵精卒强，实力雄厚，然自割地以来，北宋已无权管理。幽燕百姓未曾一刻忘国，地理的指称与区划都留存着鲜活的北宋印记。遗憾的是，这种拒不收编的坚守并未盼来北宋的快意收复。诗人聚焦太宗的北伐未竟、遗憾班师，真宗的结盟和好、妥协卑让，既有对功亏一篑的叹惋，又有对苟且偷生的谴责。最难接受的，是宋辽兄弟相称的事实。刘敞精通《春秋》公羊学，对名分尊卑最为敏锐。在他看来，若以减损国威、降低姿态作为求和代价，实在是有辱先祖，功不抵过，更何况收复幽燕绝非朝夕之事，需要前仆后继，从长计议。刘敞的名分观念，不仅来自个人学识的积淀，更与北宋日盛的“正统论”思想暗合。契丹的岿然屹立，西夏的叛服无常，加上收复的前路渺茫，令北宋士人感受到前所未有的生存压力，其淑世精神便有了更加鲜明的指向性。因此，诗人号召当朝君臣务必勠力王室，洗刷耻辱，并极力描绘解救遗民、

① （宋）刘敞：《公是集》卷26《题幽州图》，丛书集成初编本。

感喟天地的喜悦心情。

既为题画诗，画者为谁，为何作画，皆为解诗肯綮，这些均可在刘攽的《幽州图》中找到答案：

鄙夫平居常叹息，蓟门幽都皆绝域。安得猛士守北方，为排敌人复禹迹。田生手携朔漠图，丹书万里之强胡。挂图高堂素壁上，壮或阴山来坐隅。长城迢迢属沧海，古塞历历生黄榆。纵横指顾皆旧物，抚事忼慨时惊呼。太平壮士多虚死，念君避胡来万里。九关深沉虎豹恶，布衣何由说天子。卷图还君意黯然，咄嗟世事非余耻。①

全诗以鄙夫的唏嘘叹惋起首，呼吁英雄横空出世，不畏险绝，恢复禹迹。画手田生顺应时势，深入朔漠，图画北地，阴山、长城、古塞皆入画图。从张挂于"高堂素壁"来看，画图尺幅较大，正因如此，才能包罗丰富的地理信息。睹于疆土易主，田生悲愤难扼，一面"避胡来万里"，一面指画幽燕旧址，以期唤醒当局的恢复信念。可惜，此时宋辽讲和已久，权臣耽于安乐，将卒不知训练，布衣心声难达上廷，诗人只好卷图送还，空留嗟叹。同一幅图，弟弟从宋辽讲和的事实解读出"卷图还君"的无奈，哥哥则从华夷名分的角度揭示出重整河山的必要，由此展望恢复愿景。赵永春先生将刘敞《题幽州图》列入使辽诗，但结合刘攽诗来看，刘敞此诗为题田生画图而作，未必作于使辽途中，而从刘敞对幽燕遗民的同情之理解来看，此诗或许凝聚其使北见闻，才有了如此深挚感人的魅力。② 当踏入辽朝疆域，刘敞虽有霁后望民登楼的闲情，亦有"亦知非吾土，聊复乐徘徊"的惬意，却无法掩饰"旧都尚能记，北观多可哀"的深切遗憾，其"可哀"者，正是幽

---

① （宋）刘攽：《彭城集》卷 7《幽州图》，清武英殿聚珍版丛书本。

② 即便刘敞作此诗时尚未使辽，其父司勋员外郎刘立之早于庆历七年奉命使北贺正旦，幽燕遗民的回归渴望亦可通过其父的使北见闻口传心授，因此，其诗感人至深。刘立之使北见《长编》卷 161 庆历七年八月丙辰。

燕遗民对中原故都的留连难返。

同样评价幽燕画图，沈遘则流露出清醒的决绝：

燕山自是汉家地，北望分明掌股间。
休作画图张屋壁，空令壮士老朱颜。[①]

虽然诗人承认燕山乃北宋故地，收复亦在宋廷的能力范围，却明确反对张挂画图，望洋兴叹。因为就当时的御边策略来看，北宋绝不会牺牲宋辽和平来换取幽蓟，而宋人自顾"画图张屋壁"，除了"空令壮士老朱颜"之外，别无益处。其诗虽有不能收复的嗟叹，却清醒地认识到貌似唾手可得的事情实际上却难如登天，"休作"二字一语道出反对挂图的决绝。

元祐四年（1089），苏辙使辽，写下了《奉使契丹二十八首》，《出山》一诗表达了痛失幽燕、燕民不幸的悲恸：

燕疆不过古北阙，连山渐少多平田。奚人自作草屋住，契丹骈车依水泉。橐驼羊马散川谷，草枯水尽时一迁。汉人何年被流徙，衣服渐变存语言。力耕分获世为客，赋役稀少聊偷安。汉奚单弱契丹横，目视汉使心凄然。石塘窃位不传子，遗患燕蓟逾百年。仰头呼天问何罪？自恨远祖从禄山。[②]

古（虎）北口，契丹雄关，居檀州正北。宋使王曾记载："口北有铺，彀弓连绳，本范阳防扼奚、契丹之所，最为隘束。"[③]从辽人"置榷场于虎北口而收

① （宋）沈遘：《西溪集》卷2《和王微之渔阳图》，四部丛刊三编景明翻宋刻本。

② （宋）苏辙著，陈宏天、高秀芳点校：《苏辙集》之《栾城集》卷16《奉使契丹二十八首·出山》，中华书局1990年，第320页。

③ （宋）王曾：《王沂公行程录》，见赵永春辑注：《奉使辽金行程录（增订本）》，商务印书馆2017年，第26页。

地征”[①]来看，虎北口不仅是军事要塞，还是商贸重镇。较之契丹腹地，燕云地势平坦，适宜耕作与畜牧，水尽则迁揭示其游牧特征。与奚人、契丹的长于牧业不同，幽燕汉民更擅长稼穑，并因之受到减赋优待。不仅如此，他们还保留着汉语传统，沈括亦载：“山之南乃幽蓟八州，衣冠、语言皆其故俗，惟男子靴足幅斤而垂其带，女子连裳，异于中国。”[②]此时，幽燕落入契丹已逾百年，其民不仅华音未改，礼制亦未更易，只是服饰渐染北风，“衣服渐变存语言”一句表现了宋人对夷难变华的欣慰。然而，遗民的文化坚守却无力扭转“汉奚单弱契丹横”，更遑论恢复。愧意袭来，对石敬瑭窃位的质问，对幽燕不复的遗憾，呼天抢地，喷薄而出。一句“自恨远祖从禄山”，既是苏辙对幽燕汉民历史由来的解答，又是对幽燕汉民苦涩无奈之“尴尬处境”[③]的写照。结句部分，诗人自注“此皆燕人语也”。结合史实来看，燕人的表述有着深刻的历史渊源。天宝年间，安禄山为范阳节度使，掌管幽、蓟、营、琢、平、檀、妫、瀛、莫等九州军政，幽燕百姓皆其子民。安史之乱后，唐王朝“虽号称一朝，实成为二国”[④]，河北藩镇的独立形态日益显著，并于唐朝后期形成割据的“河朔三镇”，卢龙乃其强藩。“远祖从禄山”的旧恨与石敬瑭割地的新愁，让苏辙认识到幽燕汉民复归之路的曲折险阻。使辽归来，苏辙奏呈《北使还论北边事劄子五道》，后三道《论北朝政事大略》主要记录了契丹国情与民心向背，首先反馈了辽朝“人人安居，不乐战斗”[⑤]的和平愿望，并对“骨气凡弱”的继任者燕王是否能弹压百官推行向汉政策表示担忧；其次反映了“宽契丹，虐燕人”的法纪不公；最后指出了辽僧违法乱纪、盘剥百姓的害辽利宋之举。这些信息，都成为北

---

① （宋）路振：《乘轺录》，见赵永春辑注《奉使辽金行程录（增订本）》，商务印书馆 2017 年，第 17 页。

② 王民信：《沈括熙宁使虏图抄笺证》，台北学海出版社 1976 年版，第 197 页。

③ 纪楠楠：《论辽代幽云十六州的汉人问题》，东北师范大学硕士论文，2006 年，第 45 页。

④ 陈寅恪：《隋唐制度渊源略论稿・唐代政治史述论稿》，三联书店 2004 年，第 203 页。

⑤ （宋）苏辙著，陈宏天、高秀芳点校：《苏辙集》之《栾城集》卷 42《北使还论北边事劄子五道・论北朝政事大略》，中华书局 1990 年，第 748 页。

宋经营幽燕、抵御契丹的重要参考。

有趣的是，这种拯救幽燕黎民的呼吁，有时竟出自辽臣之口。驸马刘三嘏（刘六符兄）因与公主不睦，逃奔北宋，曾道："救得燕民归旧主，免于戎肤自称兄。"[①]从其大张旗鼓地呼吁收复来看，此时出逃已成事实，而"春秋大义惟观衅，王者雄师但有征"两句，既透露出刘三嘏深谙春秋"观衅而动"的战争经验，又传递出鼓励北宋积极收复的狂热态度。这种狂热在北伐失败后便利尽失，却在北宋末期卷土重来，将宋廷推向万劫不复的深渊。

二、河湟情结：拓土经营与充国颂歌

在边塞诗中，我们亦可捕捉到北宋士子对"河湟"失地的恢复情结。穆修的"岂惮河湟远，男儿效主恩"砥砺士气，倡导恢复；张定千的"若不远仗天威力，只怕河隍陷戎夷"传递出河湟落入西夏的隐忧，主张防患于未然。与此同时，张齐贤也识破李德明"以父仇为名，志在通甘、伊、瓜、沙道路"[②]的鸿鹄伟志，对西凉府存亡深感忧虑。事实证明，后来德明攻克西凉府，抢占河陇、控制丝绸之路的野心日益暴露，厮铎督被迫投奔唃厮啰，边事完全朝着宋人担忧的方向发展。凉州失陷，河湟遂居宋夏要冲，军事地位日益凸显。景祐三年（1036），李元昊趁河湟唃厮啰政权陷于内讧，先后攻占了河西的瓜、沙、肃三州，"尽有河南故地"，迫使唃厮啰"远窜历精城，偷安苟息"[③]，以图壮大。这样，加上之前从六谷吐蕃手中夺下的西凉府，西夏已逐渐在河西站稳脚跟。

尽管西夏频频发难，夏竦却在《书怀》中阐明恢复河湟并非难事：

---

① （辽）刘三嘏：《自陈诗》，《全宋诗》卷 231，第 2704 页。

② 《长编》卷 68 大中祥符元年四月己未，第 1538 页。

③ （宋）赵汝愚编，北京大学中国中古史研究中心校点整理：《宋朝诸臣奏议》卷 132《上仁宗兵策十四事》，上海古籍出版社 1999 年，第 1469 页。

黄阁有贤图国计，皂囊无党害边功。
河湟饮马无难事，一点沙尘在目中。[①]

所谓的"黄阁有贤""无党害功"均反用其意，讽刺锐意革新。自古以来，结党是臣道大忌，至北宋，朋党被范仲淹、欧阳修等改革派注入了新的内涵，有了君子党与小人党的云泥之别。作为保守派的代表，夏竦对于新政派的朋党解读，不以为然。诗人以"目中沙尘"比喻河湟动荡，实为弭兵代言。宝元二年，知永兴军夏竦已明确提出反战主张：一是指出元昊实力远迈继迁，不容小觑；二是正视昔盛今衰的兵力对比；三是主张"先胜后战"，指出胸无胜算、"师老粮匮"等兵家大忌，并进一步提出"羁縻属羌以为藩篱""诏唃斯啰父子并力破贼"等联夷主张。从宋廷当月拔擢出使唃斯啰的鲁经来看，鲁经出使确实起到催促唃斯啰进攻西凉、联宋抗夏等效果，却因西夏有备未有显效。另外，割地重贿笼络吐蕃的巨大代价也受到"使唃斯啰得地，是复生一元昊"的公开质疑。可见"河湟饮马"不仅不像夏竦描绘的那样轻松，反而受制于诸多现实因素，不易实现。诗人的"一点沙尘"，貌似乐观，却旨在放弃。西帅期间，夏竦多次请求归阙，均未获准。庆历三年(1043)，宋夏战争暂歇，仁宗欲任命夏竦为枢密使，却遭到台谏的交章论列，"畏懦苟且，不肯尽力，每论边事，但列众人之言……尝出巡边，置侍婢中军帐下"[②]均为当时证言。由此可见，夏竦御边不尽心、私生活奢靡乃其短板，由此，便不难理解其粉饰弭兵、轻言恢复的伪善。

纵观北宋一朝，这种知难持退、息事宁人的主张并未得到长久贯彻。神宗即位之初，宋军攻下绥州，向以持重示人的邵雍也没能按捺收复狂想，作《和人闻韩魏公出镇永兴过洛》：

---

① (宋)夏竦：《文庄集》卷36《书怀》，《文渊阁四库全书》第1087册，第334页。
② 《长编》卷140庆历三年四月乙巳，第3364页。

佐命三朝为太宰，名垂千古号元功。栽培桃李满天下，出入风涛半海中。虎帐夜寒心益壮，凤池波暖位犹空。君王鼎盛子仪在，万里河湟不足攻。①

听闻韩琦出守永兴军、途经洛阳，邵雍喜出望外，极力称颂韩琦边功。结合韩琦行实来看，此诗当作于治平四年。韩琦尚未赴任，知青涧城种谔已率兵攻取绥州，宋将知保安军杨定因此遭到夏人诱杀，朝廷对于轻启边衅带来的边防动荡十分戒惧。治平四年（1067）十一月，韩琦改判永兴军兼陕府西路经略安抚使。韩琦到任，朝廷多次下旨弃城，以文彦博、吕公弼为代表的枢密院长官主张放弃绥州，和好西夏。对此，韩琦屡奏弃城之弊，得知夏主谅祚逝世，更明示若不趁此机会"令（夏）缚送害（杨）定等人李崇贵、白供奉等归朝廷行遣"②，那么，北宋将在今后的御夏战略中日益丧失主动权。就绥州攻守而言，韩琦认为种谔擅取绥州、杀戮无辜已然违背了北宋的"招诱"原则，但是，边衅既启，城池既得，却不宜幡然改途，贸然弃守。正是这种深思熟虑，深为邵雍赞赏，才有了"虎帐""凤池"的深情讴歌。当时持论守城者，另有掌机宜文字赵卨与知枢密院事陈升之，均不若韩琦站位高、虑事远。"君王鼎盛"寄托了诗人对新君气象的期盼，"子仪在"又是对韩琦御边堪比郭子仪的称赏。至于"万里河湟"，则寄托了诗人整顿西陲、收复河陇的心愿。

随着神宗君臣拓取愿望的深化，开边熙河、夺取河湟应运而生。熙宁五年，北宋升古渭寨为通远军，割秦州四寨以壮其势，以之为经略河湟的根据地。七月，筑渭源堡。八月，收复武胜军（后改镇洮军）。十月，改镇洮军为熙州，以熙州为控扼洮西的根本。熙宁六年，宋军攻克瞎毡长子木

---

① （宋）邵雍著，郭彧、于天宝点校：《邵雍全集》之《伊川击壤集》卷7《和人闻韩魏公出镇永兴过洛》，上海古籍出版社2015年，第106—107页。

② （宋）韩琦撰，李之亮、徐正英笺注：《安阳集编年笺注》附录三《韩魏公家传》卷7，巴蜀书社2000年，第1833页。

征所占据的河州。[①] 制服木征、收复河州，枢密副使蔡挺、宰相王安石、参知政事王珪、翰林学士元绛均作诗歌之。今读其诗，尚能感受到字里行间的喜悦：蔡挺“三百余年乱旧陲，戎羌叛夏变王旗”直观地呈现了河湟的改旗易帜；王珪“河湟形胜压西陲”描述了地势的高峻险要，“忽觉连营列汉旗”则烘托出对吐蕃天罗地网的围堵；王安石“胡地马牛归陇底，汉人烟火起湟中”生动地揭示了汉人重掌河湟的欣慰，李壁将荆公的“汉人”之意，解读为“牧羊驱马虽戎服，白发丹心尽汉臣”，从河湟汉民的心向中原亦可窥见荆公的解救情怀。

在《收复河湟故地》中，文同对于河湟百姓恢复汉风的描绘更加细致：

> 哑儿峡西山已尘，驮金辇帛无断群。河湟故疆尽收复，解辫厥角归如云。堂中玉带赐丞相，陇外金节酬将军。唐兵万里若日月，请作古今人未闻。[②]

哑儿峡，位于今陇西县渭河北岸山嘴，是古渭寨通往秦州的必经之路，也是河陇的蕃部聚居区。熙宁五年(1072)，哑儿峡并入通远军，成为经制熙河的阵地。诗人远眺，对丝绸之路上驼马不绝的河陇盛景浮想联翩。河州既复，河湟百姓终于可以解除胡俗，重衣汉服，定会厥角稽首，感戴宋廷。就此役论，王韶初无吞并河州之意，是王安石坚持管制河州，才断绝了木征在宋夏之间的摇摆观望。熙宁六年，北宋成功修复熙、洮、岷、叠、宕等州。宰相王安石上表称贺，神宗亲赐所服玉带，旌表其功。荆公不敢独揽功绩，辞曰：“陛下拔王韶于疏远之中，恢复一方，臣与二三执政奉承

① 尽管河州再于熙宁七年正月被木征围困，四月又被王韶战败夺回。
② (宋)文同著，胡问涛、罗琴校注：《文同全集编年校注》卷3《收复河湟故地》，巴蜀书社1999年，第106页。

圣旨而已，不敢独当此赐。”[①]孰料，荆公婉辞竟引出神宗“非卿助朕，此功不成。赐卿带以传遗子孙，表朕与卿君臣一时相遇之美也”的肺腑之言。“堂中”两句即指赐玉带、定边功一事。关于神宗与荆公的“相遇之美”，元绛作《平戎庆捷呈平章王公》歌之，其中“何人更得通天带，谋合君心只晋公”两句正是对荆公勋业的由衷赞美。此次收复河湟，既是对历史遗留问题的完满解决，又是对宋人恢复情结的极大平复，文同故有“请作古今人未闻”的豪言壮语。

复疆、开边是一项牵涉战略指导、战术运用、将帅指挥、城池修筑、物力保障的巨大工程。吕陶《送蒋熙州》便指出了修筑与营屯的重要性，援古例今，歌颂先贤：

河湟复古地，形势壮且大。册府图籍存，充国城垒在。临洮建都府，节制中机会。守之扼喉吭，动则攻腹背。西羌辄犯顺，种落异向背。呼嗟秦雍间，氛祲恐未艾。连年困飞挽，何日贮仓廥。一病费调养，已甚其可再。绥怀与剪荡，黑白灿利害。[②]

蒋熙州，即蒋之奇。元祐七年（1092）十月，户部侍郎蒋之奇出知熙州，吕陶、范祖禹、彭汝砺、苏轼、秦观均作诗相送。吕陶之诗，论边之外，备述友情，格外引人注目。吕陶自注：“庆历中，蒋公希鲁侍郎守成都，某蒙赖数载今五十年矣。观熙州之为人，强裕清敏，盖得其家法云。”蒋堂，字希鲁，蒋之奇伯父，蒋之奇即以伯父恩荫入仕。据《吕陶》本传记载，昔年蒋堂出守巴蜀，雅号文学，延揽名士，见到年仅十三岁的吕陶所作之文，誉之为“贾谊之文”，尊为座上宾。吕陶诗注，自道知遇之恩，诗歌起首，介绍作诗缘起，将自己与蒋氏二代的交谊积极系联。“昔登蒋公门，忽忽五十载”在

① 《长编》卷247熙宁六年十月辛巳，第6023页。

② （宋）吕陶：《净德集》卷30《送蒋熙州》，清武英殿聚珍版丛书本。

时光飞逝中追忆深情厚谊，“于今见犹子，省记似前代”在家门遗风中旌表熙帅风采。若追述交谊乃诗之最动情处，那么，议论河湟则为最富见识处。蒋之奇帅守熙州之时，北宋不仅夺回河州，更于元祐二年再得洮州，河陇经营纳入御边西北的轨道之中。对于如何治理熙州，吕陶主张严防死守，反对轻举妄动。原因在于，西夏战和不定，吐蕃、羌人等部落亦叛服无常，草率行事极易加剧边患。况且，关陕大地本来就危机四伏，百姓亦困于飞挽，恢复民力、修复疮痍才是正途。在“绥怀”与“剪荡”二策中，诗人晓以利害，持前弃后。

“河湟”与“西羌”，早在汉晋文士的地理认知中就常常将二者积极系联。诗中的“西羌”覆盖了羌人、吐蕃与西夏，指出了河湟问题的尖锐与复杂。今日河湟，不仅汇聚英豪，亦保留着汉代城垒。赵充国，西汉著名将领，平定羌乱，定边西陲，功勋卓著。诗人的飞挽与军储之忧，恰能从赵充国处寻找对策。汉宣帝神爵元年（前 61），年逾七旬的赵充国建议“以兵屯田”，并亲赴兰州、河湟实地考察，进一步提出屯田湟中、亦兵亦农的主张。就此诗来看，吕陶的安边息民与充国的屯田实边不谋而合。

在北宋，赵充国以其勇谋兼具备受边塞诗家推崇。在“卫霍始开府，辛赵数屯边”二句中，宋祁将卫青、霍去病并举，歌颂其攻城略地，将赵充国、辛庆忌并举，歌颂其屯边富民的功绩。在《上韩端明》中，吕陶亦作“拓地归充国，谋军得子房”之句，指出攻城略地与出谋划策均要用人得宜。于是，多谋善断、屡出奇兵的赵充国再次受到标榜。此外，徐积的“玉门关静边锋息，回首金城赵充国”建议吕帅学习金城勋将赵充国，要“无宽无猛”，刚柔并济。而任随的“时泰无因问充国，晓窗风雪梦阳关”，则是四海波静下的平安感喟，不问充国更是寄托了止战欣慰，传递出北宋诗家的终极理想。

收复幽燕、争夺河湟只是表层的历史使命，背后承载的是北宋与辽、夏、吐蕃等政权的深层竞逐。就收复对象进行考察，收复幽燕与河湟天然地具有不平衡性，一是因为收复河湟在北宋中期得到顺利解决，[①]失地怨怒被胜利欢呼取代，二是因为深层的竞逐对手分量不同，吐蕃与西夏断然不能与辽朝相提并论。因此，相较收复河湟的顺利与迅捷，收复幽燕的确是一项耗费心智、穷年累月的巨大工程。太宗两次北伐皆败，已验证了幽燕难复、契丹难制的事实。对于北伐带来的战争疮痍与财政困弊，边民以为“(太宗)贪其土地，致北戎南牧”[②]，朝臣亦以为“竭苍生之众力，务青史之虚名”[③]，批判纷至沓来，御边由此向着消极戒事的方向发展。在防守策略的指导下，宋人的工事修筑却丝毫没有松懈，而是稳扎稳打，步步为营，其战略作用与意象功能置于第六章详述。

北失幽燕，西陷河湟、灵武，南接大理、交趾，面对不够壮丽的江山，北宋君臣深知只有形成严密、高效、良性的国家管控，才能实现长治久安。在前代地理经验与当时御边局势的催生下，北宋君臣十分注重借助地利实现安全管控，闰年贡图、修撰地志、私绘地图便是安内御外的地理举措。在防辽御夏、控扼西南、安定边民的治国探索中，图画江山、关注四塞的热情被具体的边区地势、关隘形胜所取代。河北的阻挡契丹、藩屏京师，陕西的阻夏御蕃、捍藩关中，蜀广的控蜀通秦、交流蕃夏，均呈现出鲜明的地域风采与战略特征。这种战略布置，既呈现为负嵎依险的微观解读，又镌刻着“德胜于险”的宏观烙印。北宋以仁治国，崇尚占据地利，并不标榜武力制敌，防守布置远迈进攻谋划。因此，北宋边塞诗的地理关注多表达制敌千里的理想，较少渲染兵戎相见的暴力。防辽御夏的败多胜少，管控边民的心力交瘁，摧折了宋人悉知险要的雄心，唤醒了天险尽失的反省，也激发了喜言恢复的热情。无论是痛失幽燕的郁怀，还是重夺河湟的喜悦，

---

① 据《宋史·徽宗纪》记载，北宋真正收复湟州是在崇宁二年六月。由于宋廷已于熙宁年间先后收复熙、洮、岷、叠、宕、河诸州，宋人遂陷入收复狂欢，北宋诗家的河湟颂歌多注目已然克复的河陇诸地，并不深究当时尚未收复的湟州。

② 《长编》卷30端拱二年正月癸巳，第672页。

③ 《长编》卷30端拱二年正月癸巳，第674页。

都是生存焦虑的变相表达。这种声音的兴衰消长，令我们读到北宋地理表达的时代脉搏，亦知宋诗异于唐诗之必然。而当北宋诗人环视御边全局，则常常在纷繁复杂的边防局势中传递出深沉的忧患意识与强烈的爱国情怀，至于北宋边塞诗如何传递、如何解答，则于第三章详述。

第三章

忧边与救国：北宋边塞诗的忧患意识与医国情怀

北宋的对外作战，无论攻守，常常败多胜少，这种被动令北宋文学晕染上浓重的忧患意识。这种忧患在契丹壮大、西夏叛立的外部形势下受到挤压，又在“三冗”“两积”的内政审视中被无限放大，既加速了宋人的生存焦虑，亦为其爱国呼号、救国奔走奠定了饱满的情绪。

第一节　蔓图非易力　鸩毒是安眠——居安思危的忧患意识

王瑞明先生在《宋儒风采》中揭示了宋人在民生、富国、军事与用人之道等方面的忧虑与建策，并揭示了宋代文学恤民疾苦、有补于世的创作精神，①是较早系统关注宋人忧患与救世精神的学者。结合北宋边塞诗的创作来看，诗人所忧何事、忧患几何，均受制于当时的边防形势。就外部环境来看，初期的与辽共舞，中期的御夏角逐，后期的宋蕃交恶，都足以导致宋人的忧虑重重。在边塞诗中，宋人不仅着意表现这种深重的忧患，还试图扭转这种被动，深情之外亦见其清晰的救国主张。

一、忧患意识的表现与阐释

北宋立国之初，就与强敌契丹为邻，宋辽战和是宋初边塞诗的书写重心。郭崇仁较早表达了对边情危急的认识：

---

① 王瑞明：《宋儒风采》，岳麓书社 1997 年，第 384—414 页。

上郡连烽火，河阳更羽书。兵戈连岁扰，老病一身余。警哨无安枕，忧危有报疏。名山犹未卜，何处好闲居。①

听闻高阳路有警，诗人借烽火示警、羽书频传营造出全面戒备的氛围；兵戈不息、人不安枕，诗人借老病之躯控诉了战争对人民的戕害，表达了老病缠身、边安难得的无奈。这种忧患与苦闷，亦见于王禹偁《射弩》一诗：

安得十万枝，长驱过桑干。射彼老上庭，夺取燕脂山。不见一匈奴，直抵瀚海还。北方尽纳款，献寿天可汗。吾徒久不武，干禄为饥寒。所得才升斗，龌龊在朝班。②

理想中率兵挺进、亲射单于的将士与现实中碌碌无为、为稻粱谋的寒儒是诗人的虚实之两面。王禹偁生活于北宋前期，正是宋廷在安稳与发展两大主题中辛苦探索的时期。面对阴晴不定的宋辽局势，饱受儒学熏陶的王禹偁理所当然地生发出以天下为己任的责任感与使命感。“安得”一词充分暴露了诗人对太宗后期、真宗前期消极御边、不欲生事的痛恨，故生“吾徒久不武”之叹惋。诗人不仅感慨边事不振，亦对自己不得报国的无能深加反省，这种自责与愧疚正是儒家士子主体担当的体现。诗人之所以能在“升斗”“龌龊”的泥行生存中做“纳款”“献寿”的狂放想象，除了“致君尧舜”的文化基因，还受到了杜甫“吾辈碌碌饱饭行，风后力牧长回首”的教化感染。因为“痛念边事艰”，才扛起了文学的旗帜，露出了边塞诗的利刃，故能驰骋想象，呼唤英雄，寥寥数句便勾勒出一位直逼边陲、震慑契丹的盖世英雄。

北宋中期，朝廷承受着内外事务的双重压力。内则人员超编，费用透

① （宋）郭崇仁：《闻高阳路警报》，《全宋诗》卷97，第1095页。
② （宋）王禹偁：《小畜集》卷5《射弩》，四部丛刊景宋本配吕无党钞本。

支，国家负荷沉重；外则辽夏侵扰，迎战不力，求和代价甚高。在内忧外患的催生下，北宋士人对于安边防务的重视可谓空前绝后，承载忧患意识的边塞诗创作亦盛极一时，如石介《西北》一诗：

吾尝观天下，西北险固形。四夷皆臣顺，二鄙独不庭。吾君仁泰厚，旷岁稽天刑。孽芽遂滋大，蛇豕极膻腥。渐闻颇骄蹇，牧马附郊垌。吾恐患已深，为之居靡宁。堂上守章句，将军弄娉婷。不知思此否，使人堪涕零。①

首句迎合诗题，指出西北的地势险固。接下来，诗人并未承继西北天险顺势而下，而是转入论述辽夏两国的叛逆不顺。西、北二边之所以拒不服从，皆在宋皇仁慈，宽纵不治。诗人认为如此姑息只会纵容两国的不臣之心，终究厝火燎原。至于文武要员，不是呆板无策，便是窳败作乱。文臣墨守成规，皓首穷经，武将燕舞欢歌，醉生梦死，均非大厦栋梁。睹于此，诗人直欲椎心泣血，哽咽难鸣。石介此诗，不禁发出了蔓草难除的预警信号，更怒斥了天子治边的滥施仁义，虑国之诚毕现。对于宋皇宽纵导致的治边被动，欧阳修以更加辛辣的笔法揭示了这一恶果：

景德祥符后，时移事亦移。四辅哲且善，天子仁又慈。将军称招安，兵非羽林儿。龙江一牧拙，逻骑材亦非。威惠不兼济，徒以官力欺。智略仍复短，从此难羁縻。②

真宗即位以来，长久奉行息事宁人、不欲深治的边策，导致蛮夷坐大，骄横难制。加之宋军骄纵奢靡，不胜战斗，边臣只知利诱收买，不知教化劝导，

---

① （宋）石介著，陈植锷点校：《徂徕石先生文集》卷2《西北》，中华书局1984年，第17—18页。

② （宋）欧阳修著，李逸安点校：《欧阳修全集》卷53《南獠》，中华书局2001年，第743页。

终究长虺成蛇，引发蛮乱。当两兵真正交手，宋军又往往不是未战先逃，便是稍战即溃，为人耻笑，蛮乱因此愈发猖狂。如此一来，北宋的平南战争，陷入了更大的被动。宋廷必须投入更多的兵力、物力与役力，才能提供军需、保障战斗。即便如此，宋军亦未能以战取胜，而是重新转入招安厚遇的轨道，即“还出招安辞”且“厚以缯锦赠”，才得以平息蛮乱，安边西南。上述二诗，矛头均指向了宋皇的罚薄不慈。倘若将其理解成弘扬刑名、崇尚法术，则未免以辞害意，误读其旨。笔者以为，积极治边、能动平乱才是题中之义。实际上，欧阳修的忧患意识远不止此。庆历三年(1043)八月，身为谏官的欧阳修直斥宋廷的偷安之意：

臣近因军贼王伦等事，累有论奏。为见天下空虚，全无武备……又见国家纲纪隳颓，法令宽弛，赏罚不立，善恶不分，体弱势危，可忧可惧。欲乞朝廷讲求御盗之术，峻行责下之法。……臣但谓朝廷见已形之患，闻众多之言，必动于心，略知恐惧。及闻枢密院戒励进奏官不使外人知事，方认两府厌苦献言之人。又见自和州奏破王伦之后，更不讲求御贼之策，又认上下已有偷安之意。[①]

从这一段话来看，欧阳修对因王伦叛乱带来的宋人对军政事务的反思倍感欣慰，又因反思如昙花一现而深感忧虑。为了唤醒朝廷的警惕，欧阳修进一步从暴乱范围、规模，盗贼“建旗鸣鼓，白日入城”的出入自由，以及“官吏逢迎，饮食宴乐”的不谋其政，将问题指向纵深，即强盗猖獗难制皆因朝廷赏罚无度，“政令转弱”。此论中，欧阳修打破因循、重整纲纪的治政要求正与上述其诗对天子仁慈而致羁縻不行的批判相契合。更让他担忧的，是当今朝臣并未有预见忧患的能力，故曰：“古之知士能虑未形之

① (宋)欧阳修著，李逸安点校：《欧阳修全集》卷100《论盗贼事宜劄子》，中华书局2001年，第1540页。

机，今之谋臣不识已形之祸，以患为乐，以危为安。”

庆历三年十二月，澧州进献瑞木，木上有“太平之道”之文。欧阳修以为文实不符，再次进言：“方今西羌叛逆，未平之患在前；北虏骄悖，藏伏之祸在后。一患未灭，一患已萌。加以西则泸戎，南则湖岭，凡与四夷连接，无一处无事。而又内则百姓困敝，盗贼纵横。……以臣视之，乃是四海骚然，万物失所，实未见太平之象。”①作者从西北防夏、北部御辽、西南控蛮等角度论述了北宋的边防压力，认为不仅域外，即使北宋内部也充满了动荡因素，变相传递出对边州进献瑞木、歌咏太平的嘲讽与抨击。这一时期，两湖猺乱爆发，仁宗先后派遣刘沆、杨畋、周陵、王丝、徐的等数人经制蛮事。针对此事措置，欧阳修又担心“朝廷虑事不早，及其临事，草草便行，应急仓皇，常多失误”②，况且上述诸人“一时到彼，不相统制”，更不利于边效发挥。作者去危就安的理性与执着，着实令人动容。面对“二虏（辽夏）交构，中国忧危，兵民疲劳，上下困乏”③的局面，欧阳修于庆历三年弹劾宰相吕夷简，可见，消除忧患还包括清算蠹国残民、不胜其任的宰辅。

二、排忧纾患的态度与路径

强邻陆梁，边患迭起，不少文士主张迅速平边。曾巩“当今羌夷久猖獗，兵如疽痈理须决”，主张制夷应决痈溃疽、崭截果敢。刘敞“天狼东南鸣，雨矢西北集。覆载岂不容，缚虎宜在急”，则认为边情危殆，事不宜迟。在此情势下，苏洵的“天意此有谓，故使连西羌。古人遭边患，累累斗两刚”，则以三秦百姓刚猛为视角，赞赏其勇对悍邻，身御数敌。

庆历四年（1044）六月，王素授任泾原路经略安抚使兼知渭州。这时，

① （宋）欧阳修著，李逸安点校：《欧阳修全集》卷103《论澧州瑞木乞不宣示外廷劄子》，中华书局2001年，第1571页。

② （宋）欧阳修著，李逸安点校：《欧阳修全集》卷105《论讨蛮贼任人不一劄子》，中华书局2001年，第1596页。

③ （宋）欧阳修著，李逸安点校：《欧阳修全集》卷101《论止绝吕夷简暗入文字劄子》，中华书局2001年，第1545页。

宋夏和议新定，梅尧臣在送别王素时便有捍蕃御夏的殷切叮咛：

未破河西寇，朝廷尚有忧。淮南命儒帅，塞上足封侯。莫擐黄金甲，须存百胜谋。昔尝经黠虏，今去正防秋。[①]

此诗题为《邵伯堰下王君玉饯王仲仪赴渭州经略席上命赋》，王君玉，即王珪从兄王琪。王琪于邵伯堰设宴送别即将出知渭州的王素（字仲仪），梅尧臣席上奉命赋诗，此乃作诗缘起。朱东润先生考证此诗作于庆历四年，与王素行实相契。庆历三年十月，王素转运淮南，庆历四年六月，以“刑部郎中、泾原路经略安抚使、兼知渭州”[②]。是时，外则宋夏刚于庆历四年五月议和，内则前知渭州尹洙卷入水洛城修筑一事而徙知晋州，王素就是在这种貌似和解却危机重重的形势下除授渭帅的。“淮南”指出了王素帅渭之前的身份——淮南都转运按察使，淮南与渭州的差遣变更折射出北宋御夏视域下的策略冲突以及调适冲突的治边态度。面对跌宕起伏的西北边情，梅尧臣心有余悸，先以“未破”表达对武力不胜的痛心，又以“尚忧”道出了对北宋买和的忧虑。这种御边压力，除了来自劲敌西夏，更有因水洛城处理失当而致蕃界动乱等新增烦恼。关于水洛城的修筑问题，曾瑞龙先生深入剖析了事件的缘起、经过、演变及其影响，并认为修筑水洛城的重要意义在于“能将秦州和泾原路的德顺军两个显著的战线突出部连结起来”，即建立“秦渭通路”。[③] 陕西宣抚使韩琦却以为城通秦州，止辟一路即需“筑二大寨、十小堡”[④]，财物役力耗损巨大，况且内附蕃族大户增多，即便没有水洛城亦不影响宋蕃往来，仁宗因此下诏罢役。然陕西四路

---

① （宋）梅尧臣著，朱东润编年校注：《梅尧臣集编年校注》卷14《邵伯堰下王君玉饯王仲仪赴渭州经略席上命赋》，上海古籍出版社1980年，第245页。

② 《长编》卷150仁宗庆历四年六月庚戌，第3635页。

③ 曾瑞龙：《拓边西北：北宋中后期对夏战争研究》，北京大学出版社2013年，第15页。

④ 《长编》卷145庆历三年十二月辛丑，第3513页。

都总管郑戬无视诏令，仍命著作佐郎董士廉与以助其役，与城主刘沪兴役不止。知渭州尹洙檄刘、董罢役不听，后命他人代沪又不从，才有了狄青械送刘、董，招致蕃部作乱的事实。这时，以范仲淹、欧阳修、余靖、孙甫等文儒为代表的“儒家理想主义者”[①]主张调和双方矛盾，绥抚蕃部，宽慰边臣，理由是刘沪走而蕃部乱，刘氏之重无人可代，孙甫、余靖皆持此说。[②]忧虑更深的欧阳修更是将危机后果上升到影响边臣威信、生户招纳等高度，这种张大其事的忧患意识在神宗看来“极无理趣”[③]。庆历四年五月，在蕃部惊扰、狄青与尹洙遭劾的巨大压力下，韩琦挺身而出，从筑城的代价与实效，边令的下达与贯彻，以及筑城与守策的巨大冲突切入，合奏十三事，直陈利害。然而，在夏蕃不宁、刘沪可恕、狄青粗暴的煌煌争论中，宋廷只好让步，降职刘沪，罚铜董士廉，改尹洙知晋州，命王素帅渭州。狄青权并代部署，不足三月，仍归泾原部署。[④] 如此各打五十大板，“足见朝廷委曲用人之意”[⑤]。亦可窥见，北宋关于行赏二柄的威信建设，仍任重而道远。谙熟以上事实，诗人何以有“莫擐黄金甲，须存百胜谋”的敦勉，也就迎刃而解了。反对派与支持派、调和派之间的博弈，正是因为狄青的械辱刘沪才陷入困境，对于韬略之重，即将赴任的王素应感同身受，反思借鉴，这也是朝廷任命文儒帅边的用意所在。对于梅尧臣而言，无论是出于忧国，助友，还是知兵，均应义不容辞，精神上鼓舞，智略上献策，这是他最好的报效方式。

比起被动地处理巨患，宋人更善于居安思危。面对“西蕃久不反，老贼非常然”，苏洵亦表达了“烽火尚未灭，何策安西边”的忧患意识。睹于

① ［美］刘子健著，刘纫尼译：《宋初改革家：范仲淹》，见［美］费正清编，郭晓兵等译：《中国的思想与制度》，世界知识出版社 2008 年，第 86 页。

② 见《长编》卷 148 庆历四年四月。

③ 《长编》卷 234 熙宁五年六月癸丑，第 5673 页。

④ 见《长编》卷 150 庆历四年六月癸卯、《长编》卷 151 庆历四年七月乙酉、《长编》卷 151 庆历四年八月乙巳。

⑤ 《长编》卷 151 庆历四年八月乙巳，第 3685 页。

“父老不言兵，朝廷今久安”，彭汝砺又呼吁“清患在未形，患形其计难”。徐积的“邻羌余喘虽偷安，匈奴右臂殊不完”，一面为王韶剖析辽夏侵扰暂时歇止的安稳局势，一面于下文中颂其边功，盼其建立更大的功业，消除更大的边防动荡。不同的是，彭汝砺的“清患在未形，患形其计难”一语道明了宋人面对忧患的理智与决绝。饱含忧患是情绪，防患未然是对策。诗人认为忧患一旦形成，势必难以涤除。因此，许多诗人都主张积极御边，将问题扼杀于摇篮之中。

与欧阳修、彭汝砺一样，许多宋人都主张消除显患，预防隐患。至于未形之患，宋人一致认为应早为预备，这就令其忧患意识附着许多防患未然的色彩。庆历四年(1044)，枢密副使韩琦与参知政事范仲淹同上和、守、攻、备四策，建议宋廷从战略、战术、兵力、兵屯、选将练兵、城池修筑等方面“力行七事，以防大患”①。在形形色色的安边高见中，韩琦的边防观呈现出早年留意于战事成败、立判高下，后期专注于交好经营、缓图长远的特点，而居安思危、未雨绸缪则是韩琦秉承一生的治边信念。景祐、宝元年间，韩琦多次上奏论述北宋的内忧外患，所论有“西北二陲，久驰边备。寇敌之性，岂能常保”②，“朝廷备御之急，唯在西北二边。其如牧守将帅，多非其材，而士卒训练，未至修整，亦望密谕两府大臣，常切体量”③，尤其是《论外忧始于内患奏》，论事深中肯綮，认为较之外境侵扰，宋廷的内部问题更加致命。

为了改变北宋内外问题丛生的窘况，皇祐三年知定州时，韩琦的《次韵和国信赵内翰北口见寄》一诗敲响了蔓草难除、安乐贻祸的警钟：

---

① 《长编》卷149庆历四年五月壬戌，第3601页。

② （宋）韩琦撰，李之亮、徐正英笺注：《安阳集编年笺注》之《韩琦诗文补编》卷1《同详定阮逸胡媛邓保信等所造钟律奏》，巴蜀书社2000年，第1592页。另见《长编》卷119景祐三年八月甲戌，稍异。

③ （宋）韩琦撰，李之亮、徐正英笺注：《安阳集编年笺注》之《韩琦诗文补编》卷1《答诏论地震春雷之异·别状》，巴蜀书社2000年，第1603页。

时得不可失，时乎况得天。蔓图非易力，鸩毒是安眠。庙胜两楹决，壶浆一檄传。临关休发咏，归议主当然。[1]

皇祐三年(1051)，宋辽两国按甲寝兵，宋夏大战亦告一段落，暂时的安稳最易令人放松警惕，疏于备敌。是时韩琦出知定州，加之好友赵某为国信使，故作诗提醒。按：皇祐二年三月，翰林学士赵概为回谢契丹国信使，故此诗诗题中的"国信赵内翰"应为赵概。赵氏原诗已佚，只能从和诗内部寻找答案。身处御辽前线，又逢好友使北，这般处境令韩琦对御北有了更深入的思考，于是"蔓图非易力，鸩毒是安眠"两句顺势而出。这一呐喊，既饱含了诗人的忧患意识，更凝聚着长期的御边经验。"蔓图"之"蔓"，不仅指契丹的赫然北立，亦指向西夏的叛服无常。对宝元、康定年间的"黠羌之叛"，安抚陕西多年的韩琦最有发言权，故他对辽夏进犯心有余悸。所谓"安眠"，是指宋廷的刀枪入库、麻痹大意。多年的纳币交欢势必带来不图经久的懈怠，以"鸩毒"喻"安眠"，化用《左传》"宴安鸩毒"，是对古人忧患意识与谏议精神的双重继承。警醒之意既彰，克敌制胜的庙谟，壶浆夹道的欢迎，将排忧纾患与传递友情积极融通。"临关"两句，迎合诗题"北口"之意，北口即古北口，是宋臣使辽的经停站。诗人认为使北任重，入对在即，感慨事小，捭阖事大，激劝赵氏莫叹行程之艰，莫发临关之咏，坚信回归无虞。

在长期的戍边体验中，韩琦已深刻认识到肃清边患之任的艰巨性与持久性。相对于"开口揽时事，议论争煌煌"的文人议兵，他更看重解决问题的实干精神，这一信号在知真定府、出守河北时传达得尤为明确。庆历七年十二月至庆历八年四月，韩琦出知真定府四个月，对宋辽边境上宋军的军备废弛、军纪涣散有了清晰的认识。在《移帅真定次韵答致政杜公》

[1] (宋)韩琦撰，李之亮、徐正英笺注：《安阳集编年笺注》卷6《次韵和国信赵内翰北口见寄》，巴蜀书社2000年，第245页。

中，韩琦向前辈杜衍坦白了自己的处境：

常山画野直天街，寄重如何付不才。跃马敢辞奔命去，扞羌曾是奋身来。军中纪律劳人葺，林下樽罍得意开。引领恩轩无路到，几临风月独徘徊。①

开篇直道宋辽分疆而治的事实，并对朝廷的寄责深重有着力不胜任的惶恐。这种德薄能低的自谦除了关乎诗人的谦谨性格，更与此诗的寄答对象——杜衍密不可分。对韩琦而言，杜衍是年长三十岁的忘年之交，亦为修身守道的圆融智者，更是老成持重的宦海前辈。无论是高居宰辅，抑或出知地方，杜衍皆竭忠尽智，克勤克谨，尤其是他安不忘危、奖掖后进的贤相风范，更是深受同仁敬重。据《宋史》本传记载："庆历七年，（杜）衍甫七十，上表请还印绶，乃以太子少师致仕。"②此诗作于杜衍致仕之初，故韩琦以"致政杜公"相称。除了直接交往，进奏院事件中韩琦力挺杜衍女婿苏舜钦，亦为二人的深层交谊打下了坚实的基础。关于韩琦的仁厚爱贤，声援果敢，《长编》《韩忠献公琦行状》《韩魏公家传》《渑水燕谈录》《梁溪漫志》等史料都有不同程度的记载。而观《安阳集》，韩琦与杜衍的诗歌往来最早始于庆历七年，即杜衍致仕之年，故除却进奏院事件带来的感情升温，杜衍的引年告老成为二人敞开心扉、交游唱和的契机。杜衍位列三孤，仅上一表即还印绶，有违旧例，对此，《长编》与《宋史·杜衍传》皆以为乃贾昌朝作梗所致。韩琦深知杜公心中抑郁，却绝口不提罢政一事，而是以真定军务相商，转移杜公思绪。首联纪实、自谦参半，颔联阐明治边履历，颈联对比鲜明，韩琦的边务缠身与杜公的闲适惬意相映成趣，为尾联传达不得相送之憾做了铺垫。"军中纪律劳人葺"一句，将话题重新拉回

① （宋）韩琦撰，李之亮、徐正英笺注：《安阳集编年笺注》卷5《移帅真定次韵答致政杜公》，巴蜀书社2000年，第204页。

② （元）脱脱：《宋史》卷310《杜衍传》，中华书局1985年，第10191—10192页。

积重难返的顽劣风纪，不仅是修辞需要，更是诗思所致。然而韩琦并未任诗意宣泄，而是以高度的理性节制情绪，使意脉转向杜公的临泉之乐。这种精准的判断力与清晰的控制力，将韩琦不忍杜公劳神的善良与权衡轻重的智慧，毫无保留地展现出来。韩琦与富弼，曾于庆历七年（1047）与至和二年（1055）两次交接政务，杜衍均惠诗相贺，其涵育人才、奖掖后进之心可见一斑。在次韵杜公的另一诗中，韩琦以“两谐交政辱公诗”表达了对杜老存问的感激。

政治家韩琦的确掌握论边因人而异的倾吐分寸，在寄怀好友富弼的边塞诗中，同样是诉说军纪涣散，则非一句“军中纪律劳人葺”一笔带过，而是借长篇古体发表笃言高论：

> 临并逾二期，病戚居其半。虽以志自勉，精识奈耗乱。故于一道事，十六七不干。贪权莫即辞，罪大孰可逭。纳节求本邦，所幸脱诛窜。君仁恻至诚，亟俾贤者换。与公同心人，金固其利断。安然解印归，万喜无一惋。为别信宿来，书日慰愚懦。张瑟久不调，易调犹未断。非才辱公知，处道诚一贯。至于措置间，在理有殊判。不当牵以私，经画误远算。愿公新政条，布若星日灿。害边者铲除，垢俗者涤浣。使兹全晋民，比屋竞耸观。仆远闻公为，省过安敢惮？虽有好事徒，议论恶得间！①

至和二年（1055），韩琦由并州改判相州，富弼继知并州。离任之时，韩琦作《途次答宣徽富公书意》对将赴并州任的好友富弼寄意颇深。同样是谈论河北军务，韩琦此处的态度却十分坚决。前十句直陈因病纳节之事，接下来的十句叙友情，谋治策，二人相通的治边理念与富弼本人的治世才干为后面深入的治边探讨提供了可能。韩琦久在边任，富弼存问不辍。在

---

① （宋）韩琦撰，李之亮、徐正英笺注：《安阳集编年笺注》卷2《途次答宣徽富公书意》，巴蜀书社2000年，第73页。

诗人看来，感馈知音莫若坦言边务要义，叮嘱处事态度，其中以私害公、藏污纳垢为禁忌之最。而“害边者铲除，垢俗者涤浣”既知其对富弼的寄望之深，又知其对边弊的决绝姿态。自庆历七年至至和二年，韩琦先后镇守河北八年。其间仕履如下：庆历七年十二月知真定府，四个月后改知定州，六年后再知并州，知并州二年后方判守乡郡。知真定府期间，韩琦对于成德军军纪涣散、士卒骄惰已有深刻体会，但苦于任期较短，未能如愿涤荡歪风、整肃军纪，“忽膺朝委易军牙”便表达了诗人因屡更任所而无法彻底治边的焦虑情绪。一方面是治所屡更的苦闷，一方面是积习难改的劳神，加上北宋养兵之弊频频上演，韩琦的治边之路荆棘丛生。然而，形势危殆又时刻警醒韩琦肃清军纪刻不容缓。皇祐三年（1051）八月，韩琦对定州军队进行了大刀阔斧的改革，表现在清理兵痞、肃清风纪、明示赏罚、教习兵法，最终根除了定州兵卒良莠不齐、动辄邀赏之弊，呈现出整齐划一、精兵尤重的崭新局面。在惩奸除鄙、杀伐立威的同时，韩琦亦不忘恩信激励，厚赙阵亡士卒及其家人，甚至“涅其孤儿，使继衣廪”[①]，这种恩威并施、双管齐下的边策使韩琦屡创治绩、边声大震。观上可知，韩琦治军既秉承“君子不重则不威”的方针，又谨记“过则勿惮改”的训示，将其化为治边箴言，于诗末凝练传达。这样做，既是对二人“两谐交政”之谊的交代，又是对富弼治理并州继往开来的展望。对于富弼的治边才干，韩琦十年前即以《乞以北事委富弼奏》备述富弼御辽的经验纯熟，而此次出任并帅为宋辽防务建设的延续，韩琦相信富弼大才盘盘，定能尽瘁边圉，控扼一方。

北宋一朝，士大夫忧边深重，不仅缘于自身的群体担当，更出于解除天子压力的忠君思想。北宋饱受边患压力，君主常为之宵旰，天子忧边、大臣解忧成为北宋边塞诗的又一主题。宋初诗人中，杨亿最喜于送别中

---

① （宋）李清臣：《韩忠献公琦行状》，见《安阳集编年笺注》附录二，巴蜀书社 2000 年，第 1736 页。

赞誉边将的分忧之功。“天子忧南越，公卿荐陆生”，赞誉宋殿丞转运广南东路的壮举；“山川遍历骚人地，宵旰遐分圣主忧”，道明钱舍人途将镇边西南，为主分忧“露冕分忧辍近班，朝阳鸣凤古岐山”两句，则是对王尚食的出知凤翔、分忧西北赞誉有加。北宋中期，宋辽进入大国往来、平等对话的外交轨道，因此，反映君主御北之忧的诗歌大多得到了圆满解答。对于多年镇守北陲的贾相公，宋祁以“天心北顾倚长城，上相元戎两印荣”高度评价其御辽边功。而当面对河北军乱，刘敞又注意到弹压兵变如运诸掌，切莫“空使明堂旰食忧”。相比起宋辽的表面平静、凶波暗涌，宋夏冲突却是在激烈上演，因此，天子的御夏忧愁也得到极力书写。梅尧臣的“未破河西寇，朝廷尚有忧”，赵抃的“边城轻举动，天子为忧勤”，冯山的“圣君宵旰尚忧边，移领并汾将漕权”，强至的“郡国尚闻愆雨泽，朝廷西顾动天颜”，均反映了一个主题，即西夏叛服牵动着北宋帝王的神经。面对这一形势，祖无择力挺“羌虏奸诛轸圣忧”，彭汝砺坚持“为君穷力破戎羌”，孔平仲也主张“西北当宽帝顾忧”，宋庠的“忧国思君不为名”更是一语道破忧国思君无关个人腾达，动机绝非名利驱使。笔者以为，致君尧舜的精神砥砺才是上述诸题的创作动因。在不胜其忧之外，上述诗人又表达了或强硬、或乐观的治边态度。面对西夏的顺逆无常，枢密副使吴育建议加强练兵、核实装备，监察御史唐询主张申饬帅臣、提高戒备，鄜延经略司亦对西夏更改地方军区名号的反常行为高度警惕，思患预防。①

第二节　上党地寒应强饮　两河民病要分忧——慷慨深沉的医国情怀

“医国”一词，最早见于《国语》，《晋语八》即有“上医医国，其次疾

① 见《长编》卷 154 庆历五年二月己亥、《长编》卷 159 庆历六年七月壬午、《长编》卷 196 嘉祐七年六月癸未。

人”[①]之说。逮及唐代，孙思邈《备急千金要方·诊候》倡言：“古之为医者，上医医国，中医医人，下医医病。”[②]孙氏所言，接续古人，以医者身份辨析了救世、救人与救病的伦序关系。范仲淹承继此说，细致阐述了“不为良相，则为良医”的淑世情怀，这在吴曾《能改斋漫录》中有清晰记载：

范文正公微时，尝诣灵祠求祷，曰：“他时得位相乎？”不许。复祷之曰：“不然，愿为良医。”亦不许。既而叹曰：“夫不能利泽生民，非大丈夫平生之志。”他日，有人谓公曰：“大丈夫之志于相，理则当然。良医之技，君何愿焉？无乃失于卑耶？”公曰：“嗟乎，岂为是哉。古人有云：‘常善救人，故无弃人；常善救物，故无弃物。’且大丈夫之于学也，固欲遇神圣之君，得行其道。思天下匹夫匹妇有不被其泽者，若己推而内之沟中。能及小大生民者，固惟相为然。既不可得矣，夫能行救人利物之心者，莫如良医。果能为良医也，上以疗君亲之疾，下以救贫民之厄，中以保身长年。在下而能及小大生民者，舍夫良医，则未之有也。”[③]

这段论述清晰地表达了范仲淹“不为良相，则为良医”的思考，即若不能经邦论道，治病救人便是退而求其次的最佳选择，况且习医亦有医君、保健、救民等高下之别，能最大限度地实现其安民愿望。检阅史料，这种将医国譬为医病的思维方式贯穿于宋人的作诗论文之中。

针对北宋边患，集贤校理欧阳修在《准诏言事上书》中明确提出安边的“三弊五事”。在论证第三事“财用”时即提出：“善治病者必医其受病之处，善救弊者必塞其起弊之原。今天下财用困乏，其弊安在？起于兵兴而

① 陈桐生译注：《国语》，中华书局2013年版，第528页。
② （唐）孙思邈撰，刘清国等校注：《备急千金要方》，中国中医药出版社1998年，第17页。
③ （宋）吴曾：《能改斋漫录》卷13《记事》，中华书局1960年，第381页。

费大也。”[①]此处，欧阳修将救弊与治病二事相提并论，既彰显了作者的救弊安边之心，又验证了宋人医国如医病的思维方式。在《上神宗皇帝书》中，苏轼亦云：“夫国之长短，如人之寿夭。”[②]将国之运数与人之气数并举，认为“厌上药而用下品”的错误医方与破坏风俗的错误国策，误国殄民，贻害无穷。

较之欧阳修与苏轼政论文的坦白与直露，北宋边塞诗则具有“有史有情，忠愤沉郁”[③]的抒情特质，它们聚焦边事，抒情深挚，以下试从爱民救国、议边研略、感恩报德三个方面渐次论述北宋边塞诗的医国情怀。

一、爱民救国的民瘼抒写

北宋边塞诗的医国情怀常常表现为修复疮痍的呐喊，故在救民、求策、报国三事中先论救民。救民的诗意传递，又包括修复疮痍、爱惜民力两个层面。一方面，爱国救民直接表现为直指时弊，修复疮痍。蔡襄《送许寺丞知古田县》云：“志虑固精明，利病前可睹。姑能务均一，瘵瘼庶苏瘉。”寥寥数句折射出诗人对许寺丞治边福建古田的深情期待，所谓的“利病”之策，涵盖发现问题与渴望解决二事。面对“战死动万计，募人填卒伍”之战死征兵，“赐衣靡国帑”之滥赏靡费，“走粟填边庾”之馈粮实边，以及“筋皮角毛羽”与“江南供雕翎”之横征暴敛、方物进献等不端治策，诗人表示强烈控诉，进而提出实事求是、戒贪戒暴、公平均衡的治边主张。这种“缘事而发”的写实精神，为诗歌的深层抒情提供了可能。“志虑”四句作为压轴结论，再次重申许氏的医国才干。许氏志虑忠纯，若能平衡调控，定会纾解民困。这种爱民救国的热切，亦见于山谷诗。送别知庆州范

---

① （宋）欧阳修著，李逸安点校：《欧阳修全集》卷46欧阳修《准诏言事上书》，中华书局2001年，第650页。另见《长编》卷136庆历二年五月甲寅，第3256页。

② （宋）苏轼撰，孔凡礼点校：《苏轼文集》卷25《上神宗皇帝书》，中华书局1986年，第737页。

③ 郭艳华：《“诗史”观辨正及宋夏战事诗的“诗史”性质》，《西北第二民族学院学报（哲学社会科学版）》2008年5期，第102页。

纯粹时，黄庭坚发出了“平生端有活国计，百不一试薶九京”的深挚呐喊。他高度赞扬纯粹父范仲淹的“爱人活国”[①]之策，斯人虽逝，其略却“万不试而一出焉，犹为当世甚重”[②]，故范公无恨九泉。医国爱民，子承父志，山谷既以此追慕先贤，又以之砥砺良守，往事与现实之间，乃心王室，众目具瞻。在酬答太子太师张昇之时，韩琦以“协心安国本，罄宇保民苏”论证储君既立则国本稳固，四海百姓得以生息。北宋边塞诗表达对边事与内政的担忧，除了欲效良医以救弊，直陈“活国”与“利病”，更多的时候，则借助“苏疲瘵”“救疮痍”“除民瘼”等措辞变相传递。结合北宋边塞诗的创作实际进行考察，这种恤民之情经常表现为对赴边将帅的警醒与劝诫。在《送顾子敦赴河东三首》其三中，黄庭坚非常坚定地传达了这一观点：

揽辔都城风露秋，行台无妄护衣篝。虎头墨妙能频寄，马乳蒲萄不待求。上党地寒应强饮，两河民病要分忧。犹闻昔在军兴日，一马人间费十牛。[③]

顾临，字子敦，“魁伟好谈兵，馆中戏谓之顾将军”[④]。河东乃共御辽夏的边防重镇，子敦出守在即，诗人劝其做好暂别富贵体面的准备。顾氏御边在外，却不影响寄赠佳什联络友情，还能享用河东出产的葡萄美酒。既出美酒，则无妨多饮多食，保重身体，友情题旨随着上党的寒冷气候告一段落，取而代之的是家国寄托。颈联肩负着从私人叙旧到公

① “爱民活国”典出《南史》，高帝手敕云：“卿爱人活国，甚副吾意。”见（唐）李延寿撰：《南史》卷46《王珍国传》，中华书局1983年，第1160页。

② （唐）柳宗元撰，尹占华，韩文奇校注：《柳宗元集校注》卷9《唐故衡州刺史东平吕君诔》，中华书局2013年，第601页。

③ （宋）黄庭坚著，（宋）任渊、史容、史季温注，黄宝华点校：《山谷诗集注》之《山谷外集诗注》卷4《送顾子敦赴河东三首》其三，上海古籍出版社2003年，第112页。

④ （宋）王辟之撰，吕友仁点校：《渑水燕谈录》卷10《谈谑》，中华书局1981年，第126页。

开呼吁的过渡重任，于是两河百姓的困疲，一马十牛的控诉，一呼俱出，全诗感情亦趋于厚重、深挚。揆诸史料，元丰四年（1081），北宋五路伐夏，河东困于征调，有十牛得一马的交换贸易，这一重军轻农的举措严重削弱了农民的耕作积极性，不利于国力恢复与民力复苏，而这些都是帅守河东的顾子敦务必权衡的治边要义。除了注意到兵、农之间的不对等交换，在送别顾氏的另外两首诗中，山谷还着意强调"塞上金汤惟粟粒"，"劝课农桑诚有道"，进一步指出城池无粟不守，鼓励子敦务农息民——毕竟此乃转运使的本职工作。这种克尽厥职的叮咛劝告，正是受到"爱民忧国有从来"的情愫感染，彰显了山谷益国利民的治世之心。

此外，山谷纾困、医病等主张，除了视民如伤的可贵品质，恐与苏轼的熏陶化育密不可分。在《凫绎先生诗集叙》中，苏轼引述苏洵言论，间接地表达了文学要有补于世、切中时弊的观点：

> "……先生之诗文，皆有为而作，精悍确苦，言必中当世之过。凿凿乎如五谷必可以疗饥，断断乎如药石必可以伐病。其游谈以为高，枝词以为观美者，先生无一言焉。"其后二十余年，先君既没，而其言存。[①]

可见，苏轼将批判现实、医治社会看作文学的要务，并坚定不移地践行这一理念。元祐元年（1086），中书舍人苏轼鉴于"二广疮痍未复"[②]，用兵交趾代价巨大，力阻朝廷重新任用沈起。在《和谢公定征南谣》中，山谷以"谋臣异时坐致寇，守臣今日愧苞桑"两句呼应坡公，斥责沈起失职。此次送别顾子敦，山谷再论消除民病责无旁贷，绽放出浓重热烈的医国情怀，这种致君尧舜的主体担当践行了坡公关注民瘼、回馈社会的叮咛

① （宋）苏轼撰，孔凡礼点校：《苏轼文集》卷10《凫绎先生诗集叙》，中华书局1986年，第313页。

② 《长编》卷373元祐元年三月己卯，第9027页。

教诲。

此外，北宋边塞诗还有大量致力民生的朋辈叮咛。态度较积极的有杨亿的“国风今已变，民瘼到应除”，这是诗人针对凌职方欲知广州而下的最终结论，定论之前杨亿已有“由来百粤地，曾督九年储”“羽檄招溪洞，壶浆慰里闾”等建言。诗人认为保障军需，招抚溪峒，敬爱乡老，自然会收到百姓箪食壶浆的爱戴。彭汝砺的“惠泽苏民瘵，威名闻鬼陬”则对许资政治理定州充满信心，并以“盐梅合调羹”表达了“治国若烹鲜”的治政思想。当然，也有部分文士对救世效果深表忧虑。赵鼎臣的“疮痍今尚新，噍食若未充。如更大病余，护视须良工”直指外患带来的重重困弊，若非技高者，断不能救民于水火。长期御边的范仲淹，更以“应笑病夫何所补”表达了治国无策的无奈。

另一方面，爱国救民表现在恤民疾苦，对恢复民力的呼吁。戍边守卫，是建立在战略、战术、兵力、役力、物力、城池、军械等软件与硬件基础上的有机活动。一旦链条中的某一环节发生故障，有效的边防行动便无法开展。此处针对御边视域下的兵力勾抽与役力征调，揭示北宋边塞诗的恤民深情。

在关注防塞役力的北宋边塞诗人中，李复是当之无愧的魁首。针对馈粮之艰与役夫之苦，李复创作了《兵馈行》《督粮宿盐州东》《过临晋县适调发》《答李公蕴》等四首诗，其中《兵馈行》为揭露馈粮之弊与役夫之苦的力作。长篇详述的背后，是李复关心民瘼、护国佑民的仁人之心。其中“不知何人画此计，徒困生灵甚非策”两句，既是对残民害物的质问，又是对苍生涂炭的感喟，语重而情深。诗人的视民如伤，既是仁人之心的写照，又是“为生民立命”的践行。因为反对“经理灵夏”，李复未能应诏得官，但是，这并未阻抑其揭露战争困弊的勇气——这份勇气在《督粮宿盐州东》一诗中得以再现：

怒风吹雪急鞭马，匪兕匪虎率旷野。护粮将军夜不来，敦然独宿在车下。夏人骄狃敢予侮，王师问罪在一举。半岁力尽竟无功，哀哀生人命如土。①

狂风怒号，飞雪弥漫，豺狼出没，野兽伺伏，以上描写都是为了说明役夫的馈粮艰险。负责护粮的将军夜不履职，只留下役夫宿于车下以护粮。夏人狡黠，长期扰宋，为了浇灭夏军的猖狂气焰，北宋欲与之一决胜负。为此，宋军进行了长达半年的前期准备，一旦克敌无功，所有努力都将付之东流。想到此处，诗人不禁发出命如尘土的感慨。

诗人注目运粮役夫的命运，还见于《过临晋县适调发》：

半夜惊呼府有符，河壖荒邑应军须。冰生垂血辞乡泪，风涨飞尘出塞车。千里馈粮人未返，百丁团甲户无余。天边旁午流星使，更见河桥急羽书。②

临晋县，即今山西临猗县临晋镇，是河东重镇。较之《督粮宿盐州东》的静态描绘，此诗自始至终都表现出一种急促的节奏感，充分迎合了"调发"之题。"半夜惊呼"一语将睡梦之人惊醒，征调名目既明，扰民之深亦彰。"冰生"两句既描述了转运的环境恶劣，路途艰险，又刻画了役夫的恋土思乡，情非得已。接下来，诗人进一步抒发馈粮的路途险远与征调的殆无孑遗。问题在于，横征苛役又何止临晋，馈粮沿途驿使无数，羽书频传，都彰显出边区草木皆兵、戎马生郊的纷乱局势。关于催科征役的扰民之弊，李复还有"戍卒催完灯下甲，急烽连入雪中城"与"军有严期各努力，秋田无种何须耕"等句，前者烘托出急完兵甲、匆忙戍城的催促急迫，后者批判了服役苛重、黩武毁农的深重罪孽。无论是征役带来的转运军需，还是催科

① （宋）李复：《潏水集》卷11《督粮宿盐州东》，《文渊阁四库全书》第1121册，第114页。
② （宋）李复：《潏水集》卷14《过临晋县适调发》，《文渊阁四库全书》第1121册，第136页。

带来的速成兵甲，诗人均聚焦民生。为了彻底扭转民力困疲的状况，诗人直指摊派之弊，更对准了穷兵根源，而这种深层的叩问与批判，正是李复边塞诗时代精神的典型显现。同时的蔡肇，亦以“王师八月尽防秋，惴惴军兴恐编户”传递出百姓对于勾抽、点集的恐惧。这些诗歌，均反映了北宋边塞诗的恤民情深与虑国之诚。

同样表达军队征调的害农之深，冯山的《侠少行》则多了些许戏弄的笔调，戏弄的灵感来自北宋抽点乡兵对青年深耕易耨素朴观念的破坏：

山东自古多才雄，辍耕陇上羞为农。乡兵名在万选中，一日声价闻天聪。十石弩力三石弓，殿前野战如飘风。白锦战袍腰勒红，诏容走马出阊阖，都人仰看如飞鸿。归来意气人谁及，道逢刺史犹长揖。邯郸白日袖剑行，振武青楼乘醉入。传闻留后收兰州，姓名御笔亲点抽。府金百镒轻一掷，且向塞外随遨游。自此锄犁变任侠，夜事椎埋昼驰猎。有田无人耕，有子不养家，田间父老长咨嗟。①

少年因被选为乡兵，“一日声价闻天聪”，自此一心建立军功，不肯致力农事。由于膂力过人，战如飘风，少年一时毕集荣宠。可是，少侠不是挥金如土，就是醉卧青楼，整日无所事事，并未建立奇功。“传闻”两句不仅道明收复兰州那样的辉煌战绩与少侠无关，也暗讽了帝王的所赐非人。有了“御笔防抽”，少侠继续向疏阔不实的军功虚梦迈去，白日驰骋田猎，夜间劫杀偷盗，终于走上了弃农任侠的不归路。结尾三句，夹杂着任侠伤农、伦序破坏的巨大遗憾，诗人卖刀买犊的救世之心跃然纸上。

---

① （宋）冯山：《安岳集》卷6《侠少行》，清钞本。

二、议边研略的制敌诉求

积极探索制敌之道是北宋边塞诗医国情怀的第二重闪现，表现在热议边事、渴望奇策两个方面。一方面，北宋边塞诗表现了强烈的制敌欲望，热议边事、积极献策是其集中显现。就“论边”而言，北宋边塞诗多表彰其行为本身的爱国动机，并未对具体效用予以评价。宋祁的“属羌羁诏久款塞，归为天子细论边”聚焦宋夏息兵，相信罗承制会带着戎州罢归的新鲜边见应运献策。邓忠臣的“慷慨论边事，飘萧动礼闱”，则十分惬意地描述了馆阁内部的慷慨论边与潇洒唱和。而当送别即将赴任的将帅时，宋人却常常在边塞诗中表达对其边略的肯定。宋祁的“好为君王言敌事，早将功业勒燕山”，称赞即将面圣的王太尉必能详陈敌事，建立功勋。余靖的“燕南赵北边之要，旅拒凭君一策安”，则高度认可定州通判盖太博的北御边绩。邹浩的“家风欻从千古还，上策酬恩真土苴”，则从家风、智略等角度揄扬曾仲敷的庆州治策，并对其施不望报首肯心折。值得注意的是，以上对治边得策的肯定都是送别边帅时的展望，而当自己献策时，诗人们则不免会流露出对策略可行性的犹疑。晁冲之的“拟上平戎策，惭无属国才”，便是这一情绪的真实写照。相较晁冲之，权倾一时的王安石则对献策自信许多，如《次韵酬子玉同年》：

盛德无心漠北窥，蕃胡亦恐势方羸。塞垣高垒深沟地，幕府轻裘缓带时。赵将时皆思李牧，楚音身自感钟仪。惭君许我论边锁，俎豆平生却少知。[①]

王安石与柳瑾（字子玉）为庆历二年的同年进士，此诗为次韵之作。全诗由肯定宋皇无意进攻的圣德入手，分析了对手“羝羊触藩”、进退两难的窘

① （宋）王安石著，（宋）李壁笺注，高克勤点校：《王荆文公诗笺注》卷33《次韵酬子玉同年》，上海古籍出版社2010年，第821页。

境。在这种情况下，北宋仍需修筑高垒深壑，建设坚固城防，便可轻裘缓辔，处之泰然。李牧与钟仪，一为战国时期赵国的北御良将，一为春秋时期楚国的职业琴师，前者遭秦离间惹怒赵王而遇害，后者演奏楚乐感动晋侯而得归。一样爱国，两样处境，二人的迥异处境引发荆公对智勇的权衡与思考。对于安边这样的军国大计，智勇兼善又谈何容易。因此，面对柳子玉“知帝策”“四方志”等揄扬激励，荆公只觉愧不敢当。即便艰难，诗人还是胸有成竹，“俎豆”一句彻底推翻了孔子“俎豆之事，则尝闻之矣；军旅之事，未之学也”[①]的结论，至此读者恍然大悟，“惭君”只是诗人谦辞，长于军事、疏于礼制是王安石对自己才干的认定。诗人这样表态，是因为柳瑾原诗有“男儿本有四方志，只在蓬瀛恐不知”的忧虑。荆公一生，旨在改变北宋“内则不能无以社稷为忧，外则不能无惧于夷狄”[②]的被动局面，而这使命绝非仅仅熟稔“俎豆”的传统儒士所能胜任。为了表达友人的寄望与关怀，荆公先以“惭”示谦，继以“却”示强，明确传递出御边治国的坚定信念。而从他恳请设置三司条例司，旨在实现均劳逸、通用度、制货贿等理想与抱负来看，王安石的治政目标明确而坚定。

相较“论边”，宋人更喜欢在边塞诗中“谈兵”，当然，其兵事议论始终密切围绕安边御戎展开。孔平仲以“兵家破竹势，幕府涌泉谋”一语道明了宋人谋如泉涌、钻研兵机的盛况，晁冲之的《次四兄韵答许下诸公》更是直道与许昌诸公的论兵盛况，其中“敌若攻守墨”主张敌攻我守，“短兵不须接”回避正面冲突，至于退让，绝非诗人终旨，因此在“长城已完筑”之后，诗人道出“用奇公自出”的要旨。

就“谈兵”而言，肯定论兵者的兵机与智略同样是北宋边塞诗的抒写中心。王安石“郑子喜论兵，魁然万人敌”赞誉郑叔熊喜好讲画兵略，自得战胜万人之法。曹辅“吾乡蔡子喜谈兵，早岁曾过阿戎语”推许蔡肇的兵

---

① 杨伯峻译注：《论语译注》卷15《卫灵公》，中华书局1980年，第161页。

② （宋）王安石著，王水照主编：《王安石全集》之《临川先生文集》卷39《上仁宗皇帝言事书》，复旦大学出版社2017年，第749页。

略陈述，认为青年蔡肇的智慧已堪比王戎。张耒“兵书百万言，挥麈谈如倾”夸赞胡考甫胸藏兵略，谈吐如流，张耒“毕子谈锋不可摧，捷若急电飞霆雷”则称赞毕仲游才思敏捷，谈锋甚健，“御戎旧策子所习，胸臆请为将军开”又是对毕氏治边方略与献策忠心的肯定。潘阆“从来长见说兵机，今日君恩志岂违”称颂柳开抵掌谈兵，适得其所，宋皇量才任用，任人唯贤。对于喜好谈兵的詹安世，杨时先是以“摛辞镂圭璋，吐论森剑戟”极力称颂其博学多才，谈吐不凡，又以“落落蕴奇策”赞其策略高明，同时照顾詹氏对东汉名将耿弇的仰慕，在“戏赠”之外，平添许多历史意识。

在诸多谈兵赞语中，宋祁的《尹学士自濠梁移倅秦州》道出了尹洙的论边之切与论边之苦：

于役三年远，论兵两鬓斑。不辞征戍苦，要作破羌还。楯墨应圜熟，兜烽报永闲。浮舸背淮服，盘马入秦关。遂阁雠书笔，仍余聚米山。忆君他夕恨，遥向陇云间。①

“三年”是指康定二年、庆历元年与庆历二年。康定二年十一月郊祀，改元庆历，故康定二年即庆历元年。康定二年(1041)二月，陕西经略安抚判官尹洙因擅自发兵救援好水川降为濠州通判。庆历二年(1042)闰九月，尹洙即以秦州通判的身份议论内忧不除则外患不止。自濠梁移倅秦州，最多只有一年七个月的时间，三年是就年号而言，并非实指。相较时间的虚夸，尹洙为边事所累却是实写。康定元年(1040)正月，宋军大败于好水川。六月，权签书泾原秦凤经略安抚判官尹洙建议从减并栅栏、调整兵力、鬻爵创收以补军需等方面筹划边计，以备不测。② 十二月，泾原秦凤经略安抚副使韩琦与判官尹洙入对崇政殿，奏呈攻守二策。当朝廷采纳攻

① (宋)宋祁：《景文集》卷19《尹学士自濠梁移倅秦州》，清武英殿聚珍版丛书本。
② 上述尹洙事见《长编》卷131庆历元年二月辛丑、《长编》卷137庆历二年闰九月壬午、《长编》卷131庆历元年四月己亥、《长编》卷127康定元年六月甲申。

策之后，知延州范仲淹、招讨使夏竦均主张待夏“春暖马瘦人饥”[①]，再行讨伐，与韩琦所上攻策不协。二月，北宋内部关于攻策的具体布置又产生分歧，即两府与韩琦、尹洙谋划鄜延与泾原并路作战，而范仲淹坚持只出泾原进讨，鄜延则牵制自保。对此，夏竦担心范氏献策堕入夏军“聚兵一路，以敌王师”[②]的布画，令泾原一路独受重击。这时，陕西转运使庞籍与签书经略安抚判官田况均力沮攻策：前者从将士不良、虚实不知、士气不振、民力不苏等角度分析作战的不利局势，又以三川口为例说明“以主待客”尚不能胜，认为如今仓促兴兵，更无胜算；[③]后者更是直接推翻了攻策的合理性，并从主帅能力、人不用命、两路并入风险、失败有损国威、偷袭有伤国体等角度驳难攻策。这一时期，攻策异议如山呼海啸，铺天盖地，席卷而来，开战之前韩琦、尹洙即已备受“有误大举”“殊无定算”[④]等斥责。后来好水川大败，韩琦贬右司谏，尹洙降濠州通判，均在意料之中。入濠之前，尹洙身为秦州判官谋划边事，离任濠州，秦州还是尹洙的归宿，“不辞”一句高度弘扬了尹洙不畏艰险的爱国品质，“要作”一句则表明了诗人御夏必胜的坚定信念。信念既坚，诗人继而从文武二途叮嘱好友，文章练达、烽燧无警皆分内之事，不可偏废。展望未来之余，诗人不忘接续由濠入秦的事实。“浮舠”“盘马”不仅道明了尹洙的徙转艰辛，还折射出濠、秦地理与交通的巨大差异。沿着文武殊途的对比顺势而下，“遂阁”两句应运而生。“雠书笔”是指尹洙曾于景祐年间任太子中允、馆阁校勘一职。景祐三年五月(1036)，尹洙为范吕之争所累，贬崇信军节度掌书记，监郢州酒税。宝元二年(1039)六月，徙知长水县。[⑤] 康定元年(1040)三月，葛怀敏辟之为泾原、秦凤两路经略安抚判官，后为夏竦、韩琦、范仲淹再辟为

---

① 《长编》卷130庆历元年正月戊辰，第3084页。

② 《长编》卷131庆历元年二月辛巳，第3093页。

③ 见《长编》卷131庆历元年二月甲申。

④ 《长编》卷131庆历元年二月丙戌，第3096、3098页。

⑤ 见《长编》卷118景祐三年五月乙未、《长编》卷123宝元二年六月甲申。

陕西路经略安抚判官。[①] 就边事而言，由朝廷馆职为边地幕僚，尹洙的确实现了弃庙堂高论而赴前线体验的务实转身。时事催迫，宋祁力赞尹洙弃刀笔吏而为韬略将，并对其运筹帷幄、指画边事寄望深厚。然而，好水川之败毕竟给主攻派以重创，尹洙的"他夕恨"中，应当饱含着对此役战败的遗憾与反省，因此，结尾两句诗人鼓励尹洙重整旗鼓，经略西陲。

另一方面，渴望奇策是北宋边塞诗探求韬略的又一特点。不遗余力地寻求制敌策略既是宋人的智慧闪现，又是其忠君谋国的品格体现。在艰辛的战略探索中，宋人常常夹杂着爱恨交织的复杂情绪。所谓爱，是对策略的渴望；所谓恨，则是对其求而不得的懊恼。田锡"自念安边无上策"，夏竦"如访平戎最长策"，苏洵"烽火尚未灭，何策安西边"，都是求策不得的懊恼写照。然而，无论多么艰难，都不能压制宋人的救国热情。"我亦潜心御戎策"，不仅是祖无择的心声流露，也是许多宋人的价值选择。相比之下，文彦博的《天平相公远寄佳章谨依韵和呈》其一更加具体，真实地传达了宋人对御夏策略的渴求：

晓辟天阍出帝纶，麾幢误委不才臣。六条颁诏专临雍，一道全师别制秦。虽受深恩辞北阙，拟将何术抚西人。他年遂解簪缨去，乞去伊川号散民。[②]

天平相公，指宋臣庞籍。诗题注云："庞相，时守郓。"天平军节度治所在郓州，故称庞籍为天平相公，时人宋祁亦作《祗答天平庞相公》以寄之。文彦博行实，申利已于《文彦博集校注》加以考证，因诗人出知依据不详，特增补于下。皇祐五年(1053)闰七月，知青州文彦博徙知秦州。同月，庞籍以知郓州。八月，"新知秦州文彦博为忠武节度使、知永兴军兼秦凤路兵马

---

① 见《长编》卷126康定元年三月癸酉。

② (宋)文彦博著，申利校注：《文彦博集校注》卷4《天平相公远寄佳章谨依韵和呈》其一，中华书局2016年，第249页。

事”[①]。自此，文彦博的永兴军卫边一直持续至至和二年。至和二年(1055)六月，知永兴军文彦博为吏部尚书。同月，知郓州庞籍接替文彦博，知永兴军。[②] 观上可知，自皇祐五年至至和二年这两年间，文彦博知永兴军，庞籍知郓州，结合题下注与诗句内容来看，可知此诗当作于此时。首联指出天子降诏、诗人外任之实，“不才”既是谦辞，又与颈联之求策未得暗合。颔联两句，指出文彦博由中央出知地方、帅永兴军的事实。因永兴军在雍州境内，故有“专临雍”之句，又因诗人兼秦凤路兵马事，故云“别制秦”。颈联两句，既流露出卫边西陲、未有巨功的惭愧之意，又折射出御夏无方、渴求妙术的求策之切。因为不得御夏要领，诗人遂渴望在告老还乡之时能安居伊川，过上普通百姓的闲散生活。

皇祐、至和间，宋夏几无大规模战事，御夏策略的探求热度已冷却许多，文彦博求而不得的急切只是虑国之诚的彰显。但是，在此之前的康定与庆历年间，宋夏激战频繁，讨论御夏策略确为当时的重要议题，尤其是攻守二策的争论，至北宋中后期仍为人乐道，毕仲游的“当年议奏千万语，攻守二策真可师”便是对韩、范治策的仰慕与追缅。值得注意的是，北宋中后期以来，苏门弟子在探求奇策上用力颇多。黄庭坚“壮士看天思上策，月边鸣笛为谁横”，道明了边帅求策的艰辛曲折，孔平仲则对事半功倍的边绩治效情有独钟，“伫闻静胜诸蛮服，何必楼船十万兵”将宋人止戈静胜的治边理想全盘托出。这些诗句，表明了宋人上下求策、不畏摧折的勇气，彰显其四两拨千斤、凡事预则立的智慧，也流露出震慑邻邦、激励民心的深情。这种深情如黄钟大吕，如扛鼎之笔，发人深省。

三、感恩报德的丹心流露

北宋边塞诗的匡国情怀表现在恩深报浅，恨不效力。宋庠、宋祁兄弟

---

① 《长编》卷175皇祐五年八月戊申，第4228页。

② 见《长编》卷180至和二年六月甲辰。

二人深受皇恩眷顾，较早传递出这一情绪。宋庠作"中宸图旧恩方渥，几日从容武帐前"，借助好友孙甫在内为刑部郎中、出外为并部转运使的优渥与恩宠，歌颂皇恩浩荡，尊贤爱才。宋祁的"谗毒未销须刮骨，上恩难报止沾巾"则从亲身经历出发，表达了积谗糜骨、衔环报恩的顽强意志。

较之二宋，韩琦的感恩图报则更加具体务实，契合边情：

一落粗官伍哙曹，清流甘分绝英髦。建牙恩有丘山重，扞塞功无尺寸高。许国壮心轻蹈死，殄戎豪气人横刀。只期名遂扁舟去，掉臂江湖掷锦袍。①

李之亮、徐正英先生考证此诗作于皇祐五年韩琦受命知并州时，与史相契。皇祐五年正月(1053)，"知定州韩琦为武康节度使、知并州"②，知成德军宋祁接替韩琦出知定州。由诗题《次韵答留台春卿侍郎以加节见寄二首》来看，可知此诗是韩琦针对吴育(字春卿)祝贺加节的答诗。收到加节诏命，韩琦于定州任上两奏《辞免武康军节度使表》，一云"塞防之责，既念重而难辞；旄钺之来，岂无劳之可受"③，一云"俾仍率领之权，且观来效；亟寝节旄之授，以待劳臣"④。理由不外乎治边无功，身体衰颓，尸位素餐。直到上奏谢表之时，韩琦仍有"日有百忧，官无寸效"的愧意。这种恩深报浅之情，亦见于此诗。帅并之前，韩琦镇守定州已五年，开篇遂有"一落粗官伍哙曹"之语。"建牙"两句继承了辞表与谢表的愧意，倾吐了皇恩浩荡

① (宋)韩琦撰，李之亮、徐正英笺注：《安阳集编年笺注》卷7《次韵答留台春卿侍郎以加节见寄二首》其一，巴蜀书社2000年，第274页。
② 《长编》卷174皇祐五年正月壬戌，第4194页。
③ (宋)韩琦撰，李之亮、徐正英笺注：《安阳集编年笺注》卷26《辞免武康军节度使表》，巴蜀书社2000年，第851页。
④ (宋)韩琦撰，李之亮、徐正英笺注：《安阳集编年笺注》卷26《辞免武康军节度使第二表》，巴蜀书社2000年，第853页。

而御边无功的苦闷，贤臣良帅的精神品格一目了然。在诗人看来，尽管自己未有寸功，有负皇恩，但是，卫边士卒却无不赴汤蹈火，奋力御敌。多年来的戎马倥偬已令诗人过早衰病，其二中的“病虎厌风”绝非夸饰，而是真实的心声流露。此次加节帅边，清静已不可图，扁舟泛湖、远离喧嚣只能成为诗人遥想，可望而不可即，愈发缥缈无期。韩琦绝非畏难避事之辈，到任并州，即作《并州谢上表》，其中“非有将略可以摧狄心，吏术可以救民瘼”[①]可见其忧国恤民的高尚品格。这种深情大爱正是年老加节、不得脱身的重要原因。

这种爱国深情，在《次韵答致政杜公以加节见寄》中亦可见一斑：

西北连忧寄责深，十年回首失光阴。丹心报国期输尽，白日当天荷照临。赐钺何劳诚腼面，扞边虽久即甘心。孤根只有衰危甚，不得终身被傅霖。[②]

同样是答谢加节贺诗，叙说恩深报浅，此诗却追忆至更加久远的康定、庆历年间。那时的韩琦真实体验了临危受命，寄责深重。康定、庆历间，宋夏频繁交战，因为“论西师形势甚悉”[③]，韩琦于康定元年受命安抚陕西。时过境迁，瞬息万变，唯一不变的是诗人的铁血丹心。心迹已明，诗人再次表达了“赐钺”加节的惶恐，继而表态甘愿久戍边陲。最令人称道的是，诗人巧妙融合了杜衍致仕的主题，揭示出贤老致政而后继孤危的事实，满足了说者与听者的双重需要，亦可管窥杜、韩二人的深厚交谊。这种“孤根”心态，绝不是逢迎讨好，而是清晰的治边认知。皇祐年间知定州时，诗

① （宋）韩琦撰，李之亮、徐正英笺注：《安阳集编年笺注》卷26《并州谢上表》，巴蜀书社2000年，第857页。
② （宋）韩琦撰，李之亮、徐正英笺注：《安阳集编年笺注》卷7《次韵答致政杜公以加节见寄》，巴蜀书社2000年，第273页。
③ （明）陈邦瞻：《宋史纪事本末》卷30《夏元昊拒命》，中华书局2015年，第257页。

人亦有“报国心诚虽慷慨，背时踪迹极孤危”之叹，便是对十年前的好水川之败的追忆与反思。

边防安定不是简单的兵戎相见、武力角逐，其背后牵涉到经济支持、民族政策、边臣择任、民心向背等诸多问题，极其纷繁庞杂。对于这一点，而立之年的韩琦在镇守陕西之初已经认识深刻。为了彻底纠治御边不力，韩琦在陕西躬亲实践，颇著声绩。一是，使陕西产铁铸钱相得益彰；二是，不以成败论列边臣，为民请命乞留范雍；三是，令经略判官参与都部署司公务，提高二司的行政效能。十年后的《并州谢上表》中，韩琦仍有对当时边策的回忆与总结。

观《安阳集》，这种恩深报浅的自省尤多，并多呈现于与致政杜公的书信往来。除了上述二诗，另有“常山画野直天街，寄重如何付不才”，“丘山莫副推恩重，铢两唯忧效死轻”，均是这种报国情深的流露。除却二宋与韩琦，文彦博、刘敞、晁说之亦有恩深报浅的忧虑与苦恼。“虽受深恩辞北阙，拟将何术抚西人”，是判永兴军文彦博对西北边事的思考，对深恩难报的愧疚；“一尺握中策，无由奉深眷”，是使北使刘敞对折冲樽俎的渴求，对才轻任重的担忧；晁说之“谁能图战阵，枉是著朝衣”，则表达了恨为文儒、壮志未酬的遗憾。在这些力不胜任、知恩必报的传达中，北宋士子深沉理性、一力担当的精神面貌分外鲜明。

另外，北宋边塞诗中有不少僧侣作品，僧侣成为弘扬报国的新成员。释契嵩与释智圆均作边塞诗，表达了捐躯报国的人生志向。在《感遇九首》其四中，释契嵩歌颂了骁勇善战、迎难而上的将军与壮士。同时又指出“好武匪君心，用兵不得已”[①]，流露出僧侣的良善与宽容。即便如此，对“志在报君恩，岂为黄金死”的价值判断，作者依然推崇备至。同样是歌颂英雄，释智圆亦高度赞扬少年的报国情怀：

---

① （宋）释契嵩：《镡津文集》卷二十《感遇九首》其四，四部丛刊三编本。

> 儿奴屡背约，辱我汉天子。瞋目而语难，五陵年少子。举手提三尺，报国在一死。匹马立奇勋，壮哉傅介子。[①]

全诗从胡汉矛盾入手，斥责少数民族政权的违誓背盟。诗人站在道德的审判台上，将边衅全部归咎于对方，在弘扬爱国的同时也充斥着蔑视四邻的狭隘情绪。占据了道德的制高点，少年的出场不仅可以怒目审视，还能够发难斥责，于是策马扬鞭的英雄形象呼之欲出。内忧外患，寓目时艰，不仅士子，即使僧侣亦按捺不住，发为歌咏，表现了深沉的救世情怀。除了时事动荡等客观因素，主忧臣辱的君臣观与家国观也时刻催促着宋人冲锋陷阵，救世济民。

综上所述，从边患与民病的向度考察北宋边塞诗的情感，可知深重的忧患意识、热切的医国情怀是其抒情底色。在这种情绪的感染下，北宋边塞诗演绎出书写忧患、排忧纾患、爱民救国、感恩报德等多重主题。而当放眼至北宋与辽、夏等的民族关系中，掂量轻重、评估代价的竞逐与维稳之心则清晰可见。这种情感与判断在送人使辽诗与岁币评估中演绎充分，又在战和审视、文武思考中进一步深化，详见第四章所述。

---

① （宋）释智圆：《少年行》，《全宋诗》卷138，第1553页。

第四章

竞逐与维稳：北宋边塞诗的民族交流与战和认知

中国的边塞防御多伴随着汉民族与周边少数民族的战和竞逐日益消长并逐步完善，北宋与契丹、党项、吐蕃的周旋亦沿袭这一演进轨迹。结合北宋边塞诗的创作实际来看，出使契丹、送人使辽、澶渊之盟、岁币维和等问题不仅是北宋与周边民族的外交产物，也是北宋边塞诗时代精神的绝佳体现。本章立足于送人使辽诗，旨在从使途书写、民俗观照、外交应对、边防忧虑等角度全面揭示宋辽外交的生动与深刻。诗中反映的宋尊辽卑虽然有失客观，却从侧面揭示了北宋睦邻友好的诚意。讲信修睦的极致体现在澶渊之盟的订立，作为敦促亲征的关键人物，寇准为北宋边塞诗家交口称赞。失地难复的郁结好不容易在止戈和戎的英雄颂歌中得到开解，然而，“巨大”的岁币支付，外交的隐忍退让，又令宋人愤愤不平，这些单体压抑一经发酵便能晕染整个士林。于是，岁币带来的赋税反思与民力负担，便成了维和代价的深度考量。相较于宋辽交聘的制度化与规格化，宋夏外交的暴力色彩则较为鲜明，这种阴晴无定令北宋边塞诗的战和认知、尚武精神与文武思考均趋向纵深，呈现出前所未有的丰富性与深刻性。

第一节　宋辽交聘与送人使辽

目前，学界关于北宋送人使辽诗的研究，主要有以下成果。杨静《宋代送人使辽诗论略》一文从艰难与使命、融合与隐忍等角度概述了送人使辽诗的整体风貌，揭示其异于普通送别诗的独特意义，也是该领域较早的整体研究的成果。之后，个别学者致力于解读梅尧臣送人使辽诗的特色。张兴茂《梅尧臣送别诗研究》整理了梅氏送别对象的出使时间，并从使途、接待与乡思的角度论述其价值。涂序南《梅尧臣研究》将梅尧臣部分送人使辽诗置于“现实题材诗”这一视角进行研究，揭示了其诗的“民族自信心和自豪感”①。

北宋送人使辽诗中，有32首传递出清晰的安边与治夷意识，属于北宋边塞诗的观照范畴。② 遗憾的是，学界在研究出使诗时罕有将送人使辽诗作为出使前奏进行观照，而这些使辽在即、临行送别的存问叮咛，确实有着不可旁绕的研究价值。这些诗歌，包含了边疆稳定、华夷之辨、外交捭阖、边略调整等战略诉求与和平愿望，大大丰富了北宋边塞诗的研究视野。本节聚焦出使事件，以诗歌、诗人、使者为中心，以期揭示宋辽交聘背景下送人使辽诗的别样神采。

现存最早的送人使辽边塞诗，为送别谢绛而作。③ 景祐四年(1037)八月，知制诰谢绛为契丹生辰使，梅尧臣、欧阳修作诗相送，这时距离宋辽交聘建立已逾六十年。关于宋辽交聘的起始时间，宋辽史料记载不一。《辽史》记载保宁六年三月“宋遣使请和”，《长编》却记载契丹求和更切，先于

① 涂序南：《梅尧臣研究》，南京师范大学博士论文，2013年，第76页。

② 张兴茂在硕士论文《梅尧臣送别诗研究》中引用了杨静《宋代送人使辽诗论略》的说法，认为北宋送人使辽诗约有近30首，张氏特意指出其中梅尧臣的作品有17首，与笔者统计的梅尧臣18首略有出入，原因在于张氏未将《丁端公北使》一诗列入送人使辽诗的范畴，而从丁诩嘉祐四年贺契丹生辰与梅尧臣“出聘天王使”等诗意来看，此诗为送人使辽诗无疑。王辉斌《宋金元奉使诗探论》引用蒋祖怡、张涤云整理本《全辽诗话》的统计，指出送人使辽诗共有28首，其中梅尧臣15首、司马光3首、刘攽5首、苏轼3首，毕仲洲(“洲”为“游”之误)2首。笔者研读诸人诗集，统计出梅尧臣18首，苏轼2首，司马光4首，刘攽4首，欧阳修1首，刘敞1首，苏颂1首，秦观1首，孔武仲1首，毕仲游1首，共计34首。但是，苏轼2首送人使辽诗多谈宦游与离情，较少塞防关注，故不属于边塞诗范畴。因此，送人使辽诗之边塞诗一共32首。幸运的是，苏轼次韵使臣苏辙的2首与梅尧臣唱和使臣、迎接使归的2首，以及毕仲游唱和使臣1首，都是对使北事件的关注，流露出浓郁的边塞韵味，皆为边塞诗，故一并置于此节统观，共计37首。

③ 现存最早的送人使辽诗，为梅尧臣的《送谢舍人奉使北朝》与欧阳修的《送谢希深学士北使》。

开宝七年十一月致书修好，继于次年三月“奉书来聘”，于是北宋才于当年七月派遣郝崇信、吕端使辽。[①] 基于对史料记载、宋辽立场、交聘完善程度等诸多问题的认识差异，学界对宋辽交聘的起始时间亦各持己见，以下按照交聘时间的确立早晚依次论述。傅乐焕先生虽未表态，却暗示《辽史》记载的客观存在；[②]陶玉坤则以开宝八年三月“奉书来聘”为聘问开始；[③]聂崇岐先生以积极完备的宋方遣使为交聘依据，认为宋辽交聘始于开宝八年郝崇信、吕端使辽。[④] 对此，贾玉英提出了较为详尽细致的观点。她认为：“宋辽交聘制度开始磋商于 974 年三月，同年十一月制度确立，翌年正月正式实施。”[⑤]由上可知，开宝七年(974)，宋辽均有修好意愿，次年契丹遣使入宋“奉书来聘”，同年北宋遣使入辽，交聘遂立。澶渊之盟前，宋辽交聘已遵照一定程式，具备相应规模。从出使事由上来看，已有贺正旦、贺生辰、告哀、吊慰等名目，就接待仪制来看，又有了接伴使与送伴使。[⑥] 澶渊之盟后，宋辽交聘制度日趋完善，表现在使节名目日趋丰富，国书体例更加严格，管理更加完善，仪制亦更加细致、规范。[⑦]

送人使辽诗，送别 20 人，分别是生辰使谢绛、王举正、韩综、石昌言、刁景纯、吕冲之、李及之、唐介、丁诩、李绚，正旦使刘立之、马遵、王景彝、吴仲庶、祖无择、吕溱、刘奉世、范纯粹，吊慰使李君锡，祭奠使朱纯臣，以上诸人均为常使。[⑧] 另外还有王钦臣送伴辽使，林次中出使契丹却记载不

---

① 《长编》卷 15 开宝七年十一月甲午、《长编》卷 16 开宝八年三月己亥、《长编》卷 16 开宝八年七月庚辰。

② 傅乐焕：《辽史丛考》之《宋辽聘使表稿》，中华书局 1984 年，第 181 页。

③ 陶玉坤：《宋辽对峙中的使节往还》，《内蒙古大学学报》1999 年 2 期。

④ 聂崇岐：《宋史丛考》之《宋辽交聘考》，中华书局 1980 年，第 284 页。

⑤ 贾玉英：《宋辽交聘制度论略》，《中州学刊》2005 年 6 期，第 169 页。

⑥ 接伴使，开宝八年三月宋辽聘问之处，太祖已“诏阁门副使郝崇信至境上迓之。及至，馆于都亭驿”。由此可见，郝崇信应是第一位接伴辽使的宋臣。至于送伴使，太平兴国三年十月辽使归国，王侁负责送至宋辽边境，李焘指出送伴使由此发端。

⑦ 王凯：《宋使使辽仪研究》，吉林大学硕士论文，2012 年，第 6—7 页。

⑧ 贾玉英认为“正旦使”“生辰使”“告即位使”“贺登位使”“贺册礼使”“告哀使”“遗留使”“祭奠使”等使节名目均为了维护正常邦交，应视为“常使”。贾玉英：《宋辽交聘制度论略》，《中州学刊》2005 年 6 期。

详。在这32首诗歌中，有22首聚焦仁宗朝的七次出使事件。这七次出使，引起了诗坛的广泛关注，突出表现在多数诗人都会相送该次出使的全部使节，令主题更加清晰饱满。这22首诗(详见附表4-1-1)，分别送契丹生辰使韩综、吕景初、李及之、丁诩，契丹正旦使刘立之、吕溱、马遵、吴中复、祖无择，契丹国母生辰使李绚、石扬休、王鼎、唐介，契丹国母正旦使刁约、王畴，以及吊慰使李中师与祭奠使朱处约。除却韩综、刘立之、李绚、吕溱等四人，其余13人均为嘉祐年间的赴辽使臣，足见送别之密集。另外9首送人使辽诗，虽未如前述22首能一时关注多位使臣，却也有一人出使、多人相送的盛况，如王钦臣使辽，刘攽与孔武仲以诗相送，谢绛使北，梅尧臣与欧阳修亦作诗话别。以上送人使辽诗，既有浅层的环境书写与民俗观照，又有深层的边防忧虑与民族思考，折射出北宋诗家对边防形势的判断与国家措置的深思。

表4-1-1 聚焦七次出使的送人使辽诗统计表

诗人	诗作	使者身份	事件	出处
梅尧臣	《送韩仲文奉使》	契丹生辰使韩综	韩综、刘立之等使辽	《长编》卷161庆历七年八月丙辰
梅尧臣	《送刘司勋奉使》	契丹正旦使刘立之	同上	同上
司马光	《送二同年使北·李公素》	契丹国母生辰使李绚	李绚、吕溱等使辽	《长编》卷167皇祐元年八月己卯
司马光	《送二同年使北·吕济叔》	契丹正旦使吕溱	同上	同上
刘攽	《吕舍人北使》	契丹正旦使吕溱	同上	同上
梅尧臣	《送石昌言舍人使匈奴》	契丹国母生辰使石扬休	石扬休、马遵、刁约等使辽	《长编》卷183嘉祐元年八月丙寅
梅尧臣	《送刁景纯学士使北》	契丹国母正旦使刁约	同上	同上
梅尧臣	《送马仲途司谏使北》	契丹正旦使马遵	同上	同上
梅尧臣	《送吕冲之司谏使北》	契丹生辰使吕景初	吕景初、王畴、吴中复等使辽	《长编》卷186嘉祐二年八月己巳

续　表

诗　人	诗　　作	使者身份	事　　件	出　　处
梅尧臣	《送王景彝学士使虏》	契丹国母正旦使王畴	同上	同上
梅尧臣	《送吴仲庶殿院使北》	契丹正旦使吴中复	同上	同上
梅尧臣	《送李君锡学士使契丹吊慰》	吊慰使李中师	李中师、朱处约等使辽	《长编》卷 187 嘉祐三年正月己亥
梅尧臣	《送朱纯臣端公使契丹奠祭》	祭奠使朱处约	同上	同上
梅尧臣	《送李学士公达北使》	契丹生辰使李及之	李及之、祖无择、王鼎等使辽	《长编》卷 187 嘉祐三年八月辛亥
司马光	《送李学士使北》	契丹生辰使李及之	同上	同上
梅尧臣	《送祖择之学士北使》	契丹正旦使祖无择	同上	同上
梅尧臣	《重送祖择之北使》	契丹正旦使祖无择	同上	同上
苏颂	《送祖择之少卿学士出疆》	契丹正旦使祖无择	同上	同上
刘敞	《送祖学士使北》	契丹正旦使祖无择	同上	同上
梅尧臣	《送王省副宝臣北使》	契丹国母生辰使王鼎	同上	同上
梅尧臣	《送唐待制子方北使》	契丹国母生辰使唐介	唐介、丁诩、沈遘等使辽	《长编》卷 190 嘉祐四年八月乙酉
梅尧臣	《丁端公北使》	契丹生辰使丁诩	同上	同上

一、犯雪貂裘重　冲风锦绶轻——出使艰辛与思乡之苦

送人使辽诗有大量对出使艰辛的描述，并多借助北地荒寒烘托彰显，如梅尧臣笔下的“朔北正苦寒，风汝与雪飘”，“驰鸣沙碛遥，马倦朔雪零”，“貂裘不见风霜劲，雁碛遥知道路艰”，“天寒将遇碛中雪，鼻息暗添髭上冰”，“风卷黄云无远近，山留白雪犹枯荄”，“胡沙九月草已枯，草上霜花如五铢。白裘貂帽著不暖，莽莽黄尘车款款”。这些诗句，或渲染天寒地冻、

风雪飘摇，或彰显风沙弥漫、道路险阻，将出使的艰辛与困疲展现得淋漓尽致。在《送谢舍人奉使北朝》中，梅尧臣这样描述了使辽场景：

汉使下西清，胡人拥道迎。寒笳随宿堡，卫甲出孤城。犯雪貂裘重，冲风锦绶轻。山川辞国远，车骑踏沙行。授馆毡为幄，供庖酪和羹。戎王拜天赐，虏帅伏名卿。紫塞千烽静，黄云万里平。甘泉归奏日，重见凤池荣。[①]

谢舍人即谢绛，字希深。据《长编》记载，谢绛分别于景祐元年（1034）与景祐四年（1037）两次授任契丹生辰使。第一次谢绛因父疾请辞，由杨偕代替，第二次才真正完成了使辽重任。[②] 朱东润先生考证此诗作于景祐四年，其说甚谛。根据《长编》勾稽谢绛行实，再结合欧阳修所作《送谢希深学士北使》，可知此二诗均作于谢绛第二次真正出使之时，即景祐四年。原因如下。其一，谢氏第一次任命使辽在景祐元年八月，十月即推辞改任，欧阳修及梅尧臣绝不会在此事作罢后不久仍作诗相送。其二，就文忠公与梅圣俞的这两首送人使辽诗之体裁与行文来看，二诗同作于景祐四年的概率更大：首先，二诗均为五古，均以“汉使”切入使北事宜，中间部分构想持节跋涉与异域风情；其次，意象方面，二诗均选择“宿堡”“孤城”“亭障”等防御工事表现关山迢递；结尾处，二诗都是先描绘边塞景致继而传递北归期盼，一用“归奏日”，一用“使南还”。其三，梅尧臣与欧阳修交谊极为深厚，[③]自天

① （宋）梅尧臣著，朱东润编年校注：《梅尧臣集编年校注》卷7《送谢舍人奉使北朝》，上海古籍出版社1980年，第108页。

② 见《长编》卷115景祐元年八月壬申、景祐元年十月癸未，《长编》卷120景祐四年八月丙子。

③ 关于欧阳修与梅尧臣的交谊，学界有以下研究成果：张仲谋《梅尧臣、欧阳修交谊考辨》、陈公望《梅尧臣与欧阳修》、马中军《北宋西京幕府中的梅尧臣与欧阳修》、陈安梅《从〈六一诗话〉看欧阳修和梅尧臣》、邱瑰华《欧阳修与梅尧臣交游系年》、黄桃红《欧阳修与梅尧臣的真挚情谊》以及硕士学位论文《欧阳修交游考》。《闻见后录》记载曾仲成言：“圣俞谓苏子美：永叔要作韩退之，强我作孟郊。”此说问世以来，上述成果或关注到“欧梅比韩孟”的交谊一面，却仍留下了较大的研究空间，业师撰《自以欧梅比韩孟——韩孟、欧梅并称之文化内涵探论》一文，专力探讨欧、梅的道义相交、砥砺名节，推动了学界对这一问题的认识。

圣九年(1031)二人供职于西京钱惟演幕下，直至嘉祐五年(1060)梅尧臣病逝，二人友情维持长达三十年，况且谢绛不仅与圣俞有姻亲，早年亦与欧、梅同为钱氏西京幕府的文学中坚，这样的深情厚谊为二人同时送别谢绛提供了极大的可能性。

为了消解出使之苦与思乡之情，圣俞专意在首四句写出了契丹的热情友好与宋使的出使气度，又在尾四句以沉烽静柝表彰其出使之功，继以酬功面圣激励其慷慨前行。开篇直陈“胡人拥道”，一是借契丹热情衬托北宋天威，满足爱国之情，二是消除谢绛的出使疑虑，尽其亲友之道。毕竟宋人对使辽艰辛的认识根深蒂固，推辞使辽的宋臣亦不在少数，①谢绛又是圣俞妻兄，于情于理圣俞都应作此宽慰与开释。“犯雪”以下四句，借助犯寒涉险突显出使艰辛。为了应对冰雪严寒，宋使不得不锦帽貂裘，全副武装。即便如此，行进仍有貂裘遇雪而重、绶带难敌狂风的尴尬与不便。加上远离故国，背井离乡，更令使臣有长路漫漫、邻邦难抵的焦虑。同样送别谢绛，欧阳修作“山河持节远”②传递出关山迢递、鞭长驾远的跋涉之苦。这时欧阳修虽尚未出使，却也可以想象出使辽的艰难险阻。

后来有了使辽经历的欧阳修与苏颂，也都详细记录了出使的险恶。欧阳修以“啮雪饮冰”、寒风肆虐记录了北上的人困马疲，苏颂以风沙蔽日、霜雪侵逼揭示风雪无情。至于道路险阻，欧阳修以“日暮途远千山横”表现长路漫漫、辽境难抵，苏颂则以“山路尽陂陁”表现道路崎岖、步履维艰。正是基于使辽艰辛的切身体验，欧阳修才发出了“无事何须勤远征”的肺腑感叹。对此，元祐四年使辽的苏辙，有着更加深刻的认识。出使之前，苏辙已作“千里使胡须百日”夸饰其苦，抵触情绪可见一斑。使辽途中，诗人既致力于描绘“中途冰塞川”“雪花铺草不曾消”“沙场雪重欲无

---

① 韩利琴《北宋赴辽使节“辞不行”现象初探》一文统计宋人拒绝出使约有15次，或以祖辈与辽冲突、身体欠佳为由，或干脆不说原因，一味辞行。

② (宋)欧阳修著，李逸安点校：《欧阳修全集》卷10《送谢希深学士北使》，中华书局2001年，第161页。

春”的冰封雪盖，又忍不住感慨“乱山环合疑无路”的跋涉艰辛，尤其是在伤足之后，竟传递出“不知避险碍，造次逢颠危”的懊悔之意。苏辙在少年时代就对使北之苦有所耳闻，却仍然抱着躬行查验的心态一探究竟，直到伤夷折衄才深加反省，后悔不迭。此处，我们无须对诸位宋使求全责备，毕竟千里使北的确是荆棘满布、崎岖不平，而其忐忑之意正体现了人性之常。与苏辙相仿，嘉祐四年抵达雄州的沈遘，也产生了“边城尊酒虽云乐，闻说腥膻更惨然”的疑虑与担忧。按照北宋外交仪制，使臣遇于道不得交谈，因此，沈遘无法向使北归来的唐介确证抵辽之后的任何信息，只能在歧路他乡中进一步体味踽踽独行，并心事重重地迈向征程。在此，我们不必苛责使臣的忧惧之深，比起借口辞行的许多士人，他们已是勇敢的践行者。当然，回想那些临危受命、挺身而出的外交家，我们更应该心怀敬意，不吝赞美。①

除了环境恶劣、路途遥远等客观因素，远离故国、背井离乡是宋人排斥使北的心理因素。司马光送别李及之作“边声不可听，归思浩无穷”，梅尧臣送别吴仲庶而有“定见南鸿起归思，家书欲寄不堪凭”，无不是对使者乡思的慰藉与排解。在使辽诗中，使臣的这种真情流露更是不在少数。欧阳修的《奉使道中作三首》，从“执手意迟迟”的依依不舍到“客梦方在家”的情不自禁，都传递出使辽的思乡之切。好在诗人深知出使寄责深重、任重道远，因此时刻提醒自己“为客莫思家”“少贪梦里思家乐”。可是，这种压制与疏导，却将诗人的情志走向暴露得更加清晰。与欧阳修同于至和二年（1055）使辽的刘敞也创作了大量的怀乡之作，“万古关山月，

① 富弼一生两次使北，两次接伴辽使，是宋辽外交的关键人物。庆历二年，辽趁宋夏激战，索要关南。富弼受吕夷简恶意推荐，任回谢契丹国信使，从欧阳修“引颜真卿使李希烈事”的极力挽留来看，当时的宋辽关系十分紧张，使北的艰辛与莫测绝非夸虚。这一年，富弼在五个月内两次使北。六月，宋辽正式进入谈判，辽谈判辽坚持割地。七月，富弼再使契丹，八月抵达辽境，宋辽达成增币、不割地的协议。两次使北，富弼不卑不亢，义正辞严，代表了北宋的大国气象。两次返国，富弼均力辞宋廷迁任，第一次辞吏部郎中、枢密直学士，第二次辞翰林学士。据《宋史·富弼传》记载，两次使北，富弼家中均有大事发生，“始受命，闻一女卒；再命，闻一子生，皆不顾”。

遥怜此夜看”将《关山月》的思乡传统与杜甫《月夜》的心系妻小积极衔接，“悠悠乡国别，明日便经年”则坦言使辽远途中的辞旧迎新与北风之恋。至思乡岭，诗人又作“惟记长安白日边”表达身处异邦、故土难离的深情。这种魂牵梦绕亦可在四年前途经此处的王珪诗中找到答案，“归心常与雁南征”便是当时的思归写照。同样论及思乡岭，苏辙一洗旅思乡愁之故态，显现出明朝对饮、宋辽分疆的豪迈与豁达。除了思乡念亲，刘敞还向“后予数日使北”的好友欧阳修表达了爱贤念旧之情。“平生慕俦侣，宿昔异乡县”夹杂着独为异乡客、同使不同行的遗憾与渴望，更烘托出使臣的精神苦闷。对此，苏辙却能聊以自慰，“笑语相从正四人，不须嗟叹久离群”颇见其心满意足、怡然自得。由此可见，送人使辽诗中的乡愁排解的确是基于使辽思归的积极回应，只不过被苦寒、跋涉等主题弱化，却又被使臣营造得饱满而强烈。毕竟他们亲身涉险，久客思归，最有发言权。

二、授馆毡为幄　供庖酪和羹——民俗彰显与文化交流

书写出使艰辛作为送人使辽诗的序曲，揭开了送人使辽的消极一面。为了冲淡使者的畏惧情绪，诗人常常在送别中构想宋使的备受礼遇与契丹的热情好客。北地民俗成为搭建这一环节的重要媒介，具体包括游牧、田猎、饮食、住宿、服饰、语言等。

首先，送人使辽诗揭示了契丹异于中原的生产方式。契丹地界广袤，适宜畜牧，民风剽悍，长于作战。在送人使辽诗中，宋人对契丹的游牧与田猎备受关注。梅尧臣的“陇上牛羊冲密霰”指出了契丹牛羊成群的畜牧盛况，“行逢猎骑合”则指出了契丹骑射善战的尚武传统。大中祥符五年(1012)，王曾奉命贺辽圣宗生辰，便有了对辽境的如下描述：“时见畜牧牛、马、橐驼，尤多青羊、黄豕，亦有挈车帐，逐水草射猎。”①契丹“转徙随

① (宋)王曾：《王沂公行程录》，见赵永春辑注：《奉使辽金行程录(增订本)》，商务印书馆2017年，第27页。以下宋人行程录，除沈括《熙宁使虏图》外，均出自《奉使辽金行程录(增订本)》。

时，车马为家”，除了认识马匹在其经济生活中的重要地位，宋人更侧重传达马匹在宋辽交聘中礼尚往来的积极意义。元丰七年（1084），范纯粹为契丹正旦使，毕仲游作诗相送，其“年年蕃马输汉地”便道出了契丹战马对于北宋的供输意义。梅尧臣“名马北方至，宾鸿南国来”亦强调了辽宋两国马匹贡赐与使臣外交等密切往来，“单于不敢轻中国，名马新调为送还”更是自信满满地预言契丹必为宋廷天威折服，厚遇宋使，赠送名马。

就宋辽交聘来看，“宋致辽的礼物以金银器为大宗，辽致宋的礼物以马具为特色”①。据《契丹国志》记载，辽向北宋大批赠马多在贺宋帝生辰与贺正旦，且前者的赠予力度大于后者，一般贺宋帝生辰时“御马六匹，散马二百匹”，贺正旦则“鞍勒马二匹，散马一百匹”②。当然，有时也会超过这个数字。例如，孙仅于景德二年贺契丹国母生辰，辽朝贶马五百余匹。③除了贡赐宋廷，辽朝还向使臣赠马示好。大中祥符元年（1008），路振贺辽主生辰，参加南园宴射时，辽主“赠汉使中的者马五匹、彩二十段、弓一、矢十”④，负责伴宴的耶律英另外赠马二匹，并有维系通好、铭记其名的美好祝愿。两日后在武功殿辞别辽主时，路振与从使又得到了鞍马、弓矢等赏赐。除此之外，宋辽交好时，辽朝还会将战利品相赠，马匹是重要组成部分，庆历五年的“马三百匹、羊二万口”⑤便是西征所获。由此可见，宋辽双方以马为中心展开了物资补给与礼品馈赠等交往模式，这对于彼此加深了解、回信互惠意义重大。

其次，送人使辽诗揭示了饮食、住宿等生活习惯的巨大差异。“朝供酪粥冰生碗，夜卧毡庐月照沙”是宋人对契丹食宿的整体印象，梅尧臣作

---

① 张鹏：《宋辽交聘中的“走出去”与“软实力”——以宋辽交聘中的礼物往还为中心》，《美术研究》2013 年 2 期，第 61 页。

② （宋）叶隆礼撰，贾敬颜、林荣贵点校：《契丹国志》卷 21《契丹贺宋朝生日礼物》，上海古籍出版社 1985 年，第 201 页。

③ 见《长编》卷 59 景德二年二月癸卯。

④ （宋）路振：《乘轺录》，第 20 页。

⑤ 《长编》卷 157 庆历五年十月乙卯，第 3802 页。

此语，意在提醒千里使北的刁景纯做好心理准备，适应宋辽生活方式的巨大差异。契丹畜牧经济发达，农耕基础比较薄弱，所以，辽人饮食以乳制品与肉类为主，又因天气寒冷，所以常常以酒佐肉。在现存的32首送人使辽诗中，有11首谈到了契丹饮食，乳酪、肉食与酒是其核心词汇。“人仰湩酪”[①]是辽人的饮食习俗，招待贵宾，乳酪制成的粥羹必不可少。送别谢绛时，梅尧臣已作“供庖酪和羹”描绘了异于中原的契丹风味。送别李公达与吕景初时，梅尧臣又以“食饮羊兼酪”与“羊酪调羹尊汉使”描绘了契丹以酪佐餐的饮食特色。对于这一点，刘攽与毕仲游亦深有体会并反映到诗文中。前者以“夷羞珍湩酪”映衬胡舞的喧腾热烈，后者以“馈客往来随酪粥”烘托前旌矗立的出使威仪，为读者揭示了礼乐、仪制等宴饮之外的重要信息。

结合宋人的使辽记录来看，北宋诗人对契丹饮食习俗的描述绝不是凭空捏造，而是忠于事实，有理有据。大中祥符五年(1012)，王曾奉命祝贺辽主生辰。越过古北口，进入契丹境内，跃入王曾眼帘的除了成群结队的牛羊和寥寥可数的耕地，便是契丹“食止麋粥、粆糒”[②]，迥异于宋廷的饮食方式。糜粥，贾敬颜与赵永春均以为“麋”乃“糜”之误，糜粥即肉粥，粆糒即炒米、炒面。相较白粥，肉粥可以提供更多的能量，御寒充饥的效果更佳。而粆糒则耐存易携，不仅深受契丹牧民喜爱，还是契丹士兵的重要军粮。从“息马饮水粆”[③]的记载来看，这种炒面还可以冲饮，解渴充饥。《胡峤陷虏记》曾记载契丹遣人驾驭良马“穷其所见”，而这些肩负重任的探员携带的也是一种炒面，名曰“干炒”，结合宋使的契丹宴饮更能说明问题。大中祥符元年(1008)，路振使辽，赴宴燕京副留守府第时，他先后品尝了酪糜、濡肉与腊肉等各种食物。从“遍割诸肉，以啖汉使”[④]来看，路振

① (元)脱脱：《辽史》卷59《食货上》，中华书局1974年，第923页。
② (宋)王曾：《王沂公行程录》，第27页。
③ (元)脱脱：《辽史》卷34《兵卫上》，中华书局1974年，第399页。
④ (宋)路振：《乘轺录》，第15页。

的确受到了契丹的热情招待。而从契丹肉食必须“割之令方正”的要求来看，其饮食之所以逐渐考究精良，显然是受到了中原“肉割不正不食”的影响。对待使臣尚且如此礼遇，侍奉宋帝则更是精益求精，不敢怠慢。祝贺宋真宗生辰，契丹甚至“遣庖人持本国异味，前一日就禁中造食以进御”[①]，从侍奉真宗的恭谨来看，辽国对澶渊之盟的维和之功十分推许。

除了乳酪、肉类，酒是款宴宋使必不可少的特殊饮品，担负着增进宋辽友谊的催化重任。对于北人而言，“人情似酒一般深”[②]。进入辽境至抵达受礼处前，辽国接待宋使的仪式主要有边境见面仪与沿途酒宴仪，相比于前者的严谨而肃静，后者热闹而喧嚷，主要包括辽主赐宴、辽臣款宴与接伴使宴请等三种类型。抵达受礼处之后，宋使还要出席入见朝辞赐宴与朝贺酒宴等各种酒宴。宋人在送人使辽诗中提到的酒宴，主要产生于以上环节。事实上，在送人使辽诗中，饮酒仅仅提供了少量的白饭青刍、招呼周到的宴饮信息。“玉爵亲献酬，名裘进狐貂”一面描写宋使在酒宴中受到的礼敬与款待，同时又指出辽主对宋使赐予慷慨。“羊酪调羹尊汉使，毡堂举酒见阏氏”一面强调了辽人对宋使的礼遇，另一方面又指出宋使能够亲见辽后，着实令人艳羡。这些诗句分别是梅尧臣送别韩综与吕景初时，为之壮行颂歌而作的。相较诗歌中的一言以蔽之，宋人行程录中的记载则详细许多。据《乘轺录》记载，路振虽未能亲睹契丹皇后之芳容，却见到了母仪天下的辽朝太后。时值辽主生辰，契丹国母凤冠貂裘，光鲜富丽，生辰酒仪亦十分繁复。先是国母接受辽主敬拜，继而汉使与诸王、蕃官先后敬辽主，最后才是国母“三劝汉使酒，酌以大玉斝”[③]。如此几轮下来，才开始进食。在《神宗皇帝即位使辽语录》中，陈襄记载契丹接伴、

① （宋）叶隆礼撰，贾敬颜、林荣贵点校：《契丹国志》卷21《契丹贺宋朝生日礼物》，上海古籍出版社1985年，第201页。《长编》卷61景德二年十二月己卯，第1376页。

② 彭汝砺在《望云岭饮酒》中写道：“班荆解马面遥岑，北劝南酬喜倍寻。天色与人相似好，人情似酒一般深。”自注曰：“接伴侍制举酒云：人情似酒一般深。”可见，这是辽朝接伴使对宋使的敬酒语。

③ （宋）路振：《乘轺录》，第20页。

送伴宋使更加细致。接伴途中，陈襄等至北亭、新城县驿、燕京、中京，辽主均有问劳与酒果宴飨。与馆伴使副见面以后，又在中路馆、顿城馆赐宴、问劳。送伴使臣，再于腰馆、涿州馆设宴送别。除了辽主赐宴，大量地方官对行经此处的宋使也都热情款待，使辽的陈襄便受到了易州、涿州、燕京、顺州、檀州、中京等地方官员的酒盏慰劳。此外，接(送)伴使副与宋使亦有频繁的宴请往来。如此豪饮，令宋臣倍感力不能胜，以致宝元二年使辽①归来的韩琦有"礼烦偏苦元正拜，户大犹轻永寿杯"的感慨。韩琦自注"虏廷元日拜礼最烦"，表达了对契丹正旦、生辰等节庆礼数繁缛、饮酒无度的不满。正是基于这种饮食习惯的差异认知，梅尧臣才有了"冰脍芥齑非楚味"的同情与理解。因此纵使契丹热情好客，圣俞还是担心使臣不习惯膻腥饮食而心生厌恶，于是一面以"饮食杯盂暂厌膻"关怀慰藉，一面以"天声畅无外，不必关塞斥"揄扬其行，高度认可使臣四两拨千斤、化干戈为玉帛的安边之力。

值得注意的是，我们在承认宋辽巨大习俗差异的同时，也要看到辽人豪饮的客观一面，这在送人使辽诗中有所体现。多数情况下，饮酒常常与天气寒冷相互依存。梅尧臣的"每食冰生盘，欲饮酒冻榼"虽夸饰了欲饮不能的尴尬，却也与司马光的"酒薄阴山雪"，刘攽的"马酒御寒朝伴冻""冰生湩酪酒初醒"，孔武仲的"古驿玻璃晨暖酒"等诗句共同验证了北地饮酒的驱寒诉求，从侧面反映了辽人豪饮的必然性。因此，对韩琦抱怨的契丹生辰、正旦礼仪中的繁琐与豪饮，今人应该抱着同情之理解的态度去肯定辽国"酒五行""拜五番"学习中原的进步意义，理解其大快朵颐、开怀畅饮背后的气候原因。当然，站在不胜杯勺的宋使角度来看，对于辽人的劝酒诸礼，的确有着却之不恭的被动与无奈。由此看来，宋人畏惧使辽，除了路遥与苦寒，亦与难以适应北地习俗密切相关。

① 韩琦被任命为契丹正旦使是在宝元元年八月，抵辽相贺是在次年正月。见《长编》卷122宝元元年八月丙子与《辽史》卷18《兴宗纪》。

毡房与穹庐是与契丹游牧方式相适应的居住选择，可以满足其逐水草而居的迁徙生活。宋人数次将这种独特的居住方式写入诗歌，大约与以下场景密切系联。一是与骑射传统、畜牧生活密切系联，如梅尧臣的“宿造毡庐开，行逢猎骑合”，“陇上牛羊冲密霰，帐前徒御立酸风”。二是将其视为宴饮活动的发生场域，突出其异域色彩，如梅尧臣“授馆毡为幄，供庖酪和羹”，“羊酪调羹尊汉使，毡堂举酒见阏氏”。至于“行行至穹庐，尊我不敢器”，虽然同样是下文中敬酒、赐物的前提，却侧重突显使途之遥与尊宋之至，与后面的“玉爵进酒”与“名裘进貂”前后呼应。三是突显北地住宿与战斗的艰苦卓绝，毕仲游送别范纯粹作“桑干[①]地寒毡作屋，冰霜满野飞鸿鹄……边风吹雪罨毡城，毡城在处为屯营”。寒风侵逼，大雪弥漫，鸿雁逆雪飞翔，毡房屹立塞外，辽人就是在这样艰苦的条件下戍守边防、保家卫国。与毕仲游书写艰苦、萌生敬意不同，梅尧臣则沉浸在礼遇的漩涡中不停打转，“将迎走毡骑，卫从罗金铠”将北宋使辽的皇家气象颂扬到底。至于辽人“以毡骑为帷床，驰射为糇粮”[②]的戎马倥偬，早已被圣俞的大国自信弱化。

再次，送人使辽诗揭示了相貌、服饰、语言等文化层面的巨大差异。送人使辽诗两次提到了辽人相貌：一次是梅尧臣送别朱处约，作“哀缠碧眼魄谁招”，此处以碧眼代指辽人，所言招魂是指嘉祐三年(1058)契丹国母丧，朱处约身为祭奠使，必然要祭奠存问，传递关怀；另一次是毕仲游送别范纯粹，作“铁面蕃儿皆拭目”表达辽人迎接范氏的欢欣鼓舞与热情期待，而铁面则是形容辽人皮肤黝黑，异于宋人。其实，关于辽人的面色暗沉，除了游牧草原、风吹日晒的摧残，还与其本身的审美趣味密不可分。彭汝砺使辽，见了涂黄的契丹妇女，初以为是感染瘴疠，验证之后方知为北朝风尚，于是作诗自嘲：

---

① 桑干河，即卢沟河，今河北境内永定河。

② (梁) 萧子显：《南齐书》卷47《王融传》，中华书局1972年，第819页。

有女夭夭称细娘，真珠络髻面涂黄。
南人见怪疑为瘴，墨吏矜夸是佛装。[①]

这种令宋人难以接受的涂黄之风，从侧面彰显了辽宋审美的巨大差异。当然，涂黄并不具有普遍性，“幽燕妇女白如脂”也是宋使常能见到的北地风情。

除了天生的相貌与后天的妆容，北人的日常服饰也成为诗家关注的焦点。救寒莫如重裘，辽境荒寒，北人不得不“皮毛以衣”，“貂裘”因故频频跃入诗家视野。北寒难御、貂裘不暖是送人使辽诗的核心思想。除了司马光作“裘寒易水风”，其余四首均出自圣俞之手，分别是“犯雪貂裘重”“貂裘不见风霜劲”“白裘貂帽著不暖”与“地寒狐腋著不暖”。矛盾的是，诗人一方面夸饰貂裘不暖，另一方面又对宋使百般叮咛，务必衣裘。“紫鼠皮裘从去著，飞龙厩马借来乘”是梅尧臣盼望正旦使吴中复万事俱备，出使无虞。“金玦装成宝刀利，银鞍半露貂裘燠”是毕仲游为正旦使范纯粹勾勒的横戈跃马的出使英姿，锦帽貂裘，金玦宝刀，彰显了北宋的雍容气度。倘若出使归来，宋使则要改易轻裘，“归来易轻裘”便是梅尧臣对祖择之宽衣轻裘、延英赐对的期待与展望。

左衽是契丹服饰的显著特色，梅尧臣常以之代指北人。“俗与华人似，言从左衽通”与“左衽通华语，名王接右贤”都表明了北人渐染汉风，渐习汉语。至于“衣裘衽领无嫌左，饮食杯盂暂厌膻”，则是劝勉宋臣切勿计较南北差异、妨害交聘。熙宁八年(1075)，沈括使辽，曾记录此事：“山之南乃幽蓟八州，衣冠、语言皆其故俗，惟男子靴足幅斤而垂其带，女子连裳，异于中国。”[②]这时，幽燕落入契丹已逾百年，其民不仅华音未改，甚至连服饰、民俗都变化不大。这既体现了百姓的文化坚守，又表现了宋人对

① (宋)彭汝砺：《鄱阳集》卷12《妇人面涂黄，而吏告以为瘴疾，问，云谓佛妆也》，《文渊阁四库全书》第1101册，第319页。

② 王民信：《沈括熙宁使虏图抄笺证》，台北学海出版社1976年，第197页。

夷难变华的欣慰与信念。当然,这只是幽燕失地的文化特色,旧有辽地的正统北人还是很难与汉使正常交流,这时翻译的作用便显得至关重要。圣俞诗多次提到译者,"问译华言答"陈述了译者重要的媒介作用,"译言揉耳不讥弹"则劝诫石昌言切勿对译文吹毛求疵,贻误好合。"虏人多窃朝廷礼,译者交传应对辞"则对辽朝习汉、传译自如心生厌恶,一个"窃"字暴露了宋人文化本位的自觉与提防对手的警惕。

三、戎王拜天赐　虏帅伏名卿——大国自信与华夷之辨

送人使辽诗传递出浓厚的大国自信,这种大国自信通常借助以下方式体现:一是站在北宋的角度强调宋廷的宣抚之力,二是站在辽朝的角度强调北地的感恩戴德。梅尧臣的"当宣汉恩德,便使胡欣戴"便是对这两种态度的提炼总结,暴露了宋人以偏概全、有失公允的论事态度。

一方面,诗人极力彰显北宋的恢廓大度,仁义睦邻。刘敞"汉廷用五饵,无复请长缨",指出了北宋御辽的战略转向,即弃武用文,怀柔笼络。刘攽"汉德舟车万里通,赤心持节复平戎",强调了出使契丹的遥远与睦邻友好的诚意。苏颂"万里光华宣使指,百年恩信浃殊邻",高度评价了北宋止戈和戎的战略抉择,预设了宋辽长期休战的外交走向。梅尧臣的"汉朝重结单于好,岁遣名臣礼数增"与"已将厚礼施殊俗,更录专辞入本朝",一方面承认了澶渊之盟后宋辽重修旧好,交聘趋于常态,另一方面又从遣使与馈赠的角度揭示了北宋对辽朝的重视,这种重视确为党项可望而不可即。对出使之效、怀柔之功揄扬最甚者,当属梅尧臣与孔武仲。"见其酋长时,国礼何勤纳。中朝厚仁恩,四海望阊阖。乃知日月光,照必蛮夷匝"等数句,既包含了梅尧臣对祖择之觐见辽主的叮嘱关怀,又折射出他对恩结契丹、顺势而为的肯定与支持,并相信宋廷坚持含仁怀义,定能德泽夷狄。"圣策招怀万里戎,累年南向不弯弓。休论边使千金费,绝胜争城百战功"等数句,充分显示了孔武仲对和戎停战的推许,后两句更是直接标榜折冲樽俎远迈攻城略地。上述送人使辽诗,大多密切结合出使活动,体

现聘问的价值与意义。无论五饵与怀柔，抑或恩信与礼遇，都反映了宋人对宋辽友好的珍视与维系。这种讲仁修睦，在司马光的笔下变得十分高大尊贵、颐指气使：

华缨下玉除，天子宠匈奴。虽复夷风陋，犹知汉使殊。夜烽沉不举，秋柝寂无虞。何必燕然刻，苍生肝脑涂。[①]

皇祐元年(1049)八月，李绚与吕溱授命使辽，分任生辰使与正旦使，司马光作诗相送。此诗专送李绚，名为《送二同年使北·李公素》。所谓“二同年”则是指宝元元年状元吕溱、榜眼李绚，司马光亦于此年登进士甲科。此诗中，我们读出了司马光的大国自信。“华缨”代宋臣，“匈奴”指辽朝，一个“宠”字趾高气扬，掷地有声，信心十足地传递出宋廷对宋辽交聘发生、发展及其节奏的主宰与控制。在凸显了北宋对宋辽交聘的支配力之后，诗人又从辽朝克服落后条件、竭力厚遇宋使的角度揭示了北宋的大国地位。无论是北宋的居高临下，还是辽朝的恭谨谦穆，边鄙无虞才是宋人使辽的真正目的。结尾，诗人以满目疮痍的代价否定了“燕然勒功”的必要性，表明了坚定的反战态度。较之燕然勒功，司马光更主张恩信怀柔，和平外交。对于恩信结人，司马光既注重借鉴前代经验，盛赞唐太宗“以仁恩结庶类，以信义抚戎夷”[②]，同时又不忘从北宋外交总结规律，揄扬澶渊之盟的维和意义。诗中的宋辽悬殊，尊卑有别，乃夸染之需，并非真意。检阅其奏疏，发现司马光在肯定澶渊之盟的同时，还承认了宋辽交往的模式，即“与之约为兄弟，岁捐金帛以弭之，聘问往来，待以敌国之礼”，这种直面平等外交的客观精神与送人使辽诗中的俯视辽朝截然不同。关于宋

① (宋)司马光著，李文泽、霞绍晖校点：《司马光集》卷7《送二同年使北·吕济叔》，四川大学出版社2010年，第202页。

② (宋)司马光编著，(元)胡三省注疏：《资治通鉴》卷197《唐太宗纪》，中华书局1956年，第6201页。

辽外交的真实情形，黄纯艳认为："亲属关系的使用就是否定君臣宗藩关系的方式。"①而就宋辽交聘的事实来看，澶渊之盟后两国的外交文书，无论是从亲属关系的明确，还是致书语词的规范等方面来看，都显示出两国对等的国际地位与对话关系。②

另一方面，诗人极力渲染辽朝对北宋的尊重与服帖。在梅尧臣《送王紫微北使》中，这种宋尊辽卑的优越感被演绎得淋漓尽致：

天子命儒臣，遐方重专对。持书下西阁，拥节来穷塞。貂服紫蒙茸，虎旗光綵綷。将迎走毡骑，卫从罗金铠。当宣汉恩德，更使胡欣戴。几日过阴山，南飞雁相背。③

"遐方""穷塞"指出辽国地势偏远，"持书""拥节"道出了出使乃国家行为。接下来的四句，从旌旗服饰、护卫侍从等出使阵容宣扬了北宋实力。最后，诗人想象契丹必对北宋感恩怀德，拥戴推尊。再如梅尧臣《送韩仲文奉使》"行行至穹庐，尊我不敢嚣。玉爵亲献酬，名裘进狐貂"四句，借助宴饮礼仪与贡纳细节竭力宣称宋辽在国际秩序中的尊卑身份，此处全然不见宋人对岁币的纠结与痛心，只有引以自豪的大国宣言。

在前述《送谢舍人奉使北朝》中，梅尧臣便以"胡人拥道迎"为内兄谢绛勾画了迎接盛况。事实上，这种热闹欢呼并不见于会面之初，真正两国交聘的首次边境会晤并无夹道欢迎的热烈场面。即使在出使中期，所谓的杯盏欢宴亦秩序井然。治平四年（1067），陈襄曾奉命使北告知契丹神

① 黄纯艳：《宋代朝贡体系研究》，商务印书馆 2014 年，第 85 页。

② 关于亲属关系与致书语词，"宋辽的国书中两国皇帝以兄弟、叔侄等亲属关系相称，并书皇帝尊号，使用'回''答''谢''报'等表示平等关系的词语，称'书'而不称'诏''制''敕'等表示君臣宗藩的用词"（黄纯艳：《宋朝朝贡体系研究》，第 84 页），这些都表明了宋辽对君臣、宗藩关系的推翻与对等关系的确立。

③ （宋）梅尧臣著，朱东润编年校注：《梅尧臣集编年校注》卷 8《送王紫微北使》，上海古籍出版社 1980 年，第 126 页。

宗登宝，细致记录了辽使接伴的情形。接伴使等人先“差人传语，送到主名、国讳、官位，及请相见”，然后，陈襄等方能“即时过白沟桥北，与接伴使、副立马相对”[①]，从“即时”一词可知，宋臣举止要果决、迅捷，不得拖延、犹疑。然后双方使臣“立马相对”，互相问候，辽使先问候宋皇，宋使按照惯例问候辽主与契丹国母，互相作揖之后，双方共抵北亭，才开启赐宴把盏等程序。觥筹交错间，亦宾主有序，有条不紊。

为了维持这种不卑不亢的外交尺度，实现天朝气象与友好邻邦之间的平衡，宋廷十分重视使臣选派。天圣元年(1023)，宋廷下令仅允许中书省与枢密院选择充使，目的是保证择使谨严，门槛不降于俗滥。至于选派标准，首先考察使者的济世伟略，至于品阶，“文臣令给事中以上，武臣遥郡以上”[②]。庆历七年(1047)，赴辽使者的选派有了更细、更高的要求：“自今使契丹，毋得用二府臣僚亲戚。其文臣，择有出身才望学问人；武臣，须达时务更职任者充。”[③]此次规定明确杜绝二府重臣亲属入选，指向了选派的公正性，而对文武大臣才识学问、通达应变的要求则指向了选派的权变性。个中原因，应与宋辽交聘中的失仪、纰漏难逃干系。天圣二年(1024)，“权户部判官、殿中侍御史李孝若为祠部员外郎、同判郓州，坐接伴契丹使失仪检”[④]。天圣四年(1026)，翰林学士承旨李维因在辽作两朝悠久诗时“自称小臣”而被弹劾，出为相州观察使。[⑤] 明道元年(1032)，阁门宣事舍人夏元正因“坐捧契丹书失仪”[⑥]降为阁门祗候。

鉴于使辽状况频出，仁宗干脆于庆历二年正月颁诏：“奉使契丹，不得辄自赋诗，若彼国有请者，听之。”[⑦]尽管宋廷一面三令五申，一面严惩失仪

① (宋)陈襄：《神宗皇帝即位使辽语录》，第69页。
② 《长编》卷100天圣元年四月丁巳，第2322页。
③ 《长编》卷161庆历七年八月甲寅，第3884页。
④ 《长编》卷102天圣二年六月乙丑，第2358页。
⑤ 见《长编》卷104天圣四年三月戊寅，第2402页。
⑥ 《长编》卷111明道元年正月戊子，第2575页。
⑦ 《长编》卷135庆历二年正月丙寅，第3219页。

使臣，还是有人违例。至和元年（1054），三司使王拱辰即因报聘契丹失仪，于次年受到殿中侍御史赵抃的弹劾，赵氏论其“窄衣与会，自以随行京酒换所设酒，痛饮深夜，席上联句，语同俳优。（宋）选及（王）士全因醉，与敌使争，及契丹主自弹琴以劝拱辰酒，拱辰既不能辞，又求私书为己救解”①。因此，当仁宗仅纠治宋选与王士全而宽待王拱辰时，赵抃反复论列其非，终令王拱辰罚金二十斤，出判并州。② 至和二年（1055），兵部员外郎、知制诰吴奎亦因交聘失仪遭到弹劾，究其原因，一是拒绝向恰逢加称号的契丹主称贺，二是拒绝辽使“以纱冠邀汉使盛服”③。此二事前者违制乃过，后者是杀礼维尊，却也难逃出知厄运。可见，在契丹施压下，宋廷折冲樽俎的理想必然让位于友好共生，宋人的大国自信也不是唾手可得，而是要小心维护，辛苦经营。

在圣俞所送诸使中，韩综亦曾因“私劝契丹主酒，落职知许州”④，正是圣俞作《送韩仲文奉使》之后的事。庆历七年（1047），韩综以生辰使使辽，宴饮之间，“辽主问其家世，（韩）综言父（韩）亿在先朝已尝持礼来，辽主喜曰：‘与中国通好久，父子继奉使，宜酌我。’综率同使者五人起为寿，辽主亦离席酬之，欢甚。”⑤是时宾主融洽的觥筹交错，却因宰相陈执中怪责生事，终责令韩综出知许州。至和元年（1054），“契丹遣泛使，欲援综例上寿，赖接伴杨察以朝廷曾黜（韩）综以告之，敌使乃止”⑥。可见，宋人的确十分重视遣使与接伴等外事接洽，而那些在外交中弘扬宋威又不失和气的使臣则成为宋人楷模。范讽出使契丹，“过幽州北，见原野平旷，慨然曰：‘此为战地，不亦佳哉！’北人相目不敢对”⑦。刘敞使北，契丹故意绕行

---

① 《长编》卷179至和二年四月丙辰，第4334页。

② 见《长编》卷179至和二年四月丙辰、《长编》卷180至和二年六月己亥。

③ 契丹“以金冠为上服，纱冠次之”正常仪制应为辽使金冠，汉使盛服。见《长编》卷179至和二年四月癸巳。

④ 《长编》卷179至和二年四月丙辰，第4334页。

⑤ 《长编》卷163庆历八年二月壬午，第3919页。

⑥ 《长编》卷179至和二年四月丙辰，第4334页。

⑦ 《长编》卷110天圣九年八月辛巳，第2565页。

古北口至柳河一线，夸耀地势险阻辽阔，却为刘敞识破，怒斥："自松亭趋柳河，甚径且易，不数日可抵中京，何为故道此？"①行至顺州，路遇异兽，辽人向刘敞请教，刘敞不仅晓之以"駮"，为其解说音形，还背诵《山海经》《管子》详述状貌，既赢得了契丹的敬重，又维护了北宋的尊严。皇祐四年（1052），仁宗追念馆伴辽使的制知诰韩综，因其"自古未有建国而无号者"②的质问有效粉碎了契丹欲与宋对峙为南北朝的痴梦。

接待与馈赠不仅是北宋尊重对手的媒介，更是宋人炫耀使辽礼遇的平台。梅尧臣的"玉爵亲献酬"，"名裘进狐貂"，"羊酪调羹尊汉使"，均从宴饮与馈赠上描绘了契丹的待客规格，揭示了真实不虚的尊宋情意。至于"单于不敢轻中国，名马新调为送还"，只是就宋辽外交中不过马匹百余的进奉而言，绝非战略意义上的物资输送。在宋辽交聘中，马匹只是方物之一，而北宋给予辽国的馈赠，价值远远高于对方，对此，诗家又往往站在汉家恩赐胡虏的角度寻找平衡。就事实来看，辽国不仅严禁"奸民鬻马于宋夏界"，且"每擒获鬻马出界人，皆戮之，远配其家"③，宋人亦指出："北界禁民以粟、马南入我境，其法至死。"④这种"面和心不和"，经过送人使辽诗的淘洗，已经朝着宋人宣扬国威、彰显尊严的方向发展。再看"戎王拜天赐"，更是沾染了汉尊夷卑的味道，片面强调辽之礼敬而忽视了北宋的恪守与尊重。以澶渊之盟为例，北宋胜而割款，其弭兵求和、消灾止损的积极主动已是不争的事实。再从宋廷慎择使臣来看，所谓的居高临下实在与事实相去甚远。天圣四年（1026），韩亿使辽，副使田承说无意间向契丹泄露了刘太后对于使臣的叮嘱——"南北欢好，传示子孙，两朝之臣，勿相猜沮"⑤。此十六字可谓宋廷克己之规箴，足以折射出北宋对于宋辽友好

① （元）脱脱：《宋史》卷319《刘敞传》，中华书局1985年，第10384页。
② 《长编》卷172皇祐四年四月丙戌，第4142页。
③ 《长编》卷82大中祥符七年六月壬戌，第1880页。
④ （宋）欧阳修著，李逸安点校：《欧阳修全集》卷116《请耕禁地劄子》，中华书局2001年，第1762页。
⑤ 《长编》卷104天圣四年七月乙丑，第2413页。

的珍视与维护。此处，宋辽交往中的对手认知与交聘事实可以为我们提供部分真相。宋辽交聘中，对方在彼此心中分量几何，突出地表现在择使与接待两方面。就择使来说，双方均非常重视两国交往，尽管宋辽择使有文武主副的差异，[①]但是就其选择的标准来看，均是择优录取，精英出使。就宋而言，使臣多政治经验丰富，既要谨言慎行，又要机智敏捷，熟知契丹风俗，对使臣的警惕性与灵活性要求极高。就辽而言，使臣武阶一般较高，多为节度使、观察使、宣徽使、大将军等。[②] 北宋的择使，则是"文臣令给事中以上，武臣遥郡以上"。北宋使臣多为暂行职权的"假摄"，对此，辽使萧从顺曾公然质疑北宋的出使诚意："南朝每降使车，悉皆假摄，何也？"宰臣王曾虽以"使者之任惟其人，不以官之高下，今二府八人，六尝奉使，惟其人，不以官也"[③]机智应对，但是，却无法遮掩北宋的"假摄"之实，毕竟王曾所谓今时的六位两府要员在其出使当时并不显贵，无法与契丹高官使宋的礼数相提并论。笔者以为，始终坚持在使臣品阶上低于契丹，正是北宋保持文化宗主优越感的重要手段。而从王曾承认北宋择使"以人不以官"，萧从顺计较宋使品阶，均可以看出宋辽对于己国在外交捭阖中的优劣、国际格局上的轻重十分重视。倘若辽朝真要计较交聘的不公，是否能见到彼国太后倒是可备一说。"毡堂举酒见阏氏"虽在辽廷极为常见，[④]但是，北使若想要一睹北宋太后的芳容，却十分困难。天圣三年(1025)正月，辽使萧从顺对"南使至契丹者皆见太后，而契丹使来独不得见"[⑤]表示不满，馆伴使薛奎以"皇太后垂帘听政，虽本朝群臣亦未尝得见也"面折之，折冲之外是宋人对体面与尊卑的竭力维护。

虽然护国心切，但是面折辽使绝不是宋人理想的捭阖手段。比起唇

---

① 宋使一般以文臣为正使，武职副之，辽朝相反。

② 参见傅乐焕《辽史丛考》之《宋辽聘使表稿》，中华书局 1984 年，第 181 页。

③ 《长编》卷 103 天圣三年正月戊子，第 2374 页。

④ 实际见到的多是辽太后而非辽皇后或妃嫔。

⑤ 《长编》卷 103 天圣三年正月戊子，第 2374 页。

枪舌剑，宋人更渴望在华夷有别的交流对话中迫使契丹主动投降，“戎王拜天赐，虏帅伏名卿”便是最令其心满意足的答案。虽然契丹对北宋的态度不若宋人在诗中虚拟的那般低头折节，但是，其心仪汉文化、仰慕宋名臣却是真实不虚。“俗与华人似”，“左衽通华语”，一定程度上反映了契丹对汉文化的渴慕，不容置疑。元丰七年（1084），范纯粹使辽，毕仲游作诗相送，其中有“幽燕妇女白如脂，露面来觇汉冠服”两句。“汉冠服”本是具象的中国服饰，此处为礼乐制度的象征，诗人将己方的收复情绪移植到幽燕百姓身上，借北地女性为汉服吸引表达北人对中原文化的向往。尽管辽朝学习汉仪非常努力，却与中原文明仍有一定距离，这时“罽庭观拜舞，不似未央中”便成为宋人盛气凌人的武器，传递出坚定的文化自信。就宋辽交聘的实际来看，不仅有契丹学汉之事，亦有北宋模仿契丹的实例。仁宗一朝，余靖、刁约奉命使辽，均于辽境作北语诗，尤其是余靖“能为胡语，契丹爱之。及再往，虏情亦亲”[①]。由于余靖以契丹语作诗，拉近了宋辽的心理距离，这就为其贺正旦之后的两任回谢契丹使奠定了前提。至于刁约使辽，《类说》与《梦溪笔谈》都据实以载。诚然，这种应景的北语创作不具有恒久性，却也从侧面折射出宋人对于宋辽交聘的辛苦维护。

宋人之中，最负文名，最为北人仰慕的，当推苏轼。绍圣元年（1094），张舜民使辽，曾记载了北人对苏诗的青睐与追捧，道：“宿幽州馆中，有题子瞻《老人行》于壁者。闻范阳书肆亦刻子瞻诗数十篇，谓《大苏小集》。”[②]感于苏轼文学在异域邻邦的流播盛行，张氏不禁题诗“谁题佳句到幽都，逢著胡儿问大苏”。对于兄长的享誉海内外，出使中的苏辙亦难掩自豪之情，遂有“谁将家集过幽都，逢见胡人问大苏”之语。如此看来，一千年前的宋辽交往中，文学声誉对于国际知名度已有不可小视的推动之功。元

---

① （宋）江少虞辑：《宋朝事实类苑》卷39，上海古籍出版社1981年，第513页。

② （宋）王辟之撰，吕友仁点校：《渑水燕谈录》卷7《歌咏》，中华书局1981年，第89页。

祐四年(1089),苏辙使辽,辽主专派侍读学士王师儒负责馆客。王师儒不仅能诵三苏文章,而且表达了“恨不得见全集”[①]的遗憾,令苏辙备受鼓舞,无比欣慰。再如欧阳修,至和二年(1055),契丹国母生辰使欧阳修使辽,“其(辽)主每择贵臣有学者押宴”[②],迥异于常例,并直接道明提升规格的原因乃“公名重今代”,由此亦见辽朝对欧阳修的敬服。其他如富弼、余靖、苏颂等名卿亦为北人敬仰,尤其是富弼,辽兴宗曾有“吾见奉使之人,惟富弼不可量也”[③]之誉。

为了实现输出文化软实力的战略目的,宋廷择使越发谨慎、讲究,使臣的学养积淀与家族声望亦受到重视,这一现象也受到送人使辽诗的关注。“外门名家驹,长大俨且硕”是刘攽称赞王洙子王钦臣仪表堂堂,庄重沉稳。“文章世德已能传,得桂高枝二十年”是梅尧臣对祖无择文章、道德、家风乃至功名的全面肯定。“庭中之人识汉事,而公赫赫传家声”是毕仲游称赞范纯粹其家声名远播,享誉内外,其人亦雏凤清声,厚栋任重,肯定其个人与家庭的双重实力。就宋辽交聘的实际来看,北宋所遣赴辽正使皆学力宏赡,文理优长,副使亦不外乎先贤后裔、外戚家族与潜邸亲随,体现了北宋对使辽的重视。[④]

面对材雄德茂的宋使,辽朝也不甘示弱,选拔伴使十分慎重,饱读诗书、应对自如渐渐成为其赖以捭阖的择使诉求。前述馆伴苏辙与欧阳修的诸位辽臣,皆为明证。精益求精的择使标准既是辽朝维护外交体面的手段,又从侧面反映了其蒸蒸日上的文明面貌。庆历年间,枢密副使韩琦已经认识到契丹今时不同往日:

---

① (元)脱脱:《宋史》卷339《苏辙传》,中华书局1985年,第10828页。

② (宋)王辟之撰,吕友仁点校:《渑水燕谈录》卷2《名臣》,中华书局1981年,第15页。

③ (宋)孔平仲撰,王恒展校点:《孔氏谈苑》卷3,齐鲁书社2014年,第107页。

④ 据王慧杰《宋朝遣辽使臣群体出身研究》一文统计,有史可考的赴辽正使“进士180人,赐进士出身4人,荫补3人,外戚2人,中勤辞学科2人,举毛诗及第1人,九经及第1人”,副使则“荫补99人,外戚14人,进士4人”。王慧杰:《宋朝遣辽使臣群体出身研究》,《北方文物》2014年3期,第55、56页。

窃以契丹宅大漠，跨辽东，据全燕数十郡之雄，东服高丽，西臣元昊，自五代迄今，垂百余年，与中原抗衡，日益昌炽。至于典章文物、饮食服玩之盛，尽习汉风，故虏气愈骄，自以为昔时元魏之不若也，非如汉之匈奴、唐之突厥，本以夷狄自处，与中国好尚之异也。[①]

这种从典章制度、声教文明、饮食服饰、器皿用具等多个方面学习汉文化的进取精神，已让契丹脱颖而出，迥异于历史上的匈奴、突厥等少数民族。与此同时，御史中丞贾昌朝也表达了对契丹进步、越发难制的忧虑："契丹近岁兼用燕人，治国建官，一同中夏。……此中国之患也。"[②]这种"进于中国"的向上面貌与文明进步迫使北宋不得不考虑与契丹对话的新模式，即建立平等对话的外交体系。澶渊之盟后，宋辽对于誓书的约束与义务已达成共识，这就意味着宋辽已承认彼此是地位平等、各自独立的主权国家。宋人一方面歌颂宋辽的和平对话，一方面又放不下身段，不愿面对，于是，自道"正朔"成为其维护"中华"地位的直接手段：

极北空同戴斗星，越疆犹有短长亭。汉朝正朔原无外，边地山河不见经。雪拥旃裘绵欲折，冰生湩酪酒初醒。我家四世俱持节，送尔皇华却涕零。[③]

这首送别侄子出使的诗歌，刘攽写得十分动情。使臣为刘敞之子刘奉世，仲冯乃其字，故名《仲冯北使》。熙宁十年(1077)，刘奉世以正旦使出访，苏颂授任生辰使。此诗开门见山，直奔出使，无论是辽朝处北地却共星辉的地理描绘，还是入辽仍有亭驿接应的叮咛劝告，都表现出叔父刘攽的顾

① (宋)韩琦撰，李之亮、徐正英笺注：《安阳集编年笺注》之《韩琦诗文补编》卷3《论备御七事奏》，巴蜀书社2000年，第1635页；《长编》卷142庆历三年七月甲午，第3412页。

② 《长编》卷138庆历二年十月戊辰，第3319页。

③ (宋)刘攽：《彭城集》卷13《仲冯北使》，清武英殿聚珍版丛书本。

惜之意。“正朔”即正统，象征着政权的合法性与唯一性。原本中央之外别无强夷，中原王朝具有控扼四方、凝聚四夷的向心力，如今侄子万里使辽，荒蛮边地已非王土，更罕有涵养丰厚的华夏文明。在这种失落情绪的引导下，诗人继而担忧仲冯难以适应北地天气与饮食，回想刘氏前仆后继，先后四代奉命出使，①本是壮举，可是，临歧送别，叔叔刘攽却无论如何也无法慷慨致辞，激励壮行，反而泣下沾襟，消解了《皇华》的鞭策与赞颂之意。此诗起于别情，止于涕零，完整地表达了送别使臣的不舍与牵念。中间两联夹杂着华夷正统的思辨、北地民俗的彰显，既知忧惧与悲痛情之所出，又诠释了刘攽作为士子、诗人与叔父的多重身份，家国情怀与骨肉亲情熔铸一体，感人至深。

诗中所言“正朔”，表达了北宋才是正统的国家观念，而在真正的两国外交中，宋辽均对己方政权与制度的合法性据理力争，绝不退让。与刘奉世同年使辽的苏颂，就曾亲历两国因历法问题僵持不下，情急之下给出了“历家算术小异，则迟速不同……或先或后，各从本朝之历可也”②的科学解释，机智地结束舌战、保全体面，极为神宗赏识。而从不奉对方正朔也可以看出，北宋已绝无可能仅以夷狄对待辽朝，其“中华独尊”的地位已经受到挑战，宋辽共同体正在逐步建立已是不争的事实。对于这一点，时人或许只是看到了宋辽和平之便，并未有深刻认识。后来宋金攻辽，高丽与辽朝竭力阻止，可以窥见些许积极因素。高丽借在丽宋医捎去“女真狼虎尔，不可交也”③的口信，辽朝派遣重臣告诫“金人本远小部落，贪婪无厌”④。这些惟恐落后侵扰文明的担忧，虽未有共同体等前瞻表述，却充分

---

① 刘攽家族奉命出使的四代使臣的出使情况如下：分别是淳化四年祖父刘式使高丽，庆历七年父亲刘立之使辽，至和二年兄长刘敞使辽，以及熙宁十年侄子刘奉世使辽，四次出使分别见《宋史》卷487《高丽传》、《长编》卷161庆历七年八月丙辰、《长编》卷180至和二年八月辛丑与《长编》卷284熙宁十年八月己丑。

② 《长编》卷284熙宁十年八月己丑，第6952页。

③ （元）马端临：《文献通考》卷325《四裔考二》，中华书局1986年，第2560页。

④ （宋）曾敏行著，朱杰人标校：《独醒杂志》，上海古籍出版社1986年，第72页。

折射出时人对宋辽所建和平氛围的信任与仰赖，意义十分重大。

四、使回傥可记　乃得验天形——国家安全与军事意图

宋人深知只有在宋辽外交中不辱君命、达于四方，才能维系恒久、和平的宋辽关系。因此，除了借助异域风情缓解出使压力，通过文化差异突显宋尊辽卑，宋人还常常叮嘱使者务必查验形势，觇候敌情。面对虎视眈眈的契丹，使臣究竟该如何自处，梅尧臣的《送刘司勋奉使》为使臣指明了答案：

授命出绝域，北至单于庭。驼鸣沙碛遥，马倦朔雪零。幽州古道上，胡笳应夜听。尝闻昔时语，南看北辰星。使回傥可记，乃得验天形。①

再如《重送祖择之北使》：

文章世德已能传，得桂高枝二十年。持节欲同苏武劲，下帷曾似董君贤。衣裘衽领无嫌左，饮食杯盂暂厌膻。一过范阳应感慨，归来图画彼山川。②

二诗结尾两句均对使臣提出了记录契丹地形、反映彼国情势的要求。在32首送人使辽诗中，仅此二诗关注到军事安全，这与梅尧臣自注《孙子》的学术经历有关。宝元、康定年间，宋夏战事频繁，《孙子》旧注不能为边情提供有益参考。圣俞虽一介文儒，却喜谈兵事，因不得赴边作战，遂生自注之心。有了自注《孙子》的理论体验，就不难理解圣俞在送人使辽中

① （宋）梅尧臣著，朱东润编年校注：《梅尧臣集编年校注》卷17《送刘司勋奉使》，上海古籍出版社1980年，第410页。

② （宋）梅尧臣著，朱东润编年校注：《梅尧臣集编年校注》卷28《重送祖择之北使》，上海古籍出版社1980年，第1051页。

流露的嘱托与寄望，所谓的描绘、记录与反馈，无不深契兵家“知己知彼，百战不殆”之说。圣俞之所以百般叮嘱，戒备提防，除了外在的军事与外交压力，还与前述契丹日益增长的文化实力密不可分。在《送吕冲之司谏使北》中，梅尧臣指出“虏人多窃朝廷礼”，用一“窃”字，表达了对契丹濡染汉风的提防与嫌恶。事实上，任何手段都很难压制落后对文明的借鉴与吸收，其诗“俗与华人似”与“左衽通华语”已见答案。无论宋人对契丹卓立于北、习染汉风等强大进步如何抵触，如何在文学世界中用左衽、乳酪、腥膻、汉匈等刺目字眼书写华夷差距，都不能掩盖这样一个事实，即辽朝已逐渐成长为“边疆民族结合中原文化的一个变奏”[①]。这时，北宋必须学会正视对手，与时俯仰。于是，积极探查契丹动向就成为宋人掌握战略主动的有效途径，送人使辽诗所言“画山川”与“验天形”亦顺理成章地成为使辽聘问的要务。对于这项重任，沈括认识清晰，总结凝练：

契丹以永安山为庭，自塞至其庭，三十有六日，日有舍，中舍有亭，亭有饔秣。以闰四月己酉出塞，五月癸未至单于庭，凡三十有六日。以六月乙未还，己未复至于庭下，凡二十有五日。山川之夷险、远近、卑高、横从之殊，道途之陟降、纡屈、南北之变，风俗、车服、名秩、政刑、兵民、货食、都邑、音译、觇察变故之详，集上之外，别为《图抄》二卷，转相补发，以备行人，以五物反命，以周知天下之故。[②]

在奏呈《熙宁使虏图抄》时，沈括明示出使的侦查意义，囊括了使辽行程、山川地理、风俗人情以及经济政务等各项要素。后来言及此书，沈括再次重申作此书的目的在于“道图其山川险易迁直，风俗之纯庞，人情之向背”。读罢其书，亦知沈氏所言不虚，所见皆收入眼底，录于图抄。结合宋

① 曾瑞龙：《经略幽燕：宋辽战争军事灾难的战略分析》，北京大学出版社 2013 年，第 81 页。

② 王民信：《沈括熙宁使虏图抄笺证》，台北学海出版社 1976 年，第 195—196 页。

辽交聘与宋使行实来看，这种查验精神更加突出。

首先，宋使注重记录辽朝的山川形势与地理道路。这正是梅尧臣“乃得验天形”“归来图画彼山川”的叮嘱与寄托。在《乘轺录》中，路振详细记录了出使行程，每日所到地名，如何至下一地，有无河流，地势平远或险隘，均有记载。最重要的是，作者明辨了辽军南牧的四条路线，即榆关、松亭、古(虎)北口、石门关四路，其中“虎北口东三十余里又有奚关，奚兵多由此关而南”①。王曾也指出：“(古北口)口北有铺，彀弓连绳，本范阳防扼奚、契丹之所，最为隘束。”②梅尧臣送别祖择之作“一过范阳应感慨，归来图画彼山川”，送别王宝臣作“旧山回可记，碣石与燕服”，借幽蓟沦丧之痛激劝觇候与收复之意，其忠君爱国之心毕现。在《熙宁使虏图抄》中，沈括详述古北口及其周边的坚固易守：“古北之险虽可守，而南有潮里，平碛百余，可以方车连骑。然金钩之南，至于古北，皆行峡中，而潮里之水出其间。逾古北而南距中顿，皆奇地，可以匿奸藉势，而南有密云，椒其会冲，此古北之所以为固也。”③由此可见，古北口虽艰险难攻，沈括还是试图破解其铜墙铁壁。从辽人“置榷场于虎北口而收地征”来看，虎北口不仅是军事要塞，还是商贸重镇。

其次，宋使十分关注辽朝的政治生活与民心向背。大中祥符元年(1008)，路振使辽，记载：“虏政苛刻，幽、蓟苦之……加以耶律、萧、韩三姓恣横，岁求良家子以为妻妾，幽蓟之女，有资质者，父母不令施粉白。”在《乘轺录》中，路振甚至借燕民协助被掠边民逃归北宋一事传递幽燕百姓的向汉愿望。元祐五年(1090)，苏辙使辽归来，奏呈《北使还论北边事劄子五道》，后三道《论北朝政事大略》主要记录了契丹国情与民心向背。首

---

① (宋)路振：《乘轺录》，第22页。

② (宋)王曾：《王沂公行程录》，第26页。

③ 王民信：《沈括熙宁使虏图抄笺证》，台北学海出版社1976年，第199页。

先反馈了契丹“人人安居，不乐战斗”[1]的和平愿望，并对“骨气凡弱”的继任者燕王是否能弹压百官推行向汉政策表示担忧；其次反映了辽朝“宽契丹，虐燕人”的法纪不公；最后指出了契丹僧侣违法乱纪、盘剥百姓的害辽利宋之举。

最后，宋使注重记录辽朝的军事动向与维和诚意。在《乘轺录》中，路振汇报契丹兵种有四，“一曰汉兵，二曰奚兵，三曰契丹，四曰渤海兵”[2]，并详细记载了各部的统兵首领、兵员的抽点供给与南牧的出兵路线。路振出使前，辽为间谍误导，曾于幽蓟点集兵力备宋。后来冰释前嫌，辽朝先是“械送谍者”归宋，又颁布政令，道：“昨者，征兵燕蓟，以备南，敢有言于汉使者，诛及其族。”契丹选择在路振等人将抵辽时宣布此令，维护宋辽友好的良苦用心可见一斑。也正因为这次子虚乌有的戒备，辽朝惟恐陷入外交被动，因此对宋使格外殷勤，小心翼翼。前述路振《乘轺录》所记北人在官制、教育、经济等方面的汉化与“豺虎之性”的消退，标志着辽朝对平等对话的珍视。苏辙使北所奏呈的《北使还论北边事劄子五道》，前两道《论北朝所见于朝廷不便事》则针对书籍流通带来的安全隐患、公私交易带来的铜钱流失，提出严审版印书籍、违禁毁弃，主张极边州军流通铁钱，这些整改方案具有宝贵的借鉴意义。苏辙戒备与警觉的敏锐，可以在父亲苏洵身上找到答案。

嘉祐元年(1056)八月，石扬休(字昌言)为契丹国母生辰使。九月，苏洵作《送石昌言使北引》相送，不仅解读出石氏“从骑数百，送车千乘”的出使威仪，还识破了辽国接待宋使所用的心理战术：

往年彭任从富公使还，为我言曰：“既出境，宿驿亭，闻介马数万骑驰

① (宋)苏辙著，陈宏天、高秀芳点校：《苏辙集》之《栾城集》卷42《北使还论北边事劄子五道·论北朝政事大略》，中华书局1990年，第748页。

② (宋)路振：《乘轺录》，商务印书馆2017年，第21页。

过，剑槊相摩，终夜有声，从者怛然失色。及明，视道上马迹，尚心掉不自禁。”凡虏所以夸耀中国者多此类，中国之人不测也。故或至于震惧而失辞，以为夷狄笑。[①]

苏洵做此心理分析，目的不仅仅是为了维护北宋的外交体面，更引导宋人认清契丹的真实意图。就“白登之围”来看，真正的兵临城下绝非“剑槊相摩，终夜有声”，而是“壮士健马皆匿不见”的山雨欲来之势。如今契丹万骑奔驰，炫耀武力，过早地抛出了底牌，反倒暴露了不尚武力、意欲交欢的真正意图。苏洵精研兵学，深谙“出其不意”的韬略，故能在折冲樽俎的理想之外，提出措置裕如的心理应对与实施方案。其子苏辙，关心国事，濡染父风，加之亲身使辽，故能在使辽时用心鉴别，去伪存真。

万里使辽，宋人的确是耳闻目睹，用心记录，汇报非常全面，涵盖政治、军事、经济、地理等诸多方面。与此同时，辽朝亦对北宋情势多方打听，探究虚实。仅以治平四年陈襄使辽为例，无论是直截了当地询问宰相文彦博、曾公亮与枢密使副是否迁转，还是拐弯抹角地探查富弼、韩琦是否出知地方，都有着清晰的战略意图。此次使北，辽使先后询问、打探宋臣共计八次，其中三次有寒暄、叙旧之谊，其余五次无不沾染着强烈的探查之意。第一次是五月十一，会面之初，接伴使杨规中先询问宰相文彦博、曾公亮以及枢密使副是否迁转，又问了何处可以见到馆使冯京。两天后，杨氏问富弼、张昇的官阶与派遣，为第二次。第六次为六月十八，先后两人问话，一是萧素问张掞，二是杨益诚问刘永年。第七次为太师耶律格打听韩琦、富弼是否一直任职中央鲜有外任。第八次，度支使、左承李翰直截了当地询问北宋上层的政治格局。先问首相，进而问两府大臣与翰林学士，焦点指向宋廷的权力中心，从问话亦知契丹对北宋官员由两制入

① (宋)苏洵著，曾枣庄、金成礼笺注：《嘉祐集笺注》卷15《送石昌言使北引》，上海古籍出版社1993年，第420页。

两府的升迁规律已了如指掌，因此开门见山，有的放矢。再看北宋，接待辽使亦小心戒备，未雨绸缪。元丰三年(1080)，北宋早于贺正旦交聘之前数月就已谍知石宗回为贺正旦副使，于是命令接伴使务必要针对石宗回乃“晋出帝之后”的身份予以诘问，以便占据道德高地，甚至连石宗回归国奏禀“闻南朝大阅武及藏兵于民”，北宋亦了然于胸，并据此做出“缘边机防不谨，有阑出亡卒漏泄其事，宜重告捕赏典，并缘边当职官亦等第立赏罚”的及时追查与严厉奖惩。[①] 因此，在貌合神离、安稳所需的交聘背后，宋辽外交均有“醉翁之意不在酒”的戒备与觇候，而这正是宋辽文明对抗下的战略需要。

第二节 岁币忧乐与寇准赞歌

为了缓解北御压力，宋辽于景德元年签订澶渊之盟。澶渊之盟缔结四月余，宋夏停战，一年后双方订立景德和约。自此，北宋背负着辽、夏两国的岁币包袱，开启了一个以经济手段结算民族矛盾的时代，宋人因此有了比前人更为沉重的民族忧患。当诗人们看到四海波静、百姓安居，便会肯定岁币的维和之功，而当其注目赋税累民、制敌乏力，则会批判岁币的安边局限。本节试从北宋边塞诗评估岁币效用的正反两面予以剖析，以期揭示北宋诗家的真实态度。

一、寇准壮举与岁币维和的积极意义

对于促成澶渊之盟的名臣寇准，北宋诗家多数肯定其维和之功。澶渊之役，真宗亲征，个中缘由，或囿于寇准、高琼的胁迫，或惮于“委弃宗社”[②]的拷责，总之，御驾亲征客观上起到了鼓舞士气、震慑敌兵的积极效

---

① 石宗回一事，详见《长编》卷309元丰三年闰九月丁巳、《长编》卷310元丰三年十二月甲申、《长编》卷311元丰四年三月乙巳。

② 《长编》卷57景德元年闰九月癸酉，第1267页。

果。正因如此，人们每每论及澶州之战，对临危不乱的寇准总是难掩敬仰之情。张耒的“自是乾坤扶圣主，可能功业尽莱公”，李复的“心忧社稷输至忠，殿上只有寇相公”无不是对寇准板荡中见忠纯的盛赞。崇拜英雄，敬畏忠勇，可以跨越政争、党派等鸿沟，在价值与操守的终端交汇。王安石、黄庭坚、张耒，三人虽来自新旧两党，却都对寇准不吝赞美，望风怀想。再看黄庭坚的《和谢公定河朔漫成八首》其四：

莱公庙略传耆旧，韩令风流在井疆。
安用鸣鼙增汉垒，不妨罗拜下诸羌。①

寇准的退敌妙策传布耆旧乡贤，韩琦的风采气度闻名乡邦相州。前两句由时贤的用策之妙引出御边的策略之重，与其摐金伐鼓，增固城池，不若罗列而拜，使之死力，后者才是征服诸羌的上策。黄庭坚虽从受众角度颂扬寇准庙略，却未明示内容，而王安石的两首《澶州》却将寇准推出庙略的边事背景与后世影响揭示得十分清晰：

去都二百四十里，河流中间两城峙。南城草草不受兵，北城楼橹如边城。城中老人为予语，契丹此地经钞虏。黄屋亲乘矢石间，胡马欲踏河冰渡。天发一矢胡无酋，河冰亦破沙水流。欢盟从此至今日，丞相莱公功第一。②

此诗从两城夹河的地理特征蔓延开来，描绘了澶州这个距离京师二百余里的古老城池。南城安逸、北城备严是此城的一大特色，城中耆旧饶有兴

① （宋）黄庭坚著，（宋）任渊、史容、史季温注，黄宝华点校：《山谷诗集注》之《山谷外集诗注》卷4《和谢公定河朔漫成八首》其四，上海古籍出版社2003年，第605页。
② （宋）王安石著，（宋）李壁笺注，高克勤点校：《王荆文公诗笺注》卷7《澶州》，上海古籍出版社2010年，第177页。

致地讲述澶渊之役的激壮。诗人用皇帝亲征、"天发一矢"浓缩了辽兵肆意劫掠、宋军奋力抵抗等事实,用冰破水流象征结束战争,重修旧好,并极力揄扬寇准之功。在另一首《澶州》中,荆公依然注目这场风云际会,不同的是,除了宰相颂歌,荆公清醒地认识到订盟的无穷后患,"驰迎传马单,走送牛车弊。征求事供给,厮养犹珍丽。戈甲久已销,澶人益憔悴"①,便是宋人从一个漩涡跳入另一个漩涡的尴尬。就澶渊之役来说,当时若无亲征,确实很难实现勠力退敌的成效,而促成亲征的头功无疑要归于寇准。吕颐浩称其"不以家谋,专以国计"②。宋人陈莹中甚至高度评价:"当时若无寇准,天下分为南北矣。"③而身为仁宗朝参知政事的范仲淹更是激动地说:"寇莱公当国,真宗有澶渊之幸,而能左右天子,如山不动,却戎狄,保宗社,天下谓之大忠。"④"左右"二字确实道出了寇准的强硬坚持,同时反衬了真宗的消极被动,如此舍己效忠的牺牲极易被人利用,对此,主张南逃的参知政事王钦若就曾为真宗解读出另一种味道:"澶渊之役,准以陛下为孤注,与虏博耳。"⑤纵观真宗一朝,忠奸并进,或积极抵抗,或仓皇逃窜,后人自有毁誉。据《宋史·寇准传》记载:"挞览死,(辽)乃密奉书请盟。准不从,而使者来请益坚,帝将许之。准欲邀使称臣,且献幽州地。帝厌兵,欲羁縻不绝而已。有谮准幸兵以自取重者。准不得已许之。"这段记载,将寇准乘胜收复的盘算、盘算因真宗厌兵而流产等来龙去脉揭示得十分清晰。因为"谮者"诽谤,寇准的尽忠只能朝着压低岁币金额的方向努力,至于收复幽燕的抱负则要搁置一旁。对于王钦若的"孤注"诽谤,吕中连续用宋将先后败敌于威武、安顺、岢岚、天雄、定州、瀛州、

① (宋)王安石著,(宋)李壁笺注,高克勤点校:《王荆文公诗笺注》卷20《澶州》,上海古籍出版社2010年,第489页。

② (清)徐松辑:《宋会要辑稿》帝系9之27,中华书局1957年,第206页。

③ (宋)吕祖谦(应为吕中):《类编皇朝大事记讲义》卷7契丹条,台北文海出版社1981年影印本,第289页。

④ (宋)范仲淹著,李勇先、王荣贵校点:《范仲淹全集》之《杨文公写真赞》,四川大学出版社2007年,第167—168页。

⑤ (宋)司马光撰,邓广铭、张希清点校:《涑水记闻》卷6,中华书局1989年,第116页。

澶州等的事实有力还击，还原真相。他认为，寇准非但不是“孤注”，反而是万事俱备，御驾亲征不过是起到了“激壮士之用命”的效果。对于靖康朝臣效仿景德时事的“天真”，吕中深感痛心：

> 盖亲征之行，必兵强可也，财富可也，将能擒敌可也。……“天子所在，兵无不胜”此书生之虚论，可言而不可行也。寇准之功不在于主亲征之说，而在于当时画策欲百年无事之计。向使其言获用，不惟无庆历之悔，亦无靖康之祸矣。我宋之安，景德之役也；靖康之祸，亦景德之役误之也。景德王师一动而诛魁览，契丹不能渡河也，遂使靖康坐守京城而觊敌之不渡河。景德不战而和，欲和者敌也，遂使靖康坐视敌之深入而独意和好之可久。景德既和，诏边郡无邀敌归，所以示大信也，遂使靖康敌人议割吾之三镇，而犹纵敌不追。其守不足以为谋，其和不足以为信，其纵不足以为德，准之言至是验矣。①

吕中的寇准颂歌，不同于止战修好的传统论调，高明之处在于看清寇准收复幽燕的深意，有了这种价值认同才对其策不行深感痛心。但是，将靖康之祸归咎于景德之役，又不免言过其实。靖康之祸是北宋后期内政与外交处置不当的共同结果，将亡国的教训归咎于中期的结盟，虽可以体谅论者的爱国情深，却又有定罪不实的嫌疑。当然，澶渊之盟“议和条款有资敌之实，开有宋岁输币帛之举”②，是不可否认的结盟代价。这一代价，在荆公看来是“焦头收末功”，在张耒看来是“可能功业尽莱公”。不论如何倾吐遗憾，收复燕云作为未竟功业没有在澶渊之役中得到有效解决已是历史定局。了解了寇准的深谋远略，王安石、张耒、吕中等人的痛心疾首、扼腕长叹也就昭然若揭了。

---

① （宋）吕祖谦（应为吕中）：《类编皇朝大事记讲义》卷 7 契丹条，台北文海出版社 1981 年影印本，第 290—291 页。

② 曾祥波：《宋诗史释》，中国社会科学出版社 2016 年，第 306 页。

北宋人才济济，认识到景德之役中痛失幽燕之战略失误的却并不多，将其凝结成诗的更是少之又少。对于澶渊之盟与岁币输纳，时人多表现了如下忧乐，乐者多是看到了铸剑为犁，忧者多认识到百姓疲惫，均是本着民生情怀。黄庭坚的喜悦，最具代表性：

百里弃疆王自直，万金损费物皆春。
须令牧马甘逾幕，更遣弯弓不射人。①

“百里弃疆”指的是熙宁八年（1075）王安石主持的代北弃地一事，“万金损费”则指澶渊之盟以来向辽输纳岁币。诗人认为此二事虽有委屈，却保障了宋辽和平，令契丹“绝幕北去，不复近塞”，杜绝了两国交兵，杀戮百姓。对此，有着出使经历的苏颂与沈遘亦深契山谷之说。苏颂以为“金缯但取一州赋”便能使“坐息边民乐岁丰”，又提出“金缯比干橹，未损一牛毛”，认为岁币维和是互惠共赢的良策。沈遘“岁颁金絮非无策，利尽耕桑岂有穷”，亦大力称颂通好以后的百姓安泰，民力复苏。除了上述边塞诗，苏辙在使辽途中看到了契丹的驰骋田猎，边尘不惊，难掩喜悦，遂在“朝廷经略穷海宇，岁遗缯絮消顽凶”与“烟波坐觉胡尘远，皮币遥知国计长”等诗句中高度肯定了北宋的和戎远略与岁币高明。在申述岁币之利以外，孔武仲的《健儿走马行》则示意契丹，北宋虽然有捍敌之力，却屈下身来着意于修好之诚，节录于下：

朝家和戎七十年，只矢不射塞外天。尔曹不必夸驰骋，官家无意窥幽燕。稳将金帛北归去，万岁千秋祝明主。②

---

① （宋）黄庭坚著，（宋）任渊、史容、史季温注，黄宝华点校：《山谷诗集注》之《山谷外集诗注》卷4《和谢公定河朔漫成八首》其八，上海古籍出版社2003年，第606页。

② （宋）孔文仲、孔武仲、孔平仲著，孙永选校点：《清江三孔集》之《健儿走马行》，齐鲁书社2002年，第69页。

结盟七十余年，北宋竭诚维和，诗人认为契丹不必耀武扬威借此瓦解北宋的收复心意。因为，从只矢未发的守盟谨慎来看，宋廷已将收复幽燕暂置一旁，专意经营宋辽友好带来的国泰民安。因此，辽人只需奉守盟约，坐享岁币，感戴皇恩，便能永久享此太平。

二、累民壮敌与岁币外交的负面效应

批判议和者认为，“澶渊之盟”不仅使辽国全身而退，而且还得到一笔意外之财。对宋而言，“澶渊之盟”显然是其在敌窘我强的局势下自愿放弃收复伟业的失算之举，是宋朝“守内虚外”政策推行的副产品，是一个完全意义的屈辱条约。这种声音多是郁结难舒的发泄，倘若真的诉诸武力，谁又能为生灵涂炭买单？平心而论，“澶渊之盟”结束了宋辽间数十年的争战，为双方的发展提供了一个和平稳定的环境，而宋廷只不过将不及开战军费的百分之一赋给辽国，[①]甚至有学者研究表明宋辽和平共处后，宋朝在双方边境贸易中所得的利润已远远超过岁币的支出。同时又不得不看到，有宋一代，众多文士在诗文中一再表现对“岁币”的强烈不满。欧阳修之“奈何狂胡儿，尚敢邀金缯”“虽云免战斗，两地供赋租”，苏轼之“人间行路难，踏地出赋租”，王安石之“家家养子学耕织，输与官家事夷狄”，这些血泪控诉不仅仅是计较金钱的流失，更是出于对民族尊严的捍卫。对北宋士子而言，他们仰赖的精神支柱在此次城下之盟中被严重挫伤。不仅使契丹称臣和收复燕云十六州化为泡影，还招致党项的效尤。在澶渊之盟缔结后四个月，宋夏停战，且于一年后正式订立景德和约，此举无疑是对澶渊之盟的效仿。自此，北宋背负着辽、夏两国的岁币包袱，招致更加深重的忧患意识。

与这种忧患意识相适应的，便是北宋士子对岁币外交的抨击与嘲讽，尤其表现为批判岁币制夏的有限意义。苏舜钦扼腕叹息：“闭之塞漠为良

---

① 《长编》卷 70 大中祥符元年十一月癸未，第 1578 页。

策，啖以民膏是失图。”秦观更是明确指出：“北边岁赂七十余万，而兵寝士休，累世无犬吠之警。西边岁费四百余万，而羌虏数入，逆执事如雁行，将吏被介胄而卧。”[①]就北宋中期的宋夏议和与岁币策略来看，二人的确见远察明，一语中的。澶渊之盟签订后，宋辽间并无大的战事，而宋夏关系却是阴晴不定。景德和议后，夏宋沿边“逾三十年，有耕无战。禾黍云合，甲胄尘委。养生葬死，各终天年”[②]，而这种和平局面仅仅维持了三十年。宝元元年(1038)，李元昊不顾宋朝的反对，公然宣布称帝，其父德明苦心经营的安定局面被打破，宋夏关系破裂，战事迭起。庆历四年(1044)，宋夏签订“庆历和议”，两国停战议和。半个世纪以后，宋夏一再陷入长期交战的泥潭，直到北宋亡国，一直战和反复。这一切与西夏势力的消长有关，当其势涨时，往往意欲借助武力摆脱臣属地位，而当其势窘时，又每每接受安抚议和。不得不提的是，辽国在宋夏两国关系中起到了至关重要的作用。对辽而言，西夏既是其制约北宋的盟友，又是他不得不警惕的近邻。从最开始的扶夏制宋到束夏善宋，再到助夏和宋，辽国几易其策，或调停斡旋，或煽风点火，始终以平衡两国关系确保自身利益为终极目的。澶渊之盟后，辽夏的关系发生了微妙的变化，“从联合制宋的盟友，开始向相互戒备的敌国转变”[③]，因为此时辽对宋带来的经济利益的兴趣远远大于应夏之邀对宋攻城略地。但是，协助夏国，挟制北宋，有时会实现其难以启齿的利益诉求。每当此时，北宋便要背负辽夏两国的沉重负累，这又怎能不刺痛爱国人士的神经，又怎能不激起他们对敌之贪婪、我之软弱的憎恨？由于宋朝奉行羁縻缓战的政策，面对辽夏的挑衅滋事，无论胜负皆以宋方买单匆忙收场。北宋人民“生近二边长苦辛”的惨状又时时闯入北

---

① (宋)秦观撰，徐培均笺注：《淮海集笺注》卷18《边防上》，上海古籍出版社1994年，第655页。

② (宋)范仲淹著，李勇先、王荣贵校点：《范仲淹全集》之《答赵元昊书》，四川大学出版社2007年，第246页。

③ 杨浣：《辽夏关系史》，人民出版社2010年，第91页。

宋文士的视野，这无疑加重了他们对怯懦投降的反感和对屈辱合约的抵触。这些群体记忆深植入心，难怪宋人对岁币耿耿于怀，不能释然。在《防秋》中，刘敞提出了别于苏辙、秦观、山谷的主张，“岁输缯帛顾何益，匈奴反以驰荆棘”一言道出边尘不息、岁币无用。在《西域请平》中，刘敞又以“单于贪汉物”表达了“英雄未可招”的悲痛。如果说刘敞侧重从岁币的御夷功效、忠勇的勋业未成来表达遗憾，其弟刘攽则注目民生，“胡人岁来受金帛，地虽国本常不惜”，认为宋人对契丹的慷慨是建立在牺牲本国民生的基础上实现的，不若挥师西塞、“一月三捷”除弊彻底，大快人心。在《胡使》中，曾巩也论及岁币壮辽的危害：

> 南粟鳞鳞多送北，北兵林林长备胡。胡使一来大梁下，塞头弯弓士如无。折冲素恃将与相，大策合副艰难须。还来里闾索穷下，斗食尺衣皆北输。中原相观叹失色，胡骑日肥妖气粗。九州四海尽帝有，何不用胡藩北隅？①

北御契丹，需要大量的兵力保障与军储损耗。北使访宋，经常炫耀武力、夸饰勇敢，宋廷将相本应折冲樽俎，却因畏辽情绪而艰难应对。“斗食尺衣”虽不是北宋的全部家当，却因输送于辽而有了劳民伤财的深刻含义，而对手契丹却在岁赋的滋养中日益壮大。诗人主张既知较量不可避免，不若摆脱岁赋，以夷制夷，掌握主动。诗人虽对宋廷礼遇辽使的恭敬非常不满，却不知一旦宋人有弘扬国威、怠慢辽使之举，又会受到“对契丹人使礼貌骄倨”的弹劾，还会受到回忆宋辽和平的说教。例如“与之约为兄弟，岁捐金帛以弭之，聘问往来，待以敌国之礼”②，便是司马光针对赵滋对辽强硬、不惜和平的斥责。因此，无论是痛斥岁币之累，还是渴望以夷制夷，

① （宋）曾巩撰，陈杏珍、晁继周点校：《曾巩集》卷1《胡使》，中华书局1984年，第7—8页。
② （宋）司马光著，李文泽、霞绍晖校点：《司马光集》卷24《赵滋劄子》，四川大学出版社2010年，第640页。

虽然是可贵的襟怀写照，却未必能令上层动容。

要之，在岁币问题上，宋人因视角差异结论亦不尽相同。无论是“金帛三千乘”“豺狼甘血肉”的血泪控诉，还是“兵革不用，百姓阜安”的安泰回顾，都是站在民生立场考虑问题。不同的是，前者从生计角度揭露岁币对百姓的剥削，后者从和平角度阐释岁币对止战的维系。刘攽很早就看出宋人的矛盾心理，“哀死知明主，和亲愧腐儒”正是对这一症结的揭示。赋币议和，对君主而言是发政施仁，在文人看来则为城下蒙羞。对于这个问题，我们一方面要承认岁币在宋辽和平中的积极意义，同时又要认识到它在宋夏盟约中的有限作用，还要认识到宋人在澶渊之盟中过早妥协，的确丧失了与辽谈判的资本，甚至北宋末年的宋金攻辽都是受到赋币耻辱的催生与挤压，因此，宋人为何在岁币问题上出现如此斑斓复杂的情绪也就迎刃而解了。

第三节　文武交汇的战争理念

同样的表饵之术，同样的岁币外交，一面是宋辽交聘的制度化与规格化，一面是宋夏外交的尖锐化与暴力化。为了应对后一种局面，宋人不得不重拾武力制敌的旗帜，标榜同仇敌忾的尚武精神，甚至弘扬弃文从武的价值判断。当北宋诗家真正将目光投向浴血沙场的武将之时，却发现文武恩遇有天壤之别，儒帅掌管军事且控扼边陲，武将冲锋陷阵却远离枢府。这种悲悯在捐躯济难、英雄末路的个案观照中被无限放大，既彰显出北宋边塞诗的深刻与良知，又呼应了北宋重文抑武的治政个性，这种由浅入深、由外而内的书写方式正是北宋边塞诗的魅力所在。

一、战和消长的宏观对策

北宋的安边方略，大致有战、和、守三策。面对西夏的叛服无常，苏舜钦在《串夷》中明确主张武力驱逐、彻底平患：

区区黠虏敢狂呼，遣使峨冠谒上都。辄出封章辞国命，妄传声势困军须。闭之塞漠为良策，啖以民膏是失图。淳俗易摇无自挠，每闻流议一长吁。[①]

“串夷”语出《大雅·皇矣》，此处指夏。“峨冠”是指元昊借鉴汉仪，稍加改造衣冠仪制，欲立一国之礼乐制度。“遣使峨冠”是指宝元二年元昊遣使上表，告宋自立，“封章”即元昊自立表函。宝元二年(1039)，夏使奉命入宋上表，快到东华门时才换下本国国服，并带来了“许以西郊之地，册为南面之君”[②]的非分之请。“辞国命”即指西夏不再尊宋为君、建国自立一事。围绕西夏叛宋自立，宋臣呈现出严惩、宽待之两派。右正言吴育也未看清元昊的野心，指出：“元昊虽名藩臣，其尺赋斗租不入县官，穷漠之外，服叛不常，宜外置之，以示不足责。”并建议用收复南方的手法收编西夏。这种天真在宰相张士逊看来简直是“心风”的无稽之谈。从最开始的“意图不明”到后来的野心暴露，宋人渐渐看清了李元昊的称雄居心。这时，吴育才有了“征讨者贵在神速，守御者利在持重”“坚壁清野以挫剽急之锋，而徐观其势”[③]等切实可行的献策。尽管吴育最初低估对手、自视甚高的态度有天真、轻易之弊，但是，他对于西夏国内的经济困窘却看得透彻，见解深刻。苏舜钦的“妄传声势困军须”便是对吴育观点的声援，不同的是，苏诗有了新的时代土壤。从“啖以民膏”来看，此时宋夏和议已经签订，岁币缴纳达成事实，因此，苏舜钦才如此深情地怀念“闭之塞漠”、扼于初萌的果决。可惜，这种怀念终不得施于当朝，其除恶务尽的凌云之志、国泰民安的淳俗之志亦渐渐被岁币买和的苟且湮没，空留下荡气回肠的唏嘘感叹。

---

① (宋)苏舜钦著，傅平骧、胡问陶校注：《苏舜钦集编年校注》卷2《串夷》，巴蜀书社1991年，第162页。

② 《长编》卷123宝元二年正月辛亥，第2894页。

③ 《长编》卷123宝元二年三月丙午，第2898页。

关于和，宋人对“和”之战略的理解是“议和”。自太宗后期至神宗即位，求和、反战等御边主张笼罩于宋廷上空。后来神宗开边熙河、主动攻夏，虽有攻城略地的些许收获，却抵不过劳民伤财的巨大损失。因此，元祐年间宋廷对拓边军事进行了全面清算，重归隐忍戒事的治边轨道。南宋理学家朱熹便对庆历与元祐时期的保守畏懦十分不满，曾公然批判：“本朝全盛之时，如庆历、元祐间，只是相共扶持这个天下，不敢做事，不敢动。被夷狄侮，也只忍受之，不敢与较，亦不敢施设一事，方得天下稍宁。”[①]这种愤激亦可在北宋边塞诗中找到答案，不同的是，北宋士子怒斥的不是某一时代，而是具体边策，就“和议”来看，痛斥和亲与声讨岁币是宋人“和策”的热议话题。在和亲问题上，宋人无一例外，坚决反对。从宋初的“何事将军封万户，却教红粉去和戎”到中期的“自古和亲诮儒者，可怜汉将亦何功”，宋人借助前朝的和亲举措深刻批判了当朝的武功不振与守御维艰。这些诗作，多开门见山地表达了和亲之弊，譬如宋庠的“薄伐乃中谋，和亲非上策”，刘敞的“和亲固下策，薄伐本中原”，均赞成适度回击、武力讨伐，反对一味屈膝隐忍、和亲安边，“非上策”“固下策”即为旗帜。苏辙虽未谈和亲之弊，却借“票姚将军思出塞，从横幕府讳和亲”揭示了宋廷绝不重蹈前代覆辙的鲜明态度。事实上，在实际的宋辽外交中，北宋的确曾面临和亲抉择。庆历年间，宋夏激战，辽国趁机向宋施压，提出索地要求。庆历二年(1042)二月，辽使萧英奉命入宋索要关南，知制诰富弼负责接伴。当时，面对契丹大兵压境、磨刀霍霍，宋人已达成如下共识——“不许割地，而许以信安僖简王允宁女与其子梁王洪基结婚，或增岁赂”[②]，因为富弼坚决反对和亲，馆伴使御史中丞贾昌朝才有了迫其就范的诘问，即婚配梁王洪基与宗元自行聘问同样不利于辽君主政。这样，和亲之议才宣告破产。

① (宋)黄士毅编，徐时仪、杨艳汇校：《朱子语类汇校》卷127《祖宗一》，上海古籍出版社2016年，第3059页。

② 《长编》卷135庆历二年三月己巳，第3231页。

值得注意的是，同样有着使北经历的刘敞、苏颂与刘挚，基于对文儒出使的理解与体谅，对“和亲”有了不同的解读，刘敞与刘挚甚至将“和亲”与“出使”对等使用。在辽国受到礼遇的刘敞，用“和亲虽复用诸儒，圣德由来北服胡”赞颂了使节的传递友好与宋皇的以德服人。使北途中的刘挚，亦有“金帛三千乘，和亲七十龄”的和平回顾。苏颂虽未将“和亲”与“出使”等同起来，却因使北之故十分体谅“和亲使者”的隐忍周全、顾全大局，故有“自古和亲诮儒者，可怜汉将亦何功”的声援与支持。同时，因为对执行者的体谅，苏颂便萌生了对和亲策略的同情，看到了“岁颁金絮”安边利农的积极一面。

当然，从根本上来看，苏颂对岁币买和是持否定意见的。在《和林成之五题・西邻》中，诗人全面评述了宋夏议和后的御边不足：

> 二疆款附岁奔驰，捆载金缯萃渊薮。饫肥服暖四十年，但欲包藏忘德厚。谋夫愤愤壮士忧，屡献忠言曾苦口。庙堂高论正无为，肯向平时议攻守。朔方三十有六郡，户敛家输佐行阵。非无硕画破妖巢，直遣万里威棱振。皇天爱人犹赤子，纵欲殴之言亦讱。彼方束手听誓盟，重获岁时赀琛赆。斯民怀德乐休兵，戍卒归来解锋刃。皆言邻徼复清夷，嗟哉异类终难信。①

前四句就庆历四年的宋辽、宋夏和议展开议论，指出北宋岁输金缯的维和作用十分有限。经历了明清易代的王夫之曾痛斥宋廷的岁币之失：“岁输五十万于契丹，而俯首自名曰纳；以友邦之礼礼元昊父子，而输缯帛以乞苟安；仁宗弗念也。”②苏颂认为，支出岁币不仅不会令对方感恩戴德、珍惜和平，反而滋生了壮大敌人、反咬一口的可能。对此，宋人建言献策，议论

① （宋）苏颂著，王同策、管成学、严中其点校：《苏魏公文集》卷2《和林成之五题・西邻》，中华书局1988年，第19页。

② （清）王夫之著，舒士彦点校：《宋论》卷6《神宗三》，中华书局1964年，第118页。

蜂起。“谋夫”以下四句高度概括了宋人的忠君体国与谏诤如流，也将煌煌议论中的探索艰难揭示得淋漓尽致。在这种背景下，诗人独抒己见，直指岁币的劳民之弊。因为现行“和策”未尽人意，宋人的智略纷纷投向反攻一面，“直遣万里威棱振”便是典型。诗人认为岁币支付不能无条件执行，倘若对方寻衅滋事，轻启边患，则应迎头痛击，迫其乖顺，只有对方深刻体会到和平之重并积极配合，才能够实现真正的长治久安。至于单纯依赖教化，反扑时仍寄希望于教化劝谕，甚至索性解甲归田、铸剑为犁，绝不可取。“异类”虽有华夷之别的狭隘之弊，却也真实揭示了宋人对西夏叛服无常的信任已完全丧失。由此可见，有限度、有保障地抛出“橄榄枝”是苏颂对御夏的基本认识。全诗议论精确，开阖纵横，不足在于，“皇天爱人”以下两句未能积极过渡武力御敌与盟誓奉守两种情绪，既未能发散前述“威棱振”的豪气，又不足以支撑迫其乖顺的逻辑，位置稍显唐突，这或许从侧面印证了诗人怒气填胸、一气呵成的创作状态。

关于守，宋人的答案形形色色，归纳起来，不外乎钻研对策、精择帅守、保障武备、训练士卒等视角。就北宋的御边实际来看，防守亦张弛有异，贯持守柔处下的宋人在神宗朝迸发了拓取的雄心壮志，其守策也有了息事宁人到积极突围的转变。此处由赵鼎臣《送赵延之亿送伴高丽人归国》的议论与反思切入，旨在通过宋人对宋丽关系的审视揭示其对整个国际形势的判断与分析：

九州遗迹皆禹功，高丽之通自元丰。元丰圣人汤勇智，远交欲断匈奴臂。越裳九译何自来，轺车不动丽人至。至今航海输国珍，稽首朝正礼甚驯。吾皇寤寐率昭考，宠以大国升为宾。海上凌秋潮信熟，去凭贾客船如屋。诏书拣选尚书郎，持节送之恩意缛。东夷北敌世为邻，久苦诛求夷甚贫。愿归管钥事天子，厌以形势初无因。颇闻天骄国方扰，种落攻之天所讨。附书凭子问三韩，畏头畏尾何时了。天兵吊伐那可期，幽燕本自吾遗黎。请将鸭绿酿为酒，来犒王师古北口。①

赵鼎臣，字承之，北宋中后期文人，与苏轼、苏辙、苏过、吕本中等人往来密切，唱和频繁。诗人送别高丽送伴使赵亿，由此放眼宋丽外交，高度赞扬元丰以来的御丽边策，并将其与大禹治水的功绩相提并论。元丰以前，北宋聘问高丽的规格与西夏相仿，元丰以后，聘问高丽的规格骤然提升，与辽等同。元丰元年(1078)，神宗下诏："奉使高丽使、副所过州郡，迎劳并视使辽例。"②为了巩固宋丽外交，北宋不仅在聘问规格上抬高标准，还十分优待访宋使臣。元丰二年，高丽进奉使柳洪因海风袭击导致贡物飘失，神宗非但未予以追究，反以天气无常予以宽慰。先是将灵飞、顺济两架神舟借给高丽贡使助其返国，后又因高丽贡使出入明州，增加当地公使钱，并定以后"(高丽)国王贡物不估直回赐"，以"浙绢万匹"为定数。③ 上述举措充分反映了神宗君臣联丽制辽的意图与决心，为诗人高度认可，故有"宠以大国"的外交描述与"断匈奴臂"的战略解读。北宋之所以厚遇高丽，有着维系朝贡与抵御契丹的双重考虑。诗中反映的丽人远来、珍宝汇聚、稽首膜拜，皆为宋丽交流的表现形式。结合史实进行考察，雍熙战争以前，宋丽已达成正朔关系。雍熙战争以后，北宋的收复梦想破灭，高丽的制辽作用被迫忽略，宋丽关系一度陷入历史冰点。直到大中祥符七年，宋丽恢复朝贡与奉正朔。但是，在军事问题上，北宋仍未给予高丽任何实际帮助，始终保持中立，以平衡自身与辽、丽之间的关系为宗旨。④ 至元丰年间，宋丽关系有了根本性的转变，这种改变的动力来自神宗君臣的拓取雄心。北宋不仅厚遇辽使，在择拣赴丽使臣方面也十分讲究。元丰元年

① (宋)赵鼎臣：《竹隐畸士集》卷3《送赵延之亿送伴高丽人归国》，四库全书珍本初集。

② 《长编》卷288元丰元年三月乙亥，第7048页。

③ 见《长编》卷301元丰二年十一月辛卯、《长编》卷301元丰二年十二月癸丑、《长编》卷302元丰三年正月辛巳、《长编》卷302元丰三年正月乙酉。

④ 黄纯艳：《宋代朝贡体系研究》，商务印书馆2014年，第199—202页。

三月，高丽国信副使林希因“形貌忧郁不少舒”，不能代表北宋的大国气象，在启行之后仍被秘阁校理陈睦替换。对此，神宗明确批示：“高丽望中国使人久矣，苟一见希颜状如此，甚非所以使彼识达朝廷眷顾，遣使通好之意。”[①]诗中所言“诏书”一事或指此。随着厚遇高丽的徐徐展开，战略意图日益凸显，契丹侵迫、高丽求援便成为诗人大做文章的突破口。无论是“久苦诛求”的煽动，还是“畏头畏尾”的质问，抑或是“替天行道”“犒赏三军”的延揽联合，都彰显了诗人联丽制辽的决心。从上古时期的大禹治水，到今时今日的伴送丽使，全诗开阖纵横，议论风生，尤其是“天兵吊伐”的收复愿景，倍增酣畅，痛快淋漓。正是这种一泻千里的快意与就事论事的真切让宋诗平添韵短之弊，因此本着“意见言外”之审美精神去解读宋诗的读者永远无法获得审美满足，无法接受其直、其真。

二、同仇敌忾的尚武精神

尽管北宋确立了“崇文抑武”的国策，但是，在严峻的边患形势下，北宋边塞诗仍有不少作品坚定地传递出同仇敌忾的尚武精神。崇尚勇武，宣扬武功，常常通过直抒胸臆、虚设人物得以发抒。

第一，崇尚勇武是尚武精神的直接显现。在《高阳关射亭》中，梅尧臣明确表达了御边得力必须武力强盛这一观点：

> 星弧射狼夜夜张，角弓备寇不可忘。将军屯师古关下，不尚武力何由强。日与官兵来会此，弓须射硬箭射长。更如羿中九乌毙，独见杲杲明扶桑。[②]

高阳关，本名“关南”，太平兴国七年(982)改置高阳关。此关地接辽境，为

---

① 《长编》卷288元丰元年三月辛巳，第7050页。

② (宋)梅尧臣著，朱东润编年校注：《梅尧臣集编年校注》卷23《高阳关射亭》，上海古籍出版社1980年，第662页。

北宋军事重镇。星弧，即弧矢星，共九星，八星如弓，外一星如矢。高阳关乃北塞重镇，守卫此地，既要如弧矢星日呈张势，时时备御，又要有坚强的武力后盾，兵强马壮。诗人由射亭切题，指向武力控边，认为勤加训练、强化射艺是取胜之道。就高阳关的战略地位而言，诗人提高此关御边能力的敦促契合边情。庆历八年（1048），置河北四路安抚使，大名、真定二府、瀛、定二州长官遥领安抚使。① 因为有了河北一路的重要身份，高阳关路才能在嘉祐二年与真定府、定州路等安抚都部署添支如陕西四路例，得到了五万的财政支持。② 因此，诗人由高阳关部署放眼整体的北御安全允理惬情。诗人的兵学见解与战略眼光借助此诗得见一斑，唤醒战备心态，加强士兵训练，保障战略物资，这些观点恰恰是《孙子》总结的取胜之道。梅尧臣在《孙子》“兵众孰强，士卒孰练”的基础上，进一步反思“车骑闲习，孰国精粗”，武略毕现。结合此诗，前三联立足于心态、物资、兵力，既符合“实而备之”的兵法古训，又契合宋辽边情，显示了诗人正视对手、常备不懈的安边心态。尾联中，情绪方转向乐观，这正是建立在严阵以待、万事俱备的基础上才有的释怀。

在《送人从军》，徐积亦充分展现其尚武情怀：

古来雄隽是从军，问罪残羌正有名。黑槊将陪黄钺帅，银枪队拥铁林兵。十州假息恩涵覆，百载逋诛事贯盈。首恶便应囚巨槛，壮图难议请长缨。须空大漠迁降卒，好决洪河刷逆城。报国主人心更勇，西山勒颂得班生。③

自杨炯“宁为百夫长，胜作一书生”的雄歌问世以来，人们常以之为从军荣光的极致肯定，“雄隽”即秉承此意。为了说明从军缘起并凸显正义，诗人

① 见《长编》卷 164 庆历八年四月辛卯。

② 见《长编》卷 186 嘉祐二年九月乙未。

③ （宋）徐积：《节孝先生文集》卷 18《送人从军》，明嘉靖四十四年刻本。

以问罪有名将伐夏置于“义战”的高台。全诗开篇道德充沛，斗志昂扬，为下文描绘精兵强将的军容阵势、叙述招降讨逆的正义光荣铺垫了前提。“黑槊将”与“银枪队”两句极力渲染了善用兵器的骁将与装备精良的部伍，暗示了取胜的武力因素。诗人以为武力虽至关重要，却不能一定乾坤，出师是否正义亦为取胜关键，于是转而追溯至百余年前宋夏交好而夏人骤叛的交恶之初，并将责任全部指向西夏，辜负皇恩、据州自立、恶贯满盈均是对夏人罪恶的控诉。对于首恶，诗人主张巨船囚禁，以绝其患，可惜自己无路请缨，壮志难图。由此可见，在知己知彼这个问题上，诗人弘扬了己方实力却以战争性质忽略了对敌方储备的论述，战争实况无从查验。全诗省去了交战细节，直接奔向招降结局，大漠迁降、决河涤城足见诗人隔绝叛臣、扭转风气的决心。诗人之所以态度决绝，既有宋夏冲突代价巨大的现实因素，又有精忠报国、同仇敌忾的情感诉求，还与其边塞诗雄健浑成的文学风格密不可分。

严惩敌手是宋人尚武的极致表现。北宋一朝，宋人对待外患的逻辑永远是重辽轻夏。由于宋夏战和无定，故西夏更多地扮演了受责角色，备受宋人的诅咒与蔑视。北宋中期，宋夏对垒，剑拔弩张，祖无择的《夏州叛》真实地表达了对西夏叛服无常的痛恨：

羌虏奸诛轸圣忧，出师十万拥貔貅。朝廷命将诗书府，廊庙论兵帷幄筹。舜后舞干期振旅，汉臣投笔待封侯。宣王六月存周雅，愿继徽声颂国猷。①

首句痛斥西夏叛扰，“出师十万”则传递出宋人武力镇压西夏的坚定信念，而“廊庙论兵”、运筹帷幄亦与仁宗朝宋人积极寻求御夏方略相验。诗人从帝王宵旰、军队征讨、臣僚论兵等方面揭示了北宋的御边部署，同时希

① （宋）祖无择：《夏州叛》，《全宋诗》卷356，第4417页。

望朝廷文德感化，儒士效力疆场，上下齐心，便能收获《诗经·六月》所记载的宣王功业，成功平叛猃狁，最终国泰民安。

与此同时，石介亦多次声明夏不足惧，命如蝼蚁。“元昊诚蝼蚁，有地长一畛”是仇敌诳语，“蠢兹元昊命蝼蚁，西师堂堂难当哉”则是壮胆豪言，怪胆狂情与《庆历圣德诗》如出一辙。熙宁年间，韩琦则传递出“虎士方争奋，羌雏已诉哀”的自信传达。北宋中后期，陈师道、孔平仲、晁补之等苏门文士均发表了强烈的抗夏控诉。陈师道指出“陇上壮士莫扪舌，河西狂王防系颈”，御夏军储充足，不必有供给之忧，而夏主罪不容诛，务必提防其佯降自保。孔平仲“百链刚刀斫西夏，万钧强弩射单于”更是气冲志定，并论怒斩辽夏国主的壮图伟业。晁补之则对辽夏有负宋恩表示遗憾，遂有“二鸟蒙恩岂有知”之语。在严峻的边防形势下，宋人的御夏豪言层出不穷，俯拾皆是。酬答诗友，彭汝砺流露出“为君穷力破戎羌”的御夏热情。庆贺捷报，游师雄又有“始恨羌酋送死迟”的深恶痛绝。联想羌人，郑獬则怒斥“豢饱则蹄啮，羌奴敢肆行”，故力主毁其现状，不令食饱衣暖。漫步五原，文同一面指出“羌人钞暴为常事”，为宋人仇夏找到依据，一面揭露宋人玩寇五原、轻敌邀功等御夏漏洞，行吟兴感之外，爱国之心毕现。

第二，宣扬武功常常借助少年、边帅等人物加以体现。与梅尧臣的《高阳关射亭》直接标榜武力不同，也有部分边塞诗通过虚设少年表达崇勇情怀，首推张耒《少年行三首》，其一云：

骍弓鹊角苍鹰羽，金错旗竿画貔虎。长驱直踏老上庭，手拔干将斩狂虏。归来解甲见天子，金印悬腰封万户。自为大汉上将军，高揖群公佐明主。①

① （宋）张耒撰，李逸安、孙通海、傅信点校：《张耒集》卷3《少年行三首》其一，中华书局1990年，第31页。

此诗开门见山，寥寥数笔便勾勒出一位弯弓饮羽、金戈铁马的少侠形象。为了使少侠的勇敢饱满具体，诗人虚拟了直捣匈奴、怒斩狂虏，并预设立功封赏、辅君睦僚的美好愿景。《少年行三首》其一中，诗人纯用顺叙手法，塑造了一位所向披靡、攻无不克的英雄形象。其二中，作者采用倒叙手法，以任帅廿载的口吻追忆往昔的戎马倥偬，“黄尘昼飞羽如插，身射单于碎弓甲”两句呼应了其一中的英勇事迹。

在《上田待制》中，苏洵亦描绘了关中少年的孔武有力：

> 少年事游侠，皆可荷弩枪。勇力不自骄，颇能啖干粮。天意此有谓，故使连西羌。古人遭边患，累累斗两刚。方今正似此，猛士强如狼。跨马负弓矢，走不择涧冈。脱甲森不顾，袒裼搏敌场。嗟彼谁治此，踧踧不敢当。当之负重责，无成不朝王。[①]

秦地尚武，秦人刚猛，倒山倾海，饮啖兼人。正因如此，毗邻夏境、饱受侵略既为地缘之失，也为成为磨炼其意志、锻炼其骁勇的被动选择。古之边患遭遇数强，今之边患共御辽夏，且“无望于（辽夏）臣且遁”，关中少年只能如狼似虎，勇猛前进。他们或持枪跨马，武装登场，或不计生死，赤膊上阵，打破了逡巡畏缩的窘境，担起了摧坚陷敌的重任。随着秦人拔山举鼎的振奋，整首诗顺利过渡到对田侯武略、秦人战功的赞颂。苏洵此诗，在虚设少年与实写大臣之间搭建了一座桥梁，将秦人善战、田侯知人积极系连，强调了文儒治军理政的合理性与必要性，体现了苏洵在边防控制层面的深度思考与良苦用心。

较之苏洵联系少年与谋臣的曲折与深沉，宋人亦喜在寄赠、送别边帅中直接表达早立边功的殷切期望。文同“莫刻和戎誓，朝廷重战勋”叮嘱

---

① （宋）苏洵著，曾枣庄、金成礼笺注：《嘉祐集笺注》卷16《上田待制》，上海古籍出版社1993年，第459页。

文州守夏左藏切勿一味遵循和誓等南治旧例，而应因时制宜，积极建功。李廌“作吏宜思故家勇，早取灵盐隶秦陇”则通过激励盛玮追忆家族旧勋，以期早日收复盐、灵二州，使之重回河陇版图。

要之，战和无定的边防形势为宋人弘扬武力、崇拜英雄找到了出口，宋夏之间的剑拔弩张更是令边塞吟哦不可避免地沾染了浓重的暴力色彩。冷静之后，宋人还是喜欢在文武兼备的治边理路中寻找锁钥。

三、战和催生的文武思考

在御边的强压之下，一些诗人传递出弃文从武的价值判断。听闻邕州盗寇横行，王令遂生“常叹平时轻死士，未知谁手付天矛”的军功向往，并对班超的投笔从戎、定远封侯表示崇仰。稍后的吕陶，出于好友赴边的军事感染，明示弃文从武之心，遂作“若相清朝许投笔，生平孤剑愿重磨”语。但是，弃文从武并非时代主流，仍有不少诗人对文治、仁治充满信心。远居海隅的郭祥正便主张“庙堂赫赫用耆旧，熟讲仁义安羌戎”，欧阳修亦坚信“夷狄从来怀信义，庙堂今不用干戈”，主张弃武用仁治夷安边，二人观点恰与“全胜不斗”“不战而屈人之兵”等兵学思想相契。正因如此，宋人对于文武双全的奇才，总是翘足引领，满怀期待。

首先，标榜文武兼修的治国理想与用人观念。范纯仁在《骑射》中亦表达了崇尚勇武、文治武功的教化理想：

> 雄儿矜绝艺，勇气厌天骄。振臂联驱马，翻身仰射雕。回旋惊电雹，奔突出尘嚣。武备并文教，均修是我朝。①

首联径直描绘健儿的矜才使气、气骄志满，中间两联继而揭示健儿傲视群雄的资本，即策马奔冲、翻仰骑射无所不善。在超尘逐电的激烈骑射中，

① （宋）范纯仁：《范忠宣文公集》卷二《骑射》，元刻明修本。

尾联转向对演武修文、文韬武略的呼唤。文武之道，一张一弛，只有张弛有度，文武兼修，才能实现大治天下的终极理想。

送别梁交出知莫州，苏辙亦表达出文武兼用的治边期许：

猛士当令守四方，中原诸将近相望。一樽度日空闲暇，千骑临边自激昂。谈笑定先降虏使，诗书仍得靖戎行。君看宿将何承矩，安用摧锋百战场。①

梁交，字仲通，北宋武将。莫州，属高阳关路，地处宋辽对峙的前线。首句虽以"猛士"起首，却并未顺着诸将相望、便于奥援的军事布置蔓延开去，而是转入事半功倍、措置裕如的讴歌与赞颂。在苏辙看来，临戎慷慨的豪迈、置酒高会的惬意、折冲樽俎的智略、谈笑却敌的风度均为其所推崇。所言"谈笑降虏"，则是指文思副使梁交曾于熙宁四年辅佐知制诰陈绎使辽，苏辙遂有谈笑间摧折辽使、捭阖间较量争胜的称赏。顺着这种思路，遂作"诗书"一句，表达出文武相彰的安边寄语。苏辙激劝诗书御边，畅言智略克敌，亦因武将梁交确有"颇文雅，不类武人"②的精神特质。依塘设险、未雨绸缪的何承矩，恰为梁交楷模。从苏辙寄赠梁交的其他诗作来看，梁氏既有"口占佳句惊众坐，手练强兵试鸣镝"③的文韬武略，又有"坐中飞将忽先起，轻衫出试彭门远"④的迅捷从容，若能急起直追，定不会辜负朝廷的安边嘱托。

其次，揭示文武杂厕与文武殊途的现状。唐末五代以来的藩镇割据、武将叛立令宋人心有余悸，于是文臣统兵成为历史与时事的双向选择。

① （宋）苏辙：《栾城集》卷8《送梁交供知莫州》，中华书局1990年，第147页。
② （宋）苏轼：《苏轼诗集》卷15《王巩屡约重九见访，既而不至，以诗送将官梁交且见寄，次韵答之，交颇文雅，不类武人，家有侍者，甚慧丽》，中华书局1982年，第759页。
③ （宋）苏辙：《栾城集》卷8《次韵子瞻赠梁交左藏》，中华书局1990年，第139页。
④ （宋）苏辙：《栾城集》卷8《送梁交之徐州》，中华书局1990年，第142页。

宋朝的“官”，仅供“寓禄秩，叙位著”[1]，具体权职还要视差遣而定，而像知州、知县、县尉、总管、钤辖、都监、安抚使、经略使、经略安抚使、制置使、宣抚使等差遣，则是文武兼任的。因此，就出现了大量文武大臣交错委任的现象，对此，苏洵便有如下感慨：

未尝见大物，不识天地宽。今君吾乡秀，固已见西川。去年作边吏，出入烽火间。儒冠杂武弁，屡与毡裘言。又当适南土，大浪泛目前。胸中芥蒂心，吹尽为平田。陈汤喜形胜，所至常纵观。吾想君至彼，胸胆当豁然。[2]

此乃苏洵送别乡邦任师中赴任清江之作，清江乃江南西路临江军所辖三县之一。任师中受命镇南，苏洵先是铺写了南方的波涛汹涌与风高浪急，继而对任氏的劈风斩浪、镇守一方满怀期待，不禁发出了“人生患不出”的艳羡之意。风尘之慕过后，诗人继而流露出“今君吾乡秀”的自豪之情。苏洵认为任氏乃当之无愧的巴蜀英才，并以烽鼓不息、杂厕武将的过往边履激壮事功。而今任氏帅守南邦，面对惊涛骇浪等别于北地的新鲜考验，诗人认为任氏定能有汉代陈汤谋划形胜、征伐方外的智略与才干，胸有丘壑，运筹帷幄。

关于文武杂厕，苏洵“儒冠杂武弁”表达的是对任氏边略不输武将的高度肯定。而韩琦的“一落粗官伍哙曹，清流甘分绝英髦”却传递出与武将为伍、远离风雅的无奈与遗憾，这种无奈与遗憾正是对文武境遇思考的必然。皇祐五年(1053)正月，知定州韩琦为武康节度使、知并州，吴育、杜衍均作诗相贺，《次韵答留台春卿侍郎以加节见寄二首》其一乃吴育贺诗

① (元)脱脱：《宋史》卷161《职官一》，中华书局1985年，第3768页。
② (宋)苏洵著，曾枣庄、金成礼笺注：《嘉祐集笺注》卷16《送任师中任清江》，上海古籍出版社1993年，第471页。

的次韵之作。诗人久御边陲，戎马倥偬，罕能放慢节奏，体验闲适生活，故隔绝英髦之憾在情理之中。若读者就此认定韩琦“干大事而惜身”，则误读甚深。尽管宋人在诗中流露出对文武全才的渴望，但是，关系到个人仕进，绝大多数文官坚持初衷，拒绝换武。庆历二年(1042)四月，知秦州韩琦、知渭州王沿、知延州庞籍与知庆州范仲淹同日分别受封秦、泾、鄜、邠诸州观察使。范仲淹率先抵制，坚辞不受，连上三道《让观察使表》，分别从能力、身体状况两方面否定了受任武职的合理性，决绝的背后折射出宋人对文资换武的不屑与不满。对此，韩琦起初欣然接受，后来才恍然大悟，恳请收回成命，并称：“恐不知臣者谓他路辞之为得宜，臣则壮年贪受禄位。”[①]就此事看，范、韩的理由不过是维护文官利益的借口。赵冬梅指出，宋初国祚不稳，尚武犹存，故前三朝文资换武屡见不鲜。至仁宗朝，这一风气陡然变化，不仅文官不愿换武，甚至出现了低级武官积极换文的沧海巨变。[②] 范、韩的拒不换武，正是观念变迁的真实写照，“世为文吏，拳拳素风”[③]不仅是范仲淹拒绝的理由，也是多数武官要求换文的借口。经历了之前险些换武的遭遇，韩琦对于坚持文阶的可贵与杂厕武将的遗憾，难免感慨万千。

最后，揭示武将的多舛命途与恩遇的文武差异。在风气熏染与能力诉求的双重作用下，部分武将不得不借鉴儒略之长，补其不足。送别回京的张路铃，晁说之云：“将军父子重儒术，坐有绿衣人则休。”因为“橐戈未肯下灵州”，张氏父子不得不改变纯用武力的卫边传统，学习文韬，寻求对策，即便如此，也未必能迅速扭转收复不利的局面，因此借用“绿衣”悲叹英雄，叹其贤而失位，贤而离边。相较晁诗客观描述武将调遣，张耒则直接发出了“从来书生轻武夫”的不平之音。这种不平之气，周邦彦《薛侯

---

① 《长编》卷 138 庆历二年十月辛亥，第 3313 页。

② 赵冬梅：《文武之间：北宋武选官研究》，北京大学出版社 2010 年，第 21—24 页。

③ (宋)范仲淹著，李勇先、王蓉贵校点：《范仲淹全集》之《让观察使第三表》，四川大学出版社 2007 年，第 407 页。

马》曲尽其详：

> 薛侯俊健如生猱，不识中原生土豪。蛇矛丈八常在手，骆马蕃鞍云锦袍。往属嫖姚探虎穴，狐鸣萧萧风立发。短鞯淋血斩将归，夜斲坚冰濡马渴。中都久住武城坊，屋头养骆如养羊。枯萁不饱篱壁尽，狭巷怒蹄盆盎伤。只今栖栖守环堵，五月樵风吹宿莽。千金夜出酬市儿，客帐昼眠听戏鼓。边人视死亦寻常，笑里辞家登战场。铨劳定次屈壮士，两眼荧荧收泪光。齿坚食肉何曾老，骑马身轻飞一鸟。焉知不将万人行，横槊秋风贺兰道。[①]

诗人借休战后良马的时乖命蹇揭示出豪酋的凄凉境遇，不平之气充溢其间。张廷杰指出周邦彦以马喻人的设计，并从英雄赞歌、以马写人、直写薛侯等视角进行解析，却仍有完善空间。[②] 此诗中，为了加深读者对薛侯命运陡转及其影响的认知，周邦彦另于题注中梳理了事件的来龙去脉。[③]大意是：薛侯原为河东土豪，以战功擢升，又因休战闲置，经年不调，爱马不满被羁命运，破坏房屋，踢碎盎器，薛侯只好变产以偿，人马相向而泣。时人感于此事，或为薛侯作传，或为薛马作诗，周邦彦即在赋诗十余人之列。诗歌开篇介绍了薛侯的昔日风采，河东土豪身手敏捷，横枪跃马，十分英武。策马西风，深入虎穴，搴旗斩将，斫冰饮马，均为薛侯旧日功勋。接下来，诗人着力刻画薛侯黜置武城坊招致的良马摧折，诸如饭食粗恶、空间狭促，这些均为后来良马“怒蹄盆盎伤”作了铺垫。事已至此，主人只

① （宋）周邦彦：《薛侯马》，《全宋诗》卷1188，第13423页。

② 张廷杰：《宋夏战争诗题材论析》，《宁夏大学学报（人文社会科学版）》2003年4期，第8页。

③ 《薛侯马》题注：“薛侯，河东土豪也。以战功累官左侍禁。西方罢兵，薛归吏部授官，带所乘骆马寓武城坊，经年不得调。羁马库屋下，马怒，败主人屋，时时蹄碎市贩盎器。薛悉卖装以偿。伤己阨屋，因对马以泣。邻居李文士因之为薛作传，同舍赋诗者十一人，仆与其一焉。”

好卖马以偿,“夜出”二字既见薛侯不忍直视的良心,又见其英雄末路的自尊,“昼眠”则道明了薛侯孤孑一人的百无聊赖与心灰意冷,此处薛侯卖马的被动无奈与《水浒传》中杨志卖刀的情非得已有异曲同工之妙。至此,诗意并未终止,而是迈向视死如归的鞍马生涯。诗人忆昔抚今,以为论功行赏已难如登天,继而由表及里,指出志士苦闷不仅是个人穷达,它关乎背后的用人制度,尤其是铨选官吏的巨大漏洞。人才闲置不用,壮士有志无时,诗人夹叙夹议,不平则鸣,治世良心可见一斑。当然,薛侯的命运陡转应与北宋兵销革偃的边塞形势以及罢战息兵的战略部署均密不可分,而这些言外之意有待于进一步玩味与推究。

无论是张耒所言“从来书生轻武夫”,还是周邦彦《薛侯马》反映的武将落寞,均有其深刻的制度渊源。北宋一朝文武资序的云泥之别,正是借助“文官—武选官—军职三途分立”逐步实现的。具体来说,三途分立的分割精神将“职业军人屏蔽在非统兵职位之外”,又在军队之外别设一个“边防统兵官序列”,最终“实现了文官对于国家主干行政职位的垄断”①。于是,在《送高将永亨》中,我们读到了旁观者刘跂对于武将命运的义愤填膺:

> 大高杀身如伍尚,弟有子胥天未丧。小高自慕颜太师,能言兄守常山时。事随日往长已矣,邂逅相逢识其弟。谁言恨不见古人,两意恐非今人比。结发行阵初齐名,志同不在同生死。苦遭文吏巧见诋,边人至今犹坠泪。三年默默趋戎行,骅骝捕鼠非所长。趣装定返云中守,上书今遇尚书郎。②

高永能、高永亨兄弟为北宋神宗朝大将,赤胆忠心,战功赫赫,袍泽之谊深

① 赵冬梅:《文武之间:北宋武选官研究》,北京大学出版社 2010 年,第 25 页。
② (宋)刘跂:《学易集》卷二《送高将永亨》,清武英殿聚珍版丛书本。

厚，诗人遂将二人譬为春秋的伍尚、伍员。诗人选取颜真卿为小高（高永亨）的精神偶像这一点展开描述，赞其仰慕英雄，崇拜兄长，并从侧面烘托其公忠体国。诗人偶结永亨，相知日深，对其不与颜鲁公同时的遗憾愈发体谅与同情。在英雄的感召下，兄弟二人从戎报国，驰骋疆场，数立军功。不幸的是，永亨的冲锋陷阵却因文官的微文深诋而前功尽弃，遂令全诗弥漫着英雄末路的失意色彩。按：元丰二年五月，权鄜延路都监高永亨与本路经略使吕惠卿就蕃汉、将兵统纪一事产生分歧，永亨先是遭遇降职黜置，后惨死狱中。一年后，永亨侄如京使高通上呈叔父狱中冤诉，神宗非但未彻查原委，反罪其“饰情自言，凶狠之实”[①]，并明示遇恩不赦。此诗当作于元丰二年分歧初生、降职话别之时。关于吕、高的边见差异，《吕惠卿家传》认为吕氏纠正了以往备御不及之弊，“将有分地，兵有常将，以蕃为锋，汉为脊铗，将兵职战，城兵职守”[②]，各司其职，秩序井然，且改变了过去调发不力的局面。加上神宗“议论明白，利害详尽”的高度肯定与“惟底行之”的践行敦勉，永亨“蕃兵不可参隶，参隶虞变；将兵不可分置，分置弱威”之论自然被视为厥词谬论，遭到炮轰。结合元丰四年的五路伐夏与次年的永乐之役，神宗支持吕氏实为后来的西北拓边架桥铺路。关于神宗延续与改变王安石新法一事，朱熹这样回答弟子：“神宗尽得荆公许多伎俩，更何用他？到元丰间事皆自做，只是用一等庸人备左右趋承耳。”[③]事实上，吕惠卿正是参透了神宗的进取志向——“着眼于恢复旧疆”[④]，才在西北进行系列军事改革，企图重入中枢，再获荣宠。但是，在《宋史》本传中，作者却客观记录了边人与议者对吕惠卿蕃汉合一的反对，尤其致力于描述老将高永亨的驳斥与争论，并描述了吕氏平定蕃部的耗时之长。可

---

① 《长编》卷305元丰三年六月丙午，第7425页。

② 《长编》注引《吕惠卿家传》，《长编》卷298元丰二年五月己巳转引，第7242页。

③ （宋）黄士毅编，徐时仪、杨艳汇校：《朱子语类汇校》，上海古籍出版社2016年，第3102页。

④ 漆侠：《王安石变法》（增订本），河北人民出版社2001年，第213页。

见，对于吕惠卿的军事改革，史家褒贬不一。至于诗人刘跂极力刻写永亨冤屈，恐与其父刘挚批判新党、痛恨吕氏的价值判断密不可分。谙熟永亨的冤不得鸣，才能理解刘跂"苦遭文吏巧见诋"的深意与苦心。接下来，诗人以"骅骝捕鼠"批判朝廷的处置不当，控诉永亨大受小知，同时又寄望于当下，呼吁堪比冯唐的巨眼忠良，救永能于危殆之中，愿其有魏尚之幸，能够重守云中，重返疆场。

宋人对文武待遇的思考，除了饱受文吏摧折的消极一面，还有因功行赏的被动一面。皇祐五年(1053)五月，仁宗与庞籍、梁适围绕是否罢枢密使高若讷、拜狄青为枢密使一事争论激烈。宰相庞籍认为狄青不宜拜枢密使，并以太祖赏赐慕容延钊为例，反复申述"重名器""轻金帛"等主张，建议以"赐钱二十万贯"代替拜枢密使来奖赏狄青。参知政事梁适却坚持拜狄青为枢密使，原因在于"若讷为枢密使，位在己上，宰相有阙，若讷当次补；青武臣，虽为枢密使，不妨己涂辙"[①]，并以文彦博克贝州王则拜相为例，指出狄青在平定侬智高时战功赫赫，堪当枢密使之任。双方陷入争执，仁宗最终做出赐官狄青诸子的决议。然而，梁适不甘事将定论，内外联手，意图翻盘。先是密奏狄青赏薄，继而联合入内押班石全斌，令其"于禁中自讼其功，及言青与孙沔褒赏太薄"，迫使仁宗产生处置不公的恐慌。因此，召两府进对后，仁宗崭截表达了如下态度：

> 平南之功，前者赏之太薄。今以狄青为枢密使，孙沔为副，石全彬先给观察使俸，更俟一年除观察使。高若讷迁一官，加近上学士，置之经筵。召张尧佐归宣徽院。

面对擢升狄青的突变，庞籍毫无防备，表明退至中书商议，仁宗竟道："勿往中书，只于殿门阁内议之，朕坐于此以俟。"至此，梁适利用参知政事的

① 《长编》卷174皇祐五年五月乙巳，第4208页。

身份，联合内侍，内外施压，完全改写了事件走向。[①] 一石激起千层浪，梁适此举引起宋臣对于边帅功绩与封赏的讨论。五月丁未，知桂州余靖即因御史梁蒨讼其（余靖）赏薄，加秩为工部侍郎。仁宗擢升文武，除了对狄青、石全斌"惧而生爱"的迫不得已，还有对庞籍爱而不能的无可奈何，这种情绪与"重文抑武"继续加深文武沟壑，为后来的狄青罢任埋下伏笔。

剑气箫心是宋人理想国中的英雄形象。五代以来的武将篡立令宋廷怀疑武将卫边的诚意，而武将有限的文化水准亦不符合其全局在胸的诉求，于是宋人转而在文臣中寻找文韬武略者，于是这些文资大臣便常常出现在实际的军政视野中。他们掌控了边地的军政要务，河北、河东以及陕西莫不如此。正如司马光所言，"凡州县兵马，其长吏未尝不同管辖。盖知州则一州之将，知县则一县之将也"[②]。至于戎马关山的武将，虽得到了钱财与子女的保障，却与权力中枢渐行渐远，最终游离于枢府之外，无缘权力塔尖。

送人使辽诗是宋辽外交的副产品，背后折射出的华夷之辨与民族战和都较真实地反映了北宋与周边少数民族政权交融与认知的过程，为北宋边塞诗增添了浓墨重彩的一笔。外交是政治的延续，对辽遣使不仅承担着礼尚往来的交谊，使臣更肩负着窥探形势的重任。至于出使仪度，既不能流于狎昵，亦不可刚褊傲逸、不知变通。送人使辽诗关心国祚、旌表英雄、记录边塞、镌刻友情，正是基于对出使之重的认知，故有"仪虽聘邻国，礼岂异和戎"的激劝之语。激劝背后，是诗人对国家在政治捭阖中占据上风、屹立不倒的深挚祈盼。在岁币维和的实际运作中，宋人既看到铸剑为犁、止戈和戎的积极一面，又看到累民壮敌、西夏无厌的消极一面。知其视角之深入全面，方能理解其歌颂英雄与同情百姓的矛盾心态。澶

① 事见《长编》卷174皇祐五年五月乙巳。

② （宋）司马光著，李文泽、霞绍晖校点：《司马光集》卷52《请罢将官劄子》，四川大学出版社2010年，第1094页。

渊之盟后，宋辽外交平稳有序，宋夏关系却冲突迭起，尽管这种局面未能给予西夏比肩契丹的政治地位，却为宋人弘扬武力、崇拜英雄找到了出口，诗歌创作亦沾染了浓重的暴力色彩，甚至有人直接标榜弃文从武，将崇尚勇武发挥到极致。在弘扬武力、呼唤英雄的歌颂中，北宋诗家密切关注武将命运，指向文武之道的深度考察。文武之道涵盖了两个论述中心，一为尚武精神的彰显，一为文武恩遇的思考。尚武精神是边事丛生的卫国需要，文武之道多立足于权力制衡，体现了北宋“重文抑武”的政治个性。在“重文抑武”的引导下，文武恩遇的差异越发深化，文不换武的判断亦越发坚定。谙晓上述诸事，才能深刻理解为何北宋边塞诗既有崇尚武力、歌颂胜利的激情一面，又有反思战争、权衡文武的理性一面。

第五章

筹谋与应对：北宋边塞诗的理性精神与突围经营

经历了残唐五代的分崩离析，宋人对于和平安稳的内外环境十分珍视，并致力于恢复礼乐文化以巩固统治。有宋一代，政治与教化合一是知识分子的终极追求。作为北宋士大夫的精神领袖，欧阳修公开标榜“三代之治”，声称：“尧、舜、三代之际，王政修明，礼义之教充于天下。”[①]至于如何取法“三代”，如何应对礼崩乐坏的“仁义废绝，心无所守”，史眼如炬的欧阳修直击道统与文化重建的巨大困难，指出：“盖习俗难变，而文章变体又难也。”[②]对此，张健先生进一步解析北宋重建礼乐的复杂性，认为这是一项牵涉“道德、礼仪、儒学、文章，甚至书画”的巨大工程，又指出文章变革的艰难性，革除晚唐、五代文风之弊着实不易，因此“宋代文章的重建后于政治的兴隆”[③]。作为文学内部的重要组成部分，诗歌亦担负起发扬传统、恢复道德的重任。本章立足于人与时代的双重因素，既宏观论述人的理性对北宋边塞诗理性精神的推助之力，又从科举制度、谏议制度揭示人的理性的制度保障，最后聚焦求策、儒帅、军储、防秋四事，解析具体诗人诗作的安边理想与突围谋划。

第一节　人的理性、制度理性对诗风理性的涵育

《文心雕龙·时序》云：“文变染乎世情，兴废系乎时序。”中晚唐以来

---

① （宋）欧阳修著，李逸安点校：《欧阳修全集》卷17《本论中》，中华书局2001年，第288页。
② （宋）欧阳修著，李逸安点校：《欧阳修全集》卷141《唐元次山铭》，中华书局2001年，第2262页。
③ 张健：《知识与抒情——宋代诗学研究》，北京大学出版2015年，第22页。

的藩镇割据、军阀混战，五代时期的犯上作乱、黑白颠倒，以及这一时期文武大臣的奴颜媚骨、卖主求荣，无不冲击着传统的仁义道德与封建秩序。宋诗的政治功能与道德功能因而被赋予时代内涵，担负起前所未有的历史重任。为了保障恢复道德与重建礼乐的质量，北宋在科举制度与言事制度等方面均积极调适，精心布画。在制度塑形与风气感染的双重作用下，许多诗家致力于恢复君子之儒，“拳拳以立言为己任”①。周裕锴先生梳理宋初文论，同时借助古罗马批评家贺拉斯“甜美而有用”的诗学观念，最早系统地批评了晚唐体的“处士之一艺”与“伪寒士文学”②，对其从“甜美”“有用”两方面进行了彻底的否定。借用贺拉斯的主张考察宋初诗歌的其他两派，“白体”则失之干涩，“西昆体”则失之无用。鉴于此，恢复道统、重塑斯文、文质相得，正是北宋文学革新的重要目标。政治功效的空前放大，虽然实现了“通政教，察风俗”“移风俗，厚人伦”的目的，扭转了世风浇薄，却也带来了议论成风、以文为诗的泛滥，其中诗人的理性、制度的理性，都是造成这一局面的重要因素，下文分论之。

一、复合人才的身份确立对诗歌理性的推动

首先，创作主体的理性决定了诗歌风格的理性。与前代诗人相比，北宋诗人的身份有所不同，多是集官僚、文士、学者等身份于一身的“复合型人才”③。在官僚、文士、学者三种身份中，宋人的价值认同依序减弱，这一点毋庸置疑。最具代表性的，当属范仲淹与欧阳修。前者“人品事业卓绝一时，本不借文章以传，而贯通经术，明达政体，凡所论著，一一皆有本之言，固非虚饰词藻者所能，亦非高谈心性者所及”④，后者亦“每夸政事，不

① （宋）王禹偁：《小畜集》卷19《送孙何序》，四部丛刊景宋本配吕无党钞本。
② 周裕锴：《宋代诗学通论》，上海古籍出版社2007年，第35页。
③ 关于北宋诗人的“复合型”身份，绪论已详，兹不具论。
④ （清）永瑢、纪昀主编：《四库全书总目提要》卷152《文正集提要》，海南出版社1999年，第790页。

夸文章”[①]。对此，《宋史》本传补充道：“学者求见，（欧阳修）所与言未尝及文章，惟谈吏事，谓文章止于润身，政事可以及物。”自孔子周游列国，席不暇暖，其为国事操劳、积极奔走的治世情怀与主体精神便成为后世知识分子砥砺前行的精神武器。历经五代之乱的宋人艰难探索，借助宗经崇儒、修复道统，终于在仁宗朝形成了忠君体国、崇古务实的政风与文风。即便是后来文学灿然的苏轼、黄庭坚、秦观，虽未以吏治显达，不能践行其论，却仍旧高举经世致用的旗帜，在文学中寄托匡救时政的理想与策略。

崇实是儒学精神的重要特征，在北宋得到了自上而下、由内而外的贯彻。自上而下是指君臣共治的贯彻与实施，就人才的设计与派用来看，宋太祖“选儒臣干事者百余，分治大藩”[②]，宋仁宗支持范仲淹等实施庆历新政，宋神宗力挺王安石变法、王韶开边熙河，均为务实致用的典型范式。由内而外是指宋人对“退而结网”的信仰与践行，既有内在的认知保障，又有切实的外化显现。北宋士子的崇实精神反映到文学领域，便是文学必须有益于政教。这种认知源于古代儒家的“诗教”观念。“诗教”之说首见于《礼记·经解》，与其他五经的“教化”并行提出，曰：“入其国，其教可知也。其为人也温柔敦厚，诗教也。……其为人也温柔敦厚而不愚，则深于诗者也。”孔颖达就“温柔敦厚”提炼出两点：一是“依违讽谏”，二是“以诗化民”。[③] 前者强调《诗》的规谏风度与分寸，不流于狭隘、狂肆，后者强调《诗》的化民功效与尺度，不流于愚弄、欺哄。前者过度则君权不立，后者过度则民权受损。“上以风化下，下以风刺上”，如此，文学的教化功能与美刺精神才能发挥作用，起到巩固统治的效果。无论是对上的讽谏，还是

---

① （宋）范镇撰，汝沛点校：《东斋记事》，中华书局1980年，第47页。

② 《长编》卷13开宝五年十二月乙卯，第293页。

③ 孔颖达在《礼记正义》中这样诠释“温柔敦厚”的诗教观：“‘温柔敦厚，诗教也’者，温谓颜色温润，柔谓情性和柔。诗依违讽谏，不指切事情，故云温柔敦厚，是诗教也。‘其为人也，温柔敦厚而不愚，则深于诗者也。’此一经以诗化民，虽用敦厚，能以义节之，欲使民虽敦厚不至于愚，则是在上深达于诗之义理，能以诗教民也，故云深于诗者也。”（汉）郑玄注，（唐）孔颖达疏：《十三经注疏·礼记正义》，中华书局1980年，第1609页。

对下的教化，都以巩固江山、维护稳定为最终旨归。①

饱受儒学熏染的宋人对此深信不疑，遵奉不悖。宋初宰相徐铉曾借《诗经》的缘起与功能高度弘扬其价值："诗之旨远矣，诗之用大矣。先王所以通政教，察风俗，故有采诗之官，陈诗之职，物情上达，王泽下流。"②在徐铉看来，《诗经》的采集承载着上对下的积极查验，正是"下以风刺上"的隔代诠释。这种查验与反思精神同样为王禹偁所赞赏并躬亲实践，趁着"假宁著令，休沐得告"，王禹偁"察物性以验政教，观民田以考丰俭"③，深入民间，调研治迹，延续了"观风俗，知得失，自考正"的"刺上"精神。至仁宗朝，复合型人才的学术品格日益成熟，欧阳修将"依违讽谏"与百姓心声积极联系，指出能否反映民心、承载民意是鉴别诗之优劣的重要标准。欧阳修曰："民之得者深，故其心厚；心之感者厚，故其诗切。……心之浅者，故其诗略。"④他甚至揄扬"知诗人之意，则得圣人之智"⑤，将"诗人之言"与"圣人之智"并举，高度认可诗歌的"美刺"精神。

其次，重策论、轻诗赋的取士制度催生并保障了北宋士子的理性。除了"复合型人才"的诗人身份与"温柔敦厚"的诗教观念，异于前代的科举制度是北宋"保养"士人理性的重要工具。⑥ 据《宋史·选举志一》记载："初，礼部贡举，设进士、《九经》《五经》《开元礼》《三史》《三礼》《三传》、学究、明经、明法等科。"《九经》以下九科，一般统称"诸科"。自北宋开科取士以来，"诸科"就已存在。与唐代的总称经典不同，宋代的"明经"乃一科

---

① 余松《汉代经学与诗学理念》一文对该问题有深入阐释，见《云南师范大学学报（哲学社会科学版）》2006年5期，第90—91页。

② （宋）徐铉：《骑省集》卷18《成氏诗集序》，四部丛刊景黄丕烈校宋本。

③ （宋）王禹偁：《小畜集》卷17《野兴亭记》，四部丛刊景宋本配吕无党钞本。

④ （宋）欧阳修著，李逸安点校：《欧阳修全集》卷61《周召分圣贤解》，中华书局2001年，第886页。

⑤ （宋）欧阳修著，李逸安点校：《欧阳修全集》卷61《本末论》，中华书局2001年，第893页。

⑥ 关于北宋科举制度的特点研究，代表著作如下：祝尚书《宋代科举与文学》《宋代科举与文学考论》，何忠礼《科举与宋代社会》，梁庚尧《宋代科举社会》，张希清、毛佩琦、李世愉的《宋代科举制度通史》。

专设。自仁宗朝“别置明经科”试大义与验时务，宋人重时务、重策论的取士主张便未曾动摇。至神宗朝废罢“明经科”，“诸科”改习进士科，重经、重策的观念却通过进士科的改革得到贯彻，进士考试罢诗赋而试经义，便是神宗君臣“使义理归一”[①]的实施与保障。对此，苏轼评曰：“昔祖宗之朝，崇尚辞律，则诗赋之士，曲尽其巧。自嘉祐以来，以古文为贵，则策论盛行于世，而诗赋几至于熄。何者？利之所在，人无不化。”[②]可见，苏轼已经认清宋神宗与王安石君臣在意识形态的同化雄心与决心，对其妙用科考引导场屋与读书风气的精明强悍做法颇有微词。因此，当元祐年间进士科复用诗赋取士，苏轼先作《复改科赋》，赞颂哲宗、太后以及宰相司马光的右文政策，又在《奏乞增广贡举出题劄子》中提出了扩大贡举出题范围的有益主张，可惜，元祐后诗赋再禁，其谏并未得到长期贯彻。

作为宋代的科举时文，策论受到宋人的高度重视。不但上述“明经科”加试策论，进士科的各级考试也都有策论。元祐改革科场，并收诗赋、经义，“第一场，试本经义；第二场，试诗赋；第三场，试论；第四场，试策”[③]。前两项检验学问与文采，后两项考查吏干与见识。

这样的风气引导，无形中加固了士子对“致君尧舜上”的价值认同。宋初名臣田锡便发表了如下取士感慨：由于自己既“无经邦纬俗之文”，又“无备问专对之智”[④]，故难登卿相之门，难与名士相交，因此希望朝廷取士使智使勇，使贪使愚，随材授任，而不是面面俱到，求全责备。在《乞直馆》中，田锡再次以文辞粗浅等谦辞与假象，婉转地表达了效力馆阁的真情与实相，道明了“纪文明之盛事”的热切心愿。与田锡同时的柳开，倡导复古宗经，反复劝说其兄放弃明法科，条分缕析，语挚情长：

---

① 《长编》卷243熙宁六年三月庚戌，第5917页。

② （宋）苏轼撰，孔凡礼点校：《苏轼文集》卷9《拟进士对御试策（并引状问）》，中华书局1986年，第301页。

③ 《长编》卷371元祐元年三月壬戌，第8974页。

④ （宋）田锡撰，罗国威校点：《咸平集》卷4《上开封府判书》，巴蜀书社2008年，第49页。

古者人之为学也。大以广其道，小以开其政教而化之。利而养之借施于民也。……呜呼！未知先生始之志学于是科(明法科)也。是从于人之言，欲易其力而速其成耶，急于禄而轻于求耶，何不思于此乎？且执法者为贱吏之役也。……今之取爵位者，上可以陈皇王之事，述道德之任，试于贤良诏是也；次可以习章句之能，备政事之材，取进士举是也；下可以通经义之精，服诵习之劳，应礼传科是也。[①]

明法科是宋代科举的常科科目。就书简内容看，柳开对急于入仕而草率选择明法科的兄长十分不满，从治世效用、晋升空间对此科进行了全面否定，并建议兄长改投贤良方正能直言极谏科或进士科，实在不中，退而求其次还有“诸科”中的“明经”[②]可供选择。此文有两点值得关注：一是柳开认为即便中了明法也只能成为低级的执法官吏，无法参与宏大的治政设计；二是无论是“得之于朝”，还是“遗之于野”，士子均可凭借歌功颂德、抨击时政的华彩文章留名后世，这是熟习法令的吏役所望尘莫及的。在柳开看来，弃明法而择他，才是走得远、登得高的入仕途径。然观时论，可知柳开知人，“经其题品者，翕然名重于世”[③]，状元孙何、孙仅，甲科丁谓，均被言中。

多年以后的司马光，虽未对柳开此文予以置评，却同样表达了无须专设明法的态度。他认为：“为士者果能知道义，自与法律冥合。若其不知，但日诵徒流绞斩之书，习锻炼文致之事，为士已成刻薄，从政岂有循良？非所以长育人材、敦厚风俗也。朝廷若不欲废弃已习之人，其明法曾得解

---

① (宋)柳开撰，李可风点校：《柳开集》卷7《请家兄明法改科书》，中华书局2015年，第98页。

② 据《宋会要辑稿·选举》记载，宋代明经科最早设于嘉祐二年，宋仁宗诏示：“明经之所举，前世而已效，比缘其故，用广于求。”祝尚书先生在氏著《宋代科举与文学》中对此科“增加大义和时务策”的巨大变动有广博宏赡的阐释。

③ (宋)王辟之撰，吕友仁点校：《渑水燕谈录》卷3《知人》，中华书局1981年，第27页。

者，依旧应举；未曾得解者，不得更应，则收拾无遗矣。”[①]显然，司马光从涵养士风、树俗立化的角度反对明法科这种形而下、眼界小的取士标准，其高远宏阔的政治站位与人才观念，应有着对“新科明法科”的抨击与讨伐。[②] 同为旧党，侍御史刘挚却在“明法旧制”中看到了“先王之意犹在”的积极一面，于是建议“新科明法并加《论语》《孝经》大义”[③]，保证其不违忠恕。毫无疑问，刘挚的修补建议更符合渐次“更张”的元祐纲领。就时间来看，刘挚与司马光的科举谏言均发表于元祐元年。这时，哲宗新立，补裨不足尚且稳妥可行，至于颟顸推翻前朝制度，并不符合高太后等人的治政品格。在宗经重论的科举引导下，宋人借经典以析时事的特长得到了充分的发扬。因此，北宋边塞诗中到处弥漫着理性的救国主张与切实的御边方略。

最后，借助北宋边塞诗人的诗歌产量、仕宦与科举经历的统计图表，直观呈现复合型人才的身份、经历对边塞诗创作的影响。碍于篇幅，仅将产量多于 20 首的诗人列举于下：

表 5-1-1　北宋诗人与边塞诗创作统计表(产量>20 首、含送人使辽诗与使辽诗[④])

排名	诗　人	产量	最 显 仕 宦	入仕与科举情况
1	刘　敞	84	翰林学士	庆历六年进士 榜眼 礼部试本第一
2	梅尧臣	73	尚书都官员外郎	皇祐三年召试 赐同进士出身

① (宋) 司马光著，李文泽、霞绍晖校点：《司马光全集》卷 52《起请科场劄子》，四川大学出版社 2010 年，第 1086 页。

② 据《宋会要辑稿·选举》14 之 1 记载：“神宗熙宁四年二月，罢明经、诸科。其后有诏，许曾于熙宁五年以前应明经及诸科举人，依法官例试法，为‘新科明法科’”。祝尚书先生认为其新“在于考试不再重记诵，而在考察实际的司法能力”，笔者以为，此处司马光的抨击明法科虽高瞻远瞩，目光远大，却不能摆脱党同伐异、清算新法的嫌疑。

③ (宋) 刘挚撰，裴汝诚、陈晓平点校：《忠肃集》卷 4《论取士并乞复贤良科疏》，中华书局 2005 年，第 95 页。另见《长编》卷 368 元祐元年闰二月庚寅。

④ 因为使辽诗与送人使辽诗是北宋边塞诗的重要组成部分，然这种诗思触遇(尤其是使辽)是可遇不可求的。为了真实反映北宋诗家的创作，笔者将数据统计分为含送人使辽诗与使辽诗，以不含送人使辽诗与使辽诗两种，以便得出清晰的结论。

续 表

排名	诗 人	产量	最 显 仕 宦	入仕与科举情况
3	苏 颂	68	尚书右仆射兼中书侍郎　次相	庆历二年进士
4	彭汝砺	54	权吏部尚书	治平二年进士 状元
5	苏 辙	47	门下侍郎(副相)	嘉祐二年进士
6	宋 祁	45	工部尚书	天圣二年进士 甲科 礼部试本第一
7	刘 攽	42	三司使	庆历六年进士
8	王安石	32	同中书门下平章事	庆历二年进士
9	司马光	31	尚书左仆射兼门下侍郎(侍中)	宝元元年进士 甲科
10	黄庭坚	27	起居舍人	治平四年进士
11	韩 琦	26	侍中(正一品)	天圣五年进士
12	欧阳修	25	参知政事	天圣八年进士 甲科
13	王 珪	24	尚书左仆射兼门下侍郎	庆历二年进士
14	李 复	24	熙河转运使	元丰二年进士
15	晁说之	23	中书舍人兼太子詹事	元丰五年进士
16	杨 亿	22	工部侍郎	淳化三年 赐进士及第
17	苏 轼	21	翰林学士承旨、知制诰	嘉祐二年进士
18	刘 跂	21	朝奉郎	元丰二年进士

表 5-1-2　北宋诗人与边塞诗创作统计表(产量≥20 首、不含送人使辽诗与使辽诗)

排名	诗 人	产量	最 显 仕 宦	入仕与科举情况
1	刘 敞	56	翰林学士	庆历六年进士 榜眼 礼部试本第一
2	梅尧臣	53	尚书都官员外郎	皇祐三年召试 赐同进士出身
3	宋 祁	45	工部尚书	天圣二年进士 甲科 礼部试本第一
4	刘 攽	38	三司使	庆历六年进士

续　表

排名	诗　人	产量	最 显 仕 宦	入仕与科举情况
5	司马光	28	尚书左仆射兼门下侍郎(侍中)	宝元元年进士 甲科
6	黄庭坚	27	起居舍人	治平四年进士
7	韩琦	26	侍中(正一品)	天圣五年进士
8	李复	24	熙河转运使	元丰二年进士
9	晁说之	23	中书舍人兼太子詹事	元丰五年进士
10	杨亿	22	工部侍郎	淳化三年 赐进士及第
11	苏轼	21	翰林学士承旨、知制诰	嘉祐二年进士
12	苏辙	20	门下侍郎(副相)	嘉祐二年进士

观上可知，有无使北与伴送使者的经历是影响诗歌产量的重要因素。就表5-1-1来看，刘敞、苏颂、彭汝砺、苏辙、王安石、王珪等人均因出使契丹、伴送使臣等特殊的外交经历，不仅跻身北宋边塞诗家的排行榜，且稳居前列。就表5-1-2来看，梅尧臣虽无使北经历，却创作了20首送人使辽诗，因此，当剔除使辽诗与送人使辽诗之后，其排名虽未有变化，却同样面临产量锐减的局面。上述二表，一共牵涉十八位诗人。此十八人中，官至宰相的就有韩琦、王安石、司马光、苏颂、王珪五人。元丰改制前，真拜侍中者(以侍中任宰相、不必带同平章事职衔者)只有五人，韩琦即为其一。改制之后，神宗以尚书左仆射兼门下侍郎行侍中之职，因此，改制之后拜相的司马光、苏颂与王珪，均为名正言顺的一品要员。宰相之外，亦有欧阳修、苏辙、刘攽等副相与"计相"。其余诸人，则或为六部长官，或为翰林学士，抑或路转运使，品阶最低的梅尧臣、黄庭坚也做到从六品。如此官高位尊的创作团队足以说明北宋"复合型人才"的时代特征。再看科考，十八人中，只有杨亿、梅尧臣不以登第入仕，其余十六人均进士及第，且宋祁、刘敞、欧阳修、彭汝砺、司马光均登进士甲科，彭汝砺为状元，宋祁

与刘敞又分获礼部试第一、廷试第一的好成绩。[①] 这种情形与前代著名诗人的诗作虽好却禄位不高、甚至无官的情况已有了很大的不同。

随着复合型人才的身份逐渐确立，宋人对文学与文人的认知也增添了许多理性的色彩，这在《新唐书·文艺传》的传主选择中可见端倪。入传的79位唐代文人，不是以诗文名气的大小入选，而是以文学是否为其赖以生存之根本来评判。这79位文学家“大多为落拓无羁、以文为寄”[②]的小人物，政途亦无显赫职务，多数“以文学为终身之事”，至于一些著名诗家或诗论家，则或入“卓行”，或入“隐逸”，均依据其生活方式、精神品格以及文学对于其生活的意义来进行划分。较之《旧唐书·文苑传》，《新唐书·文艺传》更注重文学家的道德品评。周裕锴先生所论“宋人谈艺最终归结于谈道，论事最终归结于论人”[③]，可谓一语中的。就功利性极强的边塞诗来看，在诗中讨论如何高效御边，如何成为一名良将，如何唤醒朝堂的重用，才是宋人的终极关怀，亦为北宋边塞诗的创作初衷。这些问题，将在下文中详细展开。

二、多事尚论的时代土壤对议论反思的保障

崇实的宋学品格，重策的科举制度，现实的仕宦经历，这些因素联手绑定了北宋诗家“复合型人才”的身份，决定了北宋边塞诗好发议论、喜谋出路的理性品格。在诗风、学风、科考、仕途之外，从时代的大环境进行考察，跌宕丛生的御边时事与较为发达的台谏制度同样为宋人议论边事、反思军政提供了现实依据与制度保障。

先论边塞诗人与御边时事的联结。结合上述“北宋诗人与边塞诗创作统计表”进行分析，更能说明问题。梅尧臣以叔父梅询荫补入仕，后来

① 可惜宋祁因“章献太后不欲以弟(祁)先兄(庠)”置为第十，刘敞因避嫌内兄编排官王尧臣置于第二。值得注意的是，刘敞“以亲嫌自列”，既见学问，又见人品。

② 胡建次、邱美琼：《宋代诗学的多维观照》，商务印书馆2017年，第198页。

③ 周裕锴：《宋代诗学通论》，上海古籍出版社2007年，第562页。

受到仁宗召试赐同进士出身，虽然未能进入权力中枢，却心系边防，关切边事。无论是陕西的宋夏三川口之战、好水川之战，还是嘉祐年间的屈野河界争，抑或是广南的侬智高叛乱，都被梅尧臣以边塞诗的形式记录在册，其边塞诗创作堪称北宋的“边塞诗史”。如果说跌宕起伏的边防形势是外在助力，那么，喜谈兵法、尤好作诗则是梅尧臣创作边塞诗的内在诉求。北宋中期，宋夏多次交手，宋几无胜绩。鉴于此，仁宗命枢密使曾公亮、端明殿学士丁度编修一部用于指导北宋作战的军事著作，《武经总要》应运而生。此时的梅尧臣虽未有官封名号，却浸淫兵学，钻研兵机，自注《孙子》，以备时用。正是因为有了亲注《孙子》的经历，他的诗才能在探求兵法、文儒率兵、军储保障、防秋备敌、岁币和戎等一系列现实问题中提出深刻见解，见识精到，远迈时辈。

围绕边情表明态度、提出问题、总结经验是北宋边塞诗的理性特征，也是其时代脉搏的极致彰显。十八人中，韩琦、王安石、司马光、苏颂、王珪均位极人臣，官至宰相，其中韩琦更是倚赖多年的御边经历为诗作注入神采。结合《安阳集编年笺注》进行考察，韩琦的御边生涯与边塞诗创作呈现出先反比、后正比的特点，即在早期抵抗西夏的陕西前线几乎未有创作，却在后来抵抗契丹的定州、防御辽夏的并州，甚至晚年戍守乡邦相州都留下了大量的边塞诗。个中原因，一是与北宋与辽、夏的战和差异有关，二是与诗人的创作心态密不可分。韩琦西帅之时，正值多事之秋，北宋先后在三川口、好水川、定川寨三役中大败，伤亡惨重。作为好水川之战的总指挥，韩琦殚精竭虑，忙于战事，根本无暇关心文学。但是，陕西三战的沉痛教训却永久地镌刻在韩琦心中。数万兵员的巨大牺牲与生灵涂炭的触目兴感，使得韩琦的作战态度由激进转向审慎。宋夏休战后的数十年和平也为他积极总结御边经验、创作边塞诗歌营造了良好的条件。况且，定、并二州本是边防重镇，其战略门户的重要地位又使得韩琦不得不对沿线边防悉心措置，以备不虞。加之早期戎马御边的深刻警醒，诗人心态业已经受了巨大考验，故能将忧患意识、安边战略以及功业感喟熔铸一炉，尽现笔端。“蔓图非易力，鸩毒是安眠”，“山川寓目皆形胜，可惜虚屯百万兵”，“报国心诚虽慷慨，背时踪迹极孤危”，皆为当时警语。

另外，“二刘”“二苏”作为北宋史学与文学的领军人物，其边塞诗也具有鲜明的理性风度。理性并不意味着“无情”，而是情感有节制，认识更清醒。比如经学与史学大家刘敞，无论是记录边战，还是寄赠边将，都流露出深沉的爱国情怀与敏锐的安边意识。定川寨之战，宋军大败，刘敞以“忆昔万人出，今还一身复”借脱险边卒之口道出葛怀敏等十七名将士阵亡、九千四百余士兵被掳的事实。[①] 寄答知庆州韩绛，刘敞作“禁中颇牧去临戎，属国归来敌垒空”，前句赞颂韩绛御边堪比战国名将廉颇、李牧，后句支持韩绛“熟羌据堡为乱，即日讨平之”[②]的果决应对。就镇压叛羌来看，刘敞没有借助血腥的词汇以渲染暴力，也没有利用高昂的情绪去鼓舞士气，而是以雍容文雅、气定神闲的口气道出。但是，这种平和并不影响他对韩绛果断平羌、斩草除根的支持。

与刘敞相比，苏轼既有独具慧眼、多谋善断的清醒一面，又有忠心劝谏、迎难而上的热切一面。元祐二年（1087）八月，知岷州种谊擒获西藩首领鬼章，西夏贼寇数十万人逃遁而去。捷报传来当日，宰相决定“明日称贺”“中外同庆”，而苏轼认为此时铺张庆贺不但不妥且十分危险，于是上《论擒获鬼章称贺太速劄子》予以劝阻，指出“明日称贺”为时尚早，且五路出兵仅一路取胜，其他几路前途未卜，待“续有奏报，贺亦未晚”。除此之外，率意庆贺易使“边臣贾勇，争欲立功”。如此，“贪功生事之臣，惟务杀人争地，得尺寸之土，不问利害”，使“西夷憎畏中国”[③]，而非心悦诚服地归顺，大宋必将兵连祸结，永无宁日。宋朝要想在“四夷狼顾以备中国”的形

① 后来，韩琦还利用“葛怀敏救定川寨覆没大军”一事论列大兵应援水洛城的不便。见《长编》卷149庆历四年五月壬戌韩琦语。

② （元）脱脱：《宋史》卷315《韩绛传》，中华书局1985年，第10302页。

③ （宋）苏轼撰，孔凡礼点校：《苏轼文集》卷28《乞诏边吏无进取及论鬼章事宜劄子》，中华书局1986年，第801页。

势下突围出去，必“先服其心，次屈其力，则兵易解而功易成”[①]。如此看来，苏轼并不是不欣喜，而是高兴得比他人更深沉。笔者以为，满朝文武，认识此捷意义之深有如苏轼者，百不足一。劄子最后，苏轼以谢安闻捷的淡定从容予以规劝，既显示了援古证今之力，又折射出对谢氏冷静处事的认可。因此，面对生擒鬼章的巨大胜利，苏轼既作《获鬼章二十韵》肯定其积极意义，更重视力戒骄矜的规劝和大兴兵事的训诫。应该注意的是，作为两宋制科三等的士林翘楚，苏轼策论的剖析与论证精神均登峰造极，堪称一流，这种写作思路与技巧为其解析边防形势、创作边塞诗歌都打下了坚实的基础。

再看优容台谏对议论风气的滋养。宋人之所以能够畅言边事，与北宋的纳谏之宽与言论自由密不可分。尽管虞云国先生在《宋代台谏制度研究》一书中明确指出君权与相权对台谏系统的搅扰与破坏，甚至对因为缺乏充分的君主制衡制度与程序带来的台谏功效的削弱表示遗憾。但是，作者也指出宋代台谏制度在议政范围、言事姿态、章奏文体、信息获得等方面都有了长足的进步与发展，而选任台谏之时对宰执避亲、避嫌的制度保障，更可见宋代台谏的积极意义。[②] 结合实际来看，北宋的纳谏之宽、言论自由始终与台谏的日益独立相辅相成。据吕中《宋大事记讲义》记载：

> 国初，官以定俸，实不亲职。有谏议大夫、司谏、正言，特以寓禄耳，故赴谏院者方得谏官，则谏官之权犹未重也。[③]

陈傅良《止斋集》亦载：

---

① （宋）苏轼撰，孔凡礼点校：《苏轼文集》卷9《策断一》，中华书局1986年，第283页。

② 虞云国：《宋代台谏制度研究》，上海人民出版社2014年，第69—71页，第131—135页，第39—57页，第58—62页。

③ （宋）吕祖谦（应为吕中）：《类编皇朝大事记讲义》卷9台谏条，台北文海出版社1981年影印本，第348页。

在祖宗朝，虽谏议大夫以上，皆带出为寄禄官，而以供职谏院者为谏官。[①]

这样，就造成了“谏官废职，制诏有所未当，给事中不敢封还驳正，遗、补亦不敢直言其失”[②]等被动局面，引起了朝臣的极大不满。迫于纳谏压力，太宗、真宗均对此予以变革，前者“更改谏官名称”，后者设立专职谏官，却有“多阙”之弊。[③] 谏院作为一个机构，从真宗时的依附两省、拥有官印到仁宗朝的完全独立、司谏与正言不阙，其职能得到空前加强。[④] 尽管君圣臣贤，然宋夏矛盾却在前朝不治的压力下趋于尖锐，因此，仁宗一朝的边防进谏与纳谏活动尤引人注目，表现在纳谏态度、建策实施、人才保障等诸多方面，无不积极调整以备安边之需。康定元年(1040)，仁宗诏令陕西的智勇之士赴京面呈御夏方略。[⑤] 庆历三年(1043)，又令两府大臣除常规奏呈，“如别有所陈，或朕非时特留对者，不限时刻”[⑥]。宝元二年(1039)，仁宗采纳户部判官郭稹建议，诏令翰林学士审阅议边文字，两府实施其可采者。[⑦] 至和二年(1055)，又特免进呈《兵民总论十卷》的定州乡贡进士赵肃文解，“省试虽不合格，令贡院特以名闻”[⑧]。一旦边论着实利于防务，仁宗即下诏枢密院著为定制，付诸实施。当然，压制动机不纯、“妄希恩泽”的边议，同样是仁宗朝的重要功课。[⑨] 值得注意的是，这一时期涌现了王素、欧阳修、余靖、蔡襄等“庆历四谏”，他们既是庆历新政的中坚力量，又是谏议制度自身发展阶段的必然结果。在台谏推助下，甚至出现了宰相兼枢

---

① (宋)陈傅良：《止斋集》卷22《论史官劄子》，《文渊阁四库全书》第1150册，第683页。
② 《长编》卷22太平兴国六年九月壬寅，第496页。
③ 晁中辰：《中国谏议制度史》，中华书局2015年，第324—326页。
④ 刁忠民：《宋代台谏制度研究》，巴蜀书社1999年，第95—97页。
⑤ 见《长编》卷126康定元年正月乙酉。
⑥ 《长编》卷142庆历三年七月辛未，第3397页。
⑦ 见《长编》卷123宝元二年二月癸酉。
⑧ 《长编》卷178至和二年正月庚辰，第4305页。
⑨ 见《长编》卷155庆历五年三月乙酉、《长编》卷131庆历二年三月丙辰。

密使的军政权宜，尽管身兼二任随着宋夏言和而宣告破产，但是，它代表了北宋空前绝后的治政弹性，应是毫无疑问的。

至神宗朝元丰改制，北宋谏议制度出现新的变革，一是谏院名存实亡，二是谏官数量锐减。名存实亡，是指谏官回到门下、中书，知谏院与同知谏院被左（右）散骑常侍、左（右）谏议大夫、左（右）司谏、左（右）正言取而代之，左归门下，右归中书。据晁中辰先生统计，自元丰改制至神宗崩逝，神宗先后任命的谏官仅有王桓、赵彦若、蹇序辰三人。[①] 笔者检阅《长编》，发现仅以知谏院、同知谏院、谏议大夫为例，改制之前便有胡宗愈、孙洙、邓绾、常秩、唐坰、张琥、吕惠卿、邓润甫、范百禄、许将、黄履、蔡确、徐禧、韩璹、张璪、李定、黄颜、舒亶、朱服等十九人之多。[②] 至元丰五年四月，改革前一个月，"谏院惟舒亶、朱服两人"[③]，已是精简谏官的前兆。之后，哲宗、徽宗、钦宗数朝，或偶有骤增谏官之举，却并不长久，远不若仁宗朝的进谏与纳谏之盛。对于仁、神两朝的谏议之别，吕中这样评述：

> 盖仁祖不以天下之威权为纪纲，而以言者之风采为纪纲，故其进退台谏，公其选而重其权，优其迁而轻其责，非私之也。……自安石执政，以京官王子昭除御史，又以选人李定除谏官，则台谏皆出于宰相之除矣。……安石秉政，御史言事皆责其监当，而台谏之受责，自此始矣。仁祖以言者

---

① 晁中辰：《中国谏议制度史》，中华书局2015年，第329页。

② 胡宗愈见《长编》卷212熙宁三年六月戊寅；孙洙见《长编》卷215熙宁三年九月壬子；邓绾见《长编》卷217熙宁三年十一月癸卯；常秩、唐坰、张琥同见《长编》卷230熙宁五年二月癸未；吕惠卿见《长编》卷245熙宁六年五月己巳；邓润甫见《长编》卷250熙宁七年二月壬申；范百禄见《长编》卷258熙宁七年十一月丁未；许将见《长编》卷269熙宁八年十月辛卯；黄履见《长编》卷278熙宁九年十月壬辰；蔡确见《长编》卷287元符元年闰正月癸未；徐禧见《长编》卷290元丰元年六月癸丑；韩璹见《长编》卷296元丰二年二月癸丑；李定、张璪同见《长编》卷298元丰二年五月戊子；黄颜见《长编》卷303元丰三年四月辛丑；舒亶见《长编》卷302元丰三年二月戊申；朱服见《长编》卷325元丰五年四月丙子。

③ 李焘按语，《长编》卷325元丰五年四月丙子，第7827页。

之风采为纪纲，而安石乃以大臣之威权为纪纲，甚矣！[①]

尽管神宗朝谏官未尽如吕中所言“皆出于宰相之除”，但是，舒亶出于新党，“张琥、李定为安石爪牙”[②]，邓绾在王安石、吕惠卿之间左右逢源，确为不争的事实。吕中将仁宗朝的保护台谏建设与神宗朝的相权干预台谏进行对比，高下立判，亦可窥知纪纲日下、枉法取私的政风走向。宋人也认识到台谏功效的缩水，试图积极补救。元祐时期侍御史刘挚弹劾蔡确的不遗余力，虽然有新旧党争的交攻之弊，也体现出恢复台谏功能的挽救色彩。刘挚对宋初弹击小事“章疏入，即日施行”[③]的追慕，对今时累具章疏却“专务包容”的愤懑，都表现出重振台谏的迫切诉求。不仅刘挚，右司谏苏辙弹劾右仆射韩缜累奏十余状，[④]右正言刘安世弹劾胡宗愈累奏二十余章，[⑤]均不留情面，全力以赴。元祐时期高太后与宋哲宗对连篇累奏的包纳与容忍，均表明了宋廷意欲恢复台谏的监察尊严。即便到了徽宗时期，台谏对宰相蔡京亦不停揭发，只可惜，徽宗虽然允许台谏表达制衡的诉求，却未付诸制衡的措施，终未能践行其功效。这时，北宋边塞诗创作已陷入低迷，代之而起的是宋金战争诗，因此，其功效是否践行对边塞诗创作影响不大。

综上所述，北宋诗人与诗风的理性，既是重拾道德、建设文化的内在诉求，又受到边事跌宕、谏议发达的外部影响，其中，重策之科举、尚论之

---

① （宋）吕祖谦（应为吕中）：《类编皇朝大事记讲义》卷 9 台谏条，台北文海出版社 1981 年影印本，第 350—351 页。

② （元）脱脱：《宋史》卷 327《唐坰传》，中华书局 1985 年，第 10552 页。

③ （宋）刘挚撰，裴汝诚、陈晓平点校：《忠肃集》之附录一《刘挚奏议遗稿 · 弹劾蔡确第七疏》，中华书局 2002 年，第 588 页。

④ 这十余状分见于《栾城集》卷 36、37，另《栾城集》卷 39《论兰州等地状》与《栾城后集》卷 12《颍滨遗老传上》亦有对韩缜的论列。

⑤ 元祐四年三月，刘安世就明确表示：“自去年四月以后，凡十八次奏疏，论列胡宗愈罪状，乞行罢免。”见《长编》卷 423 元祐四年三月戊寅，第 10232 页。同月，刘安世再上两章论其罪。

台谏在推动风气方面功不可没。在上述因素的交互作用下，北宋边塞诗的出路探寻与突围经营既切合实际，又通达事理，显示出深刻的理性精神与反思色调。

第二节　聚焦兵法、儒帅、军储、防秋的回答

谢琰认为，宋初边塞诗承袭晚唐的反战传统，尚有余温。澶渊之盟后，边塞诗景象的鲜明与感情的浓度逐渐褪色，论兵诗代之而起，而宋人的兵政关怀正是借助论兵诗得以实现的。[①] 由于宋人精研兵学，好发议论，因此，其论兵诗有着理性显著、认知发达、议论横生等特点。谢氏研究有助于推进本节对北宋边塞诗的思考，但是，因其致力于北宋前期的诗坛研究，且焦点转向论兵诗，无论是视角的契合度还是诗坛的时间段都给本节留下了广阔的研究空间。本节放眼整个北宋诗坛，聚焦求策、儒帅、军储、防秋四事，专就边塞诗因事为制、举偏补弊等特点进行阐释，以期丰富对其理性精神的认识。

一、兵法借鉴与韬略探求——以苏舜钦、梅尧臣、刘敞、黄庭坚为中心

北宋建国之初，强邻契丹已屹立于北，至仁宗朝，西夏又叛宋自立，加之唐末五代以来，中原王朝逐渐失去对西北地区的控制，安边要务委实任重道远。思考如何在勍敌林立中突出重围，在对峙角力中掌握主动，成为北宋士子的时代使命。对此，时人或长篇累牍建言献策，穷尽其说，或作边塞诗议边谈兵，畅述其情，忠君爱国之情一时毕集，尽现无隐。学界对北宋突围策略的关注多局限于表、状、劄子等奏疏文体，较少在诗歌中寻找答案，张廷杰与谢琰为个中代表。张廷杰以送寄诗为研究对象，认为在

---

① 谢琰：《北宋前期诗歌转型研究》，北京大学出版社2013年，第315—320页。

宋夏战争的历史背景下，此类诗歌具有“以诗论兵”“呈诗献策”的特点。[①] 谢琰的《北宋前期诗歌转型研究》则聚焦论兵诗，揭示范雍、梅尧臣、苏舜钦、范仲淹、张方平之诗的论兵气象，并勾稽、探讨了晚唐至北宋以来兵学观念的转变，即重视法度与谋略，理论与实践相结合。除却论兵诗、寄送诗等类型化研究，还有一些学者致力于个案探索。许菊芳与景鹏飞均聚焦梅尧臣的《寄永兴招讨夏太尉》，前者揭示其“养精蓄锐、积极筹备，不打无准备之战”的战略思想，[②]后者亦关注其“蓄锐”防守的重要意义，并以范雍《纪西夏事》为例，揭示此诗总结夏军引敌入彀、进而围歼等战术优长的反思精神。[③] 在《庆州败》中，梅国宏还解读出苏舜钦的“强兵自卫，有备无患”。[④] 在多数学者肯定北宋诗歌钻研兵韬的时代精神之外，阎盛国注意到个别诗家对《孙子》智略的消解，作者通过司马光《将军行》与苏轼《赠青潍将谢承制》二诗，揭示了二人并不主张学习《孙子》的兵学观念，前者因为其人才观与《孙子》的“重智重诈”相悖，后者则担心世俗普遍接受《孙子》“诡道”而引发社会危机。[⑤] 回到二人诗句，无论是司马光的“自言不喜读兵法，智略何必求孙吴”，还是苏轼的“君学本兼文武术，功名不必读孙吴”，其意皆不在否定孙吴本身的智略价值，而是强调羽林将军与青潍将谢承制胸富韬略，自有分寸。观上可知，北宋诗坛虽有个别诗家淡化兵法智略，却不能否认有更多的诗人对兵韬武略探研不衰、热情不减。而无论是就边塞诗这一题材，抑或兵韬所涉焦点来看，学界尚未产生系统且深入

---

① 张廷杰：《宋夏战事诗题材论析》，《宁夏大学学报(人文社会科学版)》2003 年 4 期，第 7 页。

② 许菊芳：《试论宋代边塞诗的理性精神》，《运城学院学报》2015 年 4 期，第 43 页。

③ 景鹏飞：《北宋宝元、庆历年间宋夏战事诗初探》，辽宁师范大学，2004 年硕士论文。

④ 梅国宏：《宋代诗人笔下的宋夏战争题材诗歌论略》，《海南大学学报(人文社会科学版)》2008 年 3 期，第 318 页。

⑤ 阎盛国：《宋代诗人笔下的孙武与〈孙子兵法〉》，《军事历史研究》2011 年 3 期。关于两宋诗家对《孙子兵法》的态度，阎氏虽指出司马光与苏轼的不以为意，却也认识到陆游、姜特立、赵汝回、陈杰等人的坚定信奉，李觏、方回的选择性吸收，戴复古的先儒后兵以及黄庭坚的客观认同。

的阐释，此乃本节的写作初衷。

研读北宋边塞诗，宋人借鉴兵法、探求韬略的智慧充溢其间，尤其在重谋、用奇、持重等方面用功颇深。这种嗅觉与判断，除了来自前代兵家的军事经验与当时战争的训诫总结，还与北宋自身的王朝个性密不可分。宋承五代而来，晚唐以来的藩镇割据、五代时期的武将篡立以及宋太祖发动的陈桥兵变都暴露了武将拥兵的巨大隐患。鉴于此，北宋确立了重内轻外、重文轻武的“防弊之政”。[①] 此外，幽燕丧失，辽夏坐大，北伐屡败与御夏被动都让宋人清醒地认识到守疆已然劳神费力，收复更须从长计议，若要缓图发展，必须在武略上与敌周旋，竞逐高下。这种习兵与求策的真切，首先见于庙算。

首先，北宋边塞诗提倡重谋倚算。长于思考、精于谋略是中华民族的优良传统，也是中国文化的独特魅力。早在《论语》中，孔子即已明示弟子要慎行军事，不可“暴虎冯河”，而应“临事而惧，好谋而成”。至《孙子兵法》，更是高度评价“好谋”的军事意义，指出：“百战百胜，非善之善者也；不战而屈人之兵，善之善者也。故上兵伐谋，其次伐交，其次伐兵，其下攻城。”[②]“好谋而成”与“上兵伐谋”共同筑起了兵家用智、能动、周密、辩证的军事思想，宋人对此拳拳服膺，遵奉不悖。在宋辽争雄、宋夏战和的实际交往中，宋人渴求奇策并积极探寻，突出表现在编著兵经、注解兵书等方面。曾公亮《武经总要后集序》谓“今采春秋以来列国行师制敌之谋，出奇决胜之策，并著于篇”[③]；许洞《虎钤经》谓“欲必胜者，定谋贵决，机巧贵速，

---

① 邓广铭：《宋朝的家法和北宋的政治改革运动》，见朱东润等主编：《中华文史论丛》1986年第3辑，上海古籍出版社1986年，第86页。关于宋承五代而来，邓小南《祖宗之法：北宋前期政治述略》认为赵宋王朝“祖宗之法”的本“植根于经历动乱、戒惕动乱的土壤中，其‘源’至少需要追溯至晚唐五代”。范学辉《宋代三衙管军制度研究》认为北宋政权的建立伊始就有“强烈的职业军人的政权底色”，亦为承接五代余绪的表现。

② 中国人民解放军军事科学院战争理论研究部《孙子》注释小组编：《孙子兵法新注》，中华书局2005年，第17—18页。

③ （宋）曾公亮：《武经总要后集原序》，《文渊阁四库全书》第726册，第583页。

机事贵密”[①]；梅尧臣《孙子注》谓“多算，故未战而庙谋先胜；少算，故未战而庙谋不胜。是不可无算矣”，无意中揭示了谋略之重。尤其是梅尧臣，承袭了《孙子》对于“庙算”多寡与战争胜负的辩证思考，指出了北宋边塞诗渴求“庙谋”的必然性。

庙算、庙胜与庙谋，均指朝廷预先制定的克敌制胜的谋略。[②]《孙子·计篇》道：“夫未战而庙算胜者，得算多也；未战而庙算不胜者，得算少也。多算胜，少算不胜，而况于无算乎！吾以此观之，胜负见矣。”作为预估战争成败的关键环节，庙算向来为宋人所重。石介的“将军请用多多算，能向当初见未萌”希望推官赵庶明能够预见宋辽关系走向，扼杀潜在的不利萌芽；“从事借筹为决胜，运于掌上何恢恢”则是他期待天雄边将范曙能够投筹计算，克敌于无形。李复的“高城独控江山险，胜算争先日月昏”既描绘了夔州制胜楼的地理形胜，又高度赞扬了宋军治理西南的重谋倚算。上述诸诗均为战前规勉，当庙算收到了制胜显效，宋人难免喜不自禁。刘挚的“陛下至神收庙算，诸公何术偃戎轩”便是对皇帝庙算克敌、宋将平定吐蕃的深情歌颂。除了渴求庙算、评述其功，宋人还常常追问“制胜”与“庙算”的出处，“制胜在两楹”“庙算出帷幄”是北宋边塞诗的坚定回答。对于前者，韩琦借“庙胜两楹决”劝勉国信使赵内翰遵奉御辽外交策略，早日使北归来，其由庙算至外交的自然延伸，与西晋张协的“折冲樽俎间，制胜在两楹”一脉相承。对于运筹帷幄、决胜千里，宋人更是心向往之，这种心情在御边不力时尤为迫切。仁宗朝宋夏战争频繁，“朝廷命将诗书府，廊庙论兵帷幄筹”便是祖无择对西夏叛立、边议煌煌的真实记录。较之祖无择的囫囵，苏舜钦的分析则细致许多：

---

① （宋）许洞：《虎钤经》卷3《胜败第十七》，明刻本。

② 庙算、庙胜、庙谋以及胜算，都是对制敌策略的不同表达，均在此论述之列。《尉缭子·战威》：“刑如未加，兵未接，而所以夺敌者五：一曰庙胜之论。”

皇天稔巨慜，羌虏稽显戮。庙算忽小丑，王师数倾衄。秦民著暴敛，惨惨生意蹙。贼气愈张王，锋锐不可触。帷幄监前败，降心问白屋。尺诏下中天，公车塞章牍。策虑尽颇牧，勇决过贲育。[①]

在《送安素处士高文悦》中，苏舜钦明确指出庙算不足导致屡战屡败。高怿，字文悦，荆南高季兴四世孙，清介有守，屡辞举荐，仁宗赐号安素处士。康定元年(1040)，高文悦辞大理评事，苏舜钦以知长垣县迁大理评事，此诗为送别高氏所作。送别之时，恰逢延州之役大败，诗人一方面为宋廷脱责，认为上天有意壮大奸邪，羌虏死不足惜，另一方面又认识到宋廷无视党项崛起、未有庙算之胜才是覆败关键。为了却敌卫疆，仁宗下诏京畿、京东西、淮南、陕西路括市战马，陕西边民新逢战乱，又遭科扰，诗人遂生“暴敛”之忧。幸好陕西安抚使韩琦力陈“陕西科扰频仍，民不胜困”[②]，才免去此路征敛。面对北宋节节败退，措置乖张，夏军愈发锐不可当，攻城略地。北宋君臣不得不返躬内省，总结败因，平抑心气，求贤问策，于是才有了“幕府涌泉谋”的献策之盛。时人智勇，在战败现实与君主激励的催生下爆发，出谋献策，请缨杀敌，智略不输廉颇、李牧，豪气远迈孟贲、夏育。为了维护直言切谏、议论风生的救国豪情，苏舜钦怒斥朝廷赏罚不均、轻重失宜，尤其是在陕西未宁、暴师塞外、延州之役指挥官刘平“血战亡躯，家族无托”[③]的情形下，宋廷竟然施惠司天监杨可久支借小宅。在诗人看来，这种滥施恩惠的小举动，正是伤志士之心的大偏误，违逆得人死力之初衷，妨害安边平乱的大局，其审慎周全，可见一斑。

---

① (宋)苏舜钦著，傅平骧、胡问陶校注：《苏舜钦集编年校注》卷2《送安素处士高文悦》，巴蜀书社1990年，第91页。

② (宋)韩琦撰，李之亮、徐正英笺注：《安阳集编年笺注》之《韩琦诗文补编》卷2《乞免括陕西战马奏》，巴蜀书社2000年，第1615页。

③ (宋)苏舜钦著，傅平骧、胡问陶校注：《苏舜钦集编年校注》卷7《论宣借宅事》，巴蜀书社1990年，第497页。

面对延州之败，苏舜钦呼吁群策群力，收揽人心，郭稹则指向庙算、军制等内部问题，深刻反思筹划不足带来的御边被动，如《闻延州警》：

塞口兵前惨，城烟战后无。分明千帝纪，况乃畔天都。桂玉京师涌，金汤鄜路孤。迟回思庙算，端坐愧龙图。[①]

开篇揭示了延塞大败、伤亡惨重的事实。此役次年，陕西体量安抚使王尧臣曾这样描述惨遭战火洗礼的延州："自残荡以来，西自保安军、东自白草寨四百余里，北自边界、南至金明县百余里，无居人，惟东路近里有延川等数千户，西路有蕃官胡继谔界族帐不多。"[②]天都，即天都山，在今宁夏海原西安乡。李继迁攻占灵州后，天都山蕃族随即归顺。延州之役前，镇守此地的为元昊大将野利遇乞。是时，知延州范雍已经认识到延州的防务漏洞，并积极上疏："鄜延、环庆、泾原三路并近贼界，河南麟、府亦接连延州，最当要害。其地阔远，而贼所入路颇多。又寨栅疏远，土兵至少，无宿将精卒，熟谙山川形势。……惟知此路（鄜延路）官军不多，土兵又少，间出冲突。"[③]这些具体不足，郭稹蔽之以"金汤鄜路孤"。遗憾的是，宋廷并未对毗邻西夏的陕西诸路给予充分重视，继续推行"重内轻外"的治军方略，京师屯驻重兵，西北缘边却兵力寡弱，不堪一击。王曾瑜先生在《宋仁宗时禁兵指挥分驻各地表》[④]中非常清晰地标注了三衙在京师与北宋各路的兵力部署，纵然是地方兵力最雄厚的陕西路，亦仅有 329 指挥，断然无法与拥有 684 指挥的开封府相提并论。不仅如此，殿前司的大部分兵力与龙卫、神卫、虎翼等马司和步司的主力与精锐，仍主要屯驻于京师附近。从这一点来说，郭稹的质疑与批判很有道理。尽管北宋在陕西路屯兵二

① （宋）郭稹：《闻延州警》，《全宋诗》卷 177，第 2034 页。

② 《长编》卷 132 庆历元年六月己亥，第 3142 页。

③ 《长编》卷 125 宝元二年闰十二月壬子，第 2954 页。

④ 王曾瑜：《宋朝军制初探》（增订本），中华书局 2011 年，第 43—66 页。

十万，除却老弱病残、不胜战斗者，能够用于作战的兵力不过十余万，因此庆历年间"鄜延路六万八千，环庆路五万，泾原路七万，秦风路二万七千余"[①]的阵势实际上要大大缩水。加上陕西地势复杂，宋夏沿线绵长，兵力过于分散，因此，面对精壮、浩大、迅捷的夏军，宋军败多胜少。好水川败后，张方平也认识到众寡悬殊是北宋战败的重要原因。[②] 延州惨败，遂令诗人心生愧疚，有德不配位、力不胜任之感。与多数边塞诗策无遗算的祈盼不同，郭稹的"迟回思庙算，端坐愧龙图"从反思教训的角度传递出失算与少算的遗憾，体现了宋人的冷静与周全。

三十年后，吕陶闻讯讨伐西夏，再次提出总结"康定用兵日，府谷尤孤危"的失败经验，主张从长计议。"庙算出帷幄，王师整熊罴"既表达了对西夏频频入寇、北宋束手无策的遗憾，又传递出对帷幄生谋、重整军旅的期待。这种期待，稍后的彭汝砺与贺铸亦有所表露，"帷幄参神算，边尘万里清"，"他日相期坐帷幄，为君穷力破戎羌"，便是二人对深谋远虑、西陲无虞的憧憬。

如果以失败的总结与胜利的展望来概括御夏边塞诗的韬略探求，那么，御辽边塞诗则增添了许多气定神闲，得心应手。这在澶渊之役与澶渊之盟中得到了最充分的彰显。沈遘回忆此役的战斗风采，用"元臣坐帷幄，大将当鼓钲"传递出谋臣指挥若定、将帅冲锋陷阵的配合默契。范仲淹记录订盟后的国泰民安，用"子房帷幄方无事，李牧耕桑合有秋"表达了戎事不张、谋略无用的安适愉悦。其中，解读"庙胜"要义最透彻，最能揭示其妙用的，当推山谷诗：

真皇多庙胜，仁祖用功深。卜宅迁九鼎，破胡藏万金。百年休战士，

① 《长编》卷132庆历元年六月己亥，第3140页。
② 庆历元年八月，张方平提出"量其边势，配之兵力""量御备之力"等主张，均是对御夏兵力的斟酌、权衡。见《长编》卷133庆历元年八月乙巳，第3171页。

当日纵前禽。欲断匈奴臂,不如留此心。①

此诗要旨,在于颂扬澶渊之盟的订立意义。首联开宗明义,赞颂真宗朝订立盟好,仁宗朝辛勤维护,“庙胜”一词将山谷态度和盘托出。颔联两句深入论述,前句继承太史公与苏轼观点,高度认可西周灭商而迁都丰、镐的合理性,②后句则赞许本朝以岁币降服夷狄的权变与高明。③ 颈联以《易》论事,用“前禽”代指澶渊之役放走的溃逃将士,对真宗舍逆取顺的怀柔策略予以高度评价。这种褒扬,乃是基于百年来宋辽友好、百姓休养的回顾与思考。尾联中,诗人进一步消解战术,肯定止戈的战略意义,其败之不若生之的见解恰与《孙子》的“不战而屈人之兵”相契。山谷之论,上承范文正公的按甲寝兵,下启秦观的“朔南修好”④,反映了时人纳币交欢、长治久安的和平愿望。

当然,这种止戈理想未必皆能如愿,面对纷乱动荡的西北局势,黄庭坚还是要客观评述“断匈奴臂”的武功意义,《和游景叔月报三捷》即为一例:

汉家飞将用庙谋,复我匹夫匹妇仇。真成折箠禽胡月,不是黄榆牧马秋。幄中已断匈奴臂,军前可饮月氏头。愿见呼韩朝渭上,诸将不用万户侯。⑤

---

① (宋)黄庭坚著,(宋)任渊、史容、史季温注,黄宝华点校:《山谷诗集注》之《山谷外集诗注》卷4《次韵公定世弼登北都东楼四首》其二,上海古籍出版社2003年,第608页。

② 《山谷外集诗注》注引《史记》太史公曰:“学者皆称周伐纣,居洛邑,综其实不然。武王营之,成王使召公卜居,居九鼎焉,而周复都丰、镐。”暗示周朝迁都丰、镐的合理性。在《论周东迁》一文中,苏轼进一步发扬司马光观点,认为周朝迁都洛阳,放弃祖宗基业,而致国本动摇、社稷不稳。

③ 《山谷外集诗注》以为“藏”疑作“捐”字。笔者按:“藏”字不误,“藏万金”即输出岁币。

④ 时人秦观,亦与山谷不谋同辞,作“朔南修好八十载,兵法虽妙何足论”之句。(宋)秦观撰,徐培均笺注:《淮海集笺注·后集》卷2《雪浪石》,上海古籍出版社1994年,第1395页。

⑤ (宋)黄庭坚著,(宋)任渊、史容、史季温注,黄宝华点校:《山谷诗集注》卷8《和游景叔月报三捷》,上海古籍出版社2003年,第206页。

元祐二年(1087)八月，知岷州种谊收复洮州、擒获鬼章，熙河之乱得以平息，诗题故名“月报三捷”。种谊之所以能克敌复州，熙河路经略机宜文字游师雄(字景叔)功不可没，“汉家飞将”即指此人。元祐二年(1087)，熙河乱起，游师雄自军器监丞受命往熙河兰会勾当公事。到任之后，游师雄先听取了种谊的军事汇报，采纳其联合熙河与通远军蕃汉士兵直奔洮州、勠力御敌的建议，并主张利用吐蕃内部对阿里骨自立弑母[①]的愤怒情绪先声夺人，掌握主动。与此同时，游氏谍知夏军欲奥援鬼章与阿里骨寇宋，于是力主知熙州刘舜卿先令种谊轻兵急趋，助力洮州，孰料刘舜卿却借口敌我悬殊而犹豫不决。鉴于此，游氏反复申述“在谋不在众”，机不可失，并以性命担保，方促成种谊出兵。此役中，游师雄审时度势，既有“先人有夺人之心”的战略认知，又颇“识众寡之用”，故能成功却敌，居功至伟。首句“庙谋”便针对此役游师雄纳良谋、出高策而言，之后三句旨在抒发宋人报仇雪耻、扭转被动的快意，短杖擒敌的夸张叙事将宋人的自信与自大表露无遗。幸而欢呼之后，诗人能够重返庙谋的轨道，指出此役浇灭吐蕃张狂、切断西夏右臂的战略意义。

上述山谷二诗，皆议论庙谋，评述“断匈奴臂”，第一首立足于和策，消解武功，第二首立足于边功，揄扬战略，因时制宜，随事挥洒，体现了黄庭坚通达权变的御边思想。宋人认为，将帅控扼一方，维护稳定，必须谋如涌泉，胸有成竹，因此，庙算成为北宋边塞诗反复吟咏并欲得其解的一个重要议题。每当庙算取得制敌实效，宋人又作“庙胜脱兜鍪”“庙算知无敌”“阿瞒妙思算”等自得之语，以此标榜智略，弘扬战功。

其次，北宋边塞诗推崇尚奇好胜。在形形色色的庙算中，宋人对奇策最情有独钟，它包括“不战而屈人之兵”的高级形态与攻无不克、战无不胜的低级形态。在《西域请平三首》其三中，刘敞亮出了“不战屈人兵”的鲜明旗帜：

---

① 阿里骨为董毡养子，自立后杀董毡妻心牟氏，故称弑母。

> 御戎传上策，不战屈人兵。逐断祁连臂，何须万里城。出车非远略，高枕得升平。战骨翻空死，吁嗟壮士名。[①]

此诗开门见山，直言“不战屈人兵”为制敌上策，并进一步阐释，不必出车迎战，不必筑城防敌，也能起到捍贼塞外、斩断奥援的积极效果。结尾两句道明了反战、厌战的原因，暴骨如莽、横尸遍野的惨状催生了诗人的战争反思与止戈呼吁。在《西戎行》中，刘敞继续弘扬此策：“吾闻圣人之兵有不战，不战之胜善之善。况复良将握天威，西戎虽强安得擅。”[②]尽管刘氏所言胜负难料的宋夏较量与事实相抵，但是，强调“不战屈人兵”的战略意义，揄扬此策的明朗态度，未有若刘敞者。

然而，这种止戈共赢的美好愿望毕竟受制于国际环境、上层态度等诸多因素，不易实现。因此，北宋边塞诗更多地致力于挖掘切实可行的制敌奇策，这时的“奇策”一般指两兵相交、出奇制胜，罕有“不战而胜”的高蹈姿态。在宋夏边塞诗中，宋人的渴望奇策、探寻妙略最为显著。这些诗，或颂圣平边，“圣主边谋过六奇，指踪决胜率前知”意在宣扬宋皇的指挥若定，御边有方；或追慕名将，“我闻郭汾阳，料敌多奇异”旨于元昊横行、泾渭动摇的边事背景中批判老将衰颓、新帅无谋，进而标榜郭子仪的奇计智略、料事如神；或起于送别、寄赠，既有宏观评述治夷方略的“威怀用表饵，是非入奇策”，又有革除边弊的“奇策鞭殊俗，长缨系不毛”，还有鼓励边功的“君从壮年蕴奇策，未宜缩首藏柴荆”。实际上，真正的宋夏较量，北宋败多胜少，因此，较之渴望成功的“奇策”遥想，切实有效地反思败绩、寻求对策具有更深刻的借鉴意义。晁补之的“将军拳勇馈不继，痛惜灵武奇谋空”便是对元丰四年五路伐夏的战争反思，就此役论，北宋齐集鄜延、泾原、环庆、熙河、河东等五路兵马，阵容已是兵力极限，而就收益来看，除了

---

① （宋）刘敞：《公是集》卷19《西域请平三首》其二，丛书集成初编本。
② （宋）刘敞：《公是集》卷17《西戎行》，丛书集成初编本。

东北路攻占了米脂、浮图、吴堡、义合等四寨，西北路开拓了兰州及其周边以外，北路并未实现夺回灵州的战略目标。[①] 对此，晁补之深以为憾。诗人虽有馈粮不济而致失利的见识，却未看到战争的不义性质与沉重代价。换言之，晁补之只是否定了战争结果，并未否定讨伐策略，因此，其言虽有重视后勤保障的军事意义，却未能站到更高的战略层次上分析问题，而从次年永乐城惨败来看，北宋当时根本无力占据横山，制服西夏。

在《再答文潜》中，蔡肇直斥宋军的毫无胆识、不敢用奇，借以赞赏主帅王文郁的智慧果决：

> 羌兵昔出皋兰路，欲铲新城无聚土。烟烽照夜气如霞，铁马连群喷成雨。东西两关同日破，股掌婴儿绝哺乳。鼓声十日拔帐归，至今犹说防城苦。当时诸将无奇策，不敢弯弓向胡语。橐驼西来金帛去，孽狐小鼠犹跳舞。王师八月尽防秋，惴惴军兴恐编户。腐儒不用辄忧边，庙堂有人制尊俎。[②]

兵出皋兰，指元丰六年的宋夏兰州之战。元丰四年(1081)九月，李宪收复兰州。次月，李浩留守，负责修筑。次年正月，李浩被正式任命为熙河兰会路安抚副使、副总管兼知兰州，负责扩建城垣、加固堡寨等军事活动，将原本“东西约六百余步，南北约三百余步”的兰州城扩建出东西两关，“又在州城东西一条线上的西 20 里筑西关堡(即西固城)；东 20 里筑东关堡，原称恭噶关，亦称巩哥关”。[③] 诗中“东西两关同日破”即指此二关，李浩本人亦因西夏乘虚攻破西关而降职。“欲铲新城”以下三句揭示了夏军欲摧毁北宋建立在兰州的防御工事，却在实际交手中败下阵来。元丰六年至

---

① 李华瑞：《宋夏关系史》，中国人民大学出版社 2010 年，第 143—144 页。

② (宋) 蔡肇：《再答》，见(宋) 邓忠臣：《同文馆唱和诗》卷 8，《文渊阁四库全书》第 1344 册，第 550 页。

③ 陈守忠：《河陇史地考述》，甘肃人民出版社 2007 年，第 133 页。

次年正月，西夏先后五次进攻兰州，诗人打破了实际的交战顺序，浓缩了事件与兵机，意在彰显千钧一发的危殆与措置裕如的可贵。两关攻破，兰州被围，“譬如婴儿在股掌之上，绝其哺乳，立可饿杀”[①]，形势十分危殆。睹于此，守将王文郁不顾李浩“城中骑兵不满数百”[②]的告诫，借鉴张辽保合淝之法，招募勇士百余人，“夜缒而下，持短兵突之”，以寡击众，成功突围。因为计策奇绝，王氏被誉为“尉迟敬德”，其胆识将李浩等人闭城自守、任凭掳掠的畏懦无能映衬鲜明。最后四句，貌指防秋、点集引起的人心惶惶，实言神宗已命李宪“选使臣开谕董毡、阿里骨”邀其“协力出兵，攻讨西贼”[③]，百姓不必提心吊胆，腐儒亦不必杞人忧天。诗人之所以胸有成竹，皆因庙堂已制樽俎之策。此役之后，神宗吸取昔时兵围兰州城防不坚、人人自危的教训，下诏即刻修缮，备为城守，李宪根据“夏人数至兰州河外而翱翔不进”推知“意必大举，乃增城守之备”[④]。事实证明，神宗君臣的确做到了未雨绸缪，次年春西夏发兵八十万进攻兰州，“督众急攻，矢如雨雹”。诗人虽借戍卒之口道出对防城之苦的记忆犹新，但是，在夏军无功而返、拔帐而归的结局面前，这些苦难已全部消解。最值得记忆的，应是王文郁力排众议、以寡击众的决绝，是李宪未雨绸缪、汤池铁城的建设，而这才是宋人苦苦寻求的“奇策”。

最后，北宋边塞诗力主戒贪持重。《孙子·计篇》提出：“兵者，诡道也。”曹操注：“兵无常形，以诡诈为道。”在林林总总的诡道中，“利而诱之”是手段之一，贾林将其注解为：“以利动之，动而有形，我所以因形制胜也。”[⑤]从中，人们既能获悉利动、有形是制胜先机的军事思想，又能从反面

---

① (刘宋)范晔撰，(唐)李贤等注：《后汉书》卷74《袁绍刘表列传》，中华书局2005年，第1606页。

② 《长编》卷333元丰六年二月丙辰，第8018页。

③ 《长编》卷338元丰六年八月己卯，第8139页。

④ (明)陈邦瞻：《宋史纪事本末》卷40《西夏用兵》，中华书局2015年，第395页。

⑤ (春秋)孙武撰，(三国)曹操等注，杨丙安校理：《十一家注孙子》卷上《计篇》，中华书局2012年，第14页。

得出不为利动便不必受制于人的积极意义。对于这两点，宋人在《武经总要》中有多次解读，体会颇多。《武经总要前集》卷三《捉生》提出："若贼出小阵偏师，其将必勇，当为利以诱之，使贪功轻斗。……待引贼过伏队处，即发掩伏背杀之，两队回旗应接，自成擒矣。"①可知，利诱而致敌贪功入彀是宋人对《孙子》的发挥，对捉生的理解。《前集》卷四《察敌形》主张趁其不备"不暇可击"，并将"不暇"释为"贪利求食，不暇成阵"②。《前集》卷九《土俗》认为"士贪于得而离于将，乘乖设伏，其将可取"③，并揭示出少数民族"诱兵羸师以致敌"④的作战特点，备述示弱伏击的重要性与警惕性。在《后集》卷七中，宋人明示《持重》《轻敌必败》《戒轻敌》等战术规箴，以史为鉴，备述戒备持重的意义之重。对于戒贪持重，梅尧臣诗认识深刻，并在《送周介之学士通判定州》中弘扬此说：

相公秉文武，视卒如婴儿。今往佐其军，岂不重抚绥。我有愚者虑，赠君临路岐。相公居并州，拓土曾不疑。羌戎起潜变，一旦覆我师。我师无不勇，将吏实易之。常抱雪耻志，此旨君所知。兵家尤戒贪，持重养以威。正当土门路，自昔屯虎貔。朔朝及旬望，大校饫酒卮。未若投单醪，共饮河水湄。古人维其均，今人意参差。临事欲之死，身往心已移。上能同甘苦，下必同安危。愿君因议论，兹语何难为。⑤

---

① （宋）曾公亮等撰，郑诚整理：《武经总要前集》卷3《捉生》，湖南科学技术出版社2017年，第186—187页。
② （宋）曾公亮等撰，郑诚整理：《武经总要前集》卷4《察敌形》，湖南科学技术出版社2017年，第215页。
③ （宋）曾公亮等撰，郑诚整理：《武经总要前集》卷9《土俗》，湖南科学技术出版社2017年，第496页。
④ （宋）曾公亮等撰，郑诚整理：《武经总要前集》卷9《土俗》，湖南科学技术出版社2017年，第491页。
⑤ （宋）梅尧臣著，朱东润编年校注：《梅尧臣集编年校注》卷29《送周介之学士通判定州》，上海古籍出版社1980年，第1121—1122页。

朱东润先生考证此诗作于嘉祐四年，指出“相公”即知定州庞籍，结论真实。周介之将任定州通判，“今往佐其军”透露了相公庞籍当时坐镇定州。“相公居并州，拓土曾不疑”，是指知并州庞籍参与嘉祐间屈野河界争一事。自至和二年(1055)至嘉祐二年(1057)，庞籍始终以知并州身份御边河东，[①]此人是影响界争走向、揭秘戒贪呼吁的关键。嘉祐元年(1056)，宋夏划定屈野河边界。管勾军马司贾逵行边发现夏人侵耕严重，欲问罪州郡长官。宋夏高层交涉后，没藏太后立刻派人查验，欲令其兄讹庞纠治走卒，后来因太后离世，事遂搁浅。鉴于此，陕西经略使庞籍于嘉祐二年提出了罢和市而罪讹庞的对策，却招致更加狂肆的侵耕。起初，庞籍虽欲以经济困夏，却反对恋战，故无显衅。后来，并州通判司马光奉庞籍之命巡边，核实边鄙无虞，遂与知麟州武戡合议益兵增堡、杜绝侵耕，并在庞籍支持下施工，遂招致夏人寇边，“羌戎起潜变”即指此。“一旦覆我师”将矛头指向迎战诸将——内东头供奉官黄道元、管勾麟府军马郭恩与知麟州武戡，此三人觇候不明，被夏军围堵于断道坞，郭恩拒降自杀，黄道元与府州宁府寨监押刘庆被执。十一月，宋廷清算筑寨、禁贸之失。庞籍隐去司马光的筑寨倡议，揽下所有罪责，遂罢节度使、知青州，屈野河界争也在嘉祐六年(1061)画上句号。[②]“一旦覆我师”反映了北宋的战败的迅速与惨重，阵亡近四百人，馘耳鼻者百余人，损失兵甲近两万。强硬与冒进的代价，庞籍与司马光始料不及。尽管诗人怀着同情极力称颂宋将勇猛，却无法掩盖文帅草率、宦官与武将轻敌的失误。关于庞籍的治并之失，两年之

---

① 事见《长编》卷 184 嘉祐元年十一月庚子、《长编》卷 186 嘉祐二年八月癸未、《长编》卷 186 嘉祐二年八月壬申。按：在嘉祐二年的屈野河界争中，庞籍于是年二月、五月曾两次以经略使身份处置边事，应为临时节制之差遣，事见《长编》卷 185 嘉祐二年二月甲戌，《长编》卷 185 嘉祐二年五月庚辰。

② 屈野河界争结局：嘉祐六年六月，供备库使、忠州刺史苏安静与夏人议定屈野河界，并上麟州屈野河界图。至于界线划定，则是借助广置斥堠来圈定彼此领土，双方约定，夏人不得“过所筑堠东耕种”，麟州宋人不可侵耕河西，而界带不耕区域，只允许“两界人户就近樵牧”，并对双方边吏巡逻的规模与装备有明确限制。

后，右正言吴及旧事重提，斥其“轻动寡谋，辄兴堡寨，屈野之衄，为国深耻”[①]，这时庞籍早已从青州徙至定州。[②] 所谓“雪耻志”，除了屈野战败，还应包括对庞籍徙知青州、不治河东的扼腕。因此，总结战事之后，梅尧臣敲响了“兵家尤戒贪，持重养以威”[③]的警钟，这既是对屈野河事件轻举妄动的反省，又是对周介之将赴定州、控扼北陲的劝勉。此二句承前启后，由昔时并州事自然过渡到今日定州篇，给出的治定方略即戒贪持重，蓄威立德，屯兵驻守，身先士卒，则朔望朝的太和之乐，应不远矣。

此诗虽为送别，却终为治并反思、治定探研等实用信息所遮蔽，故不但未有离别之悲，反有寄望之厚，反映了北宋边塞诗的理性一面。知人论世，此诗意义远不止此。文臣以经济封锁实现制夏安边的理想已然破灭，武将邀功冒进又致进退失图。圣俞精研《孙子》，深谙兵忌，其戒贪持重的治边箴言凝结其诗人兼兵学家的御边心血，有助于我们认识时事诡谲与兵学魅力。明乎此，则不但理解圣俞痛惜戎羌骤变、宋军覆没的原因可以迎刃而解，亦可对北宋经济治边的能动限度、御夏策略由软到硬的实施效果，做更深入的思考。

在《寄永兴招讨夏太尉》中，梅尧臣再论“戒贪持重”的重要性，节录于下：

所宜畜锐保城壁，转馈先在通行商。守而勿追彼自困，境上未免小夺攘。譬如蚊虻嗜肤体，实于肌血无大伤。此言虽小可喻远，幸公采用不我忘。[④]

---

① 《长编》卷 189 嘉祐四年正月丙申，第 4547 页。

② 庞籍知定州时间本传不载，李焘按语“庞籍以嘉祐三年十月知定州”，宋廷亦于十二月赐物知定州庞籍，故李焘所言可备一说。见《长编》卷 189 嘉祐四年三月己未，《长编》卷 188 嘉祐三年十二月癸亥。

③ 嘉祐三年，圣俞送别新任并州通判薛氏时，就已传达了“试求安稳众中行”的稳健边略。

④ （宋）梅尧臣著，朱东润编年校注：《梅尧臣集编年校注》卷 11《寄永兴招讨夏太尉》，上海古籍出版社 1980 年，第 179 页。

此诗针对庆历元年好水川战败而作，夏太尉即陕西经略安抚招讨使夏竦。好水川战前，北宋内部已有攻守之争，韩琦、尹洙主攻，主张置胜负于度外，夏竦、范仲淹主守，认为“大军一动，万命所悬”[①]，不得不谨慎从事。康定元年(1040)，夏竦奏呈：“今兵与将尚未习练，但当持重自保，俟其侵轶，则乘便掩杀，大军盖未可轻举。”[②]同年五月，范仲淹亦奏：“兵家之用，在先观虚实之势。……今缘边城寨有五七分之备，而关中之备无三二分。……为今之计，莫若且严边城，使之久可守；实关内，使无虚可乘。”[③]针对当时“边臣多请五路入讨”，范仲淹明示未可轻举，即便后来仁宗采纳攻策，亦力谏攻策，将意欲奥援延州的尹洙围堵于庆州，即为一例。在梅尧臣看来，持重绝非无为，而是养精蓄锐以固城池，流通商贸以馈军储，尤其要正视交战中的局部失利，认清夏军必困的最终命运。对于夏竦坚持守策，慎行军事，圣俞深感欣慰。此役之后，廷议欲佯罢行营俟机进讨，范仲淹痛斥了图而后快的一时意气，剖析了“务夸敢勇，耻言畏怯”无益于边略的事实，浇灭了甚嚣尘上的斗狠逞强，批判了盲目赴死的无谓牺牲。所言兵韬，主要是指以“胜兵先胜而后求战，败兵先战而后求胜”劝阻“乘盛怒进兵”，以“主不可以怒而兴兵，将不可以愠而致战”[④]杜绝急图报复的不良心态，并积极剖析西夏“利而诱之，怒而挠之，引而劳之”的战略部署。此外，范仲淹主张从长计议，慎重筹划，并积极陈述精择驻地、修缮堡寨等建设性谋略。这些观点，皆与圣俞暗合。圣俞坚信，就宋夏实力与长远竞逐来看，西夏绝对无法承受长期的战争消耗。因此，当前要务惟休养生息，砥砺士卒，才能成就摧枯战功，而不讨退军、不计小败正是当前宋廷急需锻塑的迎战心态。

---

① (宋)魏泰撰，李裕民点校：《东轩笔录》卷7，中华书局1983年，第82页。

② 《长编》卷129康定元年十二月乙未，第3060页。

③ (宋)范仲淹著，李勇先、王荣贵校点：《范仲淹全集》之《论西事劄子》，四川大学出版社2007年，第520页。

④ 《长编》卷131仁宗庆历元年三月丙辰，第3111页。

宋人的戒贪持重，既与息事宁人的御边策略相契，又与谨慎戒备的军事思想暗合。这一思想，或被扭曲放大，演绎成真宗朝"士大夫耻言兵"的畸形隐忍；或被灵活借鉴，凝练为夷狄变诈、贪利速死的战争经验。前者造成了"上下安于无事，武备废而不修；庙堂无谋臣，边鄙无勇将，将愚不识干戈，兵骄不知战阵"[①]的手足无措；后者引发了"彼佯败以为诱，我贪利而追之，或不虞横出而为其所邀，或进陷死地而困于束手"[②]的前覆后戒。一样的思想，迥异的解读。云泥之间，智者总会做出清醒的判断，这种清醒在胜利的狂欢中显得格外珍贵。元祐二年(1087)，宋军收复洮州、擒获鬼章，胜利欢呼甚嚣尘上，共有 8 人 15 首边塞诗描绘了此次盛况。获悉此胜，苏轼喜作《获鬼章二十韵》，不仅肯定擒获鬼章的战略意义，更重视力戒骄矜的规劝和大兴兵事的训诫，因此发出了"军胜忌矜骄""奇功勿再要"的戒备呼吁。

在《孙武论》中，苏轼完整地表达了"戒贪而得"的军事思想：

变诈汩其外，而无守于其中，则是五尺童子皆欲为之，使人勇而不自知，贪而不顾，以陷于难，则有之矣。……是故惟天下之至廉为能贪，惟天下之至静为能勇，惟天下之至信为能诈。何者？不役于利也。夫不役于利，则其见之也明。见之也明，则其发之也果。

古之善用兵者，见其害而后见其利，见其败而后见其成。……居天下于贪，而自居于廉，故天下之贪者，皆可得而用。居天下于勇，而自居于静，故天下之勇者，皆可得而役。居天下于诈，而自居于信，故天下之诈者，皆可得而使。[③]

① (宋)欧阳修著，李逸安点校：《欧阳修全集》卷 114《言西边事宜第一状〈治平二年〉》，中华书局 2001 年，第 1721 页。
② 同上，第 1722 页。
③ (宋)苏轼撰，孔凡礼点校：《苏轼文集》卷 3《苏武论上》，中华书局 1986 年，第 91—92 页。

苏轼浸淫老庄，"不役于利"作为联结道学与兵学的纽带，促成他在习兵、研兵方面的深入思考，从而提出"廉""静""信"三个用智原则。他认为，只有舍弃急功近利、目光短浅的"贪""勇""诈"，才能实现趋利避害、长虑远图的"廉""静""信"，无用之大用是解读兵机的关键。基于这种认识，他极力反对"非贪无以取，非勇无以得，非诈无以成"的世俗之论，主张"乐战而不好战"，即厉兵秣马却不穷兵黩武。这种既不忘战、又不穷兵的治边理想，宋人津津乐道，孜孜以求。更可贵的是，苏轼还认识到用世与用智的辩证关系，人既要有"致君尧舜上"的用世之心，怀有使天下贪、勇、诈的宏伟抱负，又要有"戒贪而后得"的冷静周全，怀有使个人厌贪、厌勇、厌诈的智略追求，这样方能趋利避害，安边靖远。由此可见，在好战的浅见与强边的长策中，苏轼坚定地选择了后者。

在边塞诗中，北宋诗家不独认识到庙算、用奇、不战之胜与戒贪持重，还领会到兵贵神速、忘战必危等韬略之重，故而备述其借鉴意义。石介的"晋公平淮西，兵出速如神"高度颂扬裴度的平定淮西之功，认为出兵迅疾是制胜关键。刘敞的"兵家尚神速，世务忌苟且"则将军事与政务并举，叮嘱尹洙镇守西北，务必在军事上速战速决，雷厉风行，政务上大刀阔斧，除故纳新。李廌的"常闻武功贵时习，忘战必危欲定国"则明确表态保家卫国必须治兵振旅，训练有素，若忘却战备一定会危及社稷，动摇国本。由此可见，从《孙子》的"主速"到《三国志》的"兵贵神速"，从《孙子》的"不战而屈人之兵"再到《司马法》的"忘战必危"，这些通达权变的军事智慧均跃入宋人的观照视野，在边塞诗中得到了充分的肯定与发扬。可是，在北宋的御边实践中，"不战屈人兵"常如镜花水月，可遇不可求，因此，诗家理想与交战实际仍有较大距离。

二、文儒知兵与儒不知兵——以宋祁、梅尧臣为中心

战略与战术既定，选将用兵成为北宋边塞诗进一步关注的焦点。对于五代时期武将的频繁倒戈，太祖心有余悸，袒露心声：

五代方镇残虐，民受其祸，朕令选儒臣干事者百余，分治大藩，纵皆贪浊，亦未及武臣一人也。①

这一言论，能让人们对太祖寻求"儒臣有武干者"的迫切与必然多一分理解。当"重文轻武"的基本国策拟定之后，宋廷特别留意大臣在吏治与治军等方面的全面才干，并竭力选派文韬中武略最胜者驻守边疆。这样布局便带来一个问题，帝王的文武制衡是出于维护政权的需要，至于实际的作战能力，未必尽如人意。况且，普遍重用文儒镇藩本来就挑战着前代的治边经验，于是，儒将是否知兵，理所当然地成为边塞诗中的重要议题。关于儒生知兵的破与立，宋人各执所见，议论纷纷。

绝大多数边塞诗对文儒知兵充满信心，充分肯定其意义。持此论者，以北宋中期士子为主体，兼及个别前期与后期诗人。宋初，王禹偁发出了肯定儒将的第一声，声称："儒将古所重，料兵如转丸。"诗人认为倚重儒将为前代传统，他们定能审时度势，用兵如神，这与同时的徐铉与李含章仅仅描述儒生帅边之实却未明其态截然不同。② 至北宋中期，以范仲淹、苏舜钦、梅尧臣、刘敞、三苏等为代表的士大夫，纷纷提出了对文儒率兵的展望与期许。范仲淹的"民得袴襦兵得帅，御戎何必问严尤"是针对宋辽无事、燕赵和睦的现实思考，认为文儒御北有方，措置裕如，无须向前代贤士讨教御戎方略。这种无须讨教被郑獬解作"庙堂揽群策，还许访书生"，即文儒饱读诗书，划策乃其强项。刘敞的"汉庭谋帅用诗书，丞相今来握虎符"则论述了北宋以文韬武略为选将标准的合理性，下文又以"缓带""投壶"反衬文儒治边得心应手，游刃有余。苏舜钦"予生虽儒家，气欲吞逆羯"则备述其身为文儒的报效之心与御边之才，英气勃发，振奋人心。因

---

① 《长编》卷 13 太祖开宝五年十二月乙卯，第 293 页。

② 徐铉"为将为儒皆寂寞，门前愁杀马中郎"，其诗感于重经被贬的宣威苗将军故宅所作，感于苗将军与东汉马援的不公待遇，徐铉遂有功业难成、贤能难做的感慨。李含章"为儒还解著征衣，远戍沙连白草齐"，仅仅介绍了儒生出守边塞的荒凉与无奈。

为看到文儒知兵的积极效果，对于那些奔赴边地、效力边陲的儒将，梅尧臣无不勉励赞颂，饱含深情。“儒将一临塞，虏尘无犯边”与“淮南命儒帅，塞上足封侯”是送别知渭州王素，既肯定其治边能力，又期待其封侯挂帅；“谁人识谢艾，只是一书生”乃对知泾州李审言的激劝慰勉；“相如尝学剑，文士亦何嫌”以司马相如的书剑生涯鼓励李太保莫因修文而弃武；“志士莫忆家，将军亦儒生”既有对顾中舍的莼鲈之思备为安慰，又对其镇边德顺心怀期待。与圣俞诗相仿，三苏对文儒知兵的肯定亦多见于对具体将帅的歌颂。例如苏洵称颂田况“田侯本儒生，武略今洸洸”，是就其文韬武略而言；苏辙称赞王拱辰“千夫奉儒将，百兽伏麒麟”，乃是对其驭下有方而论；至于苏轼“周王常德须攘狄，汉帝雄才亦尚儒”，则是在肯定周天子尊王攘夷政治策略的同时，又对汉代君主文武兼备的用人策略十分推崇，而其所歌颂的谢承制正是这样的文武全才。与二苏同时的郭祥正，亦高度赞许宋儒的作战能力，遂有“海浪掀天须破贼，始知名将是儒生”之语。稍晚于郭祥正的吴则礼，一面描述儒生的戎马倥偬，一面又对其气定神闲、稳操胜券情有独钟，故有“晓角催行鼓，儒生也据鞍”与“坐上儒冠挥麈尾，帐前羌种看刀头”之句。

作为北宋中期的诗文领袖，欧阳修亦频频传递文儒知兵的豪言。“尔知平戎竟何事，自古无不由吾儒”道出平戎定边为儒者本分与专长，“由来边将用儒臣，坐以威名抚汉军”又肯定文儒号令不凡、威可服人。值得注意的是，欧阳修不仅将文儒治边视为古今必然，更在奏疏中多次表达了选派文臣出守重要边郡、请求参预边事的态度。庆历五年（1045），欧阳修奉使河北，先上《乞选差文臣知定州》，表明了在秦、渭、延、庆四州均用文臣御边的情势下，对于河北重镇定州更要选择通权变、知镇抚的贤臣，于是建议“朝廷特于文臣两制已上，选差一员知定州”①以便北御得宜。之后，

① （宋）欧阳修著，李逸安点校：《欧阳修全集》卷118《乞选差文臣知定州》，中华书局2001年，第1814页。

又连上《乞与闻边事》《再奏与闻边事》两章，表达了自己身为转运使亦应参预边事的诉求，“所贵稍得与闻边事，至于储蓄粮草，修城池器械，亦量酌事体紧慢，不至乖方”①，“臣伏以转运使虽合专掌钱谷，不与兵戎，然河北事体不同他路，故授之密旨，常使经营……则本司得知边事缓急，凡于计置准备，不至紧慢乖方”②。这些预边诉求的背后正是欧阳修本人对文儒知兵之可能性与必要性的充分肯定。

在诗人云集、佳作迭出的仁宗朝，梅尧臣对文儒知兵的阐述最深刻。宝元年间，西夏频频扰边，梅尧臣通过重注《孙子》表达了对兵学的理解与边事的关切。对其注疏功绩评价最准确的，当属欧阳修。在《孙子后序》中，欧阳修首先对北宋最为推崇的曹操、杜牧、陈皞等“三家孙子”予以剖析，得出“注者虽多而少当”的结论，然后指出重新注疏的必要性，并揭示了梅尧臣的注解情怀：

> 独吾友圣俞不然，尝评武之书曰：“此战国相倾之说也。三代王者之师，司马九伐之法，武不及也。”然亦爱其文略而意深，其行师用兵、料敌制胜亦皆有法，其言甚有次序。而注者汩之，或失其意。乃自为注，凡胶于偏见者皆抉去，傅以己意而发之，然后武之说不汩而明。吾知此书当与三家并传，而后世取其说者，往往于吾圣俞多焉。圣俞为人谨质温恭，仁厚而明，衣冠进趋，眇然儒者也。后世之视其书者，与太史公疑张子房为壮夫何异。③

可见，圣俞的确为《孙子》的用兵制敌之策与行文言说之法所吸引，而其醉

---

① （宋）欧阳修著，李逸安点校：《欧阳修全集》卷118《乞与闻边事》，中华书局2001年，第1815页。

② （宋）欧阳修著，李逸安点校：《欧阳修全集》卷118《再奏与闻边事》，中华书局2001年，第1815—1816页。

③ （宋）欧阳修著，李逸安点校：欧阳修《欧阳修全集》卷42《孙子后序》，中华书局2001年，第606—607页。

心兵学的文化品格亦对其文学风貌产生了重要影响，即儒者于“谨质温恭，仁厚而明，衣冠进趋”之外，还应肩负关心民瘼、安边息民等社会主体精神。圣俞对儒生担当的责任诉求，尤其表现在对儒不知兵的痛恨与儒生知兵的赞美。破立之间，诗人的爱国情思表露无遗。儒生知兵前已论述，此处专论儒不知兵。

宋人对儒不知兵的论述，大致可以分为以下三个方面：

一是鄙视腐儒，痛斥其迂。胡宿的“五鼎元戎方肉食，腐儒何者预军谋”指出卿大夫与腐儒的天壤之别，前者因成功御敌而享用五鼎与厚禄，后者因其不懂军略绝无此厚遇与辉煌。曾巩的“高枕四封无一事，腐儒何幸偶专城”歌颂宋将策略深沉故治边无忧，而不知变通的腐儒绝无此主宰一城、牧养百姓的干才。苏辙的“成功岂在延世下，好勇真令腐儒服”指出顾子敦的人生成就不在晋人刘兆之下，其智勇双全令腐儒甘拜下风。晁说之的“自顾腐儒何所补，骑猪难在虎狼中”更是借助腐儒御敌无措、屁滚尿流的窘态表达腐儒无济于边事、难与勇将同日而语的愤怒。蔡肇则以“腐儒不用辄忧边，庙堂有人制尊俎”指出腐儒忧边于事无补，折冲樽俎、抵御外侮与腐儒无关的事实。

二是规避劝勉，自我检讨。梅尧臣的“岂是为俗儒，空言事夸大”力挺好友张洞绝非空谈误国之俗儒，苏舜钦的“众人刮目看能事，著鞭无为儒生羞”是以李氏镇抚冀州反衬儒生的不知所措。二人之诗是映衬文帅的需要，诗人告诫友人勿为不知兵事之俗儒，并对其赴边充满期待。至于晁说之的“谁能图战阵，枉是著朝衣”则是对儒不知兵的我检讨，表达了探索无方、不得其解的苦闷与自责。另外，《孙子后序》中亦可见梅尧臣对皓首穷经之小人儒的摒弃，对经邦治国之君子儒的追慕，这种认识几乎为整个北宋所认可，并在边塞诗中充分地展现出来。

三是质疑儒帅，不愿戍边。与讽刺俗儒、腐儒不同，宋祁多次表达了对文官治军、文儒帅边的质疑与不满。“儒帅非真帅”直言儒帅名不符实，与冲锋陷阵的武帅截然不同；“敦诗未必真谋帅”明确表态饱学诗书未必就能运筹帷幄、制敌千里；而“见上若询颇牧将，为言儒帅果非才”两句更是将诗人沮议文儒帅边的迫切与坚定彰显得淋漓尽致。在《假节》一诗中，宋祁对戍边生涯的厌恶一览无余：

误持军印摄中牙，朔雪添成两鬓华。大抵不侯宁战罪，由来寡要是儒家。山南近暖先迎日，树北缘寒晚作花。岁晏知非宦情薄，颍田归兴满苍霞。[①]

此诗作于皇祐五年（1053），诗人知定州。在定州，宋祁作《范舍人书》致同修唐书的范镇，信中有“假节塞下且三年”之语。题为《假节》，开篇便以“误持”二字直道持节定州有负初心。“朔雪”既反映了北塞荒寒，又暗喻华发早生。因为无意于戍边，故对自己文儒帅边的身份几经否定，而定论“寡要”。“山南”两句真正应验了“一切景语皆情语”。马瑞从“向阳花木易逢春”的角度揭示出宋祁诗歌的自然辨证之美，[②]虽不乏理趣，却有不足。不足在于，未谙诗人政治待春之深意。若得此解，既能接续尾联，又能体察诗人的用心良苦。尾联两句传递出岁暮无心仕途，不若学巢父、许由归隐颍田。无奈怅惘的背后，究竟有多少出世之真意，着实值得考量。[③]宋祁的入世之切还能从其出知成德军与定州的文学创作中得到验证。一方面，宋祁心念国事、多陈利弊，在成德军作雄文与《蛮夷利害议》[④]，又“请弛河东、陕西马禁，又请复唐驮幕之制”[⑤]，在定州作《御戎论》七篇，因此加

① （宋）宋祁：《景文集》卷13《假节》，清武英殿聚珍版丛书本。

② 马瑞：《宋祁诗歌研究》，辽宁师范大学硕士论文，2015年。

③ 结合宋祁出知定州经历，有助于理解诗人寄托。皇祐三年二月，翰林侍读学士宋祁因儿子与张彦方交游而受到弹劾出知亳州。次月，仁宗命其“就州修唐＋书，易史馆修撰为集英殿修撰”。一年多后，徙知成德军。皇祐五年正月，再知定州。关于宋祁行实，温洁《宋祁诗文系年及行实考述》一文考证翔实，线索清晰，对本节论述较有裨益。

④ 《景文集》卷44《御戎论》并表中云：“臣于皇祐四年秋七月待罪成德军。”

⑤ （元）脱脱：《宋史》卷284《宋祁传》，中华书局1985年，第9596页。

端明殿学士，并于嘉祐元年(1056)八月奉诏“授吏部侍郎，仍旧职移知益州”①。另一方面，宋祁还通过寄赠宰辅，以期助其重回中央。在《上昭文相公书》中，宋祁向宰相庞籍吐露这样的情绪：

况其本来文翰诸生，不习军旅……伏望相公矜悯，一介恐心极虑，不为谄谀倾仄，素自安分，靡所觊觎。若早得罢归，供职经筵，晚节之幸也。②

皇祐三年(1051)十月，枢密使庞籍以本官为平章事、昭文馆大学士。皇祐五年(1053)闰七月，平章事庞籍以本官知郓州。宋祁此文军旅之事均指向定州边务，皇祐五年正月宋祁知定州，闰七月庞籍离任，故《上昭文相公书》一文当作于皇祐五年正月至七月间。此文中，宋祁道明自己独好文教、不善武功之志趣，又以素喜安分、并无伟志打消庞籍的戒惧，最后以暮年帅边之悲凄感化庞籍，以期得其助老之力。谙熟这层背景，宋祁对文官治军、文儒帅边的怀疑与否定也就迎刃而解了。这是宋祁自我否定、意图返京的策略，也是诗人暮年御边、不胜其苦的真实写照。

自皇祐四年知成德军至嘉祐元年“解定州符印”，奉诏知益州，宋祁帅守河北达五年之久。那么，宋祁究竟因何在暮年御边北疆而不被召回呢？《邵氏闻见后录》为我们提供了些许脉络：

韩魏公与宋尚书同试中书，赋《琬圭》。宋公太息曰：“老矣，尚从韩家郎君试邪！”盖宋公文称已著，韩公以从官子弟二名登科，然世尚未尽知也。或闻韩公则愧谢曰：“某其敢望宋公，报罢必矣。”已而韩公为奏篇之首，宋公反出其下。后韩公帅中山，作阅古堂，宋公词有云：“听说中山好，

① (宋)宋祁：《景文集》卷38《益州谢上表》，清武英殿聚珍版丛书本。
② (宋)宋祁：《景文集》卷51《上昭文相公书》，清武英殿聚珍版丛书本。

韩家阅古堂。画图名将相，刻石好文章。"韩公见之不悦。①

宋祁年长韩琦十岁，二人曾有同试中书的交谊。当时宋祁的政声文名已享誉四海，而韩琦还是仕途与文坛的新人，文赋较量，宋祁倨傲自尊，韩琦谦卑有礼。孰料，新人韩琦的文赋竟位列第一，远迈宋公。后来，韩琦声望日隆，身居要职，这时资望已非宋祁炫耀的资本。庆历八年（1048）四月，资政殿学士韩琦知定州，直至皇祐五年（1053）正月，由知定州迁武康节度使、知并州，韩琦帅定前后六年。在定州，韩琦建阅古堂，意在彰表贤守良将，范仲淹、富弼、欧阳修均作诗歌之。② 宋祁听闻此盛事，亦作诗相和，不料阅古堂主人韩琦并不领情。至于韩琦的不悦反映，应与之前同试中书而生嫌隙的经历密不可分。有趣的是，韩琦离任之后，宋祁接续韩琦出知定州，而两位定州知州衅深交恶令其未能就阅古堂切磋文艺，实属憾事。

同样质疑儒帅，与宋祁厌边盼归而自我否定不同，梅尧臣则是在武将狄青战功的基础上痛斥儒帅言多行少，节录《十一日垂拱殿起居闻南捷》于下：

将军曰青才且武，先斩逗挠兵后强。从来儒帅空卖舌，未到已愁茆叶黄。徘徊岭下自称疾，诏书切责仍勉当。因人成功喜受赏，亲戚便拟封侯王。昔日苦病今不病，铜鼓弃掷无镖枪。③

将军，指平叛侬智高的勋将狄青。儒帅，何冠环指出乃"称疾徘徊岭前的

---

① （宋）邵博撰，刘德权、李剑雄点校：《邵氏闻见后录》卷19，中华书局1983年，第148页。
② 范仲淹作《阅古堂诗》、富弼作《定州阅古堂（并序）》、欧阳修作《韩公阅古堂》，称颂韩琦建阅古堂。
③ （宋）梅尧臣著，朱东润编年校注：《梅尧臣集编年校注》卷23《十一日垂拱殿起居闻南捷》，上海古籍出版社1980年，第658—659页。

儒臣"孙沔。[①] 在武将狄青破邕州、平侬智高乱的赫赫战功面前，文儒的能言善辩、遇事退缩令圣俞倍感厌恶。结合狄青此役之中的表现来看，"才且武"是指狄青很好地完成了仁宗叮嘱，将镇抚百姓、宽贷胁从、加固城池、量功酬赏诸事落到实处。狄青赴任之前，宋军多次为侬氏所败，广南钤辖蒋偕、桂宜柳州巡检李贵均命丧其手，[②]宋人渐生侬氏剽悍、恐难制服的怯战心理。上任之初，狄青迅疾着手整顿军纪，排布兵将，合安抚使孙沔与知桂州余靖两路兵马进逼宾州。皇祐五年(1053)正月，广西钤辖陈曙率兵八千贸然出击，大败于昆仑关，部众四散而逃。鉴于此，狄青怒斩陈曙等三十二人，"先斩逗挠"即指此。[③] "先斩逗挠"的背后，是梅尧臣对狄青处置的肯定，也是他对军纪之重的认识。在《孙子注》中，梅尧臣多次表达了恩威并著、赏罚分明的态度。他批判"视卒如骄子"，认为"恩威并著，则能必胜"[④]。所谓"兵后强"，是夸赞正月的军事部署。狄青调兵聚粮，行兵布阵，均有条不紊。两军对峙，狄青、孙沔、余靖等三人分率前、中、后三阵，先次昆仑关，后于关外会食，最终对阵于归仁铺。正当侬氏部众退避邕州时，宋军乘胜追击，斩获两千余，生擒五百余，彻底扭转败绩。此役虽未生擒蕃酋侬智高，然其高官、智囊多命丧此役，且有生力量被彻底剿灭，故有效解除了仁宗朝的西南边患。"从来儒帅空卖舌，未到已愁茆叶黄"顺承而下，借此旌表狄青军功，其雷动风行引发了诗人对儒帅知兵的反思。"徘徊岭下自称疾"以下六句借皇帝的寄望勉励与泽丰恩重，表达了对狄青功名两全的羡慕。

综上所述，儒不知兵的三个层面，前两条是对俗儒、腐儒与小人之儒的鄙视，第三条则是不论文儒有无才干，均对文儒率兵彻底否定。无论是

① 何冠环：《将门学士：杨家将第四代传人杨畋生平考述》，见李裕民编著：《首届全国杨家将历史文化研讨会论文集》，科学出版社 2009 年，第 53 页。

② 事见《长编》卷 173 仁宗皇祐四年九月戊申、《长编》卷 173 仁宗皇祐四年九月甲寅。

③ 事见《长编》卷 174 仁宗皇祐五年正月丁未。

④ (春秋) 孙武撰，(三国) 曹操等注，杨丙安校理：《十一家注孙子》，中华书局 2012 年，第 182 页。

哪一种情绪，都是基于对时事、军政的评判与总结，至于背后的论说动机，则因人而异。

我们不禁要问，文儒率兵究竟是否得力？从不解兵事到措置裕如，究竟何为真相？针对狄青武功，是时北宋正掀起一场关于文儒无益于边事的检讨。刘敞最先对此怀疑风暴予以回击：

> 初讨智高，使杨畋以起居舍人行，其后两将败没，贼势益炽，畋以故谪守鄂州。及狄青率诸军至邕，一战破之，议者以为文士不足用，而宿儒伟贤亦不能自解，非知言者也。杨畋之官素微，又其行以使者往，而所与俱者蒋偕、张忠之徒，官皆在畋右，或宿将自负，頡颃作气，招之不来，麾之不往，且安得有功？青两府，本起行阵，能得士卒心，其势固重，而朝廷亦深借以权，州郡得擅调发，幕府得擅辟置，将校得擅诛赏，以此督战，亦安得无功？使两人易地而处，巧拙等耳。[①]

刘氏认为，绝不可以一时胜负论英雄。杨畋以起居舍人节制西南，未能有效扑灭盗贼势焰，是职权太小、配备不力、号令不听的结果。至于狄青取胜，则是秉旄仗钺、如臂使指、果刑信赏使然。若将二人对调，结局亦随之扭转。可见，南御成功的关键，在于宋廷给予主帅的措置权限与团队配备，若二事跟进，则事无不成。此文所论，又与边塞诗不同。在边塞诗中，肯定文儒率兵多作于送人赴边、寄答边帅的美好期许中，多传递出文人应效力边事、不应囿于文学。而刘敞此处为儒不知兵翻案，不是期待劝勉，而是客观评价文儒的治边能力与治边条件之间的辩证关系，并着意提醒朝廷勿因一役而否定其功，认识之深远迈时人。

要之，否定文儒边功，并不确指某人，是文武对照下的虚拟批判，是怒其不争的惋惜；而肯定文儒边功，则多寄赠明确，是文不逊武的真实期盼，

---

① 《长编》卷 174 皇祐五年二月癸未，第 4197 页。李焘注引刘敞语。

是效力边陲的敦勉。破立之间，诗人对社稷之器的理解尽现无隐。破立两端，只是言说方式的切换，一方面是沉烽静柝、边鄙无虞的终极诉求，一方面是致君尧舜、抒发怀抱的拳拳深情，宋人心声宛然可见。

三、军储保障与重农思想——以梅尧臣、韩琦为中心

当谋略、将帅等人力与智力保障落实以后，宋人又致力于寻求军储保障与后勤供应等物质层面的支持，并对粮食生产、军储馈转、役夫征调等诸多环节有深刻见解。

首先，北宋边塞诗高度认可军储的战略意义。宋初杨亿反复论述军储之重："三军粒食资心计，一月星邮待捷书"将军粮供应与书信邮传并举，意在说明前者可以保障战略探索，后者能够传递情报；"由来百粤地，曾督九年储"指出广州作为汇集百越的南方重边，曾有监管九年军粮的重要使命。北宋后期，晁说之对粮草不足、装备不精的军政现状深表忧惧，"莫问糇粮难卒岁，且无甲马在今朝"便凝练地传递出诗人的忧国之情。除了直陈军粮之重，北宋边塞诗还经常借助叮嘱与劝勉边地转运使来体现对粮食重要的深刻认识。例如杨亿的"泥书双笔迁郎署，粒食千金仰县官"，前句歌颂将赴任陕西转运使的黄氏升迁郎署，出守重郡，后句直指转运使调拨分配粮食的责权之重。同样是叮嘱，晁说之的"黩兵烽燧息，积粟犬羊平"则是将息烽偃武、屯粮畜牧当作经营陕西、守卫西陲的重要策略。晁补之的"金城那可无粟守，尧舜与民宁并耕"叮嘱即将赴任陕西转运使的岳父杜纯，守卫兰州必须粮食丰裕，为了强化这一结论，甚至说出贤君尧舜宁肯与民稼穑，也要保证粮食丰足。

有时，宋人对边地财赋与粮食保障的书写并不针对转运判官所在边地，而是放眼矛盾更尖锐、冲突更激烈的其他边地，冯山《送江衎巨源提举赴阙》即为一例。元丰四年（1081）九月，梓州路因多名官员获罪革职而致界首事务无人管理，提举常平等事江衎是时授命兼梓州路转运判官。冯山此诗虽由江衎的入蜀实况切入，中间的巨大篇幅却围绕元丰四

年的五路伐夏展开。“去秋西师出四路，欲举夏寇除根荄”便是抛开李宪熙河路不谈，而就泾原与环庆合攻灵州、河东与鄜延合攻怀州，最终四路合攻兴州而展开叙议。其中“连兵巨费久乃定，得失未可相偿赔”，“精强挽运一蹉跌，十存四五良可哀”以及“况今秦人极疲敝，菽粟贵重如琼瑰”等数句，均将话题引向开支巨大、粮运艰难、役力耗损、秦人疲惫等现实问题。

当然，一旦遇上贤臣辅政、治边有术，宋人又会对边粮充足自信满满。苏洵的“郡国远浩浩，边鄙有积仓”借助边安廪实、物阜民丰来表达对田待制治边高明的赞美。吕南公的“京观酋豪肉，军储府藏钱”描述了战败酋豪堆积成山、军需物资充盈府库的事实，尽管未明边帅身份，但是粮秣充塞足以侧面反映其西北边绩。然而，这种认识之重，绝不仅体现在对己方军储的认知上，对敌方实力的认知也同样适用。晁补之的“降羌当有甲齐山，叛虏应无马量谷”，便是对投降羌部战甲齐备、叛宋胡人马匹不足的诅咒。而当击败对手，缴获战利时，得粮多寡再次成为宋人高度关注的话题。杨亿的“陇右行收万里地，关中坐致九年储”勾勒郑氏出帅陕西的美好蓝图，收复陇右万里疆域、保证关中数年的粮食供应。沈辽的“橐驰牛马以万计，白米青盐归我储”真实叙述了宋夏交战中宋军缴获敌方战马、牲畜以及粮盐无数。

其次，北宋边塞诗对飞刍挽粟及其背后的役力征调亦认识深刻。除了静态地认识军粮本身的战略意义，宋人更注重动态考察军粮运输的畅通与否、役夫保障与补给情况。北宋诗人中，对馈粮之重认识最早、剖析最深的首推梅尧臣。庆历元年，宋夏激战，圣俞呼吁：“塞上备胡羌，关中调兵食。秦民尚苦输，汉吏勤求职。”嘉祐五年(1060)，宋夏边界冲突，圣俞作《送陕西都运彭待制》重申军储之重：

塞下兵难去，关中粟未多。君心同汉帝，粮道得萧何。函谷马蹄入，渭桥车辙过。地形终险固，山色旧嵯峨。不愧先贤传，重听得宝歌。归来奏天子，安稳看鸣珂。[①]

彭待制即彭思永。彭思永的授任与时间，朱东润先生最早发现争议。[②] 笔者勾稽史料，稍作推演。《宋史》记载彭氏在平定下溪蛮彭仕义作乱后即由湖北转运使转"户部副使，擢天章阁待制、河北都转运使、知瀛州"[③]，未见陕西都转运使等相关任命。顾吉辰先生《〈宋史〉考证》中有《彭思永以天章阁待制充陕西都转运使》一文，征引《河南程氏文集》卷四《故户部侍郎致仕彭公行状》，指出："（益州路转运使）任中迁兵部侍郎，召还为户部副使。岁余，以天章阁待制，充陕西都转运使。河朔谋帅，以公镇高阳，仍进秩谏议大夫。"[④]由此得出《宋史》讹误："一是'河北都转运使'当作'陕西都转运使'。二是镇高阳而非镇瀛州。"[⑤]笔者征诸文献，发现沈遘有《陕府西路都转运使兵部郎中充天章阁待制彭思永可右谏议大夫，依前充天章阁待制，充高阳关路都部署兼安抚使知瀛州制》一文，内容如下：

敕：河北四方之重，而高阳又河北之冲也。内蓄劲兵，外抗强虏，则帅守之任岂轻哉？具官某资赋纯茂，材问优给，更佐台省，参列侍从，风采之美，简在朕心。故陟尔以谏臣之长，仍廷阁之旧，以临于瀛。尔其往服厥事，思所以息民备敌之宜，以扬尔能，以称朕意。可。[⑥]

---

① （宋）梅尧臣著，朱东润编年校注：《梅尧臣集编年校注》卷 30《送陕西都运彭待制》，上海古籍出版社 1980 年，第 1144 页。

② 朱东润先生在诗注中指出《宋史・彭思永传》未见转运陕西之记载，又指出李壁于《王荆文公诗笺注》中却明确记载思永擢天章阁待制，陕西都转运使，并表明二说"未知孰误"。

③ （元）脱脱：《宋史》卷 320《彭思永传》，中华书局 1985 年，第 10412 页。

④ （宋）程颢、程颐著，王孝鱼点校：《二程集・河南程氏文集》卷 4《故户部侍郎致仕彭公行状》，中华书局 2004 年，第 491 页。

⑤ 顾吉辰：《〈宋史〉考证》，华东理工大学出版社 1994 年，第 592 页。

⑥ （宋）沈遘《西溪集》卷 5《陕府西路都转运使兵部郎中充天章阁待制彭思永可右谏议大夫，依前充天章阁待制，充高阳关路都部署兼安抚使知瀛州制》，四部丛刊三编景明翻宋刻本。

结合制书题目与内容可知，彭氏出守河北之前确实曾有陕府西路都转运使的司职。河北经历，《长编》亦载。嘉祐六年(1061)九月，彭思永以知瀛州处理宋辽边事。十月，“河中府进士南宫鲁为试将作监主簿，以都转运使彭思永言其文行推于乡里也”①。由上可知，嘉祐六年九月彭氏已赴任河北。综上所述，彭思永转运陕西之事大致如下：由益州路转运使迁兵部郎中，召还为户部副使，任职户部副使一年有余，以天章阁待制充任陕西都转运使，之后因河北需要，镇守高阳兼知瀛州。除《宋史》外，均无转运河北记载。对于彭氏转运河北、陕西的考辨，朱东润先生首发质疑问难，顾吉辰先生即穷验问，以下，在先辈时贤的基础之上，对细节稍加推进。然而，随着文献的发现，此事或许会有更加明朗的答案。

都转运使“经度一路财赋”，主要负责核实收入与供耗、储备与帐籍，其职守是梅尧臣对彭思永反复论说粮食储备、粮道畅通的前提。当年刘邦坐定关中，封侯授赏，萧何功居第一，在曹参之上，正因其于楚汉之争中“转漕关中，给食不乏”。鉴于关中地势险要而粮食不丰的事实，诗人渴望粮道畅行堪比汉代萧何治理之时。“马蹄”“车辙”营造的事境贯联将紧锣密鼓、源源不断输送粮食的场面描绘得十分生动。“先贤传”，记录汉晋时期乡里贤达的人物传记，收录于《隋书》。圣俞勉励彭氏勤政爱民，治绩昭著，定入此传。今人永田拓治认为“上计制度”对“‘先贤传’的持续编纂和流行”起着根本的导向性作用，②作者与圣俞为谙熟吏治与颂贤之辩证关系的隔代知音。“得宝歌”，唐玄宗时乐曲，因颂当时陕郡太守、水陆运使韦坚治绩而作。“重听”此歌，同样寄托了诗人对彭氏通运渠、引租赋、聚物产等甘棠惠政的期待。结尾两句顺势而出，描绘出彭氏面圣奏事、载誉而归的盛景。

在《送河北转运使陈修撰学士》一诗中，圣俞传递出同样的寄托：

---

① 《长编》卷195嘉祐六年十月甲申，第4726页。

② ［日］永田拓治：《上计制度与“耆旧传”“先贤传”的编纂》，《武汉大学学报(人文科学版)》，2012年4期，第49页。

河隍多宿兵，兵食固所须。幸时不战斗，畜养安可无。古兴十万师，七十万家辍耕锄。今来岁调饷，且与往昔殊。不使民转挽，但使民归租。急缓实塞下，商贾以利趋。关西河东亦如此，军食虽足民实虚。公乎抱长才，当有所画谟。应不贷内府，重锦象牙明月珠。边城预自足，宁待临事谕。莫令汉庭臣，独言桑大夫。①

夏敬观先生以此陈学士为陈安石，并结合《宋史·陈安石传》提出“河北转运使”乃“河东”之误。② 朱东润先生认为按照本传记载，陈安石为河东转运使是在熙宁三年韩绛镇太原时，“其时尧臣死已十年”，因而否定了陈学士为陈安石的说法，却未明示陈氏身份。按：梅诗编年为皇祐四年(1052)，是年以修撰出任河北转运使的陈学士或为陈旭，而非陈安石。据《长编》记载：“(皇祐四年七月)丁未，户部员外郎兼侍御史知杂事陈旭为天章阁待制、河北都转运使。已而言者为旭图进非次，遂改为礼部郎中、集贤殿修撰、河北转运使。”③此条所记，与梅诗编年、送人称谓、新近任命等信息全部吻合。陈旭河北治绩虽不可考，但是，从其是年正月协助汇报皇祐四年以来“财赋出入”、编订成册、以备定制诸事来看，陈旭具备经制河北、筹划边计的能力。此诗开门见山，指出北宋御夏河湟，居安积储等现状，继而揭示由此带来的战事伤农、转饷累民等事实，因而建议陈氏对边需巨大、边民穷困等问题做深入思考。针对北宋边情，梅尧臣认为陈氏身为河北转运使，决不能寄希望于内府拨配，而应未雨绸缪，自给自足，推行有助于边事与边民的经济政策，再现当日“桑弘羊”屯田实边的丰功伟绩。题为送友，实为议边，重农爱民，如见肺肝。在《孙子注》中，梅尧臣结合征发、馈粮、作战等诸事表达了爱惜民力的深刻思想。言

① (宋)梅尧臣著，朱东润编年校注：《梅尧臣集编年校注》卷22《送河北转运使陈修撰学士》，上海古籍出版社1980年，第631页。

② 夏敬观注见《梅尧臣集编年校注》卷22，上海古籍出版社1980年，第631页。

③ 《长编》卷173皇祐四年七月丁未，第4162页。

征发者，“不再籍，不三载，利也；百姓虚，公家费，害也”；言调饷者，“举师十万，馈粮千里，日费如此，师久之戒也”；言征战者，“速则省财用，惜民力也”。[①] 这些减少征发、速战速决的思想无不是基于爱民、节用等爱国情怀的深切思考。除此之外，送别泾州良原县主簿何鬲，圣俞叮咛：“胡马自偷牧，汉农宁废耕。……县版固当重，调轻无与程。”送祖择之赴陕府，又有“天子忧民切，行当务劝桑”之劝勉。由此可见，尽管圣俞不得亲对边民抚慰爱养，却能够将其治边之切化作激劝鞭策，鼓舞边臣大展宏图。

除梅尧臣外，北宋中期还有大批诗人致力于阐释馈粮之重。蔡襄的“赐衣靡国帑，走粟填边庾”指出宋夏交战频繁，不得不厚赐边卒，填充边仓。欧阳修的“荷戈莫言苦，负粮深可悲”直指负粮之艰远迈稼穑之苦。强至的“萧相馈饷堪仰给，马卿建节忽西之”将萧何转漕馈粮之功与司马相如持节谕蜀之力相提并论，以此激励新任的益州转运使。相较于上述诸人的理性与深沉，刘挚的馈粮认识要轻松许多，“河湟虮虱玩天恩，饷馈驱驰不足论”表达了宋人对河湟吐蕃不以为然的坚定态度，指出对阵吐蕃无论是从驱赶、镇压等军事手段，还是粮食补给、后勤供应等方面，皆易如反掌。事实上，交战与备边中的粮食运输远没有刘挚想象的那么简单。这一点，苏轼门人认识尤深。陈师道认为“馈粮千里古无策，木牛流马功不极”，指出长途馈粮的运载需求恐怕木牛流马也不能实现，况且除了负载，粮道通畅、安全保障也是馈粮得以顺利实现的重要因素。晁补之则就元丰四年五路伐夏展开议论，“将军拳勇馈不继，痛惜灵武奇谋空”便指出王中正与种谔所率东北路军队恰恰是因粮运不济而未能围攻灵州，并为其无功罢兵而深表遗憾。至于截人粮草，更是难上加难，蔡肇的“奇兵缭背断馈粮”就将宋人绞尽脑汁阻绝夏军粮道揭示得十分清晰。与上述诸

---

① （春秋）孙武撰，（三国）曹操等注，杨丙安校理：《十一家注孙子》卷上《作战篇》，中华书局 2012 年，第 31 页。

诗稍有不同，沈辽与郑獬均从漕运角度揭示馈粮之重。沈辽的"翻蒙羽檄督军粮，灵渠首运三千石"指出宋将卢总在对阵安南大将时羽檄频传、监督粮运，首次就以灵渠运粮三千石之实。郑獬则纯粹以汴河为题，对其漕运功绩予以高度赞扬，其中"朝漕百舟金，暮漕百舟粟"指出汴河的承载之广，金银、粮食均在其运载之列，"因以转实边，边兵皆饱腹"两句则客观陈述了汴河漕运以实边、馈粮以养兵的至伟巨功。

继梅尧臣之后，北宋后期诗人李复创作了大量心系粮运的边塞诗。这些诗歌，均置于宋夏战争的视野下纪实书写，有着夹叙夹议的论说风格。其中记录夜宿宋夏边地极多，"督运晚宿明堂川，凿冰饮马沙冈窟"指出诗人监督粮运夜宿明堂川之实，此处天寒地冻，条件艰苦，护粮役卒只好凿冰以饮马，夜宿沙冈洞穴。"护粮将军夜不来，敦然独宿在车下"指出护粮将军夜不巡逻，役夫只好夜宿粮车之下，以保军粮无虞，寥寥数语道出护粮役夫的艰辛。不仅如此，馈粮路遥，险不可测，遂有"千里馈粮人未返"之语。"百丁团甲户无余"则是运粮路过陕西大荔亲见朝廷征调役夫的情形，征调名堂五花八门，当地壮丁无一漏网。以上诸诗仅从某一侧面揭示馈粮之艰，其力度与深度远不若《兵馈行》。其中"古师远行不裹粮，因粮于敌吾必得。不知何人画此计，徒困生灵甚非策"四句正是基于馈粮艰辛、役夫凋敝发出的停馈呐喊，诗人由此发出"因粮于敌"的呼吁，其求策之切又与本节的"韬略探求"相合。

再次，北宋边塞诗高度重视军储保障背后的生产与购买行为。寓兵于农，因能兼顾粮食生产与保家卫国的双重需要而备受宋人青睐。对此，欧阳修明确表示："从来汉粟劳飞挽，当使秦人自战耕。"诗人认为依靠运输根本无法解决陕西的军粮供应，陕西人民应耕战兼善，才能自给自足。较之欧阳修，王陶对寓兵于农的追慕更加具体，"君不见，镇戎德顺弓箭手，耕种官田自防守"便一语道明镇戎弓箭手耕战两不误的特殊性质。关于弓箭手，知镇戎军曹玮最早对其性质与职能予以界定，并结合当地边民的应募情况出台如下政策，即"给以闲田，蠲其徭赋，有警，可参正兵为前锋，而官无资粮戎械之费”①。庆历年间，河东都转运使欧阳修借鉴镇戎经验，意欲将弓箭手推广至河东多地，范仲淹奉诏实地考察，认为可行，遂支持其说。于是，宋廷于“岢岚军北草城川禁地募人拒敌界十里外占耕，得二千余户，岁输租数万斛，自备弓马，涅手背为弓箭手”②。可惜，此议最终为并州明镐挠议乃止。至和二年(1055)，知并州韩琦再次派人考察，认为忻州、代州、宁化军与火山军等地若长期废弃不耕，恐为敌方耕占，建议代州与宁化军仿照之前的岢岚军例，“距北界十里为禁地，余则募弓箭手居之”，最终“得户四千，垦地九千六百顷”③。观上可知，尽管欧阳修未于诗中细论弓箭手的耕战兼善，但是，他却在边议中畅谈此策，并于边地躬行实践，其因地制宜、学习先进的钻研精神的确令人敬服。

就北宋边塞诗人而言，对寓兵于农认识最深刻、能够提出解决方案的，莫过于儒将韩琦。在《次韵答运使杨畋舍人》中，韩琦充分表达了对昔日民兵制度的追慕：

> 轺车勤按问，并部此先行。籴重伤农业，年丰报力耕。几时苏俗困，异日复民兵。公策方经远，提封可坐清。④

此诗寄答河东转运使杨畋，李之亮先生编定此诗作于至和元年，与杨畋仕履相合。韩琦之所以与杨畋谈论并州农事与边情，原因有四：一是基于杨畋河东转运使的身份；二是杨畋氏出于并州的地缘关系，杨畋曾伯祖即北宋名将杨业，杨业为并州人；三是杨畋进士及第后，入仕最初的职务即为并州录事参军；四是韩琦当时出知并州。以上四个因素，成为韩琦与杨

① (元)脱脱：《宋史》卷190《兵四》，中华书局1985年，第4712页。
② (元)脱脱：《宋史》卷190《兵四》，中华书局1985年，第4712页。
③ 《长编》卷178仁宗至和二年二月丙午，第4317页。
④ (宋)韩琦撰，李之亮、徐正英笺注：《安阳集编年笺注》卷7《次韵答运使杨畋舍人》，巴蜀书社2000年，第306页。

畋探讨并州民生、农业发展、兵力保障诸事的前提。之所以在至和元年讨论，亦关乎时艰。至和元年，北宋多地罹灾，民不聊生。正月，开封大寒，民多冻死。二月，陕西、河东军衣不足。三月，京西饥馑。面对天灾民困，政府全力营救，或为民疗疾，或输出缗钱，或鼓励富人纳粟赈灾，以救时弊。除十一月传来河北丰收佳讯，即令“缘边州郡便籴军粮三百万、马料三百万”①可稍宽圣心外，其余消息确实堪忧。

全诗按照勤政、重农、纾困的理路贯穿，指向早作谋划、安民济物的边功激励。“籴重伤农业，年丰报力耕”承接首句的勤政劝诫顺势而出，为民减负、鼓励耕种之意毕现。鉴于至和元年的民力困乏，宋人对冗军耗资之巨与边地虚估之弊都纷纷展开议论。其中知谏院范镇指出殚竭民力既有损天合，又催生灾害，于是建议参照天圣年间的民赋数据，减免百姓租赋。可知，韩琦“籴重伤农业”的呼声绝非平地惊雷。关于河东和籴之弊，韩琦早在庆历年间即作《论河东税外和籴粮草奏》，直指河东籴粮数目巨大、税外负担摊派严重、官吏富民惟务掊克等弊端。“几时苏俗困，异日复民兵”两句，既凝结了爱惜民力的深情，又表达出恢复民兵的愿望。事实证明，韩琦也是按照这一思路实施的。韩琦的重农爱民，不仅体现在对和籴的思考上，还表现在反对盲目兴役，保障农业生产。康定元年，韩琦力沮征民修城，提出以兵代役与富民助役相互参用的方案，以免妨害农事。至于其恢复民兵的构想，亦曾落实到实践。庆历元年知秦州时，韩琦便建议除常规兵马驻扎外，再增置鄜、庆、渭三州各三万人，对于益兵数目之大与“骤然招置”之难，韩琦力陈“拣刺土兵”以为预备。

观上，宋人思理清晰，诗意深刻，由军储之重的表象，到飞刍挽粟的消耗，再到和籴伤农、寓兵于农的出路探寻，无不镌刻着鲜明的突围色彩。这种由表及里的思维方式，才是北宋边塞诗理性精神的不竭源泉。

---

① 《长编》卷 177 仁宗至和元年十一月甲子，第 4290 页。

四、防秋御敌与警备意识——以刘敞、黄庭坚为中心

当己方的后勤补给到位，宋人又将视线投向对方进攻可能性的揣度与排查之中。防秋，是中原汉人与游牧民族在长期角逐中钻研出的秋季提高戒备、防其南侵的备敌手段。至北宋，这一认识与布置在继承传统的同时又产生了新的面貌。继承传统是指借鉴经验、排阵布兵以会对手，新的面貌是指因地制宜、审时度势以除新患。

防秋在北宋边塞诗中一共出现12次，其中梅尧臣、刘敞、黄庭坚各两次，其余唐异、陶弼、徐积、蔡肇、司马光、郭祥正等六人各一次。可见，这一话题在北宋中期备受关注。梅尧臣、刘敞是较早戒备此事的诗人。在送别新任知渭州王素的宴会上，梅尧臣道："昔尝经黠虏，今去正防秋。"庆历四年(1044)六月，王素授任泾原路经略安抚使、兼知渭州。[①] 前一月，宋夏刚刚达成和议，边情尚不明朗，"防秋"嘱托乃御边常例。在《送泾州良原何高主簿》一诗中，圣俞亦有"薄田刈晚谷，又饷防秋兵"的善意提醒。与梅尧臣同时的刘敞，直接以《防秋》为题，道出了关东行客的边事感怀：

> 秋霜折胶胡马壮，边马窥边怒边将。游骑夜入烧回中，烽火朝传过陇上。关东行客关西来，欲说兵形先啜哀。长戈不能断右臂，壮士无过委黄埃。岁输缯帛顾何益，匈奴反以驰荆棘。安得连山如长城，遍限中原却蛮貊。[②]

既是直咏，点明季节、装备以及双方的剑拔弩张之势为起首必然。首四句从秋高马肥、强敌窥边、回中焚毁、烽燧示警等角度烘托边情危殆，所谓"回中""陇上"与后出的"连山"连缀成诗意的边塞。为了叙议方便，诗人

---

① 王素一生三任渭帅，第一次在庆历四年六月，第二次为皇祐三年四月，第三次是治平元年秋，此为第一次。

② (宋)刘敞：《公是集》卷16《防秋》，丛书集成初编本。

塑造了一位欲赴关西的关东行客，兵机未出已泪流满面，其悲不自胜乃诗人心声。随后八句则假托关东行客之口叙议边防，既恨不能断契丹右臂，又叹壮士枉死边疆。最痛心的是，输送岁币终究不能彻底除患，反倒助力夷狄更加猖狂。巍巍祁连，屏障天成，抵御夷狄，有如长城，而这样的津关险塞又非随处可见，随意而设，诗意亦终结于前途未卜的御边探索之中。刘敞为经学大家，宣泄诗意未免陷于幼稚与夸张，而关东行客恰为刘敞的论边抒情找到出口。关于防秋与地势的辩证关系，刘敞另有“防秋未得还，战士出长安。地利山河险，天时关塞寒”数句，既揭示了防秋卫边之苦，又指出因地制敌之重。防秋思考之外，这种联系地利、因势利导的思路亦见于其《观陕西图》系列边塞诗。每当摊开陕西地图，寓目西北山川，刘敞的舆地思考总是能引发诗思。“关塞他年阻，河山此座分”，“信知秦地险，未觉汉兵强”，“青海通西域，长城起朔方”，这些诗句无不承载着诗人的治边思想，彰显其对塞防、屏障之重的认知。

与刘敞诗泛论防秋不同，黄庭坚在《和邢惇夫秋怀十首》其六中明确颂扬范氏父子坐镇庆州、防秋备敌功不可没：

> 庆州名父子，忠勇横八区。许身如稷契，初不学孙吴。荷戈去防秋，面皱鬓欲疏。虽折千里冲，岂若秉事枢。[①]

《山谷诗集注》编订此诗作于元祐元年。庆州名父子，指的是曾经戍边庆州的范仲淹、范纯仁、范纯粹父子三人。元丰八年(1085)十一月，范纯仁结束了第二次帅庆生涯，四弟范纯粹继任知庆州。[②] 此即山谷彰表范氏边功之缘起。诗人由忠勇切入，兼及孙吴、折冲等智略因素，“防秋”作为诗中唯一的御边写照，寄托了山谷对范氏边勋的讴歌。结合范氏边见与边

① (宋)黄庭坚著，(宋)任渊、史容、史季温注，黄宝华点校：《山谷诗集注》卷4《和邢惇夫秋怀十首》其六，上海古籍出版社2003年，第100页。

② 见《长编》卷361元丰八年十一月癸巳。

履进行考察，范氏父子确视“防秋”为要务。庆历三年，枢密副使范仲淹论陕西军务，指出：“防秋在近，必须养育训练，以期成功。”①为了使“防秋之期颇有边备”，范公在放行盐客、鼓励富户入中等方面妥善部署。宋夏和议在即，范仲淹主动请缨御边，直道：“今防秋事近，恐失于后时，愿圣慈早赐指挥，罢臣参知政事，知边上一郡。”②不仅如此，范公亦以防秋为衡量将帅边绩的重要依据。滕宗谅与张亢因挪用公使钱遭弹劾，范仲淹为二人申辩的理由之一便是“防秋是时，主帅未有显过”③，夺其职会危及御边大计。范仲淹不仅以防秋为量人之尺，更以此为律己之绳。除授枢密副使后，范仲淹赴阙面圣，五作陈让表状，“防秋”之辞先后出现于四表之中。理由不出“今去防秋，只是百余日间……若更离去，或致疏虞”④，“边事未宁，防秋在近，已具奏闻，乞且在本任去讫”⑤，“今防秋急备，都无数月之期”⑥，“而朝廷当经营防秋之际，动易帅臣，送故迎新，众情自扰”⑦，以上数状无不是基于防秋在即、羌情未明、离职误边的深刻思考。范公辞让枢副，是见证宋夏三败的轻重判断，绝非奔竞者的惺惺作态。仁宗朝的宋夏激战，虽不至宋人谈夏变色，却因此倍增许多警惕。这种脚踏实地的作风，亦见于四子范纯粹边履。元祐年间，范纯粹督促防秋，卓有建树。元祐元年(1086)三月，环庆路经略使范纯粹从策应兵马、军械战具、情报反馈入手，全面布置军务，旨在“庶将来防秋，便可遵守”⑧。同年七月，上奏

① (宋)范仲淹著，李勇先、王荣贵校点：《范仲淹全集》之《奏论陕西兵马利害》，四川大学出版社2007年，第600页。
② (宋)范仲淹著，李勇先、王荣贵校点：《范仲淹全集》之《奏乞罢参知政事知边郡》，第639页。
③ (宋)范仲淹著，李勇先、王荣贵校点：《范仲淹全集》之《奏雪滕宗谅张亢》，第628页。
④ (宋)范仲淹著，李勇先、王荣贵校点：《范仲淹全集》之《除枢密副使召赴阙陈让第一状(韩公同上)》，第439页。
⑤ (宋)范仲淹著，李勇先、王荣贵校点：《范仲淹全集》之《第二状》，第440页。
⑥ (宋)范仲淹著，李勇先、王荣贵校点：《范仲淹全集》之《第三状》，第442页。
⑦ (宋)范仲淹著，李勇先、王荣贵校点：《范仲淹全集》之《第五状》，第444页。
⑧ 《长编》卷374哲宗元祐元年四月庚寅，第9063页。

"缘防秋迫近，日备战斗，须立预定赏法"[①]激励边功。元祐七年(1092)二月，鄜延路经略使范纯粹支持西北诸路"互为掎角"合力制夏的主张，并于文末申明"若每于防秋或探得贼中聚兵之时，令六路严兵作备"[②]，其利不可估量。可见，在防秋一事，范纯粹真正践行了子承父志。

若"防秋"为范公的御夏反思，那么，"秉事枢"则是山谷代范公反思。结尾两句，貌似消解边功，实则暗藏深意。苏辙《龙川别志》可为后人拨开云雾：

> 范文正公笃于忠亮，虽喜功名，而不为朋党。早岁排吕许公，勇于立事，其徒因之，矫厉过直，公亦不喜也。自越州还朝，出镇西事，恐许公不为之地，无以成功，乃为书自咎，解仇而去。其后以参知政事安抚陕西，许公既老居郑，相遇于途。文正身历中书，知事之难，惟有过悔之语，于是许公欣然相与语终日。许公问何为亟去朝廷，文正言欲经制西事耳。许公曰："经制西事，莫如在朝廷之便。"文正为之愕然。[③]

可见，在安边问题上，范仲淹与吕夷简存在何处为便的分歧。对此，吕夷简认为高居庙堂更能节制边陲，范仲淹则以为必须亲赴边地才能御边除患。实际上，二人所言均持之有故，只不过考虑问题的层面有异。吕夷简持理的态度，高蹈视之，彰显了宋人的理想与通变；范仲淹持事的态度，踏实对待，表现了宋人的理性与客观。而从范公"愕然"的神态可知，当时的他并不能接受吕公观点。诗歌结尾，山谷对二人高下略加评判，以为吕公所言，洞达事理，值得借鉴，因此劝勉范纯粹与其折冲樽俎、控扼一方，不若身居庙堂、献策中央。结合宋人边略的酝酿、生发来看，两府与两制要

---

① 《长编》卷 412 哲宗元祐三年七月庚申，第 10028 页。
② 《长编》卷 470 哲宗元祐七年二月壬午，第 11235 页。
③ (宋) 苏辙：《龙川别志》卷上，中华书局 1982 年，第 83 页。

员的确掌控大战略的拟定、部署，从这个层面来看，置身事外的吕夷简与黄庭坚倒是清楚许多。

当然，不是所有人都会对范氏父子极尽歌颂。当御夏不力时，宋人又转而反思甚至抱怨其治边西陲的能力。睹于“元戎底事不防秋，千里郊原战血流”的悲惨事实，诗人郭祥正发出了“谩说知兵范仆射，未免君王西顾忧”的质疑。结合题目与诗句，此诗应针对嘉祐二年五月屈野河界争引起的宋夏边战而作。是时，范仲淹已逝世五年，并无负责西事之理，但若从定策西陲、抵御西夏的长远治效来看，范公的确难辞其咎。然而，该为西事负责的人又何止范公一人？

除《和邢惇夫秋怀十首》其六外，黄庭坚亦在《送张材翁赴秦佥》中论及防秋。其中“去作将军幕下士，犹闻防秋屯虎兕”两句先确立了重兵防秋这一传统认识，继而又以“只今陛下思保民，所要边头不生事”彻底推翻此论，最终揭示了宋廷戒贪息事的边防主张。其余防秋边塞诗，司马光的“节物正防秋，关山落叶稠”关注防秋叶落之物候；徐积的“防秋甲士屯田去，牧马毡裘避塞还”勾画出一幅防秋士卒息战屯田、衣裘牧马、驰骋疆防的美好蓝图；蔡肇的“王师八月尽防秋，惴惴军兴恐编户”则借八月防秋引向征调役夫、爱惜民力等深层思考。陶弼的《兵器》一诗，通过总结五代与北宋边事，得出如下主张：治边用兵，在于人谋，不在器利。其中“防秋采旧屯，推毂谋新寄。旧屯老且死，少者无实艺”四句形象地描绘了北宋御边的懒政思想，即边将不加拣汰，以老弱防秋，定谋不负责任，以新任为寄。以上诸诗，蔡肇与陶弼诗思考深入，论事犀利，尤其是蔡诗，关注防秋的同时又表达了爱惜民力的坚定态度，反思之切，令人叹服。

综上所述，北宋边塞诗在兵法借鉴、文儒率兵、军储保障、防秋备敌四事中彰显出剖析边情、突出重围的理性精神，这种深刻清晰的献策理路与陈情言说缘于诗人身份的巨大转变。北宋诗人集显宦、学者、诗人于一身的“复合型身份”，决定了其诗已渐染学人之诗、政治家之诗的鲜明色彩，即便张大豪情，亦有清晰理路，并在上述四事中彼此勾连，由表入里。若要探究诗人理性的根源，还应回到取士与用士制度寻找答案。重策论、轻诗赋的取士制度与广言路、重纳谏的监察制度催生了北宋士人的理性精神，亦渐渐影响其诗歌创作的态度。北宋诗人既怀有建功立业的伟大抱负，同时又保持着忠君体国的治世情怀，在边防动荡、作战不力的时事催生下，其参政议政、谈边论兵的主体精神难免被激发放大，其边塞诗亦呈现出持重务实、激壮慷慨的风格特征。加之指向明确，论辩清晰，又长于叙事，注重纪实，因此共同推助了北宋边塞诗在突围谋划中能够有的放矢，对症下药。

第六章

继承与新变：北宋边塞诗的评估视角与艺术管窥

北宋边塞诗长于叙事，好发议论，善于说理。从继承与新变的角度进行考察，北宋边塞诗的叙事与议论皆有所宗，叙事推尊杜甫的“诗史”品格，议论继承韩愈的“以文为诗”，均取径中唐，既带来了技法上的渐臻辉煌，又导致余味经营的渐行渐远。首先，从叙事与纪实的角度揭示北宋边塞诗的“诗史”特征，主要围绕澶渊之役、三川口之战、熙河开边、南伐与好水川之战，阐释其纪事、剪裁、美刺等手法对“诗史”品格的锻塑。其次，北宋边塞诗议论弘肆，说理清晰。从诗学批评的语境中客观评价北宋边塞诗的“以文为诗”，对其议论与说理带来的诗意畅达与意境削弱给予客观评价，并在意象择取与典故运用等诗材角度进一步揭示其务实之征。最后，从唐音与宋调的角度评价北宋边塞诗，不是将唐宋边塞诗无限对立，而是清醒地认识到北宋边塞诗的内部有“唐音”“宋调”两种形态。在纪事、议论、说理的鲜明特征之外，北宋边塞诗还掩藏着唐诗余味，乐府为之提供体式参照，唐诗为其演绎范本，而前期诗坛则为其提供竞技场所。至于其宋调特征，则是北宋诗人主体人格成熟、创新理路清晰、创作技巧精熟、安边局势变化等多个因素作用的结果，最终呈现出以理驭情、知性反省、务实少虚的新面貌。

第一节　诗史与纪事：北宋边塞诗的叙事特征与纪实品格

随着复合型人才身份的确立，北宋诗家记述事件更加自觉，态度愈发理性，逻辑日趋严密。北宋诗家常常选取重大典型的边塞事件，发扬“文直”“事核”的实录精神，合理剪裁，删芜就简，在叙事与纪实中彰显情感寄托与价值判断，积极践行边塞诗的“诗史”品格。

一、宋人的诗史观念与记录边事的自觉

杜诗被称作“诗史”，首见于孟棨《本事诗》，云：“杜（甫）逢禄山之难，流离陇蜀，毕陈于诗，推见至隐，殆无遗事，故当时号‘诗史’。”可知，安史之乱的时代背景，流离陇蜀的人生遭遇，毕陈无遗的记事态度，推见至隐的价值判断，均为“诗史”精神的时代内涵。入宋，人们在接受“诗史”观念的同时，都不同程度地对孟棨的“诗史”内涵予以充实，重视编年因素、突出纪事功能、强化价值判断是宋人的一致选择。姚宽《西溪丛语》指出：“或谓诗史者，有年月地里本末之类，故名诗史。”[①]姚氏明示诗史两大要素，即时间与事件。黄彻《䂬溪诗话》将杜甫《北征》《送李校书》《又戏友二》诸诗系年，这一做法“反映了宋人要求‘诗史’作品在文体形式上逐渐向‘史’靠拢的一种姿态”[②]。相较编年与纪事，价值判断是“诗史”品性的本质担当。经世致用的治政诉求令“诗史”精神承载着鲜明的政治属性。在宋人看来，白居易、聂夷中之诗爱国忧民，讽喻社会，有“诗史”之誉。据《诗话总龟》记载：“聂夷中，河南人，有诗曰：‘二月卖新丝，五月粜新谷。医得眼前疮，剜却心头肉。’孙光宪谓有《三百篇》之旨，此亦谓‘诗史’。”[③]白居易“救济人病，裨补时缺”的诗学主张令其在讽喻诗创作上大放异彩，同时也带来沽名、诋讦、讪谤等非议。这种讽喻时政的热情为苏轼承扬，在诗歌创作中讽刺新法，议论时政，终于“以文学经世致用的思想在党争

---

① （宋）姚宽：《西溪丛语》，《文渊阁四库全书》第 1095 册，第 937 页。

② 周瑶：《宋代“诗史”说的阐释学本质》，《海南大学学报（人文社会科学版）》2009 年 6 期，第 663—665 页。

③ （宋）阮阅：《诗话总龟》，人民文学出版社 1987 年，第 54 页。

中碰了壁"[①]。宋人韩崶最早将苏轼的仕宦沉浮与杜甫的政治奔走并举，指出："长公（苏轼）亲见庆历人才之盛，备知安石变法之弊，进身元祐更化，卒罗绍圣党祸。凡所感激，尽吐于诗，其诗视少陵为多，其荣悴升沉亦与少陵仅以奔行在者异。少陵事状颇略，而长公政绩独详，唐之杂纂不载少陵，而两宋纪录非长公不道。"[②]事实上，激励苏轼"凡所感激，尽吐于诗"、不畏摧折积极创作的，正是其进思尽忠的可贵品格。苏轼对杜甫备极推崇，称其为古今诗人之首，正是基于对其"流落饥寒，终身不用""一饭未尝忘君"的理解与感佩。

今人周瑶认为"历史属性与政治属性"是宋人修定、深化"诗史"内涵的用力之处。具体来说，"知人论世""以意逆志"的阐释方法推进了宋人对诗歌本意的探求，而以史为鉴、经世致用的治政诉求又令"诗史"精神承载着鲜明的政治属性。王朋则认为"宋人在'诗史'概念中增加了编年性、情感性和写真性等新成分"，并将这些特质理解为诗歌的史性，彰显了宋人以诗为史的艺术判断。[③]

在《宋诗叙事性研究》一书中，周剑之曾结合两宋诗歌，专就两宋"以诗纪事"的发达进行了较为深入的阐释，可供借鉴。[④] 此处老调重弹，原因有二：一是作者结合宋代诗人的复合型身份阐释其对认识边事的高度，尚有余地；二是周著并未聚焦文学与边事，因此，阐释北宋边塞诗对重大边事的记录仍有空间。

宋人记述边塞事件的自觉，表现在记述范围之宽与创作群体之广。北宋边塞诗的记事囊括了出使、出征、迎战、纳款、防御等国家行为，使臣、边将与文士均对此记录生动，书写深刻。仅以使辽诗为例略论，刘敞、王

---

① 周瑶：《宋代"诗史"说的阐释学本质》，《海南大学学报（人文社会科学版）》2009 年 6 期，第 664 页。

② （清）王文诰：《苏文忠公诗编注集成》，巴蜀书社 1985 年，第 19 页。

③ 王朋：《宋代史学语境下"诗史"说的阐释与演绎》，《中华文化论坛》2015 年 3 期，第 35 页。

④ 周剑之：《宋诗叙事性研究》，中国社会科学出版社 2013 年，第 23—28 页、第 69—74 页。

珪、欧阳修、王安石、苏辙、苏颂、刘跂等有着使辽、送使经历的北宋使臣，无不自觉记录出使行实。“胡人置酒留连客”记述宴饮交聘，“燕疆不过古北关”记录地理行程，“南渡桑干风始和”与“鞍马春风特地寒”记载气候时节。此外，“田塍开垦随高下，樵路攀缘极险深”，“虏帐冬住沙陀中，索羊织苇称行宫”，“引刀取肉割啖客，银盘擘臑薧与鲜”，则覆盖了生产生活、道路境况、饮食起居等多个方面，这种点滴记录的书写态度反映了宋人记述事件的自觉。

考察北宋与辽、夏、吐蕃、交趾等政权的往来交流，雍熙北伐、澶渊之役、宋金攻辽、灵州失陷、熙河开边、擒获鬼章、宋交战争、讨伐侬智高等诸多边事，均成为边塞诗、政论文、史传文学不可旁绕的叙述对象。上至中央官员，下至边防将帅，无不记录边事，献策陈情。仅以灵州争夺为例，试析北宋文士记事的自觉。作为西北咽喉，灵州安危备受关注。北宋中期的灵州争夺战贯穿宋夏关系史，并在诗文领域获得全面观照。灵州争夺始于太宗至道年间，城虽未破，李继迁却琢磨出控清远军以扼灵州的良策，并于咸平五年卷土重来，拔城而归。咸平三年(1000)，北宋遣知灵州李守恩、陕西转运使陈纬自庆州发兵护送粮草诣庆州，半路为李继迁邀击，两帅战殁。次年，夏军猛攻清远军，意图阻截粮道，蔽灵州为孤垒。是时，真宗多次出示地图，召问群臣，谋求对策，并任命兵部尚书张齐贤为泾、原、仪、渭、邠、宁、环、庆、鄜、延、保安、镇戎、清远等州军安抚经略使，全面负责陕西军务。此役记事，一方面侧重记述巨眼英雄的边防判断，另一方面极力彰表边将捍敌的英勇顽强。所谓巨眼英雄，是指力主坚守灵州的廷臣边帅。馈粮之初，殿中丞郑文宝上言道路险阻，易为所劫，又献《河西陇右图》，备述灵州之重。从边地视察归来，经略使张齐贤力陈“以夷制夷”，主张联系潘罗支以制夏。咸平四年(1001)，陕西转运使刘综请于浦洛河建城为军。这些建议，并未得到有效贯彻，故其所忧者，如边帅战殁、清远陷落、灵州失陷，一一应验。即便后来潘罗支智取李继迁性命，李德明复仇猛攻吐蕃，北宋亦未能给予西凉吐蕃有效声援，终致其衰微。

朔方安危不仅牵动着文臣谋士之心，更考验着边防将士的御边信念与作战水平，这时宋人记事更注重表现前线将士的迎战细节。迎战之初，泾原仪渭四郡军事长官刘文质积极部署，“搜精甲兵百，以乘其锋。寮有碍诏缩忸，不时给军须者，公乃竭私缗二十万以均分之，士感慨增气，大破寇兵而还。是岁充灵州清远军监兵，复与虏骑战于枝子坪，逐之绝漠而去”[①]。可是，如此勇士却在清远军失陷后遭到清算，以“逗衄”罪远贬海南。尽管朝廷赏罚失当，边防将士却不因一己私利而信念动摇，仍然浴血奋战。怀远镇驻泊李赞奋力御敌、积槁自焚；知灵州裴济“刺指血染奏求救”[②]，顽强抗敌至最后一刻，与城俱灭。听闻灵州失陷，同勾当陕西随军转运事郑文宝甚至不愿相信，亲自“衣胡服，引单骑，冒大雪”[③]，绕道至清远故城核实消息。这些基层士卒的御边勋业与英勇事迹，大大丰富了今人对灵州保卫战的认识。

灵州失陷，诗家怎能无感慨？刘攽的“拔胡须壮士，看画意苍茫”将呼唤英雄的迫切与恢复实难的喟叹熔为一炉，传递出山河易主、屏藩失陷的悔恨。灵州地重的自我审视与恢复情结的催生触发，共同加速了收复计划的出台。元丰四年(1081)，北宋从北方、东北、西北三面伐夏，北路宋军因将帅忌刻、粮运不济与天气寒冷，再次惨败于灵州城下。晁说之“橐戈未肯下灵州，白马将军今白头”借白发将军寄托心事，晁补之“将军拳勇馈不继，痛惜灵武奇谋空”从军储与谋略入手，评述战争失利。最能从纪事见其伤心者，乃张舜民之《西征回途中二绝》：

灵州城下千株柳，总被官军斫作薪。
他日玉关归去路，将何攀折赠行人。

① (宋)苏舜钦著，傅平骧、胡问陶校注：《苏舜钦集编年校注》卷7《内园使连州刺史知代州刘公墓志》，第451页。

② 《长编》卷51咸平五年三月甲辰，第1118页。

③ 《长编》卷51咸平五年三月己酉，第1118页。

青铜峡里韦州路，十去从军九不回。
白骨似沙沙似雪，将军休上望乡台。[①]

元丰四年(1081)，北宋齐集鄜延、泾原、环庆、熙河、河东五路兵马伐夏，发动了第二次灵州之战，时张舜民被环庆帅高遵裕辟为掌机宜文字，对战事极有发言权。“斫柳作薪”直指北宋处置军事的粗暴与盲目，寄托了诗人对主帅高遵裕指挥无方的批判。五路宋军分别从北方、东北、西北三个方向进发，环庆路经略使高遵裕所率北部兵力，却在交战之初便表现出贻误战机、作战不协的被动。相比之下，夏军却能够巧避锋芒，坚壁清野，将宋军堵在灵州城外，消耗士气辎重，迫其班师回朝。待宋军师老兵疲，急于撤退，夏军突然出城追击，大获全胜。二诗之中，“斫柳作薪”还可以将愤怒控制在蕴藉之内，至“白骨似沙”，诗人怒火再难遏制。迎战之初，高遵裕不仅无视鄜延路钤辖张守豹乘虚而入的良策，亦对泾原路总管刘昌祚的激励将士、拔城良策无动于衷，甚至故意背道而驰，弃明投暗，陷于试探部众之私而不能自拔，一步步摧毁制夏的有利局面。就辎重来看，其所部八万骑兵与刘昌祚所部五万兵力，在夏军的掘河灌淹、抄绝粮草之后，冻溺死伤不计其数，最终剩余一万三千人，因此诗人才有了“十去从军九不回”的斥责与追问。韦州路，本是过青铜峡由中宁鸣沙通向同心韦州的山间小道。刘昌祚曾于此路夺下鸣沙川粮草，供馈主帅高遵裕，而高氏却置将士生死于不顾，实难面对十战九亡的败衄问责。张舜民“通练西事”，尤好言兵，苏轼对此诗的叙议精神十分称赏，并为宋军的仓皇精彩续笔：

舜民云：“官军围灵州不下，粮尽而返。西人城上问官军汉人兀捺否，答曰兀捺，城上皆笑。”[②]

---

① (宋) 张舜民：《画墁集》卷4《西征回途中二绝》其一、其二，清知不足斋丛书本。

② (宋) 苏轼：《仇池笔记》卷1，见朱易安、傅璇琮、周常林、戴建国：《全宋笔记》第一编第9册，大象出版社2003年，第227页。此事另见于(清) 厉鹗《宋诗纪事》卷24，表述稍异，“兀捺”作“兀攃”。

苏轼注解："兀捺者，惭愧也。"对于此役，苏轼亦表现出直陈其弊的坚定态度。十战九亡的巨大牺牲，众人闻之莫不唏嘘落泪，更何况作为主帅的高遵裕，如何面对东归之路的皑皑白骨，又有何颜面登台望乡？就此役论，三路之中，西北顺利筑城兰州，东北尚得横山四寨，只有高遵裕的北路惨败而归。正因如此，苏轼才会以"兀捺"一语补述宋军狼狈，烘托丑态。

当然，这种郁结不会常驻，每当压力减轻，颓势扭转，宋人又会热情万丈，想象收复灵州如探囊取物。"灵武西凉不用围，番家总待纳王师"正是沈括想象灵武、凉州百姓皆关西子孙，自会开城相迎。送别西帅之时，这种乐观更增添了清晰的御边寄望，叙事也生动了许多。送别庆帅朱彦文，毕仲游道：

> 庆州之险山作城，青冈路狭如斗鼠。我尝与君驰大漠，夜掘黄沙枕冰土。君今重行计安出，羽檄搀枪待君处。去年天狗堕地鸣，今年拟破灵盐城。①

借着庆州山险、青冈路狭的地理图景，诗人讲述了与朋友驰骋大漠、夜卧黄沙的从边经历，进而联系时事，指出去年西北破军杀将，如今意欲席卷灵盐。因此，无论战略拟定，抑或布置安排，都亟待朱彦文赴边任命。此外，李廌的"早取灵盐隶秦陇"，李新的"灵武须公来辟土"，皆是对西北边帅的殷切嘱托，承载着临戎寄重的收复愿望。

观上可知，灵州失陷与争夺贯穿北宋中期的宋夏关系史，在《长编》《宋史》等史书与边塞诗文中得到全面观照。在叙事中发抒情感、彰表态度虽非宋人发明，却在宋人笔下空前放大，叙议结合、寻求出路是宋人记录边事的普遍特征，彰显出前所未有的理性风度。除却上述文本，杨亿所作《议灵州事宜状》《代中书为灵州陷没待罪表》，张齐贤所作《上真宗论陕

① （宋）毕仲游：《西台集》卷18《送朱彦文通直从庆阳辟命》，清武英殿聚珍版丛书本。

西事宜》《上真宗乞进兵解灵州之危》，无不聚焦灵州失陷始末，发表了弃守相异的观点。持论弃城，杨亿难辞其咎，但认识到“赢粮”必致“狙击”，并巧妙联系民生，逐渐动摇上层的迎战信念，杨氏可谓得策。粮运的重要性，杨亿早于咸平年间论述透辟：“凡有赢粮之役，必兴狙击之谋，每至灵武转输，大须发卒防援，离去内郡，皆无斗心，经涉畏途，多有菜色。”①历史总是惊人地相似，从咸平间的城池不守到元丰间的再夺亦败，灵州的制夏不利皆因粮道阻隔、馈运不济。遗憾的是，上述粮道阻绝的记事、论事不但没有被宋人深刻总结、及时消化，反而在神宗年间重蹈覆辙，招致重创，着实令人慨叹。

就叙事主体来看，张齐贤乃太平兴国二年进士，杨亿亦于淳化三年赐进士及第。二人叙事并不局限于陈述事件始末，更看重事件背后的经验总结与战略探求。清远军陷没后，从边地视察归来的张齐贤提出了“以夷制夷”的主张，具体包括“激励自来与继迁有仇蕃部，招诱远处大族首领，啖之以官爵，诱之以货财，推恩信以导其诚，述利害以激其志”②，通过政治认可、经济收买的方式实现互相牵制、彼此消耗的目的，足以说明宋人叙事已沾染了剖时论政的献策风采。

二、见证与实录——以澶渊之役为中心

民族交往与安边时事共同催生了北宋诗家记录边事、议论边情的诉求，澶渊之役、宋金攻辽、河北军乱、熙河开边、擒获鬼章、镇压猺乱、宋交战争、讨伐侬智高等众多事件承载着北宋边塞诗的纪实品质，呈现出截取事件、再现历史的记事特点。澶渊之役，杨亿随驾亲征，共赴澶渊。宋金攻辽，赵良嗣首倡此说，煽风点火。延州之役，范雍乃延州州守、此役主

① 《长编》卷50咸平四年十二月丁卯，第1095页。另见杨亿《武夷新集》卷16《议灵州事宜状》。

② （宋）赵汝愚编，北京大学中国中古史研究中心校点整理：《宋朝诸臣奏议》卷130《上真宗论陕西事宜》，上海古籍出版社1999年，第1438页。

帅。上述诸人见证并参与了北宋的御边时事，其诗所录虽未必句句属实，却十分真切感人，具有鲜明的实录精神与诗史特征。

宋诗纪事发达，北宋边塞诗亦然。这些文本真实地记录了北宋北部御辽、西北御夏、防范吐蕃、西南抵抗交趾、内控边民的边塞部署，堪称北宋的边塞“诗史”。北宋边塞诗的叙事主要表现为对重大边塞战争的记述，其中澶渊之役最令人津津乐道，宋真宗的《北征回銮诗》最早记录此役：

锐旅怀忠节，群胡窜北荒。坚冰销巨浪，轻吹集佳祥。继好安边境，和同乐小康。①

作为澶渊之役的最高指挥官，宋真宗亲赴前线，熟知战事的节奏与细节，故对“锐旅”与“群胡”的表现极有发言权。宋军忠勇与辽军溃逃，是双方作战水准、军队秩序的鲜明对比。宋军之所以大获全胜，缘于战前的信息反馈与战中的积极部署。此役之前，北宋早于八月已获得契丹将侵的谍报。九月，君臣上下达成亲征决议，故能同仇敌忾，击退辽军。真宗认为，尽管辽军如巨浪，汹涌奔腾，却不及宋军如坚冰，坚不可摧。笔者以为，宋军的牢不可破，一是缘于陛下亲征，士气高涨；二是宰相寇准“承制专决，号令明肃，士卒畏悦”；三是士卒智勇，誓死捍卫。此役中，威虏、顺安、岢岚、瀛州全部为辽军攻击却成功退敌，尤其是魏能与杨延朗，成功守卫安肃军与广信军，时人称之“铜梁门”“铁遂城”。即便是力战被俘的王继忠，亦积极促成宋辽和解，救民于水火。对于亲征获取的和平，真宗深感不易，备为珍惜。

得知此役胜利，侍驾的知制诰杨亿喜不自禁，作《闻北师克捷，喜而成咏》：

① （宋）宋真宗：《北征回銮诗》，《大名府志》卷10，明正德刻本。

岁晏层冰合，烟尘起羯陲。文昌先命将，羽檄便征师。天迥星狼灭，宵寒月魄亏。前军临瀚海，后骑缚阏氏。蓟北胡沙静，河南露版驰。辽阳诸父老，重睹汉官仪。①

此诗详尽叙述了契丹犯边、宋军捍边的事实，包含兴起、发展、结局等叙事因素。诗人用烟起北陲明示犯边场域，又借“文昌”之语典夸耀真宗的措置裕如。② 面对入侵，真宗一面遣兵布将，一面明示征讨，征战瀚海、手缚阏氏，都是对宋军远抵边陲、奋力捍敌的叙述。“文昌”“前军”与“后骑”众多人物出场有序，“命将”“征师”“临瀚海”“缚阏氏”系列事件先后叠加，将澶渊之役的过程记述得较为完整。“蓟北”“河南”两句交代了此役所在场域的特殊性，战场由蓟北移至河南，由传统的河北战区转向现在的河南澶渊，而就宋军的积极性来看，御侮折冲指日可待。不仅如此，诗人甚至由澶渊之胜想象到收复幽燕，以为收复辽阳、迎归父老将指日可待，在叹其狂情怪胆之余，不免心生理解之同情。尽管此诗将抵御辽军与收复幽燕描绘得过于轻松，但是，其记录边战的时效性却不容置疑。澶渊之役时，寇准“每夕与知制诰杨亿痛饮，讴歌谐谑，喧哗达旦”③，真宗知其胸有成竹，顿生高枕无忧之意。辽军必败已是君臣共识，故身置事中的杨亿才有如此豪情。

当契丹撤退、宋军班师之时，杨亿又奉命唱和：

戎辂巡河右，天威詟鬼方。五营开细柳，三令凛飞霜。氛祲消千里，声名耀八荒。灵旗风助顺，黄道日呈祥。偃革边关静，回銮海县康。欣陪

---

① （宋）杨亿撰，（元）杨载撰，福建文史研究馆编：《武夷新集·杨仲弘集》之《武夷新集》卷1《闻北师克捷，喜而成咏》，福建人民出版 2007 年，第 19 页。

② （晋）左思《魏都赋》：“造文昌之广殿，极栋宇之弘观。”张载注：“文昌，正殿名也。”此处“文昌”代指真宗。

③ 《长编》卷 58 景德元年十二月戊戌，第 1298 页。

从臣末，归跸奉高骧。[①]

此诗为真宗《北征回銮诗》的唱和之作，再扬胜利之威。前四句借助“巡防”“威慑”“开营”“下令”等军事词汇表现北宋的措置裕如，为声名远扬张本。中间四句用天威浩荡与风和日丽积极串联，进而引发沉烽静柝、四海升平之叹。结尾四句以自己身为侍从之臣可以随驾赴边、得见尘销清跸而欣喜不已。全诗完整记述了皇帝巡边、开营号令、克敌扬名、班师回銮的全部过程，既录侍驾之实，亦彰从臣之幸。

稍后的余靖与胡宿，均作《塞上》描绘契丹请盟、刁斗宵禁等交好事实。不同的是，余靖在请盟之外，还关注到“新筑受降城”，指出北宋控御契丹的城防建设。胡宿则在“雪照回中探骑还”中叙述了探骑往返于雪漠，传递军情等战争细节。而叙述最翔实完备的，当属沈遘《信武殿》：

匈奴昔南牧，先帝躬濯征。旌旗从天下，龙虎百万兵。元臣坐帷幄，大将当鼓钲。黄盖临城楼，城下万岁声。卷起黄河波，飘入单于营。单于胆先破，犬羊乱纵横。大黄殪贤王，京观封鲵鲸。甘雨洗原野，清风扫膻腥。[②]

关于信武殿今址，郭爱民征引《宋朝事实》《宋会要辑稿》《开州志》等文献提出信武殿在澶州的观点，驳斥了信武殿即潭州“靳软庙”之说。[③] 本书亦持此说，且从《长编》检出仁宗于皇祐五年三月安置太祖、太宗、真宗神像、神位一事。书中明确记载：“（奉）真宗于澶州开福院信武殿。”[④]此为信武殿在澶州之铁证。沈遘此诗，先后借助“先帝”“元臣”与“大将”三个人物

---

① （宋）杨亿：《武夷新集》卷1《奉和御制契丹出境将议回銮》，福建人民出版2007年，第7页。

② （宋）沈遘：《西溪集》卷3《信武殿》，四部丛刊三编景明翻宋刻本。

③ 郭爱民：《宋朝信武殿所在地辨——兼与陈子彬、齐敬之先生商榷》，《华北水利水电大学学报（社会科学版）》，2016年6期。

④ 《长编》卷174皇祐五年三月甲子，第4203页。

的事迹表现北宋迎敌的整体布局：真宗亲征、寇准坐镇、将帅指挥均体现了实录精神。至于对手的闻风丧胆、阵脚大乱，则是基于战败事实与仇敌心理的夸张记述。此诗对真宗亲征时的阵容仪卫、将帅分工，以及御驾亲征对卫边士卒的振奋效应，都有不同程度的描述。有了充足的战前准备，宋军才能在决战时得心应手。因此，无论是过江渡河，还是直捣敌营，宋军皆攻无不克，敌人终溃不成军。最后四句详细描绘了交战双方的胜负结局，以贤王之死、敌尸成冢衬托敌败我胜，并用甘霖洗刷战场、清风遍布京城试图扫荡战争污浊。

至北宋后期，李复、张耒再作边塞诗追述此役。张耒《听客话澶渊事》一诗叙事细腻，对战事艰辛亦深有感触：

> 忆昔胡来动河朔，渡河饮马吹胡角。澶渊城下冰载车，边风萧萧千里余。
>
> 城上黄旗坐真主，夜遣六丁张猛弩。雷惊电发一矢飞，横射胡酋贯车柱。犬羊无踪大漠空，归来封禅告成功。自是乾坤扶圣主，可能功业尽莱公。[①]

诗题透露了作诗缘起，纂集故事、歌颂贤帅、流播丰彩均为诗之要旨。与《五言信武殿》近半篇幅写辽不同，此诗叙述契丹入侵与战败细节较为简略，只在事初引入故事，事中交代结果。对于北宋君臣的迎战，诗人将其置于天寒地冻的气候中叙事，有史可依。景德元年(1004)十一月，真宗启程赴边，途中天气极寒，大臣进奉貂帽毳裘，均被拒绝，并道："臣下皆苦寒，朕安用此。"[②]宋人反对"寸步不遗，犹恐失之"[③]的事无巨细，讲究熔铸

① (宋)张耒撰，李逸安、孙通海、傅信点校：《张耒集》卷15《听客话澶渊事》，中华书局1990年，第252页。

② (元)脱脱：《宋史》卷7《真宗二》，中华书局1985年，第126页。

③ (宋)苏辙著，陈宏天、高秀芳点校：《苏辙集》之《栾城三集》卷8《诗病五事》，中华书局1990年，第1229页。

剪裁，留白突显。真宗的体恤边兵虽未直现，但是，诗人却在千里道途与"真主"称谓上赞颂了真宗的仁人之心与帝王风范。诗人并未止步于此，又从调兵遣将、军事部署中彰显真宗的应对得宜。"一矢中酋"不仅是对叙事的交代，也是对真宗的评价。结句中，诗人思考朝廷得以保境息民的原因，即乾坤护佑，寇准谋幄。作为敦促亲征、促成和议的关键人物，寇准为北宋诗家交口称赞。澶渊之役时，寇准"每夕与知制诰杨亿痛饮，讴歌谐谑，喧哗达旦"①，真宗知其成竹在胸，故能高枕无忧。辽军必败已是君臣共识，身处事中的杨亿有庆捷豪情，听人转述的张耒亦怀想其功。崇拜英雄、敬畏忠勇的背后，既是北宋诗家人物评判的历时回响，亦为价值操守的终端交汇。由此可见，北宋边塞诗关于澶渊之役的记载，由当时的注重叙事、描写、还原细节，到后期的兼及反思，其变化则体现出宋人的认知精神。

观上，边塞事件是边塞文学生长的催化剂。灵州失陷与澶渊之役是北宋御边的重要事件，受到文人集团的高度关注，前者在文史领域获得全面观照，折射出宋人记录边事的自觉，后者在边塞诗中大放异彩，彰显了诗家以诗纪事的发达。宋人记事证史不遗余力，献策陈情亦不知疲倦，对北宋边塞诗"诗史"品格的锻塑意义重大。

三、纪事与剪裁——以三川口之战、熙河开边为中心

不能用真实性作为衡量诗歌"诗史"价值的唯一参考，对此，钱锺书先生早有精警论述。② 然而，宋夏之间的战和无定为宋人记事提供了丰富的

---

① 《长编》卷58景德元年十二月戊戌，第1298页。

② 钱锺书在《宋诗选注》前言中明确表示："我们可以参考许多历史资料来证明这一类诗歌的真实性，不过那些记载尽管跟这种诗歌在内容上相符，到底也只是文件，不是文学，只是诗歌的局部说明，不能作为诗歌的唯一衡量。也许史料里把一件事情叙述得比较详细，但是诗歌里经过一番提炼和剪裁，就把它表现得更集中、更具体、更鲜明，产生了又强烈又深永的效果。反过来说，要是诗歌缺乏这种艺术特性，只是枯燥粗糙地平铺直叙，那末，虽然它在内容上有史实的根据，或者竟可以补历史记录的缺漏，它也只是押韵的文件。"

时事土壤，因此，北宋诗家常常通过适当剪裁、放大渲染、聚焦透视等艺术手法以期实现叙事的生动充分，为北宋边塞诗的“诗史”品格增添了深隽细致的特征。康定、庆历年间，宋夏战事全面打响，边塞诗创作倍增。首先跃入诗家视野的是三川口之战(亦称延州之役)。据《儒林公议》记载：“夏寇既败官军，刘平、石元孙陷没，延州几至不守，(范)雍日告朝廷益兵，复以诗言贼事，凡数十章。”[①]主帅知延州范雍首作《纪西夏事》组诗，其一、其三录于下：

七百里山界，飞沙与乱云。虏骑择虚至，戍兵常忌分。啸聚类宿鸟，奔败如惊麕。难稽守边法，应敌若丝棼。

剧贼称中塞，驱驰甲铠精。昔惟矜突骑，今亦教攻城。伏险多邀击，驱羸每玩兵。拘俘询虏事，肉尽一无声。[②]

《纪西夏事》正是范雍在延州告急、几至陷贼的情势下所作，表达了诗人反思边策、呼吁强边的爱国精神。叙事作为手法，其本质是为主题服务。其一旨在批判北宋的措置乖张，故要详述交战中的鸟兽四散之状。其三旨在称颂西夏的作战有方，分别从铠甲精良、骑兵善战、学习兵法、据险设伏等角度肯定之后，继而多倍放大西夏谍者的肉尽无声，[③]予以特写。此举既是对结局的交代，又是对原因的反省，饱含对宋军不辨虚实、拥兵玩寇的痛恨，对敌军慷慨赴死、鼎镬如饴的敬佩，实现了叙事、议论、抒情的完美融合。诗人采用第三人称，既有助于陈述事件，又利于总结败因。此役

---

① (宋)田况撰，张其凡点校：《儒林公议》卷下《范雍赋诗言夏事》，中华书局 2017 年，第 71 页。

② (宋)范雍：《纪西夏事》其一、其三，《全宋诗》卷 153，第 1736—1737 页。

③ 据《儒林公议》卷下《范雍赋诗言夏事》记载，夏谍为宋人所获，“虽脔其肉且尽，终无一言”。

之前，范雍已上奏“虚屯”之忧，“官军不多，土兵又少，间出冲突”[①]，应添置军官，前后排布，以备不虞，可惜未予采纳。“难稽”与“丝棼”[②]两句既是对应对无方、御边无法的斥责，又是对策不见用的呼应。延州之役后，鄜延钤辖张亢亦指出“兵势既分，不足以当大敌”[③]，可见此说在当时已成共识。作为此役主帅，范雍载入此事，正是本着惩前毖后的精神，以期在今后的御夏战斗中能取长补短，游刃有余。延州之役，知延州范雍误入求和之彀，失于守备，罪不可恕。然其三诗却能适当剪裁边事，客观评价对手，深刻反思教训，确有“诗史”担当。

熙宁年间，北宋开边熙河，旨在收复河湟以制西夏。抛开代价不论，仅就过程而言，进筑熙河着实艰难，尤其是河、岷、洮等地吐蕃叛顺无常，给北宋西北边防带来了极大的安全困扰。诸州首领，河州木征最难制服，先后数次与宋争地。熙宁六年(1073)三月趁降羌叛宋牵制王韶而得河州，熙宁七年三月趁鬼章惊扰河州而寇岷州，莫不如是。熙宁七年(1074)四月，王韶、木征再次对阵河州。宋军在“攻其所恃”的战略指导下，迫使“木征率酋长八十余人，诣军门降”[④]。克复河湟是三百年来的巨大胜利，引起了北宋诗坛的广泛关注，边塞诗创作蔚然成风，枢密副使蔡挺、宰相王安石、参知政事王珪、翰林学士元绛均作诗称颂。荆公之诗叙事详略得当，思理清晰明畅，取“事典”“史典”入诗，既见援古例今之力，又见叙议剪裁之功，现录于下：

城郭名王据两陲，军前一日送降旗。羌兵自此无传箭，汉甲如今不解

---

① 《长编》卷125宝元二年闰十二月壬子，第2954页。

② “丝棼”语出《左传·隐公四年》，众仲对鲁隐公说：“臣闻以德和民，不闻以乱。以乱，犹治丝而棼之也。”

③ 《长编》卷128康定元年七月癸亥，第3026页。

④ 《长编》卷252熙宁七年四月丁酉，第6179页。

累。幕府上功联旧伐，朝廷称庆具新仪。周家道泰西戎喙，还见诗人咏串夷。[①]

此诗题为《和蔡副枢贺平戎庆捷》，不仅从声律上次韵蔡诗，还从叙事上予以呼应。蔡挺原诗首联道："三百余年乱旧陲，戎羌叛夏变王旗。"两句高度概括了河陇失陷的悠久历史，以蕃汉易帜代指收复河陇。王诗聚焦城郭名王（即木征），"据两陲"与"送降旗"呼应蔡诗视角，亦从领地与战旗的角度展开。同样记述战争，蔡诗重视交战艰辛，荆公弘扬战后安泰。"夷狄之法，起兵令重，以传箭为号令"[②]，此处"无传箭"是指吐蕃自此不能再反，汉军亦因此得以休战。"串夷"是商周西部的勍敌，诗人以西周与串夷对峙借指当时的宋蕃较量。熙河之役，北宋拓土两千余里，招抚蕃族三十余帐，恢复了对河陇的控制，重新打通了丝绸之路。从战争与庆捷的角度来看，此役叙事大约经过如下处理：蔡挺用"飞箭""负甲"表现战争之苦与将士之勇，又用"归朝""奏凯"表现朝堂之乐与庆捷之盛，并明确指出宋神宗与王安石的通力配合是成就此役的关键，宰相"定策"与君主"酬勋"正是君臣遇合的互动。揆诸史料，若无荆公，熙河难复。熙宁七年（1074），知河州景思立在抵御鬼章携羌叛乱中战死，宋廷遂生放弃之论，幸得荆公力排众议，才有了收复河西诸州的壮举。至于神宗御赐玉带，除了旌表荆公边略，亦有流传后世、"记录君臣一时相遇之美"[③]之深意。事实上，枢副蔡挺对此事备为推赏，另有弥合与荆公裂痕之意。宋军初围河州，景思立杀河州降蕃二千余人。[④] 消息传来，宋廷一时不辨真相，大臣纷纷就景思立、王韶究竟谁曾杀降展开争论。枢副蔡挺以为或非景氏所为，

① （宋）王安石著，（宋）李壁笺注，高克勤点校：《王荆文公诗笺注》卷28《和蔡副枢贺平戎庆捷》，上海古籍出版社2010年，第689页。

② （宋）欧阳修撰，徐无党注：《新五代史》，中华书局1974年，第506页。

③ 《长编》卷247熙宁六年十月辛巳，第6023页。

④ 事见《长编》卷247熙宁六年十月庚午、（宋）彭百川《太平治迹统类》卷16《神宗开熙河》。

而宰相王安石则一如既往地力挺王韶，为其洗清。针对大臣议论，神宗甚至怀疑王韶纳降的合理性，或有太过仓促，未知向背之弊，而王安石力陈纳降之功，以为纳降利于收城，咎责乃事体颠倒、不辨是非。后来真相大白，神宗为示惩戒，不赏景氏军功，李宪却认为景氏杀降情有可原，不可不赏。对此，王安石展开了用赏与用刑究竟孰能令将士身先士卒、奋力杀敌的长篇论述，最终以军纪为大、节制最重说服了神宗。[1] 谙熟以上背景，即可知晓蔡挺"庙堂定策真明主，玉带酬勋慑远夷"两句兼有庆贺边功与赔礼道歉的双重用意。面对同僚的颂德歌功，荆公难以为继，只好另辟蹊径，最终回归北宋安泰、吐蕃疲惫的较量结果，标举收复河湟的安边意义。

四、美刺与寄托——以南伐、好水川之战、《兵馈行》为中心

从诗史的角度进行考察，探究本事仅是旨趣一隅。至于诗家如何编织故事、塑造人物、运用手法，如何在叙事与纪实中彰显情感寄托与价值判断，才是解诗关键。历史叙事一般具有忠于事实、概述事件、客观理性等特征，文学叙事则常常想象丰富、情感细腻、注重细节。说清事情的来龙去脉，塑造鲜活的人物形象，只是过程与手段。关心民瘼，向往和平，发扬良策，反思教训，才是边塞诗创作的终极意图。北宋诗家的仁人之心辐射四边，注目边将，既在战士群像中凸显整体命运的悲怆，又在放大聚焦中书写个体命运的不幸，体现出悲悯、救世的儒者情怀。

北宋诗家常常在差恶的边塞环境中凸显御边艰难，牺牲巨大，以期唤醒上层调整边略，善待边卒。刘敞《南伐诗》这样叙述了边防战士的军旅迁徙：

---

① 事见《长编》卷 247 熙宁六年九月辛丑、《长编》卷 247 熙宁六年九月壬寅、《长编》卷 247 熙宁六年十月庚午、《长编》卷 250 熙宁七年二月辛卯。

兵行何匆匆，百里不一息。南征有期会，相观各努力。三年戍西荒，虮虱生金革。归来席未暖，羽檄何奔迫。行行当逾岭，五月逼炎赫。尚有筋骨存，所虞生死隔。山林如惔焚，溪水沸湍激。自古皆有言，一夫万人敌。蝮蛇长相逐，虎豹不可格。主将贪功名，谋臣贵恩泽。奈何轻人命，弃置曾不惜。探汤入其中，未半死已积。苍生亦齐民，不必皆盗贼。贤主尚扇暍，仲春犹掩骼。一身不自爱，所惧失为国。尧舜有旧书，庙堂为法则。①

从戍守西荒到征伐南塞，边卒席不暇暖，即刻出发。南征途中，翻山越岭，酷暑逼人，边将未及休整便投入战斗，遂有筋劳骨苦、生不如死之感。山林似焚烧，溪流如沸水，蛇食鲸吞，虎踞龙盘，即便环境如此险恶，也不能延误行程。主将贪功，谋臣希恩。他们联手推动南伐，既不顾将士感受，也不计折损后果，与开篇的行军急促、追赶约期相呼应。在这样的情形下，诗人义愤填膺，痛斥上层不恤百姓，标榜前代贤君仁民。无论是酷夏命扇暍人的武王，还是孟春掩骼埋胔的先王，皆为仁君典范，而国君一旦失信于民、失爱于民，则会陷入统治的被动。结尾的尧舜规矩与庙堂法则，为统治阶级指明了治国之道。为了驱除上层的冷漠与麻木，刘敞先用“未半死已积”深情示警，又以“苍生亦齐民”积极唤醒，还提出了仁君治政的建设性方案。“君不见，如今圣天子，扫荡妖巢悉内徙”②肯定宋廷将桂阳蛮的余部内迁至京西诸郡，称颂治理五岭三苗的一劳永逸；“告尔勿逆果自坑，百蛮来威天下平”③叮嘱以德服人，切勿以暴制暴；“悬头槁街敕狂慢，积粟金城抚疲茶”④是提醒上层用文书劝谕、政策感召的方式笼络百姓，最终实现号令四方，万民臣服。这种仁民爱国的反战思想与不战自胜

① （宋）刘敞：《公是集》卷5《南伐诗》，丛书集成初编本。
② （宋）刘敞：《公是集》卷16《迁南行》，丛书集成初编本。
③ （宋）刘敞：《公是集》卷17《西戎行》，丛书集成初编本。
④ （宋）刘敞：《公是集》卷17《西戎行》，丛书集成初编本。

的韬略肯定，共同图绘出刘敞的御边思路，体现了兵儒合流的趋势。诗人畏威怀德的安边建议，同时折射出北宋边塞诗劝世干政的功利色彩。

较之御边群像的模糊与笼统，个体命运的放大与聚焦更容易产生同情与震撼的效果。作为仁宗朝的宋夏第二大战役，好水川败北受到梅尧臣的高度关注。在《故原战》一诗中，诗人传神地勾勒出探兵与将帅的军事活动：

落日探兵至，黄尘钞骑多。邀勋轻赴敌，转战背长河。大将中流矢，残兵空负戈。散亡归不得，掩抑泣山阿。[①]

庆历元年(1041)二月，夏军从折姜会出发，在好水川一带埋伏重兵。闻讯后，陕西经略安抚副使韩琦直趋镇戎军，招募勇敢，布置兵力。环庆副部署任福与常鼎、桑怿三人于张家堡南初战告捷，又得逻卒夏军兵少的不实谍报，一路轻敌冒进，困于好水川，最终三人及部众全部陷没。诗中所言探兵，正是现实中的逻卒。所言大将，则影射任福。探兵在落日中返归，暗淡的光景昭示灰暗的结局。诗人用“轻敌”“邀击”“转战”一笔带过交战细节，却用更多笔墨描述大将血战之后的剧痛。作者采用内在性叙事的文学笔法，着力刻画大将身中流矢、兵残甲空的颓势，烘托其脱离主力、难与聚合的无奈，为人物最后的放声痛哭奠定了饱满的情绪。结合圣俞“我于诗言岂徒尔，因事激风成小篇”[②]的诗学理念，有助于我们认识其用个体悲剧唤醒当局良知，用辞浅短篇恢复风雅传统的现实主义风格。结合史实来看，任福阵亡使得夏兵能够合力攻打钤辖朱观与泾州都监武英，渭州都监赵律率骑兵、行营都监王珪率屯兵合力应援。王珪援手朱观，虽“屡

① (宋)梅尧臣著，朱东润编年校注：《梅尧臣集编年校注》卷11《故原战》，上海古籍出版社1980年，第182页。

② (宋)梅尧臣著，朱东润编年校注：《梅尧臣集编年校注》卷15《答裴送序意》，上海古籍出版社1980年，第300页。

出阵略，(然)坚不可破”，终因寡不敌众，除朱观帅千余人据民垣以守脱险，其余“指使及军校死者数百人，军士死者六千余人”[①]，以上内容又与“残兵”“散亡”两句暗合。对于此役，《宋史》《长编》均表达了对任福与朱观相距五里却不得应援的遗憾。事实上，即使朱观闻讯力援，较之夏军“倾国入寇”之势，不过是其残部存亡数字有变，并不能对颓势有任何扭转之力。《宋史·任福传》[②]以宋夏力量悬殊，率领非为旧部为任福开脱，《长编》亦以力戒骄矜、谨慎从事等叮咛授意为韩琦申辩。事实证明，好水川战败，任福、韩琦均难辞其咎。前者贪功冒进，不听指纵，后者“独居孤垒”[③]，督战不力。所谓的遥控指挥，暴露了应变缺乏弹性、战况控制不力等诸多不足。对此张方平痛斥韩琦罪责：“主将不亲临行阵，师出必无功，不惟无功，必败大事。”[④]张氏之论，虽深中肯綮，却有事后诸葛之憾。据《清波杂志》记载，此次胜利激起了西夏军师张元的豪情，而有“夏竦何曾耸，韩琦未足奇”[⑤]的豪言壮语。

在《故原有战卒死而复苏来说当时事》中，梅尧臣叙写好水川战后惨状：

纵横尸暴积，万殒少全生。饮雨活胡地，脱身归汉城。野獾穿废灶，妖鹏啸空营。侵骨剑疮在，无人为不惊。[⑥]

从诗史的角度来看，此诗堪称是一部逃归士卒历险记。横尸遍野的惨痛，死里逃生的幸运，草行露宿的艰辛，构成了悲喜各异的声部，将士卒的脱险之路点缀得跌宕起伏。结尾处的“侵骨剑疮”，借助在座众人警示当朝

① 《长编》卷131庆历元年二月己丑，第3101页。
② 据《宋史》卷325《任福传》记载，任福“所统皆非素抚之兵”，第10507页。
③ (宋)韩琦撰，李之亮、徐正英笺注：《安阳集编年笺注》，巴蜀书社2000年，第1617页。
④ (宋)张方平撰，郑涵点校：《张方平集》，中州古籍出版社1992年，第295页。
⑤ (宋)周煇撰，秦克校点：《清波杂志》，上海古籍出版社2012年，第62页。
⑥ (宋)梅尧臣著，朱东润编年校注：《梅尧臣集编年校注》卷11《故原有战卒死而复苏来说当时事》，上海古籍出版社1980年，第183页。

统治者，寄托了无限悲悯。就结构来看，首联与颈联专注写景，分别描绘了战后横尸遍野、哀鸿弥漫的场景。颔联与尾联则重在叙事与抒情，先是叙述了战士的逃归险阻，然后揭示其战疮示警、锋镝余生的悲慨。中间两联对仗工整，用字精严，体现了梅尧臣驾驭律诗的高超水平。

此外，刘敞在《没蕃士》中叙述了定川寨之战的整个过程，包括作战时间、力量对比、敌方战术、战争结局等全部要素。其中“我师”的狂妄与“敌骑”的周全，“忆昔万人出”与“今还一身复”，形成鲜明对比，既实现了刺政的功效，又强化了控诉的力度。然而，诗人并未止步于此，而是蘸饱笔墨集中讲述“我”的脱险经历：

> 夜渡黄河冰，独依荒榛宿。狐狸鸣我旁，虎豹相驰逐。脱身仅毫毛，夜动昼必伏。①

尽管逃归之路险象环生，边卒还是靠着顽强的毅力与丰富的经验重回宋土。他夜渡冰河，露宿荒野，成功抵御了伺机进攻的豺狼野兽，回望战争与脱险，恍如隔世。尽管复归之路一波三折，“肌肤存空骨，性命半鬼箓”，但是，较之“永弃绝域中”的阵亡盟友，这种岿然独存的体验则弥足珍贵。为了杜绝此类悲剧，诗人赋予此卒谒帅相告的勇气，直道：“努力思长策，勿轻用人属。”同样是叙写死里逃生的经历，梅尧臣五律略交战而详脱险，刘敞五古则分为叙交战、哭战友、奋脱险、告将帅四个主题，哀民之艰与警示之切尤彰。“我师”与“敌兵”“敌骑”的阵营分化，“我旁”与“狐狸”“虎豹”的视角切入，均使“我”的经历波折丛生。作者始终以第一人称的视角叙写遭遇，虽不能超过“我”的耳闻目见，反映社会现实的广度有限，却在情感的深透性上收之桑榆，亦不失精彩。

海登·怀特指出：“多数历史片段可以用许多不同的方法来编造故

① （宋）刘敞：《公是集》卷10《没蕃士》，丛书集成初编本。

事，以便提供关于事件的不同解释和赋予事件不同的意义。”①相比之下，文学叙事的虚构空间更为广阔，能够在布置场景、塑造人物、联结动作，透视心理等方面体现更多优越性。因此，北宋诗家致力于在宋夏较量的宏阔叙事中凸显个体命运的不幸，积极发扬诗歌的惩劝资政功能。实施过程中，北宋边塞诗的矛头总是能够切中时弊，迎战时轻敌玩寇，较量后兵残卒败，无不指向战术、用人的巨大失误，强化了叙事写人的力度，深化了刺政救病的主题，充分体现出儒家诗教观的情志合一。

与梅尧臣注目将帅、刘敞关注士卒不同，李复多将目光投向防塞役夫，其《兵馈行》堪称巨制：

调丁团甲差民兵，一路一十五万人。鸣金伐鼓别旗帜，持刀带甲如官军。儿妻牵衣父抱哭，泪出流泉血满身。前去不知路远近，刻日要渡黄河津。……古师远行不裹粮，因粮于敌吾必得。不知何人画此计，徒困生灵甚非策。……来时一十五万人，凋没经时存者几。运粮惧恐乏军兴，再符差点催馈军。比户追索丁口绝，县官不敢言无人。尽将妇妻作男子，数少更及羸老身。……将军帐下鼓无声，妇人在军军气弱。星使奔问来几时，下令仓黄皆遣归。闻归南欲奔汉界，中途又为西贼窥。凄恻自叹生意促，不见父夫不得哭。一身去住两茫然，欲向南归却望北。②

胡应麟在《诗薮》中指出：“阖辟纵横，变幻超忽，疾雷震霆，凄风急雨，歌也；位置森严，筋脉联络，走月流云，轻车熟路，行也。”③葛晓音教授以杜甫歌行为例辨体，指出“行”诗“以波澜不惊、连绵起伏的节奏平稳推进”④适

① ［美］海登·怀特：《作为文学虚构的历史文本》，收入张京媛主编：《新历史主义与文学批评》，北京大学出版社 1993 年，第 164 页。

② （宋）李复：《潏水集》卷 11《兵馈行》，《文渊阁四库全书》第 1121 册，第 110—111 页。

③ （明）胡应麟：《诗薮·内编》卷 3，上海古籍出版社 1958 年，第 48 页。

④ 葛晓音：《杜甫长篇七言“歌”“行”诗的抒情节奏与辨体》，《文学遗产》2017 年 1 期，第 66 页。

宜叙事的特点。就此诗论，体式的确带来了连贯叙事的便利。开篇八句径直叙述官府征调役夫之实，役夫持刀械甲，登程鸣鼓扬旗。冠冕堂皇的出征背后，是役夫与家人的抱头痛哭，生离死别。一旦征调为役，他们就要完全服从行军计划与上级安排。之后十六句展开叙述役夫的职责与艰辛，他们既有千钧重负，又要备敌偷袭，加上道路险阻，行进缓慢，真正运至边地的粮食并不能维系多久。鉴于此，诗人痛斥馈粮之弊，呼吁学习“因粮于敌”，既反映了探求韬略之切，又彰显了救世济民之诚。诗人之所以大声疾呼，除了基于运粮艰辛、耗损巨大等现实考虑，还与其深切的民生情怀密不可分。因此，诗人于下文中花费大量笔墨来论述役夫凋零的凄惨、官府征役的狰狞以及人户对催征的反抗与畏惧。最令人叫绝的是，李复选取女扮男装、冒充役夫这一典型事件，既有利于推动情节趋于激烈，又将官府的穷凶极恶、吏役的残酷贪鄙揭露得淋漓尽致。结果，在家不得相伴的夫妻与父女却在馈粮队伍中得以团聚。后来，冒充男丁的妇女被查验遣归，返乡途中不幸为夏人欺凌，生不如死与团圆心切交叠缠绕，五味杂陈，去住两难。这种“一层紧于一层”的效果乃七言长篇的体式优势所成，叙事的深化与情感的推进在层递复沓的结构中圆满实现。

张文利在《李复的文学思想及文学创作》①一文中高度肯定了《兵馈行》的认识价值与史料价值，誉为杜甫《兵车行》的重现。这一点，可以从唐人对乐府的推进与李复对杜甫的接受略加讨论。杜甫的“即事名篇”尤其表现为用“行”诗书写时事，使之叙述与议论的功能更加强大。至元白的新乐府运动，逐步完成了乐府叙事从宏阔书写向聚集焦点的过渡与转变。李复接受了杜甫、元白的叙议结合以推进情感节奏，聚焦个体命运以彰显民众疾苦，因此成就了《兵馈行》的魅力。另一方面，李复敬佩杜甫人格，崇仰杜诗风范，亦为事实。在《与侯漠秀才》中，李复充分诠释了对杜

① 张文利：《李復的文学思想及文学创作》，《唐都学刊》2016 年 1 期。

甫博学的敬重：

> 承问杜诗所用事实。杜读书多，不曾尽见其所读之书，则不能尽注。……虽昔人常见之书，今谓之僻书，其间又用方言，如岸、溉、土、銼，乃黔蜀语，须是博问多读，兹非日近可了。①

李复服膺杜甫，除了学识渊博，还在于思想的认同，故有“若欲解释其意，须以礼义为本。盖子美深于经术，其言多止于礼义”②之论。在《答人论文书》中，李复阐明了“君子之文”的标准，即“能发道之奥，明理之隐，古文之所未言，前经之所不载。著之为书，推之当世而可行，传之后世而有取”③。这样看来，李复对真纯义理与高尚人格的追慕，是他学习杜甫的逻辑起点。加之出于张载门下，饱受关学实用主义思想的浸润，因此，其诗的美刺精神较之同仁要更胜一筹。关于《兵馈行》的创作，还有非常鲜明的时代背景。据《书潏水集后序》记载：“当是时，朝廷方欲经理灵夏，时宰诱公以侍从荐于上，公毅然不就对。故作《兵馈行》。”④其中“不知何人画此计，徒困生灵甚非策”两句，既是对残民害物的质问，又是对苍生涂炭的感喟，语重而情深。诗人的视民如伤，既是仁人之心的写照，又是“为生民立命”的践行。有了这样的民生关怀与书写担当，才成就了《兵馈行》控诉伐夏的力度与揭示民弊的深刻。

五、诗题、诗引、诗序、自注的叙事功能

北宋边塞诗的长于叙事不仅见于诗句本身，亦见于诗题、诗引、诗序、自注等部分。关于宋诗题目异乎前代，古人早有论述。严羽指出：“不必

① (宋)李复：《潏水集》卷5《又与侯漠秀才》，《文渊阁四库全书》第1121册，第51页。
② (宋)李复：《潏水集》卷5《与侯漠秀才》，《文渊阁四库全书》第1121册，第50页。
③ (宋)李复：《潏水集》卷5《答人论文书》，《文渊阁四库全书》第1121册，第49页。
④ (宋)李复：《潏水集》卷16《书〈潏水集〉后序》，《文渊阁四库全书》第1121册，第158页。

见诗，望其题引而知其为唐人今人（宋人）矣。”[①]王士祯亦指出：“如魏晋人制诗，题是一样……元和以后又是一样，北宋人是一样，苏黄又是一样。”[②]今人虽不具备由一诗题而知朝代的火眼金睛，但是，大量宋诗混杂在前代诗家之间，择拣一二并不困难。这是因为，宋诗制题篇幅较长，叙事较多，信息量大，特征十分鲜明。

结合北宋边塞诗的创作实际来看，诗题的叙事主要有以下三种情形：一是诗题本身就是边塞事件，二是听闻边事、有感边情作诗，三是记述诗人行实。在第一类中，题目本身便是对事件的记录，代表作有石延年《曹太尉西征》、刘敞《西戎乞降》、刘攽《蛮请降三首》、孔武仲《献西俘》、黄庭坚《款塞来享》。记述战事最翔实的，当属刘敞《丁酉五月郭守恩战殁武戡走入壁守恩勇将有智略》。此题涵盖了时间、人物、事件等全部叙事要素，纪实特征显著。由题可知，此诗为记嘉祐二年五月屈野河界争引起的宋夏边战而作，“丁酉”为嘉祐二年的干支纪年，所歌将士“郭守恩”即管勾麟府军马郭恩，称其“勇将有智略”是就此役中郭恩拒不投降、慷慨殉国而言。“武戡走入壁”，是指宋将武戡逃走城东，入城自保，终因临阵逃脱，遭弃军除名。

在第二类中，一般借边事交代作诗缘起。重要战役的结果、重要边帅的任命乃作诗契机，苏轼有《闻捷》《闻洮西捷报》，梅尧臣有《十一日垂拱殿起居闻南捷》《闻尹师鲁赴泾州幕》，刘敞有《闻韩范移军泾原兼督关中四路》《闻伯庸再安抚泾原》《闻夏太尉自长安徙备西边》《闻徙关中兵备河东》。其他如郭崇仁《闻高阳路警报》、赵良嗣《闻王师入燕》、杨亿《闻北师克捷，喜而成咏》、余靖《贺运使学士分散傜人》、晁说之《见降羌感事》、周行己《闻官军捷报呈彦升时仲》、王安中《闻帅府大阅军作诗送梁帅》，均涵盖了人物、事件、地点、时间等要素，较完备地呈现出叙事内容。再如苏过

① （宋）严羽著，郭绍虞校释：《沧浪诗话》，人民文学出版社1961年，第146页。
② （清）王士祯：《带经堂诗话》，人民文学出版社1963年，第761页。

《闻郭太尉出师大捷奚人，擒契丹酋，领四军者来献。作长句古调一首》，纯粹是对宣和年间郭药师大败奚人、生擒契丹阿噜太师的真实记录。除了直接反映战争，有时诗人亦借他人之口演述战事。例如梅尧臣诗，《董著作尝为参谋归话西事》中的“董著作”即水洛城修筑事件的参与者著作佐郎董士廉，《故原有战卒死而复苏来说当时事》中的“战卒”则为亲历当年战争的生还者。再如刘敞诗，《富谷老人臧自用云本京师兵士，咸平中没番五十余年矣》中的“臧自用”是真宗咸平年间大军覆没的幸存者。而张耒《听客话澶渊事》中的“客”，虽未必是战争的亲历者与见证人，却至少是在口耳相传中纂集故事，歌颂贤帅，这些人物在均在叙事中扮演了“讲述者”的重要角色。

在第三类中，诗人本身即为边事的施动者，又有对内与对外两种情形。对内即指内部的边事活动，如范仲淹《城大顺回道中作》、赵鼎臣《六月十二日被檄诣边道中即事》，无论是筑城，还是赴边，皆指向内部防御。对外是指出使契丹，这时诗题反映诗人行实的主动性更加充分，尤其表现为对使北途中天气、行迹、外事活动、作诗情形的反馈。刘敞、苏颂结合使北经历，创作尤多。刘敞的《黑河馆连日大风》、苏颂的《山路连日冲冒西风，颇觉行役之劳》反映了天气恶劣，出使辛劳。刘敞的《过思乡岭、南茂林，清溪、啼鸟、游鱼颇有佳趣》记述了途中所遇景物与见闻，苏颂的《同事合使见问奚国山水何如江乡，以诗答之》反馈了宋人的好奇与答疑。苏颂《某两使辽塞，俱值郊礼之岁，今以至日到北帐，感事言怀，寄呈同馆诸公》不仅记述了冬至抵达北帐，还传递出两次经历祭祀大礼的事实。至于刘敞《自入北界，虏人候迓供帐每进益恭，少尝至契丹者皆云异他日，示陈副使希元》，更是诗人对辽人礼遇的真实记载。这种异于他日的恭谦友好，令远赴契丹的刘敞倍感自豪，才有了相赠副使的创作诉求。同样有着出使经历的沈遘，则喜欢记录出使途中与友人的唱和，如《将至瀛州从事张祥寄诗和答》与《过冀州，闻介甫送虏使当相遇，继得移文，以故事请避诸路，又以诗见寄，次韵和答》。就第二题来看，沈遘本以为与送伴北使的王安石能够相遇于道中，却因北宋法制规定不许使节道途中交流，因此只好以诗代信，聊表问候。综上所述，北宋边塞诗的叙事特征在诗题中得到较为充分的诠释，并有“以诗纪事”的显著特征。

除却诗题，北宋边塞诗在诗引、诗序、自注中亦大量使用叙事手法。先看诗引，北宋诗家惯用诗引叙事的首推苏轼。[①] 在《送蒋颖叔帅熙河》的“诗引”中，苏轼交代了如下事实：

> 颖叔出使临洮，轼与穆父、仲至同饯之，各赋诗一篇，以今我来思为韵，致遄归之意，轼得我字。[②]

由诗引可知，蒋颖叔将帅边熙河，苏轼、钱勰（字穆父）、王钦臣（字仲至）设宴相送。诸公以“今我来思”为韵脚，各自赋诗一首，苏轼恰得“我”字，赋诗相送，表达早日归来的关切。再如《闻捷》诗引：

> 元丰四年十二月二十二日，谒王文父于江南。坐上，得陈季常书报：是月四日，种谔领兵深入，破杀西夏六万余人，获马五千匹。众喜忭唱乐，各饮一巨觥。[③]

诗引包含了时间、缘起、信息途径以及众人情态等诸多要素。苏轼拜谒王文父之时，恰遇陈慥（字季常，陈希亮四子）呈报种谔大捷，悉知斩敌与收缴数目，坐上宾客皆喜不自禁，酣杯痛饮。

再看诗序，周邦彦、徐积是“诗序”中的叙事高手。在《天赐白》诗序

---

① 苏轼名引不称序，除其短小，应有避祖父苏序讳之考虑。据《老学庵笔记》卷 6 记载：“苏东坡祖名序，故为人所序皆用‘叙’字；又以为未安，遂改作‘引’，而谓‘字序’曰‘字说’。”

② （宋）苏轼撰，（清）王文诰辑注，孔凡礼点校：《苏轼诗集》卷 36《送蒋颖叔帅熙河》诗引，中华书局 1982 年，第 1957 页。

③ （宋）苏轼撰，（清）王文诰辑注，孔凡礼点校：《苏轼诗集》卷 21《闻捷》诗引，中华书局 1982 年，第 1089 页。

中,周邦彦记载道:

永乐城陷,独王堪、曲真夜缒以出。真持木为兵,且走且敌。前陷大泽中、顾其旁有马而白,暂腾上驰去。五鼓,达米脂城,因以得脱。真名其马为天赐白。蔡天启得其事于西人,邀予同赋。[①]

从诗序来看,周邦彦是受蔡天启[②]的邀请而作诗。至于作诗的事由,则是感于元丰五年的宋夏永乐城之战。根据诗序可知,此役永乐城陷落,只有曲真(即曲珍)、王湛死里逃生。至于曲真的脱险过程,则是借助白马冲出重围,最终抵达米脂。蔡天启从夏人口中得知此事,于是邀请周邦彦为同歌白马之奇、生还之险。北宋诸家,最擅长在诗序中交代事件过程,使之焕发叙事神采的是徐积。在《忠烈诗》诗序中,徐积记述了知康州赵师旦的顽强御敌:

皇祐四年,山阳赵公以赞善大夫守晋康。未逾厥月,侬智高起于广源,遂及邕州,贼乘其锐势,如飘风突至晋康,乘城而斗。公率羸师数百,身为扞蔽,手杀数十人,又射其二骁帅,应弦俱倒。贼势虽沮,而其徒大至,尽锐攻之。于是,军吏辈请公避贼。公曰:"全家吃着是国家底。"于是三百羸师人人争奋,血战而后死,卒无一人亡者。……故为《忠烈诗》云。[③]

诗序记录了侬智高起兵广源、先克邕州、急攻康州的进攻路线,又在兵临城下的危急之中烘托出赵公以少应多的艰难与顽强。在身先士卒、誓死

① (宋)周邦彦:《天赐白》,《全宋诗》卷1188,第13423页。

② 蔡天启,北宋中后期文人,与王安石、秦观有交谊。王安石有《寄蔡天启》《示蔡天启三首》,秦观亦有《和蔡天启赠文潜之什》。

③ (宋)徐积:《节孝先生文集》卷1《忠烈诗》诗序,明嘉靖四十四年刻本。

捍敌这一信念的激励下，赵师旦获得了杀敌数十、射帅二人的惊人战绩。彰显其勇之后，诗人着意刻画其忠，呼应诗歌的“忠烈”主题。赵氏无视避贼劝阻的坚定，“全家吃着是国家底”的宣言，三百士卒无一逃亡、血战而死的英勇，将康州将士的忠烈映衬得十分鲜明。诗序叙事翔实，细节完整，人物饱满，为诗歌正文的英雄颂歌铺垫了充分的叙事因素与情感积淀，堪称佳作。

自注叙事最常见于使辽诗，大致有如下几种情况。一是叙述出使行程，介绍所做诸事。刘敞于《出山》诗题后注：“自檀州东北入山，到铁浆馆出山，凡八程。”①王珪于《富谷馆》“今日远书违”一句后注：“是日，遣使走马奏平安，初寄家书。”②苏颂于《后使辽诗》总目后注：“熙宁十年八月，自国史院被命假龙图阁直学士、给事中充大辽生辰国信使，再次出使辽国。十月三日进发，明年正月二十八日还阙。道中率尔成诗，以纪经见之事，及归录之。”③三人自注，刘敞讲述了出使行实、道途距离；王珪叙述了初次寄家书、报平安；苏颂则集中陈述了再次使辽的任命、启程、归阙诸事，并讲述了创作使辽诗的本旨。二是讲述他使经历，介绍旧使近况。刘敞于《寄永叔》诗题后注：“永叔后予数日使北。”④可知，欧阳修数日后亦出使契丹。苏颂在《和张仲巽过瀛州感旧》“流年忽复龙周纪”一句注：“仲巽去高阳今十二年矣。”⑤又在“空余陈迹吏民传”一句注：“仲巽近悼亡，过此，故吏迎候，因语旧，怆然怀念。”⑥诗注透露了张宗益（字仲巽）的使辽事宜，涵盖了时间、见闻等丰富信息。作者在宋使更易、辽事依旧的描述中传递时序推移、人事兴替之感。观上可知，使辽诗自注不仅包括使节自身事宜，

① （宋）刘敞：《公是集》卷21《出山》，丛书集成初编本。
② （宋）王珪：《华阳集》卷1《富谷馆》，《文渊阁四库全书》第1093册，第7页。
③ （宋）苏颂著，王同策、管成学、严中其点校：《苏魏公文集》卷13《后使辽诗》，中华书局1988年，第168页。
④ （宋）刘敞：《公是集》卷13《寄永叔》，丛书集成初编本。
⑤ （宋）刘敞：《公是集》卷19《和张仲巽过瀛州感旧》，丛书集成初编本。
⑥ （宋）刘敞：《公是集》卷19《和张仲巽过瀛州感旧》，丛书集成初编本。

还可旁证其他使节的出使活动。三是补充道途气候,说明契丹地理,介绍契丹风物。苏颂于《北帐书事》诗题后注:“到会同馆,晚夕大风,沙尘蔽日,倍觉寒苦。赴行帐之辰,厉风顿止,晴和可爱。”[①]苏颂自注涵盖了时间、地点、气候、行实诸多信息,甚至连天气转好带来的心情愉悦都表现得淋漓尽致。刘敞于《檀州》“孤城平望遥”一句后注:“自古北口,山至此都尽。”[②]又于“海盖午时消”一句后注:“每旦海气如雾,至午消尽,土人谓之海盖。”又于《铁浆馆》“奚车夕戴星”一句后注:“奚人以车帐为生,昼夜移徙。”[③]刘敞三注则涉及辽境地貌、奚人生活、气候以及称谓等具体内容,为读者呈现了丰富的契丹风貌。

使辽诗之外,其他边塞诗亦有自注。刘敞在《迁南行》后作此注:“甲申十二月,桂阳叛蛮平,迁其种于京西诸郡。”[④]甲申年即庆历四年(1044),桂阳叛蛮始于庆历三年九月,持续至四年十二月,波及夔、峡、荆、湖诸州,牵连甚广。为了纠正蛮远难制之失,北宋将桂阳边民内徙,迁徙于京西诸郡,“迁南行”实为迁徙南人北移的治边行为。诗注对于“迁南”的事件、对象、原因均有记述,有利于揭示诗之本旨。可见,在自注中补充叙事已然成为北宋边塞诗中重要表现方式,丰富了诗歌叙事的形式,强化了诗歌叙事的功能。

观上可知,北宋边塞诗的长于叙事不仅表现于诗歌正文,亦见于诗题、诗引、诗序与自注之中。这种形式与内容的双重呼应,有效实现了诗歌叙事的完整性与生动性,更能突显北宋边塞诗的“诗史”价值。

宋人接受“诗史”观念,是杜甫诗歌与孟棨阐释合力作用的结果。事件是“诗史”观念的核心,宋人记录边事之自觉,表现在记述范围、纪事群

---

① (宋)苏颂著,王同策、管成学、严中其点校:《苏魏公文集》卷13《北帐书事》,中华书局1988年,第175页。

② (宋)刘敞:《公是集》卷19《檀州》,丛书集成初编本。

③ (宋)刘敞:《公是集》卷22《铁浆馆》,丛书集成初编本。

④ (宋)刘敞:《公是集》卷16《迁南行》,丛书集成初编本。

体、记录载体之广。出征、迎战、开边等边防事宜，御边将帅、戍边兵卒、馈粮役夫的行实命运，均纳入北宋边塞诗的书写视野，折射出宋人的爱国思想与仁民之心。灵州的失陷与争夺在《长编》《宋史》与北宋名家诗文集中得到全面观照，多人就此役叙述事件，发表态度，给出建议。作为北宋前期的著名御辽战役，澶渊之役既为时人所见证，又为后人所追忆。而宋夏间的三川口、好水川等战役，也同样被剪裁记录，表现了北宋边塞诗关怀时政、长于叙事的特点。

第二节　务实与说尽：北宋边塞诗的议论特征与说理风格

清人翁方纲说："唐诗妙境在虚处，宋诗妙境在实处。……宋人之学，全在研理日精，观书日富，因而论事日密。"①《朱子语类》云："苏黄只是今人诗。苏才豪，然一滚说尽无余意；黄费安排。"②从宋诗的务实与说尽切入，结合宋人理论思辨的严密，手法运用的纯熟，有助于全面认识北宋边塞诗好发议论、长于说理的特点。这种务实不仅表现为对议论与说理的仰赖，还表现在积极借助"以文为诗"推进宋调确立，形成纵横回环的宋诗特点，并在意象运用与隶事用典等方面都表现出务实之征。

一、议论说理带来的观点明确、意境削弱

首先，议论与说理是北宋边塞诗的重要手段，与写景、叙事、抒情合理搭配有助于形成以情动人、以理服人的艺术效果。试以黄庭坚《和谢公定征南谣》为例，阐释其情理相彰的特点：

---

① （清）赵执信撰，（清）翁方纲撰：《谈龙录·石洲诗话》卷4，中华书局1985年，第122页。

② （宋）黄士毅编，徐时仪、杨艳汇校：《朱子语类汇校》卷138，上海古籍出版社2016年，第3246页。

传闻交州初陆梁，东连五溪西氐羌。军行不断蛮标盾，谋主皆收汉畔亡。合浦谯门腥血沸，晋兴城下白骨荒。谋臣异时坐致寇，守臣今日愧包桑。已遣戈船下漓水，更分楼船浮豫章。颇闻师出三鸦路，尽是中屯六郡良。汉南食麦如食玉，湖南驱人如驱羊。营平请谷三百万，祁连引兵九千里。少府私钱不敢知，大农计岁今余几？土兵番马貔虎同，蝮蛇毒草篁竹中。未论刍粟捐金费，直愁瘴疠连营宫。我思荆州李太守，欲募蛮夷令自攻。至今民歌尹杀我，州郡择人诚见功。张乔祝良不难得，谁借前箸开天聪？诏书哀痛言语切，为民一洗横尸血。椎锋陷坚赏万户，堑山堙谷穷三穴。南平旧时颇臣顺，欲献封疆请旄节。庙谟犹计病中原，岂知一朝更屠灭。天道从来不争胜，功臣好为可喜说。交州鸡肋安足贪，汉开九郡劳臣监。吕嘉不肯佩银印，征侧持戈敌百男。君不见，往年濒海未郡县，赵佗闭关罢朝献。老翁窃帝聊自娱，白头抱孙思事汉。孝文亲遣劳苦书，稽首请去黄屋车。得一亡十终不忍，太宗之仁千古无。[①]

谢公定乃山谷妻弟，此诗针对熙宁八年(1075)的交趾入侵所作。前六句交代战役进程与细节，在夹叙夹议中展开是非评判。交趾攻城略地，步步进逼，军情紧急，诗人由“腥血沸”与“白骨荒”激发议论，为怒斥拓边谋臣、守臣——宰相王安石、知桂州沈起、刘彝奠定了立论基石。揆诸史料，熙宁年间神宗君臣积极治南，任用强势边帅，元年任潘夙知桂州、四年以萧注代潘夙、同年命温杲为广西经略司勾当公事，均可见用兵交趾之谋。潘夙、萧注已养成审慎、稳妥的个性，无意拓取，故先后易任，最终启用“独言交州小丑，无不可取之理”的沈起。沈起盲目招纳蛮人，杀戮惨重，又代之刘彝，南治陷于艰危。[②] 上述事实正是山谷批判谋臣守臣、定罪“坐致寇”

① (宋)黄庭坚著，(宋)任渊、史容、史季温注，黄宝华点校：《山谷诗集注》之《山谷外集诗注》卷4《和谢公定征南谣》，上海古籍出版社2003年，第609—612页。

② 刘彝制交的强硬表现：“遏绝其(交趾)表疏”，“妄意朝廷有攻取谋……点集土丁为保伍，授以阵图，寓教水战，故时交人与州县贸易，一切禁止之”。

“愧包桑”的依据。“汉南食麦如食玉，湖南驱人如驱羊”两句譬喻生动，为“以蛮治蛮”的出台张本。山谷学问渊博，洞见时事，借汉代治蛮的成熟经验开具药方。所论诸人，大将军李固、九真太守祝良、交趾刺史张乔皆以蛮治蛮，大获成功，正可为经制交趾提供参考。“州郡择人”，既是黄庭坚基于东汉的平蛮经验所开出的治边良药，也是对北宋用人不当的深刻揭露。举例与对比论证之后，诗人再次将话题拉回北宋边防。曾经的交趾“臣顺”幡然改途，竟至边民“屠灭”，惨剧皆因贪功冒险。“交州鸡肋安足贪”一句直抒胸臆，力陈罢兵，为称颂汉文帝通使赵佗的收编经验扫清障碍，终于“仁义治边”。诗中叙议时事与鉴古观今交替出现的布置，可见山谷“安排”深意。行文瞒山过海，断续接连，也不可避免地造成了结构的涣散，诗意的说尽。

山谷作诗反对强谏，主张不怨不怒，故虽与新党政见相异，却未陷入偏狭的政争与攻击，而是站在朝廷与边民的双重立场提出仁义治边的合法性。南宋黄震在《黄氏日钞》中即评价：“涪翁孝友忠信，笃行君子人也。……方苏门与程子学术不同，其徒互相攻诋，独涪翁超然其间，无一语党同。”[①]苏轼亦云：“读鲁直诗，如见鲁仲连、李太白，不敢复论鄙事，虽若不入用，亦不无补于世也。”[②]这种人格与诗品的认同，十分可贵。山谷议论宋交战事，条分缕析，不携意气，讲古论今，体现了历史理性与政治理性的高度融通。正因其命意、理路与手法上的一致性，故能将治边方略、民瘼关怀水乳交融，辅以夹叙夹议，层层递进，最终达到了以情动人、以理服人的艺术效果。顾随有言：“说理不该是征服，该是感化、感动；是理而理中要有情。人受了感动有时没理也干，没理有情尚能感人，况情理兼至

① (宋)黄震：《黄氏日钞》卷65，见曾枣庄、李凯、彭君华：《宋文纪事》卷51《黄庭坚之一》，四川大学出版社1995年，第728页。

② (宋)苏轼撰，孔凡礼点校：《苏轼文集》卷67《书黄鲁直诗后二首》其一，中华书局1986年，第2122页。

必是心悦诚服。"[①]这篇情理兼备的攻略检讨，虽未必能让上层回心转意，却可见山谷劝世干政之切与仁民爱物之心，实现了以情动人、以理服人的效果。

关于此役，苏轼专作《代张方平谏用兵书》，痛斥："安南之役，(沈)起实造端，而(刘)彝继之。"[②]对于应负的责任，王安石在私记中却这样自我开脱："上令(沈)起密经制交趾事，诸公皆不与闻，凡所奏请皆报听。"[③]这就难怪陈瓘痛下断语："(王安石)四作边事，二败二胜，二胜则掠美于己，二败则敛怨于君。"较之陈瓘的问责宰相，苏轼更是犯颜直谏，矛头直指神宗：

> 臣闻好兵犹好色也。伤生之事非一，而好色者必死。贼民之事非一，而好兵者必亡。……今陛下天锡勇智，意在富强。即位以来，缮甲治兵，伺候邻国。群臣百寮，窥见此指，多言用兵。其始也，弼臣执国命者，无忧深思远之心。枢臣当国论者，无虑害持难之识。……于是王韶构祸于熙河，章惇造衅于横山，熊本发难于渝泸。……故沈起、刘彝，复发于安南，使十余万人暴露瘴毒。……而李宪之师，复出于洮州矣。[④]

苏轼扶颠持危，力挽狂澜，将好兵喻为好色，直指其害，并概括了熙宁以来北宋锐意拓边的种种危害。西北有王韶开边熙河，章惇争夺横山，李宪收复洮州，西南有熊本悍治川泸蛮夷，沈起、刘彝引惹交趾入侵。以上诸事非但未能富国强兵，反倒劳民伤财，其论辩声势已与山谷诗的张弛有度截

---

① 顾随著，叶嘉莹笔记，顾之京整理：《顾羡季先生诗词讲记》，台北桂冠图书公司 1992 年，第 65—66 页。

② (宋) 苏轼撰，孔凡礼点校：《苏轼文集》卷 27《缴进沈起词头状》，中华书局 1986 年，第 774 页。

③ 王安石私记，见《长编》卷 244 神宗熙宁六年四月戊寅，第 5933 页。

④ (宋) 苏轼撰，孔凡礼点校：《苏轼文集》卷 37《代张方平谏用兵书》，中华书局 1986 年，第 1048—1050 页。

然异趣。

不独山谷，宋诗的“开山祖师”梅尧臣也能够将议论、说理、叙事、摹写熔为一炉。同样记述平叛侬智高，《十一日垂拱殿起居闻南捷》之“将军曰青才且武，先斩逗挠兵后强。从来儒帅空卖舌，未到已愁茆叶黄”评述将军的英明果决，文儒的能不配位。而《书南事》之“城中旧无井，魏凿安辘轳”“曲突与烂额，看取报功殊”亦可将魏瓘的凿井御边、未雨绸缪积极系连，并在曲突徙薪与焦头烂额中说明御边的正确路径，起到了立论有据、概言事功的效果。

其次，多人聚焦一事同时议论说理能够传递出北宋治边的整体态度。试以范子奇出知庆州的集体送别为例，阐释北宋边塞诗的议论切实，说理透辟。元祐八年(1093)，范子奇出知庆州，王觌、范纯礼、杜纯、钱勰、王钦臣、苏轼、孔武仲、彭汝砺等八人宴饮送别，席间各拟边塞诗一首。八首诗均传递出以仁治边的安边寄望，可以窥见宋人在元祐时期的柔静务远。苏轼的“谋初要百虑，善后乃万全”“仁风被草木，绿浪摇秦川”，王觌的“方当仁草木，况忍尚首级”，钱勰的“勇猛不为边，九伐秉周礼”，均立足于民本与仁政，折射出元祐时期内敛保守、息事宁人的治边个性。在这种内敛政风的影响下，宋人常常将仁义治边解读为羁縻怀柔。王觌便作“圣时务怀柔，阃寄贵安辑”弘扬元祐边策，王钦臣感慨“羁縻有前言”，欲借鉴前代羁縻经验治理当下。范纯礼则认识到仁治的局限，将仁政与武力连接解读：

为国虽以德，御戎难去兵。夏人久犯顺，边氓常废耕。……既膺阃外寄，当思千里清。吾家世此官，所得蕃汉情。未尝任杀戮，接以信与诚。方略固多在，惟公守其成。①

① （宋）范纯礼：《送中济侍郎帅庆得行字》，《全宋诗》卷689，第8037页。

范纯礼在肯定德治的同时，提出以兵卫国的合理性。关于御夏必须秉文经武，诗人从父亲范仲淹、兄弟纯仁、纯粹的治庆经历中得出谙晓蕃情、恩信结人的重要性。面对风波诡谲的御夏局势，宋人也认识到恩威并著、拉打结合的功效。这一点，孔武仲揭示得最清晰到位：

西戎未纯一，汝可三军帅。擒之或纵之，高枕惟尔恃。公拜稽首归，眉目凛生气。顽童玩天恩，豢养若骄子。欲痛以鞭笞，而畏踶不止。二者不两全，在所以节制。又如畜狂犬，系颈不系尾。收其要害处，进退随所指。①

诗人省去了描绘边乱的笔墨，用“未纯一”“玩天恩”提醒西夏狡黠多变，骄纵难治。为了将边策论说清晰，诗人特以驯服动物为喻，叮嘱范氏既要勇敢，不畏反扑，又要扼其喉颈，迫其乖顺。随着驯服的解说结束，抓关键、扼要害的治边理路也就顺理成章了。如此献策说理，必然收到务实与清晰的效果。结合翁方纲“研理日精，观书日富”“论事日密”的评价来看，孔武仲正因熟知《孙子》视卒如子、避免娇纵的方略，才在驯服的关捩论说得当，剖析入理。

最后，议论的弘肆、说理的清晰难免会造成意境的削弱，浑融的缺失，此乃宋诗变革唐诗之失，边塞诗亦不可免。例如，欧阳修的《送李太傅知冀州》直是一篇宋将功勋表：

吾慕李汉超，为将勇无俦。养士三千人，人人百貔貅。关南三十年，天子不北忧。吾爱李允则，善觇多计筹。虏动静寝食，皎如在双眸。出入若变化，谈笑摧敌谋。恩信浃南北，声名落燕幽。二公材各异，战守两堪

① （宋）孔武仲：《送范中济侍郎知庆州》，见（宋）孔武仲、孔武仲、孔平仲著，孙永选校点：《清江三孔集》，齐鲁书社2002年，第90页。

尤。天下不用兵，尔来三十秋。今其继者谁，守冀得李侯。李侯年尚少，文武学彬彪。河朔一尺雪，北风暖貂裘。上马擘长弓，白羽飞金镞。临行问我言，我惭本儒鲰。汉超虽已久，故来尚歌讴。允则事最近，犹能想风流。将此聊为赠，勉哉行无留！①

王国维道："何以谓之有意境？曰：写情则沁人心脾，写景则在人耳目，述事则如期口出是也。"②诗中的河朔尺雪、勉励深情因为迟迟未出，早已被"吾慕""吾爱"的价值判断、道理说明抢占先机。惟述事有"如期口出"之感，却始终为"天子不北忧"的边情分析服务，为今日之"战守两堪尤"铺垫前提。李汉超的有勇知方，李允则的善觇多谋，联手促成自问自答："今其继者谁，守冀得李侯。"理路的清晰，论证的精严，均镌刻着"文人之诗"的鲜明烙印。李复最早就"文人之诗"给予回答："子美长于诗，杂文似其诗；退之好为文，诗似其文。退之诗非诗人之诗，乃文人之诗也。"③这种破体的努力，在刘克庄看来并非本色，"不当以诗论"。魏泰亦以为欧阳修的诗歌："才力敏迈，句亦清健，但恨其少余味耳。"④可知，魏泰与刘克庄均认可欧阳修诗歌的学养与才力，却对其诗的意境削弱、浑融缺失深感遗憾。就此诗论，多半篇幅为叙议他人边功，一首砥砺前行的边塞诗完全作成指点迷津、答疑解惑的边塞文，距离盛唐边塞诗的慷慨意气、得言外意已渐行渐远。

同样送别边将，梅尧臣的《送谢师直秘丞通判莫州兼寄张和叔》更似"经义策论之有韵者"⑤：

---

① （宋）欧阳修著，李逸安点校：《欧阳修全集》卷53《送李太傅端懿知冀州》，中华书局2001年，第755页。

② 王国维：《宋元戏曲史·人间词话》，万卷出版公司2015年，第109页。

③ （宋）李复：《潏水集》卷5《又与侯谟秀才书》，《文渊阁四库全书》第1121册，第51页。

④ （宋）魏泰著，陈应鸾校注：《临汉隐居诗话校注》第22条，巴蜀书社2001年，第64页。

⑤ （宋）刘克庄撰，王蓉贵、向以鲜校点，刁忠民审定：《后村先生大全集》卷94《竹溪诗序》，四川大学出版社2008年，第2438页。

河湟宿兵地，劲勇天下闻。侵疆古甚炽，薄伐诗所云。往今势且异，利害理颇分。远以塘设险，遂轻甲屯云。昔传尝胆国，能破怒蛙军。越虽隔大江，吴遭若枯焚。实由持阻懈，抉目悲伍员。夫子负美才，议论高不群。况有令兄弟，今亦贰河汾。助守戒不虞，慎勿倚和獯。张侯为刺史，大族独此君。法明而不苛，可共饰以文。[①]

谢景温，字师直，谢绛次子，梅尧臣乃其姑丈。晚辈通判莫州，圣俞遂直奔河北边情，指出今昔有异，切勿掉以轻心。即便以塘设险，派驻重兵，亦不可全赖议和安边，而要学习勾践尝胆，终成事功。宋辽之间的塘泺设险，如同吴越之间的大江天险，随时有江山不固、招致践踏的可能。为保谢氏北御无虞，此诗兼寄刺史张和叔，叮嘱谢氏务必请教，共安北塞。面对御辽形势，倡导"平淡之美"与"意见言外"的梅尧臣也不得不指点江山，激扬文字。观其诗论，"我于诗言岂徒尔，因事激风成小篇"[②]，"自下而磨上，是之谓国风。雅章及颂篇，刺美亦道同。……愤世嫉邪意，寄在草木虫。迩来道颇丧，有作皆言空"[③]，既可知其对诗歌"愤世嫉邪""有为而作"的功用认识，又可知其恢复风雅、复古求新的诗学追求。刘克庄视其为宋诗"开山祖师"，亦是本着"桑濮之哇淫稍息，风雅之气脉复续"的标尺，称赞其功不在欧阳修、尹洙之下。尽管圣俞推崇"作者得于心，览者会以意"，试图以"意境说召唤读者"[④]，可是北宋安边的任重道远却促使他不得不发出"助守戒不虞，慎勿倚和獯"的指令。这种"明知故犯"不仅是梅诗的魔咒，亦为北宋边塞诗之无奈。从张戒揭开扬唐抑宋的序幕，至严羽进一步深

① （宋）梅尧臣著，朱东润编年校注：《梅尧臣集编年校注》卷28《送谢师直秘丞通判莫州兼寄张和叔》，上海古籍出版社1980年，第1019页。

② （宋）梅尧臣著，朱东润编年校注：《梅尧臣集编年校注》卷15《答裴送序意》，上海古籍出版社1980年，第300页。

③ （宋）梅尧臣著，朱东润编年校注：《梅尧臣集编年校注》卷16《答韩三子华韩五持国韩六玉汝见赠述诗》，上海古籍出版社1980年，第336页。

④ 杨慧：《作者得于心 览者会以意——谈梅尧臣诗论的读者意识》，《理论界》2006年7期，第212页。

化唐诗风格学，审美功能的评判标准一旦确立，很难对"务实且说尽"的北宋边塞诗给予客观评价。回到北宋诗人自立宋调、开辟新境的立场看待，意境的削弱、审美的缺席亦会带来认知、教育等功用的回归，"抒情传统与知识传统"之间的紧张关系，亦可得到消解。这样，才能深刻理解钱锺书先生所谓的"唐诗多以丰神情韵擅长，宋诗多以筋骨思理见胜"[①]绝不是随意的握手言和，而是理性的持平之论。

二、以文为诗带来的意脉清晰、余味不足

"以文为诗"是指将散文的"手法、章法、句法、字法引入诗中"。[②]"以文为诗"始于杜甫，中唐韩愈、白居易深化拓展，北宋欧阳修、苏轼、黄庭坚将之发扬光大。杜甫"以文为诗"，在反映社会之深广与描绘细节之生动上取得了较大进步，同时实现了叙事与议论的完美融合。宋人叶梦得、清人浦起龙均注意到杜诗《北征》的散文笔法，甚至以之为"古今绝唱"。胡小石亦认为杜甫《北征》开"化赋为诗，文体挹注转换"的风气，并认为这种风格"独辟一途，前所未有，下为元和及'宋诗'开山"。[③]中唐是中古诗歌发展史的关捩，"诗到元和体变新"，"以文为诗"为元和诗歌内容与形式的新变注入了活力。陈寅恪评价："乐天作品词句简单流畅，几如自然之散文，却仍极富诗歌之美。"[④]韩愈用赋的方法铺陈，用议论辅助叙事，留给后世"以文为诗"的深刻印象，以至于宋人最早归纳"以文为诗"，都将标签贴在了韩愈身上。[⑤]

---

① 钱锺书：《谈艺录·诗分唐宋》（补订本），中华书局1984年，第2页。
② 王水照：《宋代诗歌的艺术特点和教训》，《文艺论丛》第5辑，上海文艺出版社1978年，第270页。
③ 胡小石：《杜甫〈北征〉小笺》，见周勋初编：《胡小石文史论丛》，南京大学出版社2008年，第154页。
④ 陈寅恪：《元白诗笺证稿》，商务印书馆2015年，第310页。
⑤ 陈师道《后山诗话》云："退之以文为诗，子瞻以诗为词，如教坊雷大使之舞，虽极天下之工，要非本色。"陈师道《后山诗话》卷一载黄庭坚语："诗文各有体，韩以文为诗，杜以诗为文，故不工尔。"

入宋，北宋文士在宋初三体的唐诗遗音中摸索过后，开始反思宋诗道路的探索。随着复合型人才身份的确立，北宋士子文学创变的指导思想愈发成熟，以欧阳修、尹洙、梅尧臣、苏舜钦为代表的文学家发起了诗文革新运动。他们宗经弘儒，崇古去靡，确立了文道并重、道先文后的学术宗旨，在批判地吸收韩愈文学思想的同时，对其“以文为诗”予以吸收利用。在宋人如火如荼地“以文为诗”以期破体、新变之时，北宋边塞诗也不可避免地镌刻上诗文交汇的特征。奔泻的恢宏气势，跳脱的布局安排，清晰的意脉传递，灵活的句法文辞，合力将诗歌引入文气充沛、直露少藏的境地。

一方面，“以文为诗”带来了意脉清晰，文辞畅达，叙议详尽，说理透辟。身为诗文革新的中坚力量，苏舜钦的边塞诗很有代表性，如《庆州败》：

> 无战王者师，有备军之志。天下承平数十年，此语虽存人所弃。今岁西戎背世盟，直随秋风寇边城。屠杀熟户烧障堡，十万驰骋山岳倾。国家防塞今有谁，官为承制乳臭儿。酣觞大嚼乃事业，何尝识会兵之机。符移火急搜卒乘，意谓就戮如缚尸。未成一军已出战，驱逐急使缘崄巇。马肥甲重士饱喘，虽有弓剑何所施。连颠自欲堕深谷，虏骑笑指声嘻嘻。一麾发伏雁行出，山下掩截成重围。我军免胄乞死所，承制面缚交涕洟。逡巡下令艺者全，争献小技歌且吹。其余劓馘放之去，东走矢液皆淋漓。首无耳准若怪兽，不自愧耻犹生归。守者沮气陷者苦，尽由主将之所为。地机不见欲侥胜，羞辱中国堪伤悲。①

此诗记述景祐元年的宋夏庆州之战，宋军都巡检杨遵率七百余骑迎战，惨败于龙马岭，环庆路都监齐宗矩又于节义烽遇伏被执。大批将士“面缚乞

① （宋）苏舜钦著，傅平骧、胡问陶校注：《苏舜钦集编年校注》，巴蜀书社 1991 年，第 34 页。

降”，毕集丑态。参战将帅因不能灵活御敌，集体降职。[1] 因为“乞降”之恨，诗人省去描写与叙事的笔墨，径直进入是非判断。明人谢榛道：“宋人必先命意，涉于理路，殊无思致。”[2]就此诗论，控诉北宋承平日久、边防无备的思理既立，观点与态度皆随理、随事而出，敌人骁勇、宋军折辱、交战惨烈一应可见。就结构来看，诗人通过党项背盟、御边无策引入对将帅的批判，随后的较量悬殊增益了控诉的筹码，诗意亦由对将士的批判上升到对国家的担忧。从手法来看，赋的铺陈与对比论证均精到老辣。为了突显将骄卒惰，诗人连用“酣觞大嚼”“马肥士喘”“连颠堕谷”等铺陈描绘呈现其全貌，将士众生相遂群体浮现。小丑们的仓促应战、束手就擒、被俘受辱连缀成篇，嘴脸亦尽现无隐。享乐时的“酣觞大嚼”与逃奔时的“矢液淋漓”形成鲜明对比，“马肥甲重士饱喘”则与“厩马肥死弓断弦”异曲同工。结尾，诗人直指主帅之失，所谓的士气不振与战斗不力，均归咎于主帅不辨地势、一意孤行，故而导致战事受挫，士气受辱。此诗叙事详尽，感情充沛，夹叙夹议中流露出深切的西陲担忧。因为宣泄意气，辨析道理，叙议未能一气呵成，而这种“事不接、文不属”的断续恰为宋人推崇。此诗对以文为诗的运用，既表现在以语尾虚词入诗，如“酣觞大嚼乃事业”，又表现在对律句的弃用。为了避免以文为诗带来的平直，倾吐兀傲之气，诗人采用猛悍、豪肆、怪异的语词，如“崄巇”“酣觞”“缚尸”“怪兽”，又辅以“十万驰骋山岳倾”的雄豪之势，因此造成了诗意酣畅，批判痛快。

唐代边塞诗长于以象达意，北宋边塞诗长于破象以立意，主张通过评述边事、价值判断以传情达意。因为淡化了意象与意脉之间的对应关系，叙述与逻辑的重要性则相应突显。“以文为诗”为叙述的充分、议论的展开、逻辑的谨严带来了前所未有的解放。苏辙在《诗病五事》中指出：“事

---

① 事见《长编》卷 115 景祐元年十月丙戌。

② （明）谢榛著，宛平校点，（清）王夫之著，舒芜校点：《四溟诗话 · 姜斋诗话》卷 1，人民文学出版社 1961 年，第 23 页。

不接，文不属，如连山断岭，虽相去绝远，而气象联络，观者知其脉理之为一也。盖附离不以凿枘，此最为文之高致耳。”[①]彭汝砺的《送颖叔帅临洮》将边地气候、颖叔文章、颖叔边功诸事熔为一炉，中间洋洋洒洒的文章赞誉正是边塞诗的“连山断岭”，却没有阻隔诗意前后的贯通。就此诗论，“以文为诗”的融通变化，避免了一览无余、直径而行的乏味，营造出委曲而成、一唱三叹的效果。

另一方面，“以文为诗”也会造成如下遗憾，如结构单一，转折拖沓，论事直切，余味不足。试以欧阳修《南獠》为例，分析其表现。全诗采用倒叙手法，在本朝地势广袤、国力雄厚、收服边民、德被八方的恢宏气势中追述南獠叛乱始末，最终吐露采诗观风、言听决谋的创作初衷。全诗规模宏大，长达96句，480字。之所以能够呈现如此鸿篇巨制，皆因诗人通篇多用散文笔法铺叙开来。本可一笔带过，全部敷衍成篇。例如，已然陈述“民物含春熙”，却唯恐“春熙”之状的安乐融洽仍模糊不清，故再用“耆稚适所尚，游泳光华时”细致描绘。再如，镜头聚焦讲者老叟，所有的准备蓄势待发，而诗人并不急于令其开口，而是用“予因叩村叟，此事曷如斯。初似却人问，未语先涕垂。收涕谢客问，为客陈始基”[②]足足三十字陈述了诗人欲知与老叟欲答，至于事件原委，依然一无所知。这种叙事节奏的松弛无度，在窥见细节的同时，也造成了诗意直露。不仅如此，转折之处亦拖沓繁冗，导致了期待视野的巨大消耗。“遽然摄提岁”之后本应迅速穷原竟委，展开陈述，诗人“南獠掠边陲”一句既出，再到老叟吐露“抚水有上源”这一有用信息，中间竟然隔着六句村叟急于诉说却泣不成声的情绪调整，欧阳修对“以文为诗”的信手拈来与成竹在胸，的确令人佩服。

介绍了抚水蛮的居所与人口，诗人用“狠勇复轻脱，性若鹿与麋。男夫不耕凿，刀兵动相随。宜融两境上，杀人取其赀”六句描写了抚水蛮不

① （宋）苏辙：《栾城三集》卷8《诗病五事》，中华书局1990年，第1228—1229页。

② （宋）欧阳修著，李逸安点校：《欧阳修全集》卷53《南獠》，中华书局2001年，第743页。

事生产、动辄械斗的质朴天性。接下来，又用“因斯久久来，此寇易为羁”讽刺了真宗朝对边民易羁、势必乖顺的盲目认识，这种批判与后来歌颂仁宗“四辅哲且善，天子仁又慈”形成鲜明对照。诗人认为仁宗宝元年间的叛乱并非天子不仁，而是“将军称招安，兵非羽林儿”，为后来的兵民对峙、矛盾激化蓄势，更为最后的批判用人制度、呼吁朝廷审查埋下伏笔。聆听之际，诗人既用“奔走六吏死”“哀哉都督邮”寄托兵力耗损的痛惜，又用“半降半来拒，蛮意犹狐疑”表达赠赐安边的疑虑，甚至以为哀痛与思考还不够直切，最后用“愿值采诗官，一敷于彤墀”陈情结尾。至此，故事的讲述，议论的弘肆，情绪的感发，才真正结束。玩其诗味，品其辞藻，“因斯久久来”“堂堂过城戍”中的叠音词汇摹写细致，余音回荡，“此事曷如斯”“赫尔天斯怒”中的愤怒又力透纸背，发人深省。

欧阳修好“以文为诗”，与其推崇韩愈关系密切。“吏部文章二百年”既是阐述心志，又为砥砺后学，是对韩愈文章吏治的双重肯定。在《六一诗话》中，他明确标举：“退之笔力无施不可，而尝以诗为文章末事。”所谓的“退之笔力”，已然涵盖对以文为诗的评价。清人方东树道：“学欧公作诗，全在用古文章法。”①结合《南獠》来看，欧阳修推尊韩愈有细节的证明。“彤墀”乃结尾最后两字，语出韩愈“我欲进短策，无由至彤墀”，表达的是上听难达、进谏无路的苦闷。苦闷的背后，是欧阳修对韩愈心系朝政、渴望和平的隔代回应。因为诗中大量运用文法，《南獠》堪称是一部纷繁复杂的镇蛮安边史。因为篇幅拉长，容量增扩，加之大量掺入虚词，吸收口语，因此既有叙议饱满、细节丰富之长，又有行文拖沓、余味不足之弊，这也是以文为诗不可避免的问题。

三、意象选择的务实——烽燧斥堠与防御工事

学界对宋代边塞诗的意象研究多停留在明月、故乡、羌笛等旧有范

① （清）方东树著，汪绍楹校点：《昭昧詹言》卷12，人民文学出版社1961年，第275页。

式，对其新变的关注不够充分。[①] 即使偶有学者关注到变化，总结出民族、出使、农事等意象的新变类型，[②]却在文本解读上留下遗憾。北宋疆域远不及汉唐广袤，气象也不够恢宏开阔。尽管北宋边塞诗亦少量择取关山、陇头、羌笛等语符意象，[③]偶尔在玉门、凉州、西域等地名意象中亦稍作遐想，但是，这些意象并不能承载其务实的表达诉求。在防守策略的指导下，宋人在烽警觇候、修筑工事等方面的工作却丝毫没有松懈，而是稳扎稳打，步步为营。这种陟遐自迩、循序渐进的战略态度与北宋边塞诗的言意尚理共同带来了意象的转型，即从广漠宏阔的瀚海、阳关，尖锐血腥的战骨、金疮，转向稳妥务实的烽燧、斥堠、塘泺、壕林与堡寨。

袁行霈先生最早认识到仅从“意象”“意境”的角度解读中国古典诗歌的局限性。[④] 陶文鹏与陈伯海两位先生也认为以“意象”构筑“意境”在唐诗经验中已十分成熟，但是，单纯从这一角度出发，无法面对全部唐诗研究，尤其是那些“鸿篇巨章”与“主意作品”。陈氏指出：“‘主意’诗作的‘假象见意’则常将物象转化成事象、心象乃至理象，其意象之间的串联组合关系也有所变更。”[⑤]陶氏直面更广阔的宋诗研究，指出：“到了宋代，诗人们有意突破唐人纯意象的艺术表现方式，以抽象化取代具象化，在诗中加

---

① 阎福玲指出宋诗《关山月》除 3 首在写作层次与艺术手法上略有突破外，其余 14 首“从思维方式到意象语符乃至诗体形式”(《横吹曲辞〈关山月〉创作范式考论》)，均沿袭了汉唐模式，或“见月思乡”，或“望月怀人”。谭浩烨则紧紧围绕羌笛意象，从羌笛的自身音色、诗人的渲染加工，以及民族文化的推动等三个方面揭示其在唐宋边塞诗词中的悲凉传统与延续方式。(《唐宋边塞诗词羌笛悲凉意象成因》)张忠智、庄桂英认为陆游边塞诗具有意象丰富、长于七律的艺术特征。(《人在山阴 心系边塞——谈陆游的边塞诗》)罗旻指宋代乐府诗“在摹仿气韵流动，意象层叠的诗风之外”(罗旻《宋代乐府诗研究》，北京大学博士论文，2013 年，第 26 页)，更重视学习诗歌旨趣及其美刺、纪事等功能，尽管如此，旧题乐府还是不可避免地因“意象的堆叠与渲染”呈现同化性。

② 李晓丹：《南宋边塞诗研究》，西南交通大学硕士论文，2018 年，第 128—129 页。

③ 阎福玲的“语符意象”涵盖极广，包括关山月色、陇头流水、胡笳羌怨等抒发乡恋的触媒意象与战阵称谓、战斗典故、军事名将等征战意象。

④ 袁行霈《中国古典诗歌的意境》：“仅用意境这一根标尺去衡量丰富多彩的古典诗歌，显然是不妥的。”见其《中国诗歌艺术研究》，北京大学出版社 1987 年，第 47—48 页。

⑤ 陈伯海：《意象艺术与唐诗》，上海古籍出版社 2015 年，第 257 页。

入大量的直接抒情、叙事、议论、说理成分，以便更全面、更丰富、更深刻地抒写现实生活，揭示自然、社会和人生哲理。”[①]周剑之则立足于叙事视野，指出由唐入宋，因为诗歌叙事特点的加强，“象”亦从唐诗抒情视野中的以“意象”营造“意境”，转入宋诗叙事视野中的用“事象”营造“事境”。[②] 回到本书的研究，边塞诗不同于叙事诗，仅从“事象”角度研究北宋边塞诗必然会流失一些静态描写、理性沉思的佳作，然专从“意象”构筑“意境”的角度出发，的确与北宋边塞诗的主意、言理相悖，亦会流失那些直抒胸臆、说理透彻、议论弘肆的佳什。因此，本书依然采用“意象”范畴，聚焦北宋边塞诗的主意与言理，同时又关注其从“意境”到“事境”的变化，从谋篇布局的架构、表现手法的运用入手，以期得出具体诗作的价值判断与情感表达。

从功能上来讲，意象可分为比喻、象征、描述三类。[③] 以下所论烽燧斥堠与防御工事，全部为描述性意象，这种功能特点已然体现了北宋边塞诗的务实特征。

（一）烽燧斥堠

烽燧是古代传递军情的警报设施。至北宋，烽燧在边防守卫中仍占有举足轻重的地位，并在边塞诗中得到发扬。北宋边塞诗的烽火描写大致分为三类：一是边烽告警，二是烽报平安，三是沉烽静柝。其中第一类表现了积极备战、战火频繁的斗争状态，后两类寄托了渴望和平、罢战息兵的美好愿望。

首先，边烽告警是边情紧急、备敌示警的象征。关于烽警的级别，北宋边塞诗常常用烽传、烽照、烽高、烽举、烽满、烽急等不同语词进行传递。郭崇仁的“上郡连烽火，河阳更羽书”不仅体现了烽火起、羽书急的军情危

---

① 陶文鹏：《意象与意境关系之我见》，《文学评论》1991 年 5 期，第 62 页。

② 周剑之：《从“意象”到“事象”：叙事视野中的唐宋诗转型》，《复旦学报(社会科学版)》，2015 年 3 期。作者从“意象”的局限性切入，在叙事传统的承变中提出“事象”立论的合法性。

③ 徐有富：《诗学原理》，北京大学出版社 2007 年，第 245 页。

迫，更将其与“警哨无安枕，忧危有报疏”的忧患意识与爱国情怀积极系连。这种烽警带来的反思与深情，在三苏边塞诗中淋漓尽现，节录于下：

禁军几千万，仰此填其咽。西蕃久不反，老贼非常然。士饱可以战，吾宁为之先。傅侯君在西，天子忧东藩。烽火尚未灭，何策安西边。傅侯君谓何，明日将东辕。①

要须此慓悍，气压边烽急。夜走追锋车，生斩活离级。持归献天王，封侯稳可拾。何为走猎师，日使群毛泣。②

自言将家子，少小学弯弓。长遇西鄙乱，走马救边烽。手挑丈八矛，所往如投空。平生事苦战，数与大寇逢。③

与唐代边塞诗长于将意象组织排列营造意境不同，北宋边塞诗的烽警多在事件中烘托边患严峻，为议论献策或报国纾患服务。第一首乃苏洵途经西安路遇都漕傅氏所上边事陈情。诗人先以“烽火未灭”与禁军消耗合力烘托出北宋御边的现实压力，继以西夏安稳、元昊已死为其分忧，以便傅侯能够耐心阅读，终以授任驻东夸赞傅侯才干，拉近了诗人与受众的距离。从布局来看，烽火状貌有助于营造事境，控制节奏，亦助于发抒边烽难息、献策不用的郁结。后两首为二苏诗作，二诗均以写人为中心，叙述将帅救边的具体措施。不同之处在于，苏轼从效果出发，鼓励狄青季子保留尚武传统，积极扑灭边烽；苏辙从态度出发，歌颂蕃将郭纶不顾身害地

① （宋）苏洵著，曾枣庄、金成礼笺注：《嘉祐集笺注》卷 16《途次长安上都漕傅谏议》，上海古籍出版社 1993 年，第 461 页。

② （宋）苏轼撰，（清）王文诰辑注，孔凡礼点校：《苏轼诗集》卷 17《赠狄崇班季子》，中华书局 1982 年，第 902 页。

③ （宋）苏辙：《栾城集》卷 1《郭纶》，中华书局 1990 年，第 1 页。

救危解难。无论从哪一角度肯定人的功绩，边烽亟待扑灭的形势均为人物的塑造、事件的发展起到了良好的烘托功效，烽燧作为意象的象征与点染效果也就顺势而出。

其次，烽报平安与烽台高置均肯定了烽台的军事意义。不同的是，前者倾向祈盼和平，后者侧重觇敌备边。第一，烽报平安既指出了烽燧的觇候与传递之意，同时又寄托了宋人的和平愿望。现存4首烽报平安的边塞诗，除却前述苏舜元、苏舜钦之《瓦亭联句》，其余3首皆作于送别。其中，杨亿对烽火相望、传递不绝的动态解读最切。“缓急羽书须自草，平安烽火镇相望”意在叮嘱并帅钱氏务必要忠于职守，身体力行，诗人在语重心长的叮咛中，将急草军书的紧迫与烽警迢递的绵延揭示得清晰有致。送别陕西转运黄氏，杨亿又作“百二秦川四塞宽，甘泉烽火报平安”，在山川表里、秦关百二的地势解说中指出了烽报平安的可能性与必要性。与杨亿诗长于捕捉烽火相递、相望的动态不同，毕仲游的“平安烽火三万日，羽林超距闲金汤”则是对百年间宋辽休战、器甲闲置等岁月静好的回顾与总结。第二，北宋边塞诗多次表达高置烽台的积极意义。石介的“明日边烽高百尺，同时御府出三旌。将军请用多多算，能向当初见未萌”最坚定有力，边烽百尺与庙算早谋分别代表了御边的物质与精神因素，两者共同寄托了诗人对料敌制胜、措置裕如的期盼。与石介同时的苏舜元作“烽台屹屹百丈起，但报平安摇桔槔”，将高置烽台与烽报平安积极联结，前一句有烽台高筑、料敌制胜的军事诉求，后一句则表达了安然无事、务农息民的和平愿望。

最后，沉烽静柝表达了宋人渴望和平、停止边战的美好愿望。纵观北宋边塞诗，太平无事、烽火不举的理想贯穿宋初至宋末，遍布送别、寄赠、咏物与边地抒怀等多种模式与场景，并借助烽静(闲、息、偃)、烽影稀、烽不举、烽火不报等不同状态多重诠释。沈遘的《七言烽火台二首》最直截了当：

历历相望隐旧堆，狐穿兔穴半空摧。
行人不识问野老，云是昔时烽火台。

烽火销来五十年，居民初不识戈鋋。

耕桑满野帝何力，千里边城自晏然。

其一中，诗人借助烽身隐现与狐兔作穴烘托出烽台闲置的凄凉，后半部分借助行人与野老的问答侧面烘托太平之人不识烽火。关于沉烽不举，韩琦也以"烽闲草蔽台"描绘止戈息烽。其二中，诗人明示烽火偃息的太平背景，再用民不识鋋彰显兵销革偃。在百姓安居乐业、民间耕桑满野的描绘中，诗人以"帝何力"表达出对天子仁民的拥护与爱戴。

现存二十多首关于边烽告警的边塞诗，多写边防示警，烽传备敌。这种深重的忧患意识多是在宋夏战争的跌宕背景下催生的，具有深刻的现实性与警示性。现存寄托烽静的边塞诗达二十余首，其中多数作于送别与寄答边帅。这些诗歌，或描绘烽息塞平的静谧美好，或借助烽静弘扬边威，或写将帅百姓在烽息后的安乐祥和，既饱含着诗人对边将政功的期待，又承载着诗人对边事的理解。就烽燧作为意象的功用来看，其具体状态对营造氛围、映衬人物、发抒情感、议论时政都至关重要，这一切多在动态的事件片段中拼接组合，酝酿生发，亦与烽燧作为军事意象的属性有关。

斥堠，又称"斥候"，是古人侦查、候望敌情的土堡。在北宋边塞诗中，"斥堠"或完整出现，代指侦查哨堡，或与其他词语组成"逻候""虏候""边候"，突出巡逻、敌视、边防等色彩。有时，亦组成"候骑"，有"探骑"之意。现存十余首斥堠边塞诗，绝大多数承载了诗人渴望和平、安境保民的愿望。司马光的《送郑推官戬赴邠州》其三阐幽明微，言约旨远：

骄虏已归计，圣朝方寝兵。时闻候火入，非复塞尘惊。秋岭无南牧，春田恣北耕。休穷西海路，辛苦学甘英。[1]

① （宋）司马光著，李文泽、霞绍晖校点：《司马光全集》卷7《送郑推官戬赴邠州》其三，第237页。

从整首诗的氛围可知，此时风平波息，边境并无巨患，宋廷亦奉守“寝兵”边策。为了消除郑戬将守邠州的恐慌，温公从“骄虏已归”、不欲“南牧”等角度揭示了边境暂安的事实，同时又指出夏人偶有肆意侵耕的逾矩。睹于此，诗人建议郑戬借鉴甘英，学习其望海却步、止步安西的做法，暗含莫要贪功、勿要生事的深情劝谕。作为意象的堠火，点燃了百姓的慌乱，之后诗人没有顺势描绘慌乱的具体表现，而是锐意打破唐诗情景交融的书写传统，在边策解读中引导读者理性判断，最终将情感与态度和盘托出。

相比温公诗的边情渲染，刘攽《西戎》则在激烈的冲突中描绘了宋军对夏军斥堠的侵占：

> 旄头占虏候，鸣镝射单于。哀死知明主，和亲愧腐儒。边锋少南牧，天马自东趋。看撤山西戍，无劳议远图。①

旄头本为皇帝仪仗中的先驱骑兵，此处指率先占据敌方斥堠的先锋部队。开篇强调“占虏候”“射单于”，实与诗人对斥堠的认识、对“擒贼先擒王”的判断密不可分。作为边备体系的重要组成，斥堠承载着刘攽对边帅寄责与防御部署的深刻认识。在《闻西戎乞降》中，刘攽亦借用“玉关依斥堠”肯定边备，进而表达“吾生免外忧”的喜悦。《西戎》一诗在非常激烈血腥的冲突中拉开帷幕，用侵占斥堠、射杀虏主彰显了求胜心切。起首的描述固然紧张激烈，以下六句却未沿着暴力前行，而是复归于仁治、交好的轨道。《哀死》是诸葛亮的名篇，寄托了孔明爱兵如己子的军事思想。诗人自注：“时元昊始死。”结合《西戎》之题来看，明主应指庆历四年促成宋夏和议的宋仁宗。诗人主张为帅当爱兵如子，为君亦要爱民如子。和亲在减少杀戮的同时也摧折了士气，诗人遂有“愧腐儒”之说。从结构上看，“和亲”仅是对仗之需，并未开启新的话题。诗歌以元昊逝世为分界线，之

① （宋）刘攽：《彭城集》卷9《西戎》，清武英殿聚珍版丛书本。

前兵戎相见，之后握手言和，对比鲜明，定论清晰。“虏候”兼有阵营与斥堠的双重色彩，起到了拉开序幕、由象生事、由事入情的艺术效果，为结尾的兵力东撤、不劳远图张本。同样使用意象，唐代边塞诗喜欢借助意象的并置与叠加形成丰富的画面感，北宋边塞诗多不以画面取胜，往往由意象切入边事的交代与态度的回应。

现存斥堠边塞诗共十余首，苏颂一人便有四首，均传递出边堠清晏、干戈载戢的愿望。“民风近古藩房肃，边候无尘戍役休”指出了并州的民风古朴、藩邸整肃，从而进一步提出边尘息止的御边建言。相较其他诗人多关注边地内部，有着使辽经历的苏颂更喜欢在诗中回顾并展望宋辽邦交，“使节频烦民未息，边庭清晏候仍虚”从交聘如常与边堠虚空折射出宋辽平稳的外交关系。当诗人登上雄州城楼，这种观照更切合实际、掷地有声，“斥堠人间风马逸，朝廷恩广使轺通”便是对堠兵闲逸、使节往来的书写。而当诗人目睹了澶州百姓的安泰祥和，“民获耕桑利，时无斥堠劳”的歌咏更是耳闻目见，情真意切。

敏锐的边情觇候与迅捷的烽警传输固然重要，可是，若没有固若金汤的城池防御做保障，即便军檄传来也难以措置裕如。因此，北宋诗家对塘泺、堡寨的建设倾注心血，折射出防御工事作为意象的重要作用。

（二）防御工事

塘泺，是北宋在河北路设立的用来抵御契丹南下的水网城防，由“沟渠、河泊、水泽、水田”构成。[①] 在宋人看来，这种水网结构布控严密，效果显著，故有“不见陂塘上，沟塍如组织”之誉。在《行次塘堤》中，苏颂这样描述了塘泺的安边之力：

① 李克武：《关于北宋河北塘泺问题》，《中州学刊》1987 年 4 期，第 120 页。关于北宋塘泺，程民生先生最早撰文辨析北宋河北塘泺的国防与经济作用，后来李克武从塘泺的提出与实施、构成与分布以及部署目的等方面，进行了进一步阐释。此外，王晓龙《论宋朝保州地区的军事防御举措》、王轶英《北宋澶渊之盟前的河北军事防御区域》亦对这一问题有细致论述。

淼淼寒流千里余，带城襟垒似江湖。侯王设险古未有，夷狄窥边今遂无。数郡营屯归耒耨，万家生聚利菰蒲。长堤不绝才如线，南北冲冲是坦途。[1]

上半部分肯定了塘泺的防塞之力，从连绵不绝的水势与山河襟带的地利突显了塘泺的军事意义。诗人以为，这种依塘设险的妙策前所未有，有效阻抑了契丹的铁骑奔冲。下半部分则高度肯定了塘泊的耒耨之利，从边军的服田力穑与塘泊的殷民阜利赞许了塘泺的经济效用。诗人以为，塘泊绵延不断，利用厚生，和好四夷。此诗以塘泺为中心，反映了北宋积极经营塘泺的态度与效果，折射出诗人关注边防、注目民生的现实精神。

北宋后期，赵鼎臣作《郡僚出塘泺唱和诗次其韵》，亦极力颂扬塘泺的维和之功：

祖宗讳言兵，阴功千万亿。不见陂塘上，沟塍如组织。传闻天骄儿，颇亦知帝力。祖孙相付授，日夜自约勒。[2]

回忆宋初契丹挑衅，廷议欲加兵讨伐，而宋皇却以"幽燕亦吾民"息事宁人。诗人一方面感叹"祖宗讳言兵，阴功千万亿"的仁义情怀，另一方面又对"不见陂塘上，沟塍如组织"的塘泺防御赞不绝口。塘泺密布，屯田丰廪，皆得益于和策推行。正因如此，不仅当年的卫边将士能够为后人祭祀不绝，辽朝亦能感馈宋恩，谨言慎行。作为意象的"陂塘"不仅用其组织密布联结起全诗的意脉，更是贯通了第二章之"恢复情结"与第六章之"防御工事"的逻辑。塘泺的经营正是恢复情结的突围体现，有一字连城之妙，亦有助于统观北宋边塞诗的务实特征。

① （宋）苏颂著，王同策、管成学、严中其点校：《苏魏公文集》卷8《行次塘堤》，中华书局1988年，第91—92页。
② （宋）赵鼎臣：《竹隐畸士集》卷2《郡僚出塘泺唱和诗次其韵》，四库全书珍本初集。

当然，并不是所有诗家都认可塘泺的维和之功。作为倡议“北流”的中坚，使北归来的苏辙便反复论列塘泺功少：

赵北燕南古战场，何年千里作方塘。烟波坐觉胡尘远，皮币遥知国计长。胜处旧闻荷覆水，此行犹及蟹经霜。使君约我南来饮，人日河桥柳正黄。①

全诗开宗明义，公开质疑筑塘的依据与效果。诗人指出筑塘非古策，岁币乃今计，后者才是真正维系宋辽和平的长久之计。这时“方塘”作为意象的功效，绝不是“唤醒感官向材料的迫近”②，而是清晰的写意与言理。塘泺平坦，容易淤堵，淤堵主要源于自身水系的泥沙沉淀与黄河灌淤，宋人常常将塘泺奏效与黄河治理联系起来。持“东流”者认为塘泺有用，能够御辽固险。持“北流”者则认为自澶渊之盟签订以来，宋辽“通好如一家”，无须设险，且“塘泺有限辽之名，无御辽之实”③。而苏辙正是主张“北流”的中坚力量，因此从宋辽的和平环境、塘泺的淤积现状以及朝廷对它的鞭长莫及否定了“塘泺”的御辽之功。此时诗人已圆满完成使北重任，目睹雄州风物，奔赴王崇拯的雄州宴饮，心情大好，不禁将此次宴饮与传闻的临塘赏荷、美好的霜蟹宴会相提并论。然而，无论是夏日荷花，还是秋后肥蟹，虽未必是此次赴宴的真实体验，可是，人日归国、榆柳初黄的万象更新已令诗人倍感惬意与美好。

塘泺之外，壕林、榆塞也是重要的防御形式。韩琦的《壕林》将宋人布栅却敌的苦心和盘托出：

① （宋）苏辙：《栾城集》卷16《奉使契丹二十八首·赠知雄州王崇拯二首》其一，中华书局1990年，第318页。

② 艾青：《诗论》，人民文学出版社2012年，第30页。

③ （元）脱脱：《宋史》卷92《河渠二》，中华书局1985年，第2296页。

鹿角科民岁甚劳，故栽榆柳匝城壕。骈枝岂下笓篱密，耸干将凌埤堄高。捍蔽莫先轻枳棘，森严无日挺干旌。霜斤谨勿窥微利，惜取金汤四面牢。①

壕林，防御城池的荆棘林。鹿角，护卫军营的御敌丛林，兵士削木而成，因其枝杈与鹿角相似，故名。至北宋，御敌林防还在继续布置，却发生了很大的变化，由树鹿角而为栽榆柳，表明了宋人兼顾城防与民力的周全。鹿角、榆柳、篱密、埤堄与枳棘，诗人并未将上述意象平铺并列，而是在事件的因果逻辑中陆续引出，鹿角扰民，遂为匝城榆柳、耸干骈枝所代替。上述工事布置，其状貌、组成、置地虽有不同，却都肩负着守卫家园的重任。宋人在边境防御的不断尝试与不以事小而不为的积极精神，韩琦大为称赏。因此，诗人极力弘扬笓篱战格的骈枝细密，壕林干木的埤堄天高。韩琦边塞诗对埤堄城堞关注较多，应是御边经历与观物写心共同作用的结果。此诗上半部分着意刻写林防部署的调整与严密，后半部分则恪守将帅职责，自我敦促务必脚踏实地，重视枳棘，严密防戍。结尾两句，似为双关，有高下两解。表面好似告诫百姓，莫以伐树所得微利妨害林防的部署功效。深入探究，应是将帅的自我规箴。诗人告诫自己戒骄戒躁，切莫轻启边衅，珍惜金汤之固，忧边之深与爱国之切跃然纸上。

此诗一出，强至立刻依韵唱和，其诗如下：

星榆落种还生地，营柳移根总傍壕。夸父林稠宜较盛，太师垣峻敢争高。岁科充蠹疲民产，城守胜提壮士旌。长与万家添外围，郫人心结此恩牢。②

① （宋）韩琦：《安阳集编年笺注》卷13《壕林》，巴蜀书社2000年，第471页。
② （宋）强至：《祠部集》卷9《依韵奉和判府司徒侍中壕林》，清武英殿聚珍版丛书本。

强至此诗亦由城壕切入，却处处呼应韩琦边功。诗题中强至称韩琦为“判府司徒侍中”，可知此诗作于熙宁元年韩琦知相州时。熙宁元年（1068）九月，韩琦坚辞相位，“除镇安、武胜军节度使、司徒兼侍中、判相州”[1]，出判相州的韩琦辟元城县令强至入幕，二人的清风高谊，根植于此。前半部分由林防树木的生生不息、错综密布入手，聚焦韩琦的城防功业。后半部分由爱惜民力、恩结人心入手，聚焦韩琦的吏治勋绩。《四库全书总目》评价强至诗“沉郁顿挫，气格颇高，在北宋之家中，可自树一帜”[2]，从此诗看，民本思想、民生情怀应是其“自树一帜”的重要原因。无论是“太师垣峻”，抑或是“邺人心结”，均道出了韩琦治边之优长。注目民生，坚守边城，一代儒将与贤守的精神面貌，借修壕、植林、减赋一一道来。

从《壕林》诗可知，韩琦虽然出知地方，却从未忘怀边事，其诗不仅传递出御敌的细节擘画，更折射出清醒的方略引导。诗中深以为戒的肺腑叮咛与顾全大局的深沉授意承载着诗人的晚年边思，记录了儒将韩琦的心路历程。

除却上述二人，宋祁对榆塞亦十分关注。《送平陆知县尹象先》系统论述了辽夏侵扰、河陇疮痍之外部形势，兵力集散、阵营张布之守御对策，其中“健将贪屯聚，寨栅犹鳞差”两句反映了边将囤聚、栏栅密布的防御情形。

城寨之重，首推大顺城。大顺城的前身是马铺寨，此地“当后桥川口，深在贼腹中”[3]，故范仲淹称其为“大顺川”。范仲淹之所以在此修大顺城，正是考虑到马铺寨地处庆州西北，居柔远、白豹、金汤诸寨之间的重要性。因而萌生占据要津、控扼西夏的打算。作为修筑的负责人，范仲淹在《送

① （清）杨希闵：《韩忠献公年谱》，见（宋）韩琦：《安阳集编年笺注》附录六，巴蜀书社 2000 年，第 1920 页。

② （清）永瑢、纪昀主编：《四库全书总目提要》卷 152《祠部集》，海南出版社 1999 年，第 791 页。

③ 《长编》卷 136 庆历二年五月庚申，第 3265 页。

河东提刑张太博》中对张太博敞开心扉，坦言当年修筑大顺的压力与意义：

> 作城大顺川，扼胡来路津。汉军始屯集，虏骑俄纷纶。诸将稍畏怯，偶语辞艰辛。君跃匹马去，入险将死滨。持挝画祸福，虎校靡不遵。呼兵就畚插，悦使咸忻忻。昼夜战且役，城成未逾旬。虏乃急攻我，万众生烟尘。苍惶被矢石，遁走无逡巡。君驰奏阙下，感慨动中宸。是秋怀敏败，虏势侵泾原。天地正愁惨，关辅将迸奔。腹心苟不守，皮肤安得存。予召蕃汉兵，趋邠当北门。诸将切切议，谓宜守塞垣。惟君力赞我，咸镐为本根。全师遂鼓进，连城息惊喧。果释天子忧，奖诏垂明恩。①

“作城大顺川”发挥着引起话题、左右故事的重要作用，其后的敌我较量、将卒应对遂有了依托。诗人送别的张太博，乃河东提刑张去惑。围绕筑城，张去惑一共有三次亮相，分别是筑城、固城、定川寨之战却敌守城，每次都奋不顾身，其情可佩。结合范公思理与诗意，分而析之。全诗三用“君”字，每个“君”字后面紧缀动作，分别是“跃匹马”“驰奏阙下”“力赞我”。三个动作标志着三次事件，三种御边环庆的处境。第一次，是指著作佐郎张去惑陈明利害，挺身而出，率领边卒积极投入修筑大顺城。第二次，宋人且战且城，不足十日便大功告成，城池守卫成为接下来的御边重心。正当夏军急剧攻城之时，张去惑疾驰赴阙，奏对边情。第三次为“趋邠”部署边事。定川寨一战，夏军趁势劫掠潘原，关中惊扰，“迸奔”一句即指此。面对关中震恐，诸将多主张保守卫塞，知庆州范仲淹却主张积极迎敌，扭转仓皇无措的被动局面，于是亲率六千蕃汉边兵从邠、泾两路予以奥援，得知敌退才班师。定川寨新败，宋仁宗便有“若仲淹出援，吾无虑

---

① （宋）范仲淹：《范文正公文集》卷3《送河东提刑张太博》，四川大学出版社2007年，第61页。

矣”[①]之憾。获悉范公成功却敌，仁宗又发出了“固知仲淹可用”的感叹，进而对其加职进官。诗人认为，正是在张氏“咸镐为本根”的赞同与支持下，才收获了缓解边忧、蒙受隆恩的美好图景。观诗中所述张氏行实，第一次扫除畏难、昼夜兴功，第二次疾驰赴阙、挽救危殆，第三次力排众议、迎敌纾患，均为大顺城的修筑与固守立下汗马功劳。筑城、守城的必要与迫切，不仅是引出宋夏角力的线索，也是论述范、张交谊的纽带，承前启后，贯通始末。获悉诸事，也让我们看到了御边西北的将帅品格，实现了叙议评述的多重功效。

大顺既城，张载撰文旌表其功，认为此城如高山深渊，成功令“百万雄师，莫可以前”[②]。对于筑城大顺，毕仲游用“君不见，高平范公庆历时，往筑大顺人不知”歌颂掩其不备与兵贵神速。至于当事人范仲淹的放松与惬意，却是在筑城之后得到展现：

三月二十七，羌山始见花。将军了边事，春老未还家。[③]

大顺筑罢，防线布置完毕，范公终于得闲在还家途中欣赏晚春花开。尽管三川寨战后，宋夏大规模交战暂时息止，但是，北宋却并未停止“以步制骑”的探索与实践。这时，位于秦凤、泾原之间的水洛城修筑也引起了北宋诗家的关注，如梅尧臣《董著作尝为参谋归话西事》：

子说颇骁勇，筑城收汉疆。提兵无百骑，偷路执生羌。大将罪专辄，举军皆感伤。归来出万死，羸马亦摧藏。[④]

---

① 《长编》卷 138 庆历二年十月辛亥，第 3312 页。

② （宋）张载著：《张载集》之《文集佚存·庆州大顺城记》，中华书局 1978 年，第 354 页。

③ （宋）范仲淹：《范文正公文集》卷 6《城大顺回道中作》，四川大学出版社 2002 年，第 120 页。

④ （宋）梅尧臣著，朱东润编年校注：《梅尧臣集编年校注》卷 15《董著作尝为参谋归话西事》，上海古籍出版社 1980 年，270 页。

诗题陈述西事的董著作即著作佐郎董士廉，所言西事正是水洛城事件，即诗中的“筑城”一事。前两联交代将帅骁勇、筑城收疆、收复生羌，旨在为后面的赏罚不公、不平则鸣张本。庆历四年，陕西四路都总管郑戬遣刘沪与董士廉“城水洛以通秦渭援兵”，因陕西宣抚使韩琦、知渭州尹洙以及泾原副都部署狄青力沮乃止。同年宋廷颁诏罢役，郑戬不从，仍命著作佐郎董士廉以助其役。知渭州尹洙檄刘、董罢役不听，后命他人代沪又不从，才有了狄青械送刘、董，招致蕃部作乱的事实。梅尧臣正是站在蕃部作乱的角度指责好友尹洙的轻举妄动，又站在刘沪收服生羌的立场批判朝廷的赏罚不公。全诗动之以情，晓之以理，爱国之心与虑国之诚曲尽其妙，如见肺肝。此诗中，“水洛城”本身不具备由意象入意境的魅力，而是与修筑联手带来了由“意境”向“事境”的转变。正如清人方东树所言，“凡诗写事境宜近，写意境宜远；近则亲切不泛，远则想味不尽”①。“水洛城”作为静止客体，其背后凝聚着无数人对它的主体改造，这种改造的背后蕴含着丰富的事件，因此，才有了“亲切不泛”的具象化与务实性。这种改变是北宋诗人尚理、重事、好议的必然结果，也造成了北宋边塞诗务实与说尽的特征。

要之，考察水洛城作为意象的意义，立足点已经不是城池、关隘、大漠、草原等意象套叠的虚实结合、浓淡相宜，而是果敢筑城、筑城获罪、同情筑者的本末清晰、逻辑井然。换言之，曾经由意象带来的画面疏密已为如今事件的张弛所取代，正因如此，周剑之大胆提出由唐诗到宋诗的转型过程中，叙事视野中的“意象”逐渐显露出“事象”的色彩。从筑城事件左右情节的效果来看，北宋边塞诗中“城”的意象，的确与“筑”的人物、行为、起因、结局密切相连，显示出重事轻景、情事并举的特征。

四、典故选择的务实——契合边事的常典熟典

北宋边塞诗的典故征引十分广泛，涵盖了经、史、子、集各个方面。先

① （清）方东树著，汪绍楹校点：《昭昧詹言》卷21，人民文学出版社1961年，第504页。

秦典籍中，主要有《论语》《孟子》《庄子》《孙子》等诸子散文，《左传》《战国策》等史传散文，《诗》《礼》《易》等经部著作。后世文学中，最常“资书入诗”的有“前四史”、扬雄《法言》、唐人诗句、《世说新语》以及宋人笔记。诸多典故之中，荆轲、班超、马援等契合边事的英雄人物，折冲樽俎的制敌方略，最为北宋边塞诗人赏爱，皆信手拈来，妙入诗歌。

荆轲因为只身赴秦、易水送别的侠义精神受到宋人敬重。“风萧萧兮易水寒，壮士一去兮不复还”，既有送别之悲，又有刺秦之壮，引发了北宋边塞诗的隔代回响。除却胡宿《古别》之“佳人挟瑟漳河晓，壮士悲歌易水秋”情不知所起，其余诸诗的送别对象、目的地均清晰可见。这些边地一律属于北御圈防，程俱甚至自注“易水在安肃军之北安肃保州邻也”①。详见下表：

表 6-2-1 “易水”用典统计表

诗 人	诗 题	诗 句	送别对象	目的地
梅尧臣	《送陶太博通判广信军》	平时易水头，不复起边愁。	太常博士陶某	广信军
梅尧臣	《送李阁使知冀州》	将军守汉法，壮士发燕歌。	阁使李某	冀州
苏 轼	《次韵子由使契丹至涿州见寄四首》其一	要到卢龙看古塞，投文易水吊燕丹。	苏辙	契丹
司马光	《送李学士使北》	酒薄阴山雪，裘寒易水风。	李及之	契丹
吴则礼	《送曾公善赴定武》	晚风萧萧近易水，想见怀古当倾曦。	曾公善	定武
程 俱	《送傅国华墨卿赴保塞簿》	萧萧易水寒，壮士不复得。	傅国华	保塞

此外，出使西域的班超亦为北宋边塞诗人推崇。北宋诗家赏爱班超，原因有三：一是投笔从戎、效力疆场的道路选择，二是不畏艰险、万里出

① （宋）程俱：《北山小集》卷 1《送傅国华墨卿赴保塞簿》，四部丛刊续编景宋写本。

使的外交推进，三是威震远域、万里封侯的价值实现。落到北宋边塞诗的实践中，则略有差异：一是借歌颂英雄自我审视，如司马光的“惭非班定远，弃笔取封侯”；二是发抒英雄不得志的郁结，如王令的“若使班超终把笔，由来何路取封侯”；三是鼓励他人建功立业，如孔平仲的“古今将相皆无种，好取班超万里侯”激励欲试武科的胡七定能金榜题名，建功封侯，毛友的“预想归时如定远，争持白玉上青云”寄赠出使燕山的太尉，定能安边御敌，平步青云，徐积的“报国主人心更勇，西山勒颂得班生”亦为送人从军的豪言壮语。此外，苏轼先肯定“边帅汉班超”的边功，又叮嘱“奇功勿再要”，则属于慎用武力的战略指导。

关于马援，刘敞边塞诗用情最深。在《伏波》中，刘敞不仅为其两平岭南、身死蒙冤而叫屈，更为其身先士卒、壮心不衰而感动。看到今时镇压苗患的禁卒冒着杀气与祆氛驻戍桂阳，刘敞又联系到马援的平边之难，“将军马伏波”与“频献凯旋歌”凝聚着真诚的敬仰与祈盼，传递出追念英雄、渴望和平的美好心愿。将古今南治的理路联系最紧密的，当属刘敞《迁南行》：

伏波将军昔征南，功业虽壮身不还。曾出封疆铸铜柱，竟留种族依荒山。君不见，如今圣天子，扫荡妖巢悉内徙。雕题来作冠带民，鼻欲翻宜伊洛水。此功一成万世宁，五岭三苗长坦平。①

首句肯定伏波将军的南征功绩，同时指出二平岭南的功业未成。诗人认为马援虽立铜柱为界，却未能彻底除患，大量残部仍散居于深山野墺，成为动乱因子。如今面临西南蛮乱，刘敞自注：“甲申十二月，桂阳叛蛮平，迁其种于京西诸郡。”对于宋廷处置，诗人以“扫荡妖巢悉内徙”坚决拥护。

① （宋）刘敞：《公是集》卷16《迁南行》，丛书集成初编本。

雕题，本指古代南方少数民族额上刺花纹的习俗，此处代指其部落。[①]“冠带”，本指服制，此处代指王化之民。从边民到王民的演进，反映了宋廷彻底解决西南边患的决心与信心。在伐毛换髓、摧毁廓清的激壮之下，诗人自然地畅想和平，憧憬太平。

马援平南有功，一旦北宋西南动乱，北宋边塞诗极易将伏波与边事联系。岭外寇梗，赵抃作“伏波死去今谁继”；衡湘寇乱，曾巩作“捷如马援不得志”；放眼五溪，聚焦安南，郭祥正作“伏波一去已千年，古像萧萧篁竹里”，“借令伏波在，缩手定叹息”。这些伏波颂歌，无不是基于时事的英雄遥想，务实之征鲜明。

“折冲樽俎”语出《晏子春秋·内篇杂上第五》，是孔子赞赏齐国外交家晏子的评语。晋平公欲伐齐，命范昭视察齐国内政。范昭意图在饮酒与奏乐二事僭越，却先后被晏子与太师识破，范昭回国即反馈“齐未可伐”。孔子听闻此事，于是赞叹：“善哉！不出尊俎之间，而折冲于千里之外，晏子之谓也。”对于不用武力而制敌的手腕，宋人心向往之。黄庭坚、梅尧臣、彭汝砺、强至、曾巩均作诗表达了对折冲樽俎的认同，其中黄庭坚的《送范德孺知庆州》最有代表性：

乃翁知国如知兵，塞垣草木识威名。敌人开户玩处女，掩耳不及惊雷霆。平生端有活国计，百不一试埋九京。阿兄两持庆州节，十年骐驎地上行。潭潭大度如卧虎，边头耕桑长儿女。折冲千里虽有余，论道经邦正要渠。妙年出补父兄处，公自才力应时须。春风旌旗拥万夫，幕下诸将思草枯。智名勇功不入眼，可用折箠笞羌胡。[②]

---

① 《颜氏家训·归心》曾作：“西胡、东越、雕题、交阯，独弃之乎？”在颜之推看来，雕题是与其他三者并列的蛮夷之一。

② （宋）黄庭坚著，（宋）任渊、史容、史季温注，黄宝华点校：《山谷诗集注》卷2《送范德孺知庆州》，上海古籍出版社2003年，第60—61页。

范纯粹（字德孺，范仲淹四子）将赴庆州，山谷作诗相送。诗人取典“折冲千里”，意在颂扬范纯粹治庆有术，克敌于无形。与后面的“论道经邦”连用，意在重申钻研治国御边之道才是正途。“论道经邦”语出《尚书·周官》“兹惟三公，论道经邦”，孔安国传曰：“三公之任，佐王论道，以经纬国事。”山谷连用二典，除却历史理性的需要，更多的是政治理性的选择。后世儒者倡导的“致君尧舜”，也是在“论道经邦”的基础上建立起来的。全诗用典近三十处，广博缜密，营造出“平淡而山高水深”[①]的诗意。碍于篇幅，仅以杜诗为例，说明山谷对杜诗的推崇。第一次征引《塞垣》之“一寄塞垣深”，一洗原诗征人思妇的格调，妙入今时范公御边的论述。第二次借《骢马行》之“肯使麒麟地上行”进一步发扬重用奇材的观念，将原诗的赞颂李邓公变为此时的歌颂范纯仁。第三次征引《严氏溪放歌行》之“边头公卿仍独骄”，并未沿袭原诗“边镇骄蹇凌物”[②]的思路，仅将“边头”作为场域使用，指出了范纯仁能够震慑边民，有效保障了耕稼农作、儿女生息。其中“长儿女”还牵涉到杜诗《客堂》之“别家长儿女”，可谓一句两典，但不同于杜诗之儿女不得相见的凄离，黄诗指出了边地生活的井然有序、廉静不扰。最后一处征引杜诗最切，杜甫“吐蕃凭陵气颇粗，窦氏检察应时须”借吐蕃三道入寇的危急形势歌颂窦氏的挺身而出，而黄诗借助杜诗诗蕴，对范纯粹的临危帅庆亦揄扬不绝。由此可见，五次征引中两次“顺流直下”，两次“旁逸斜出”，还有一次称之“重合”更为妥当。此外，韩愈“谭谭府中趋”，王维“草枯鹰眼疾”，柳宗元“万不试而一出”，以及《文选》的“爱民活国”与“终军以妙年使越”都熔铸入诗，变幻莫测。此诗中，黄庭坚的“以学问为诗”表现得淋漓尽致。汲取了万卷诗材之后，山谷十分注意化古为新，熔铸出新，即“点铁成金”“夺胎换骨”。所谓“点铁成金”，便是“虽

---

① （宋）黄庭坚著，郑永晓整理：《黄庭坚全集辑校编年》第 8 辑《与王观复书三首》之二，江西人民出版社 2008 年，第 940 页。

② （唐）杜甫撰，（清）仇兆鳌注：《杜诗详注》卷 12，中华书局 1979 年，第 1042 页。

取古人之陈言入于翰墨，如灵丹一粒，点铁成金也”[①]。所谓“夺胎换骨”，惠洪《冷斋夜话》有如下记载：

山谷云：诗意无穷，而人之才有限。以有限之才，追无穷之意，虽渊明、少陵，不得工也。然不易其意而造其语，谓之换骨法；窥入其意而形容之，谓之夺胎法。[②]

张海鸥先生认为，尽管“夺胎”与“换骨”没有并肩出现，但是其“不因袭其语辞，别创新语”[③]的主旨是一致的。它与“点铁成金”的不同在于，前者“重在借意而创辞”，后者“重在借辞以创意”。无论侧重有何不同，落脚终归别无二致。山谷认为杜甫的“无一字无来处”有章可循，有法可依，并在实际创作中积极践行。在《和邢惇夫秋怀十首》其六中，他三次征引杜诗语汇，“许身如稷契”浓缩了杜诗的“许身一何愚，窃比稷与契”，驱除了杜甫看齐稷契而四处碰壁的失落，取而代之的是范氏父子自信向上的精神面貌。此外，杜诗“防秋近赤霄”中的“防秋”，“直气横乾坤”中的“横”字，都被山谷巧妙植入范氏忠勇、亲力亲为的描绘之中。从老杜自身的郁结书写到范氏的昂扬情绪，山谷移接自然，驾驭自如。这种效果不仅来自法度的掌控，更缘于意脉的自然贯通。只有诗人的创作旨归与精神风骨稳固确立，作为枝叶点缀的掌故才能锦上添花。

同样是对范氏父子的称许，在《和邢惇夫秋怀十首》其六中，山谷再次表达了对“折冲千里”的价值认同：

---

① （宋）黄庭坚著，郑永晓整理：《黄庭坚全集辑校编年》第8辑《答洪驹父书三首》其二，江西人民出版社2008年，第733页。

② （宋）惠洪：《冷斋夜话》卷1《换骨夺胎法》，见（宋）惠洪、朱弁、吴沆撰，陈新点校：《冷斋夜话·风月堂诗话·环溪诗话》，中华书局1988年，第15页。

③ 张海鸥：《北宋诗学》，河南大学出版社2007年，第228页。

庆州名父子，忠勇横八区。许身如稷契，初不学孙吴。荷戈去防秋，面皱鬓欲疏。虽折千里冲，岂若秉事枢。①

尽管仍旧揄扬边功，诗人并没有延续《送范德孺知庆州》借鉴《孙子》的旧路，而是反其道而用之，旨在说明“不学孙、吴，而暗与之合”，将范氏谋略提到了前所未有的高度。结尾重申“折冲千里”，亦传递出事半功倍的理想，其中“秉事枢”则暗含《龙川别志》中的今典。据苏辙《龙川别志》记载：

范文正公笃于忠亮，虽喜功名，而不为朋党。早岁排吕许公，勇于立事，其徒因之，矫厉过直，公亦不喜也。自越州还朝，出镇西事，恐许公不为之地，无以成功，乃为书自咎，解仇而去。其后以参知政事安抚陕西，许公既老居郑，相遇于途。文正身历中书，知事之难，惟有过悔之语，于是许公欣然相与语终日。许公问何为亟去朝廷，文正言欲经制西事耳。许公曰：“经制西事，莫如在朝廷之便。”文正为之愕然。

山谷虽对范仲淹的学行、人品与才干十分佩服，但是论及事功认可及其效用发挥，最服膺的还是吕夷简。吕公的“莫如在朝廷之便”直指边策出于中央，最能施展边略的舞台是权力中枢。就北宋的御边实际来看，无论是正面的“庙算”，还是负面的“阵图”，无不出于皇帝本人与“两府”要员。而从范公“愕然”的表情来看，“身历中书”时间尚浅的他虽然体会到行事极难，但是对于“秉事枢”才能长久有效地践行边见还没有深刻认识。对于吕公的一语中的，多年以后的黄庭坚心悦诚服，并以此叮嘱范纯粹帅庆只是时务所需，跻身中央指导要务才是正途。这种效忠认可已经越过了“封侯”的外在形式，直接上升到绩效的实质层面，充分体现了宋人政治理性

① （宋）黄庭坚著，（宋）任渊、史容、史季温注，黄宝华点校：《山谷诗集注》卷4《和邢惇夫秋怀十首》其六，上海古籍出版社2003年，第100页。

的务实精神。这种重效果而略形式的主张，亦可在山谷诗“劝课农桑诚有道，折冲樽俎不临边”中找到答案。

从容不迫与事半功倍是宋人御边治政的美好理想，外化在诗学方面则表现为对折冲樽俎的推崇与追求。不独山谷诗，曾巩、晁补之、梅尧臣、强至、刘挚、蔡肇、彭汝砺等人的边塞诗，均表达了折冲樽俎、从容制敌的理想。

从用典的视角与出发点进行探查，可以发现宋人的使事用典与其思维方式有着密切的联系。防患未然的虑事方式决定了宋人对“曲突”的弘扬与“焦头”的否定，友好隐忍的御边理念决定了宋人对“五饵”的推崇与“前禽”的宽容，审慎务实的救国理想决定了宋人对“活国”的信奉与“超距”的贬抑，深沉理智的用世情怀决定了宋人对“持节宽赦”的渴望与“智勇功名”的消解。不独隶事用典，北宋边塞诗的抒情叙事、议论献策，甚至意象择取，无不与其思维方式与处事态度一脉相承。

第三节　唐音与宋调：北宋边塞诗的继承与创变

唐音宋调，是指唐诗、宋诗两种不同的类型，却不能单以时代划分。这是因为“唐诗，宋诗，亦非仅朝代之别，乃体态性分之殊。天下有两种人，斯分两种诗”[①]，而宋以后的历代诗人，“所作亦不能出唐宋之范围，皆可分唐宋之畛域”。钱先生所言，涤除了古代诗论过分以时代相区隔、颟顸对立唐宋诗歌的局限，为我们客观评价宋诗与宋调提供了新的视角。[②]同时，他指出：“唐诗多以丰神情韵擅长，宋诗多以筋骨思理见胜。”唐诗主情，宋诗主理。回到不以时代区分的立场来看，这种主情与主理是唐诗与

---

① 钱锺书：《谈艺录·诗分唐宋》（补订本），中华书局1984年，第2页。

② 自南宋降至明清，唐诗、宋诗作为中国古典诗歌的两种类型，其异同、优劣、得失为历代诗论家探研不衰。关于唐宋诗之争，详见齐治平：《唐宋诗之争概述》，岳麓书社1984年。

宋诗最典型的特征，却非一朝诗歌的全貌。这种科学的诗歌发展观，亦为当今学者所重。无论是赵齐平批判谈唐诗弃理言情，谈宋诗弃情言理，[①]还是韩经太提出“所谓‘宋调’者，就自然不会以赵宋王朝之始终为始终”，[②]又或朱刚认为“过分地强调唐宋诗取材的对立，会在一定程度上掩盖了这种发展的内在一惯性”，[③]还有刘宁批判“用高潮期的诗坛特点，观察诗史的所有阶段”。[④] 这些声音，都启发了本节撰写的思路。的确，仅用唐音或宋调概括唐、宋通贯一朝的诗风，距离真相较远。还应注意的是，“差异甚或对立”可以被“发展”的逻辑所吸纳，曾祥波的《从唐音到宋调——以北宋前期诗歌为中心》[⑤]一书正是用这种“承与变”的思路对北宋前期的唐音渐退、宋调渐立予以探究。事实上，这种继承与创变亦在北宋边塞诗中表现鲜明。所谓继承，是指北宋边塞诗亦有唐诗遗韵，而创变，则是指北宋边塞诗对唐代边塞诗内蕴与风格的改造。内蕴上，从主情尚虚转向主理务实，风格，亦即艺术表现上，由情景交融走向情理交融、情事交融、情论交融。最终，表现为由“诗人之诗”走向“学人之诗”“才人之诗”的变化。[⑥]

宋人提出“诗人之诗”与“文人之诗”的概念。李复认为：“退之诗，非诗人之诗，乃文人之诗也。”[⑦]张景阳认为：“诗人之诗精而深，文人之诗辨而理。”[⑧]观二人之论，李复的“文人之诗”主要是从诗文融通与“以文为诗”

---

① 赵齐平：《浅谈宋诗的“议论”》，《文史知识》1981 年 6 期，第 13—14 页。

② 韩经太：《宋代诗歌史论》，吉林教育出版社 1995 年，第 1 页。

③ 王水照：《宋代文学通论》，河南大学出版社 1997 年，第 385 页。其中“题材体裁篇”第一章为朱刚先生撰著。

④ 刘宁：《唐宋诗学与诗教》，中国社会科学出版社 2012 年，第 284 页。

⑤ 曾祥波：《从唐音到宋调——以北宋前期诗歌为中心》，昆仑出版社 2006 年。

⑥ 关于诗人之诗、才人之诗、学人之诗的讨论，主要有如下代表成果：贺国强、魏中林《论“诗人之诗”与“学人之诗”》、蒋寅《唐宋才学之争的消弭——乾隆间性灵诗学引发的焦点话题》、唐一方《论“学人之诗”与“诗人之诗”——以清末民初的诗学与诗为中心》。

⑦ （宋）李复：《潏水集》卷 5《又与侯漠秀才》（其三），《文渊阁四库全书》第 1121 册，第 51 页。

⑧ （宋）陈应行：《吟窗杂录》卷 34，中华书局 1977 年，第 947 页。

的技法上谈。张景阳的认识则是从“感受的精粹与深度”去认识“诗人之诗”,从“认识的深刻与理趣”去评价“文人之诗”。南宋降至明清,诗论家直接以诗人之诗与文人之诗代指唐宋诗两种范式,并逐渐加入“学人之诗”“才人之诗”的概念。集大成者,乃清人方贞观。他认为诗人之诗“心地空明,意度高远”,学人之诗“博闻强识,好学深思”,才人之诗“崇论闳议,驰骋纵横,富赡标鲜”。[①] 可知,其诗人之诗乃就意境韵致而言,学人之诗乃就学识思想而言,才人之诗则就议论才情而言。[②] 结合边塞诗来看,唐代边塞诗具有诗人之诗的典型特征,北宋边塞诗则为学人之诗与才人之诗的综合。换言之,如果将唐代边塞诗喻为天授的奇才,那么,北宋边塞诗则可称作人能的极致。

一、北宋边塞诗的唐音延续

就唐代边塞诗而言,它多呈现出奋发有为、慷慨激昂、雄豪尚气等精神气韵,[③]并在投笔从戎、视死如归、精忠报国、以战求和等主题中发扬光大。这种时代气韵的凸显,常常借助描绘奇绝壮丽的风光、塑造生动鲜活的形象、经营意象密集的画面,从而营造出深邃感人的意境,以情动人。即便偶有力透纸背的批判,却多注重创作主体的情绪宣泄,并不提供明晰可行的解决路径。同样,其相思怀人,亦摇荡心灵,情深意长。简言之,唐代边塞诗是“诗人之诗”的典范。结合创作来看,北宋边塞诗也有延续这种精神气韵的传递,有唐音遗韵。

北宋边塞诗中的唐音在以下两个方面表现突出,一是乐府边塞诗,二是宋初边塞诗。究其原因,一方面与乐府诗自身的体式特征有关,另一方

① (清)方贞观:《辍锻录》,见郭绍虞编选:《清诗话续编》,上海古籍出版社 1983 年,第 1936 页。
② 李金松:《诗人之诗、才人之诗与学人之诗划分及其诗学意义》,《文学遗产》2015 年 1 期,第 18 页。
③ 任文京:《唐代边塞诗的文化阐释》,人民出版社 2005 年,第 1—30 页。

面，北宋初期宋调未立，诗歌创作仍在唐代艺术经验中寻求路径，因此从这两个角度出发能集中揭示其唐音面貌。

（一）乐府边塞诗中的唐音

北宋边塞诗沿用前代乐府诗题，借《塞上》体现征战，用《关山月》《寄衣曲》传递相思，在《从军行》中砥砺建功，均有唐音韵致。第一，《塞上》《塞上曲》《塞下曲》诸题中的征战表现。《塞上》尤为宋人推崇，北宋前期的柳开、王操、谭用之，以及中期的胡宿、余靖、司马光、陶弼都作《塞上》边塞诗，其中司马光一人独作五首。以柳开、司马光《塞上》为例析之：

鸣骹直上一千尺，天静无风声更干。
碧眼胡儿三百骑，尽提金勒向云看。①

胡兵欲下阴山，寒烽远过萧关。
将军贵轻士卒，几人回首生还。②

上述二诗，体物工致，画面生动，抒情深挚。柳开《塞上》勾勒出“胡儿”形象，其“碧眼”特征亦见于岑参的“紫髯绿眼胡人吹”、张说的“琉璃宝眼紫髯须”与李白的“胡雏绿眼吹玉笛”。胡儿骑兵在天静无风的静谧中行进，画面的静谧被突然划破长空的骹鸣打破，全诗收束于胡儿的抬望，至于其心理变化则留给读者发挥想象。全诗经营画面，动静对比，调动读者多重感官，含蓄留有余味，深得唐诗真髓。与柳开诗大量留白、经营余韵不同，司马光诗意更加深刻，直斥赏罚不均与将士牺牲。控诉赏罚不公，初唐乔知之的“由来从军行，赏存不赏亡”振聋发聩，刘湾的“死是征人死，功是将军功”亦鞭辟入里。指责将士牺牲，王昌龄的“去时三十万，独自还长安”，

① （宋）柳开：《塞上》，《全宋诗》卷 53，第 575 页。
② （宋）司马光著，李文泽、霞绍晖校点：《司马光集》卷 2《塞上》，四川大学出版社 2010 年，第 17 页。

李颀的“年年战骨埋荒外，空见葡萄入汉家”，均笔力深刻。沈德潜在《唐诗别裁集》中申明李颀诗意：“以人命换塞外之物，失策甚矣。为开边者垂戒，故作此诗。”①而司马光恰是北宋防守战略的倡议者，其诗不仅从诗艺上继承唐诗，亦在边见上引前人为知己，故能感发人心。此外，其《塞上》(四首)则以组诗形式分述了征战之外的不同情感，如其一的救国反省，其二的止戈祈盼，其三与其四中的思乡情切，皆情深而笔长。

再如《塞上曲》，宋初郭昭著的《塞上曲》在胡马进犯的局势中表达了“归鞭却避弓闾水，知是嫖姚旧战场”的态度，这种心事阑珊早在中唐耿伟的“懒说疆场曾大获，且悲年鬓老长征”有了端倪，并能在唐末贯休的“封侯十万始无心” 找到呼应。不仅如此，贯休另有“一握黳髯一握丝，须知只为平戎术”，而平戎术的内涵，宋初田锡《塞上曲》以为是“守在于四夷”。此外，田锡《塞下曲》运用大量笔墨描写边景，如“黄河泻白浪，到海一万里。榆关风土恶，夜来霜入水。河源冻彻底，冰面平如砥”，深得李颀《塞下曲》与马戴《塞下曲》真传。

第二，《关山月》《寄衣曲》中的思乡怀人。《关山月》为思乡念亲提供了有益借鉴。北宋一朝，创作《关山月》的有宋构、文彦博、张舜民，均继承前代经验，表达清晰的情感指向。其中，宋构《关山月》在关山、陇上行人、明月之间营造乡思。“一声羌管裂青云”以响托静，从听觉上丰富了艺术体验，多角度地渲染了人物的孤孑处境。与宋构诗不同，文彦博《关山月》则描绘了闺中佳人的百无聊赖与相思情切。张耒《寄衣曲》亦积极借鉴张籍同题乐府，将闺中女子独居的寂寞与思夫的真切描绘得淋漓尽致，这种深情缘自其“彼诗者虽一人之私意，而要之必发于诚而后作”②的诗学观念。诗人为思妇代言，思妇的心态调整实际是宋人的心绪写照，其由相思“生怨”到相思“理解”的心态转变，是宋人取径唐人的结果。

---

① （清）沈德潜：《唐诗别裁集》卷5《古从军行》，上海古籍出版社1979年，第170页。

② （宋）张耒撰，李逸安、孙通海、傅信点校：《张耒集》卷56《上文潞公献所著诗书》，中华书局1990年，第840页。

第三，《从军行》中的军功砥砺。《从军行》本为“述军旅苦辛之词”，至唐，已有“从军苦”与“从军乐”两种范式。文彦博《从军行》虽描写严寒，却未顺着苦寒蔓延，而是传递出立功封侯的积极面貌。此外，苦寒抒写亦被植入多种乐府诗题，由边地苦寒进入抒发边思、激励边功、同情战士等情感内蕴，是唐代边塞诗留给宋人的宝贵财富。北宋诗家借鉴前贤，运用成熟。例如，王操“风高雪洒春”与寇准“榆塞雪方休”，均由塞雪陷入边思与怀想，谭用之由“雕鹗盘空雪满围”进入“横行总是男儿事”，文彦博则由“残雪满龙沙”进入“何人动乡思”，均是由景入情的辛苦磨砺，深得唐人之法。

（二）北宋前期边塞诗中的唐音

北宋前期诗人，边塞诗有唐人风致者，如谭用之、张佖、张继常、郑守文、王操、张咏、刘隲、赵湘、寇准、穆修、唐异。在北宋前期的诗学视野中解读张咏、寇准边塞诗，可以清楚地看到其追摩唐人的良苦用心，亦可见其由此带来的情感差异。二人诗风虽有不同，却皆得唐诗言情风致。

方回在《桐江续集》卷三十二《送罗寿可诗序》中首次提出“宋划五代旧习，诗有白体、昆体、晚唐体”之说，并将张咏置于“昆体”。然观张咏边塞诗，并无昆体辞采婉丽、善用典故的特点。[①] 如下所示：

莫问戎庭苦，高栏是夕攀。时清官事少，边静戍人闲。雉堞临寒水，穹庐倚乱山。皇恩正无外，不拟更移关。[②]

此诗非但未有浮艳华丽、刻意经营的昆体特征，反有“语言质朴、章法顺畅”的白体风貌。诗意由不惧边务、御边闲适转入家国寄责，皆以情驭景，

① 关于方回将张咏置于“昆体”的乖谬，张兴武先生在《宋初百年文学复兴的历程》一书中已明确指出将其归入昆体，只是因为张咏“与杨亿私交密切的缘故，在艺术上并不存在内在的必然性”。王锡久在《论宋代的七言古诗》一书中，将张咏诗归入白体。

② （宋）张咏著，张其凡整理：《张乖崖集》卷3《登麟州城楼》，中华书局2000年，第23页。

切近戎事。“高栏是夕攀”亦营造出登临之感,这种空间布置,为画面的接续、情感的流动精心酝酿。郭森卿《张乖崖先生文集序》称:“读其诗歌,有古乐府风气,律句得唐人体。”[①]观其中间两联,对仗精工,情景兼备。观其全篇,则“情深而语工”[②],这种深情缘乎其“疏通物理,宣导下情,直而婉,微而显,一联一句,感悟人心”[③]的诗学主张,又与其学武与治边经历密不可分。张咏“自小学剑,遂精妙术,无敌于两河间”[④],又在出守河东、陕西、川蜀时颇著声绩。因为对边务得心应手,故能将边情与边事融合无间,毫无雕琢痕迹,流露出唐诗韵味。

再看寇准诗,则无张咏诗之气定神闲、意境淡远,而是沾染了晚唐诗特有的清苦:

未识穷边苦,今游信有之。秋林残照后,关路独行时。碛迥风长急,天寒雁度迟。离心已无赖,更听戍楼鼙。[⑤]

诗人借助“穷边”“秋林”“天寒”“碛迥”等意象营造出孤峭凄清的意境,凸显出戍楼独听的孤孑。同为塞上感怀,张咏《登麟州城楼》由边苦宕开,终于报国之雄健,寇准《塞上秋怀》则由边苦切入,终于戍边之凄凉。从二人取径白体与晚唐的差异,可知其诗风相异之必然。同样送人游边,张咏《送人北游》掇拾唐萃如在目前,其中“万马方征虏,单车欲访谁”两句有摩诘诗韵,而寇准《送人游边》则百般叮咛,“远行当岁暮,冰雪路难分”慎守苦吟规矩,可见一斑。

---

① (宋)张咏著,张其凡整理:《张乖崖集·张乖崖先生文集序》,中华书局2000年,第1页。
② 张立荣:《论宋初白体七律诗风的演变》,《文史哲》2015年6期,第136页。
③ (宋)张咏著,张其凡整理:《张乖崖集》卷8《许昌诗集序》,中华书局2000年,第87页。
④ (宋)钱易:《宋故枢密直学士礼部尚书赠左仆射张公墓志铭》,见(宋)张咏著,张其凡整理:《张乖崖集》卷8,中华书局2000年,第151页。
⑤ (宋)寇准:《忠愍集》卷中《塞上秋怀》,四部丛刊三编本。

还需注意的是，北宋前期出现了一些僧侣边塞诗，多展现了宋辽对峙的时代画面。正如鲁迅所言："诗文也是人事，既有诗，就可知道于世事未能忘情。"[①]可见，在北宋前期的边防形势下，宋辽战和亦影响释门创作。当然，即便在宋调确立之后，唐音亦未绝迹，只是被宋调的显性特征遮蔽。限于篇幅，兹不赘述。

二、北宋边塞诗的宋调新声

北宋边塞诗的"宋调新声"归根结底是指从主情尚虚到主理务实，从经营意境变为烘托事境、叙议相彰，呈现出"学人之诗"与"才人之诗"的面貌。探讨北宋边塞诗的宋调特征，除却创作主体的诗学理念、师法对象、创作技法，还应结合边防形势寻找答案，这也是北宋边塞诗主理务实带来的需要。回到宋调初立的庆历前后与宋调成熟的元祐前后，这种变化的结论更为公允。作为开创宋调的代表诗人，苏舜钦的边塞诗最能体现新变之征，所作《庆州败》《己卯冬大寒有感》《送安素处士高文悦》《瓦亭联句》《串夷》，皆叙议横生，情理兼具。

宝元二年(1039)，苏舜钦作《己卯冬大寒有感》：

延川未撤警，夕烽照冰雪。穷边苦寒地，兵气相躔结。主将初临戎，猛思风前发。朝笳吹余哀，叠鼓暮不绝。淹留未见敌，愁端密如发。予闻古烈士，自誓立壮节。丸泥封函关，长缨系南越。本为朝廷羞，宁计身命活。功名非与期，册书岂磨灭。然由在遇专，丑类易翦伐。训士无他才，赏罚在果决。近闻边方奏，中覆多沉没。罪者既稽诛，功者不见阅。虽使颇牧生，勇智当坐竭。或云庙堂上，与彼势相戛。恐其立异勋，欻然自超拔。不知百万师，寒刮肤革裂。关中困诛敛，农产半匮竭。我欲叫上帝，

① 鲁迅：《鲁迅全集》第3卷《而已集・魏晋风度及文章与药及酒之关系》，人民文学出版社2005年，第538页。

愿帝下明罚。早令黠虏亡，无为生民孽。①

宝元二年，西夏频频犯边，先后于春秋两季入侵鄜延路、镇戎军。开篇四句奠定了物候与边情，揭示苦寒萧索缘自宋夏缘边的兵连祸结。从“予闻古烈士”到结尾，散文的章法、叙议的交叠，随处可见，尤其是“予闻古烈士，自誓立壮节”“我欲叫上帝，愿帝下明罚”几句，似直说之“文”。烈士的壮节，治军的训诫，前线的战况，边民的困弊，随着诗人清晰的理路与犀利的论说喷涌而出。最后八句由百姓疮痍转向明示赏罚、痛击外敌，忧国忧民的衷肠毕现。全诗论边如同奏疏，将边事废弛、措置无方、边民困窘随事列出。随着边情回顾与战事描写，壮士誓死卫国、懦夫贪生蒙羞的强烈对比将诗歌情绪推向沉郁，最终收束于“早令黠虏亡，无为生民孽”的诅咒与扼腕。方回评价：“苏子美壮丽顿挫，有老杜遗味。”②苏舜钦推尊杜甫，正在其“豪迈哀顿”，并认为这种情感“非昔之攻诗者所能依倚，以知一出于斯人之胸中”③。

身为诗文革新的领袖，欧阳修所作《边户》《南獠》《听平戎操》《送李太傅知冀州》皆立论卓异，识见英发，尤其是《南獠》一诗，以 96 句、480 字的鸿篇巨章，将以文为诗发挥到极致。再如梅尧臣，所作《闻尹师鲁赴泾州幕》《寄永兴招讨夏太尉》《送河北转运使陈修撰学士》《十一日垂拱殿起居闻南捷》《送谢师直秘丞通判莫州兼寄张和叔》《送周介之学士通判定州》皆为古体长篇，论边老辣，渐臻辉煌，夹叙夹议之中，忧国衷肠毕现。

观北宋前期的诗学探索，宋初三体先后取径白居易、贾岛与姚合、李商隐，但是，追摩上述前贤并未实现自立宋调、创变诗风的终极目标。庆

① （宋）苏舜钦著，傅平骧、胡问陶校注：《苏舜钦集编年校注》卷 2《己卯冬大寒有感》，巴蜀书社 1991 年，第 88 页。

② （元）方回选评，李庆甲集评校点：《瀛奎律髓汇评》卷 22，上海古籍出版社 2005 年，第 923 页。

③ （宋）苏舜钦著，傅平骧、胡问陶校注：《苏舜钦集编年校注》卷 6《题杜子美别集后》，巴蜀书社 1991 年，第 397 页。

历前后，以范仲淹、欧阳修为代表的士大夫，其知识结构趋于综合，复合型人才的主体人格亦渐趋确立。随着治政的纯熟，他们选择诗学偶像的标准与能力均远迈三体，以杜甫、韩愈为师，兼收并蓄，总萃诸家，是庆历诸公的自觉选择。而师法杜、韩，本身就有偏离"含蓄有味"的"隐患"。杜甫的直抒胸臆，韩愈的以文为诗，本身就与含蓄相违，加之宋人晕染发挥，难免带来诗意的直露。结合欧阳修的人才观念，可知其对议论、博学的弘扬，如称赏苏洵"论议精于物理而善识变权，文章不为空言而期于有用"①，赏爱苏轼亦因为"学问通博，资识明敏，文采烂然，论议蜂出"②。这种察人与用人取向，隐约透露出宋诗走向"学人之诗""才人之诗"的必然性。③ 对于宋人变革唐诗的必然性，袁枚指出其积极意义："唐人学汉、魏变汉、魏，宋学唐变唐。其变也，非有心于变也，乃不得不变也。使不变，则不足以为唐，不足以为宋也。"④

欧阳修之后，苏轼为盟主，推进"宋调"亦不遗余力。至宋调成熟的元祐年间，北宋诸家不仅在态度上愈发坚定，在技法上亦驾轻就熟。刘克庄在《后村诗话》中说："元祐以后，诗人迭起，一种则波澜富而句律疏，一种则锻炼精而情性远，要之不出苏、黄二体而已。"此处以元祐二年擒鬼章为例，说明苏轼边塞诗的波澜壮阔。

元祐二年(1087)，西夏阴结青唐阿里骨及其大将鬼章联合攻宋。八月，宋将游师雄生擒鬼章，克复洮州，击退吐蕃大军。苏轼作《获鬼章二十韵》庆捷：

青唐有逋寇，白首已穷妖。窃据临洮郡，潜通讲渚桥。庙谋周召虎，

---

① (宋)欧阳修：《欧阳修全集》卷112《荐布衣苏洵状》，中华书局2001年，第1698页。

② (宋)欧阳修：《欧阳修全集》卷112《举苏轼入制科状》，中华书局2001年，第1706页。

③ 当时北宋诗坛并未提出"学人之诗""才人之诗"的概念，但欧阳修的主张与此说提出者方贞观相契，方氏的"学人之诗"与"才人之诗"，本就分别是就学问与议论来讲。

④ (清)袁枚：《小仓山房文集》卷17《答沈大宗伯论诗书》，见王英志主编：《袁枚全集》，江苏古籍出版社1993年，第284页。

边帅汉班超。坚垒千兵破，连航一炬烧。擒奸从窟穴，奏捷上烟霄。诡异人图像，欢娱路载谣。……西来闻几日，面缚见今朝。二圣临云陛，千官溢海潮。载囚车轣辘，失主马萧条。横拜如蹲犬，胡装尚衣貂。理卿辞具服，译长舌初调。缓死恩殊厚，求生尾屡摇。……困兽何须杀，遗雏或可招。威声西振夏，武节北通辽。帝道有强弱，天时或长消。羌情防报复，军胜忌矜骄。慎重关西将，奇功勿再要。①

“千言”与“五百言”律诗是“元和体”的重要组成部分，以时事入诗是其重要特征。元祐二年，鬼章犯边被擒，苏轼借鉴前贤，以神来之笔生动地记录了交战始末。诗人以二十二韵完整地再现了擒寇、庆捷、面圣等故事情节。开篇四句直陈鬼章身份与犯边地点，“窃据”“潜通”既讲述了鬼章的连环发难，又表明了诗人的批判态度。对于北宋的军事部署，诗人选取周之召虎、汉之班超渲染兵精将强。“坚垒”以下四句详细记述了北宋对抗夏蕃联军的英勇事迹，焚航、破垒、擒贼是此次平乱的全部过程。“西来”以下十二句，选取了鬼章入京、百官朝贺、二圣（宋哲宗与高太后）施恩等典型事件。无论是面圣时的服饰与仪制差异，还是言语不通、借助翻译的现实需求，都蕴含着诗人对胡汉差异的深切关注。苏轼充分发挥其体制渐长的优越性，既包纳了完整的故事情节与丰富的人物情态，亦能展现过渡自然、纾徐展开的叙事本领。不仅如此，细致的描绘，深刻的批判，坡公皆驱遣自如，不落痕迹。与同时庆捷的另十四首诗不同，《获鬼章二十韵》不仅肯定擒获鬼章的战略意义，更重视力戒骄矜的规劝和大兴兵事的训诫，因此发出“困兽何须杀”“军胜忌矜骄”“奇功勿再要”等戒备呼吁。这种戒贪思想，亦见于其《孙武论》，诗文相照，可知苏轼融通兵儒的才学富力，亦可见北宋边塞诗剖析边事、奏呈方略的显著特征。受庆捷情绪感

① （宋）苏轼撰，（清）王文诰辑注，孔凡礼点校：《苏轼诗集》卷47《获鬼章二十韵》，中华书局1982年，第2538页。

染，黄庭坚亦作《次韵游景叔闻洮河捷报寄诸将四首》，四首鱼贯而出，对擒敌的迅速巧妙，对御边的稳妥理性，渐次解答，一一回应。

"宋人生唐后，开辟真难为"①，边塞诗尤甚。在继承与开辟之间，宋人主张学古，却反对袭古，坚持以故为新。创作中，他们积极尝试由边塞风物的关注转向御边心态的彰显，进一步朝着"学人之诗""才人之诗"发展。黄庭坚之于"折冲""干羽"，彭汝砺之于"帷幄""樽俎"，莫不如是。思理是骨，字句是肉，表层的用字背后寄托了宋人的思维理路。宋人崇仰四两拨千斤，主张防患于未然，又倡导"无一字无来处"，因此，以柔克刚、运筹帷幄等价值判断在边塞诗中逐渐确立。作为江西诗派的旗帜，黄庭坚曾以"用一字如军中之令，置一字如关门之键"②来形容用字炼意的重要性。"折冲"先后四次出现于其边塞诗中，愈用愈新，既推许了"折冲樽俎不临边"的妙略，又在肯定坛坫周旋之余，提醒友人务必以"秉事枢""进三衔""论道经邦"为要务，反复强调只有站得高，才能看得远。晁补之则跳出个人事功，指出"精神折冲在本强"，认为只有实力雄厚，才能游刃有余地施展外交捭阖。折冲与干羽，一为纵横捭阖，一为推行教化，反对暴力，同质异名，均为山谷所推崇。

山谷曾向东坡讨教作文之法，苏轼回答："但熟读《礼记·檀弓》，当得之。"③对于《檀弓》，苏轼曾作此评价："《檀弓》，诚文章之典范。凡为文记事，常患意晦而不达，语虽蔓衍而终不能发明。惟《檀弓》或数句书一事，或三句书一事，至有两句书一事者，语极简而味长。事不相涉而意脉贯穿，经纬错综，成自然之文，此所以为可法也。"④作文如此，作诗亦然。身

---

① （清）蒋士铨著，邵海清校，李梦生笺：《忠雅堂集校笺》卷13《辩诗》，上海古籍出版社1993年，第986页。

② （宋）黄庭坚著，郑永晓整理：《黄庭坚全集辑校编年》第11辑《跋高子勉诗》，江西人民出版社2008年，第1531页。

③ （宋）黄庭坚著，郑永晓整理：《黄庭坚全集辑校编年》第8辑《与王观复书三首》其一，江西人民出版社2008年，第939页。

④ （宋）费衮撰，金圆校点：《梁溪漫志》卷4《东坡教人读檀弓》，上海古籍出版社1985年，第35页。

为苏门学士，山谷诗艺无愧居首，试以《款塞来享》例析：

前朝夏州守，来款塞门西。圣主敷文德，降书付狄鞮。毡裘瞻日月，剺面带金犀。殿陛闲干羽，边亭息鼓鼙。永输量谷马，不作触藩羝。声势常相倚，今闻定五溪。①

元祐三年（1088），夏人遣使谢封册，款塞来享。山谷先用“付”“敷”交代了宋廷的接纳降书、延揽教化，又用“闲”“息”赞颂了化干戈为玉帛的策略。最后，用“量谷马”“定五溪”描绘夏人入贡、西南乱息的海晏河清。全诗围绕“款塞”展开，无论是归顺者的身份与意向，还是接纳者的态度与决策，均为山谷支配。作为苏门弟子，山谷对坡公的“立意”之重认识深刻。在海南时，苏轼与葛延之相善，教之作文，指出：“为文若能立意，则古今所有翕然并起，皆赴吾用。”②此语虽非教诲山谷，却可从中窥知坡公的立意见解。山谷师从坡公，将其作文教诲总结为“凡作一文，皆须有宗有趣，始终关键，有开有阖”③。就此诗来看，“款塞”立意既有坚实的边事根基，又有高远的边略指导，“干羽”作为开诚示好的文教策略，有着重要的指导意义。苏轼标举《檀弓》的“几句书一事”，在山谷此诗中也得到很好的发扬，学人之诗的意味更浓。

寓目民艰，山谷则无法气定神闲。在《和谢公定征南谣》中，便可窥见他对生民艰难、粮草难继的控诉。“汉南食麦如食玉，湖南驱人如驱羊”“未论刍粟捐金费，直愁瘴疠连营空”，仁人之心为其正谏不讳注入力量，增强了北宋边塞诗的战斗色彩。同时的苏辙亦站在边民的立场，痛斥：

---

① （宋）黄庭坚著，（宋）任渊、史容、史季温注，黄宝华点校：《山谷诗集注》卷10《款塞来享》，上海古籍出版社2003年，第257页。

② （宋）费衮撰，金圆校点：《梁溪漫志》卷4《东坡教人作文写字》，上海古籍出版社1985年，第37页。

③ （宋）黄庭坚著，郑永晓整理：《黄庭坚全集辑校编年》第7辑《答洪驹父书三首》其二，江西人民出版社2008年，第733页。

“壮夫奔亡老稚死，粟麦无苗安取食。”此外，元祐更化时期，蔡肇、张耒、晁补之等人因试官的锁院经历，论边谈兵空前激烈，起伏纵横，不留剩义。

综上所述，以欧阳修为领袖的庆历诗人与以苏轼为盟主的元祐诗人在推进宋调的同时，亦不自觉地将叙事、议论、说理等手法注入边塞诗创作，令学人之诗与才人之诗的味道更浓。北宋诗家急于求变，破体为新，增扩容量，赋予诗歌太多补裨时政的功能，故为后世诗论家诟病。观后世的诗学批评，从唐诗专好到唐宋诗各有特色，拂拭偏见十分艰难，归根结底是对言理、议论的批判。从张戒揭开扬唐抑宋的序幕，至严羽进一步深化唐诗风格学，降至明代许学夷，审美功能的评判标准一旦确立，很难对宋诗给予客观评价。最早批评宋诗者，是“贵含蓄”的张戒。他认为：“子瞻以议论作诗，鲁直又专以补缀奇字……诗人之意扫地矣。”[①]又以为苏、黄及其后人“只知用事押韵之为诗，而不知咏物之为工，言志之为本也”[②]。至明，吴乔重申“宋失含蓄”，强调：“诗贵和缓优柔，而忌率直迫切。”[③]相比之下，清人叶燮对宋诗价值的认识，对诗歌发展规律的认识，则尤为可贵：

> 譬诸地之生木然：《三百篇》则其根，苏李诗则其萌芽由蘖，建安诗则生长至于拱把，六朝诗则有枝叶，唐诗则枝叶垂荫，宋诗则能开花，而木之能事方毕。自宋以后之诗，不过花开而谢，花谢而复开。[④]

顺着叶燮的宋诗观来看，北宋边塞诗欲在唐诗之外辟出新路，完成边塞诗的生长过程，不仅要跨越唐宋诗之争的千山万水，还要突破江山不壮、武力不张的层峦叠嶂，较之其他愈难。在自立宋调的过程中，知识谱系渐趋综合、诗文革新愈发坚定、参政情绪空前高涨、吏治才干愈发成熟的北宋

---

① (宋)张戒著，陈应鸾笺注：《岁寒堂诗话笺注》卷上，四川大学出版社1990年，第58页。
② (宋)张戒著，陈应鸾笺注：《岁寒堂诗话笺注》卷上，四川大学出版社1990年，第44页。
③ (明)吴乔：《围炉诗话》卷2，丛书集成初编本，商务印书馆1937年，第39页。
④ (清)叶燮著，霍松林校注：《原诗》，人民文学出版社1979年，第34页。

诗人群体，不仅实现了宋诗的“筋骨思理”，亦在边塞诗中积极践行，带来了以理驭情、知性反省、务实少虚的新面貌。

本章围绕“诗史与纪事”“务实与说尽”“唐音与宋调”等三个视角对北宋边塞诗的艺术特质诗进行评估，每个视角均可见其熔铸前贤又自成一家的实践特色。第一，事信、技巧、情切是北宋边塞诗“诗史”品格的外化。见证与实录体现纪实特征，纪事与剪裁彰显取事与叙事技巧，美刺与寄托则充分展现爱国仁民、补裨时政的初心。纪事的自觉，诗教的弘扬，诗艺的琢磨，三者共同指向了叙事艺术的探索。体式的裁定，手法的择取，视角的切入，甚至题目、序言与注解的安排，都成为北宋边塞诗彰显叙事魅力的生命场。第二，从务实与说尽切入，结合宋人理论思辨的严密，手法运用的纯熟，有助于全面认识北宋边塞诗好发议论、长于说理的特点。议论、说理与叙事、抒情合理搭配，有助于形成以情动人、以理服人的艺术效果，亦可在多人聚焦一事的议论说理中总结出治边的整体态度。同时，议论的弘肆、说理的清晰亦会造成意境的削弱，浑融的缺失。在“以文为诗”的推助下，既有意脉清晰之利，又有余味不足之弊。此外，北宋边塞诗的务实还体现在意象的择取与典故的运用。一方面，北宋边塞诗将烽燧斥堠与防御工事意象置于事件中形成“事境”，传递边防安危，旨在为脚踏实地的御边审视与扬长避短的防塞调整服务。另一方面，选取荆轲、班超、马援等契合边事的英雄人物，标榜折冲樽俎的治边理想，亦可见其用典的务实之征。第三，从唐音宋调的角度探讨北宋边塞诗的继承与创新，是由北宋边塞诗自身的丰富性决定的。所谓继承，是指北宋边塞诗亦有唐诗遗韵，而创变，则是指北宋边塞诗对唐代边塞诗内蕴与风格的改造。内蕴上，从主情尚虚转向主理务实，艺术表现上，由情景交融走向情理交融、情事交融、情论交融的变化。最终得出在自立宋调的过程中，北宋诗人不仅实现了宋诗的“筋骨思理”，亦在边塞诗中积极践行，带来了以理驭情、知性反省、务实少虚的新面貌。这样的特点决定了北宋边塞诗审美功能的削弱，认知功能与教育功能的扬厉。

结语

《北宋边塞诗研究》是一个以北宋边塞诗为焦点，涉及政治、军事、经济、外交与文学的综合选题。通过上述六章的考察，我们基本可以得出这样的认识，北宋边塞诗书写边地，记录边事，彰显边情，抒发边思，反映了诗人安边固塞、保家卫国的美好愿望。同时，北宋边塞诗继承传统，锐意创新，在文学艺术与时代思想的交相作用下，呈现出承继唐诗、开辟新路的探索精神。

首先，北宋边塞诗延续了前代边塞诗之地域、民族、忧患、爱国、尚武等书写传统与情感表达。在延续传统的同时，又积极创新。北宋边塞诗书写边地，较少去前人的关山、大漠、西域、陇头等遗法中讨生活，而是着眼于表现边防要塞的地理功用。宋人重视地理知识，仰赖山川反馈，建立奖励机制，旨在发挥地理的管控功能，这就决定了北宋边塞诗中的江山之助，更重视关寒塞险，重山限蛮。北失幽燕，西陷河湟，边战的败多胜少，管控的心力交瘁，激发了喜言恢复的热情，痛失幽燕、重夺河湟均是其生存焦虑的变相表达。这种声音的兴衰消长令我们读到北宋地理表达的时代脉搏，亦知其异于唐诗之必然。即便是拾陈蹈故的民族关系，也因宋辽的交聘有序与宋夏的战和无定而蒙上鲜明的时代特色，送人使辽与岁币评估都是异于前朝的时代话题。此外，阴晴无定的战和关系为宋人的同仇敌忾、弘扬勇武找到出口，同时又在战和评估、文武观照中实现了情感的深化。以华夷之辨、岁币忧乐、文武殊途为支点，撬动戒备提防、代价评估、文武恩遇等深层思考，北宋边塞诗的涤故更新可见一斑。受“事为之防，曲为之制”的国策影响，北宋边塞诗既传递出居安思危的忧患意识，也表达了未雨绸缪的制敌诉求。

其次,围绕边情表明态度、提出问题、总结经验是北宋边塞诗的理性特征,也是其时代脉搏的极致彰显。理性特征的形成缘自诗人身份的转型,北宋边塞诗的创作主体是集官僚、文士、学者三位于一体的复合型人才,这样的身份,背后承载的是广博的学术涵养与自觉的理性精神,并辐射治政、安边、做人、为文等多个方面。宋人关心边事,喜谋出路,跌宕起伏的边防形势令其谋国之切有了现实依托。在说理清晰、阐释深刻的政论文之外,边塞诗理所当然地成为他们反思、献策、陈情的载体,并在求策、儒帅、军储、防秋等问题上表现充分。在反思献策的过程中,钻研兵韬的梅尧臣,肯定文帅的刘敞,重视军储的韩琦,呼吁备边的黄庭坚,开具药方的同时也彰显出巨大的人格魅力。

再次,北宋边塞诗具有长于叙事、好发议论、说理透辟的整体特征。灵州的失陷与争夺在史籍与诗文中得到全面观照,多人就此役叙述事件,发表边见,可见宋人记录边事的自觉。北宋诗人深受"诗史"观念的影响,故北宋边塞诗具有截取事件、再现历史的特点,既有对澶渊之役的见证追述,又有对三川口之战与熙河开边的纪事剪裁,还有对南伐、好水川之战的美刺寄托,反映出鲜明的叙事与纪实特征。"宋诗妙境在实处",北宋边塞诗的务实不仅表现为对议论与说理的仰赖,还表现在积极借助"以文为诗"推进宋调确立,形成纵横回环的宋诗特点,并在意象运用与隶事用典等方面都表现出务实之征。在唐音宋调中审视北宋边塞诗,可知其内部亦有"唐音"与"宋调"两种类型,主理务实、叙议相彰的宋调特征是其与唐音相对照的资本,也是为宗唐诗论家诟病的原因。对于边塞诗的宋调轨迹,本书聚焦庆历与元祐前后的代表诗人,结合前述诗歌结论,再次印证其长于叙事、好发议论、说理透辟的特点。

最后,在诗人之诗、才人之诗、学人之诗的诗学观念中评价北宋边塞诗的成就与不足。清人方贞观已就诗人之诗长于意境韵致,学人之诗长于学识思想,才人之诗长于议论才情有所发明。顺着这个话题,可以清楚地揭示唐代边塞诗乃诗人之诗，而北宋边塞诗则为才人之诗、学人之诗的综合，两者相照，特征各现。

唐代边塞诗多呈现出奋发有为、慷慨激昂、雄豪尚气等精神气韵，并在投笔从戎、视死如归、精忠报国、以战求和等主题中发扬光大。这种时代气韵的凸显，常常借助描绘奇绝壮丽的风光、塑造生动鲜活的形象、经营意象密集的画面，从而营造出深邃有味的意境，以情动人。即便偶有力透纸背的批判，却多注重创作主体的情绪宣泄，并不提供明晰可行的解决路径。同样，其相思怀人，亦摇荡心灵，情深意长。简言之，唐代边塞诗是"诗人之诗"的代表。

北宋边塞诗则以理驭情，知性反省，务实少虚，并通过叙议相彰、以文为诗等方式进行表达。这种特征是由宋诗"筋骨思理见胜"决定的。因此，读"宋调"特征的北宋边塞诗，鲜能欣赏到浪漫奇丽的边塞盛景，鲜能看到孔武有力的任侠少年，鲜能领略刚健豪迈的尚武情怀，鲜能感受到缠绵动人的相思闺怨，更不易感受到奋发扬厉的恢宏气象。"诗人之诗"的审美特征，在其"宋调"边塞诗中几乎难觅。取而代之的，是边防地理的书写，恢复情结的倾吐，居安思危的呼吁，爱民救国的抒写。在传递上述情感的同时，北宋诗家能以理节情，注重情感背后的态度传输与价值判断。例如，在地理观照中寄托塞防认知，在忧患传递中明示纾患路径，在医国情怀中开具药方，在送人出使中叮咛戒备，在战和消长中提出对策。不仅如此，北宋多位名家对兵法借鉴、文儒率兵、军储保障、防秋备敌等切中边事的四个问题给予高度关注，洞察时弊，献策陈情，表现出渐臻辉煌的创作局面。这种不同于唐诗的巨大转变，是才人之诗与学人之诗的综合，需要淹贯博洽的学问、精深思辨的功力、议论风发的才情方能实现。

时至今日，对全面融合学问、功力与才情的北宋边塞诗究如何评价，首先需要审视我们的评估视角。从审美、认知、教育三个功能视角评价唐代边塞诗与北宋边塞诗，诗人之诗的唐诗毫无疑问在审美功能上占据优势，而才人之诗与学人之诗的北宋诗则在认知与教育功能上更胜一筹。

然而，自南宋至明清，“贵含蓄”者多，“重实用”者寡。至清，叶燮道出“唐诗则枝叶垂荫，宋诗则能开花”，将宋诗视为诗歌类型发展的终点，充分肯定宋诗价值。其后的袁枚又对宋诗的“不得不变”给予同情之理解，高度认可宋诗之“变”才是其与唐诗较量高下的资本。由此可知，钱锺书先生的“唐诗多以丰神情韵擅长，宋诗多以筋骨思理见胜”绝不是随意的握手言和，而是理性的持平之论。

回到北宋边塞诗，在审美、认知、教育三种功能的视角下大致评估之后，撮其旨要，总结如下。

第一，理性色彩浓郁，浪漫想象不足。由于理性色彩的加重，边塞诗的浪漫基调受到削弱，情感受到抑制，个性不能张扬。因此，阅读北宋边塞诗不但不能直观地给人以精神之砥砺与宣泄之豪肆，反而，十分考验读者的判断能力与节制能力，耳目之娱非但不能释放反而受到羁绊。周裕锴先生较早注意到宋人在诗学方面清算“滥情主义”的努力，即“以理性的控持取代激情的宣泄，以智慧的愉悦取代痴迷的痛苦”。[①] 这种理性与控制的努力，演绎到边塞诗中，便是将情掩映在叙事、议论与说理中，最终带来浪漫与想象的缺席。

第二，事境特征突出，意境色彩削弱。唐代边塞诗长于以象达意，北宋边塞诗长于破象以立意。因为淡化了意象与意脉之间的对应关系，叙述与逻辑的重要性则相应突显。北宋边塞诗的意象常常在动态传递中描述边事、营造事境，唐代边塞诗的意象常常在静态排列中描绘边疆、营造意境。可见，唐诗意象带来的画面疏密、意境深远，已为北宋边塞诗的事件张弛、边情安危所取代，意象亦承担起记述边事、烘托边情、议论边势的功能。加之宋人关注烽燧斥候、塘泺榆塞、堡寨城池等军事设施，物象选择承载着鲜明的功利色彩，这些转变决定其与唐诗审美经验的意境空灵渐行渐远。

---

① 周裕锴：《自持与自适：宋人论诗的心理功能》，《文学遗产》1995 年 6 期，第 66 页。

第三，务实说尽，余味不足。北宋边塞诗叙议相彰，起伏纵横，加之“以文为诗”，论事不留剩义。这样，不仅形成了奔泻的恢宏气势，跳脱的布局安排，清晰的意脉传递，灵活的句法文辞，也将诗歌引入文气充沛、直露少藏的境地。为了减少说尽带来的寡味，宋人资书用典，却因多用贴近边事的常典熟典，少用奇典，故难以掩盖其务实与说尽的特征。这种特征也就决定了北宋边塞诗已与唐代边塞诗的含蓄蕴藉、韵致深远迥然异趣。

要之，进入北宋，诗人身份转型，诗学观念更新，边防形势有异。北宋边塞诗欲在唐诗之外辟出新路，完成边塞诗的生长过程，不仅要跨越唐宋诗之争的千山万水，还要突破江山不壮、武力不张的层峦叠嶂，较之其他愈难。人们对边塞诗的赏读，多是带着气吞山河、雄浑恣肆的期待视野，丢失了情感浪漫、想象夸张、韵致深厚的北宋边塞诗，无法满足读者的审美体验。北宋边塞诗之所以长时间没有唤起学界统观研究的兴致，原因大抵在此。在唐代边塞诗范式先入为主的引导下，读者对北宋边塞诗的评估审视均要磨合调适。

附录一　北宋与辽夏相互用间统计表

北宋对辽用间表

帝王	时　间	涉事(论事)者	事件(言论)	来　　源
宋太宗	雍熙四年		雄、霸等州皆相告以敌将犯边,急设备,后知谍者之妄	《长编》卷28 雍熙四年十二月庚寅
宋真宗	咸平五年		雄州言侦得契丹调兵,将谋入寇	《长编》卷53 咸平五年十一月甲午
	大中祥符三年	知雄州李允则	利用雄州谍报巧除阴遣人至京师造茶笼、燎炉的辽国要官	《长编》卷73 大中祥符三年四月戊寅
	天禧元年		高丽国王遣新罗人洪橘鲜诈遁入契丹侦机事以归朝廷	《长编》卷89 天禧元年二月庚辰
	天禧三年	知雄州李允则	侦辽帅欲间入城中观①★	《长编》卷93 天禧三年六月丁酉
宋仁宗	天圣五年		雄州州民张文质给为僧,入契丹刺事	《长编》卷105 天圣五年九月乙巳
	明道元年		边吏言谍知契丹将大入寇	《长编》卷111 明道元年十二月癸亥
	庆历二年	知谏院张方平	又涿州谍报,先约定过界日辰	《长编》卷138 庆历二年十一月丁酉
	庆历四年	知制诰张方平	边吏谍知料阅兵马,且复遣使来	《长编》卷150 庆历四年六月戊午
	皇祐元年	定州路安抚使韩琦	边人严政尝使刺事契丹	《长编》卷166 皇祐元年正月戊午

① 凡标注“★”者表示宋辽相互用间。

续 表

帝王	时 间	涉事(论事)者	事件(言论)	来 源
宋仁宗	至和元年		易州民李秀为雄州探事	《长编》卷176至和元年八月乙巳
	至和二年	宋仁宗	诏雄州探事人补三班差使殿侍者，并以为本州指使	《长编》卷179至和二年三月乙亥
	嘉祐五年	知雄州曹偕	幽州人杜清探刺雄州事宜	《长编》卷191嘉祐五年三月癸丑
	嘉祐六年		契丹归明人武珪上所画契丹广平淀受礼图	《长编》卷193嘉祐六年三月戊戌
宋神宗	熙宁七年		谍报契丹欲复求关南地	《长编》卷250熙宁七年二月丙子
	熙宁七年	宋神宗	河东谍知北界点集军甚急	《长编》卷253熙宁七年五月甲寅
	熙宁七年		谍者谓敌必称兵	《长编》卷253熙宁七年五月乙丑
	熙宁八年		燕人梁济世为雄州谍者，尝以诗书教契丹公卿子弟，先得其国书本以献	《长编》卷259熙宁八年正月乙卯
	熙宁九年	宋神宗	谍者多称北人缘朝廷方事南讨，欲乘时牵制	《长编》卷276熙宁九年六月壬子
	熙宁十年		定州路安抚使薛向谍知契丹阴遣北界刺事人应募高阳关征兵★	《长编》卷285熙宁十年十一月乙卯
	元丰元年	定州路安抚司	北界人于惟孝因传达边界事，为北人收捕甚急，今乞归明	《长编》卷295元丰元年十二月乙巳
	元丰二年		录北界人程诠、程岊为三班借职，程景三班差使，因其尝为边人刺北事	《长编》卷297元丰二年三月戊寅
	元丰二年		北界归明人武备尝为边臣伺敌中动静	《长编》卷300元丰二年十月己亥

续　表

帝王	时　间	涉事(论事)者	事件(言论)	来　源
宋神宗			北界人公仅(翟公仅)屡泄契丹事	《宋会要辑稿》蕃夷二之二十七
	元丰三年		谍报契丹北枢密萧尧昌等引步骑点检缘边铺舍	《长编》卷303元丰三年四月甲寅
	元丰三年	知定州韩绛	谍知辽人遣石宗回为贺正旦副使,令于接伴等处,因语须说及本晋出帝之后。乞预令接伴使、副以语折之	《长编》卷309元丰三年闰九月丁巳
	元丰四年	枢密院	定州谍报北界事	《长编》卷317元丰四年十月乙卯
	元丰五年		河北缘边安抚司谍知辽人令贺正旦副使赵庭睦觇朝廷西事★	《长编》卷331元丰五年十一月庚申
	元丰七年		主管觇事人马杰探报北界事有验	《长编》卷345元丰七年五月庚戌
宋哲宗	绍圣四年	枢密院	河北沿边州军及安抚司各置间谍,密伺北边动静之实	《长编》卷490绍圣四年八月丁酉
宋徽宗	政和七年七月		河东经略薛嗣昌得河朔谍人之辞,往往润色以希禁密意,每陛对论及北事,辄请兴师	《三朝北盟会编》卷1政宣上帙一
	政和七年七月		薛嗣昌委代州安抚王机探伺辽人之隙,陈攻取之策	《三朝北盟会编》卷1政宣上帙一
	宣和元年正月		时谍者云天祚有亡国之相	《九朝编年备要》卷28
	宣和元年三月		河北奏得谍者言契丹已割辽东地封女真(改作阿骨达)为东怀国主	《三朝北盟会编》卷4政宣上帙四

续 表

帝王	时 间	涉事(论事)者	事件(言论)	来 源
宋徽宗	宣和四年六月		是岁冬末,边探报天祚以兵十万屯燕京,声言游猎,直抵雄霸界上,朝廷遽为骇惧。及明年春,谍报再至,始知其意谓中国有谋也,欲大举讨女真而惧袭其后	《三朝北盟会编》卷5政宣上帙五注引《北征纪实》

辽对北宋用间表

帝王	时 间	涉事(论事)者	事件(言论)	来 源
宋太宗	雍熙三年		于越(契丹将耶律逊宁之号)使谍给知雄州贺令图	《长编》卷27雍熙三年十二月乙未
	端拱二年		于越谍知李继隆发镇、定大军护送辎重	《长编》卷30端拱二年七月戊子
宋真宗	景德元年	郓、齐等州安抚使丁谓	擒获契丹谍者马珠勒格	《长编》卷58景德元年十二月庚辰
	天禧三年		辽帅欲间入城中观	《长编》卷93天禧三年六月丁酉
	天禧三年	知雄州李允则	又得辽谍,释缚厚遇之,谍言燕京大王遣来,因出所刺沿边金谷兵马之数	《长编》卷93天禧三年六月丁酉
	天禧三年		辽人伤宋民,幽州将官以此核实谍报真伪,李允则矢口否认,辽谍被杀	《长编》卷93天禧三年六月丁酉
宋仁宗	庆历五年		契丹归明人安忠信、李文吉尝为契丹刺事雄州	《长编》卷157庆历五年十月戊辰
	皇祐二年		河北两地供输人冯均常往来边郡探事,以报契丹	《长编》卷168皇祐二年四月壬戌

续　表

帝王	时　间	涉事(论事)者	事件(言论)	来　　源
宋仁宗	至和元年		雄州言契丹遣蔚、应、武、朔等州人来五台山出家,以探刺边事,故条约之	《长编》卷177至和元年九月丁亥
宋神宗	熙宁六年		两地供输人、北界探事百姓王千坐纵火诬北人求赏遭斩	《长编》卷245熙宁六年五月乙卯
	熙宁七年		(北宋)闻谍者已传(批记黄河弃隄林木修城一事)于萧禧	《长编》卷258熙宁七年十二月庚寅
	元丰元年	知定州韩绛	北人郝景过南界榷场闚画地图	《长编》卷294元丰元年十一月乙未
	元丰二年	定州路安抚使韩绛	北界崔士言屡至安肃军刺事,结东京商人苏文图写河北州军城围地理	《长编》卷300元丰二年十月壬子
	元丰四年		辽遣谍盗(雄州)西城门锁	《长编》卷311元丰四年二月己巳
	元丰五年		河北缘边安抚司谍知辽人令贺正旦副使赵庭睦觇朝廷西事	《长编》卷331元丰五年十二月庚申
宋哲宗	元祐元年	定州路安抚司	北人田文等告获奸细人翟安归明	《长编》卷388元祐元年九月癸酉
	靖康元年十月	金人杨天吉、王汭	乃者,差萧仲恭、赵伦等斋书报复,回日辄受间谍之语,阴传构结之文①	《三朝北盟会编》卷58靖康中帙

① 北宋后期,北宋对辽用间频繁,且不见对方用间记载,既说明了北宋的攻辽野心,同时验证了辽朝衰弱,武力顾及的真实情形。

北宋对夏用间表

帝王	时　间	涉事(论事)者	事件(言论)	来　　源
宋真宗	咸平五年		西边谍者言戎人有路出镇戎军、原州之间,分抵原、泾州	《长编》卷 52 咸平五年九月己酉
	景德三年		谍言赵德明集诸族兵马,欲略麟、府内属戎人	《长编》卷 63 景德三年七月辛酉
	大中祥符二年		谍者言继迁将由制胜关大入寇	《长编》卷 72 大中祥符二年七月甲寅
宋仁宗	康定元年		华州进士张源逃入贼界,宋廷怀抚以之为反间	《长编》卷 126 康定元年二月丁未
	康定元年		宋廷命范仲淹以金帛招募敢死之士,深入夏境探候	《西夏纪》卷 7
	庆历元年		谍者言元昊阅兵折姜会,谋寇渭州	《长编》卷 131 庆历元年二月丙戌
	庆历元年	陕西经略安抚副使韩琦	探知冬月昊贼未能举动	《长编》卷 131 庆历元年二月丙戌
	庆历元年		谍伏贼寨旁草中,见老羌方炙羊髀占吉凶	《长编》卷 133 庆历元年九月庚戌
	庆历二年		宋派人到西夏行间	《西夏纪》卷 9
	庆历二年	中书、枢密院	谍报夏虏破荡瞎毡族帐,欲与唃厮啰相攻	《长编》卷 135 庆历二年二月乙酉
	庆历二年		未行,谍言贼已屯边壕上,复召(赵)珣等入定川	《长编》卷 137 庆历二年闰九月辛卯
	庆历二年	知泾州滕宗谅	募敢勇,谍知贼远近形势,报旁郡使为备	《长编》卷 138 庆历二年十一月辛巳
	庆历七年	宋仁宗	陕西诸路、河东路经略司、巡检、主兵官员、使臣等不住选人深入探候,齐整军马,常作御备	《宋会要辑稿》兵 27

续　表

帝王	时　间	涉事(论事)者	事件(言论)	来　源
宋仁宗	皇祐元年	判延州程琳	谍知夏人假意投降，欲借机挑衅	《长编》卷166皇祐元年二月甲戌
	皇祐二年		范仁美持知渭州王沿书入西界，反间野利、遇乞兄弟，事觉，被杀	《长编》卷168皇祐二年四月丁丑
宋神宗	熙宁三年	宋神宗	西边诸处探到事宜急切	《宋会要辑稿》兵28
	熙宁三年		谍告判延州郭逵贼粮欲尽	《长编》卷214熙宁三年八月戊午
	熙宁三年	宋神宗	泾原等路谍报西贼结集，举国人马七十以下、十五以上，取八月半入寇绥州及分兵犯甘谷城	《长编》卷214熙宁三年八月戊午
	熙宁三年		环庆路谍知西人欲修闹讹堡	《长编》卷214熙宁三年八月辛未
	熙宁三年	秦凤路	夏人聚兵犯环庆，谍报西蕃董毡尝乘虚深入其(夏)境，虏获甚多	《长编》卷218熙宁三年十二月戊寅
	熙宁四年		种谔谍知夏将都啰马尾聚兵啰兀城欲袭宋军	《长编》卷219熙宁四年正月己丑
	熙宁五年	宋神宗	王韶修玛勒寨，宜更遣探候	《长编》卷235熙宁五年七月丙午
	熙宁五年		谍言敌(夏军)大阅，将入寇	《长编》卷237熙宁五年八月癸酉
	熙宁五年	王安石	王韶独能因喀木以间西人动静，绝胜诸路	《长编》卷237熙宁五年八月戊戌
	熙宁八年	泾原路经略司	治平寨蕃部阿克节探报西界人骑烧劫投汉蕃部有实	《长编》卷271熙宁八年十二月辛卯
	熙宁九年	权发遣熙河路经略司高遵裕	谍知夏人已在邈川之北	《长编》卷272熙宁九年正月己卯
	熙宁九年	宋神宗	近据谍报，西界缘边首领申衙头以汉界慕家数族欲投来	《长编》卷277熙宁九年七月乙卯

续 表

帝王	时 间	涉事(论事)者	事件(言论)	来 源
宋神宗	元丰元年	河东经略使韩绛	麟州银城寨熟户蕃部命子元入西界刺事	《长编》卷 290 元丰元年六月乙巳
	元丰二年	鄜州路经略使吕惠卿	谍知西界点集	《长编》卷 300 元丰二年九月丙寅
	元丰三年	宋神宗	诏陕西诸路经略安抚司差人深入体探夏人点集作过次第	《长编》卷 302 元丰三年正月辛未
	元丰四年	宋神宗	边奏谍报“夏国变故，秉常遇弑，诸梁擅兵”	《长编》卷 312 元丰四年四月壬申
	元丰四年七月		谍报云夏国母及梁相公者劝秉常不行汉礼	《九朝编年备要》卷 21
	元丰四年	措置麟府路军马司	探得西贼对境大集兵马	《长编》卷 316 元丰四年九月甲辰
	元丰四年	前锋将高永能	密遣谍埋都统说其(米脂城)东壁守将	《长编》卷 317 元丰四年十月丁巳
	元丰四年	宋神宗	诏令移文与潘定、刘仅等，亦令选募或差人展转往探伺	《长编》卷 321 元丰四年十二月癸丑
	元丰五年	泾原路经略司	知镇戎军种古等刺事蕃部招诱	《长编》卷 328 元丰五年七月癸未
	元丰五年		谍言秉常久被囚闭，今又言国母、小大王同过河	《长编》卷 328 元丰五年七月己酉
	元丰五年	权管勾同经制熙河兰会等路边防财用赵济	及谍知铁牟山啸聚已数万	《长编》卷 329 元丰五年八月癸丑
	元丰五年	张禹勤	谍报西贼发六监军司兵次银州川	《长编》卷 329 元丰五年九月癸未
	元丰五年		谍言敌聚兵甚急	《长编》卷 329 元丰五年九月乙酉，另见《宋史》卷 350《曲珍传》

续　表

帝王	时　间	涉事(论事)者	事件(言论)	来　　源
宋神宗	元丰五年	熙河兰会路司	定西城遣译语彭保六人入界刺事得实	《长编》卷329元丰五年九月癸巳
	元丰六年	河东路经略司	蕃部伊特凯等入西界刺事,为贼所害	《长编》卷334元丰六年四月戊申
	元丰七年	泾原路经略使卢秉	谍知其(夏军)恃险不为备,乃密遣姚麟、彭孙掩击之,斩获万数	《长编》卷345元丰七年四月甲申
	元丰七年	鄜延路经略司	谍报西贼今秋必为大举之计	《长编》卷346元丰七年六月癸未
	元丰七年	枢密院	诸路谍报西贼大点集	《长编》卷348元丰七年八月癸未
	元丰七年	宋神宗	诸路谍报,西贼广造攻具,竭国点集,声言欲入兰州……令康识往兰州与当职官经画为备,及募人深入刺候	《长编》卷348元丰七年八月甲午
	元丰八年		谍者言夏人欲寇边	《长编》卷362元丰八年十二月丙寅
	元丰八年	熙河兰会路经略使	谍报西贼集九监军司人马欲犯兰州	《长编》卷362元丰八年十二月甲戌
宋哲宗	元祐二年	宋哲宗	西贼攻犯镇戎军……宜厚募死士深入探听……	《长编》卷407元祐二年十二月丁未
	元祐三年		诏以治平臣僚所上互进方略授逐路帅臣……先募间谍者深入探候	《长编》卷411元祐三年五月癸亥
	元祐四年	诸路奏报	并边时有人马,及谍言贼界亦有点集	《长编》卷429元祐四年六月甲辰
	绍圣三年十月	鄜州路经略使吕惠卿	谍知夏人大举入寇	《九朝编年备要》卷24
	绍圣四年		谍者传西人语,"唱歌作乐田地,都被汉家占却"	《长编》卷485绍圣四年三月壬辰

续 表

帝王	时 间	涉事(论事)者	事件(言论)	来 源
宋哲宗	元符元年	宋哲宗	诏张询审探,不得轻易虚发	《长编》卷501元符元年八月戊寅
	元符二年五月		谍言梁氏之死乃辽人遣人鸩杀之	《九朝编年备要》卷25
	元符元年		章楶谍知其虚可袭,遣可适等闲以轻骑二千出荡羌	《长编》卷504元符元年十二月壬辰
宋徽宗	崇宁三年		宋军攻陷银州后,得到间谍"夏人引其兵东矣"的探报	《长编纪事本末》卷140引《陶节夫家传》

夏对北宋用间表

帝王	时 间	涉事(论事)者	事件(言论)	来 源
宋真宗	至道元年		永安节度使折御卿被病,敌谍知之	《长编》卷38至道元年十二月丙申
	景德元年		敌谍知王师不敢擅离本处,多尽力偏攻一面	《长编》卷56景德元年七月壬辰
	大中祥符二年	环庆路钤辖司	捕得蕃部谍者卢蒐	《长编》卷71大中祥符二年六月辛卯
宋仁宗	庆历元年	宋仁宗	此谍者非骄我,即欲缓诸路牵制之兵尔	《长编》卷131庆历元年八月乙未
	庆历元年	李元昊	谍谓我无庸战,不三日,汉人当渴死。今尚有余以圬墁,谍给我也	《长编》卷133庆历元年八月戊子
宋神宗	熙宁三年		属羌来告者亦贼谍	《长编》卷214熙宁三年八月戊午
	元丰元年	环庆路经略司	夏贼遣嵬心刺事	《长编》卷288元丰元年三月壬午
	元丰四年	宋神宗	夏人之谍者以谓环庆阻横山	《长编》卷317元丰四年十月乙丑

续　表

帝王	时　间	涉事(论事)者	事件(言论)	来　　源
宋神宗	元丰四年	熙河路都大经制司	至啰通州捕获间谍，审问得酋首威明、统军星多哩鼎人马辎重	《长编》卷319元丰四年十一月己丑
	元丰七年	宋神宗	闻夏人以谍妄传汉家欲城胡芦河	《长编》卷344元丰七年三月庚申

附录二　北宋边塞诗所涉各路城池、重镇一览表

大名府路

河北州军	作者	地名出处——诗句(诗题)	诗歌出处	
澶州　澶渊 显①　8首12次 隐　1首1次	宋祁	《寄献澶渊太博》	《景文集》	卷16
	宋祁	《送澶渊李太傅》	《全宋诗》4册 (《景文集》无此诗)	卷224
	黄庭坚	澶渊不作渡河梁	《山谷别集诗注》	卷下
	张耒 2次	《听客话澶渊事》 澶渊城下冰载车	《柯山集》	卷13
	欧阳修	自从澶州盟	《欧阳修全集》	卷5
	王安石	《澶州》	《王荆文公诗笺注》	卷7
	王安石 2次	《澶州》 澶渊乃其地	《王荆文公诗笺注》	卷20
	李复 3次	《过澶州感事》 北使年年过澶州 澶州两城战格尽	《潏水集》	卷11
	沈遘 (隐)	《信武殿》 注：信武殿在澶州	《西溪集》	卷3
博州 1首1次	宋祁	《博州骆太保》	《景文集》	卷18
大名 隐　1首2次	韩琦 2次 (隐)	《上巳视惬山新堤》 筑防因视惬山雄 注：惬山在大名	《安阳集编年笺注》	卷17

① 显隐说明：北宋边塞诗中的地名多为直接呈现，有时借助当地防御工事、著名建筑加以体现，以下将直接呈现者称为“显”，借助体现者称为“隐”。若该地均为“直接呈现”，则不加“显”“隐”备注。

高阳关路

河北州军	作者	地名出处——诗句(诗题)	诗 歌 出 处	
雄州 13首15次	胡宿	《登雄州视远亭》	《文恭集》	卷3
	胡宿	《寄题雄州宴射亭》	《文恭集》	卷3
	苏辙	想见雄州馈生菜	《栾城集》	卷16
	苏辙	《奉使契丹二十八首·赠知雄州王崇拯二首》其一	《栾城集》	卷16
	苏辙	《奉使契丹二十八首·赠知雄州王崇拯二首》其二	《栾城集》	卷16
	欧阳修	《奉使契丹初至雄州》	《欧阳修全集》	卷12
	宋祁 2次	《钤辖冒上閤就移知雄州》 雄州乃剧藩	《景文集》	卷7
	苏颂	《登雄州城楼》	《苏魏公文集》	卷8
	沈遘	《使还雄州曹使君夜会戏赠三》	《西溪集》	卷3
	苏轼	《次韵王雄州送侍其泾州》	《苏轼诗集》	卷37
	彭汝砺 2次	《至雄州寄诸弟并呈诸友》其一 到得雄州更有书	《鄱阳集》	卷11
	彭汝砺	《至雄州寄诸弟并呈诸友》其二	《鄱阳集》	卷11
	彭汝砺	《到雄州不得家书》	《鄱阳集》	卷12
高阳关 8首9次	郭崇仁	《闻高阳路警报》	《全宋诗》2册	卷97
	梅尧臣	《高阳关射亭》	《梅尧臣集编年校注》	卷23
	司马光	高阳十万兵	《司马光集》	卷8
	苏颂	《接伴北使至乐寿寄高阳安抚吴仲庶待制》	《苏魏公文集》	卷8
	沈遘	三岁高阳幕里宾	《西溪集》	卷3
	赵鼎臣	《朱贡父自尚书郎领宪河朔会高阳阙守因摄帅事以诗寄之且觅蟹螯》	《竹隐畸士集》	卷6
	赵鼎臣 2次	《寄高阳宰张即功》 高阳辩士乡	《竹隐畸士集》	卷6
	葛胜仲	高阳酩酊无所缺	《全宋诗》24册	卷1364

续　表

河北州军	作者	地名出处——诗句(诗题)	诗歌出处	
冀州 8首10次	宋祁	《送冀州李团练》	《景文集》	卷17
	梅尧臣	《送李合使知冀州》	《梅尧臣集编年校注》	卷30
	欧阳修	《送李太傅知冀州》	《居士外集》	卷3
	苏舜钦	《送李冀州诗》	《苏舜钦集编年校注》	卷2
	韩维	《送李合使出守冀州》	《全宋诗》8册	卷428
	苏颂	《送冀州向团练》	《苏魏公文集》	卷7
	刘攽 2次	《送张太保知冀州》 旧传冀土多良马	《彭城集》	卷8
	沈遘 2次	《过冀州闻介甫送虏使当相遇继得移文以故事请避诸路又以诗见寄次韵和答》 走马归来过冀州	《西溪集》	卷3
瀛州 7首7次	徐积	北边控扼重瀛州	《节孝先生文集》	卷15
	徐积	《寄顾瀛州》	《节孝先生文集》	卷15
	梅尧臣	《送郑太保瀛州都监》	《梅尧臣集编年校注》	卷15
	沈遘	《将至瀛州从事张祥寄诗和答》	《西溪集》	卷3
	陆佃	《送张颉待制帅瀛州》	《陶山集》	卷2
	苏颂	《和李子仪瀛州借马寄安抚待制》	《苏魏公文集》	卷8
	苏颂	《和张仲巽过瀛州感旧》	《苏魏公文集》	卷13
贝州 3首3次	刘攽	《贝州乱二首》其一	《彭城集》	卷18
	刘攽	《贝州乱二首》其二	《彭城集》	卷18
	王安石	笑语春风入贝州	《王荆文公诗笺注》	卷29
莫州 4首4次	梅尧臣	《送谢师直秘丞通判莫州兼寄张和叔》	《梅尧臣集编年校注》	卷28
	苏辙	《送梁交供知莫州》	《栾城集》	卷8
	苏辙	《奉使契丹二十八首・次莫州通判刘泾韵二首》其一	《栾城集》	卷16

续 表

河北州军	作者	地名出处——诗句(诗题)	诗歌出处	
	苏辙	《奉使契丹二十八首·次莫州通判刘泾韵二首》其二	《栾城集》	卷16
保定军 1首1次	梅尧臣	《送知保定军李太保》	《梅尧臣集编年校注》	卷28

定州路

河北州军	作者	地名出处——诗句(诗题)	诗歌出处	
定州 定武 显 10首11次 隐 4首4次	余靖	《送盖太博通判定州》	《武溪集》	卷2
	梅尧臣	《送周介之学士通判定州》	《梅尧臣集编年校注》	卷29
	文同 2次	《送周介之学士通判定州》其二 定武承其咽	《文同全集编年校注》	卷18
	范纯仁	《酬程定塞提刑》	《范忠宣集》	卷5
	孔武仲	《送李端叔定州机宜》	《清江三孔集》	卷9
	孔武仲	《送韩密学知定州》	《清江三孔集》	卷9
	彭汝砺	《寄定州许资政》	《鄱阳集》	卷3
	吴则礼	《送曾公善赴定武》	《北湖集》	卷2
	吴则礼	《送子仁兄赴定武倅》	《北湖集》	卷3
	王安中	《和梁才甫赠定帅元彬》	《初寮集》	卷2
	秦观 (隐)	《雪浪石》 注：雪浪石在定州	《淮海集笺注·后集》	卷2
	韩琦 (隐)	《北岳》 注：北岳在定州	《安阳集编年笺注》	卷6
	韩琦 (隐)	《题览胜亭》 注：览胜亭在定州	《安阳集编年笺注》	卷6
	韩琦 (隐)	二垂霜霰乃吾庐 注：二垂指秦州、定州	《安阳集编年笺注》	卷6
保州(保塞) 3首5次	张靖	保塞昔年尝闭垒	《全宋诗》6册	卷279
	刘敞 2次	《保州乱》 保州去边无百里	《彭城集》	卷8

续　表

河北州军	作者	地名出处——诗句(诗题)	诗歌出处	
	程俱 2次	《送傅国华墨卿赴保塞簿》 保州几穷塞	《北山集》	卷1
安肃军 3首3次	宋祁	《送张元安肃知军》	《全宋诗》4册 (《景文集》无此诗)	卷224
	余靖	《送张如京知安肃军》	《武溪集》	卷2
	强至	《送大名府签幕吴都官几复移粹安肃》	《祠部集》	卷9
广信军 2首2次	梅尧臣	《送陶太博通判广信军》	《梅尧臣集编年校注》	卷18
	韩琦	《寄题广信军四望亭》	《安阳集编年笺注》	卷6

真定府路

河北州军	作者	地名出处——诗句(诗题)	诗歌出处	
真定 6首6次	宋庠	《晚登东楼怀子京镇阳二首》其一 注：镇阳，属真定路	《全宋诗》4册 (《元宪集》无此诗)	卷190
	宋庠	《晚登东楼怀子京镇阳二首》其二	《全宋诗》4册 (《元宪集》无此诗)	卷190
	宋祁	《真定述事》	《景文集》	卷18
	韩琦	《移帅真定次韵答致政杜公》	《安阳集编年笺注》	卷5
	郑獬	《送周密学知真定府》	《郧溪集》	卷26
	彭汝砺	《送刘器之待制知真定府》	《鄱阳集》	卷10
常山 5首5次	宋庠	常山北尽边	《全宋诗》4册	卷190
	宋祁	提封占尽古常山	《景文集》	卷17
	韩琦	常山画野直天街	《安阳集编年笺注》	卷5
	苏轼	《常山赠刘镃》	《苏轼诗集》	卷47
	刘跂	能言兄守常山时	《学易集》	卷2
相州 1首1次	王禹偁	《送郝校书从事相州》	《小畜集》	卷7
成德军 1首1次	宋祁	《送屯田张中行罢成德军通判还朝》	《景文集》	卷17
获鹿 1首1次	韩琦	《清明获鹿道中》	《安阳集编年笺注》	卷7

河朔、燕南、天雄①

河北州军	作者	地名出处——诗句(诗题)	诗歌出处	
河朔 19首19次	范仲淹	《河朔吟》	《范文正公文集》	卷4
	魏野	丝蚕地说连河朔	《全宋诗》2册	卷86
	宋祁	宴开河朔千人帐	《景文集》	卷18
	宋祁	君为河朔行	《景文集》	卷12
	宋祁	河朔趁飞觥	《景文集》	卷12
	梅尧臣	逃暑为传河朔杯	《梅尧臣集编年校注》	卷28
	王珪	《滕学士移河朔》	《华阳集》	卷3
	欧阳修	河朔一尺雪	《欧阳修全集》	卷53
	苏轼	冲风振河朔	《苏轼诗集》	卷37
	苏辙	《送顾子敦奉使河朔》	《栾城集》	卷15
	苏辙	勇作河朔游	《栾城集》	卷15
	王安石	烟埋河朔去间关	《王荆文公诗笺注》	卷34
	徐积	《送张君河朔之行》	《节孝先生文集》	卷4
	孔武仲	天语新令倅河朔	《清江三孔集》	卷6
	黄庭坚	《和谢公定河朔漫成八首》其三	《山谷外集诗注》	卷4
	黄庭坚	《和谢公定河朔漫成八首》其六	《山谷外集诗注》	卷4
	黄庭坚	《和谢公定河朔漫成八首》其八	《山谷外集诗注》	卷4
	李廌	莫使琵琶之声过河朔	《济南集》	卷3
	赵鼎臣	《朱贡父自尚书郎领宪河朔会高阳阙守因摄帅事以诗寄之且觅蟹螯》	《竹隐畸士集》	卷6
燕南 4首4次	苏辙	赵北燕南古战场	《栾城集》	卷16
	徐积	帅臣所统在燕南	《节孝先生文集》	卷15
	王景	有意在燕南	《全宋诗》11册	卷660
	赵鼎臣	两见燕南塞草秋	《竹隐畸士集》	卷7

① 天雄节度使，是唐朝设置的节度使，管辖着魏州、博州、相州、贝州、卫州、澶州六州，位于今河北大名一带，属唐河北道。唐末到五代割据河北，为河北三镇之一。

续　表

河北州军	作者	地名出处——诗句(诗题)	诗歌出处	
天雄 2首2次	宋祁	《送天雄监兵李中吉》	《景文集》	卷12
	石介	《送范曙赴天雄太尉辟命》其二	《徂徕石先生文集》	卷3

永兴军路

永兴州军	作者	地名出处——诗句(诗题)	诗歌出处	
永兴 5首5次	宋祁	《永兴郑资政巩县路逢雪见寄》	《景文集》	卷11
	梅尧臣	《寄永兴招讨夏太尉》	《梅尧臣集编年校注》	卷11
	梅尧臣	《送赵仲宝永兴乾耀提举捉贼》	《梅尧臣集编年校注》	卷16
	邵雍	《和人闻韩魏公出镇永兴过洛》	《击壤集》	卷7
	刘攽	《送原甫帅永兴》	《彭城集》	卷7
长安 15首17次	李九龄	据鞍遥指长安路	《全宋诗》1册	卷18
	魏野	《送赵侍郎移镇长安》	《全宋诗》2册	卷78
	寇准	长安花木丽	《忠愍集》	卷中
	胡宿	长安偏重侠	《文恭集》	卷5
	宋祁	王孙回望即长安	《景文集》	卷14
	苏洵	日落长安道	《嘉祐集笺注》	卷16
	苏洵 2次	《途次长安上都漕傅谏议》 长安逢傅侯	《嘉祐集笺注》	卷16
	刘敞 2次	《闻夏太尉自长安徙备西边》 战士出长安	《公是集》	卷19
	刘敞	长安亦响振	《公是集》	卷26
	刘攽	白日长安近	《彭城集》	卷11
	孔武仲	人情俱欲向长安	《清江三孔集》	卷6
	晁补之	尘土长安古道深	《鸡肋集》	卷17
	张耒	斗鸡走马长安道	《柯山集》	卷3
	唐庚	长安使气为任侠	《唐庚诗集校注》	卷4
	韩驹	长安北走彭原路	《陵阳集》	卷2

续 表

永兴州军	作者	地名出处——诗句(诗题)	诗歌出处	
咸阳 1首1次	梅尧臣	少年曾过咸阳桥	《梅尧臣集编年校注》	卷25
华州 1首1次	杨亿	《史馆高司谏绅知华州》	《武夷新集》	卷2

鄜延路

鄜延州军	作者	地名出处——诗句(诗题)	诗歌出处	
鄜延 5首5次	沈括	《鄜延凯歌》其一	《沈括全集》	卷23
	沈括	《鄜延凯歌》其二	《沈括全集》	卷23
	沈括	《鄜延凯歌》其三	《沈括全集》	卷23
	沈括	《鄜延凯歌》其四	《沈括全集》	卷23
	沈括	《鄜延凯歌》其五	《沈括全集》	卷23
延州 延安(塞) 9首10次	郭稹	《闻延州警》	《全宋诗》3册	卷177
	宋庠	《寄延州经略庞龙图》	《元宪集》	卷12
	韩琦 2次	《贺春卿宣徽出帅延安》 延塞何须辍钜公	《安阳集编年笺注》	卷8
	范仲淹	《和延安庞龙图寄岳阳滕同年》	《范文正公文集》	卷6
	司马光	《延安道中作》	《司马光集》	卷6
	徐积	延州平安火过早	《节孝集》	卷5
	李复	《寄延帅赵龙图卨》	《潏水集》	卷12
	李复	《上延帅沈内翰》其一	《潏水集》	卷14
	李复	《上延帅沈内翰》其二	《潏水集》	卷14
鄜州 5首5次	向敏中	《呈知鄜州何士宗》	《全宋诗》1册	卷54
	晁说之	《自延还鄜怀京师亲旧》	《景迂生集》	卷6
	晁说之	谁信鄜州第一功	《景迂生集》	卷7
	晁说之	《四明岁晚水仙花盛开今在鄜州辄思之此花清香异常妇人戴之可留之日为多》	《景迂生集》	卷7

续　表

鄜延州军	作者	地名出处——诗句(诗题)	诗歌出处	
	晁说之	《邓圣求作端明时尝赠予诗云：妙论出六合，微言破九流。其言虽过矣，要是前辈中有相知者，逮今将三十年。奔走鄜州诸邑，察视保甲，感旧作长句》	《景迂生集》	卷7
米脂 1首1次	王珪	《闻种谔米脂川大捷》	《华阳集》	卷2

环庆路

环庆州军	作者	地名出处——诗句(诗题)	诗歌出处	
庆州(庆阳) 19首22次	宋庠	《送庆州安化元处宗主簿》	《元宪集》	卷6
	苏舜钦	《庆州败》	《苏舜钦集编年校注》	卷1
	韩维	《寄庆州德孺待制》	《全宋诗》8册	卷427
	刘敞	《寄庆州子华侍读谏议》	《公是集》	卷23
	强至	《送王夕拜移帅庆阳》	《祠部集》	卷11
	刘攽	《寄韩庆州》	《彭城集》	卷14
	王觌 2次	《送中济侍郎帅庆分韵得十字》 庆阳用武地	《全宋诗》12册	卷672
	范纯礼	《送中济侍郎帅庆得行字》	《全宋诗》12册	卷689
	杜纯	《送中济侍郎帅庆得乘字》	《全宋诗》12册	卷721
	钱勰	《分韵奉送中济侍郎出帅环庆得启字》	《全宋诗》13册	卷747
	王钦臣	《奉送中济经略侍郎赴镇庆州得元字》	《全宋诗》12册	卷747
	苏轼	《送范中济经略侍郎，分韵赋诗，以“元戎十乘以先启行”为韵，轼得先字，且赠以鱼枕杯四，马箠一》	《苏轼诗集》	卷36
	孔武仲	《送范中济侍郎知庆州》	《清江三孔集》	卷5
	彭汝砺	《送范侍郎帅庆州得以字》	《鄱阳集》	卷1

续 表

环庆州军	作者	地名出处——诗句(诗题)	诗歌出处	
	苏轼	《送范纯粹守庆州》	《苏轼诗集》	卷 26
	黄庭坚 2 次	《送范德孺知庆州》 阿兄两持庆州节	《山谷诗集注》	卷 2
	黄庭坚	庆州名父子	《山谷诗集注》	卷 4
	毕仲游 2 次	《送朱彦文通直从庆阳辟命》 庆州之险山作城	《西台集》	卷 18
	邹浩	《送曾仲敷赴庆州司户》	《全宋诗》21 册	卷 1234
宁州 1 首 1 次	魏野	《送臧奎之宁州谒韩使官》	《全宋诗》2 册	卷 79
邠州(豳州) 10 首 11 次	魏野	路远邠郊外	《全宋诗》2 册	卷 79
	梅尧臣 2 次	《张太素之邠幕》 应幕向豳郊	《梅尧臣集编年校注》	卷 1
	范仲淹	趋邠当北门	《范文正公文集》	卷 3
	文同	《登邠州城楼》	《文同全集编年校注》	卷 1
	文同	《豳州》	《文同全集编年校注》	卷 8
	司马光	《送郑推官戬赴邠州》其一	《司马光集》	卷 7
	司马光	《送郑推官戬赴邠州》其二	《司马光集》	卷 7
	司马光	《送郑推官戬赴邠州》其三	《司马光集》	卷 7
	范祖禹	《送李邠州》	《全宋诗》15 册	卷 888
	韩驹	《送许少卿出守邠州》	《陵阳集》	卷 2
大顺(城) 4 首 4 次	范仲淹	作城大顺川	《范文正公文集》	卷 3
	范仲淹	《城大顺回道中作》	《范文正公文集》	卷 6
	毕仲游	往筑大顺人不知	《西台集》	卷 18
	晁补之	大顺胡芦尽耕稼	《鸡肋集》	卷 12
白豹(城) 1 首 1 次	刘敞	书从白豹城	《公是集》	卷 26
横山(寨) 3 首 3 次	沈辽	不远横山路	《全宋诗》12 册	卷 720
	沈括	莫堰横山倒流水	《沈括全集》	卷 23
	毕仲游	横山可取犹提携	《西台集》	卷 18

泾原路

泾原州军	作者	地名出处——诗句(诗题)	诗歌出处
泾州(泾原) 11首12次	夏竦	《到任泾州寄长安府学诸先辈》	《文庄集》　卷36
	范仲淹	虏势侵泾原	《范文正公文集》　卷3
	梅尧臣	《闻尹师鲁赴泾州幕》	《梅尧臣集编年校注》　卷10
	梅尧臣	《送泾州良原何鬲主簿》	《梅尧臣集编年校注》　卷22
	梅尧臣	《送李泾州审言》其一	《梅尧臣集编年校注》　卷26
	梅尧臣	《送李泾州审言》其二	《梅尧臣集编年校注》　卷26
	刘敞	《滕司谏知泾州》	《公是集》　卷5
	刘敞	《闻伯庸再安抚泾原》	《公是集》　卷10
	刘敞	《送刘泾州》	《公是集》　卷18
	刘敞 2次	《闻韩范移军泾原兼督关中四路》 泾原非远略	《公是集》　卷26
	苏轼	《次韵王雄州送侍其泾州》	《苏轼诗集》　卷37
渭州(平凉) 15首15次	梅尧臣	《邵伯堰下王君玉饯王仲仪赴渭州经略席上命赋》	《梅尧臣集编年校注》　卷14
	梅尧臣	《送渭州刘太保》	《梅尧臣集编年校注》　卷21
	梅尧臣	《寄渭州刘太保求市堪乘稳駃马》	《梅尧臣集编年校注》　卷22
	梅尧臣	《寄渭州经略王龙图》	《梅尧臣集编年校注》　卷22
	梅尧臣	《寄渭州经略王龙图》	《梅尧臣集编年校注》　卷23
	韩琦	《次韵答渭帅王龙图》	《安阳集编年笺注》　卷6
	韩琦	《览渭帅王龙图西行诗集》	《安阳集编年笺注》　卷6
	欧阳修	《送渭州王龙图》	《欧阳修全集》　卷12
	文彦博	《次韵答平凉龙图王谏议素》	《文彦博集校注》　卷4
	刘敞	《送司马倩赴权官平凉尉》	《全宋诗》9册　卷483
	刘挚	《送吴雍平凉令》	《忠肃集》　卷15
	孔武仲	《送欧阳仲勉通判渭州》	《清江三孔集》　卷9
	李之仪	渭州门外篾尔喉	《全宋诗》17册　卷964
	李之仪	《寄范七平凉有一优者颇相似每见即与从容聊遣吾思之不能已也》	《全宋诗》17册　卷966
	李廌	《边城四时曲送盛玮东玉之官平凉》	《济南集》　卷3

续 表

泾原州军	作者	地名出处——诗句(诗题)	诗歌出处	
原州 2首2次	魏野	《登原州城呈张贲从事》	《全宋诗》2册	卷80
	宋祁	《送承制刘兼济知原州》	《景文集》	卷20
仪州 2首2次	梅尧臣	《送李太保知仪州》	《梅尧臣集编年校注》	卷26
	苏颂	《送仪州李太保丈》	《苏魏公文集》	卷7
德顺军 1首1次	梅尧臣	《送顾中舍赴德顺军》	《梅尧臣集编年校注》	卷22
平夏城 1首1次	葛胜仲	西失平夏北折兰	《全宋诗》24册	卷1364
萧关 5首5次	魏野	萧关迎有骑	《全宋诗》2册	卷83
	梅尧臣	萧关夜开月团团	《梅尧臣集编年校注》	卷23
	梅尧臣	曾向萧关战	《梅尧臣集编年校注》	卷26
	司马光	寒烽远过萧关	《司马光集》	卷2
	晁说之	萧关远尔无坚敌	《景迂生集》	卷5
镇戎(军) 3首4次	张继常	《题镇戎军厅壁》	《全宋诗》1册	卷15
	祖无择	《田四秘丞通判镇戎军》	《全宋诗》7册	卷356
	王陶	《有窦复者世居镇戎能道边事》 君不见,镇戎德顺弓箭手	《全宋诗》9册	卷518

秦凤路

秦凤州军	作者	地名出处——诗句(诗题)	诗歌出处	
秦州(秦亭) 21首24次	胡宿	《寄子高秦州从事》	《文恭集》	卷3
	宋庠	《送总阁学士守秦亭二首》其一	《元宪集》	卷13
	宋庠	《送总阁学士守秦亭二首》其二	《元宪集》	卷13
	宋祁	《送王龙图镇秦亭》	《景文集》	卷17
	宋祁	《尹学士自濠梁移倅秦州》	《景文集》	卷19
	范仲淹 2次	《寄秦州幕明化基寺丞》 清风子在秦	《范文正公文集》	卷4

续　表

秦凤州军	作者	地名出处——诗句(诗题)	诗 歌 出 处	
	梅尧臣	《范殿丞通判秦州》	《梅尧臣集编年校注》	卷 14
	梅尧臣	《送陆介夫学士通判秦州》	《梅尧臣集编年校注》	卷 22
	梅尧臣	《寄送吴公明屯田通判秦州》	《梅尧臣集编年校注》	卷 25
	张方平	《秦州即事》	《全宋诗》6 册	卷 307
	欧阳修	《寄秦州田元均》	《欧阳修全集》	卷 11
	文彦博	《次韵秦帅经略吕通议过洛少留》	《文彦博集校注》	卷 7
	司马光	《送魏寺丞赴辟秦州判官》	《司马光集》	卷 9
	刘敞	《送秦州通判陆学》	《公是集》	卷 12
	强至	《送刘嗣复都官赴辟秦州幕府四首》其一	《祠部集》	卷 8
	强至	《送刘嗣复都官赴辟秦州幕府四首》其二	《祠部集》	卷 8
	强至	《送刘嗣复都官赴辟秦州幕府四首》其三	《祠部集》	卷 8
	强至	《送刘嗣复都官赴辟秦州幕府四首》其四	《祠部集》	卷 8
	刘攽	《寄孙秦州》	《彭城集》	卷 14
	孔武仲 2 次	《送传龙图帅秦》 闻道秦州多胜迹	《清江三孔集》	卷 10
	晁补之 2 次	《送吕承奉至山从吕龙图晋伯辟秦州机宜》 我昔拜秦州	《鸡肋集》	卷 7
岐(山) 4 首 4 次	杨亿	朝阳鸣凤古岐山	《武夷新集》	卷 5
	张方平	《行次岐山》	《全宋诗》6 册	卷 307
	蒋之奇	渭水岐山不出兵	《全宋诗》6 册	卷 687
	晁补之	岐陇须公勤传邮	《鸡肋集》	卷 13
凤翔 1 首 1 次	杨亿	《王尚食知凤翔》	《武夷新集》	卷 4

熙河路

熙河州军	作者	地名出处——诗句(诗题)	诗歌出处	
秦熙 8首8次	李复	《予往来秦熙汧陇间不啻十数年,时闻下里之歌远近相继和高下掩抑,所谓其声呜呜也。皆含思宛转而有余意,其辞甚陋,因其调写道路所闻见,犹昔人竹枝纥罗之曲以补秦之乐府云》 其三、其四、其五、其六、其七、其八、其九、其十	《潏水集》	卷16
熙河 4首5次	苏轼	《送蒋颖叔帅熙河(并引)》	《苏轼诗集》	卷36
	秦观	《送蒋颖叔帅熙河二首》其一	《淮海集笺注》	卷9
	秦观 2次	《送蒋颖叔帅熙河二首》其二 要须尽取熙河地	《淮海集笺注》	卷9
	唐庚	传闻黠虏动熙河	《唐庚诗集校注》	卷4
熙州 5首6次	强至	《送李山甫赴熙州》	《祠部集》	卷10
	刘攽 2次	《熙州行》 熙州欢娱军事息	《彭城集》	卷8
	吕陶	《送蒋熙州》	《净德集》	卷30
	范祖禹	《送蒋颖叔赴熙州》	《全宋诗》15册	卷888
	李复	《熙州再乞罢》	《潏水集》	卷14
河州 1首1次	邹浩	《送陈志仁赴河州司理》	《全宋诗》21册	卷1235
临洮 7首7次	刘敞	闻道临洮野	《公是集》	卷22
	吕陶	临洮建都府	《净德集》	卷30
	苏轼	窃据临洮郡	《苏轼诗集》	卷47
	孔武仲	为君谈笑取临洮	《清江三孔集》	卷10
	彭汝砺	《送颖叔帅临洮》	《鄱阳集》	卷1
	晁补之	良人身不属临洮	《鸡肋集》	卷21
	周行己	临洮少年子	《全宋诗》22册	卷1271
洮河 10首10次	刘敞	渭北洮河十万军	《公是集》	卷28
	强至	春风跃马望洮河	《祠部集》	卷10
	刘攽	岂知洮河宜种稻	《彭城集》	卷8
	范祖禹	去拥洮河十万兵	《全宋诗》15册	卷888

续　表

熙河州军	作者	地名出处——诗句(诗题)	诗歌出处	
	黄庭坚	《次韵游景叔闻洮河捷报寄诸将四首》其一	《山谷诗集注》	卷 8
	黄庭坚	《次韵游景叔闻洮河捷报寄诸将四首》其二	《山谷诗集注》	卷 8
	黄庭坚	《次韵游景叔闻洮河捷报寄诸将四首》其三	《山谷诗集注》	卷 8
	黄庭坚	《次韵游景叔闻洮河捷报寄诸将四首》其四	《山谷诗集注》	卷 8
	吕南公	六月洮河上	《全宋诗》18 册	卷 1036
	许景衡	旋放洮河三尺水	《全宋诗》23 册	卷 1360
洮(州、东、西、岷、湟、戎) 12 首 12 次	黄庭坚	汉得洮州箭有神	《山谷诗集注》	卷 8
	游师雄	围合洮州敌未知	《全宋诗》15 册	卷 843
	刘禹卿	洮东首奏捷师回	《全宋诗》10 册	卷 579
	王纯臣	且喜洮东破虏回	《全宋诗》10 册	卷 579
	苏辙	近闻洮东将	《栾城集》	卷 15
	苏轼	《闻洮西捷报》	《苏轼诗集》	卷 21
	宋构	远接洮西千里白	《全宋诗》19 册	卷 1149
	吕陶	指顾下洮岷	《净德集》	卷 30
	喻陟	捷报下岷洮	《全宋诗》18 册	卷 1092
	范纯仁	开边洮与湟	《范忠宣集》	卷 2
	周彦质	洮湟鄯廓指挥平	《全宋诗》17 册	卷 976
	孔武仲	十年关塞古洮戎	《清江三孔集》	卷 10
兰州(金城) 3 首 3 次	王珪	金城还落汉图中	《华阳集》	卷 3
	晁补之	金城那可无粟守	《鸡肋集》	卷 13
	葛胜仲	西失平夏北折兰	《全宋诗》24 册	卷 1364
青唐 2 首 2 次	苏轼	青唐有逋寇	《苏轼诗集》	卷 47
	周彦质	青唐陇拶觏神都	《全宋诗》17 册	卷 976

河东路

河东、山西 12 首 13 次	杨亿	平生苦战忆山西	《西昆酬唱集》	卷上
	魏野	还如裴度镇河东	《全宋诗》2 册	卷 79
	魏野 2 次	《乔职方将赴阙诏领河东转输再成长句送之》 河东控塞诏通儒	《全宋诗》2 册	卷 79
	胡宿	山西旧将儿	《文恭集》	卷 5

续 表

	梅尧臣	《送河东转运刘察院》	《梅尧臣集编年校注》	卷 17
	梅尧臣	《送李学士河东转运》	《梅尧臣集编年校注》	卷 28
	刘敞	《闻徙关中兵备河东》	《公是集》	卷 20
	冯山	《送苗子君运使赴河东漕二首》其一	《安岳集》	卷 11
	黄庭坚	《送顾子敦赴河东三首》其一	《山谷诗集注》	卷 4
	黄庭坚	《送顾子敦赴河东三首》其二	《山谷诗集注》	卷 4
	黄庭坚	《送顾子敦赴河东三首》其三	《山谷诗集注》	卷 4
	张耒	《送张天觉使河东席上分题得将字》	《柯山集》	卷 6
并州(太原、北都、晋阳) 26 首 30 次	杨亿 2 次	《钱大夫赴并州》 太原西北劲兵处	《武夷新集》	卷 3
	杨亿	《并州王谏议》	《武夷新集》	卷 4
	杨亿	《寄并州张给事》	《武夷新集》	卷 5
	宋庠	《送孙刑部领漕并部》	《元宪集》	卷 10
	宋庠	《和答并州经略太尉相公元日见寄》	《全宋诗》4 册	卷 196
	宋祁	《送枢直梅学士守并州》	《景文集》	卷 20
	梅尧臣	《季父知并州》	《梅尧臣集编年校注》	卷 2
	梅尧臣	《杨畋赴官并州》	《梅尧臣集编年校注》	卷 4
	梅尧臣 2 次	《和永叔晋祠诗》 并州古来称近胡	《梅尧臣集编年校注》	卷 14
	梅尧臣 2 次	《送薛十水部通判并州》 并州自古近胡地	《梅尧臣集编年校注》	卷 28
	文彦博	《贺经略太尉相公玉汝移镇太原》其一	《文彦博集校注》	卷 7
	文彦博 2 次	《贺经略太尉相公玉汝移镇太原》其二 北首并州路	《文彦博集校注》	卷 7
	文彦博	《贺经略太尉相公玉汝移镇太原》其三	《文彦博集校注》	卷 7
	司马光	并州从来号惨烈	《司马光集》	卷 3
	司马光	褰帷并塞州	《司马光集》	卷 9
	司马光	《送薛水部十丈通判并州》	《司马光集》	卷 9

续　表

	苏辙	《次韵王君北都偶成三首》其一	《栾城集》	卷3
	苏辙	《次韵王君北都偶成三首》其三	《栾城集》	卷3
	王操	《并州道中》	《全宋诗》1册	卷58
	魏野	《和并州刘密学见寄》	《全宋诗》2册	卷79
	韩琦	《次韵答并帅王仲仪端明以诗见寄》	《安阳集编年笺注》	卷13
	苏颂	《送薛宗孺通理并州》	《苏魏公文集》	卷7
	范纯仁	并塞胡儿学汉讴	《范忠宣集》	卷5
	冯山	移领并汾将漕权	《安岳集》	卷11
	郭祥正	携家直赴并州北	《青山集》	卷8
	赵鼎臣	《晋阳道中》	《竹隐畸士集》	卷4
河中(府) 显　3首3次 隐　1首1次	杨亿	《路学士知河中府》	《武夷新集》	卷3
	宋庠	《送司马待制守河中》	《元宪集》	卷8
	范纯仁	《入河中府》	《范忠宣集》	卷4
	李复	《过临晋县适调发》 注：临晋县属河中府	《潏水集》	卷14
隰州 3首3次	杨亿	《作坊魏使知隰州》	《武夷新集》	卷4
	欧阳修	《送王尚恭隰州幕》	《欧阳修全集》	卷10
	张耒	《送刘季孙守隰州》	《柯山集》	卷12
代州 3首3次	梅尧臣	《吴殿丞代州通判》	《梅尧臣集编年校注》	卷15
	梅尧臣	《送代州钱防御》	《梅尧臣集编年校注》	卷29
	孔武仲	《送吴叔扬通判代州》	《清江三孔集》	卷6
汾州 3首3次	华镇	《送左司董郎中出知汾州三首》其一	《全宋诗》18册	卷1085
	华镇	《送左司董郎中出知汾州三首》其三	《全宋诗》18册	卷1085
解州 1首1次	刘攽	《送吕郎中知解州》	《彭城集》	卷14
麟州 1首2次	郭祥正	《麟州叹》 麟州仓卒城门闭	《青山集》	卷16
丰州 2首2次	杨亿	《次韵和并州钱大夫夕次丰州道中见寄》	《武夷新集》	卷3
	司马光	《三月晦日登丰州故城》	《司马光集》	卷9

广南西路、广南东路、福建路

邕(州) 8首11次	陶弼	《邕州》	《全宋诗》8册	卷406
	陶弼	《登邕州城》	《全宋诗》8册	卷406
	陶弼	《邕州》其一	《全宋诗》8册	卷407
	陶弼	《邕州》其二	《全宋诗》8册	卷407
	陶弼	《邕州》其三	《全宋诗》8册	卷407
	梅尧臣	入奏邕州破蛮贼	《梅尧臣集编年校注》	卷23
	郑獬 3次	《戍邕州》 早发邕州戍 邕州万里余	《郧溪集》	卷23
	张耒 2次	《送丁宣德赴邕州佥判》 邕南亭障久消兵	《张耒集》	卷23
桂(州、林) 7首8次	吕公弼	《送桂州张田经略迁祠部》	《全宋诗》6册	卷304
	李师中	《送桂州安抚余靖侍郎还京》其一	《全宋诗》7册	卷396
	李师中	《送桂州安抚余靖侍郎还京》其二	《全宋诗》7册	卷396
	陶弼 2次	《桂州》 先春下桂林	《全宋诗》8册	卷407
	陶弼	《入桂林》	《全宋诗》8册	卷407
	刘攽	不同桂管为元帅	《彭城集》	卷15
	彭汝砺	《依韵和萧推官见贻推官字子方知桂州修撰》	《鄱阳集》	卷5
容州 1首1次	张佖	《送容州中丞赴镇》	《全宋诗》1册	卷14
钦州 1首1次	陶弼	《钦州书事》	《全宋诗》8册	卷407
宜州 1首1次	刘攽	《观虎翼士戍宜州》	《彭城集》	卷11
融州 隐 1首1次	彭汝砺	《武阳寨闻峒中作乐》 注：武阳寨属广西融州	《鄱阳集》	卷9
郁林 1首1次	陶弼	《郁林鼓角楼》	《全宋诗》8册	卷406
广州(番禹、五羊) 6首8次	杨亿 2次	《史馆凌职方知广州》 番禹出守重	《武夷新集》	卷3
	丘濬	《赠五羊太守》	《全宋诗》11册	卷612

续 表

	梅尧臣 2次	蛮寇围番禺 番禺本无备	《梅尧臣集编年校注》	卷22
	张俞	《广州》	《全宋诗》7册	卷382
	陶弼	《广州》	《全宋诗》8册	卷407
	吴安持	番禺当此每从容	《全宋诗》17册	卷978
南雄 2首2次	齐唐	《南雄城楼》	《全宋诗》3册	卷163
	郭祥正	《南雄除夜读老杜集至岁云暮矣多北风之句感时抚事命题为篇》	《青山集》	卷8
威武军 1首1次	程师孟	《晓登威武军鼓角楼》	《全宋诗》7册	卷354
福唐 1首1次	王珪	《送元厚之待制出守福唐》	《华阳集》	卷4

川峡四路

成都 6首6次	范祥	《送成都护戎韩舍人》	《全宋诗》7册	卷399
	强至	《送赵龙图赴成都》	《祠部集》	卷11
	刘攽	《送高士敦成都钤辖》	《彭城集》	卷13
	钱勰	《送奉使钤辖高侯之任成都》	《全宋诗》13册	卷747
	黄庭坚	《送高士敦赴成都钤辖二首》其一	《山谷外集诗注》	卷16
	黄庭坚	《送高士敦赴成都钤辖二首》其二	《山谷外集诗注》	卷16
文州 3首4次	文同	《寄夏文州左藏八佾》其一	《文同全集编年校注》	卷14
	文同 2次	《寄夏文州左藏八佾》其二 寄语文州守	《文同全集编年校注》	卷14
	孙谔	《文州》	《全宋诗》18册	卷1074
遂州 1首1次	梅尧臣	《送张遂州》	《梅尧臣集编年校注》	卷21
施州 1首1次	刘攽	《送乔左藏自太常博士除知施州》	《彭城集》	卷14
邛州 1首1次	刘攽	《送郑秘丞知邛州蒲江县》	《彭城集》	卷14
梓州(潼川) 2首2次	冯山	潼川昔迎公西来	《安岳集》	卷7
	孔武仲	《送周正儒知梓州》	《清江三孔集》	卷10

续 表

洋州 1首1次	梅尧臣	《郑戬及第东归后赴洋州幕》	《梅尧臣集编年校注》	卷4
戎州 3首3次	吕陶	《送杨秘丞赴戎南倅》	《净德集》	卷33
	苏轼	《戎州》	《苏轼诗集》	卷1
	苏辙	《戎州》	《栾城集》	卷1
茂州 1首1次	李新	《又出差还茂州》	《全宋诗》21册	卷1257
静州 1首1次	吴则礼	《送陈漕时权帅还自静州》	《全宋诗》21册	卷1268
剑门关 3首3次	姜遵	《剑门关》	《全宋诗》2册	卷96
	张方平	《剑门关》	《张方平集》	卷3
	岑象求	《剑门关》	《全宋诗》16册	卷909
夔州 3首4次	王延禧	夔子城新筑	《全宋诗》15册	卷893
	李复 2次	《登夔州城楼》 夔州城高楼崔嵬	《潏水集》	卷14
	李复	《夔州制胜楼》	《潏水集》	卷14

湖南、湖北(荆湖南北、京西南路)

长沙(潭州) 4首5次	梅尧臣	《送邵郎中知潭州》	《梅尧臣集编年校注》	卷22
	王珪	《送吴仲庶待制出守长沙》	《华阳集》	卷4
	沈辽 2次	《奉送李大夫归长沙》 谁识长沙李大夫	《全宋诗》12册	卷719
	苏颂	《和国信张宗益少卿过潭州朝拜信武殿》	《苏魏公文集》	卷13
桂阳 3首3次	刘敞	《再见禁卒住桂阳二首》其一	《公是集》	卷22
	刘敞	《再见禁卒住桂阳二首》其二	《公是集》	卷22
	刘攽	《再见士卒戍桂阳》	《彭城集》	卷11
全州 1首1次	杨亿	《阁门钱舍人知全州》	《武夷新集》	卷3
洞庭(湖) 6首6次	梅尧臣	张铙叠吹洞庭外	《梅尧臣集编年校注》	卷22
	刘敞	横绝洞庭波	《公是集》	卷19
	王珪	洞庭波起猎红旌	《华阳集》	卷4
	刘攽	欢声塞洞庭	《彭城集》	卷11

续 表

	沈辽	公舟少驻洞庭下	《全宋诗》12册	卷719
	晁冲之	洞庭生白波	《全宋诗》21册	卷1228
武溪 1首2次	郭祥正 2次	《武溪深呈广帅蒋修撰》 武溪无淫亦无毒	《全宋诗》13册	卷749
辰州 1首1次	陶弼	《辰州》	《全宋诗》8册	卷406
岳州 1首2次	梅尧臣	《送李推官之岳州》	《梅尧臣集编年校注》	卷23
鄂州 显1首1次 隐1首1次	黄庭坚	《鄂州南楼书事四首》其四	《山谷诗集注》	卷18
	苏轼 (隐)	幽人夜度吴王岘 注：吴王岘在鄂州	《苏轼诗集》	卷23
荊南(荊湖) 2首4次	胡宿	《送王龙图硕赴荊南》	《文恭集》	卷3
	邹浩 3次	《送望之移帅荊南》 荊湖地与蛮獠通 荊湖虽重岂留处	《全宋诗》21册	卷1235
襄州(襄阳) 4首4次	胡宿	《送刘观察赴襄阳》	《文恭集》	卷4
	苏颂	《送襄州李观察》	《苏魏公文集》	卷7
	刘攽	《送满龙图知襄州》	《彭城集》	卷14
	李复	《过襄阳》	《潏水集》	卷14
郢州 1首1次	梅尧臣	《再送蒙寺丞赴郢州》	《梅尧臣集编年校注》	卷18

参考文献

一、古籍文献

《史记》,(汉) 司马迁,中华书局,2005 年。

《汉书》,(汉) 班固,中华书局,2005 年。

《后汉书》,(南朝宋) 范晔,中华书局,2005 年。

《宋史》,(元) 脱脱等,中华书局,1985 年。

《辽史》,(元) 脱脱等,中华书局,1974 年。

《金史》,(元) 脱脱等,中华书局,1975 年。

《宋史纪事本末》,(明) 陈邦瞻,中华书局,2015 年。

《资治通鉴》,(宋) 司马光,中华书局,1956 年。

《续资治通鉴》,(清) 毕沅,中华书局,1957 年。

《续资治通鉴长编》,(宋) 李焘,中华书局,2004 年。

《续资治通鉴长编拾补》,(清) 黄以周,中华书局,2004 年。

《皇宋通鉴长编纪事本末》,(宋) 杨仲良,黑龙江人民出版社,2006 年。

《三朝北盟会编》,(宋) 徐梦莘,上海古籍出版社,1987 年。

《文献通考》,(元) 马端临,中华书局,1986 年。

《宋会要辑稿》,(清) 徐松辑,中华书局,1957 年。

《西夏纪》,(民国) 戴锡章,宁夏人民出版社,1988 年。

《西夏书事校证》,(清) 吴广成撰,龚世俊等校证,甘肃文化出版社,1995 年。

《西夏书校补》,(清) 周春著,胡玉冰校补,中华书局,2014 年。

《契丹国志》,(宋) 叶隆礼撰,贾敬颜、林荣贵点校,上海古籍出版社,1985 年。

《东都事略》,(宋) 王称撰,孙言诚、崔国光点校,齐鲁书社,2000 年。

《宋朝事实类苑》,(宋) 江少虞,上海古籍出版社,1981 年。

《类编皇朝大事记讲义》,(宋)吕中,台北文海出版社,1981年。
《宋朝诸臣奏议》,(宋)赵汝愚编,北京大学中国中古史研究中心校点整理,上海古籍出版社,1999年。
《宋论》,(清)王夫之著,舒士彦点校,中华书局,1964年。
《读史方舆纪要》,(清)顾祖禹,商务印书馆,1937年。
《玉海》,(宋)王应麟,《文渊阁四库全书》第943册,台湾商务印书馆,1986年。
《孙子兵法新注》,中国人民解放军军事科学院战争理论研究部《孙子》注释小组编,中华书局,2005年。
《十一家注孙子》,(春秋)孙武撰,(三国)曹操等注,杨丙安校理,中华书局,2012年。
《虎钤经》,(宋)许洞,明刻本。
《武经总要前集》,(宋)曾公亮等撰,郑诚整理,湖南科学技术出版社,2017年。
《高适集校注》,(唐)高适著,孙钦善校注,上海古籍出版社,2014年。
《杜诗详注》,(唐)杜甫撰,(清)仇兆鳌注,中华书局,1979年。
《韩昌黎文集校注》,(唐)韩愈撰,马其昶校注,马茂元整理,上海古籍出版社,1986年。
《柳宗元集校注》,(唐)柳宗元撰,尹占华、韩文奇校注,中华书局,2013年。
《骑省集》,(宋)徐铉,四部丛刊景黄丕烈校宋本。
《咸平集》,(宋)田锡撰,罗国威校点,巴蜀书社,2008年。
《张乖崖集》,(宋)张咏著,张其凡整理,中华书局,2000年。
《柳开集》,(宋)柳开撰,李可风点校,中华书局,2015年。
《小畜集》,(宋)王禹偁,四部丛刊景宋本配吕无党钞本。
《文庄集》,(宋)夏竦,《文渊阁四库全书》第1087册,台湾商务印书馆,1986年。
《武夷新集·杨仲弘集》,(宋)杨亿撰,(元)杨载撰,福建文史研究馆编,福建人民出版社,2007年。
《范仲淹全集》,(宋)范仲淹著,李勇先、王蓉贵校点,四川大学出版社,2007年。
《文恭集》,(宋)胡宿,《文渊阁四库全书》第1088册,台湾商务印书馆,1986年。
《景文集》,(宋)宋祁,清武英殿聚珍版丛书本。
《武溪集》,(宋)余靖,《文渊阁四库全书》第1089册,台湾商务印书馆,1986年。
《河南先生文集》,(宋)尹洙,四部丛刊景春岑阁钞本。
《梅尧臣集编年校注》,(宋)梅尧臣著,朱东润编年校注,上海古籍出版社,1980年。

《徂徕石先生文集》,(宋) 石介著,陈植锷点校,中华书局,1984 年。
《文彦博集校注》,(宋) 文彦博著,申利校注,中华书局,2016 年。
《欧阳修全集》,(宋) 欧阳修著,李逸安点校,中华书局,2001 年。
《张方平集》,(宋) 张方平撰,郑涵点校,中州古籍出版社,1992 年。
《苏舜钦集编年校注》,(宋) 苏舜钦著,傅平骧、胡问陶校注,巴蜀书社,1991 年。
《安阳集编年笺注》,(宋) 韩琦撰,李之亮、徐正英笺注,巴蜀书社,2000 年。
《嘉祐集笺注》,(宋) 苏洵著,曾枣庄、金成礼笺注,上海古籍出版社,1993 年。
《邵雍全集》,(宋) 邵雍著,郭彧、于天宝点校,上海古籍出版社,2015 年。
《文同全集编年校注》,(宋) 文同著,胡问涛、罗琴校注,巴蜀书社,1999 年。
《公是集》,(宋) 刘敞,丛书集成初编本。
《华阳集》,(宋) 王珪,《文渊阁四库全书》第 1093 册,台湾商务印书馆,1986 年。
《曾巩集》,(宋) 曾巩撰,陈杏珍、晁继周点校,中华书局,1984 年。
《司马光集》,(宋) 司马光著,李文泽、霞绍晖校点,四川大学出版社,2010 年。
《张载集》,(宋) 张载,中华书局,1978 年。
《苏魏公文集》,(宋) 苏颂著,王同策、管成学、严中其点校,中华书局,1988 年。
《王安石全集》,(宋) 王安石著,王水照主编,复旦大学出版社,2017 年。
《王荆文公诗笺注》,(宋) 王安石著,(宋) 李壁笺注,高克勤点校,上海古籍出版社,2010 年。
《郧溪集》,(宋) 郑獬,《文渊阁四库全书》第 1097 册,台湾商务印书馆,1986 年。
《彭城集》,(宋) 刘攽,清武英殿聚珍版丛书本。
《祠部集》,(宋) 强至,清武英殿聚珍版丛书本。
《学易集》,(宋) 刘跂,清武英殿聚珍版丛书本。
《画墁集》,(宋) 张舜民,清知不足斋丛书本。
《镡津文集》,(宋) 释契嵩,四部丛刊三编本。
《西溪集》,(宋) 沈遘,四部丛刊三编景明翻宋刻本。
《范忠宣公文集》,(宋) 范纯仁,元刻明修本。
《节孝先生文集》,(宋) 徐积,明嘉靖四十四年刻本。
《净德集》,(宋) 吕陶,清武英殿聚珍版丛书本。
《忠肃集》,(宋) 刘挚撰,裴汝诚、陈晓平点校,中华书局,2005 年。
《沈括全集》,(宋) 沈括原著,杨渭生新编,浙江大学出版社,2011 年。
《二程集》,(宋) 程颢、程颐著,王孝鱼点校,中华书局,2004 年。
《青山集》,(宋) 郭祥正,《文渊阁四库全书》第 1116 册,台湾商务印书馆,1986 年。

《苏轼诗集》,(宋) 苏轼撰,孔凡礼点校,中华书局,1982 年。

《苏轼文集》,(宋) 苏轼撰,孔凡礼点校,中华书局,1986 年。

《苏辙集》,(宋) 苏辙撰,陈宏天、高秀芳点校,中华书局,1990 年。

《鄱阳集》,(宋) 彭汝砺,《文渊阁四库全书》第 1101 册,台湾商务印书馆,1986 年。

《清江三孔集》,(宋) 孔文仲、孔武仲、孔平仲著,孙永选校点,齐鲁书社,2002 年。

《山谷诗集注》,(宋) 黄庭坚著,(宋) 任渊、史容、史季温注,黄宝华点校,上海古籍出版社,2003 年。

《黄庭坚全集辑校编年》,(宋) 黄庭坚著,郑永晓整理,江西人民出版社,2011 年。

《安岳集》,(宋) 冯山,清钞本。

《西台集》,(宋) 毕仲游,清武英殿聚珍版丛书本。

《同文馆唱和诗》,(宋) 邓忠臣等,《文渊阁四库全书》第 1344 册,台湾商务印书馆,1986 年。

《淮海集笺注》(宋) 秦观撰,徐培均笺注,上海古籍出版社,1994 年。

《潏水集》,(宋) 李复,《文渊阁四库全书》第 1121 册,台湾商务印书馆,1986 年。

《庆湖遗老诗集》,(宋) 贺铸,《文渊阁四库全书》第 1123 册,台湾商务印书馆,1986 年。

《后山诗注补笺》,(宋) 陈师道撰,(宋) 任渊注,冒广生补笺,中华书局,1995 年。

《鸡肋集》,(宋) 晁补之,《文渊阁四库全书》第 1118 册,台湾商务印书馆,1986 年。

《龟山集》,(宋) 杨时,《文渊阁四库全书》第 1125 册,台湾商务印书馆,1986 年。

《张耒集》,(宋) 张耒撰,李逸安、孙通海、傅信点校,中华书局,1990 年。

《济南集》,(宋) 李廌,《文渊阁四库全书》第 1115 册,台湾商务印书馆,1986 年。

《竹隐畸士集》,(宋) 赵鼎臣,四库全书珍本初集。

《景迂生集》,(宋) 晁说之,《文渊阁四库全书》第 1118 册,台湾商务印书馆,1986 年。

《唐庚诗集校注》,(宋) 唐庚撰,唐玲校注,中华书局,2016 年。

《苏过诗文编年笺注》,(宋) 苏过撰,蒋宗许、舒大刚等注,舒星校补,中华书局,2012 年。

《北山集》,(宋) 程俱,《文渊阁四库全书》第 1130 册,台湾商务印书馆,1986 年。

《朱子语类汇校》,(宋) 黄士毅编,徐时仪、杨艳汇校,上海古籍出版社,2016 年。

《止斋集》,(宋) 陈傅良,《文渊阁四库全书》第 1150 册,台湾商务印书馆,1986 年。

《后村先生大全集》,(宋) 刘克庄撰,向以鲜、王荣贵校点,四川大学出版社,2008 年。

《全宋诗》,傅璇琮等编,北京大学出版社,1995 年。
《全宋文》,曾枣庄、刘琳编,上海辞书出版社,2006 年。
《宋诗纪事》,(清) 厉鹗辑撰,上海古籍出版社,2013 年。
《宋文纪事》,曾枣庄、李凯、彭君华编,四川大学出版社,1995 年。
《诗品笺注》,(梁) 钟嵘著,曹旭笺注,人民文学出版社,2009 年。
《冷斋夜话·风月堂诗话·环溪诗话》,(宋) 惠洪、朱弁、吴沆撰,陈新点校,中华书局,1988 年。
《六一诗话》,见《欧阳修全集》卷 128,(宋) 欧阳修著,李逸安点校,中华书局,2001 年。
《岁寒堂诗话笺注》,(宋) 张戒著,陈应鸾笺注,四川大学出版社,1990 年。
《临汉隐居诗话校注》,(宋) 魏泰著,陈应鸾校注,巴蜀书社,2001 年。
《石林诗话校注》,(宋) 叶梦得撰,逯铭昕校注,人民文学出版社,2011 年。
《沧浪诗话校释》,(宋) 严羽著,郭绍虞校释,人民文学出版社,1961 年。
《四溟诗话·姜斋诗话》,(明) 谢榛著,宛平校点,(清) 王夫之著,舒芜校点,人民文学出版社,1961 年。
《诗薮》,(明) 胡应麟,上海古籍出版社,1958 年。
《原诗》,(清) 叶燮著,霍松林校注,人民文学出版社,1979 年。
《带经堂诗话》,(清) 王士祯,人民文学出版社,1963 年。
《瓯北诗话》,(清) 赵翼著,霍松林、胡主佑校点,人民文学出版社,1963 年。
《谈龙录·石洲诗话》,(清) 赵执信、翁方纲著,中华书局,1985 年。
《昭昧詹言》,(清) 方东树著,汪绍楹校点,人民文学出版社,1961 年。
《宋诗话辑佚》,郭绍虞辑,中华书局,1980 年。
《历代诗话》,(清) 何文焕辑,中华书局,1981 年。
《历代诗话续编》,丁福保辑,中华书局,1983 年。
《麈史》,(宋) 王得臣撰,俞宗宪点校,上海古籍出版社,1986 年。
《东轩笔录》,(宋) 魏泰撰,李裕民点校,中华书局,1983 年。
《儒林公议》,(宋) 田况撰,张其凡点校,中华书局,2017 年。
《涑水记闻》,(宋) 司马光撰,邓广铭、张希清点校,中华书局,1989 年。
《梦溪笔谈》,(宋) 沈括撰,金良年点校,中华书局,2017 年。
《龙川别志》,(宋) 苏辙撰,俞宗宪校点,中华书局,1982 年。
《孔氏谈苑》,(宋) 孔平仲撰,王恒展校点,齐鲁书社,2014 年。
《独醒杂志》,(宋) 曾敏行著,朱杰人标校,上海古籍出版社,1986 年。

《能改斋漫录》,(宋)吴曾,中华书局,1960年。
《枫窗小牍·清波杂志》,(宋)袁褧、周煇撰,尚成、秦克校点,上海古籍出版社,2012年。
《铁围山丛谈》,(宋)蔡絛著,冯惠民、沈锡麟点校,中华书局,1983年。
《东斋记事·春明退朝录》,(宋)范镇、宋敏求撰,汝沛、诚刚点校,中华书局,1980年。
《渑水燕谈录》,(宋)王辟之撰,吕友仁点校,中华书局,1981年。
《泊宅编》,(宋)方勺撰,许沛藻、杨立扬点校,中华书局,1983年。
《邵氏闻见录》,(宋)邵伯温撰,李剑雄、刘德权点校,中华书局,1983年。
《邵氏闻见后录》,(宋)邵博撰,刘德权、李剑雄点校,中华书局,1983年。
《师友谈记·曲洧旧闻·西塘集耆旧续闻》,(宋)李廌、朱弁、陈鹄撰,孔凡礼点校,中华书局,2002年。
《挥麈录》,(宋)王明清撰,王恒柱点校,山东人民出版社,2018年。
《西溪丛语·家世旧闻》,(宋)姚宽、陆游撰,孔凡礼点校,中华书局,1993年。
《野客丛书》,(宋)王楙撰,王文锦点校,中华书局,1987年。
《瓮牖闲评》,(宋)袁文撰,李伟国点校,上海古籍出版社,1985年。
《鹤林玉露》,(宋)罗大经撰,王瑞来点校,中华书局,1983年。
《诗人玉屑》,(宋)魏庆之,中华书局,1959年。
《老学庵笔记》,(宋)陆游撰,李剑雄、刘德权点校,中华书局,1979年。
《梁溪漫志》,(宋)费衮撰,金圆校点,上海古籍出版社,1985年。
《容斋随笔》,(宋)洪迈著,孔凡礼点校,中华书局,2005年。

二、今人著作

《宋元戏曲史·人间词话》,王国维,万卷出版公司,2015年。
《元白诗笺证稿》,陈寅恪,商务印书馆,2015年。
《管锥编》,钱锺书,三联书店,2016年。
《谈艺录》,钱锺书,商务印书馆,2011年。
《顾羡季先生诗词讲记》,顾随著,叶嘉莹笔记,顾之京整理,台北桂冠图书公司,1992年。
《中国美学史大纲》,叶朗,上海人民出版社,1985年
《中国诗歌美学》,肖驰,北京大学出版社,1986年。

《中国诗歌艺术研究》,袁行霈,北京大学出版社,1987 年。
《中国叙事学》,杨义,人民出版社,1997 年。
《中国诗论史》,霍松林主编,漆绪邦、梅运生、张连第撰,黄山书社,2007 年。
《诗学原理》,徐有富,北京大学出版社,2007 年。
《中国“诗史”传统(修订版)》,张晖,三联书店,2016 年。
《新历史主义与文学批评》,张京媛主编,北京大学出版社,1993 年。
《权力的眼睛——福柯访谈录》,包亚明主编,严锋译,上海人民出版社,1997 年。
《文学与权力:文学合法性的批判性考察》,朱国华,北京大学出版社,2014 年。
《斯文:唐宋思想的转型》,[美] 包弼德著,刘宁译,江苏人民出版社,2017 年。
《唐代边塞诗研究论文选粹》,西北师范学院学报编辑部、西北师范学院中文系编,甘肃教育出版社,1988 年。
《汉唐边塞诗研究》,阎福玲,中华书局,2014 年。
《唐代边塞诗研究》,马兰州,天津古籍出版社,2003 年。
《盛唐边塞诗的审美特质》,苏珊玉,文津出版社,2000 年。
《唐代边塞诗的文化阐释》,任文京,人民出版社,2005 年。
《唐代边塞诗与西北地域文化》,王永莉,西北工业大学出版社,2016 年。
《历代西陲边塞诗研究》,薛宗正,敦煌文艺出版社,1993 年。
《盛唐边塞诗评》,漆绪邦,山西人民出版社,1987 年。
《唐代边塞诗传》,李炳海、于雪棠,吉林人民出版社,2000 年。
《唐前边塞诗史论》,关永利,中国文史出版社,2014 年。
《唐代文学与汉代文化精神研究》,杜玉俭,商务印书馆,2012 年。
《宋夏战事诗研究》,张廷杰,甘肃文化出版社,2002 年。
《中唐至北宋的典范选择与诗歌因革》,李贵,复旦大学出版社,2012 年。
《“唐诗”“宋诗”之争研究》,戴文和,台湾文史哲出版社,1997 年。
《唐宋诗论稿》,莫砺锋,辽海出版社,2001 年。
《唐宋诗之争概述》,齐治平,岳麓书社,1984 年。
《唐宋诗美学与艺术论》,陶文鹏,南开大学出版社,2003 年。
《意象艺术与唐诗》,陈伯海,上海古籍出版社,2015 年。
《唐宋诗宏观结构论》,许总,人民文学出版社,2006 年。
《从唐音到宋调——以北宋前期诗歌为中心》,曾祥波,昆仑出版社,2006 年。
《唐宋诗体派论》,许总,江西人民出版社,2008 年。
《唐宋诗复变论》,刘亮、张影洁、朱蓓,海南出版社,2008 年。

《唐宋诗学与诗教》,刘宁,中国社会科学出版社,2012 年。
《宋诗选注》,钱锺书,三联书店,2002 年。
《宋代文学通论》,王水照,河南大学出版社,1997 年。
《宋代诗歌史论》,韩经太,吉林教育出版社,1995 年。
《宋诗特色研究》,张高评,长春出版社,2002 年。
《宋代诗学通论》,周裕锴,上海古籍出版社,2007 年。
《北宋诗学》,张海鸥,河南大学出版社,2007 年。
《宋代文学思想史》,张毅,中华书局,2016 年。
《知识与抒情——宋代诗学研究》,张健,北京大学出版,2015 年。
《宋代诗学的多维观照》,胡建次、邱美琼,商务印书馆,2017 年。
《宋诗风骨与意趣》,郄丙亮、解爽、陈星宇,四川大学出版社,2012 年。
《宋诗纵横》,赵仁珪,中华书局,1994 年。
《宋诗审美》,周明辰,天津人民出版社,1995 年。
《宋诗:以新变再造辉煌》,许总,广西师范大学出版社,1999 年。
《宋诗史释》,曾祥波,中国社会科学出版社,2016 年。
《宋初百年文学复兴的历程》,张兴武,中华书局,2009 年。
《庙堂与江湖——宋代诗学的空间》,[日] 内山精也著,朱刚、张淘、刘静、益西拉姆译,慈波校译,复旦大学出版社,2017 年。
《文本的密码——社会语境中的宋代文学》,[日] 浅见洋二著,李贵、赵蕊蕊等译,李贵校译,复旦大学出版社,2017 年。
《北宋馆阁翰苑与诗坛研究》,陈元锋,中华书局,2005 年。
《北宋馆阁与文学研究》,成明明,中国社会科学出版社,2007 年。
《北宋诗歌与政治关系研究》,杜若鸿,北京大学出版社,2015 年。
《北宋前期诗歌转型研究》,谢琰,北京大学出版社,2013 年。
《制度、思想与文学的互动——北宋前期诗坛研究》,成玮,复旦大学出版社,2013 年。
《宋诗叙事性研究》,周剑之,中国社会科学出版社,2013 年。
《宋代杜诗学述论》,邹进先,中国社会科学出版社,2016 年。
《宋儒风采》,王瑞明,岳麓书社,1997 年。
《北宋古文运动发展史》,祝尚书,北京大学出版社,2012 年。
《贯通与驾驭:宋代文体学述论》,谷曙光,人民文学出版社,2016 年。
《北宋庆历士风与文学研究》,李强,上海书店出版社,2011 年。

《理性之维：宋代中期儒家文艺美学思想研究》，范希春，中央民族大学出版社，2006 年。
《北宋儒学与文学》，马茂军，暨南大学出版社，1999 年。
《宋代科举与文学》，祝尚书，中华书局，2008 年。
《两宋党争与文学》，庆振轩，敦煌文艺出版社，1993 年。
《宋代〈春秋〉学与宋型文化》，李建军，中国社会科学出版社，2008 年。
《宋代文化新观察》，杨渭生，河北大学出版社，2008 年。
《宋代国家文化中的科学》，孙小淳、曾雄生主编，中国科学技术出版社，2007 年。
《隋唐制度渊源略论稿·唐代政治史述论稿》，陈寅恪，三联书店，2004 年。
《辽史丛考》，傅乐焕，中华书局，1984 年。
《宋史丛考》，聂崇岐，中华书局，1980 年。
《西夏史稿》，吴天墀，商务印书馆，2010 年。
《辽宋西夏金代通史》，漆侠主编，人民出版社，2010 年。
《宋朝军制初探》（增订本），王曾瑜，中华书局，2011 年。
《宋辽关系史研究》，陶晋生，中华书局，2008 年。
《宋辽战争论考》，王晓波，四川大学出版社，2011 年。
《宋夏关系史》，李华瑞，中国人民大学出版社，2010 年。
《金宋关系史》，赵永春，人民出版社，2005 年。
《金宋关系史研究》，赵永春，吉林教育出版社，1999 年。
《辽金西夏史》，李锡厚、白滨，上海人民出版社，2003 年。
《辽夏关系史》，杨浣，人民出版社，2010 年。
《经略幽燕：宋辽战争军事灾难的战略分析》，曾瑞龙，北京大学出版社，2013 年。
《拓边西北：北宋中后期对夏战争研究》，曾瑞龙，北京大学出版社，2013 年。
《祖宗之法：北宋前期政治述略》，邓小南，三联书店，2014 年。
《中国古代边疆政策研究》，马大正主编，中国社会科学出版社，1990 年。
《宋朝周边民族政策研究》，安国楼，台北文津出版社，1998 年。
《宋代西北吐蕃研究》，刘建丽，甘肃文化出版社，1998 年。
《方略与施治：历朝对西南边疆的经营》，方铁，社会科学文献出版社，2015 年。
《边疆民族史探究》，方铁，中国书籍出版社，2013 年。
《宋代外交思想研究》，张云筝，中国社会科学出版社，2012 年。
《奉使辽金行程录（增订本）》，赵永春辑注，商务印书馆，2017 年。
《宋代朝贡体系研究》，黄纯艳，商务印书馆，2014 年。

《宋史论略》,陈守忠,甘肃文化出版社,2001 年。
《宋代地理学的观念、体系与知识兴趣》,潘晟,商务印书馆,2014 年。
《河陇史地考述》,陈守忠,甘肃人民出版社,2007 年。
《西夏地理研究》,杨蕤,人民出版社,2008 年。
《北宋西北战区粮食补给地理》,程龙,社会科学文献出版社,2006 年。
《中国历代战争史》,台湾三军大学编著,军事译文出版社,1983 年。
《中国历代军事思想》,《中国军事史》编写组,解放军出版社,2006 年。
《宋代三衙管军制度研究》,范学辉,中华书局,2015 年。
《宋代台谏制度研究》,刁忠民,巴蜀书社,1999 年。
《宋代台谏制度研究》,虞云国,上海人民出版社,2014 年。
《中国谏议制度史》,晁中辰,中华书局,2015 年。
《文武之间:北宋武选官研究》,赵冬梅,北京大学出版社,2010 年。
《王安石变法(增订本)》,漆侠,河北人民出版社,2001 年。
《沈括熙宁使虏图抄笺证》,王民信,台北学海出版社,1976 年。
《北宋武将群体与相关问题研究》,陈峰,中华书局,2004 年。
《武士的悲哀:北宋崇文抑武现象透析》,陈峰,人民出版社,2011 年。
《宋朝遣辽使臣群体研究》,王慧杰,社会科学文献出版社,2016 年。
《首届全国杨家将历史文化研讨会论文集》,李裕民编著,科学出版社,2009 年。
Morris Rossabi edited. *China Among Equal—The Middle Kingdom And Its Neighbors*, 10th'-14th the Centuries. University of California Press, 1983.

三、学位论文

《宋代出使文学研究》,陈大远,吉林大学,博士论文,2014 年。
《宋代诗人丛考》,王可喜,武汉大学,博士论文,2014 年。
《宋代乐府诗研究》,罗旻,北京大学,博士论文,2013 年。
《梅尧臣研究》,涂序南,南京师范大学,博士论文,2013 年。
《宋代边防战略探析》,贺笃照,云南大学,博士论文,2012 年。
《宋诗叙事性研究》,周剑之,北京大学,博士论文,2011 年。
《北宋民族关系思想研究》,郑炜,兰州大学,博士论文,2011 年。
《辽宋关系研究》,陶玉坤,内蒙古大学,博士论文,2005 年。
《唐宋边塞诗对比研究》,刘森,西藏大学,硕士论文,2018 年。

《宋代咏宁夏诗歌研究》,刘金凤,宁夏大学,硕士论文,2016年。
《宋祁诗歌研究》,马瑞,辽宁师范大学,硕士论文,2015年。
《北宋时期广西边防策略研究》,廖建,广西师范大学,硕士论文,2015年。
《北宋对辽军事策略的三次转变(974—989)》,马萌,渤海大学,硕士论文,2014年。
《北宋陕北地区边塞诗研究》,樊文军,陕西师范大学,硕士论文,2013年。
《梅尧臣送别诗研究》,张兴茂,广西大学,硕士论文,2013年。
《北宋与西夏边境地区的经济文化交流研究》,张红艳,陕西师范大学,硕士论文,2012年。
《宋使使辽仪研究》,王凯,吉林大学,硕士论文,2012年。
《北宋对川西少数民族统治研究》,陈伟,重庆师范大学,硕士论文,2012年。
《刘敞诗歌研究》,罗露平,赣南师范学院,硕士论文,2011年。
《两宋时期邕州边防防务变迁研究》,张林,中南民族大学,硕士论文,2011年。
《信息控制与边疆安全:以宋夏为例》,肖全良,西北师范大学,硕士论文,2011年。
《唐宋边塞诗词的比较研究》,卢红军,西北大学,硕士论文,2010年。
《宋代古题乐府研究》,孟静,河北师范大学,硕士论文,2010年。
《北宋仁宗时期对夏政策研究》,逯海燕,华中科技大学,硕士论文,2010年。
《两宋王朝的西南少数民族封赠制度研究》,赵东琳,西南大学,硕士论文,2010年。
《宋代乐府题边塞诗研究》,吴彤英,河北师范大学,硕士论文,2009年。
《梅尧臣诗歌研究》,王静,内蒙古大学,硕士论文,2009年。
《刘敞诗歌研究》,刘美荣,河北师范大学,硕士论文,2009年。
《刘攽文学研究》,李腊梅,湖南师范大学,硕士论文,2009年。
《刘攽及其诗歌研究》,王凌云,山东师范大学,硕士论文,2008年。
《宋朝间谍问题研究》,李琛,广西师范大学,硕士论文,2008年。
《欧阳修诗歌研究》,王抚超,山东师范大学,硕士论文,2007年。
《论两宋使北诗》,蒋英,新疆师范大学,硕士论文,2006年。
《论辽代幽云十六州的汉人问题》,纪楠楠,东北师范大学,硕士论文,2006年。
《宋祁诗文系年及行实考述》,温洁,郑州大学,硕士论文,2005年。
《北宋与西北吐蕃商业贸易研究》,李雪峰,西北大学,硕士论文,2005年。
《北宋宝元、庆历年间宋夏战事诗初探》,景鹏飞,辽宁师范大学,硕士论文,2004年。
《北宋王朝治理西北边疆政治思想考述》,张之佐,西北师范大学,硕士论文,2004年。

《北宋使辽诗研究》,杨静,南京师范大学,硕士论文,2003 年。

四、期刊论文

《边塞诗之涵义与唐代边塞诗的繁荣》,胡大浚,见西北师范学院学报编辑部、西北师范学院中文系编《唐代边塞诗研究论文选粹》,甘肃教育出版社 1988 年,第 36—52 页。
《边塞诗及其特质新论》,阎福玲,《河北师范人学学报(社会科学版)》,1999 年第 1 期,第 100 页。
《苏轼苏辙边塞诗之主题与风格》,张高评,见张高评主编《宋代文学研究丛刊》(第七期),高雄丽文文化事业公司 2003 年,第 111—139 页。
《唐代与北宋边塞诗比较》,李迪,《华北水利水电学院学报(社会科学版)》,2001 年 1 期。
《宋辽战争:宋初军旅诗的内核》,袁君煊、肖华,《山西大同大学学报(社会科学版)》,2014 年 2 期。
《论梅尧臣的边塞诗》,张廷杰,《宁夏大学学报(人文社会科学版)》,1998 年 1 期。
《范仲淹的西北边塞诗作》,诸葛忆兵,《古典文学知识》,2011 年 4 期。
《空间诗学:回归文学生命意义现场——以北宋陕北地区边塞诗为例》,樊文军,《兰州学刊》,2015 年 7 期。
《宋夏战事诗题材论析》,张廷杰,《宁夏大学学报(人文社会科学版)》,2003 年 4 期。
《宋代诗人笔下的宋夏战争题材诗歌论略》,梅国宏,《海南大学学报(人文社会科学版)》,2008 年 3 期。
《论北宋使辽诗的两个问题》,王水照,《山西师大学报(社会科学版)》,1992 年 2 期。
《北宋使辽诗之主题与风格》,张高评,见台北东吴大学中文系编《宋元文学学术研讨会论文集》,东吴大学,2002 年,第 453—518 页。
《论北宋使辽诗》,诸葛忆兵,《暨南学报(哲学社会科学版)》,2006 年 3 期。
《两宋使北诗三论》,蒋英,《湖北社会科学》,2012 年 9 期。
《宋辽交聘背景下的彭汝砺使辽诗》,沈文凡、陈大远,《学习与探索》,2011 年 6 期。
《论苏辙的使辽诗》,王文科,《河南大学学报(社会科学版)》,2015 年 2 期。
《宋夏战争与北宋文人士大夫精神品格的形成及其文学呈现》,郭艳华,《宁夏师范学院学报》,2011 年 5 期。
《“诗史”观辨正及宋夏战事诗的“诗史”性质》,郭艳华,《西北第二民族学院学报(哲学社会科学版)》,2008 年 5 期。
《宋夏战争与北宋文人的“倦客”情怀及文学呈现》,郭艳华,《北方论丛》,2014 年 5 期。
《横吹曲辞〈关山月〉创作范式考论》,阎福玲,《河北师范大学学报》,2005 年 2 期。
《“诗史〈春秋〉笔,大名垂草堂”:以杜甫为例》,张金梅,《杜甫研究学刊》,2009 年 3 期。
《杜甫长篇七言“歌”“行”诗的抒情节奏与辨体》,葛晓音,《文学遗产》,2017 年 1 期。
《宋诗与宋代诗学概谈》,钱志熙,《古典文学知识》,2011 年 3 期。
《宋诗学阐释与唐诗艺术精神》,韩经太,《文学遗产》,2011 年 2 期。
《从诗歌存在形态看唐宋诗的审美异趣》,郭前孔、王英志,《中国文学研究》,2007 年 2 期。
《中国美学的国家意识》,陈望衡,《文学评论》,2016 年 3 期。
《自持与自适:宋人论诗的心理功能》,周裕锴,《文学遗产》,1995 年 6 期。
《元祐更化初同文馆中的品鉴联谊式唱和——〈同文馆唱和诗〉研究系列三》,吕肖奂,《阅江学刊》,2013 年 3 期。
《古典诗词研究的叙事视角》,董乃斌,《文学评论》,2010 年 1 期。
《论中国文学史抒情和叙事两大传统》,董乃斌,《社会科学》,2010 年 3 期。
《杜诗叙事艺术探微》,谢思炜,《文学遗产》,1994 年 3 期。
《宋代叙事性诗歌的现实性》,郭轶卿、许并生,《山西大同大学学报(社会科学版)》,2010 年 1 期。
《宋诗纪事的发达与宋代诗学的叙事性转向》,周剑之,《文学遗产》,2012 年 5 期。
《意象与意境关系之我见》,陶文鹏,《文学评论》,1991 年 5 期。
《从“意象”到“事象”:叙事视野中的唐宋诗转型》,周剑之,《复旦学报(社会科学版)》,2015 年 3 期。
《从意象转型看“诗分唐宋”》,姜瑜,《中国社会科学报》,2017 年 8 月 7 日第 004 版。
《论宋初白体七律诗风的演变》,张立荣,《文史哲》,2015 年 6 期。
《论“诗人之诗”与“学人之诗”》,贺国强、魏中林,《学术研究》,2009 年 9 期。
《诗人之诗、才人之诗与学人之诗划分及其诗学意义》,李金松,《文学遗产》,2015

年 1 期。
《唐宋才学之争的消弭——乾隆间性灵诗学引发的焦点话题》，蒋寅，《安徽大学学报(哲学社会科学版)》，2016 年 2 期。
《宋代图经与九域图志：从资料到系统知识》，潘晟，《历史研究》，2014 年 1 期。
《宋代诗人笔下的孙武与〈孙子兵法〉》，阎盛国，《军事历史研究》，2011 年 3 期。
《北宋河北塘泺的国防与经济作用》，程民生，《河北学刊》，1985 年 5 期。
《关于北宋河北塘泺问题》，李克武，《中州学刊》，1987 年 4 期。
《宋辽交聘制度论略》，贾玉英，《中州学刊》，2005 年 6 期。
《北宋赴辽使节“辞不行”现象初探》，韩利琴，《重庆交通大学学报(社会科学版)》，2011 年 1 期。
《宋辽对峙中的使节往还》，陶玉坤，《内蒙古大学学报》，1999 年 2 期。
《宋辽交聘中的“走出去”与“软实力”：以宋辽交聘中的礼物往还为中心》，张鹏，《美术研究》，2013 年 2 期。
《略论宋代的“恢复”情结》，程兆奇，《史林》，2001 年 3 期。
《宋人对辽朝的畏惧心理和“燕云”情结》，杨小敏，《史学集刊》，2008 年 5 期。
《评宋初的对辽政策》，顾全芳，《社会科学辑刊》，1985 年 5 期。
《试论宋初的“北御”之策》，丁放，《历史教学》，1991 年 3 期。
《北宋御边政策的调整》，刘建丽，《甘肃社会科学》，2000 年 3 期。
《北宋与辽的边疆经略》，林荣贵，《中国边疆史地研究》，2000 年 1 期。
《宋王朝边疆民族政策的创新及其历史地位》，林文勋，《中国边疆史地研究》，2008 年 4 期。
《宋太宗民族关系思想的演变及对宋初疆域形成的影响》，崔明德、郑炜，《中国边疆史地研究》，2011 年 1 期。
《北宋御辽战略的演变与“澶渊之盟”的产生及影响》，陈峰，《史学集刊》，2007 年 3 期。
《北宋前中期的西北边疆经略》，汪天顺，《甘肃理论学刊》，2004 年 6 期。
《论西夏建国前与北宋的关系》，杜建录，《宁夏大学学报》，1995 年 2 期。
《浅述韩琦的对夏策略》，郭琳，《安徽师范大学学报(人文社会科学版)》，1999 年 1 期。
《富弼与北宋的御夏政策》，周莲弟，《宁夏社会科学》，1999 年 4 期。
《张方平西北边防思想论略》，汪天顺，《青海民族学院学报》，2001 年 2 期。
《苏轼论宋夏关系》，陈伟庆，《西夏研究》，2016 年 2 期。

《论范仲淹“积极防御”的守边策略》，诸葛忆兵，《南京师大学报》，2007 年 1 期。
《北宋前期“以夷制夷”政策初探》，胡建华，《中州学刊》，1988 年 1 期。
《略论地缘政治与北宋外交》，吴晓萍，《安徽大学学报》，2004 年 3 期。
《论宋夏争夺西北少数民族的斗争》，李华瑞，《中州学刊》，1992 年 1 期。
《北宋仁宗时期联蕃制夏政策述论》，李华瑞，《河北学刊》，1989 年 6 期。
《“联蕃制夏”抑或“以夷制夷”？——北宋前期赵宋对西北远蕃民族政策的再认识》，韩小忙、许鹏，《宁夏社会科学》，2013 年 5 期。
《贸易与西夏侵宋的关系》，李华瑞，《宁夏社会科学》，1997 年 3 期；
《略述西凉府六谷联盟与北宋之关系》，赵学东，《兰州学刊》，1986 年 3 期。
《略论宋代中外朝贡关系与朝贡制度》，李云泉，《山东师范大学学报》，2003 年 2 期。
《宋朝对边塞进出境人员及贸易的管理》，曹家齐，《广西大学学报》，1999 年 2 期。
《论宋朝的“轻南”政策及其影响》，安国楼，《学术论坛》，1997 年 3 期。
《强力与绥怀：辽宋民族政策比较研究》，程妮娜，《文史哲》，2006 年 3 期。
《绥怀与强力：简析宋代对巴蜀少数民族的治理》，伍联群，《黑龙江民族丛刊，》2008 年 4 期。

后 记

本书稿是我的博士论文。2014 年，我考入兰州大学，跟随庆振轩先生攻读博士学位。第一学期，我先后几次与导师讨论选题，汇报心得。不经意间，导师说起边塞诗，谈到了宋代研究的种种遗憾，引起了我的极大兴趣。于是，我一面认真梳理今人成果，窥其得失，一面积极整理文本，全面把握。最终，我确定了“北宋边塞诗研究”这个题目。我深知，导师鼓励我做这个选题，积极探取，不仅仅是为了完成当下的博士论文写作，更致力于在此基础上拓展学术增长点。这种因人立题、量体裁衣的良苦用心，亦见于先生对其他博士的悉心指导。

学路漫漫，书海无涯。拣选诗歌、搜罗资料、阅读诗文是研究的起点，因为效率低下，仅前期的资料搜集与相关整理就耗费数月。期间，我认真阅读了北宋诗人别集，凡有点校本，则一律购买，其余则以元钞本、明清刻本、四部丛刊本、丛书集成初编本以及台湾商务印书馆影印《文渊阁四库全书》为文本依据，辅以《全宋诗》。研究初期，我一面拣选诗歌，一面阅读相关文章，梳理焦点，提炼问题。万事开头难！当我以为可以整装待发，能够逐章写作时，仅第一章就耗时四个月，其中御边战略及其转向、具体战术及其结果、间谍派遣的勾稽统计、因俗而治与盟誓制衡、宰相兼枢密使的立与破，这些具体问题的落实，十分繁难。尽管进展缓慢，压力重重，我却并不灰心，脚踏实地，继续前行。当第一章得到老师的肯定之后，我认为所有的辛苦都是值得的。

因为之前做了文献整理、问题分类等基础工作，所以，无论主题抑或视角，拙著的选择都比较客观、谨慎，文本是否能承受“话题之重”是研究用舍的重要标尺。现在看来，拙著也基本实现了当初的一些设想。随着研究的深入，北宋边塞诗兼具抒情与理性的特征愈发鲜明，对论者的知识积累与探研能力提出了更高的要求，大量具体的边塞事件、诗人行实、宋人言论都亟待进一步考证、核实。

面对选题，面对浩瀚书海，如何读书、取材、切题、布局，这一系列的生产过程虽凝聚着作者的巨大心血，却绝少不了导师的指点迷津。就我而言，曾无数次接到导师的电话，提醒我写作的注意事项，这些“提醒”，既是对我的辛苦栽培，又是对其“学术羽毛”的珍视护养。“吾爱吾师，吾更爱真理。”从知识的终极追求、文明的向前推进来看，这句话没错。但是，落到事的层面，我并不是很认同。“师傅领进门，修行在个人。”就读博而言，涉身其中的莘莘学子皆知“师傅领进门”的重要意义。

蒙先生不弃，几年来一直耗费心神，点拨不倦，方令研究有始有终，不至中辍。读博五年，积极学习并向导师汇报变成了一种需要与习惯，汇报的同时常常能聆听教诲，吸收创见，感受先生的学行修明。导师年逾六旬，却坚持每天早上六点半开始写作，中午散步后小憩，下午读书，准备明天的写作资料。数十年来，持之以恒，乐在其中。正是这种发自内心的喜爱与坚持，才成就了《两宋党争与文学》、“苏轼研究系列文章”、《谁谓荼苦其甘如饴——杨万里诗论别解》与《陆游科考被秦桧“显黜”考识》等著述成果。其中，《两宋党争与文学》被台湾成功大学的张高评教授列入“了解宋代文化必读的300本书”，《东坡幽默诙谐性格论》又荣列“壹学者”最受广大读者欢迎的100篇“人大复印”文章。这些业内好评，都是对先生研深覃精的高度认可。再如后两篇我十分喜爱的翻案文章，杨万里一文从版本考证、语源探究厘清了杨万里的“至于荼也，人病其苦也”乃以“荼”论诗、求甘于苦，该文发表于一九九三年的《文学遗产》，即便今日读来，亦觉得有理有据，字字珠玑。陆游一文则还原到陆游绍兴末年的科考场域，指出陆游既非锁厅试解元、又非在礼部考试中遭到“显黜”而是“置于前列”，征引繁复，论证充分。读罢此文，敬意油然而生。对比自己，小有斩获就沾沾自喜，稍有不顺就自怨自艾，实在惭愧。不走捷径，用事实说话，是导师亲身示范的学术本色，也是我这个刚迈入学术大门的年轻人所获得的“治学箴言”。正是因为有这种学术底色，先生获得的认可可谓实至名归。

再看兰大其余诸师，这种脚踏实地、掷地有声的学术品格在他们身上亦得以发扬。雷恩海老师的淹贯博洽、辨析精微，宁俊红老师的出入经史、笃而论之，胡颖老师的开拓融通、阐发创见，魏宏远老师的好古敏求、深谙义理，莫不如是。这些先生，不仅在自己的领域里辛苦耕耘，亦对本人的论文写作提出了许多宝贵的建议。

此外，读书、写作中承蒙好友杨许波、牛思仁两位博士鼎力相助，与之切磋交流，受益良多，同学张小花、潘浩、吴永萍、苏利国、曹志坚亦砥砺前行，风雨同舟，在此一并致谢。在图书出版、编校过程中，余鸿鸣老师提供帮助，虞桑玲老师纠正讹误，在此谨向他们表示衷心的感谢。

梅花香自苦寒来，读博是一遭苦乏躯体、锻炼心志的修行。这种纯粹的学术体验，既让我认识了自己的浅薄，又让我看到了自己的潜能。浩瀚书海，灿若星辰，还有无限风光在险峰，需要我沉下心来，慢慢赏读。

书稿存在的诸多不足，恳请方家批评指正。

丁沂璐

2021.7.30 于兰州

图书在版编目(CIP)数据

北宋边塞诗研究 / 丁沂璐著. —上海：上海古籍出版社，2022.7
ISBN 978-7-5732-0262-8

Ⅰ.①北… Ⅱ.①丁… Ⅲ.①边塞诗—诗歌研究—中国—北宋 Ⅳ.①I207.22

中国版本图书馆 CIP 数据核字(2022)第 094349 号

北宋边塞诗研究

丁沂璐 著

上海古籍出版社出版发行

(上海市闵行区号景路 159 弄 1-5 号 A 座 5F 邮政编码 201101)

(1) 网址：www.guji.com.cn

(2) E-mail：guji1@guji.com.cn

(3) 易文网网址：www.ewen.co

浙江临安曙光印务有限公司印刷

开本 890×1240 1/32 印张 14 插页 2 字数 375,000

2022 年 7 月第 1 版 2022 年 7 月第 1 次印刷

ISBN 978-7-5732-0262-8

I·3622 定价：68.00 元

如有质量问题，请与承印公司联系